Le Siècle.

ISABEL DE BAVIÈRE

PAR

ALEXANDRE DUMAS.

PARIS.

AU BUREAU DU SIÈCLE, 16, RUE DU CROISSANT,

ANCIEN HOTEL COLBERT.

1850.

ISABEL DE BAVIÈRE.

Un des priviléges les plus magnifiques de l'historien, ce roi du passé, c'est de n'avoir, lorsqu'il parcourt son empire, qu'à toucher de sa plume les ruines et les cadavres pour rebâtir les palais et ressusciter les hommes ; à sa voix comme à celle de Dieu, les ossemens épars se rejoignent, des chairs vivantes les recouvrent, des costumes brillans les revêtent, et dans cette Josaphat immense où trois mille siècles conduisent leurs enfans, il n'a qu'à choisir les élus de caprice son et qu'à les appeler par leurs noms pour qu'à l'instant même ceux-là soulèvent avec leur front la pierre de leur tombe, écartent de la main les plis de leur linceul et répondent comme Lazare au Christ : « Me voilà, Seigneur, que voulez-vous de moi? »

Il est vrai qu'il faut un pas ferme pour descendre dans les profondeurs de l'histoire, une voix impérieuse pour interroger les fantômes, une main qui ne tremble pas pour écrire les paroles qu'ils vous dictent. Les trépassés ont parfois des secrets terribles que le fossoyeur a scellés avec eux dans leurs tombes. Les cheveux de Dante blanchirent au récit du comte Ugolin, et ses yeux en gardèrent un regard si sombre, ses joues une pâleur si mortelle, que lorsque Virgile l'eut ramené à la surface de la terre, les femmes de Florence devinant d'où venait l'étrange voyageur, le montraient à leurs fils, en disant : « Voyez-vous cet homme qui passe si grave et si triste, il est descendu dans l'enfer. »

C'est à nous surtout, au génie près, que devient applicable cette comparaison dantesque et virgilienne : la porte des caveaux de Saint-Denis qui va s'ouvrir devant nous a bien quelques semblans avec celle de l'enfer ; la même légende va merveilleusement à toutes deux, et si nous portions le flambeau de Dante, et que nous fussions conduit par la main de Virgile, nous n'aurions pas à chercher longtemps au milieu des trois races royales qui peuplent les sépulcres de la vieille abbaye, pour trouver quelque meurtrier dont le crime fût

aussi damné que l'est celui de l'archevêque Roger, quelque victime dont le malheur soit aussi pitoyable que le fut celui du prisonnier de la tour de Pise.

Il y a surtout dans ce vaste ossuaire une tombe près de laquelle nous ne nous sommes jamais passé sans nous arrêter, croiser les bras et incliner le front. C'est dans un caveau à gauche, une simple tombe de marbre noir, sur laquelle sont couchées côte à côte deux statues, l'une d'homme, l'autre de femme. Il y a tantôt quatre siècles qu'elles reposent ainsi les mains jointes et priant, car l'homme demande à Dieu raison de sa colère et la femme grâce pour sa trahison : c'est que, voyez-vous, ces deux statues sont celles d'un insensé et d'une adultère ; vingt ans la folie de l'un et les amours de l'autre ont ensanglanté la France, et ce n'est pas sans raison, croyez-moi, qu'autour du lit mortuaire qui les réunit, après ces mots : « Ci-gist le roi Charles le bien-aimé, VIe du nom, et » la reyne Isabel de Bavière sa femme, » la même main ajouta : « Priez pour eux. »

C'est donc à Saint-Denis, puisque nous y sommes, que nous allons ouvrir les archives mystérieuses de ce règne bizarre qui passa, comme l'a dit un de nos poètes, « entre l'apparition d'un vieillard et celle d'une bergère, et qui laissa pour tout monument de sa durée une amère dérision de la destinée des empires et de la fortune des hommes : un jeu de cartes. »

Pour quelques pages blanches qu'il y aura dans ce livre, nous rencontrerons bien des pages rouges de sang, bien des pages noires de deuil ; car Dieu voulut que tout ici-bas se teignît de ces trois couleurs, lorsqu'il en fit le blason de la vie humaine, et qu'il lui donna pour devise : *innocence, passions et mort.*

Maintenant ouvrons ce livre, comme Dieu ouvre la vie, à ses pages blanches : nous arriverons vite assez aux pages de sang et aux pages de deuil.

I.

Le dimanche 20 août de l'an 1389 *, il y avait dès l'aube du jour grande affluence de peuple sur la route de Saint-Denis à Paris.

C'est que madame Isabel, fille du duc Étienne de Bavière et femme du roi Charles VI, devait faire, comme reine de France, sa première entrée solennelle dans la capitale du royaume.

Il est vrai de dire, pour justifier cette curiosité, qu'on faisait de merveilleux récits sur cette princesse ; on savait qu'à sa première entrevue avec elle, qui avait eu lieu un vendredi **, le roi en était devenu passionnément amoureux et que c'était à grand'peine qu'il avait accordé à son oncle de Bourgogne jusqu'au lundi suivant pour les préparatifs du mariage.

Cette alliance, du reste, avait été vue avec grand espoir dans le royaume ; on savait que le roi Charles V avait manifesté en mourant le désir que son fils contractât mariage avec une princesse de Bavière, afin de contrebalancer l'influence de Richard d'Angleterre, qui avait épousé la sœur du roi d'Allemagne. L'amour du jeune prince avait donc miraculeusement secondé les derniers désirs de son père ; de plus, les matrones qui avaient examiné la fiancée avaient déclaré qu'elle était apte à donner des héritiers à la couronne, et la naissance d'un fils était venue, au bout d'un an, faire honneur à leur expérience. Il y avait bien quelques prophètes de malheur, comme il y en a au lever de tous les règnes, qui avaient dit que cela tournerait au pire, le vendredi étant un mauvais jour pour une entrevue nuptiale ; mais rien n'avait, encore donné créance à leurs prédictions, et leurs voix, si elles avaient tenté de se faire entendre, auraient vite été étouffées par le cris de joie qui, au jour où nous commençons ce récit, s'échappaient insoucieusement de toutes les bouches.

Comme les principaux personnages qui joueront un rôle dans cette chronique se trouvent appelés par leur naissance ou leur dignité à prendre place aux côtés ou à la suite de la reine, nous allons, si le lecteur le veut bien, suivre la marche du cortège qui n'attend, pour se mettre en route, que l'arrivée du duc Louis de Touraine, frère du roi, que les soins de sa toilette, disent quelques-uns, et une nuit d'amour, disent quelques autres, ont déjà mis d'une demi-heure en retard. Ce sera d'ailleurs un moyen, sinon nouveau, du moins commode, de faire connaissance avec les hommes et avec les choses ; il y aura, au reste, dans ce tableau que nous allons essayer d'esquisser, d'après les vieux maîtres **, quelques détails qui ne manqueront peut-être ni d'intérêt ni d'originalité.

Nous avons donc dit que, ce jour de dimanche, il y avait tant de peuple hors de Paris que c'était merveille à voir, et comme si on l'eût mandé par ordre. La grande route était couverte d'hommes et de femmes aussi serrés les uns contre les autres que le sont les épis dans un champ de blé ; et la comparaison devenait encore plus sensible à chaque accident qui faisait onduler , comme une moisson, cette multitude trop compacte, pour que la moindre secousse qu'éprouvait une de ses parties ne se communiquât point instantanément à la masse tout entière.

A onze heures, de grands cris qui se firent entendre en tête de cette foule, et un frissonnement qui la parcourut dans toute sa longueur, annoncèrent enfin à l'impatience générale qu'il allait se passer quelque chose de nouveau : c'étaient la reine Jeanne et la duchesse d'Orléans, sa fille, qui, à l'aide de sergens qui marchaient devant elles en frappant le peuple

---

* Selon Froissart : les registres du parlement disent le 22.
** Le vendredi 15 juillet 1385.
** Les auteurs qui donnent le plus de renseignemens sur cette entrée, sont Froissart, le religieux de Saint-Denis et Juvénal des Ursins.

---

avec leurs baguettes, s'ouvraient un chemin au milieu de ces vagues humaines, tandis que, pour les empêcher de se refermer derrière elles, marchaient à cheval, par deux files et aux deux côtés de la route, l'élite des bourgeois de Paris, au nombre de douze cents. Ceux qui avaient été choisis pour former cette garde d'honneur étaient vêtus de longues robes de drap de soie vert et vermeil, et coiffés de chaperons dont les bouts retombaient sur leurs épaules, ou flottaient comme des écharpes, lorsque, par hasard, un souffle de vent passait rafraîchissant cette pesante atmosphère d'été, rendue plus dévorante encore par le sable qui s'élevait sous les pieds des hommes et des chevaux. Ouvert et refoulé par ce mouvement, le peuple déborda dans les champs qui s'étendaient aux deux côtés de la route, et le milieu du chemin forma une espèce de canal dont les bourgeois de Paris simulaient les deux bords, et au fond duquel le cortège royal pouvait circuler librement. Ce mouvement se fit avec moins de difficulté qu'on pourrait le penser au premier abord. Il y avait, à cette époque, dans le peuple se portant au devant de son roi, autant d'amour et de respect, au moins, que de curiosité ; et, si la monarchie d'alors descendait quelquefois jusqu'à lui, jamais encore il ne montait jusqu'à elle. Chacun donc, dans cette espèce d'expropriation qui, de nos jours, ne se ferait pas sans cris, sans gendarmes et sans blasphèmes, tira joyeusement de son côté, et comme le terrain des champs était plus bas que celui de la route, se mit à gagner à grande course tous les points culminans qui lui permettaient de dominer le chemin. En un instant, les arbres et les maisons éparses aux environs se trouvèrent envahis et chargés de fruits et de locataires étrangers, qui sur les arbres s'établirent depuis le faîte jusqu'aux dernières branches, et dans les maisons, depuis le toit jusqu'au rez-de-chaussée : ceux qui n'osèrent point tenter cette périlleuse ascension, s'échelonnèrent sur le talus de la route, dont les bourgeois couronnaient la crête ; les femmes se haussèrent sur la pointe du pied, les enfans montèrent sur les épaules de leurs pères, et chacun se retrouva placé tant bien que mal, les uns dominant de leurs regards les chaperons des bourgeois, les autres plongeant modestement les yeux entre les jambes de leurs chevaux.

L'espèce de désordre causé par le passage de la reine Jeanne et de la duchesse d'Orléans, qui se rendaient d'avance au palais * où les attendait le roi, fut à peine calmé, que l'on aperçut, sortant de la rue principale de Saint-Denis, la litière tant attendue de la reine. Il y avait, comme je l'ai dit, dans la population réunie à cet effet, une grande curiosité de voir cette jeune princesse qui n'avait pas encore dix-neuf ans, et sur laquelle reposait la moitié de l'espoir de la monarchie ; peut-être cependant que le premier regard que la foule jeta sur elle justifia mal cette réputation de beauté qui l'avait précédée dans la capitale, car c'était une beauté étrange et à laquelle il fallait s'habituer : cela venait du contraste heurté que formaient ses cheveux d'un blond presque doré avec des sourcils d'un noir d'ébène, types opposés et caractéristiques des races du nord et du midi, qui, se croisant dans cette femme, donnaient à la fois à son cœur les passions ardentes de la jeune Italienne, et à son front la hauteur dédaigneuse de la princesse allemande **.

Quant au reste de sa personne, un statuaire n'aurait pu désirer, pour modèle de la Diane au bain, des proportions plus harmonieuses. Son visage formait cet ovale parfait auquel deux siècles plus tard, Raphaël laissa son nom. Les robes serrées et les manches collantes que l'on portait à cette époque ne laissaient aucun doute sur la finesse de sa taille et le modelé de ses bras ; et sa main que, par coquetterie peut-être plus encore que par abandon, elle laissait pendre par l'une des portières, se détachait sur les étoffes qui tapissaient la voiture comme un bas-relief d'albâtre sur un fond d'or. Le reste de sa personne était entièrement caché, il est vrai, par les panneaux de la litière ; mais on devinait facilement, en voyant le haut de ce corps si délicat et si aérien, qu'il de-

---

* Le Palais de Justice.
** La reine Isabel était, comme on sait, fille du duc Étienne de Bavière Ingolstat, et de Thaddée de Milan.

vait être supporté par des jambes de fée et par des pieds d'enfant. Le sentiment étrange que l'on avait éprouvé d'abord en la voyant disparaissait donc presque aussitôt qu'on l'avait vue, et le regard ardent et velouté de ses yeux reprenait cet empire fascinateur dont Milton, et tous les poètes après lui, ont fait la beauté caractéristique et fatale de leurs anges déchus.

La litière de la reine était accompagnée des six premiers seigneurs de France : ceux qui marchaient en tête étaient le duc de Touraine et le duc de Bourbon. Sous ce nom de duc de Touraine, qui pourrait les égarer d'abord, nos lecteurs voudront bien reconnaître le frère puîné du roi Charles, le jeune et beau Louis de Valois, qui, quatre ans plus tard seulement, devait recevoir ce titre de duc d'Orléans qu'il rendit si célèbre par son esprit, ses amours et ses malheurs : depuis un an, il avait épousé la fille de Galéas Visconti, gracieuse apparition historique poétisée sous le nom de Valentine de Milan, et dont la beauté, dans sa première fleur, ne suffisait pas pour retenir près d'elle ce papillon royal aux ailes d'or Il est vrai que c'était le plus beau, le plus riche et le plus élégant seigneur de la cour. On sentait en le voyant que tout devait être en lui joie et jeunesse, qu'il avait reçu la vie pour vivre et qu'il vivait; que les malheurs pourraient venir audevant de lui, mais que lui n'irait jamais au-devant d'eux; que cette insouciante tête de page, aux cheveux blonds et aux yeux bleus, n'était point faite pour enfermer longtemps un grand secret ni une triste pensée, et que l'un et l'autre devaient bientôt s'en échapper par ses lèvres inconséquentes et rosées comme celles d'une femme. Ce jour, et avec une grâce qui n'appartenait qu'à lui, il portait un costume merveilleux qu'il avait fait faire à cette occasion. C'était une robe de velours noir doublée de vermeil, des manches de laquelle descendait une broderie figurant une grande branche de rosier : le tronc, qui était d'or, soutenait des deux côtés des feuilles d'émeraude, au milieu desquelles étincelaient, sur chaque bras, onze roses de rubis et de saphir; les boutonnières, rappelant un ancien ordre institué par les rois de France, étaient faites d'une broderie courante de genêt dont les cosses étaient de perles; l'un des pans, celui qui couvrait le genou du côté opposé à la litière, était entièrement caché par le soleil d'or rayonnant que le roi avait choisi pour sa devise, et que Louis XIV renouvela de lui; l'autre, sur lequel la reine avait arrêté plusieurs fois ses yeux, car il renfermait évidemment quelque emblème caché qu'elle cherchait à lire, l'autre, dis-je, représentait un jeune lion d'argent, enchaîné et muselé, qu'une main perdue dans un nuage conduisait en lesse, avec ces mots : *Où je voudrai.* Ce riche costume était complété par un chaperon de velours vermeil, dans les plis duquel était entrelacée une magnifique chaîne de perles, dont chaque bout tombait aussi bas que le bout du chaperon, et avec laquelle le duc, tout en causant avec la reine, jouait de la main que lui laissait libre la bride de son cheval.

Quant au duc de Bourbon, nous passerons rapidement sur lui : c'était un de ces princes qui inscrivent leurs noms dans l'histoire comme fils et aïeul de grands hommes.

Derrière eux marchaient le duc Philippe de Bourgogne et le duc de Berry, frères de Charles V, oncles du roi. C'était le même duc Philippe qui, partageant les dangers du roi Jean à Poitiers, et sa captivité à Londres, mérita, sur le champ de bataille et dans la prison, le surnom de *Hardi* que lui avait donné son père et que lui confirma Edouard le jour où, dans un repas, l'échanson du roi d'Angleterre ayant servi son maître avant le roi de France, le jeune Philippe lui donna un soufflet en lui disant : « Maître, qui t'a donc appris à servir le vassal avant le seigneur? » L'autre était le duc de Berry, qui partagea avec le duc de Bourgogne la régence de France pendant la démence du roi, et qui, par son avarice, contribua à ruiner le royaume, autant, pour le moins, que le duc d'Orléans par ses prodigalités.

A leur suite venaient messire Pierre de Navarre et le comte d'Ostrevant. Mais comme ils doivent prendre peu de part aux faits que nous allons raconter, nous renverrons le lecteur qui voudrait faire avec eux une connaissance plus entière, aux rares biographies qui parlent d'eux.

Derrière la reine venait sans litière, sur un palefroi très richement paré et orné, la duchesse de Berry marchant tout doucement le pas, et conduite par les comtes de Nevers et de La Marche. Ici encore, l'un des deux noms va effacer l'autre, et le plus petit se perdra dans l'ombre du plus grand.

Car ce comte de Nevers, fils de Philippe et aïeul de Charles, sera un jour Jean de Bourgogne. Son père se nommait *le Hardi*, son petit-fils s'appellera *le Téméraire*, et l'histoire a déjà réservé pour lui le surnom de *Sans-Peur*.

Le comte de Nevers, marié, le 12 avril 1387, à Marguerite de Hainault, avait alors vingt à vingt-deux ans; sans être d'une taille élevée, il était robuste et admirablement fait : son œil, quoique petit et d'un bleu clair comme celui du loup, était ferme et menaçant; ses cheveux, qu'il portait longs et lisses, étaient de ce noir-violet dont le plumage seul du corbeau peut donner une idée; sa barbe rasée laissait voir à découvert un visage plein et frais, image de la force et de la santé. A la manière négligente dont il tenait la bride de son cheval, on sentait la confiance du cavalier : tout jeune qu'il était, et quoiqu'il ne fût pas encore armé chevalier, le harnais de guerre lui était chose familière, car il n'avait négligé aucune occasion de s'endurcir aux fatigues et de s'accoutumer aux privations. Rude aux autres et à lui-même, insensible à la faim et à la soif, au froid et à la chaleur, on eût dit un de ces hommes de pierre sur lesquels les besoins de la vie n'ont pas de prise; hautain avec les grands, affable avec les petits, il sema constamment la haine parmi ses pareils et l'amour chez ses inférieurs; accessible à toutes les passions violentes, mais sachant les enfermer dans sa poitrine, et sa poitrine sous sa cuirasse, le for intérieur, ce rempart d'acier et de chair, était un abîme où ne pouvait pénétrer l'œil des hommes, et où le volcan, en apparence endormi, rongeait ses propres entrailles, jusqu'à ce qu'il crût le moment favorable arrivé; alors il débordait sombre et grondant, et malheur à celui sur qui s'épanchait la lave dévorante de sa colère. Ce jour, et pour faire contraste, sans doute, avec Louis de Touraine, le costume de Jean de Nevers était d'une simplicité exagérée : c'était une robe plus courte qu'on ne les portait ordinairement, de velours violet, aux manches fendues et pendantes, sans ornement ni broderie, serrée autour de la taille par une ceinture en mailles d'acier, soutenant une épée à la garde de fer bruni; l'ouverture des revers sur la poitrine laissait voir un justaucorps de couleur bleu de ciel, serré autour du cou par un collier d'or plein qui remplaçait le collet; son chaperon était noir, et un seul diamant en rassemblait les plis, mais c'était celui qui, sous le nom de *Sancy* [*], fit depuis partie des joyaux de la couronne de France.

Nous nous sommes attachés surtout à faire connaître ces deux nobles seigneurs, que nous retrouverons constamment placés à la droite et à la gauche du roi, parce qu'ils sont, avec la figure triste et poétique de Charles et la figure ardente et passionnée d'Isabel, les personnages les plus importants de ce malheureux règne.

Car, pour eux, la France se divisa en deux partis et prit deux cœurs, l'un battant au nom d'Orléans et l'autre au nom de Bourgogne : chaque parti, partageant la haine et l'amour de celui qu'il avait choisi pour maître, aima de son amour et haït de sa haine, oubliant tout pour ne se souvenir que d'eux, tout jusqu'au roi qui était leur seigneur, tout jusqu'à la France qui était leur mère.

Sur les deux côtés de la route et sans suivre de rang, s'avançait sur un cheval blanc madame Valentine, que nous avons déjà présentée à nos lecteurs comme la femme du jeune duc

---

[*] Ce diamant qui, lors de la bataille de Granson, se trouvait dans le trésor de Charles-le-Téméraire, tomba entre les mains des Suisses, fut vendu, en 1492, à Lucerne, au prix de 5,000 ducats, et passa de là en Portugal, en possession de don Antonio, prieur de Crato. Ce dernier descendant de la branche de Bragance, qui avait perdu le trône, vint à Paris et y mourut; le diamant fut alors acheté par Nicolas de Harlai seigneur de Sancy, de là son nom. La dernière estimation qu'on en a faite en portait, je crois, la valeur à 1,820,000 fr.

de Touraine : elle quittait son beau pays de Lombardie et venait pour la première fois en France, où tout lui semblait riche et nouveau. A sa droite marchait messire Pierre de Craon, le favori le plus cher du duc de Touraine, vêtu d'un costume à peu près pareil au sien, et qu'il lui avait fait faire comme preuve de l'amitié qu'il lui portait. Il était à peu près du même âge que le duc, beau comme lui, et comme lui affectait un air d'insouciance et de gaîté : cependant, en regardant fixement cet homme, il était facile de s'apercevoir que toutes les passions d'un cœur violent rayonnaient au fond de son œil sombre, que c'était une de ces volontés de fer qui arrivent toujours à leur but soit de haine, soit d'amour, et qu'il y avait peu enfin à gagner en l'ayant pour ami, et tout à craindre à l'avoir pour ennemi. A la gauche de la duchesse, et vêtu de son armure de fer qu'il portait avec la même facilité que les autres seigneurs leur costume de velours, était le sire Olivier de Clisson, connétable de France : sa visière levée laissait apercevoir la figure franche et loyale du vieux soldat, et une cicatrice qui lui partageait tout le front, souvenir sanglant de la bataille d'Auray, prouvait que l'épée fleurdelisée qui pendait à son côté avait été accordée non à l'intrigue ou à la faveur, mais à de bons et loyaux services. En effet, Clisson, né en Bretagne, avait été élevé en Angleterre ; mais, à l'âge de dix-huit ans, il était revenu en France, et depuis ce temps avait chaudement et vaillamment combattu dans les armées royales.

Nous nous contenterons, après les personnes que nous venons de faire passer sous les yeux de nos lecteurs, de nommer simplement par leurs noms ceux et celles qui faisaient suite ; c'étaient la duchesse de Bourgogne et la comtesse de Nevers, conduites par messire Henri de Bar et le comte de Namur.

C'était madame d'Orléans, sur un palefroi très bien et très richement paré, et que menaient messire Jacquemes de Bourbon et messire Philippe d'Artois.

C'étaient madame la duchesse de Bar et sa fille, accompagnées de messire Charles d'Albret et du seigneur de Coucy, dont le nom éveillerait tout seul un grand souvenir si nous ne nous hâtions de l'évoquer pour lui, en répétant cette devise, la plus modeste ou la plus hautaine peut-être du temps :

Ne suis prince ni duc aussy,
Je suis le seigneur de Coucy.

Nous ne ferons maintenant nulle mention des seigneurs, dames et demoiselles qui venaient derrière, soit sur coursiers, chars couverts ou palefrois. Il nous suffira de dire que la tête du cortège où se trouvait la reine touchait aux faubourgs de la capitale, que les pages et écuyers qui en formaient la fin n'étaient point encore sortis de Saint-Denis. Tout le long de la route la jeune reine avait été accueillie par les cris de : Noël ! qui remplaçaient alors ceux de Vive le roi ! car, dans cette époque de croyance, le peuple n'avait point trouvé de mot qui exprimât mieux sa joie que celui qui rappelait le jour de la naissance du Christ. Maintenant il est presque inutile d'ajouter que les regards des hommes se partageaient entre madame Isabel de Bavière et madame Valentine de Milan, et ceux des femmes entre le duc de Touraine et le comte de Nevers.

Arrivée à la porte Saint-Denis, la reine s'arrêta, car on avait préparé là, pour elle, une première station. — C'était une espèce de grand reposoir, tout tendu de satin bleu, avec un ciel étoilé d'or : dans les nuages qui couraient sur ce ciel, il y avait des enfans vêtus en anges qui chantaient doucement et mélodieusement, faisant concert à une jeune et belle fille qui représentait Notre-Dame : elle tenait sur ses genoux un petit enfant, image de l'enfant Jésus, lequel jouait avec un moulinet fait d'une grosse noix, et le haut de ce ciel, armorié des écussons écartelés de France et de Bavière, était éclairé par ce soleil d'or resplendissant que nous avons dit être la devise du roi. La reine fut fort émerveillée de ce spectacle, et en loua beaucoup l'ordonnance ; puis, lorsque les anges eurent fini leur cantique et que l'on pensa que la reine avait tout examiné, le fond du reposoir s'ouvrit, laissant voir toute

la grande rue Saint-Denis couverte ainsi qu'une tente immense, et toutes les maisons tapissées de camelots et de soie, comme si, dit Froissart, les draps eussent été donnés pour rien, ou que l'on eût été à Alexandrie ou à Damas.

La reine s'arrêta un instant : on eût dit qu'elle hésitait à se hasarder dans cette capitale qui l'attendait avec tant d'impatience et la saluait avec tant d'amour. Un pressentiment lui disait-il, à elle, jeune et belle, et qui entrait ainsi accompagnée de tant de pompes et de fêtes, que son cadavre sortirait un jour exécré et maudit de cette même ville, porté sur le dos d'un batelier chargé par le concierge de l'hôtel Saint-Paul de remettre ce qui restait d'Isabel de Bavière aux religieux de Saint-Denis.

Elle se remit cependant en route, mais on la vit pâlir en s'engageant dans cette longue rue, et en partageant cette foule immense en murailles humaines qui n'auraient eu qu'à se rapprocher pour briser entre elles reine, chevaux et litière. Cependant nul accident n'advint, les bourgeois gardèrent leurs rangs, et l'on arriva bientôt devant une fontaine couverte de draps d'azur avec un semis de fleurs de lis d'or ; tout autour de cette fontaine étaient des colonnes peintes et ciselées, auxquelles on avait suspendu les plus nobles écussons de France ; au lieu d'eau elle versait à pleins bords du piment et de l'hypocras, parfumés d'épiceries et d'aromates d'Asie, et autour des colonnes se tenaient debout de jeunes filles portant à la main des coupes d'or et des hanaps d'argent, dans lesquels elles offrirent à boire à Isabel et aux princes et seigneurs de sa suite. La reine prit une coupe des mains de l'une d'elles, la portant à sa bouche pour lui faire honneur, et la lui rendit aussitôt : mais le duc de Tourraine saisit vivement aux mains de la jeune fille la même coupe, parut chercher la place où les lèvres de la reine s'étaient posées, et la pressant des siennes au même endroit, il avala d'un trait la liqueur que la bouche de la souveraine avait effleurée. Les couleurs bannies un instant des joues d'Isabel y reparurent rapidement, car il n'y avait point à se tromper à cette action du duc, qui, si rapide qu'elle fût, ne passa point sans être remarquée ; si bien qu'on en causa le soir fort diversement à la cour, un grand nombre de gens les plus opposés d'opinion se réunirent à cet égard pour trouver le duc bien téméraire d'avoir osé se permettre une pareille liberté envers la femme de son seigneur et maître, et la reine bien indulgente de ne l'avoir désapprouvée que par sa rougeur.

Un nouveau spectacle vint promptement, du reste, faire diversion à cet incident : on était arrivé en face du couvent de la Trinité, et, devant la porte, s'élevait un échafaud en forme de théâtre, sur lequel devait être représenté le pas d'armes du roi Sallah-Eddin. Les chrétiens y étaient en conséquence rangés d'une part, les Sarrasins de l'autre, et dans les deux troupes, on reconnaissait tous les personnages qui avaient figuré dans cette fameuse joûte, les acteurs qui les représentaient, portant des armures du treizième siècle et les écussons et devises de ceux dont ils jouaient les rôles. Au fond était assis le roi de France Philippe-Auguste, et, debout, autour de lui, les douze pairs de son royaume. Au moment où la litière de la reine fit halte devant l'échafaud, le roi Richard-Cœur-de-Lion sortit des rangs, vint à Philippe de France, mit un genou en terre, et lui demanda permission d'aller combattre les Sarrasins : Philippe-Auguste la lui accorda gracieusement ; aussitôt Richard se leva, alla joindre ses compagnons, les mit en ordonnance de guerre, et vint incontinent avec eux assaillir les infidèles ; alors il y eut grand ébattement de part et d'autre, à la fin duquel les Sarrasins furent vaincus et mis en déroute. Une partie des fuyards se sauva par les fenêtres du couvent, qui étaient de plain-pied avec le théâtre, et qu'on avait laissées ouvertes à cet effet : mais cela n'empêcha point qu'il n'y eût nombre de prisonniers de faits ; le roi Richard les amena devant la reine, qui demanda leur liberté et qui, pour leur rançon, détacha un bracelet d'or et le donna au vainqueur. — Oh ! dit alors le duc de Touraine, appuyant sa main sur la litière, si j'avais su que cette récompense fût réservée à l'acteur, nul autre que moi n'aurait joué le rôle du roi Richard !... Isabel porta les yeux sur le second bracelet, dont l'un de ses bras était encore paré, puis,

réprimant ce premier mouvement qui avait trahi sa pensée :
—Vous êtes fou et insensé, monseigneur le duc, lui dit-elle,
de pareils jeux sont bons pour baladins ou bouffons, et ne
seraient point séans au frère du roi.

Le duc de Touraine allait répondre sans doute, mais Isabel donna le signal du départ, et, tournant la tête vers le duc
de Bourbon, elle causa avec lui sans plus regarder son beau-
frère, jusqu'au moment où elle arriva devant la seconde porte
Saint-Denis, qui s'appelait la Porte-aux-Peintres, et qui fut
démolie sous François Ier. Là il y avait un château magnifiquement simulé, et, comme à la première porte, un ciel étoilé
au milieu duquel apparaissait en toute majesté Dieu le
père, le fils et le Saint-Esprit; puis, autour de la Trinité, de
jeunes enfans de chœur chantant doucement le *G oria* et le
Veni creator. Au moment où la reine passa, la porte du paradis s'ouvrit, et deux anges aux auréoles d'or, aux ailes
peintes, vêtus l'un de rose et l'autre de bleu, portant aux
pieds des souliers à la poulaine tout brodés d'argent, en sortirent tenant une très riche couronne d'or garnie de pierres
précieuses, et, se laissant glisser jusqu'à la reine, la lui
posèrent sur la tête en chantant ce quatrain :

> Dame enclose entre fleurs de lys,
> Vous êtes royne de Paris,
> De France et de tout le pays.
> Nous en rallons en paradis.

Et à ce dernier vers, ainsi qu'ils venaient de le dire, ils
remontèrent au ciel, dont l'entrée se referma sur eux.

Cependant, de l'autre côté de la porte, de nouveaux personnages attendaient la reine, et l'on vint doucement la prévenir de leur présence, afin que leur aspect ne lui fit pas une
impression de frayeur, ce qui n'aurait probablement pas manqué d'arriver sans cette précaution; c'étaient les députés des
six corps des marchands portant un dais, qui venaient réclamer le vieux privilége qui les autorisait à accompagner,
lors de leur entrée à Paris, les rois et les reines de France,
depuis la porte Saint-Denis jusqu'au palais. Ils étaient suivis
par les représentans des différens corps de métier, vêtus
d'habits de caractère et figurant les sept péchés mortels:
Orgueil, Avarice, Paresse, Luxure, Envie, Colère et Gour
mandise; et, par opposition, les sept vertus chrétiennes :
Foi, Espérance, Charité, Tempérance, Justice, Prudence et
Force, tandis qu'à côté d'eux, et formant un groupe à part,
étaient la Mort, le Purgatoire, l'Enfer et le Paradis. Quoique
prévenue, la reine manifesta, en apercevant cette étrange
mascarade, une certaine répugnance à se remettre entre ses
mains. Le duc de Touraine, de son côté, était fort irrité de
quitter la place qu'il occupait auprès de la litière; mais les
privilèges du peuple étaient là, vivans, et réclamant leur
place aux deux côtés de la royauté. Le duc de Bourbon et les
autres seigneurs avaient déjà abandonné la voiture et étaient
allés reprendre leurs rangs loin de la litière, que se retourna vers le duc
de Touraine, qui se tenait obstinément à la portière.

— Monseigneur, lui dit-elle, votre plaisir serait-il de céder
la place à ces bonnes gens, ou attendez vous notre congé
pour vous retirer?

— Oui, madame et reine, répondit le duc, j'attendais un
ordre de vous, et surtout un regard qui me donnât la force
d'y obéir.

— Monsieur mon beau-frère, dit Isabel en se penchant du
côté du duc, je ne sais si nous pourrons nous revoir pendant
cette soirée, mais n'oubliez pas que demain je suis non-seulement reine de France, mais encore reine des joûtes, et que
ce bracelet sera la récompense du vainqueur.

Le duc s'inclina jusqu'aux panneaux de la voiture d'Isabel:
ceux qui étaient éloignés de l'endroit où se passait cette
scène ne virent dans cette salutation qu'une de ces marques
de respect que tout sujet, fût-il prince du sang, doit à sa
souveraine; mais quelques-uns, qui, placés sur un plan plus
rapproché, purent plonger leur regard dans l'étroit intervalle
qui se trouvait entre la litière et le cheval, crurent remarquer
que dans ce moment les lèvres du duc ayant rencontré la main

de sa belle-sœur, s'y étaient attachées avec plus d'ardeur et
l'avaient pressée plus longtemps que ne le permettait l'étiquette du baise-main.

Quoi qu'il en soit, le duc se releva sur ses arçons, le front
radieux de joie et de bonheur ; Isabel ramena comme un voile
sur son visage les longues barbes qui tombaient de son hé-
nin; un dernier regard s'échangea entre eux à travers cette
gaze complaisante, puis le duc piqua son cheval et alla prendre près de sa femme la place du connétable de Clisson. Pen
dant ce temps, les députés des six corps de marchands passèrent aux deux bords de la litière royale, trois de chaque
côté, soutenant le dais au-dessus de la reine ; les Vertus chrétiennes et les Péchés mortels prirent place à leur suite, et
derrière eux marchèrent au pas, et avec la gravité qui convenait à leur rôle, la Mort, le Purgatoire, l'Enfer et le Paradis,
Le cortège reprit donc sa marche, mais un accident bizarre
en vint bientôt déranger l'ordonnance.

Au coin de la rue des Lombards et de la rue Saint-Denis,
deux hommes montés sur le même cheval causaient une
grande rumeur, la foule était telle, que c'était merveille
qu'ils fussent parvenus là ; il est vrai qu'ils paraissaient peu
soucieux des menaces que poussaient contre eux les pauvres
diables qu'ils culbutaient sur leur route; leur audace avait
même été jusqu'à braver les sergens, et recevoir avec une
indifférence stoïque les coups de baguette à l'aide desquels
ceux-ci espéraient leur faire rebrousser chemin ; mais menaces et coups avaient été perdus. Ils n'en avançaient pas
moins, rendant avec usure à droite et à gauche les horions
qu'ils recevaient, poussant devant eux le peuple avec la poitrine de leur cheval, comme un vaisseau chasse la mer avec
sa proue, et s'ouvrant au milieu de ces flots qui se refermaient
sur leur sillage un chemin lent, mais continu : ils étaient
arrivés enfin et de cette manière à temps pour voir le cortége, et l'on espérait qu'ils allaient tranquillement le regarder
défiler, lorsqu'au moment où la reine Isabel passait devant
eux, celui des deux qui tenait les rênes parut recevoir un ordre de son camarade. Aussitôt, prompt à lui obéir, il frappe
presque en même temps du bâton qu'il tenait à la main la tête
et la croupe des deux chevaux de la garde bourgeoise qui bar-
raient le passage; l'un s'avança, l'autre recula ; une espèce
de brèche s'ouvrit par cette solution de continuité. Les cavaliers en profitèrent pour s'élancer au milieu du cortége, passèrent à deux pas du cheval de la duchesse de Touraine, qui,
effarouché de cette brusque apparition, eût certainement renversé madame Valentine, si le sire de Craon n'eût saisi le
palefroi par le mors, au moment où il se cabrait, et se précipitèrent vers la reine renversant sur l'Enfer, la
Mort sur le Purgatoire, et les Vertus chrétiennes sur les Péchés capitaux. Ils arrivèrent ainsi près de la litière, au milieu des cris de tout le peuple qui les prenait pour de mauvais garçons ou des insensés, et poursuivis par les ducs de
Touraine et de Bourbon qui, les voyant se diriger vers madame Isabel et craignant de leur part quelque mauvaise intention, avaient mis l'épée à la main pour la défendre.

La reine, de son côté, avait eu grand'peur à tout ce bruit.
Elle ignorait encore quelle en était la cause, lorsqu'elle aperçut, entre les députés des marchands qui tenaient le dais et
la litière, les deux coupables. Son premier mouvement fut de
se renverser en arrière, mais celui des deux cavaliers qui
était en croupe lui dit quelques mots à demi-voix, souleva son
chaperon, en détacha une grosse chaîne d'or enrichie de
fleurs de lis en diamans, la passa au cou de la reine, qui s'inclina gracieusement pour recevoir son présent, et piqua des
deux son cheval qui repartit comme un trait. Presque au
même instant, arrivèrent les ducs de Touraine et de Bourgogne, qui n'ayant rien vu de ce qui s'était passé, si ce n'est
que ces hommes tenaient la reine en leur puissance, brandis-
saient leurs épées et criaient : A mort, à mort les traîtres !
Le peuple était si serré partout qu'il y avait pas de doute
qu'ils ne parvinssent à rejoindre les cavaliers inconnus, d'autant plus qu'ils éprouvaient la même peine à sortir de la rue
Saint-Denis qu'ils avaient eue à y arriver : chacun était donc
dans l'attente de quelque catastrophe, lorsque la reine, voyant
ce dont il s'agissait, se leva à demi dans sa litière, étendit les

bras vers son beau-frère et son cousin, criant : — Messei gneurs, qu'allez-vous faire ? c'est le roi !...

Les deux ducs s'arrêtèrent à l'instant, puis tremblant à leur tour qu'il n'arrivât quelque chose à leur souverain, ils se dressèrent presque debout sur leurs étriers, et étendant avec le geste du commandement leurs épées vers la foule, ils crièrent d'une voix forte : — C'est le roi, messieurs et seigneurs ! puis ôtant leurs chaperons, ils ajoutèrent : Honneur et respect au roi !

Le roi, car c'était en effet Charles VI lui-même qui était en croupe derrière messire Charles de Savoisy, répondit à ces paroles en levant à son tour son aumusse, et le peuple put reconnaître à ses longs cheveux châtains, à ses yeux bleus, à sa bouche un peu grande, mais ornée de dents magnifiques, à l'élégance de sa tournure et surtout à l'air de bienveillance répandu par toute sa personne, le souverain auquel il conserva, malgré les malheurs qui avaient accablé ses sujets durant le cours de son règne, le nom de *Bien-Aimé* qu'il lui avait donné par avance le jour où il monta sur le trône.

Alors les cris de Noël ! retentirent de tous côtés : les écuyers et les pages agitèrent les bannières de leur maître, les dames leurs écharpes et mouchoirs ; puis ce serpent gigantesque qui rampait dans toute la longueur de la rue Saint-Denis, comme dans un immense ravin, sembla redoubler de vie, et roula plus activement de la tête à la queue ses anneaux bariolés, car un grand mouvement se fit où chacun essaya de voir le roi ; mais profitant de la voie que le respect ouvrait devant son incognito trahi, Charles VI était déjà disparu.

Il s'écoula bien une demi-heure avant que le désordre causé par cet événement fût calmé. Il courait encore par la foule un reste d'agitation qui l'empêchait de reprendre ses rangs : messire Pierre de Craon en profita pour faire malicieusement remarquer à madame Valentine que son mari, le seul qui aurait pu abréger peut-être cette station en revenant prendre place à ses côtés, la prolongeait au contraire en causant avec la reine et en empêchant la litière, qui devait donner le signal du départ, de se remettre en marche. Madame Valentine essaya de sourire insoucieusement à ces paroles, mais un soupir à demi étouffé sortit du fond de sa poitrine et donna un démenti à ses yeux ; puis elle ajouta avec une voix dont elle voulait cacher en vain l'émotion : —Messire Pierre, que ne faites-vous cette observation au duc lui-même, vous qui êtes son fidèle ?

— C'est ce dont je me garderai sans votre ordre exprès, madame ; son retour ne m'ôtera-t-il pas le privilège que me donne son absence, celui de veiller sur vous ?

— Mon seul et véritable gardien est monseigneur le duc de Touraine, et puisque vous n'attendiez que mon ordre, allez lui dire que je le prie de revenir près de moi.

Pierre de Craon s'inclina et alla porter au duc les paroles de madame Valentine. Au moment où ils revenaient ensemble vers elle, un cri perçant partit de la foule ; une jeune fille venait de s'évanouir. Cet accident était chose trop commune en pareille circonstance pour que les hauts personnages dont nous nous occupons en ce moment y fissent la moindre attention. Ils revinrent donc, sans même jeter les yeux du côté où cet événement était arrivé, prendre leur place près de madame la duchesse de Touraine ; et comme si le cortège n'eût attendu que ce moment, il se remit aussitôt en marche, mais il trouva bientôt un motif pour s'arrêter de nouveau.

A la porte du Châtelet de Paris, il y avait un échafaud représentant un château en bois peint comme des pierres, et aux angles duquel s'élevaient deux guérites rondes supportant des sentinelles armées de toutes pièces ; la grande chambre du rez-de-chaussée de ce château était ouverte aux regards du public, comme si on en avait abattu la muraille donnant sur la rue : dans cette chambre il y avait un lit paré et encourtiné aussi richement que l'était celui du roi en son hôtel Saint Paul, et dans ce lit, qui figurait le lit de justice, était couchée une jeune fille représentant madame Saint-Anne.

Autour de ce château, on avait planté tant de beaux arbres verts qu'on eût dit une forêt des plus touffues, et dans cette forêt courait une multitude de lièvres et de lapins, tandis qu'une foule d'oiseaux de toutes couleurs voletaient de bran-

che en branche, au grand étonnement de la multitude, qui se demandait comment on avait pu priver ainsi des animaux ordinairement aussi farouches. Mais on s'émerveilla bien davantage lorsqu'on vit sortir de ce bois un beau cerf blanc de la grandeur de ceux qui étaient enfermés à l'hôtel du roi, si artistement travaillé qu'on l'eût cru vivant et animé, car un homme caché dans son corps faisait remuer ses yeux, ouvrir sa bouche et marcher ses jambes. Il avait les bois dorés, une couronne pareille à la couronne royale au cou, et sur sa poitrine pendait l'écusson d'azur à trois fleurs de lis d'or, représentant les armes du roi et de la France. Ainsi fier et beau, le noble animal s'avança vers le lit de justice, prit avec sa patte droite le glaive qui en est le symbole, et le levant en l'air, il le fit trembler. En cet instant, et de la forêt opposée, on vit sortir un lion et un aigle, symboles de la force, et qui voulurent, par force, enlever le glaive sacré ; mais douze jeunes filles vêtues de blanc, portant chacune un chapelet d'or d'une main, une épée nue de l'autre, sortirent à leur tour de la forêt, et symboles de religion, entourèrent le cerf et se mirent en mesure de le défendre. Après quelques vaines tentatives pour accomplir leur dessein, le lion et l'aigle vaincus rentrèrent dans la forêt. Le rempart vivant, qui défendait la justice, s'ouvrit, et le cerf vint gentiment se mettre à genoux devant la litière de la reine, qui le flatta et le caressa comme elle avait l'habitude de faire à ceux que le roi nourrissait en son hôtel. Cette ordonnance fut trouvée très curieuse et par la reine et par les seigneurs de sa suite.

Cependant la nuit était venue, car depuis Saint-Denis on n'avait pu marcher qu'au petit pas, et les différens spectacles échelonnés le long de la route avaient grandement retardé le cortège ; mais enfin l'on approchait de Notre-Dame où se rendait la reine. Le Pont-au-Change seul restait à traverser, et l'on ne croyait pas que l'on pût encore inventer quelque chose de nouveau, lorsqu'on vit tout-à-coup un spectacle merveilleux et inattendu : un homme vêtu comme un ange apparut au faîte des tours de Notre-Dame portant un flambeau de chaque main, et marchant sur une corde si fine, qu'à peine si elle se voyait ; il descendit pardessus les maisons semblant glisser dans l'air comme par miracle, et vint en faisant une foule de tours et d'expertises se poser sur une des maisons qui bordaient le pont *. Lorsque la reine fut en face de lui, elle lui défendit de s'en aller par le même chemin de peur de quelque accident ; mais lui, sachant bien quel motif lui avait fait donner cet ordre, n'en tint aucun compte, et remontant à reculons pour ne pas tourner le dos à sa souveraine, il regagna le sommet de la tour de la cathédrale, et s'enfonça dans la même ouverture par laquelle il était sorti. La reine demanda quel était cet homme si léger et si habile, il lui fut répondu que c'était un Génois d'origine, maître en ces sortes de jeux.

Pendant cette dernière féerie, des marchands d'oiseaux s'étaient rassemblés en grand nombre sur la route de la reine, portant en cage une foule de passereaux auxquels ils donnèrent la volée tout le long du pont, et tandis que la reine passait. C'était une vieille coutume qui faisait allusion à l'espérance que le peuple avait toujours qu'un nouveau règne donnerait le vol à de nouvelles libertés ; la coutume s'est perdue, mais non l'espérance.

Arrivée à l'église Notre Dame, la reine trouva debout sur les marches du portail l'évêque de Paris, revêtu de sa mitre et de son étole, casqué et cuirassé de Notre-Seigneur ; autour de lui étaient le grand clergé et les députés de l'Université, à laquelle son fils, la fille aînée du roi, donnait le privilège d'assister au couronnement. La reine descendit de sa litière, ce que firent aussi les dames de sa suite, ainsi que les chevaliers, qui donnèrent leurs chevaux à garder à leurs pages ou varlets ; et, accompagnée des ducs de Touraine, de Berr,

---

* Froissart et le religieux de Saint-Denis racontent le même fait ; seulement Froissart indique comme théâtre de ce jour le pont Saint-Michel, tandis que le religieux de Saint-Denis nomme le pont au Change. Froissart se trompe évidemment : un pareil spectacle ne pouvait pas être préparé sur le pont Saint-Michel, placé de l'autre côté de l'église Notre-Dame, et qui, par conséquent, ne se trouvait point sur la route de la reine.

de Bourgogne et de Bourbon, elle entra dans l'église, suivant l'évêque et le clergé qui chantaient haut et clair les louanges de Dieu et de la Vierge Marie.

Arrivée en face du grand autel, madame Isabel se mit dévotement à genoux, et ayant dit ses oraisons, fit cadeau à l'église Notre-Dame de quatre draps d'or et de la couronne que les anges lui avaient posée sur la tête à la deuxième porte Saint-Denis. En échange, messire Jean de La Rivière et messire Jean Le Mercier en apportèrent une plus riche et plus belle, pareille à celle que portait le roi lorsqu'il siégeait sur son trône. L'évêque la prit par la fleur de lis qui la fermait, et les quatre ducs la soutenant de la main, la posèrent doucement sur la tête de madame Isabel; de grands cris de joie s'élevèrent aussitôt de tous côtés, car de ce moment seulement madame Isabel était bien véritablement reine de France.

La reine et les seigneurs sortirent alors de l'église et remontèrent comme auparavant sur leur litière, palefrois et chevaux; il y avait aux deux côtés du cortège six cents serviteurs portant des cierges, si bien qu'il brillait autant de clarté dans les rues que si le soleil eût été au ciel. C'est ainsi que la reine fut conduite au palais de Paris où l'attendait le roi, ayant à sa droite la reine Jeanne, et à sa gauche la duchesse d'Orléans. Arrivée devant lui, la reine descendit et se mit à genoux comme elle l'avait fait en l'église; indiquant par là qu'elle reconnaissait Dieu comme son seigneur au ciel, et le roi comme son seigneur sur la terre. Le roi la releva et l'embrassa; le peuple cria Noël! car il crut en les voyant si unis, si jeunes et si beaux, que les deux anges gardiens du royaume de France avaient quitté la droite et la gauche de Dieu.

Alors les seigneurs prirent congé du roi et de la reine pour se retirer chacun en son hôtel; il ne resta autour d'eux que ceux qui étaient de leur maison : quant au peuple, il demeura devant le palais, et cria Noël! jusqu'à ce que le dernier page fût entré derrière le dernier seigneur; alors la porte se referma, les lumières qui éclairaient la place se dispersèrent ou s'éteignirent petit à petit, la foule s'écoula par ces mille rues divergentes qui portent, comme des artères et des veines, la vie aux extrémités de la capitale; bientôt tout ce bruit ne fut plus qu'un bourdonnement, puis ce bourdonnement lui-même diminua peu à peu. Une heure après, tout était silence et obscurité, et l'on n'entendait frémir que la vague et sourde rumeur qui se compose de ces bruits nocturnes et indéfinissables qui semblent la respiration profonde d'un géant endormi.

Nous nous sommes longuement étendu sur l'entrée de la reine Isabel dans la ville de Paris, sur les personnages qui l'accompagnaient, et sur les fêtes qui lui furent données à cette occasion; et cela, non-seulement pour donner à nos lecteurs une idée des mœurs et coutumes du temps, mais encore pour montrer, faibles et timides comme des fleuves à leurs sources, ces amours funestes et ces haines mortelles qui, dès lors, prenaient naissance autour du trône : maintenant nous allons les voir s'agiter à tous les vents, grossir à tous les orages et traverser, effrénées et fatales, cette terre de France où elles devaient creuser de si profondes traces, et ce malheureux règne que leur débordement devait ravager.

II.

Il n'est pas de romancier ou d'historien qui n'ait fait sou amplification métaphysique sur les causes minimes et les grands effets; c'est qu'en vérité il est impossible de sonder les profondeurs de l'histoire ou les replis du cœur sans être effrayé en voyant combien facilement un frivole incident, qui passa d'abord indifférent et inaperçu à sa naissance, au milieu de cette multitude d'infiniment petits événements qui composent la vie, peut, au bout d'un certain laps de temps, devenir catastrophe pour une existence ou pour un empire; aussi est-ce une des plus attachantes études du poète et du

philosophe que de descendre dans cette catastrophe accomplie, comme dans le cratère d'un volcan éteint, puis, la suivant dans toutes ses ramifications, de la remonter jusqu'à sa source. Il est vrai que ceux qui leur esprit porte à se livrer à de pareilles recherches, qui s'y livrent longuement et avec passion, risquent d'échanger petit à petit leurs idées anciennes contre des idées nouvelles; et selon qu'ils marchent guidés par le flambeau de la science ou l'étoile de la foi, de religieux qu'ils étaient deviennent athées, ou d'irréligieux, croyans; car, dans l'enchaînement des circonstances, l'un a cru reconnaître le caprice fantastique du hasard, l'autre a cru voir la main intelligente de Dieu. L'un a dit comme Ugo Foscolo : *Fatalité*; l'autre a dit comme Sylvio Pellico : *Providence*; et alors ont été proférés par eux les deux seuls mots qui aient leurs équivalens complets dans notre langue : désespoir et résignation.

C'est sans doute par le mépris qu'ils ont fait de ces petits détails et de ces curieuses recherches, que nos historiens modernes nous ont rendu si sèche et fatigante l'étude de notre histoire *; ce qu'il y a de plus intéressant dans l'organisation de la machine humaine ce ne sont pas les organes nécessaires de la vie, mais les muscles qui en reçoivent la force et la combinaison multiple des veines qui leur portent e sa ng.

Au lieu de cette critique à laquelle nous voudrions nous soustraire, peut-être encourons-nous le reproche opposé; cela tient à notre conviction que dans l'organisation matérielle de la nature, comme dans l'existence morale de l'homme, dans la succession des êtres comme dans les événements de la vie, rien n'est heurté, aucun degré de l'échelle de Jacob n'est rompu, et que chaque espèce a son lien, toute chose son précédent.

Nous ferons donc tout ce qu'il sera en notre pouvoir pour que jamais ce fil, qui liera les petits événemens aux grandes catastrophes, ne se rompe entre nos mains, et nos lecteurs n'auront qu'à le suivre pour parcourir avec nous les mille détours du jardin de Dédale.

Cet exorde nous a semblé nécessaire au commencement d'un chapitre qui pourrait d'abord paraître étranger à celui que nous venons d'écrire, et sans adhérence avec ceux qui vont le suivre : il est vrai qu'on se serait promptement aperçu de la méprise, mais nous cédons à une peur d'expérience, et nous tremblons qu'on ne nous juge par partie, avant de nous embrasser dans notre ensemble. Cette explication donnée, nous revenons à notre sujet.

Si le lecteur ne craint pas de se hasarder avec nous dans ces rues de Paris que nous lui avons montrées à la fin du chapitre précédent si désertes et si sombres, nous le transporterons à l'angle de la rue Coquillière et de la rue du Séjour; à peine y serons-nous embusqués que nous verrons, par une porte dérobée de l'hôtel de Touraine, que devint depuis l'hôtel d'Orléans, sortir un homme enveloppé d'une de ces grandes houppelandes dont le capuchon se rabattait sur le visage, lorsque celui qui les portait voulait demeurer inconnu. Cet homme, après s'être arrêté pour compter l'heure, qui sonne dix fois à la grosse horloge du Louvre, trouve sans doute que cette heure est dangereuse; car, pour ne pas être surpris à l'improviste, il tire son épée du fourreau, la fait plier en l'appuyant sur le seuil, comme pour s'assurer de sa trempe, et, content, sans doute, de l'examen qu'il vient de faire, se met insoucieusement en marche, tirant avec la pointe d'acier des étincelles des pavés et chantant à demi-voix un vieux virelay du châtelain de Coucy.

Suivons-le dans la rue des Étuves, mais avec lenteur cependant, car il s'arrête au pied de la croix du Trahoir pour y faire une courte prière; puis, se relevant, il reprend sa chanson où il l'a abandonnée, et suit la grand'rue Saint-Honoré, chantant toujours plus bas au fur et à mesure qu'il se rapproche de la rue de la Ferronnerie; arrivé là, il cesse de chanter tout-à-fait, longe silencieusement le mur du cimetière des Saints-Innocens dans les trois quarts de sa lon-

---

* Il est bien entendu que des attaques de ce genre sont toujours exceptés Guizot, Châteaubriand et Thierry.

                                                            20

gueur; puis, tout-à-coup, traversant la rue rapidement et en ligne droite, il s'arrête devant une petite porte, à laquelle il frappe sourdement trois coups : il paraît du reste qu'il est attendu, car, si léger qu'ait été l'appel, on y répond par ces paroles : — Est-ce vous, maître Louis? et sur la réponse affirmative, la porte s'ouvre doucement et se referme aussitôt qu'il en a franchi le seuil.

Cependant, si pressé qu'il nous ait paru d'abord, ce personnage que nous venons d'entendre nommer maître Louis s'arrête dans l'allée, remet son épée au fourreau, et jetant sur les bras de son introductrice l'espèce de manteau à manches dont il est enveloppé, paraît revêtu d'un costume simple, mais élégant; ce costume, qui était celui d'un écuyer de bonne maison, se composait d'un chaperon de velours noir et d'un justaucorps de même étoffe et de même couleur, fendu depuis le poignet jusqu'à l'épaule pour laisser voir une manche collante de cendale verte, et se trouvait complété par un pantalon collant d'étoffe violette, sur l'une des cuisses duquel était brodé un écusson supportant trois fleurs de lis d'or, et surmonté d'une couronne ducale.

Lorsqu'il se trouva débarrassé de son manteau, maître Louis, quoiqu'il n'eût ni lumière, ni miroir, donna un instant à sa toilette, et ce ne fut que lorsqu'il eut tiré le bas de son justaucorps afin qu'il collât gracieusement sur sa taille, et qu'il se fut assuré que ses beaux cheveux blonds tombaient bien lisses et bien carrés sur ses épaules, qu'il dit d'un ton de voix léger :

— Bonsoir, nourrice Jehanne; vous êtes de bonne garde, merci. Que fait votre jolie maîtresse?

— Elle vous attend.

— C'est bien, me voilà. Dans sa chambrette, n'est-ce pas?

— Oui, maître.

— Son père?

— Couché.

— Bon.

En ce moment la pointe de sa poulaine rencontra la première marche de l'escalier tournant qui conduisait aux étages supérieurs de la maison, et, quoiqu'il n'y eût aucune clarté, il en monta les degrés en homme à qui le chemin est familier. Arrivé au second étage, il aperçut la lumière à travers l'ouverture d'une porte; aussitôt il s'en approcha doucement, et n'eut qu'à la pousser de la main pour se trouver dans un appartement dont l'ameublement était celui d'une personne de moyenne condition.

L'inconnu était entré sur la pointe des pieds et sans être entendu. Il put donc considérer un instant le tableau gracieux qui s'offrit à sa vue.

Près d'un lit à colonnes torses et encourtiné de damas vert, une jeune fille se tenait à genoux devant son prie-Dieu; elle était vêtue d'une longue robe blanche dont les manches pendantes jusqu'à terre laissaient voir, à partir du coude, des bras gracieusement arrondis terminés par deux mains blanches et effilées sur lesquelles reposait en ce moment sa tête; ses longs cheveux blonds tombant sur ses épaules suivaient les ondulations de sa taille et descendaient comme un réseau d'or jusqu'au plancher : il y avait dans ce costume quelque chose de si simple, de si céleste et de si aérien, qu'on aurait pu croire que celle qui le portait appartenait à un autre monde, si quelques sanglots étouffés n'avaient dénoncé une fille de la terre, née de la femme et faite pour souffrir.

En entendant ses sanglots, l'inconnu fit un mouvement : la jeune fille se retourna. L'inconnu resta immobile en la voyant si triste et si pâle.

Alors elle se leva, s'avança lentement vers le beau jeune homme, qui la regardait venir, tout silencieux et tout étonné; puis, arrivée à quelques pas de lui, elle mit un genou en terre.

— Que faites-vous, Odette? lui dit-il, et que signifie cette attitude?

— C'est, répondit la jeune fille en secouant doucement la tête, celle qui convient à une pauvre enfant comme moi, lorsqu'elle se trouve en face d'un grand prince comme vous.

— Rêvez-vous, Odette?

— Plût au ciel que je rêvasse, monseigneur, et qu'en me réveillant je me trouvasse comme j'étais avant de vous voir, sans larmes dans les yeux, sans amour dans le cœur.

— Sur mon âme, vous êtes folle, ou quelqu'un vous aura dit un mensonge. Voyons.

A ces mots, il jeta les bras autour de la taille de la jeune fille et la releva; mais elle éloigna sa poitrine de celle du duc en le repoussant avec les deux mains et en se courbant en arrière, mais sans cependant pouvoir rompre le lien qui la retenait.

— Je ne suis pas folle, monseigneur, continua-t-elle sans essayer de faire pour se dégager un autre effort dont elle sentait l'impuissance, et personne ne m'a dit un mensonge : je vous ai vu.

— Où cela?

— Au cortége, parlant à madame la reine, et je vous ai reconnu, quoique vous fussiez bien magnifiquement vêtu, monseigneur.

— Mais vous vous trompez, Odette, et quelque ressemblance vous abuse.

— Oui, j'ai essayé aussi de le croire, et je l'eusse cru peut-être; mais un autre seigneur est venu vous parler, et j'ai reconnu celui qui vint avant-hier avec vous ici, que vous appeliez votre ami, et que vous disiez comme vous au service du duc de Touraine.

— Pierre de Craon?

— Oui, c'est ce nom, je crois... que l'on m'a dit.

Elle fit une pause, puis elle reprit tristement :

— Vous ne m'avez pas vue, vous, monseigneur, car vous n'aviez de regards que pour la reine; vous n'avez pas entendu le cri que j'ai poussé lorsque je me suis évanouie et que j'ai cru mourir, car vous n'écoutiez que la voix de la reine, et cela est tout simple, elle est si belle! Ah!... ah! mon Dieu! mon Dieu! le cœur de la pauvre enfant se fondit en sanglots.

— Eh bien! Odette, dit le duc, qu'importe qui je suis, si je t'aime toujours?

— Qu'importe? monseigneur! dit Odette en se détachant de ses bras. — Qu'importe? dites-vous; je ne vous comprends pas.

Mais presque aussitôt, et comme fatiguée de cet effort, elle laissa tomber sa tête sur sa poitrine, regardant toujours le duc.

— Et que serais-je devenue, dit-elle, si, vous croyant mon égal, je vous eusse cédé dans l'espoir que vous m'épouseriez, quand vous m'imploriez à genoux! Ce soir, en venant, vous m'eussiez trouvée morte. Oh! mais vous m'auriez bien vite oubliée : la reine est si belle!...

— Voyons, Odette : eh bien! oui, je t'ai trompée en te disant que je n'étais qu'un écuyer : je suis le duc de Touraine. C'est vrai.

Odette poussa un profond soupir.

— Mais, dis-moi, ne m'aimes-tu pas mieux riche et brillant comme tu m'as vu hier, que simple et pauvre comme me voilà?

— Moi, monseigneur, je ne vous aime pas.

— Comment! mais tu m'as dit vingt fois...

— J'aimerais l'écuyer Louis, j'aimerais celui là qui est l'égal de la pauvre Odette de Champdivers; je l'aimerais à lui donner en souriant mon sang et ma vie : je les donnerais aussi, par devoir, à monseigneur le duc de Touraine. Mais, que ferait de ma vie et de mon sang le noble mari de madame Valentine de Milan, le galant chevalier de la reine Isabel de Bavière?

Le duc allait répondre, lorsqu'en ce moment la nourrice entra tout effrayée.

— Oh! ma pauvre enfant, dit-elle en courant à Odette, que veulent-ils faire de vous?

— Qui donc? dit le duc.

— Oh! maître Louis! on envoie chercher mademoiselle.

— Et d'où cela?

— De la cour.

Le duc fronça le sourcil.

— De la cour? Il regarda Odette. — Et qui l'envoie chercher, s'il vous plaît? ajouta-t-il en regardant Jehanne avec
défiance.

— Madame Valentine de Milan.

— Ma femme! s'écria le duc.

— Sa femme! répéta Jehanne interdite.

— Oui, sa femme, dit Odette en appuyant sa main sur l'é-
paule de sa nourrice : c'est monseigneur le frère du roi que
tu vois. Et il a une femme, et il lui aura dit en riant à cette
femme : — Il y a dans la rue de la Ferronnerie, en face du cimetière des Saints-Innocens, une pauvre fille qui me reçoit
tous les soirs pendant que son vieux père... Oh! c'est miraculeux comme elle m'aime! Odette se mit à rire amèrement.

— Voilà ce qu'il lui a dit. Et sa femme veut me voir sans
doute.

— Odette! interrompit violemment le duc, si ceci est, que
je meure! J'aurais mieux aimé perdre cent mille livres, et
que cela ne fût pas arrivé! Oh! je vous le jure, je saurai qui
peut avoir révélé nos secrets; et malheur à celui qui se sera
ainsi joué de moi! Il fit un mouvement pour sortir.

— Où allez-vous, monseigneur? dit Odette.

— Nul dans mon hôtel de Touraine n'a le droit de donner
d'ordres que moi seul, et je vais donner l'ordre aux gens
qui sont en bas de se retirer à l'instant même.

— Vous êtes le maître de faire ce que vous voudrez, monseigneur; mais ces hommes vous reconnaîtront : ils diront
à madame Valentine que vous êtes ici, ce qu'elle ignore
peut-être; elle me croira plus coupable que je ne le suis encore, et alors je serai perdue sans miséricorde.

— Mais vous n'irez pas à l'hôtel de Touraine?

— Au contraire, monseigneur, il faut que j'y aille. Je verrai madame Valentine, et si elle n'a que des soupçons, je
lui avouerai tout; puis je tomberai à ses genoux : elle me
pardonnera. Quant à vous, monseigneur, et vous pardonnera aussi, et votre absolution sera même plus facile à obtenir que la mienne.

— Faites ce que vous voudrez, Odette, dit le duc; vous
avez toujours raison et vous êtes un ange.

Odette sourit tristement et fit signe à Jehanne de lui donner une mante.

— Et comment allez-vous aller à l'hôtel?

— Ces hommes ont une litière, répondit Jehanne en posant la mante sur les épaules nues de sa maîtresse.

— Dans tous les cas, je veillerai sur vous, dit le duc.

— Dieu y a déjà veillé, monseigneur, et j'espère qu'il me
fera la grâce d'y veiller encore.

À ces mots elle salua le duc avec respect et dignité; puis
descendit l'escalier :

— Me voilà, messieurs, dit-elle aux hommes qui l'attendaient; je suis à vos ordres, conduisez-moi où vous voudrez.

Le duc resta un moment immobile et silencieux à la place
où l'avait laissé Odette; puis, s'élançant hors de l'appartement, il descendit rapidement l'escalier, s'arrêta un instant
à la porte de la rue pour voir quelle direction avaient prise
les hommes qui emmenaient la litière; il la vit s'avancer
entre deux torches vers la rue Saint-Honoré; alors il tourna, toujours courant, par la rue Saint-Denis; prit en retour
la rue aux Fers, et, traversant la halle au blé, il arriva à
l'hôtel de Touraine assez à temps pour apercevoir le cortége au bout de la rue des Étuves : certain de l'avoir de-
vancé de quelques minutes, il rentra alors par la porte dérobée d'où nous l'avons vu sortir, et, gagnant son appartement, il se glissa sans bruit vers un cabinet qui donnait
dans la chambre à coucher de madame Valentine, et à travers les carreaux duquel il pouvait voir tout ce qui se passait dans cette chambre. Madame Valentine était debout,
irritée et impatiente; au moindre bruit, elle tournait ses regards vers la porte d'entrée, et ses beaux sourcils noirs,
qui formaient un arc si parfait lorsque son visage était calme, se contractaient avec violence; elle était du reste vêtue
richement, et à son plus grand avantage; cependant de temps
en temps encore elle allait à un miroir, forçait son visage à
reprendre cette expression de douceur qui faisait le carac-

tère principal de sa physionomie, puis ajoutait quelque ornement à sa coiffure, car elle voulait doublement écraser
cette femme qui avait l'audace d'être sa rivale, et sous la
dignité de son rang et sous la splendeur de sa beauté.

Enfin, elle entendit un bruit réel dans la chambre qui pré-
cédait la sienne; elle s'arrêta écoutant, porta une main à
son front, tandis que de l'autre elle cherchait un point d'appui sur le dossier aigu d'un fauteuil sculpté; car un ébluis-
sement passait sur ses yeux et elle sentait trembler ses genoux. Enfin la porte s'ouvrit, et un valet parut annonçant
que la duchesse avait désiré voir attendait
que ce fût son bon plaisir qu'elle entrât : la duchesse fit signe qu'elle était prête à la recevoir.

Odette avait laissé sa mante dans l'antichambre; elle parut
donc dans cette simple parure que nous lui avons vue; seulement elle avait fait une tresse de ses longs cheveux, et,
comme elle n'avait rien trouvé dans la litière pour l'attacher
sur son front, elle tombait de côté sur sa poitrine et descendait jusqu'à ses genoux. Elle s'arrêta à la porte, qui se referma derrière elle.

La duchesse resta muette et immobile devant cette blanche et pure apparition; elle s'étonnait de trouver cette jeune
fille, dont elle s'était fait sans doute une autre idée, si modeste et si digne; enfin elle sentit que c'était à elle de parler la première, car tout l'embarras était de son côté.

— Approchez, dit-elle d'une voix dont l'émotion altérait
la douceur naturelle.

Odette s'avança les yeux baissés, mais le front calme;
puis, arrivée à trois pas de la duchesse, elle mit un genou
en terre.

— C'est donc vous, continua madame Valentine, qui voulez me faire tort de l'amour de monseigneur, et qui croyez
après cela qu'il n'y a qu'à vous agenouiller devant moi pour
que je vous pardonne?

Odette se releva vivement; une rougeur brûlante lui monta
au visage.

— J'ai mis un genou en terre, madame, dit-elle, non pour
que vous me pardonniez; car, grâce au ciel, je n'ai à me reprocher aucune faute envers vous. J'ai mis un genou en terre
parce que vous êtes une grande princesse et que je ne suis
qu'une pauvre fille; mais maintenant que j'ai rendu cet honneur à votre rang, je vous parlerai debout : que votre altesse
m'interroge, et je suis prête à lui répondre.

Madame Valentine ne s'était pas attendue à ce calme; elle
comprit qu'il n'y avait que la candeur qui le pût soutenir
ou l'effronterie qui le pût imiter. Elle vit ces beaux yeux
bleus si doux et si transparens qu'ils semblaient destinés à
laisser voir jusqu'au fond du cœur, et elle sentit que ce
cœur devait être pur comme celui de la Vierge. La duchesse
de Touraine était bonne, le premier moment de jalousie italienne qui l'avait fait agir et parler s'éteignit; elle tendit la
main à Odette et lui dit avec une douceur de voix indéfinissable :

— Venez.

Ce changement dans le ton et dans les manières de la
duchesse opéra une révolution subite chez la pauvre enfant.
Elle s'était prémunie contre la colère et non contre l'indulgence. Elle prit la main de la duchesse et y colla ses lèvres.

— Oh! dit-elle en sanglotant, oh! je vous le jure, ce n'est
point ma faute. Il est venu chez mon père comme un simple écuyer du duc de Touraine, sous prétexte d'y acheter des
chevaux pour son maître. Je le vis, moi, je le vis! il est si
beau! je le regardais sans défiance; je le croyais mon égal :
il vint à moi et me parla; je n'avais jamais entendu une
voix si douce, si ce n'est dans mes rêves d'enfant, à cette
époque où les anges descendaient encore dans mon sommeil
J'ignorais tout : qu'il fût marié, qu'il fût duc, qu'il fût
prince. Si je vous eusse su votre époux, madame, et que je vous
eusse connue belle et magnifique comme vous l'êtes, j'aura s
bien deviné tout de suite qu'il se raillait de moi. Mais enfin
tout est dit : il ne m'a jamais aimée, et... et je ne l'aime plus...

— Pauvre enfant! dit Valentine en la regardant, pauvre
enfant qui croit qu'on l'a aimé une fois et qu'on l'oublie!

— Je n'ai pas dit que je l'oublierais, répondit Odette tristement, j'ai dit que je ne l'aimerais plus ; car on ne peut aimer que son égal, on ne peut aimer qu'un homme dont on puisse être la femme. Oh ! hier, hier, quand je l'ai vu à ce magnifique cortége, sous ces splendides habits ; quand j'ai reconnu, traits pour traits, ce Louis que je croyais mien, dans Louis duc de Touraine qui est vôtre, oh ! je vous le jure, je crus qu'on avait jeté sur moi quelque maléfice et que mes yeux me trompaient. Il parla : je cessai de respirer et de vivre pour écouter. C'était sa voix. Il parlait à la reine. Oh ! la reine !

Odette trembla convulsivement et la duchesse pâlit un instant.

— Est-ce que vous ne la haïssez pas, la reine ? ajouta Odette avec une expression de douleur impossible à rendre.

Madame Valentine mit vivement sa main sur la bouche de la jeune fille.

— Silence, enfant ! lui dit-elle, madame Isabel est notre souveraine : Dieu nous l'a donnée pour maîtresse, et nous devons l'aimer.

— C'est aussi ce que m'a dit mon père, répondit Odette, lorsque je suis rentrée mourante et que je lui ai dit que je n'aimais pas la reine.

Les yeux de la duchesse se fixèrent sur Odette avec une expression de douceur et de bonté extrêmes. En ce moment, la jeune fille leva timidement les siens. Les regards des deux femmes se rencontrèrent : la duchesse ouvrit ses bras, Odette se précipita à ses pieds et baisa ses genoux.

— Maintenant je n'ai plus rien à vous dire, répondit madame Valentine, promettez-moi de ne plus le revoir, voilà tout.

— Je ne puis vous promettre cela pour mon malheur, madame, car le duc est riche et puissant ; il peut, si je reste à Paris, pénétrer jusqu'à moi ; si je m'éloigne, il peut me suivre ; je n'ose donc vous promettre de ne plus le revoir ; mais je puis vous jurer de mourir lorsque je l'aurai revu.

— Vous êtes un ange, dit la duchesse, et j'espérerai quelque bonheur en ce monde si vous promettez de prier Dieu pour moi.

— Prier Dieu pour vous, madame ! et n'êtes vous point une de ces princesses fortunées qui ont une fée pour marraine ! Vous êtes jeune, vous êtes belle, vous êtes puissante, et il vous est permis de l'aimer.

— Alors priez Dieu pour qu'il m'aime, lui !...

— Je tâcherai, dit Odette.

La duchesse prit un petit sifflet d'argent posé sur une table et siffla. A cet appel, le même valet qui avait annoncé Odette rouvrit la porte.

— Reconduisez cette jeune fille chez elle, dit la duchesse, et veillez à ce qu'il ne lui arrive aucun accident. Odette, ajouta la duchesse, si vous avez jamais besoin d'aide, de protection et de secours, pensez à moi et venez à moi.

Elle lui tendit la main comme à une sœur.

— J'aurai désormais besoin de bien peu de chose en ce monde, madame ; mais croyez bien qu'il ne sera pas nécessaire que j'aie besoin de vous pour penser à vous.

Elle s'inclina devant la duchesse et sortit.

Restée seule, madame Valentine s'assit, sa tête s'inclina sur sa poitrine, et elle tomba dans une rêverie profonde. Il y avait déjà quelques minutes qu'elle était absorbée dans ses pensées, lorsque la porte du cabinet s'ouvrit doucement. Le duc entra sans être entendu, et s'avançant vers sa femme de manière à n'être point aperçu d'elle, il alla s'appuyer contre le dossier du fauteuil sur lequel elle était assise ; puis au bout d'un instant, voyant qu'elle ne remarquait pas sa présence, il enleva de son cou un collier de magnifiques perles, et le suspendant au-dessus de la tête de la duchesse, il le laissa tomber sur ses épaules. Valentine fit un cri, et levant la tête, elle aperçut le duc.

Le regard qu'elle jeta sur lui fut rapide et profond ; mais le duc était préparé à cette investigation, et il la soutint avec le sourire calme d'un homme qui n'aurait rien su de ce qui venait de se passer ; bien plus, lorsque la duchesse baissa le front, il lui passa la main sous le cou, et lui soulevant la

tête, il la lui renversa doucement en arrière, la forçant ainsi de le regarder une seconde fois.

— Que voulez-vous de moi, monseigneur ? dit Valentine.

— C'est vraiment une honte pour ce pays d'Orient, dit le duc en prenant doucement entre ses doigts la chaîne qu'il venait de donner à sa femme, et en lui séparant les lèvres avec les perles : voici un collier qui m'est envoyé comme une merveille par le roi de Hongrie, Sigismond de Luxembourg ; il croit me faire un présent d'empereur, et voilà que j'ai des perles plus blanches et plus précieuses que les siennes.

Valentine soupira, le duc ne parut point s'en apercevoir.

— Savez-vous que je n'ai rien vu de pareil à vous, ma belle duchesse, et que je suis un homme heureux de posséder un si grand trésor de beauté ? Il y a quelques jours, mon oncle de Berry me vantait si haut les yeux satinés de la reine que je n'avais point remarqués encore, qu'hier je profitai du rang que je tenais auprès d'elle pour les examiner à mon aise.

— Eh bien ? dit Valentine.

— Eh bien ! je me souviens en avoir vu deux, il est vrai que je ne me rappelle pas trop où, qui pourraient hardiment soutenir la comparaison avec les siens. Regardez-moi maintenant, ah ! oui, c'était à Milan que je les vis, dans le palais du duc Galéas ; ils brillaient sous les deux plus beaux sourcils noirs que le pinceau d'un imagier ait jamais tracés au front d'une Italienne. Ils appartenaient à une certaine Valentine, qui est devenue la femme de je ne sais quel duc de Touraine, lequel, il faut bien en convenir, ne méritait pas ce bonheur.

— Et croyez-vous que ce bonheur lui paraisse bien grand ? dit Valentine en le regardant avec une expression de tristesse et d'amour.

Le duc lui prit la main et la mit sur son cœur ; Valentine essaya de la retirer ; le duc la retint entre les siennes, et tirant une bague magnifique de son doigt, il la passa à celui de sa femme.

— Qu'est-ce que cette bague ? dit Valentine.

— Une chose vous appartient de droit, ma belle duchesse, car c'est vous qui me l'avez fait gagner. Il faut que je vous conte cela. — Le duc quitta la place qu'il occupait derrière le fauteuil de sa femme, et s'asseyant sur un tabouret, à ses pieds, il appuya ses deux coudes sur le bras du fauteuil.

— Oui, gagner, répéta-t-il, et à ce pauvre sire de Coucy, encore.

— Comment cela ?

— Or, vous saurez, et je vous conseille de lui garder rancune, qu'il prétendait avoir vu deux mains au moins aussi belles que les vôtres.

— Et où les avait-il vues ?

— En allant acheter un palefroi, dans la rue de la Ferronnerie.

— Et à qui ?

— A la fille d'un marchand de chevaux. Vous sentez que je niai que la chose fût possible. Il soutint ce qu'il avait dit par entêtement, si bien que nous pariâmes, lui cette bague, moi ce collier de perles. (Valentine regardait le duc comme pour lire au fond de son âme.) Alors je me déguisai en écuyer pour voir cette merveille, et j'allai chez le vieux de Champdivers acheter à un prix fou les deux plus mauvais destriers que jamais chevalier portant couronne de duc ait montés en punition de ses fautes. Mais aussi je vis la déesse aux bras blancs, comme l'aurait appelée le divin Homère. Il faut en convenir, Coucy n'était pas un si grand fou que je l'avais cru tout d'abord, et c'est merveille comment une si belle fleur a pu pousser dans un pareil jardin. Cependant, ma belle duchesse, je ne m'avouai pas vaincu ; en brave chevalier, je soutins l'honneur de la dame de mes pensées. Coucy maintint son dire. Bref, nous allions demander à monseigneur le roi d'autoriser une joute pour décider la chose, lorsqu'il fut convenu qu'on s'en rapporterait à Pierre de Craon, juge du camp, très expert en pareilles matières. Tant il y a que nous allâmes ensemble, il y a par ma foi trois jours, je crois, chez cette belle enfant, et que, sur mon honneur, Craon est un excellent juge, et que voilà la bague à votre doigt !... Que dites-vous de cette histoire ?

— Que je le connaissais, monseigneur, dit Valentine en le regardant encore avec doute.

— Oh! oh! comment cela? Coucy est trop galant chevalier pour être venu vous faire pareille confidence.

— Aussi n'est-ce point de lui que je la tiens.

— Et de qui donc? dit Louis en affectant un ton de parfaite insouciance.

— De votre juge du camp.

— De messire Pierre de Craon? Ah!...

Les sourcils du duc se contractèrent violemment et ses dents craquèrent les unes contre les autres, mais il reprit aussitôt son air riant.

— Oui, je comprends, continua-t-il, Pierre sait que je le tiens pour mon compagnon, et qu'il est fortement dans mes bonnes grâces, il a voulu aussi entrer dans les vôtres. A merveille! Mais ne trouvez-vous pas qu'il se fait bien tard pour causer ainsi de choses vaines? Songez que le roi nous attend demain à dîner, qu'il y a joute en sortant de table, que je vais soutenir à la pointe de ma lance que vous êtes la plus belle, et que là, je n'aurai plus pour arbitre Pierre de Craon.

A ces mots, le duc alla vers la porte, dans les anneaux de laquelle il passa la traverse de bois couverte de velours fleurdelisé destinée à la fermer en dedans. Valentine le suivit des yeux ; puis, lorsqu'il revint à elle, elle se leva, et lui jetant les bras au cou :

— Oh! monseigneur, lui dit-elle, vous êtes bien coupable si vous me trompez!

III.

Le lendemain, le duc de Touraine se leva de grand matin, et s'en vint au palais où il trouva le roi Charles sur le point d'entendre la messe. Le roi, qui l'aimait beaucoup, s'avança vers lui tout souriant et avec bon visage, mais il s'aperçut que de son côté le duc paraissait fort triste; cela l'inquiéta, il lui tendit la main, et le regardant fixement : — Beau frère, lui dit-il, quelle chose vous peine, dites-moi, car vous paraissez fort troublé.

— Monseigneur, dit le duc, il y a bien cause.

— Allons, dit le roi en passant son bras sous le sien et en le conduisant à une fenêtre, dites-moi cela ; car nous voulons le savoir, et si c'est quelqu'un qui vous a fait tort, ce sera notre besogne de vous faire rendre justice.

Alors le duc de Touraine lui raconta la scène qui s'était passée la veille, et que nous avons essayé de mettre sous les yeux du lecteur. Il lui dit comment messire Pierre de Craon avait trahi sa confiance en racontant ses secrets à madame Valentine, et ce à mauvaise intention ; puis, lorsqu'il vit que le roi partageait son ressentiment, il ajouta : — Monseigneur, par la foi que je vous dois, je vous jure que si vous ne me faites justice de cet homme, je l'appellerai traître et menteur aujourd'hui en face de toute la cour, et qu'il ne mourra que de ma main.

— Vous n'en ferez rien, dit le roi, et ce à notre prière, n'est-ce pas? Mais nous lui ferons dire, nous, et ce soir au plus tard, qu'il vide notre hôtel, et que nous n'avons plus que faire de son service. Aussi bien ce n'est pas la première plainte qui nous arrive sur son compte, et si nous y avons fermé l'oreille, c'est par égard pour vous et parce qu'il était l'un de vos plus spéciaux. Notre frère le duc d'Anjou, roi de Naples, de Sicile et de Jérusalem, où est le calvaire, — le roi se signa, — a eu, si nous l'en croyons, fortement à s'en plaindre pour des sommes considérables qu'il lui a détournées. D'ailleurs il est cousin du duc de Bretagne, qui ne tient aucun compte de notre vouloir et nous le prouve tous les jours, puisqu'il n'a rien accompli de la réparation que nous avions exigée de lui à l'égard de notre bon connétable ; puis il m'est encore revenu que ce méchant duc continue à ne pas reconnaître l'autorité du pape d'Avignon, qui est le vrai pape;

et qu'il continue, malgré ma défense, à battre monnaie d'or, quoiqu'il ne soit permis à un vassal que de frapper de la monnaie de cuivre. Puis encore, continua le roi en s'animant de plus en plus, je sais, et cela de bonne source, mon frère, que les officiers de sa justice ne reconnaissent pas la juridiction du parlement de Paris, et, ce qui est presque crime de haute trahison, qu'il va même jusqu'à recevoir le serment absolu de ses vassaux, sans réserve de ma suzeraineté. Toutes ces choses, et beaucoup d'autres encore, font que les parens et amis de ce duc ne peuvent être les miens ; et cela vient à point, que vous ayez à vous plaindre de messire Pierre de Craon, contre lequel, moi-même, je commençais à entrer en défiance. Ainsi, qu'il ne soit donc question de rien aujourd'hui, et ce soir, faites-lui signifier votre volonté, je lui ferai signifier la mienne. Quant au duc de Bretagne, c'est une affaire de suzerain à vassal, et si le roi Richard nous donne la trève de trois ans que nous lui avons demandée, quoiqu'il soit soutenu par notre oncle de Bourgogne, dont la femme est la nièce, nous verrons bien lequel, de lui ou de moi, est le maître du royaume de France.

Le duc remercia le roi, car il était grandement reconnaissant de la part qu'il avait prise à son injure, et s'apprêta à se retirer ; mais comme la cloche de la Sainte-Chapelle sonnait en ce moment la messe, le roi l'invita à venir l'entendre, d'autant plus que, par extraordinaire, elle devait être dite par l'archevêque de Rouen, messire Guillaume de Vienne, et que la reine devait y assister.

Après la messe, le roi Charles, la reine Isabel et monseigneur le duc de Touraine entrèrent dans la salle du festin, où ils trouvèrent rassemblés et les y attendant tous les seigneurs et dames que leur rang, leur dignité, ou le plaisir du roi ou de la reine, avaient conviés à dîner. Le repas était servi sur la grande table de marbre, et en outre, contre une des colonnes de la salle, on avait élevé le dressoir du roi, richement couvert et orné de vaisselles d'or et d'argent ; tout autour de la table il y avait des barrières gardées par des huissiers et massiers, afin que ne pussent entrer que ceux qui étaient ordonnés pour servir la table ; et, malgré toutes ces précautions, c'était à grand'peine si le service s'y pouvait faire, tant la presse du peuple était grande. Lorsque le roi, les prélats et les dames eurent lavé leurs mains dans des aiguières d'argent que des valets leur présentèrent à genoux, l'évêque de Noyon qui faisait le chef de la table du roi s'assit, après lui l'évêque de Langres ; l'archevêque de Rouen, puis le roi ; il était vêtu d'un surcot de velours vermeil tout fourré d'hermine, portait au front la couronne de France, et avait près de lui madame Isabel, couronnée aussi d'une couronne d'or ; à la droite de la reine était le roi d'Arménie, et au-dessous de lui, dans l'ordre que nous allons dire, la duchesse de Berry, la duchesse de Bourgogne, la duchesse de Toulouse, mademoiselle de Nevers, mademoiselle Bonne de Bar, la dame de Coucy, mademoiselle Marie de Harcourt, puis enfin tout au-dessous la dame de Sully, femme de messire Guy de la Trémouille.

Outre ces tables, il y en avait deux autres dont les honneurs étaient faits par les ducs de Touraine et de Bourbon, de Bourgogne et de Berry, et autour desquelles étaient bien assis cinq cents seigneurs et demoiselles ; mais la presse était si forte, qu'on ne les servit qu'à grande peine.

« Quant aux mets, qui étaient grands et notables, dit Froissard, je n'ai que faire de vous en tenir compte, mais vous parlerai des entremets, qui furent si bien ordonnés, que l'on ne pourrait mieux. »

Ce genre de spectacle qui, à cette époque, coupait le repas en deux, était fort en usage et fort estimé : aussitôt que le premier service fut fini, les convives se levèrent de table et allèrent prendre, aux fenêtres, sur les gradins et même sur des tables placées à cet effet autour de la cour, les meilleures places qu'il fût possible à chacun de se procurer ; il y avait une si grande presse, que le balcon où étaient le roi et la reine était, comme les autres, encombré de dames et de seigneurs.

Au milieu de la cour du palais, des ouvriers, qui, depuis plus de deux mois, travaillaient à cette besogne, avaient charpenté en bois un château de quarante pieds de haut et de soixante pieds de long, les ailes comprises : aux quatre coins de ce château il y avait quatre tours, et au milieu une cinquième tour plus haute que toutes les autres. Or, le château représentait la grande et forte cité de Troie, et la haute tour, le palais d'Ilion ; autour des murailles étaient peintes sur des pennons les armoiries du roi Priam, du preux Hector son fils, et des rois et princes qui furent enfermés à Troie avec eux. Cet édifice était posé sur quatre roues que des hommes faisaient manœuvrer en dedans, et à l'aide desquelles ils pouvaient lui imprimer tous les mouvemens qui étaient nécessaires à sa défense. Leur adresse fut bientôt mise à l'épreuve, car de deux côtés s'avancèrent pour l'assaillir en même temps, et se portant aide l'un à l'autre, un pavillon et un vaisseau : le pavillon représentait le camp, et le vaisseau la flotte des Grecs ; tous deux étaient pavoisés des armoiries des plus vaillans chevaliers qui suivaient le roi Agamemnon, depuis Achille aux pieds légers jusqu'au prudent Ulysse : il y avait bien deux cents hommes, tant dans ce pavillon que dans ce vaisseau, et, sous une porte des écuries du roi, on apercevait la tête du cheval de bois qui attendait tranquillement que son heure fût arrivée pour entrer en scène. Mais, à la grande désolation des assistans, la fête ne put arriver à ce point, car, au moment où les Grecs du vaisseau et du pavillon, ayant Achille à leur tête, assaillaient avec le plus grand courage les Troyens du château, merveilleusement défendus par Hector, un grand craquement se fit entendre, suivi de mouvemens et de rumeurs effroyables : c'est que l'un des échafauds venait de se rompre devant la porte du Parlement, entraînant dans sa chute tous ceux qu'il supportait.

Alors, et comme il arrive toujours en pareilles occasions, chacun craignant pour soi le même accident, cria, comme si cet accident était déjà arrivé ; il y eut donc un grand trouble parmi cette foule, car tout le monde voulut descendre à la fois et se précipita vers les degrés, qui se rompirent : quoique la reine et les dames qui étaient sur les balcons de pierre du palais n'eussent rien à craindre, la frayeur ne les en gagna pas moins d'une manière panique, et, soit terreur irréfléchie pour un danger qui ne pouvait les atteindre, soit afin de ne point voir la scène de confusion qui se passait sous leurs yeux, elles se rejetèrent en arrière pour rentrer dans la salle du repas ; mais derrière elles s'était étagée et amoncelée une haie épaisse d'écuyers, de varlets et de pages ; derrière ceux-ci était le peuple, qui avait profité de l'empressement avec lequel les huissiers et les massiers s'étaient portés aux fenêtres pour envahir l'appartement, si bien que madame Isabel ne put fendre cette foule, et tomba demi-morte et toute pâmée entre les bras de monsieur le duc de Touraine, qui se trouvait à côté d'elle. Le roi alors donna ordre de cesser les jeux : on enleva les tables, où le second service était tout appareillé ; on abattit les barrières dressées à l'entour, de sorte qu'à la place qu'elles tenaient les convives purent se répandre librement. Heureusement aucun accident grave n'était arrivé : madame de Coucy seulement avait été un peu froissée, et madame Isabel restait toujours évanouie ; on la porta vers une fenêtre isolée que l'on brisa pour lui donner plus vitement de l'air, ce qui la fit revenir à elle. Mais elle avait pris une si grande frayeur qu'elle voulut partir aussitôt : quant aux spectateurs de la cour, il y en avait quelques-uns de tués et un grand nombre avait attrapé dans cet accident des blessures plus ou moins graves.

En conséquence, la reine monta dans sa litière, et, accompagnée des seigneurs et dames formant autour d'elle un cortége de plus de mille chevaux, elle se rendit par les rues à l'hôtel Saint-Paul ; quant au roi, il descendit en un bateau au-dessus du Pont-au-Change et remonta la Seine avec les chevaliers qui allaient prendre part à la joute qu'il devait conduire.

En arrivant à son hôtel, le roi trouva un beau cadeau que venaient lui offrir, au nom des bourgeois de Paris, quarante des plus notables de la ville ; ils étaient tous vêtus d'un drap de même couleur, comme d'un uniforme. Ce présent était dans une litière, recouverte d'un crêpe de soie qui laissait voir les joyaux qui le composaient : c'étaient quatre pots, quatre trempoirs et six plats, le tout d'or massif et pesant cinquante marcs.

Lorsque le roi parut, les porteurs de la litière, qui étaient vêtus en sauvages, la déposèrent devant lui au milieu de la chambre, et l'un des bourgeois qui l'accompagnaient mit un genou en terre devant le roi, et lui dit :

— Très-cher sire et noble roi, vos bourgeois de Paris vous présentent, au joyeux avènement de votre règne, tous ces joyaux qui sont eu cette litière, et de pareils sont offerts en ce moment à madame la reine et à madame la duchesse de Touraine.

— Grand merci ! répondit le roi ; ces présens sont beaux et riches, et nous nous rappellerons en toutes circonstances ceux qui nous les ont faits.

En effet, deux litières pareilles attendaient chez elles la reine et madame la duchesse de Touraine : celle de la reine était portée par deux hommes déguisés l'un en ours et l'autre en licorne, et elle contenait une aiguière, deux flacons, deux hanaps, deux salières, six pots, six trempoirs, le tout d'or pur et massif, et douze lampes, vingt-quatre écuelles, six grands plats et deux bassins d'argent, en tout, trois cents marcs pesant.

Quant aux porteurs qui conduisaient la litière destinée à madame la duchesse de Touraine, ils étaient vêtus en Maures, avaient le visage noirci, portaient des turbans blancs, comme s'ils étaient Sarrasins ou Tartares, et étaient couverts de riches étoffes de soie. La litière contenait en objets d'or, un vaisseau, un grand pot, deux drageoirs, deux grands plats, vingt-quatre écuelles, vingt-quatre salières et vingt-quatre tasses, et le tout, tant en or qu'en argent, pesait deux cents marcs. La valeur générale des objets donnés montait, dit Froissard, à plus de 60,000 couronnes d'or.

Les bourgeois, en offrant ces magnifiques présens à la reine, avaient l'espoir de gagner ses bonnes grâces et de la décider à faire ses couches en la ville de Paris, pour obtenir par ce moyen quelque diminution sur les impôts ; mais il en arriva tout autrement : car lorsque l'époque de sa délivrance fut arrivée, le roi emmena madame Isabel ; on rehaussa la gabelle et l'on décria encore la monnaie d'argent de douze et de quatre deniers qui courait depuis le règne de Charles V ; si bien que, comme cette monnaie était celle du menu peuple et des mendians, ils manquèrent alors des choses de première nécessité, faute de pouvoir * la passer.

Ces présens, du reste, réjouirent fort grandement la reine et madame Valentine ; elles remercièrent gracieusement ceux qui les leur avaient apportés, puis elles s'apprêtèrent à se rendre au champ de Sainte-Catherine où une lice avait été préparée pour les chevaliers et des échafauds établis pour les dames.

Sur ces trente chevaliers qui devaient faire les armes de ce jour ** et qui étaient appelés les chevaliers du soleil d'or, parce qu'ils portaient sur leurs boucliers un soleil rayonnant, vingt-neuf attendaient, déjà tout armés, dans la lice. Le trentième entra, toutes les lances s'abaissèrent pour le recevoir : c'était le roi.

Un grand murmure annonça presque en même temps l'arrivée de la reine ; elle s'assit sur l'estrade qui était préparée pour elle, ayant à sa droite madame la duchesse de Touraine

---

* Froissard, le moine de Saint-Denis.

** C'étaient le roi, le duc de Berry, le duc de Bourgogne, le duc de Bourbon, son frère ; messire Jacquemart de Bourbon, son frère ; messire Guillaume de Namur, messire Olivier de Clisson, messire Jean de Vienne, messire Jacquemin de Vienne, son frère ; messire Guy de la Trimouille, messire Guillaume, son frère ; messire Philippe de Bar, le seigneur de Rochefort, le seigneur de Rais, le sire de Beaumanoir, messire Jean de Barbançon, le balze de Flandre, le seigneur de Coucy, messire Jean de Bares, le seigneur de Nantouillet, le seigneur de la Rochefoucault, le seigneur de Garancières, messire Jean Harpedanne, le baron de Saint-Véry, messire Pierre de Craon, messire Regnault de Roye, messire Geoffroy de Charny, et messire Guillaume de Lignac.

et à sa gauche *mademoiselle* de Nevers *. Derrière les deux princesses se tenaient debout le duc Louis et le duc Jean échangeant de temps en temps quelques paroles rares, avec cette politesse froide, familière aux gens que leur position force à dissimuler leur pensée. Une fois la reine assise, toutes les autres dames, qui n'attendaient que ce moment, se répandirent à flots dans l'enceinte qui leur était réservée, et qui bientôt se bariola d'étoffes d'or et d'argent et ruissela de diamans et de pierreries.

En ce moment, les chevaliers qui devaient jouter se mirent en ordre un à un, ayant le roi à leur tête; après lui venaient les ducs de Berry, de Bourgogne et de Bourbon, puis les vingt-six autres tenans, marchant selon leur rang et leur dignité. Chacun en passant devant la reine inclina jusqu'à terre la pointe de sa lance, et la reine salua autant de fois qu'il y avait de chevaliers.

Cette évolution finie, les tenans se partagèrent en deux troupes. Le roi prit le commandement de l'une et le connétable celui de l'autre. Charles conduisit la sienne au pied du balcon de la reine, Clisson se retira vers l'extrémité opposée.

— Monseigneur de Touraine, dit alors le duc de Nevers, ne vous a-t-il pas pris quelque envie de vous mêler à ces nobles chevaliers et de rompre une lance en l'honneur de madame Valentine?

— Mon cousin, répondit le duc, le roi mon frère m'a permis d'être le seul tenant de la journée de demain; ce n'est pas dans une mêlée, mais dans une joute; ce n'est pas un contre un, mais seul contre tous que je veux soutenir la beauté de ma dame et l'honneur de mon nom.

— Et vous pourriez ajouter, monseigneur, que l'un et l'autre pourraient être soutenus avec d'autres armes qu'avec les hochets d'enfant dont on se sert pour de pareils jeux.

— Aussi, mon cousin, suis-je prêt à les soutenir avec celles dont on se servira pour les attaquer. Il y aura à la porte de mon pavillon une targe de paix et une targe de guerre: ceux qui frapperont sur la targe de paix me feront honneur; ceux qui frapperont sur la targe de guerre me feront plaisir.

Le duc de Nevers s'inclina comme un homme qui, ayant appris tout ce qu'il voulait savoir, désire que la conversation en reste là: quant au duc de Touraine, il parut n'avoir pas compris le but de ces questions, et se mit à jouer insoucianment avec une des bandes de dentelle qui tombaient du benin de la reine.

En ce moment les trompettes sonnèrent; les chevaliers, à cet appel qui leur annonçait que la mêlée allait commencer, bouclèrent leurs targes à leur cou, s'assurèrent sur leurs arçons, assujétirent leurs lances au faucre, si bien que chacun était prêt lorsque la dernière note de la fanfare s'éteignit, et qu'on entendit la voix des juges du camp qui criaient en même temps des deux côtés de la lice: « Laissez aller. »

A peine ces mots furent-ils prononcés, que le sol disparut sous les flots de poussière, au milieu desquels il était impossible de suivre les combattans. Presque aussitôt on entendit le bruit que firent les deux troupes en se heurtant, la lice apparut alors aux regards comme une mer soulevée qui roule des flots d'or et d'acier. De temps en temps, on voyait paraître au sommet de l'un d'eux, comme un flocon d'écume au bout d'une vague, quelque noble panache blanc; mais presque tous les faits d'armes de cette première course furent perdus, et ce ne fut que lorsque les trompettes sonnèrent la trève et que les deux troupes se retirèrent chacune dans leur camp, que l'on put reconnaître de quel côté avait été l'avantage... Huit chevaliers montés et armés restaient encore autour du roi: c'étaient monseigneur le duc de Bourgogne, messire Guillaume de Namur, messire Guy de la Trémouille, messire Jean de Harpedanne, le baron d'Ivery, messire Regnaud de Roye, messire Philippe de Bar, et messire Pierre de Craon.

Le roi avait bien eu l'idée un instant de défendre la joute à ce dernier, à cause de la colère qu'il avait amassée contre lui; mais il avait réfléchi que sa retraite désorganiserait la

---

* On appelait *mademoiselle* toute femme dont le mari n'était point encore armé chevalier.

mêlée, pour laquelle le nombre pair était de toute nécessité.

Six seulement accompagnaient le connétable: c'étaient monseigneur le duc de Berry, messire Jean de Barbançon, le seigneur de Beaumanoir, messire Jeoffroy de Charny, messire Jean de Vienne et le sire de Coucy. Tous les autres avaient été portés à terre, et ils n'avaient plus le droit de remonter à cheval, ou avaient touché la barrière en reculant devant leur adversaire, et, par ce fait, étaient regardés comme vaincus; l'honneur de la première passe fut donc au roi, qui avait conservé le plus de chevaliers.

Les pages et les varlets profitèrent de ce moment de repos pour arroser la lice afin d'abattre la poussière, les dames approuvèrent fort cette invention, et les chevaliers, certains que leurs prouesses seraient désormais vues et applaudies, en reprirent un nouveau courage; chacun appela son page ou son écuyer, lui fit visiter son armure, ressangler son cheval, boucler plus solidement sa targe, et se prépara à combattre de nouveau.

Le signal ne se fit pas attendre: les trompettes sonnèrent une seconde fois, les lances furent remises en arrêt, et, au mot: « Laissez aller, » les deux petites troupes, déjà diminuées de plus de moitié, fondirent l'une sur l'autre.

Tous les yeux se portèrent sur le roi et sur messire Olivier de Clisson qui couraient l'un contre l'autre. A moitié chemin de la lice, ils se rencontrèrent: le roi atteignit son adversaire en pleine targe si fort et si ferme que la lance se rompit; mas, quoique l'atteinte dût être rude, le vieux soldat resta droit et debout sur ses arçons, son cheval seulement plia un peu sur ses jarrets de derrière, mais se releva noblement au premier coup d'éperon. Quant au connétable, il avait mis sa lance en arrêt comme pour menacer le roi; mais, arrivé à portée, il en avait levé la pointe, indiquant ainsi qu'il tenait à honneur de jouter contre son souverain, mais qu'il le respectait trop pour le frapper même dans un jeu.

— Clisson, Clisson, lui dit le roi en riant, si vous ne vous servez pas plus habilement de votre épée de connétable que de votre lance de chevalier, je vous en retirerai la lame et ne vous laisserai que le fourreau; car aussi bien je vous conseille de venir désormais aux joutes avec un roseau pour toute arme, il vous rendra le même service que votre lance, si vous comptez toujours vous en servir ainsi.

— Monseigneur, répondit Clisson, avec un roseau j'affronterais les ennemis de Votre Altesse, et avec l'aide de Dieu j'en triompherais, je l'espère; car l'amour et le respect que j'ai pour elle me donneraient autant de courage à la défendre qu'ils m'ont donné de crainte à l'attaquer. Quant à la manière dont je compte me servir de ma lance envers tout autre qu'envers vous, si vous voulez en juger vous-même, regardez, monseigneur, et vivement.

En effet, messire Guillaume de Namur, après avoir désarçonné messire Jeoffroy de Charny, avait repris du champ et cherchait des yeux contre qui il allait courir. Mais chacun était occupé de son côté, et, quoiqu'il eût le droit d'aller porter secours à ceux de son parti qui étaient trop pressés, il dédaignait cette inégalité. Au même moment, il entendit la voix du connétable qui criait:

— A moi, si vous le voulez bien, messire de Namur!

Guillaume inclina la tête en signe qu'il acceptait le défi, s'assura sur ses étriers, mit sa lance en arrêt, rassembla ses rênes et courut sur messire Olivier, qui de son côte mit son cheval au galop pour épargner à son adversaire la moitié du chemin: ils se rencontrèrent.

Messire Guillaume avait dirigé la pointe de sa lance vers le heaume de Clisson, et le coup était si bien calculé qu'il atteignit le connétable au haut de sa visière et le désheauma. En même temps la lance de messire Olivier avait frappé son adversaire en pleine targe. Guillaume de Namur était trop bon cavalier pour vider les arçons, mais la violence du coup était telle, qu'elle rompit la sangle, et que le cavalier tout ensellé alla rouler à dix pas de son cheval. Des applaudissemens partirent de tous côtés. Les dames agitèrent leurs écharpes. C'était un des beaux coups de lance qui eussent été faits.

Clisson ne prit point le temps de demander un autre casque, car il vit que sa petite troupe, qui n'avait pu reprendre son avantage, était vivement pressée. Il se jeta, la tête découverte, au milieu de la mêlée, brisa sa lance déjà fatiguée de trois courses sur le casque de messire Jean de Harpedanne, qu'il déshéauma du coup ; et tirant son épée, il le pressa si vivement, avant qu'il eût le temps de se remettre, qu'il lui fit toucher la barrière. Alors il se retourna vers le champ de bataille. Deux cavaliers seulement tenaient encore l'un contre l'autre : c'étaient messire de Craon et le seigneur de Beaumanoir. Quant au roi, il était resté spectateur de la joute, et n'y avait point repris part depuis qu'il avait couru contre Clisson Le connétable fit comme lui, et attendit le résultat du combat de son dernier chevalier contre son dernier antagoniste. L'avantage paraissait être au seigneur de Beaumanoir, lorsque son épée se rompit sur le bouclier de messire Pierre de Craon. Comme il n'était permis de se servir que de la lance et de l'épée, et que le seigneur de Beaumanoir avait brisé ces deux armes, il se trouva, à son grand désespoir, sans moyen de continuer le combat, et fit signe de la main qu'il se déclarait vaincu. Messire Pierre de Craon se retourna, croyant rester seul tenant du champ, lorsqu'il aperçut à dix pas de lui Clisson, son vieil ennemi, qui le regardait en riant : l'honneur de la journée allait se décider entre eux deux.

Pierre de Craon rugit dans son heaume ; car, bien qu'il fût habile chevalier et savant dans toutes les feintes des armes, il connaissait l'homme de fer contre lequel il allait lutter ; cependant il n'hésita point un instant, et lâchant à son cheval les rênes sur le cou, il se renversa presque sur sa croupe, prit son épée à deux mains et fondit sur le connétable. Dans le chemin, on vit tourner deux fois cette épée rapide et flamboyante ; puis elle s'abattit avec un bruit pareil à celui d'un marteau qui frappe une enclume, sur la targe à l'aide de laquelle Clisson garantissait sa tête nue. Certes, si cette épée eût été émoulue, cette targe, tout épaisse et de fin acier qu'elle était, se fût trouvée d'une faible défense pour un pareil coup ; mais on combattait à armes courtoises, et monsieur le connétable ne parut pas plus ébranlé de ce coup terrible, que s'il eût été frappé d'une baguette de saule par la main débile d'un enfant.

Le vieux guerrier se retourna vers Pierre de Craon, qui, emporté par son cheval, l'avait dépassé de plusieurs pas, mais qui, déjà en garde, l'attendait, la pointe au visage. Cette fois, c'était le connétable qui attaquait et Pierre qui se défendait. L'attaque fut simple, messire Olivier écarta avec son épée celle de son ennemi, puis prenant à son tour son arme à deux mains, et comme s'il eût dédaigné de se servir de la lame, il en asséna avec le pommeau un si violent coup sur le heaume de messire de Craon, qu'il le bossua comme il l'aurait pu faire avec une masse d'armes. Le chevalier étendit le bras et tomba évanoui sans prononcer une seule parole.

Alors le connétable s'avançant vers le roi, sauta à bas de son cheval, et prenant son épée par la pointe, il lui en présenta la poignée, déclarant ainsi qu'il se reconnaissait comme vaincu, et qu'il cédait au roi l'honneur de la journée ; mais le roi, qui vit que cette action était chose de pure courtoisie, descendit de son cheval à son tour, embrassa Clisson et le conduisit, au milieu des applaudissemens des dames et seigneurs, au pied du balcon de la reine, où il fut longuement félicité par madame Isabel, par monseigneur le duc de Touraine, qui avait vu avec plaisir la mésaventure de messire Pierre de Craon, et par le duc de Nevers, qui, quoique peu porté d'amitié pour le connétable, était trop bon jouteur lui-même pour ne pas admirer les grandes armes qu'il avait faites.

En ce moment, une cavalcade s'arrêta devant la porte de l'église Sainte-Catherine ; celui qui en paraissait le chef descendit de cheval et s'achemina vers la lice. Il y entra tout poudreux et tout botté, et allant droit au roi, il mit un genou en terre et lui présenta une lettre scellée des armes du roi d'Angleterre. Charles l'ouvrit : elle contenait la trève accordée par le roi Richard et ses oncles, laquelle trève devait durer trois ans, par terre et par mer, à savoir du 1er août 1389 au 19 août 1392. Le roi la lut aussitôt à haute voix, et

cette nouvelle, que chacun attendait avec impatience et qui arrivait en un pareil moment, sembla encore un nouvel et excellent présage du bonheur que l'on espérait d'un règne qui commençait sous de si riches auspices. Aussi, le seigneur de de Châteaumorand, qui était porteur de ce message, fut fort complimenté par la cour ; et le roi, pour lui faire honneur et lui marquer son contentement, l'invita à dîner à sa table, et l'emmena tout botté, sans même lui permettre d'aller changer de vêtemens.

Le soir du même jour, le seigneur de la Rivière et messire Jean Lemercier, de la part du roi, messire Jean de Beuil et le sénéchal de Touraine, de la part du duc, se présentèrent à l'hôtel de messire Pierre de Craon, qui était situé proche du cimetière Saint-Jean, et lui signifièrent, pour le roi et le duc, que ni l'un ni l'autre n'avait plus à faire de son service.

La nuit suivante, et quoiqu'il fût encore bien souffrant et endolori du coup qu'il avait reçu et de la chute qu'il avait faite, messire Pierre de Craon quitta Paris avec ses équipages et prit la route de l'Anjou, où il possédait un grand et fort château que l'on nommait Sablé.

IV.

Le lendemain, à la pointe du jour, des hérauts à la livrée du duc de Touraine parcoururent les rues de Paris précédés de trompettes, s'arrêtant à tous les carrefours et places, et y faisant lecture des lettres de défi qui, depuis un mois, avaient été envoyées en toutes les parties du royaume, ainsi que dans les principales villes d'Angleterre, d'Italie et d'Allemagne ; elles étaient conçues en ces termes :

« Nous, Louis de Valois, duc de Touraine, par la grâce
» de Dieu, fils et frère des rois de France, pour le grand dé-
» sir que nous avons de voir et d'avoir la connaissance des
» nobles gentilshommes, chevaliers ou écuyers, soit du
» royaume de France, soit des autres royaumes, faisons sa-
» voir, non par orgueil, haine ou malveillance, mais par dé-
» sir d'avoir leur honorable compagnie, avec le consentement
» du roi notre frère, que nous tiendrons la lice depuis dix
» heures du matin, jusqu'à trois de l'après-midi ; et ce,
» tout venant : et au dehors de notre pavillon qui s'élèvera
» à l'entrée du champ, seront attachés nos targes et écus ar-
» moriés de nos armes : c'est à entendre nos targes de guerre
» et nos écus de paix ; et quiconque voudra jouter, enverra
» toucher par son écuyer ou viendra toucher lui-même notre
» écu, du bois de sa lance, s'il veut la joute de paix ; notre
» targe, du fer de sa lance, s'il veut la joute de guerre ; et
» pour que tous gentilshommes, nobles chevaliers et écuyers
» auxquels cette chose viendra en connaissance la tiennent
» pour ferme et stable, nous avons fait publier ces lettres
» et les avons scellées du sceau de nos armes. Écrites, faites
» et données à Paris en notre hôtel de Touraine, le vingtième
» jour de juin de l'an 1389 depuis l'incarnation de Notre-
» Seigneur. »

L'annonce d'une joute où le premier prince du sang * devait tenir la lice, avait depuis longtemps fait grand bruit. Les gens du conseil du roi avaient essayé de s'y opposer, lorsque le duc de Touraine était venu demander à son frère la permission de faire cette emprise à l'occasion de l'entrée de madame Isabel ; le roi, qui aimait lui-même ces sortes de jeux et qui excellait dans les armes, fit cependant venir le duc de Touraine pour le prier de renoncer à ce projet ; mais celui-ci lui avait répondu qu'il avait pris l'engagement de cette joute de-

---

* Il ne faut cependant pas croire qu'à cette époque les princes du sang fussent ce qu'ils sont devenus depuis sous Henri IV ; ils n'étaient véritablement regardés que comme les premiers gentilshommes du royaume, et ne partageaient nullement le caractère sacré dont la royauté était déjà revêtue.

vant les dames de la cour, et le roi, qui connaissait toute la valeur d'une semblable parole, avait permis que la chose se poursuivît.

Il y avait d'ailleurs peu de risques à courir dans de semblables jeux; presque toujours les adversaires combattaient à armes courtoises, et la targe de guerre qui faisait devant le pavillon du tenant le pendant de l'écu de paix, était seulement là pour indiquer que son maître ne reculait devant aucune entreprise et était disposé à accepter tous les genres de défi. Cependant il arrivait parfois que des haines particulières, profitant de cette occasion, se glissaient en amies dans la lice, et, là, se démasquant tout-à-coup, venaient offrir un combat réel au lieu d'un combat simulé; il y avait donc toujours dans le pavillon, ce cas échéant, des armes émoulues et un cheval armé en guerre.

Madame Valentine, quoique partageant l'enthousiasme chevaleresque de cette époque, n'était point cependant sans inquiétude sur l'issue de la journée : la demande du conseil lui avait paru bien juste, et elle avait craint avec son cœur ce que les autres avaient pensé avec leur raison. Elle était donc plongée dans des réflexions pareilles à celles que nous venons de faire, lorsqu'on lui dit que la même jeune fille qu'elle avait envoyé chercher la surveille, attendait dans son antichambre que ce fût son bon plaisir de la recevoir. Madame Valentine fit elle-même quelques pas au-devant de la porte. Odette entra.

C'était toujours la même beauté, la même grâce, la même candeur; mais tout l'ensemble de cette douce créature avait pris une teinte de mélancolie mortelle.

— Qu'avez-vous? lui dit la duchesse effrayée de sa pâleur; et qui fait que je suis assez heureuse pour vous voir?

— Vous avez été si bonne pour moi, répondit Odette, que je n'ai point voulu fermer là grille d'un couvent entre moi et le monde sans vous dire adieu.

— Comment! pauvre enfant, dit madame Valentine attendrie, prenez-vous donc le voile?

— Non, pas encore, madame, car mon père m'a fait promettre de ne point prononcer de vœux tant qu'il vivrait; mais j'ai si fort et si longtemps pleuré sur sa poitrine, j'ai tant prié à ses genoux, qu'il m'a permis de me retirer comme pensionnaire au couvent de la Trinité dont ma tante est la supérieure : et voilà que je m'y rends. La duchesse lui prit la main.

— Ce n'est pas là tout ce que vous avez à me confier, n'est-ce pas? dit-elle; car il restait dans les yeux de la jeune fille une vive expression de tristesse et de crainte.

— Non, je voulais vous parler de...

— De qui?

— Et de qui voulez-vous que je vous parle, si ce n'est de lui? Pour qui voulez-vous que je craigne, si ce n'est pour lui?

— Que pouvez-vous craindre?

— Vous me pardonnerez, n'est-ce pas, de vous parler, à vous madame Valentine, de monseigneur le duc de Touraine; mais cependant, si quelque danger...

— Quelque danger! s'écria madame Valentine, expliquez-vous : vous me faites mourir!

— Le duc va tenir la joute aujourd'hui, n'est-ce pas?

— Oui. Eh bien?

— Eh bien! il est venu hier chez mon père, — vous le savez, mon père a la réputation de tenir les meilleurs destriers qui puissent se trouver en la ville de Paris; — eh bien! il est venu hier des hommes qui ont demandéà voir le plus fort et le plus dur cheval de guerre qu'il eût à vendre. Mon père leur a demandé si c'était pour la joute d'aujourd'hui, et ces hommes ont répondu que oui; qu'un chevalier étranger voulait faire des armes. — Il y aura donc une joute de guerre? reprit mon père. — Certes, ont-ils répondu en riant, et une rude. Alors, tremblante que j'étais à ces paroles, je les ai suivis; je suis descendue avec eux; ils ont choisi le cheval le plus fort qu'il y eût dans les écuries; ils lui ont essayé un chanfrein de bataille. — Odette sanglota. — Comprenez-vous, madame? Oh! dites cela au duc; dites qu'il y a projet et menace contre lui; dites-lui qu'il se défende de toute sa force et de toute son adresse. — Elle tomba à genoux. — Qu'il se défende pour vous qui êtes si belle et qui l'aimez tant; oh! dites-lui comme

OEUV. COMPL. — V.

je vous le dis, à genoux, les mains jointes; dites-lui cela comme je le dirais, moi, si j'étais vous.

— Merci, mon enfant, merci.

— Vous direz à ses écuyers, n'est-ce pas? de lui choisir sa plus forte armure; lorsqu'il a été vous chercher en Italie, il a dû en rapporter quelqu'une de Milan, où l'on dit qu'on les fait meilleures qu'en aucun lieu du monde; dites-lui de veiller à ce que son heaume soit parfaitement attaché. Puis enfin, si vous voyez, ce qui est impossible, car le duc de Touraine est le plus beau, le plus brave et le plus adroit chevalier du royaume... que disais-je...? ah! oui : si vous voyez qu'il faiblisse, car son adversaire pourrait employer quelque sortilége, priez le roi, le roi sera là, n'est-ce pas? priez le roi de faire cesser la joute; il en a le droit, je l'ai demandé à mon père. Les juges du camp n'ont qu'à jeter leur bâton entre les combattans, et il faut que le combat cesse : eh bien! dites-lui de faire cesser cette malheureuse passe d'armes, puisqu'on ne le peut empêcher; et moi, pendant ce temps... Elle s'arrêta.

— Eh bien! que ferez-vous? dit plus froidement la duchesse.

— Moi, je m'enfermerai dans l'église du couvent. Maintenant que ma vie est à Dieu, je dois prier pour tous les hommes et particulièrement pour mon souverain, ses frères et ses fils. Eh bien! je prierai pour lui, le front sur le marbre; je dirai à Dieu de prendre mes jours, car je n'ai que faire de mes jours, moi, en échange des siens; et Dieu m'entendra, Dieu m'exaucera peut-être. Vous, de votre côté, priez aussi. Dieu entendra sans doute votre voix avant d'entendre la mienne; car vous êtes une grande princesse, et moi je ne suis qu'une pauvre fille. Adieu, madame, adieu!

A ces mots, Odette se leva, baisa une dernière fois la main de la duchesse et s'élança hors de la chambre.

La duchesse de Touraine alla aussitôt aux appartemens de son mari; mais déjà depuis une heure il était à son pavillon, où il s'était rendu d'avance pour se faire armer de ses meilleures armes.

Au même instant on vint la prévenir que la reine l'attendait pour se rendre au champ Sainte-Catherine.

La joute était préparée au même endroit que la veille; seulement, dans l'intérieur de l'enceinte et au-dessous du balcon du roi, on avait dressé la tente de monseigneur le duc de Touraine, surmontée d'un pennon à ses armes, et communiquant avec une grande chambre en charpente où se tenaient les écuyers et chevaux, ces derniers au nombre de quatre, trois destinés aux joutes de paix, le quatrième armé en guerre. Au côté gauche de la tente était la targe de guerre du duc sans blason aucun, et montrant pour seule devise un bâton noueux avec ces mots : — J'offre le défi.

Au côté droit était l'écu de paix portant à son centre trois fleurs de lis d'or, sur champ d'azur, qui étaient les armes des enfans de France. En face et à l'extrémité de la lice était une porte donnant sur un champ attenant aux tournelles et qui était destinée à donner entrée aux chevaliers.

Aussitôt que le roi, la reine, et les seigneurs et dames de la cour furent placés, un héraut s'avança précédé de deux trompettes, et lut à haute voix les lettres de défi dont nous avons donné connaissance à nos lecteurs au commencement de ce chapitre : seulement, les juges du camp y avaient ajouté une clause relative à la manière de jouter, c'est, à savoir, que tout chevalier ou écuyer qui toucherait l'écu de paix s'engageait à ne courir que des armes de paix; quant à ceux qui heurteraient la targe de guerre, il était d'habitude que les armes fussent à leur volonté.

Cette proclamation faite, le héraut rentra dans la tente. Les juges du camp, qui étaient messire Olivier de Clisson et monseigneur le duc de Bourbon, se placèrent aux deux côtés du champ clos, et les trompettes firent entendre la fanfare de défi; madame Valentine était pâle comme la mort.

Il y eut un moment de silence, au bout duquel une autre trompette répondit en dehors de la lice répétant les mêmes sons; les portes du fond s'ouvrirent; un chevalier s'avança la visière levée, et chacun put reconnaître messire Boucicaut le jeune; la duchesse respira en le voyant.

Dès qu'on l'eut reconnu, un murmure bienveillant parcourut toute la galerie ; les seigneurs saluèrent de la main, et les dames agitèrent leurs mouchoirs ; car celui qui venait d'entrer était des plus braves et des meilleurs jouteurs qu'il y eût parmi les chevaliers de l'époque.

Messire Boucicaut s'inclina d'abord pour remercier les spectateurs de l'accueil qu'ils lui faisaient ; ensuite, marchant droit au balcon de la reine, il la salua gracieusement, baissant la pointe de sa lance jusqu'à terre ; puis abaissant de sa main gauche la visière de son heaume, il frappa courtoisement du bois de sa lance l'écu de paix du duc de Touraine, et mettant son cheval au galop, gagna l'extrémité opposée de la lice.

Au même moment le duc sortit tout appareillé, sa targe bouclée à son cou et sa lance en arrêt. Il avait une armure milanaise de l'acier le plus fin tout incrustée d'or ; les caparaçons de son cheval étaient de velours vermeil, et tout ce qui est ordinairement en fer, mors et étriers, était de pur argent ; la cuirasse était du reste si bien prise et si artistement travaillée qu'elle se prêtait à tous les mouvemens de son maître avec autant de souplesse qu'aurait pu le faire un haubergeon de mailles ou un surcot de drap.

Si un murmure avait accueilli messire Boucicaut, de véritables applaudissemens saluèrent le duc ; car il était impossible de se présenter et de saluer avec meilleure grâce qu'il ne le fit : ils ne cessèrent que lorsque le duc ferma son heaume ; alors les trompettes sonnèrent, les deux adversaires mirent leurs lances en arrêt, et les juges du camp crièrent : « Laissez aller. »

Les deux chevaliers donnèrent de l'éperon et fondirent l'un sur l'autre de toute l'impétuosité de leurs chevaux ; tous deux se frappèrent en pleine targe, et brisèrent leur lance ; les deux chevaux s'arrêtèrent court, plièrent sur leurs deux jambes de derrière et se relevèrent tout tremblans, mais ni l'un ni l'autre des deux adversaires ne perdit même un seul étrier ; ils tournèrent aussitôt bride et revinrent prendre chacun une lance des mains de leur écuyer.

À peine se furent-ils ordonnés ce premier tour pour cette seconde course, que les trompettes sonnèrent de nouveau, alors ils revinrent l'un sur l'autre plus rapidement encore peut-être que la première fois ; mais chacun alors changea la direction de sa lance : tous deux se touchèrent à la visière, se déshcaumèrent et passèrent outre ; puis se retournant l'un vers l'autre, ils se saluèrent courtoisement. Il était impossible d'avoir maintenu l'un contre l'autre une égalité plus parfaite ; aussi trouva-t-on que cette course devait faire un honneur pareil à chacun des adversaires.

Les deux chevaliers laissèrent leurs casques à ramasser à leurs écuyers et revinrent tête nue, messire Boucicaut à la porte par laquelle il était entré, le duc de Touraine à la tente d'où il était sorti.

Un murmure accompagna ce dernier jusqu'à son pavillon, car il semblait l'archange Michel, tant il était beau avec ses longs cheveux blonds, ses yeux bleus, doux comme ceux d'un enfant, son teint de jeune fille.

La reine se pencha tout entière hors de son estrade pour le voir plus longtemps, et madame Valentine se rappelant ce que lui avait dit Odette, regarda la reine avec l'effroi du pressentiment.

Au bout d'un instant, les trompettes annoncèrent que le duc était prêt pour une nouvelle joute ; elles restèrent quelques minutes sans réponse, et l'on se demandait si une si belle joute allait se terminer aussi vite faute de tenans, lorsqu'une autre trompe fit entendre un air étranger ; au même instant la porte s'ouvrit, et un chevalier parut visière baissée et targe au cou.

Madame Valentine trembla, car elle ne connaissait pas ce nouvel adversaire, et cette joute de guerre qu'elle craignait lui mettait dans l'âme une crainte vague et continue, qui s'augmenta au fur et à mesure qu'elle vit l'inconnu s'approcher du pavillon : arrivé devant le balcon royal, il arrêta son destrier, posa le bas de sa lance à terre, l'assujettit avec son genou, et pressant le ressort de son casque, il se déshcauma. On vit alors un beau jeune homme de vingt-quatre

ans à peu près, dont le visage pâle et hautain resta étranger à la plus grande partie des assistans.

— Salut à notre cousin de Lancastre, comte de Derby, dit le roi, qui avait reconnu le cousin de Richard d'Angleterre : — il sait qu'il n'avait pas besoin de la trève que notre frère d'outre-mer, que Dieu conserve ! vient de nous accorder, pour être le bienvenu à notre cour ; notre envoyé messire de Château-Morand nous avait annoncé hier son arrivée ; c'est un messager de bonnes nouvelles

— Monseigneur, dit le comte de Derby en s'inclinant de nouveau, le bruit nous est venu dans notre île des merveilleuses joutes et emprises qui se devaient faire en votre cour, et tout Anglais que nous sommes de corps et d'esprit, nous avons voulu traverser la mer afin de rompre une lance en l'honneur des dames françaises ; j'espère que monseigneur le duc de Touraine voudra bien oublier que nous ne sommes que cousin de roi.

Le comte de Derby dit ces derniers mots avec une amertume railleuse qui prouvait que dès cette époque il pensait déjà à franchir la distance qui le séparait du trône.

Alors, saluant une dernière fois le roi et madame Isabel, il remit son heaume, et alla frapper du bois de sa lance l'écu de paix du duc de Touraine. Les couleurs que la crainte en avait bannies reparurent seulement alors sur les joues de madame Valentine, car elle avait tremblé jusque-là que la haine nationale de l'Angleterre contre la France n'eût amené le comte de Derby à ce tournoi.

Les deux adversaires, avant de commencer la joute, se saluèrent avec la courtoisie qui devait distinguer deux si nobles seigneurs ; puis les trompettes sonnèrent, ils mirent leurs lances en arrêt et coururent l'un sur l'autre.

Ils s'atteignirent en pleine targe ; mais les chevaux s'étant croisés, ils furent forcés tous deux de lâcher leurs lances, qui tombèrent dans la lice. L'écuyer du duc de Touraine et celui du comte de Derby s'avancèrent aussitôt pour les ramasser et les présenter à leurs maîtres ; mais tous deux et en même temps firent un juste, et l'écuyer anglais vint offrir au duc de Touraine la lance du comte de Derby, tandis que l'écuyer français allait présenter au comte de Derby la lance du duc de Touraine. Cette action fut fort applaudie, et on la trouva d'une chevalerie parfaite.

Les deux chevaliers se croisèrent de nouveau pour aller reprendre chacun sa place, puis, remettant leur lance en arrêt, ils fondirent l'un sur l'autre.

Cette fois les chevaux servirent mieux l'adresse de leurs cavaliers, car ils se chargèrent si droit que l'on eût cru qu'ils allaient se briser le front l'un contre l'autre. Cette fois encore, comme la première, les chevaliers s'atteignirent en pleine armure avec une telle force, que les deux lances volèrent en morceaux, et qu'à chacun des adversaires il n'en resta qu'un tronçon dans la main.

Tous deux se saluèrent alors ; le duc de Touraine rentra dans son pavillon, le comte de Derby sortit de la lice : à la porte l'attendait un page du roi qui venait le prier au nom de son maître de prendre, à la gauche de la reine, place parmi les assistans. Le comte accepta cet honneur, et parut un instant après sur l'estrade royale tout armé, comme il avait combattu, à l'exception de son heaume qu'un page à sa livrée portait derrière lui. Aussitôt que le comte fut assis les trompettes firent un troisième appel.

Cette fois la réponse fut si prompte, qu'on eût dit un écho : seulement elle se fit avec une de ces longues trompes de guerre dont on ne se servait que dans les mêlées, et dont le son éclatant et terrible était destiné à effrayer l'ennemi. Chacun tressaillit, et madame Valentine se signa en grand'crainte, disant :

— Mon Dieu, Seigneur, ayez pitié de moi !

Tous les yeux se fixèrent sur la porte, qui s'ouvrit et donna passage à un chevalier armé de toutes pièces pour une joute de guerre, c'est-à-dire d'une forte lance, d'une de ces longues épées dont on pouvait se servir alternativement à une ou deux mains, et d'une hache d'armes ; il avait sa targe bouclée au cou, son écu au bras ; et ses armoiries,

pour répondre à celles du duc de Touraine, qui, nous l'a-
vons dit, étaient un bâton noueux avec cet exergue : *Je
porte le défi*, étaient un rabot destiné à enlever les nœuds
du bâton, avec cette réponse : *Je le tiens*.

Chacun porta les yeux sur le chevalier avec la curiosité
qu'une pareille circonstance excitait toujours ; mais sa visière
était hermétiquement fermée, aucune armoirie héraldique ne
brillait sur sa targe, son casque seul portait un ornement
qui attestait merveilleusement ou sa naissance ou sa dignité:
c'était une couronne comtale d'or pur.

Il s'avança dans la lice faisant manœuvrer son cheval de
guerre avec cette habileté gracieuse qui dénonçait le chevalier habitué aux armes. Arrivé devant le balcon royal, il inclina son front jusqu'à la crinière de son destrier ; puis, au
milieu d'un silence que la respiration même n'osait troubler,
il alla au pavillon du duc de Touraine, et heurta fortement
du fer de sa lance la targe de guerre du noble tenant. L'appel de mort retentit d'un bout à l'autre du champ clos ; la
reine devint pâle, madame Valentine jeta un cri.

Un écuyer du duc de Touraine se présenta aussitôt à la
porte du pavillon, examina quelles étaient les armes offen-
sives et défensives du chevalier, puis, le saluant avec courtoisie : « Il va être fait ainsi que vous le désirez, monseigneur, » lui dit-il ; et il se retira.

Le chevalier gagna le bout de la lice, où il devait attendre
que le duc de Touraine eût fait ses apprêts. Au bout de dix
minutes, ce dernier sortit de sa tente revêtu de la même armure qui lui servait depuis le matin, mais monté sur un autre cheval frais et vigoureux ; il portait, comme son adversaire, une forte lance à fer aigu, une longue épée au côté, et
une hache d'armes à l'arçon de sa selle : toutes ces armes
étaient pareilles à la cuirasse, merveilleusement riches comme
elle, et damasquinées d'or et d'argent.

Le duc de Touraine fit un signe de la main pour indiquer
qu'il était prêt ; les trompettes sonnèrent, les adversaires assurèrent leurs lances en les appuyant sur le faucre et en les
serrant sous le bras ; puis éperonnant leurs chevaux, ils fondirent à toute volée l'un sur l'autre, et se rencontrèrent juste
au milieu de la lice, tant chacun d'eux avait mis le même
empressement à venir au devant de son adversaire.

Chacun y avait été vigoureusement et de bonne foi, car la
lance du chevalier inconnu avait pris le heaume du casque
du duc de Touraine aux lumières, et le lui arrachant de la
tête, elle l'avait jeté à dix pas derrière son cheval ; de son
côté, la lance du duc de Touraine avait frappé son adversaire
en pleine targe, et la perçant d'outre en outre, elle avait rencontré la cuirasse, et glissant sous l'épaulière, était allée
lui blesser légèrement le bras gauche ; de ce coup la lance
s'était rompue à un pied du fer, et le tronçon était resté
dans la targe.

— Monseigneur de Touraine, dit le chevalier, remettez,
je vous prie, un autre heaume, tandis que je m'en vais archer ce tronçon, qui ne me blesse pas, mais qui me gêne.

— Merci, mon cousin de Nevers, répondit le duc, car il
l'avait reconnu à cette haine profonde et intelligente que
chacun d'eux nourrissait dans son cœur, merci ; je vous
donnerai tout le temps nécessaire pour faire bander et étan-
cher votre bras, mais je continuerai le combat ainsi.

— Qu'il soit fait ainsi que vous le voudrez, monseigneur ;
mais comme un combat peut se continuer aussi bien avec
un fer de lance dans la targe, qu'avec la tête désheaumée, je
n'ai plus besoin pour le reprendre que du temps qu'il me
faut pour jeter cette lance et tirer cette épée. Il joignit en
même temps le geste à la parole et se trouva l'épée à la
main.

Le duc de Touraine suivit son exemple, et, lâchant les rênes de son cheval, il couvrit sa tête désarmée avec son écu ;
quant au comte de Nevers, il laissa pendre son bras gauche,
dont l'armure faussée par le tronçon de la lance ne lui permettait plus de se servir. Les écuyers, qui s'étaient appro-
chés pour porter secours à leurs maîtres, se retirèrent en
les voyant continuer le combat.

Effectivement il avait repris avec une nouvelle vigueur : le
comte de Nevers s'inquiétait peu de la gêne que lui causait

l'impossibilité de se servir de son bras gauche, et comptant
sur la trompe de son armure, il s'offrit entièrement couvert
par elle aux coups de son adversaire ; il attaquait donc sans
relâche cette tête nue qui n'était plus abritée que par le bouclier, et chacun de ses coups retentissait sur lui comme un
marteau sur une enclume, tandis que le duc de Touraine,
plus remarquable encore par son élégance et son adresse que
par sa force, tournait autour du duc, cherchant avec son
épée le défaut de l'armure en attaquant de la pointe ce qu'il
n'espérait pas atteindre avec le tranchant. Pas un bruit ne
s'élevait dans toute l'enceinte, on n'entendait que le fer
heurtant le fer ; on eût dit que le souffle même craignait de
sortir de la bouche des spectateurs, et que toute la vie de
cette foule immobile était passée dans leurs yeux et se concen-
trait dans leurs regards. Cependant, et comme chacun ignorait le nom de son adversaire, toutes les sympathies, tous les
désirs étaient pour le duc de Touraine ; sa tête, sur laquelle
son bouclier portait une ombre, eût pu servir de modèle à
un imagier pour peindre l'archange Michel ; le caractère insouciant de sa physionomie avait disparu ; ses yeux lançaient
des flammes, ses cheveux flottaient comme une auréole, et
ses lèvres écartées par une crispation nerveuse laissaient
apercevoir le blanc émail de ses dents ; de sorte qu'à chaque
coup que frappait sans relâche la rude épée de son adversaire, un frémissement courait dans cette assemblée comme
si tous les pères eussent tremblé pour leurs fils, toutes les
femmes pour leurs amans.

En effet, l'écu protecteur s'entamait petit à petit, chaque
atteinte en enlevait un morceau d'acier, comme s'il eût frappé sur du bois ; bientôt, il se fendit par le milieu, et le duc
sentit peser sur son bras les coups qui jusque-là étaient
tombés sur le bouclier ; enfin, une dernière atteinte, glissant
le long de ce bras, tomba sur sa tête, et lui entama légèrement le front.

Alors le duc de Touraine voyant que son écu mutilé n'é-
tait plus pour lui qu'une défense inutile, que son épée était
trop faible pour entamer l'armure de son adversaire, fit faire
un bond de retraite à son cheval, et jetant loin de lui de la
main gauche son écu, de la droite son épée, il saisit de toutes deux la lourde hache d'armes accrochée à son arçon, et
revenant sur le comte de Nevers avant qu'il n'ait pu soup-
çonner son intention, il lui en asséna sur le heaume un tel
coup, que les attaches de la visière se rompirent et que le
comte de Nevers, sans être désheaumé, se trouva le visage
découvert ; il secoua la tête, et le casque tomba ; tout le monde
poussa un grand cri en le reconnaissant.

Au même instant, et comme il se dressait sur ses arçons
afin de rendre coup pour coup, les bâtons des deux juges du
camp s'abaissèrent entre lui et le duc de Touraine, et la voix
forte du roi cria, au-dessus de toutes les voix :

— Assez, messieurs, assez!

C'est qu'au sang du comte de Nevers, et en voyant le sang
couler sur le visage du duc, madame Valentine s'était évanouie, et que la reine pâle et tremblante avait saisi le bras
du roi en lui disant :

— Faites cesser, monseigneur! au nom du ciel, faites
cesser.

Les deux combattans, si acharnés qu'ils fussent, s'arrêtèrent aussitôt. Le comte de Nevers laissa pendre son épée à
sa chaîne ; le duc de Touraine rattacha sa hache d'armes à
ses arçons. Les écuyers s'approchèrent de leurs maîtres : les
uns étanchèrent le sang qui coulait du front du duc de Touraine, les autres arrachèrent de la targe du comte de Nevers le tronçon de la lance dont le fer allait jusqu'à son
épaule.

Lorsque cette double opération fut faite, ils se saluèrent
avec une froide courtoisie, et comme gens venant de jouer
un jeu ordinaire. Le comte de Nevers sortit de la lice, et le
duc de Touraine s'avança vers sa tente pour reprendre un
autre casque. Le roi se leva sur son estrade et dit à haute
voix :

— Messeigneurs, notre plaisir est que la joute soit ainsi
terminée et finie.

En conséquence, le duc de Touraine, au lieu de continuer

son chemin, s'avança vers le balcon royal pour recevoir le bracelet qui était le prix réservé au tenant de la joute ; mais, arrivé au bas, madame Isabel lui dit gracieusement :

— Montez à nous, monseigneur, car, pour donner plus de prix à notre présent, nous voulons nous-même l'attacher à votre bras.

Le duc sauta légèrement à bas de son cheval. Un instant après, il recevait à genoux devant la reine le bracelet qui lui avait été promis au cortége ; et, tandis que madame Valentine essuyait le front de son mari pour s'assurer que la blessure n'était point profonde, tandis que le roi invitait le comte de Derby à dîner au palais, la main du duc rencontra celle de madame Isabel, et la première faveur adultère fut mystérieusement donnée et reçue.

V.

Toutes ces fêtes et joutes terminées, le roi pensa aux gouvernement et administration de son royaume : tout était parfaitement en paix au dehors, et la France pouvait sommeiller un instant tranquille au milieu de ses alliés : à l'orient, c'était le duc Galéas Visconti, que le mariage de madame Valentine liait par monseigneur le duc de Touraine à la maison des fleurs de lis ; au midi, c'était le roi d'Aragon, parent du roi de France par sa femme madame Iolande de Bar ; au couchant, le duc de Bretagne, vassal remuant et insoumis, mais non encore adversaire déclaré ; enfin, au nord, c'était l'Angleterre, la plus vieille et la plus mortelle ennemie de la France, mais qui sentant remuer dans son sein tous les germes d'une guerre civile, venait de laisser endormir sa haine et d'accorder comme une faveur à sa rivale une trêve de trois ans qu'elle aurait pu elle-même solliciter comme une grâce. Les provinces seulement réclamaient donc à cette heure la sollicitude du roi ; mais aussi elles la réclamaient instamment Successivement ruinés par les administrations successives des ducs d'Anjou et de Berry, le Languedoc et la Guyenne, épuisés d'or et de sang, tendaient vers leur jeune souverain leurs mains décharnées et suppliantes. Messire Jean Lemercier et le sire Guillaume de La Rivière, qui étaient du conseil le plus intime du roi, l'exhortaient depuis longtemps à visiter les Marches lointaines de son royaume. Il s'y décida enfin, et le départ fut résolu pour la Saint-Michel prochaine *. L'itinéraire fut tracé par Dijon et Avignon, et, par conséquent, le duc de Bourgogne et le pape Clément reçurent avis du prochain passage du roi.

Au jour dit, Charles partit de Paris en la compagnie du duc Louis de Touraine, du sire de Coucy et de beaucoup d'autres chevaliers encore ; il rencontra à Châtillon-sur-Seine le duc de Bourbon et le comte de Nevers qui venaient au devant de lui pour lui faire honneur. Arrivé à Dijon, il y trouva la duchesse de Bourgogne, qui s'y était fait une cour des dames et damoiselles qu'elle savait être les plus agréables au roi : c'était madame de Sully, mademoiselle de Nevers, la dame de Vergy, et d'autres encore, fleurs écloses aux tiges des plus nobles familles de France. Là, il y eut dix jours encore de fêtes ; puis il prit congé de sa tante après bien des compliments et des cadeaux aux dames de sa cour. Quant au duc, il monta sur une grande barque, descendit le Rhône, et arriva presque en même temps que le roi à Avignon.

Connaissez-vous Avignon la ville sainte, aujourd'hui triste et sombre comme une puissance déchue, et qui se mire éternellement dans le Rhône cherchant à son front la tiare papale ? c'était alors la courtisane de Clément VII. Un grand-maitre de l'ordre de Malte venait de nouer autour de sa

taille une ceinture neuve de remparts *. Jean XXII, Benoît XII, Clément VI, Urbain V, l'avaient dotée la veille de son palais pontifical, et saint Bénézet de son pont miraculeux. Elle avait une cour dorée de cardinaux libertins et d'abbesses mondaines : elle vivait, le jour, dans une atmosphère parfumée par l'encens de ses cérémonies et de ses fêtes, et le soir elle s'endormait voluptueusement aux chants mélodieux de Pétrarque et aux murmures lointains de la fontaine de Vaucluse.

Ce fut Philippe-le-Bel qui, ramassant la couronne papale, tombée de la tête de Boniface VIII, au soufflet que lui donna Colonne, la posa sur le front de Clément VI, et qui, pour réunir dans sa main et dans celle de ses successeurs le pouvoir spirituel au pouvoir temporel, conçut le projet gigantesque de déshériter Rome de sa royauté catholique, et d'en doter la France. Avignon reçut l'hôte sacré du Vatican, et le Rhône vit le vicaire du Christ étendre sur son balcon la main qui lie et qui délie, et les Français entendirent pour la première fois prononcer la bénédiction universelle *urbi et orbi*.

Mais un grand schisme s'était élevé dans l'Église ; Rome, effrayée au premier abord, avait repris courage et avait élevé autel contre autel. Le monde chrétien s'était séparé en deux partis : l'un reconnaissant le pape d'Avignon, l'autre niant qu'il pût exister un siège pontifical hors de la ville où saint Pierre l'avait fondé. Les deux papes, de leur côté, loin de rester inactifs dans cette guerre civile où ils avaient unis puissant intérêt, s'étaient faits chefs de la double et grande armée chrétienne, et, s'anathématisant réciproquement, ils ruinaient leur pouvoir par leur pouvoir lui-même et éteignaient imprudemment leurs foudres spirituelles en se les lançant l'un à l'autre.

Dans cette grande querelle et selon qu'ils avaient été alliés ou ennemis de la France, les peuples avaient tour à tour reconnu le pape d'Avignon ou celui de Rome. Les seuls qui fléchissent alors le genou devant Clément VII étaient le roi d'Espagne, le roi d'Écosse et le roi d'Aragon ; mais comme ils ne le faisaient que par considération pour le roi de France, ce fut donc une grande fête pour Clément que de recevoir le souverain qui seul le soutenait encore contre les prétentions de son rival ; et si, aux dîners et fêtes qu'il lui donna, il se fit servir sur une table à part et prit le pas sur lui, il essaya bien vite de lui faire oublier cette suprématie de l'autel sur le trône, en remettant au roi la nomination de sept cent cinquante bénéfices à son choix en faveur des pauvres clercs de son royaume, en lui accordant la faculté de nommer aux évêchés de Chartres et d'Auxerre, enfin en ordonnant archevêque de Reims le savant Ferry Cassinel que le roi honorait de sa protection, et qui un mois après son élection mourut empoisonné par ses dominicains.

Le roi de France, en échange de ces faveurs, s'engagea à lui donner aide et secours contre l'anti-pape, lui promit que de retour en France **, il s'occuperait activement, et même par la voie des armes, de détruire le schisme existant : enfin, après huit jours de séjour en la ville d'Avignon, le roi prit congé de Clément, et s'en revint à Villeneuve.

Là il remercia, à leur grand étonnement, ses oncles les ducs de Berry et de Bourgogne de la bonne compagnie qu'ils lui avaient faite, et leur déclara que son désir était qu'ils retournassent, l'un à Dijon, l'autre à Paris ; que, quant à lui, il allait continuer sa route vers Toulouse, accompagné du duc de Touraine et du duc de Bourbon.

Les deux oncles du roi virent alors seulement quel était le véritable motif de ce voyage, et que le roi, en l'entreprenant, n'avait d'autre but que de faire une enquête sur le gouvernement arbitraire qui venait de désoler le Languedoc. Ils laissaient avec lui messire de La Rivière et Le Mercier, Montagne et Le Bègue de Villaine, qu'ils savaient être des hommes intègres et sévères que le duc de Berry croyait ses en-

---

* 29 septembre 1389.

* Louis VIII avait fait abattre les premiers.

**Avignon n'était point France : il formait la capitale d'un État à part, sous le titre de comtat.

nemis personnels, et qui, de fait, n'étaient ennemis que de ses exactions. Aussi les deux ducs quittèrent-ils Villeneuve fort tristes.

— Que pensez-vous de cela, frère? dit le duc de Berry au duc de Bourgogne en sortant de la ville.

— Je pense, répondit celui-ci, que notre neveu est jeune, et qu'il lui arrivera malheur pour écouter de jeunes conseils; mais pour le moment il faut souffrir. Un jour viendra où ceux qui le conduisent où il va s'en repentiront, et le roi aussi. Quant à nous, mon frère, retournons en nos pays : tant que nous serons ensemble, personne ne nous fera tort; car, après le roi, nous sommes les plus grands du royaume de France.

Le lendemain le roi passa à Nîmes, et sans s'arrêter dans la vieille ville romaine, il s'en alla coucher à Lunel : le lendemain encore il s'arrêta pour dîner à Montpellier, et c'est là qu'il commença d'entendre les gémissemens et les plaintes : encore, lui dit-on, que plus il irait en avant, plus il trouverait le pays ruiné, et que ses deux oncles, les ducs d'Anjou et de Berry, qui successivement venaient de l'administrer, l'avaient laissé si pauvre que les plus riches et les plus puissans avaient à peine de quoi faire sarcler leurs vignes et labourer leurs terres.

— Ce sera grande pitié pour vous, lui disait-on, sire, que de voir vos enfans rançonnés au tiers, au quart, au douzième du leur, payant cinq ou six tailles par an, et toujours écrasés par une nouvelle taxe avant d'avoir acquitté l'ancienne; car les deux seigneurs vos oncles ont, entre le Rhône et la Gironde, levé arbitrairement plus de 50,000 livres. Le duc d'Anjou encore ne s'en prenait qu'aux riches et aux puissans; mais le duc de Berry lui avait succédé, et n'épargnait ni riche ni pauvre; il avait tout fauché et moissonné devant lui. On ajoutait que toutes les exactions s'étaient faites par les mains de son trésorier, qui était de la cité de Béziers, et qu'on appelait Bétisac, et que ce Bétisac, glanant encore où son maître avait récolté, ne laissait pas même au peuple ce que le fermier laisse aux oiseaux du ciel, l'épi qui tombe du chariot de la moisson.

A ces paroles le roi répondait que si Dieu lui donnait secours, toutes ces malversations cesseraient; qu'il n'aurait pas plus de considération pour les ducs ses oncles, que s'ils n'étaient pas les frères de son père; et que, quant à leurs mauvais conseillers et agens, il ferait faire sur eux des inquisitions impartiales et sévères. C'est au milieu de ce concert de malédictions qu'il entra dans la ville de Béziers, où était Bétisac : mais il recommanda le secret sur les plaintes qui lui avaient été faites, et donna ostensiblement les trois ou quatre premiers jours de son arrivée aux fêtes, tandis que secrètement il avait commis des inquisiteurs pour faire une enquête : or, le quatrième jour, ces inquisiteurs vinrent lui dire qu'il s'élevait contre le trésorier de son oncle de telles charges, qu'elles n'étaient point à pardonner, car elles entraînaient la peine capitale.

Le conseil du roi se rassembla donc, et lorsqu'il fut réuni, on fit prendre chez lui Bétisac, qu'on amena et qu'on introduisit devant ses juges.

Alors ils lui montrèrent sur la table une foule de papiers et de preuves constatant ses exactions, et lui dirent :

— Bétisac, regardez, et répondez. Qu'avez-vous à répondre contre ces cédules-ci?

A ces mots, un greffier les prit une à une, et les lui lut toutes : mais à chacune il avait les réponses prêtes; car les unes, et c'étaient celles où était sa signature, il les reconnaissait bien, mais il ajoutait que c'était d'après les ordres du duc de Berry qu'il avait agi, et qu'on n'avait qu'à interroger son maître; quant aux autres, il les niait, disant :

— Je n'en ai nulle connaissance; parlez-en aux sénéchaux de Beaucaire et de Carcassonne, ou bien encore au chancelier de Berry. Les inquisiteurs étaient fort embarrassés; mais en attendant de nouvelles preuves, ils l'envoyèrent en prison. Sitôt qu'il y fut écroué ils se rendirent à son hôtel, saisirent tous ses papiers, les emportèrent et les visitèrent à loisir. Là on trouva qu'il avait été fait de telles exactions

et levé de telles sommes sur les sénéchaussées et seigneuries du roi, que ceux qui entendaient lire doutaient de ceux qui lisaient : alors on le fit venir de nouveau, et il reconnut l'exactitude de tous les comptes, dit que toutes les sommes en étaient bonnes et vraies, mais il ajouta qu'elles n'avaient fait que passer entre ses mains et étaient tournées au profit de monseigneur de Berry, et qu'en un lieu qu'il désigna il avait quittance de tout en son hôtel : en effet, ces quittances furent apportées devant le conseil, comparées aux recettes, et se trouvèrent à peu près exactes. Il y en avait pour une somme de trois millions.

Les inquisiteurs restèrent stupéfaits devant de pareilles preuves de la cupidité de monseigneur de Berry.

On demanda à Bétisac ce que son maître avait pu faire de pareilles sommes.

— Monseigneur, répondit-il, je ne puis le savoir, moi; une grande partie est passée, à ce que je crois, en achats de châteaux, d'hôtels, de terres et de pierreries à messeigneurs les comtes de Boulogne et d'Etampes; ses maisons, vous le savez, sont d'ailleurs splendidement tenues, et il a tant donné à Thibaut et à Morinot, ses valets, qu'à l'heure qu'il est ils sont riches.

— Et vous, Bétisac, lui dit le sire de La Rivière, avez-vous bien eu cent mille francs pour votre part dans cette pillerie?

— Messire, répondit Bétisac, monseigneur le duc de Berry tenait son pouvoir du roi, je tenais le mien de monseigneur le duc de Berry; je suis donc autorisé de fait par le roi, puisque j'étais l'avoué de son gouverneur. Dès lors toutes les taxes que j'ai levées sont légitimes. Quant à ce qu'il m'en est resté entre les mains, ce fut par la permission de monseigneur de Berry. Monseigneur de Berry tient que ses gens soient riches : ma richesse est donc bonne et raisonnable, puisqu'elle me vient de lui.

— C'est follement parler, lui répondit messire Jean Lemercier; il n'est point de richesse bonne et raisonnable si elle est mal acquise. Retournez en prison, tandis que nous allons peser ce que vous nous avez dit. Nous rapporterons toutes vos défenses au roi, et il en sera fait ainsi qu'il décidera.

— Dieu veuille le conseiller! dit Bétisac. Et sur ce il salua ses juges et on le ramena en prison.

Cependant dès que cette nouvelle fut répandue dans le pays, que Bétisac était en prison de par le roi et allait être jugé, tout le peuple des campagnes environnantes afflua dans la ville; les malheureux qu'il avait dépouillés entraient de force jusqu'en l'hôtel du roi pour demander justice, et lorsqu'il sortait, ils se mettaient à genoux sur son passage, et lui présentaient des supplications et des plaintes. Les uns, c'étaient des enfans qu'il avait faits orphelins; les autres, c'étaient des femmes qu'il avait faites veuves; les autres enfin, c'étaient des filles qu'il avait faites mères; où la persuasion manquait, la force avait été employée. Il avait tout tari, cet homme, les trésors, les veines et l'honneur. Le roi voyait bien que le sang du pauvre peuple criait et gémissait hautement, appelant vengeance sur le prévaricateur, et il ordonna que le conseil rendît son arrêt contre lui.

Mais voilà qu'au moment où les juges étaient assemblés, entrèrent deux chevaliers; c'étaient les sires de Nantouillet et de Mespin. Ils venaient, au nom du duc de Berry, avouer tout ce que Bétisac avait fait, requérir le roi et son conseil de remettre cet homme entre leurs mains, et de tourner, si tel était leur plaisir, l'enquête contre le duc.

Le conseil alors se trouva dans un embarras extrême. Le duc de Berry pouvait un jour ou l'autre reprendre sur le roi l'ascendant qu'il avait perdu; et, dans cette prévoyance, chacun craignait de le mécontenter. D'une autre part, les crimes et l'oppression de Bétisac étaient si patens et si visibles, que c'était fâcher Dieu que de permettre qu'il sortît intact de sa prison. On proposa bien de faire saisir ses meubles et ses héritages, de les mettre en vente, et d'en distribuer l'argent au pauvre peuple; de cette manière, il se retrouverait pauvre et nu comme monseigneur de Berry l'avait pris; mais le roi ne voulut point de demi-justice : il dit qu'il n'y avait que ceux qu'il avait ruinés qui se contenteraient de cette restitution ; mais que pour les familles où il avait semé trépas et honte, il fallait sa mort et son infamie.

Sur ces entrefaites, un vieillard se présenta devant le conseil ; il avait appris ce dont il s'agissait, et il venait offrir au roi et aux inquisiteurs de faire avouer à Bétisac un crime qui lui serait personnel, et que monseigneur de Berry ne pourrait prendre pour son compte. On lui demanda ce qu'il était nécessaire de faire pour cela. — Il faudrait me mettre dans la même prison que Bétisac, répondit-il ; mais pour d'autres explications, il n'en voulut pas donner, disant que la chose était son affaire et le regardait, puisqu'il s'était chargé de la mener à bien. Il fut donc fait ainsi qu'il le désirait : des gardes le conduisirent publiquement à la prison ; le geôlier reçut leur instruction, poussa le nouveau venu dans le cachot du prisonnier, et referma la porte derrière lui.

Le vieillard parut ignorer complétement que le cachot fût habité ; il étendit les bras devant lui comme un homme qui n'y voit pas clair ; puis, lorsqu'il fut arrivé à son extrémité, il s'assit adossé contre le mur, et ramenant ses genoux contre lui-même, il y appuya les coudes et laissa tomber sa tête entre ses mains.

Bétisac, dont les yeux s'étaient habitués depuis huit jours à l'obscurité, regarda faire ce nouvel hôte avec toute la curiosité d'un homme qui se trouve en pareille situation ; il fit un mouvement pour attirer son attention, mais le vieillard resta immobile et comme plongé dans une rêverie profonde ; alors il prit le parti de lui adresser la parole, et lui demanda s'il ne venait point du dehors.

Le vieillard leva les yeux et aperçut dans un coin celui qui l'interrogeait ; il était à genoux et dans l'attitude de la prière. Cet homme osait prier. Le vieillard tressaillit en se voyant si près de celui qu'il avait promis de perdre. Bétisac répéta sa demande.

— Oui, répondit le vieillard une voix creuse.

— Et de quoi s'occupait-on dans la ville ? demanda-t-il en affectant un air d'insouciance.

— D'un certain Bétisac, repartit le vieillard.

— Et qu'en disait-on ? continua timidement celui qui avait tant d'intérêt à la question qu'il adressait

— On disait que justice serait faite enfin, et qu'on allait le pendre.

— Mon Seigneur Jésus ! dit Bétisac en se levant tout debout.

Le vieillard laissa retomber sa tête dans ses mains, et le silence du cachot ne fut troublé que par la respiration oppressée de celui qui venait d'apprendre cette terrible nouvelle.

Il resta un moment immobile ; mais bientôt les jambes lui faillirent, il s'adossa contre le mur et s'essuya le front. Puis, après un instant d'accablement, il continua d'une voix rauque et sans changer d'attitude :

— Sainte Marie ! n'est-il aucun espoir pour lui ?

Le vieillard resta silencieux et immobile comme s'il n'avait pas entendu cette question.

— Je vous demande s'il n'y a aucun espoir, dit Bétisac marchant à lui et lui secouant le bras avec frénésie.

— Si, répondit tranquillement le vieillard, il y en a un : c'est que la corde casse.

— O mon Dieu ! mon Dieu ! s'écria Bétisac en se tordant les mains ; que faire ? et qui me donnera un conseil ?

— Ah ! dit le vieillard en le regardant d'un air sombre comme s'il n'eût pas voulu perdre une expression de son désespoir. Ah ! c'est donc vous cet homme qu'un peuple tout entier maudit ? n'est-ce pas qu'elles sont lourdes à porter les dernières heures d'une pareille vie ?

— Oh ! dit Bétisac, qu'on me prenne tout : meubles, argent, maisons ! qu'on les jette à ce peuple qui crie, et qu'on me laisse la vie ! dussé-je la passer dans ce cachot, les fers aux pieds et aux mains, sans revoir le jour ! mais la vie ! la vie ! oh ! je veux vivre !

Le malheureux se roulait comme un forcené : le vieillard le regardait faire · puis, lorsqu'il le vit haletant et épuisé :

— Et celui qui vous donnerait un moyen de vous tirer de là ? lui dit-il.

Bétisac se releva sur ses genoux : il regardait le vieillard comme s'il eût voulu lire au fond de son cœur.

— Qu'est-ce que vous dites ?

— Je dis que vous me faites pitié, et que si vous voulez suivre mon conseil, tout ira bien.

— Oh ! dites : je suis riche... ma fortune tout entière...

Le vieillard se mit à rire.

— C'est cela, tu espères racheter ta vie avec ce qui te la fait perdre, n'est-ce pas ? et alors tu te croiras quitte envers les hommes et envers Dieu.

— Non, non ! je serai toujours un grand coupable ; je le sais, et je me repens dans l'amertume de mon âme... Mais vous m'avez dit qu'il y avait un moyen... quel est-il ?

— Si j'étais à votre place, et Dieu m'en garde ! voici ce que je ferais...

Bétisac dévorait les paroles au fur et à mesure qu'elles sortaient de la bouche du vieillard ; il continua :

— Lorsque je reparaîtrais devant le conseil du roi, je continuerais de nier...

— Oui, oui, dit Bétisac.

— Mais je dirais que, touché de repentir pour un autre crime, je désirerais le confesser pour le salut de mon âme ; je dirais que j'ai longtemps erré contre la foi, que je suis manichéen et hérétique.

— Cela n'est point vrai, interrompit Bétisac, je suis bon chrétien croyant en Jésus et en la vierge Marie.

Le vieillard continua comme si Bétisac n'avait rien dit :

— Je dirais donc que je suis manichéen et hérétique, et que je tiens toujours dans mon opinion : alors l'évêque de Béziers me réclamerait, car dès lors j'appartiendrais à la justice ecclésiastique ; il m'enverrait au pape d'Avignon, et comme notre saint père Clément est grand ami de monseigneur le duc de Berry...

— Je comprends, dit Bétisac l'interrompant. Oui, oui, notre seigneur de Berry ne permettra pas qu'il me soit fait aucun dommage. Ah ! vous êtes mon sauveur !

Et il voulut se jeter dans les bras du vieillard ; mais celui-ci le repoussa. En ce moment, la porte s'ouvrit ; on venait chercher Bétisac pour le conduire devant le conseil.

Alors il pensa que c'était l'heure d'employer la ruse qui lui avait été suggérée, et, mettant un genou en terre, il demanda à parler : la parole lui fut incontinent accordée.

— Beaux seigneurs, dit-il, j'ai regardé en mes besognes et en ma conscience, et je crains d'avoir grandement courroucé Dieu, non pas pour avoir pillé ou dérobé l'argent du pauvre peuple ; car, Dieu merci, il appert à tous que je n'ai agi que par l'ordre de mon maître ; mais pour avoir erré contre la foi. Les juges se regardèrent étonnés. Oui, continua Bétisac, oui, messeigneurs, car mon esprit se refuse à croire qu'il soit rien de la Trinité, et que jamais le fils de Dieu se soit abaissé à descendre du ciel pour s'incarner dans une femme ; et de mon âme je pense qu'il ne restera rien à ma mort.

Un murmure d'étonnement frémit par toute l'assemblée. Alors le sire Lemercier, qui cependant était son plus mortel ennemi, se leva et lui dit :

— Bétisac, songez à ce que vous venez de dire, car voilà des paroles qui blessent grandement la sainte Église notre mère, et qui demandent le feu. Avisez-vous donc.

— Je ne sais, répondit Bétisac, ce que mes paroles demandent, ou du feu, ou de l'eau ; mais cette opinion a été mienne depuis que j'ai eu connaissance, et elle sera encore mienne jusqu'à ce que je la perde.

Alors les juges firent un signe de croix, et craignant pour leur propre salut d'en entendre davantage, ils le firent reconduire dans la prison. En y entrant, il chercha le vieillard pour lui dire ce qui lui était arrivé ; mais le vieillard n'y était plus.

Ce qui se passa dans l'âme de cet homme, du jour au lendemain, ne fut su que de Dieu. Seulement le lendemain il aurait pu nier qu'il fût l'homme de la veille. Dieu avait converti ses heures en années ; dans une nuit ses cheveux avaient blanchi.

Le roi, en apprenant la déposition de Bétisac, fut fort émerveillé de ses aveux.

— Ah ! dit-il alors, c'est un mauvais homme ; nous ne le croyions que larron, et voilà qu'il est hérétique ; nous pensions qu'il ne méritait que la corde, et voilà qu'il réclame en plus le bûcher. Eh bien ! soit ; il sera brûlé et pendu : et maintenant vienne un oncle de Berry pour se charger de ses méfaits, nous verrons s'il convient de celui-là.

Bientôt le bruit des aveux faits par Bétisac se répandit dans la cité ; alors vous eussiez vu dans toutes les rues une grande foule de peuple réjoui, car il était au plus fort haï et exécré ; mais nuls ne furent plus étonnés en apprenant ces nouvelles que les deux chevaliers qui étaient venus pour le réclamer au nom du duc de Berry ; ils virent bien qu'il était perdu, et pensèrent qu'il n'avait fait un pareil aveu que par le conseil d'un ennemi ; mais par quelque conseil que ce fût, l'aveu était fait, le roi avait prononcé sa sentence ; il n'y avait donc qu'un espoir, c'était de lui faire nier le lendemain sa déposition de la veille.

En conséquence ils coururent à sa prison pour essayer de le voir et de redresser sa défense ; mais le geôlier leur répondit qu'il lui avait été, ainsi qu'à quatre sergens d'armes envoyés à cet effet, défendu, de par le roi et sur leur tête, de laisser parler qui que ce soit à Bétisac. Alors les chevaliers se regardèrent tout marris et, regagnant leur hôtel, ils montèrent à cheval et s'en retournèrent devers le duc de Berry qui les avait envoyés.

Le lendemain, vers dix heures du matin, on vint prendre Bétisac à sa prison. Lorsqu'il vit qu'on le menait, non pas devant le conseil du roi, mais au palais de l'évêque, il commença à reprendre son esprit. Là, il trouva réunis les inquisiteurs du roi et les officiers de la Sainte-Église, ce qui lui prouva de nouveau qu'il y avait conflit entre la justice temporelle et la justice ecclésiastique ; bientôt le bailli de Béziers, qui jusqu'alors l'avait tenu en prison, dit aux gens de l'évêque :

— Messeigneurs, voici Bétisac que nous vous rendons comme hérétique et prêchant contre la foi ; si son crime eût été du ressort de la justice royale, justice lui eût été rendue par elle ; mais il appartient par son hérésie à la justice ecclésiastique : faites de lui ce que ses œuvres demandent.

Bétisac se crut sauvé.

Alors l'official de l'évêque lui demanda s'il était aussi pécheur qu'on le disait là ; et lui, voyant que l'affaire prenait la tournure qu'on lui avait indiquée comme lui étant la plus favorable, répondit que oui. Alors on fit entrer le peuple, et on enjoignit à Bétisac de répéter sa confession devant lui, et il la répéta trois fois, tant le vieillard l'avait enchanté, et trois fois le peuple accueillit cet aveu avec le rugissement que le lion pousse à l'odeur du sang.

L'official fit un signe, et Bétisac fut remis aux mains des sergens d'armes, qui le firent sortir au milieu d'eux ; le peuple descendit autour de lui et derrière lui les degrés du palais, l'enveloppant et le pressant, comme s'il eût eu peur encore qu'il ne lui échappât. Pour Bétisac, il croyait qu'on l'emmenait hors de la ville pour le conduire à Avignon. Au bas de l'escalier il trouva le vieillard assis sur une borne ; sa figure avait une expression de joie que Bétisac interpréta à bien : il lui fit un signe de tête.

— Oui, oui, voilà qui va bien, dit le vieillard ; n'est-ce pas ?

Et il se mit à rire, puis il monta sur la borne, et dominant toute la foule, il cria à Bétisac :

— Bétisac, n'oublie pas à qui tu dois le conseil qui te mène, c'est à moi.

Puis aussitôt il descendit de la borne, et prit, avec toute la rapidité que lui laissait la vieillesse, une rue transversale qui conduisait au palais.

Bétisac, de son côté, y était mené par la grande rue, toujours entouré de la foule, qui de temps en temps poussait une de ces grandes rumeurs que nous connaissons maintenant pour les avoir entendues tant de fois. Le coupable ne reconnaissait dans ces cris que l'expression de la colère du peuple, qui voit sa proie lui échapper, et il s'étonnait qu'elle le laissât si tranquillement sortir des murs de Béziers, lorsqu'en arrivant sur la place du palais, un grand cri s'éleva de cette place et fut répété par ceux qui l'accompagnaient. Le cortége s'ouvrit, se précipitant vers le centre, car vers ce centre était placé un bûcher, du milieu duquel sortait un gibet, étendant vers la grande rue son bras décharné, au bout duquel pendait une chaîne et un collier de fer. Bétisac se trouva seul au milieu de ses quatre gardes, tant chacun avait eu empressement de prendre la meilleure place autour de l'échafaud.

Alors la vérité toute nue se dressa devant cet homme, elle avait la forme de la mort.

— Ah ! monseigneur le duc de Berry, s'écria-t-il, c'en est fait de moi ; à mon secours ! à mon secours !

La foule répondit par des cris de malédiction contre le duc de Berry et contre son trésorier. Alors, comme le coupable refusait d'avancer, les quatre sergens le prirent dans leurs bras et l'emportèrent ; il se débattait et criait qu'il n'était point hérétique, qu'il croyait au Christ fait homme et à la Vierge Marie. Il adjurait Dieu de la vérité de ses paroles, demandait merci au peuple, et chaque fois un grand rire accablait sa demande. Il demandait secours au duc de Berry, et chaque fois les cris : A mort ! à mort ! répondaient à son invocation.

Enfin, les sergens le déposèrent au pied du bûcher, contre l'un des poteaux qui en fermaient la barrière ; le vieillard y était appuyé.

— Ah ! maudit, s'écria Bétisac en l'apercevant, c'est toi qui me mènes où je suis ! Messeigneurs, messeigneurs, je ne suis point coupable, et voilà le méchant homme qui m'a jeté un sort ; à moi ! messeigneurs, à moi ! Le vieillard se mit à rire.

— Allons, tu as de la mémoire, lui dit-il, et tu n'as pas oublié les amis qui te donnent bon conseil. Un dernier, Bétisac : pense à ton âme.

— Oui, messeigneurs, dit Bétisac qui espérait ainsi gagner du temps ; oui, un prêtre, un prêtre.

— Et pour quoi faire, s'écria le vieillard, puisqu'il n'a pas d'âme à sauver, et que son corps est perdu ?

— A mort ! à mort ! hurla le peuple.

Le bourreau s'approcha.

— Bétisac, ainsi qu'il ordonné que vous mouriez, lui dit-il, vos mauvaises œuvres vous mènent à mauvaise fin.

Bétisac était immobile, les yeux stupides, les cheveux hérissés. Le bourreau le prit par la main ; il se laissa conduire comme un enfant. Arrivé sur le bûcher, il le souleva dans ses bras, et ses valets ouvrant la charnière du collier, le lui passèrent au cou. Bétisac resta pendu sans être étranglé ; au même moment le vieillard se précipita sur la torche de résine qui brûlait dans le fourneau de fonte et mit le feu au bûcher ; le bourreau et ses aides sautèrent en bas.

La flamme rendit toute son énergie au malheureux qu'elle allait dévorer. Alors, sans pousser un cri, sans plus demander grâce, il saisit de ses deux mains la chaîne à laquelle il était suspendu, et remontant à la force du poignet le long de ses anneaux, il gagna la branche du gibet, qu'il embrassa de ses mains et de ses genoux, s'éloignant du bûcher autant qu'il était en son pouvoir. Il se tint ainsi hors de l'atteinte du feu tant qu'il brûla la base du bûcher ; mais bientôt la flamme s'étendit aux parties supérieures, et comme un être animé et intelligent, comme un serpent qui se dresse, elle leva sa tête vers Bétisac, poussant à lui de la fumée et des étincelles, puis enfin elle sembla le lécher de sa langue flamboyante. Le malheureux jeta un cri à cette caresse mortelle : ses habits venaient de prendre feu.

Alors un silence solennel se fit, pour que rien ne fût perdu de cette dernière lutte de la créature et de l'élément de la vie et de la mort ; on entendait les plaintes pitoyables de l'un, les rugissements joyeux de l'autre. L'homme et le feu, c'est-à-dire le patient et le bourreau semblaient s'enlacer, s'étreindre et se tordre, mais au bout d'un instant, l'homme s'avoua vaincu, ses genoux affaiblis abandonnèrent leur soutien, ses mains ne purent continuer de serrer la chaîne rougie, il jeta un grand et lamentable cri, et se laissant tomber, il se retrouva de nouveau suspendu au milieu des flammes quelques secondes encore. Cet être informe qui avait été une créature humaine s'agita convulsivement au milieu du feu, puis se raidit, puis demeura immobile. Un instant après, l'anneau qui était scellé dans le gibet se détacha, car le bois du gibet lui-même était calciné, et alors, comme s'il eût été entraîné dans l'enfer, le cadavre tomba et disparut au milieu du foyer.

Aussitôt toute cette foule s'écoula muette et silencieuse; il ne resta aux pieds du bûcher que le vieillard, si bien que chacun se demandait si ce vieillard n'était pas Satan venant réclamer une âme jugée.

Ce vieillard était un homme dont Bétisac avait violé la fille.

VI.

Maintenant, si nos lecteurs, pour mieux embrasser par leurs détails l'ensemble des événemens que nous nous sommes engagé à faire passer sous leurs yeux, veulent bien nous suivre hors des murs de Béziers; s'ils consentent à abandonner les riches plaines du Languedoc et de la Provence, les villes au nom sonore où l'on parle une langue fille de Rome et d'Athènes; les champs d'oliviers au feuillage gris où coulent les rivières bordées de lauriers roses; les rivages que viennent baigner des flots tièdes encore du soleil du Bosphore, pour les plaines montagneuses de la Bretagne, pour les forêts de chênes séculaires, pour sa langue primitive, et pour son océan aux eaux vertes et profondes, nous les conduirons à quelques lieues de la vieille ville de Vannes, et nous les introduirons dans l'un de ces châteaux forts, résidence plendide d'un de ces grands vassaux toujours prêts à devenir de grands rebelles. Là, en entrebâillant la porte sculptée d'une chambre basse qui sert de salle à manger, nous verrons deux hommes assis près d'une table, ayant au milieu d'eux un hanap d'argent ciselé, plein de vin épicé, avec lequel l'un d'eux établit de fréquentes et amicales relations, tandis que l'autre, sobre comme s'il était sous le coup d'une ordonnance hygiénique, repousse toutes les avances qui lui sont faites, et couvre son verre de sa main chaque fois que son partner, ne pouvant lui faire vider la liqueur vierge qui s'élève à la moitié de sa coupe, essaie au moins d'en augmenter le volume.

Celui des deux que nous avons indiqué comme le moins partisan de la tempérance est un homme de cinquante à soixante ans, vieilli sous le harnais de guerre dont il est encore à cette heure presque entièrement revêtu : son front brun et coloré, sur le milieu duquel se partagent des cheveux grisonnans, est ridé bien moins par l'âge que par le poids éternel de son casque; dans l'intervalle de repos que lui laisse l'occupation à laquelle nous l'avons vu se livrer, ses coudes s'appuient sur la table, alors son menton repose sur ses deux puissantes mains, et sa bouche ombragée d'une épaisse moustache, qu'il pince habilement avec sa lèvre inférieure, se trouve ainsi à la hauteur du hanap, dans lequel de temps en temps ses yeux plongent comme pour suivre dans sa retraite la liqueur qui fuit devant ses attaques réitérées.

L'autre est un beau jeune homme tout de soie et de velours, nonchalamment étendu dans un grand fauteuil ducal, sur le dossier duquel sa tête est renversée, et qui ne quitte cette attitude nonchalante que pour étendre, comme nous l'avons vu, sa main sur son verre chaque fois que le vieux guerrier le menace d'un surcroît de la liqueur que chacun d'eux semble apprécier d'une manière si différente.

— Pardieu! mon cousin de Craon, dit le vieillard en reposant pour la dernière fois le hanap sur la table, il est vrai de dire que tout descendant du roi Robert que vous êtes par les femmes, vous avez pris d'une manière merveilleusement philosophique l'affront que vous a fait monseigneur le duc de Touraine.

— Eh! monseigneur de Bretagne, répondit Pierre de Craon sans changer d'attitude, que diable vouliez-vous que je fisse contre le frère du roi?

— Contre le frère du roi? soit; quoique, après tout, cela ne serait pas une considération pour moi; le frère du roi n'est que duc et gentilhomme comme je le suis, et s'il me faisait à moi ce qu'il a fait à vous... mais je ne m'y exposerai jamais : ainsi ne parlons pas de lui Mais, voyez-vous bien, il y a un homme qui a tramé toute cette affaire.

— Je le crois, répondit flegmatiquement le chevalier.

— Et cet homme, voyez-vous, continua le duc remplissant de nouveau son verre qu'il conduisit à moitié chemin de sa bouche, cet homme .. aussi vrai que cet hypocras, qui ne paraît pas de votre goût, du reste, est composé cependant du meilleur vin que l'on vendange à Dijon, du meilleur miel que l'on récolte à Narbonne, et des plus fins aromates qu'on cueille sur la terre d'Asie, — cet homme, voyez-vous, n'est autre que cet infâme Clisson. Et il frappa la table en même temps du poing et du fond de la coupe.

— Je suis de votre avis, monseigneur, répondit avec la même tranquillité messire Pierre, qui semblait avoir pris à tâche de redoubler de froideur au fur et à mesure que le duc de Bretagne redoublait d'emportement.

— Et vous avez quitté Paris avec cette conviction-là dans le cœur, sans essayer de vous venger de cet homme?

— J'en ai eu un instant l'idée, mais une réflexion m'a arrêté.

— Et laquelle? s'il vous plaît, dit le duc, se renversant à son tour dans son fauteuil.

— Laquelle? dit Pierre. Et appuyant à son tour les coudes sur la table, son menton sur ses mains, et en regardant fixement le duc : laquelle? vous allez le connaître, monseigneur; je me suis dit : cet homme qui vient de m'insulter, moi, simple chevalier, qui par insulta bien plus outrageusement encore un des premiers de France, un duc, et un duc si puissant et si riche, qu'il eût pu faire la guerre à un roi! Ce duc, il avait donné le château de Gavre au fameux Jean Chandos, et lorsqu'il annonça à Clisson cette donation, qu'il avait certes le droit de faire, Clisson lui dit pour tout compliment : « Au diable, monseigneur, si jamais Anglais » est mon voisin. » Le soir même le château de Gavre était pris; le lendemain il était rasé. Je ne me rappelle plus à qui le connétable a fait cette insulte, mais je sais qu'il y a un duc auquel il l'a faite. A votre santé, monseigneur! Pierre de Craon prit son verre, le vida d'un coup, et le reposa sur la table.

— Par l'âme de mon père! dit le duc en pâlissant, vous nous dites cela pour nous faire peine, notre cousin; car vous savez bien que c'est à nous que la chose est arrivée, mais vous savez aussi que six mois après ce coupable était prisonnier dans ce même château où nous sommes.

— Et dont il est sorti sain et sauf.

— Oui, en me payant 100,000 livres, et en m'abandonnant une ville et me livrant trois châteaux.

— Mais en gardant sa vie damnée, dit Craon en haussant la voix, sa vie que le puissant duc de Bretagne n'a pas osé lui enlever de peur d'encourir la haine de son souverain. — 100,000 livres, une ville, trois châteaux! Oh! la belle vengeance à tirer d'un homme qui possède 1,100,000 livres d'argent, dix villes et vingt forteresses. Non, non, mon cousin, parlons franc; et vous le teniez ici désarmé, enchaîné, dans le plus sombre et le plus profond de vos cachots; vous le haïssiez mortellement, et vous n'avez pas osé lui donner la mort!

— J'en avais donné l'ordre à Bavalan, et Bavalan ne l'a pas fait.

— Et il a eu raison, monseigneur; car lorsque le roi l'aurait réclamé comme le meurtrier du connétable, peut-être celui qui lui avait donné cet ordre n'aurait pas osé encourir la colère royale, peut-être que le serviteur fidèle, qui n'aurait été cependant que l'épée, eût été abandonné par le bras qui l'avait poussé, et plus l'épée est de fin acier, plus facilement on la brise.

— Mon cousin, dit le duc en se levant tout debout, vous suspectez notre honneur, je crois ; nous avions donné à Bavalan notre parole de le protéger, et nous l'eussions fait, pardieu ! fût-ce contre le roi de France, fût-ce contre l'empereur d'Allemagne, fût-ce contre le pape de Rome. Nous n'avons qu'un regret seulement, continua-t-il en se rasseyant d'un air sombre et en reprenant toute sa haine, c'est que Bavalan nous ait désobéi, et que personne ne soit prêt à faire ce qu'il a refusé de faire.

— Et si quelqu'un se présentait pour cela, serait-il sûr, la chose faite, de trouver près du duc de Bretagne un asile et un appui ?

— Un asile aussi sûr que l'est le sanctuaire d'une église, dit le duc d'une voix solennelle, un appui aussi fort que ce bras peut le donner ; et cela je le jure par la tombe de mes pères, par le blason de mes armes, par la croix de mon épée. Vienne un homme, c'est chose offerte.

— Et chose acceptée, monseigneur, s'écria Craon en se levant et en serrant la main du vieux duc avec une force dont il l'aurait cru incapable. Que ne disiez-vous cela plus tôt ? ce serait déjà œuvre faite.

Le duc regarda Craon avec étonnement.

— C'est-à-dire, poursuivit celui-ci en croisant les bras, c'est-à-dire que vous avez cru que cette injure avait glissé sur ma poitrine comme une lance sur l'acier d'une cuirasse. Non, non ! elle est entrée bien avant, et elle a mordu le cœur. Je vous ai paru gai et insouciant, oui ; mais souvent vous m'avez dit cependant que j'étais pâle, eh bien ! c'était ce cancer qui me rongeait et qui me rongera la poitrine avec les dents de cet homme, tant que cet homme sera vivant. Maintenant les couleurs de la joie et de la santé vont me revenir ; à compter d'aujourd'hui j'entre en convalescence, et dans quelques jours, je l'espère, je serai guéri.

— Comment cela ?

Craon se rassit à son tour.

— Ecoutez, monseigneur, car je n'attendais que cette parole pour tout vous dire. J'ai à Paris, près le cimetière Saint-Jean *, un grand hôtel qui n'est gardé que par un concierge, homme à moi et dont je suis sûr. Je lui ai écrit, il y a plus de trois mois, afin de faire dans cet hôtel force provision de vins, de farines et de chairs salées, d'acheter des armures, des cottes de fer, des gantelets et des coiffettes d'acier, pour armer quarante hommes, et ces quarante hommes je me suis chargé de les engager, et je les ai choisis, monseigneur, ce sont de hardis compagnons ne craignant ni dieu ni diable, et qui descendraient en enfer, pourvu que je marche à leur tête.

— Mais, dit le duc, vous serez remarqué si vous rentrez avec cette troupe dans Paris.

— Aussi m'en garderai-je. Voici tantôt deux mois qu'au fur et à mesure de leur engagement je les achemine vers la capitale par petites troupes de trois ou de quatre ; une fois arrivés à l'hôtel, ils ont ordre de n'en plus sortir, et le concierge ordre de ne leur rien refuser : ce sont des espèces de moines qui gagnent l'enfer. Comprenez-vous maintenant, monseigneur ? Cet infâme connétable passe presque toutes ses soirées chez le roi, il en sort à minuit ; et pour se rendre en son hôtel Clisson, situé en la grande rue de Bretagne, il passe derrière le rempart du roi Philippe-Auguste, dans les rues désertes de Sainte-Catherine et des Poulies, devant le cimetière Saint-Jean où est mon hôtel.

— Sur ma foi, cousin, dit le duc, la chose est bien commencée.

— Et finira bien, monseigneur, si Dieu ne s'en mêle, car tout cela est besogne du diable.

— Et quel temps demeurez-vous encore auprès de nous ? où vous êtes si bien reçu, du reste.

— Le temps de faire seller mon cheval, monseigneur, car

* Aujourd'hui le marché Saint-Jean.

OEUV. COMPL. — V.

voici la lettre du concierge, venue ce matin par un de mes varlets, qui me dit que mes derniers hommes sont arrivés et que ma compagnie est au complet.

A ces mots, Pierre de Craon siffla son écuyer et ordonna qu'on lui appareillât son cheval.

— Ne resterez-vous point cette nuit encore en notre château de l'Hermine, mon beau cousin ? dit le duc en voyant ces préparatifs.

— Je vous suis reconnaissant, monseigneur ; mais maintenant que je sais que tout est prêt, et que l'on n'attend plus que ma personne, comment voulez-vous que je tarde d'une heure, d'une minute, d'une seconde ? comment voulez-vous que je repose dans un lit, ou que je m'asseye devant une table ? Il me faut partir, monseigneur, par le chemin le plus droit et le plus court : j'ai besoin d'air, d'espace et de mouvement. Adieu, monseigneur, j'ai votre parole.

— Et je vous la renouvelle.

— Vous en demander une seconde serait douter de la première : merci.

A ces mots, messire Pierre de Craon sangla autour de son corps le ceinturon de son épée, tira au-dessus du genou ses bottes de cuir grises doublées de pluche rouge, et, prenant un dernier congé du duc, s'élança lestement à cheval.

Il chevaucha tant et si bien, que, vers la soirée du septième jour, depuis son départ du château de l'Hermine, il aperçut Paris. Il attendit que la nuit fût bien sombre pour rentrer, et arriva en son hôtel sans faire plus de bruit et d'éclat que n'en avait fait chacun des hommes qu'il avait envoyés ; seulement, à peine descendu de cheval, il fit venir le varlet qui gardait la porte, et lui commanda *sur les yeux de sa tête à crever*, de ne laisser entrer personne dans la chambre où il était. Le varlet alla transmettre le même ordre au concierge qui gardait l'hôtel, et consigna dans sa chambre sa femme, ses enfans et sa chambrière.

« Et ce fut raison, dit naïvement Froissart, d'autant que si femme et enfans fussent allés par les rues, la venue de messire Pierre eût été vile dévoilée, car femme et enfans, par nature, cachent avec peine ce qu'ils voient et qu'on veut celer. »

Ces précautions prises, messire Pierre de Craon choisit les plus intelligents de ses hommes, les fit reconnaître du concierge pour qu'ils pussent sortir et rentrer librement. Ils furent chargés d'épier toutes les démarches du connétable et de le suivre pas à pas, afin que son ennemi fût informé de tout ce qu'il faisait. Aussi, chaque soir, savait-il où il avait été dans le jour et où il devait se rendre la nuit ; cependant les choses restèrent en cet état, et sans qu'une occasion certaine fût offerte à sa vengeance, depuis le 14 mai jusqu'au 18 juin, jour de la Fête-Dieu.

Or, ce jour de la Fête-Dieu, le roi de France tenait cour ouverte en son hôtel de Saint-Paul, et tous les barons et seigneurs qui se trouvaient à Paris avaient été invités à un dîner où assistaient la reine et madame la duchesse de Touraine. Après ce dîner, et pour amuser ces dames, une joute avait été tenue dans le clos de l'hôtel par les jeunes chevaliers et écuyers ; et messire Guillaume de Flandre, comte de Namur, proclamé vainqueur par les hérauts, avait reçu le prix des mains de la reine et de celles de madame Valentine ; puis, le soir, on avait dansé jusqu'à une heure après minuit. A cette heure, chacun songea à se retirer en son hôtel ou en son logis, et presque tous sortirent sans garde. Messire Olivier de Clisson était resté l'un des derniers, et ayant pris congé du roi, il s'en revint par les appartemens du duc de Touraine : il le trouva occupé de rajuster sa toilette au lieu de la défaite, et, le voyant occupé de ces détails, il lui demanda en souriant s'il ne venait point coucher chez Poulain. Ce Poulain était le trésorier du duc de Touraine, et souvent, pour plus de liberté, le duc, sous prétexte de vérifier les comptes de ses finances, quittait le soir l'hôtel de Saint-Paul dont il n'aurait pu sortir la nuit, gardé qu'il était comme résidence royale, se rendait à la croix du Tiroy où demeurait cet homme, et de là s'en allait où le menait son plaisir. Le duc vit bien ce que le connétable voulait dire ; et, lui mettant la main sur l'épaule, il lui répondit en riant :

22

— Connétable, je ne sais encore où je coucherai et s'il me faudra pour cela aller loin ou près. Peut-être ne quitterai-je pas l'hôtel de Saint-Paul cette nuit ; mais, quant à vous, partez, il en est l'heure

— Dieu vous donne bonne nuit, monseigneur, dit le connétable.

— Merci. Mais sous ce rapport, répondit en riant le duc, je n'ai pas trop à me plaindre, et je suis tenté de croire qu'il s'occupe encore plus de mes nuits que de mes jours. Adieu, Clisson.

Le connétable vit bien qu'il le gênerait en restant plus longtemps ; il s'inclina donc en signe de congé, et alla rejoindre ses gens et ses chevaux qui l'attendaient devant la place de l'hôtel. Ses gens étaient au nombre de huit, plus deux varlets portant des torches.

Lorsque le connétable fut à cheval, les deux varlets allumèrent leurs flambeaux, et, le précédant de quelques pas, ils prirent le chemin de la grande rue Sainte-Catherine. Le reste de ses gens marchait derrière lui, à l'exception d'un écuyer qu'il avait appelé à ses côtés pour lui recommander de veiller sur un dîner qu'il devait donner le lendemain au duc de Touraine, au sire de Coucy, à messire Jean de Vienne et à quelques autres, et pour lequel il désirait ne rien épargner.

En ce moment, deux hommes passèrent près des éclaireurs et éteignirent leurs torches.

Messire Olivier s'arrêta court, mais pensant que c'était une plaisanterie du duc de Touraine qui venait de le rejoindre, il s'écria gaîment :

— Ah ! par ma foi, monseigneur, c'est mal fait ; mais je vous le pardonne, car vous êtes jeune, et tout est pour vous jeu et plaisir.

A ces mots, il se retourna et vit qu'un grand nombre de cavaliers inconnus étaient mêlés à ses hommes, et que deux d'entre eux n'étaient qu'à quelques pas de lui. Alors le soupçon de quelque danger vint à lui, et il s'arrêta en disant :

— Qui êtes-vous ? et que veut dire...

— A mort ! à mort Clisson ! répondit l'homme qui se trouvait le plus près de lui en tirant son épée.

— A mort Clisson ! s'écria le connétable : voilà des paroles bien arrogantes. Et qui es-tu donc pour les dire ?

— Je suis Pierre de Craon, votre ennemi, dit le chevalier ; et vous m'avez tant courroucé, qu'il faut que je me venge. Alors, se dressant sur ses étriers, il se retourna vers ses gens : — J'ai celui que je veux avoir, cria-t-il. Sus ! sus !

A ces paroles, il s'élança sur le connétable, tandis que ses gens frappaient et dispersaient sa troupe. Mais quoique sans armure et pris au dépourvu, messire Olivier n'était point bête de chasse que l'on courût facilement. Il tira un petit coutelas de deux pieds de long à peu près, qu'il avait pris comme parure bien plus que comme défense, et, se couvrant la tête de son bras gauche, il accula son cheval contre un mur, afin qu'on ne pût l'attaquer que par devant.

— Tuerons-nous tout ? criaient les gens de Pierre de Craon.

— Oui, répondait celui-ci en frappant sur le connétable. Mais à moi ! à moi ici ! Que ce connétable maudit meure ! venez !

Deux ou trois hommes se détachèrent et accoururent.

Malgré la force et l'adresse de Clisson, une lutte aussi inégale ne pouvait durer, et, tandis qu'il parait un coup avec le bras gauche et en portait un autre avec le bras droit, l'épée de messire de Craon s'abattit sur la tête nue. Clisson poussa un soupir, lâcha son couteau et tomba de son cheval, la tête contre une porte qui céda ; il se trouva donc étendu par terre, ayant la moitié du corps dans la maison d'un boulanger qui faisait son pain, et qui, entendant un grand fracas d'hommes et de chevaux, avait entrebâillé sa porte pour voir qui causait toute cette rumeur.

Messire Pierre de Craon essaya d'entrer dans cette maison tout ensellé ; mais la porte était trop basse et il ne le put.

— Faut-il que je descende et que je l'achève ? dit un de ses hommes.

Craon, sans répondre, fit marcher son cheval sur les jambes et les cuisses du connétable, et, voyant qu'il ne donnait aucun signe de vie :

— C'est inutile, dit-il, et nous en avons assez fait ; s'il n'est pas mort, il n'en vaut guère mieux ; il a été touché à la tête, et cela de bon bras, je vous jure. Ainsi, messieurs, au large ! et rendez-vous au-delà de la porte Saint-Antoine *

A peine les assassins furent-ils partis, que les gens du connétable, qui n'avaient pas eu grand mal, se réunirent autour du corps de leur maître. Le boulanger, voyant que cet homme était le connétable, offrit de grand cœur sa maison : on posa le blessé sur un lit, on apporta de la lumière, et tous poussèrent de grands cris, car ils croyaient bien leur maître mort, en lui voyant au front une si large blessure et tant de sang sur le visage et les vêtemens

Cependant l'un d'eux avait couru à l'hôtel Saint-Paul, et, comme on le reconnut pour un serviteur du connétable, on l'introduisit dans la chambre du roi, qui, fatigué de la journée et du bal, s'était retiré des appartemens de la reine et s'apprêtait à passer la nuit dans les siens. Il était donc prêt à se mettre au lit, lorsque cette homme entra, pâle, effaré et criant :

— Oh ! monseigneur, monseigneur, quelle triste chose et quel grand malheur !

— Qu'y a-t-il donc ? dit le roi.

— Messire Olivier de Clisson, votre connétable, vient d'être assassiné.

— Et qui a fait ce crime ? dit le roi.

— Hélas ! nous ne savons ; mais ce malheur lui est arrivé près de votre hôtel, en la grande rue Sainte-Catherine.

— Or tôt, dit Charles : Aux torches ! aux torches ! mes serviteurs. Mort ou vivant, je veux revoir mon connétable. Alors il jeta seulement une houppelande sur ses épaules ; on lui mit vitement ses souliers aux pieds : en cinq minutes, les gens d'armes et les huissiers ordonnés pour faire le guet se trouvèrent réunis. Le roi ne voulut pas même attendre qu'on lui amenât un cheval, et sortit à pied de l'hôtel Saint-Paul, accompagné seulement de ses éclaireurs et de ses chambellans, messire Guillaume Martel et messire Hélion de Lignac. Il marcha d'un bon pas et arriva bientôt à la maison du boulanger : ses chambellans et ses éclaireurs restèrent dehors ; mais lui entra vivement et, marchant droit au lit, il prit la main du blessé en lui disant :

— C'est moi, connétable, comment vous sentez-vous ?

— Cher sire, répondit le connétable, petitement et faiblement.

— Eh ! qui vous a mis en cet état, mon brave Olivier ?

— Messire Pierre de Craon et ses complices, qui m'ont attaqué traîtreusement, quand j'étais sans défense et sans défiance.

— Connétable, dit le roi en étendant la main sur lui, jamais crime ne sera expié comme celui-là, je vous le jure ; mais maintenant occupons-nous de vous sauver. Où sont les médecins et les chirurgiens ?

— On est allé les chercher, monseigneur, dit un des hommes du connétable.

En ce moment ils entrèrent. Le roi alla à celui qui marchait le premier et l'amena devant le lit.

— Regardez-moi mon connétable, messieurs, leur dit-il, et sachez me dire promptement où il en est, car je suis plus triste de sa blessure que si l'épée m'avait frappé moi-même.

Alors les médecins visitèrent le connétable ; mais le roi était si impatient, qu'il donna à peine le temps de mettre l'appareil.

— Y a-t-il péril de mort, messieurs ? disait-il à chaque instant ; mais répondez-moi donc !

Alors celui qui paraissait le plus habile se retourna vers le roi.

— Non, sire, dit-il, et nous vous jurons que dans quinze jours nous vous le rendrons à cheval.

---

* Craon indiquait cette porte parce que , depuis la révolte des Maillotins, les chaînes et les barrières en avaient été enlevées par ordre du connétable lui-même.

Le roi chercha une chaîne, une bourse, quelque chose enfin à donner à cet homme, mais ne trouvant rien, il l'embrassa, et allant au connétable :

— Eh bien ! Olivier, vous entendez, lui dit-il, dans quinze jours vous serez aussi bien portant que si nulle chose n'était arrivée. Vous m'avez donné là de riches nouvelles, messieurs, et nous n'oublierons pas votre adresse. Quant à vous, Clisson, ne vous inquiétez de rien que de guérir, car je vous l'ai dit et je le répète, jamais délit n'aura encouru la peine que je réserve à celui-ci, jamais traîtres n'auront été punis plus largement de leur trahison, jamais sang répandu n'aura fait couler tant de sang : reposez-vous donc sur moi, la chose est mienne.

— Dieu vous le rende, sire, dit le connétable, et surtout qu'il vous récompense de la bonne visite que vous me faites.

— Et ce ne sera pas la dernière, mon cher Clisson, car je vais vous donner l'ordre qu'on vous transporte dans notre hôtel, qui est moins éloigné d'ici que n'est le vôtre.

Clisson voulut porter la main du roi à ses lèvres, mais Charles l'embrassa comme il eût fait à un frère.

— Il faut que je vous quitte, Clisson, lui dit-il, car j'ai mandé à Saint-Paul le prévôt de la ville de Paris, et j'ai des ordres à lui donner.

A ces mots, il prit congé du connétable et rentra en son hôtel, où il trouva effectivement celui qu'il avait envoyé chercher.

— Prévôt, lui dit le roi en se jetant dans un fauteuil, prenez gens de toutes parts, où vous voudrez, où vous pourrez ; faites-les monter sur de bons chevaux et par clos et par chemins, par monts et par vaux, poursuivez ce traître de Craon, qui m'a blessé mon connétable, et sachez que vous ne pourrez faire de service plus agréable que de le trouver, de le prendre et de nous l'amener.

— Sire, je ferai tout ce qui sera en mon pouvoir, répondit le prévôt ; mais quel chemin peut-on supposer qu'il ait pris ?

— Cela est votre affaire, dit le roi, informez-vous-en, et faites diligence. Allez.

Le prévôt sortit.

La commission du prévôt était difficile ; car, à cette époque, les quatre principales portes de Paris restaient nuit et jour ouvertes, en vertu d'une ordonnance qui avait été faite au retour de la bataille de Rosebecque, où le roi défit les Flamands : c'était messire Olivier de Clisson lui-même qui avait fait rendre cette ordonnance, afin que le roi fût toujours maître dans sa ville de Paris, dont les bourgeois s'étaient révoltés en son absence. Dès lors, les portes avaient été enlevées des gonds et les battans couchés à terre ; les chaînes avaient été ôtées des rues et des carrefours, afin que le guet du roi pût les parcourir de nuit. Et ne fut-ce pas merveille, dites-moi, que messire de Clisson, qui avait sollicité cette ordonnance, en portât ainsi la peine ? car si les portes eussent été closes et les chaînes levées, jamais messire Pierre de Craon n'eût osé faire au roi et au connétable l'outrage qu'il leur fit ; car il eût bien su que, le crime commis, il n'aurait pu échapper à la punition.

Mais il n'en était point ainsi : en arrivant au rendez-vous, messire de Craon et ses complices trouvèrent les portes ouvertes et les champs libres. Les uns disent qu'il traversa la Seine au pont de Charenton ; les autres prétendent qu'il fit le tour des remparts, passa au pied de Montmartre, et, laissant à gauche la porte Saint-Honoré, vint traverser la rivière au Ponçon. Ce qu'il y a de certain c'est qu'il arriva sur les huit heures à Chartres, avec les mieux montés de sa troupe ; car les autres s'étaient dispersés soit par fatigue de leur monture, soit pour ne pas éveiller les soupçons par une si grande chevauchée. Là, il trouva des chevaux prêts chez un chanoine qui avait été son clerc, et qui, sans savoir pour quelle cause, les avait réunis sur son ordre : une heure après, il était sur la route du Maine, et, trente heures après, en son château de Sablé. C'est là seulement qu'il s'arrêta, car là seulement il put se croire en sûreté.

Cependant le prévôt du Châtelet était, sur l'ordre du roi, sorti de Paris avec une soixantaine d'hommes armés : il avait pris son chemin par la porte Saint-Honoré, et, trouvant des traces de chevaux toutes fraîches, il les avait suivies jusqu'à la Seine ; là, voyant qu'elles se dirigeaient vers la Seine, il avait demandé au pontonnier du Ponçon le matin, personne n'était passé ; celui-ci lui avait répondu que vers les deux heures, il avait vu une douzaine d'hommes et de chevaux traversant la rivière ; mais qu'il n'avait reconnu personne, vu que les uns étaient armés de pied en cap et les autres enveloppés dans leurs manteaux.

— Et quelle route tiennent-ils ? dit le prévôt.

— Le chemin d'Evreux, répondit cet homme.

— C'est cela, avait repris le prévôt ; ils s'en vont droit à Cherbourg. Alors il prit le chemin de cette ville et laissa celui de Chartres. Au bout de trois heures de marche, ils rencontrèrent un gentilhomme qui chassait au lièvre, et qui, sur leurs questions, répondit qu'il avait vu le matin une quinzaine d'hommes à cheval qui paraissaient indécis et perdus ; qu'enfin, ils avaient pris le chemin de Chartres. Ce gentilhomme les conduisit lui-même à l'endroit où les cavaliers avaient traversé les champs ; et, comme la terre était molle et fraîche des dernières pluies, ils virent effectivement sur le sol les traces d'une troupe assez considérable : et le prévôt et ses gens reprirent donc au grand trot le chemin de Chartres ; mais la fausse route qu'ils avaient faite leur avait pris du temps, et ils n'arrivèrent que le soir dans cette ville.

Là, ils apprirent que messire Pierre de Craon était passé le matin. On leur dit le nom du chanoine où il avait déjeuné et renouvelé ses chevaux ; mais tous ces renseignemens arrivaient trop tard : il était impossible de rejoindre le coupable. Le prévôt donna donc l'ordre de retourner à Paris, et y arriva le samedi soir.

De son côté, le duc de Touraine avait envoyé à la poursuite de son ancien favori messire Jean de Barres ; celui-ci avait rassemblé une cinquantaine de cavaliers, et, suivant la bonne route d'abord, il était sorti avec eux par la porte Saint-Antoine ; mais arrivé là, et n'ayant ni guide ni renseignement, il avait tourné à droite, passé la Marne et la Seine au pont de Charenton, était arrivé devant Etampes, et enfin, le samedi soir, avait gagné Chartres. Là, il apprit les mêmes nouvelles qui avaient été données au prévôt, et, désespérant comme lui de rejoindre celui après lequel ils étaient en quête tous deux, il avait tourné bride et repris le chemin de Paris.

Pendant ce temps, des sergens du roi qui battaient la campagne avaient trouvé dans un village à quelques lieues de Paris, deux hommes d'armes et un page qui n'avaient pu suivre la troupe à cause de la fatigue de leurs chevaux ; ils furent pris aussitôt, amenés à Paris et enfermés au Châtelet.

Deux jours après ils furent conduits dans la grande rue Sainte-Catherine, devant la maison du boulanger où le crime avait été commis : là, ils eurent le poignet coupé ; ensuite on les mena aux Halles, où ils eurent la tête tranchée, puis enfin au gibet, où ils furent pendus par les pieds.

Le mercredi suivant, même justice fut faite du concierge ; car, pour n'avoir pas dénoncé le crime, il avait encouru la même peine que ceux qui l'avaient commis.

Le chanoine où messire Pierre de Craon avait renouvelé ses chevaux fut pris et jugé par la justice ecclésiastique. On lui ôta tous ses biens et bénéfices. Par faveur spéciale, et parce qu'il nia constamment avoir eu connaissance du crime, on lui laissa la vie ; mais on le condamna à ne vivre que de pain et d'eau dans une prison perpétuelle.

Quant à messire Pierre de Craon, son jugement lui fut fait par contumace : ses biens furent confisqués, ses meubles apportés au trésor, et ses terres distribuées au duc de Touraine et aux courtisans du roi.

L'amiral Jean de Vienne, chargé de la saisie de la terre du château Bernard, entra nuitamment dans ce château avec ses hommes d'armes ; il fit lever de son lit Jeanne de Châtillon, femme de Pierre de Craon, l'une des plus belles personnes de son temps, et la fit jeter nue avec sa fille aux portes de sa maison. Quant à l'hôtel où le complot s'était tramé, il fut démoli de fond en comble : on fit passer la charrue là où il avait été. Le terrain fut donné au cimetière Saint-Jean, et la rue de Craon, que son noble seigneur avait baptisée, reçut le nom de rue des Mauvais-Garçons, qu'elle porte encore de nos jours.

Lorsqu'il apprit ces nouvelles et que son procès lui était ainsi fait, messire Pierre de Craon ne se crut plus en sûreté dans son château de Sablé, et se rendit près du duc de Bretagne. Celui-ci connaissait déjà le résultat de cette mauvaise entreprise, et savait que leur ennemi commun n'était pas mort; aussi lorsqu'il vit entrer messire Pierre de Craon tout honteux dans cette même salle dont il était sorti si fièrement, il ne put s'empêcher de lui crier d'un bout à l'autre de la chambre :

— Ah! mon cousin, vous êtes bien chétif de n'avoir pu tuer un homme qui était ainsi en votre pouvoir.

— Monseigneur, répondit Pierre de Craon, je crois que tous les diables d'enfer dont il est la chose l'ont gardé et délivré de mes mains, car je lui ai, pour ma part, porté plus de soixante coups d'épée, si bien que lorsqu'il tomba de cheval, sur mon Dieu, je le croyais mort; mais son bonheur voulut qu'une porte fût entr'ouverte au lieu d'être fermée, et qu'il tombât dedans au lieu de tomber dehors; s'il fût tombé dans la rue, nous l'eussions broyé aux pieds de nos chevaux.

— Oui, dit le duc d'un air sombre; mais il en est arrivé tout autrement, n'est-ce pas? et puisque vous voilà ici, je suis certain que je ne tarderai pas à avoir bonnes nouvelles du roi; mais n'importe, mon cousin, quelque haine et quelque guerre j'encoure à cause de vous, vous aviez ma parole pour revenir, vous voilà; soyez le bienvenu.

Le vieux duc tendit la main au chevalier, et siffla un varlet pour qu'il apportât de l'hypocras et deux verres.

VII.

Le duc de Bretagne avait bien jugé le péril qu'il encourait en donnant asile et protection à messire Pierre de Craon; en effet, trois semaines après l'événement que nous venons de raconter, un chevaucheur aux armes du roi s'arrêta à la porte du château de l'Hermine, demanda le duc de la part de son royal maître, et lui remit une lettre cachetée aux armes de France.

Cette lettre, du reste, était bien celle d'un suzerain à un vassal; le roi Charles réclamait au nom de la justice de Paris Pierre de Craon comme traître et assassin, et menaçait, en cas de refus, le duc de Bretagne d'aller chercher lui-même le coupable à grande assemblée. Le duc reçut noblement le courrier royal, détacha une magnifique chaîne d'or qui brillait sur sa poitrine, la lui passa au cou, et ordonna à ses gens de lui faire fête, en attendant qu'il répondît au roi. Le surlendemain, cette réponse fut remise au chevaucheur avec de nouvelles marques de libéralité.

Le duc disait dans cette réponse que le roi avait été trompé quand on lui avait dit que messire Pierre de Craon était en Bretagne; qu'il ignorait et le lieu de la retraite de ce chevalier et les motifs de la haine qu'il portait à Olivier de Clisson; que, en conséquence, il priait le roi de le tenir pour excusé.

Le roi reçut cette lettre au milieu de son conseil : il la relut plusieurs fois et avec une figure toujours plus sombre; puis enfin la froissant entre ses mains, il s'écria en riant amèrement :

— Savez-vous bien, messeigneurs, ce que me dit mon cousin de Bretagne? il me dit, et cela sur son honneur, qu'il ignore où est ce traître et meurtrier de Craon. Ne croyez-vous pas, dites, que son honneur est grandement aventuré? Voyons votre avis.

— Beau cousin, dit le duc de Berry en se levant, je crois que le duc de Bretagne dit ce qu'il doit dire, et puisque messire de Craon n'est pas près de lui, il ne peut en répondre.

— Et vous, mon frère, qu'en pensez-vous.

— Avec votre permission, sire, je pense que le duc de Bretagne n'a dit cette chose que pour donner au meurtrier le temps de passer en Angleterre, et...

Le roi l'interrompit.

— Et vous avez raison, Touraine, cela est ainsi que vous dites; quant à vous, bel oncle, nous savons bien que le connétable n'est point de vos amis, et nous avons entendu dire, quoique nous ne vous en ayons pas parlé, que le jour même de l'assassinat, il vous était venu un familier de messire de Craon, lequel vous avait révélé tout le complot, et que, sous prétexte du peu de foi que vous aviez eu en ses paroles, et pour ne point troubler la fête, vous avez laissé la chose aller au pire; nous le savons, bel oncle, et cela de science certaine; d'ailleurs, il y a un moyen de nous prouver que nous errons ou que nous sommes mal informé, c'est de nous accompagner en Bretagne, où nous allons faire la guerre. Ce duc, qui n'est ni Anglais ni Français, ni chien ni loup, nous lasse, car on ne sait s'il aboie ou s'il glapit; la Bretagne ne peut oublier qu'elle a été royaume, il lui coûte de devenir province. Eh bien! s'il le faut, nous frapperons tant et si bien sur sa couronne ducale, que nous en ferons tomber les feuilles de vigne, et nous la donnerons en baronnie à quelqu'un de nos serviteurs, comme nous donnons à notre frère en ce moment le duché d'Orléans en place de celui de Touraine.

Le duc s'inclina.

— Oui, oui, mon frère, continua le roi, et nous vous le donnons tel qu'il a eu Philippe, avec tous ses revenus et dépendances, et désormais nous ne vous appellerons plus Touraine, car ce duché se réunit à compter d'aujourd'hui à la couronne, mais Orléans, car d'aujourd'hui ce duché est à vous. Vous avez entendu, bel oncle, nous partons tous, et vous êtes des nôtres.

— Cher sire, répondit le duc de Berry, ce me sera toujours une fête de vous accompagner partout où vous irez; mais je crois qu'il faudrait aussi avoir notre beau-frère de Bourgogne en notre compagnie.

— Eh bien! dit le roi, nous le prierons de nous faire cet honneur; et si cela ne suffit pas, nous le lui ordonnerons; et si cela ne suffit pas encore, nous l'irons chercher nous-même. Voulez-vous notre parole que nous ne ferons pas le voyage sans lui, nous vous la donnons. Quand on insulte un roi de France, on insulte toute la noblesse, et il n'est point de blason pur lorsque l'écusson royal est taché. Préparez donc vos équipages de guerre, bel oncle, car avant huit jours nous partons.

Le roi leva aussitôt la séance, mais ce fut pour se renfermer avec ses secrétaires. Le même jour, vingt seigneurs de nom, à la tête desquels était le duc de Bourgogne, reçurent l'ordre de venir avec la plus grande assemblée qu'ils pourraient réunir. Cet ordre fut promptement exécuté, mais le duc de Bretagne était grandement haï de tout ce qui était véritablement Français; on disait qu'il y avait longtemps que le roi aurait pris le parti de marcher contre lui, s'il n'en avait été empêché par le comte de Flandre et madame de Bourgogne; qu'il était Anglais dans l'âme, et qu'il ne haïssait tant Clisson que parce qu'il s'était fait Français. Mais cette fois les ordres étaient si précis et si sévères, qu'on espérait que le roi mènerait son projet à bout s'il n'y avait pas quelque trahison; car on avait la prescience que plusieurs de ceux qui devaient marcher avec le roi ne marcheraient pas de grand cœur; et l'on nommait tout bas les ducs de Berry et de Bourgogne.

Effectivement, le duc de Bourgogne se faisait attendre : il disait que ce voyage chargerait beaucoup ses provinces ; que c'était une guerre sans raison et qui finirait mal; qu'il y avait des gens que les démêlés du connétable et de messire Pierre de Craon ne touchaient en rien, qu'il était injuste de forcer ceux-là d'entrer en guerre pour eux, et qu'on pouvait bien les laisser vider leur querelle sans fouler et grever les pauvres gens des provinces. Le duc de Berry était de cet avis; mais le roi, le duc d'Orléans et tout le conseil était de l'avis contraire; il fallut donc bien que les deux ducs se décidassent à obéir. D'ailleurs, aussitôt que le connétable put monter à cheval, le roi donna l'ordre de partir de Paris ; le même soir il prit congé de la reine, madame Valentine et des dames et demoiselles qui logeaient en l'hôtel Saint-Paul, puis il s'en alla souper chez le duc d'Orléans, le duc de Bourbon, le comte de Namur et le seigneur de Coucy, chez le sire de Montaigu, où il resta à coucher.

Le lendemain il partit en grand attirail de guerre, mais il s'arrêta à Saint-Germain-en-Laye pour y attendre les ducs de Berry et de Bourgogne ; voyant qu'ils n'arrivaient pas, il leur envoya des ordres tels qu'il y avait crime de rébellion à ne les pas exécuter, et se remit en marche quoique les médecins l'en dissuadassent, lui disant que sa santé n'était pas bien ferme en ce moment ; mais il était poussé par une si grande volonté, qu'il répondit à toutes leurs observations qu'il ne savait ce qu'ils voulaient dire et que jamais il ne s'était mieux trouvé.

Il partit donc, quoi qu'on pût faire, passa la Seine, prit le chemin de Chartres, et s'en vint, sans s'arrêter, à Anveau, beau et noble châtel appartenant au sire de La Rivière, qui y reçut le roi grandement et honorablement. Charles s'y arrêta trois jours, et le quatrième au matin il repartit pour Chartres, où il fut reçu au palais épiscopal, ainsi que les ducs de Bourbon et d'Orléans, par le frère du sire de Montaigu, qui tenait le siège de l'évêché.

Au bout de deux jours d'attente, le roi vit arriver le duc de Berry et le comte de La Marche. Il leur demanda s'ils n'avaient point quelques nouvelles de la Bourgogne ; ils répondirent que le duc venait derrière eux ; enfin, le quatrième jour, on vint dire au roi qu'il entrait dans la ville.

Le roi resta sept jours à Chartres, puis il prit le chemin du Mans. Tout le long de la route, et à chaque instant, il était rejoint par des gendarmes qui arrivaient de l'Artois, de la Picardie, du Vermandois, et enfin de toutes les parties de la France même les plus lointaines, et tous ces gens étaient fort irrités contre le duc de Bretagne, qui leur donnait une si dure besogne ; le roi entretenait avec grand soin cette colère et l'attisait avec la sienne.

Cependant, il avait trop présumé de ses forces ; l'état d'irritation continuel où le mettaient les embarras suscités à chaque moment par ses oncles pour entraver le voyage, brûlait son sang ; si bien qu'en arrivant au Mans, il était tout fiévreux et hors d'état de chevaucher : force lui fut donc de s'arrêter, quoiqu'il lui fût le repos lui était plus cruel que la fatigue ; mais ses médecins, ses oncles et le duc d'Orléans lui-même, furent d'avis qu'il fallait demeurer où ils étaient l'espace de quinze jours ou de trois semaines.

On profita de ce séjour pour déterminer le roi à envoyer un nouveau message au duc de Bretagne ; en conséquence, messire Regnault de Roye, le sire de Garenciers, le sire de Châtel-Morant et messire Taupin de Cantemelle, châtelain de Gisors, furent ordonnés pour ce voyage ; mais cette fois le roi voulut que l'ambassade eût un caractère auquel ne pût se méprendre celui auquel elle était adressée : les quatre envoyés partirent donc du Mans, accompagnés de quarante lances, traversèrent la ville d'Angers trompettes en tête et pennons déployés, et deux jours après arrivèrent à Nantes, où ils trouvèrent le duc.

Ils lui exposèrent la demande du roi, qui était qu'on lui livrât messire Pierre de Craon ; mais, comme la première fois, le duc, après avoir fait de riches cadeaux aux ambassadeurs, leur répondit qu'il lui serait impossible de livrer l'homme qu'on réclamait de lui, vu qu'il ignorait où il s'était retiré ; qu'il avait bien entendu raconter depuis un an que messire de Craon haïssait le connétable de tout son cœur et lui avait juré une guerre mortelle ; que ce chevalier lui-même lui avait dit que partout où il rencontrerait Clisson, soit de jour, soit de nuit, il le mettrait à mort ; mais qu'il n'en savait pas davantage, et qu'il s'émerveillait que le roi lui vînt faire la guerre pour une chose qui le regardait si peu.

Le roi était fort malade lorsqu'on lui apporta cette réponse ; néanmoins, il n'en donna pas moins l'ordre de pousser en avant, et appela ses écuyers pour qu'on l'armât. Au mo-

ment où il se levait de son lit, un envoyé arriva d'Espagne et fut introduit près de lui ; il lui remit une lettre portant cette suscription : « A notre très redouté seigneur le roi de France ; » et signée Yolande de Bar, reine d'Aragon, de Majorque, et dame de Sardaigne.

Cette lettre était effectivement de la reine d'Aragon, qui écrivait au roi que, jalouse de lui complaire en toute chose, et sachant quelle affaire le préoccupait en ce moment, elle avait fait arrêter et garder en prison, à Barcelonne, un chevalier inconnu qui avait voulu louer à prix d'or un vaisseau pour se rendre à Naples ; elle ajoutait que, soupçonnant ce chevalier d'être messire de Craon, elle faisait part de ses soupçons au roi, afin qu'il envoyât promptement des hommes pour le reconnaître et le ramener, dans le cas où elle ne se serait pas trompée. Elle terminait en disant qu'elle serait heureuse que ces nouvelles fussent agréables à son cousin et seigneur.

A l'arrivée de cette lettre, les ducs de Bourgogne et de Berry s'écrièrent que la campagne était finie, et qu'il n'y avait plus qu'à congédier chacun, puisque l'homme après lequel on cherchait était sans aucun doute arrêté : mais le roi n'en voulut rien faire, et tout ce que l'on put obtenir de lui fut qu'il enverrait quelqu'un pour s'assurer de la vérité. Trois semaines après, le messager revint et annonça que le chevalier arrêté n'était nullement messire Pierre de Craon.

Alors le roi entra dans une grande colère contre ses oncles, car il vit bien que tous ces retards venaient d'eux ; il se résolut, en conséquence, de ne plus rien écouter que son désir, et fit venir ses maréchaux en son appartement, car il était si souffrant qu'il gardait la chambre. Alors il leur ordonna de faire filer en grande diligence tous leurs gens et équipages sur Angers : sa volonté étant de ne retourner en arrière qu'après avoir dépossédé le duc et donné un gouverneur à ses enfans.

Le lendemain, entre neuf et dix heures du matin, après avoir entendu la messe et s'y être évanoui, le roi monta à cheval ; il était si faible que le duc d'Orléans fut obligé de l'aider à se mettre en selle. Le duc de Bourgogne haussait les épaules en voyant cet entêtement, et disait que c'était tenter Dieu de vouloir aller en avant quand il descendait de pareils avertissemens du ciel ; mais le duc de Berry, qui avait entendu ces paroles, s'approcha de lui et lui dit tout bas :

— Soyez tranquille, mon frère, j'ai pourvu au dernier de tous ; et si Dieu nous est en aide, nous reviendrons, je l'espère, coucher ce soir en la ville du Mans.

— Je ne sais ce que vous entendez par là, dit le duc de Bourgogne ; mais par quelque moyen que nous brisions ce malheureux voyage, ce moyen sera bon.

Sur ces entrefaites, le roi se mit en marche et chacun le suivit. Bientôt on entra dans une grande et sombre forêt contemporaine des druides. Le roi était triste et mélancolique, laissant son cheval marcher à sa volonté, et répondant à peine à ceux qui lui adressaient la parole. On le laissa donc aller seul en avant comme il paraissait le désirer. On avait ainsi marché en silence, en parlant bas, pendant une heure à peu près, lorsque tout-à-coup un vieillard tête nue et vêtu d'un linceul blanc s'élança d'entre deux arbres où il était caché, saisit la bride du cheval du roi, et l'arrêtant tout court :

— O roi ! roi ! s'écria-t-il, ne chevauche pas plus avant, mais retourne en arrière, car tu es trahi.

Le roi frémit de tout son corps à cette apparition inattendue ; il étendit les bras et voulut crier, mais sa voix se glaça ; tout ce qu'il put faire, ce fut d'indiquer par ses gestes qu'il voulait qu'on écartât ce fantôme : en effet, les gens d'armes s'élancèrent sur lui et frappèrent cet homme, si bien qu'il lâcha la bride ; mais au même instant, le duc de Berry arriva le secours et le tira de leurs mains, disant que c'était pitié de battre ainsi un pauvre fou, qu'on voyait bien que cet homme ne pouvait rien être autre chose, et qu'il fallait le laisser aller. Quoique certes on n'eût pas dû écouter un pareil conseil et qu'il eût été bon d'arrêter cet inconnu et de l'interroger sur ses intentions, chacun était si troublé qu'on laissa dire et faire le duc de Berry ; et tandis que l'on s'occupait de secourir le roi, l'homme qui avait causé tout cet émoi disparut, et personne depuis ne le revit ou n'en eut connaissance.

Malgré cet incident, qui paraissait dans le moment avoir rendu grand espoir aux ducs de Berry et de Bourgogne, le roi passa outre et se trouva bientôt sur la lisière de la forêt. A peine l'eut-on dépassée qu'à l'ombre succéda une lumière ardente : le soleil à son midi embrasait toute l'atmosphère ; on était dans les plus chaudes journées de juillet, et pas une encore n'avait été dévorante comme l'était celle ci. Aussi loin que la vue pouvait s'étendre, elle glissait sur des champs de sable qui ondulaient comme des vagues et réfléchissaient la lumière ; les chevaux les plus vifs baissaient la tête et hennissaient tristement ; les hommes les plus forts se sentaient languir et haletaient. Le roi, pour lequel on avait craint la fraîcheur matinale, était vêtu d'un justaucorps de velours noir, et portait sur sa tête un simple chaperon de drap écarlate dans les plis duquel se tordait un chapelet de grosses perles que la reine lui avait donné en partant. On le laissait chevaucher à part, afin qu'il souffrît moins de la poussière ; deux pages seulement se tenaient à ses côtés, marchant à la suite l'un de l'autre : le premier portait en tête un casque de Montauban, d'acier fin et clair, qui resplendissait au soleil ; le second tenait une lance rouge avec son fanon de soie : au bout de cette lance, il y avait une pointe d'acier, merveilleusement travaillée, et qui sortait des ateliers de Toulouse. Le sire de La Rivière en avait acheté douze pareilles qu'il avait données au roi, et le roi en avait donné trois au duc d'Orléans, et trois au duc de Bourbon.

Or, il advint que, tout en chevauchant ainsi, le second page, cédant à la chaleur qui l'accablait, s'endormit, et pendant son sommeil laissa échapper sa lance ; le fer alla heurter le casque du page qui marchait le premier, et le choc de l'acier contre l'airain rendit un son clair et aigu ; alors on vit tressaillir soudainement le roi : il fixa devant lui des yeux égarés ; il devint affreusement pâle ; puis tout-à-coup, enfonçant ses éperons dans le ventre de son cheval, il tira son épée hors du fourreau et s'élança sur les deux pages en criant à grande voix :

— En avant ! en avant sur ces traîtres !

Les pages épouvantés se séparèrent, fuyant chacun de leur côté. Le roi continua sa course et vint droit au duc d'Orléans. Celui-ci ne savait s'il devait attendre ou fuir son frère, lorsqu'il entendit la voix du duc de Bourgogne qui lui criait :

— Fuyez, beau neveu d'Orléans ! fuyez, monseigneur vous veut tuer !

En effet, le roi, courant toujours sur lui, brandissait son épée comme un furieux, si bien que le duc n'eut que le temps de faire fuire un bond de côté à son cheval. Le roi passa outre ; mais rencontrant sur son chemin un chevalier de Guyenne, nommé le bâtard de Polignac, il lui enfonça son épée dans la gorge : le sang jaillit, le chevalier tomba. La vue de ce sang, au lieu de calmer le roi, redoubla encore sa frénésie. Il se mit à courir sans suivre de ligne, frappant tout ce qu'il rencontrait, ne donnant aucun relâche à son cheval, et criant toujours :

— En avant ! en avant sur ces traîtres !

Alors ceux des écuyers et chevaliers qui étaient couverts de leurs armures formèrent une haie autour de lui, se laissant frapper sans rendre les coups, jusqu'à ce que l'on vit que sa force s'en allait : aussitôt un chevalier de Normandie, nommé messire Guillaume Marcel, vint par derrière et le saisit à bras le corps. Le roi frappa encore quelques coups ; mais enfin l'épée lui échappa des mains : il se renversa en arrière en jetant un grand cri. On le descendit de son cheval, qui ruisselait de sueur et tremblait de tous ses membres ; puis on lui ôta son justaucorps et son chaperon pour le rafraîchir. Ses oncles et son frère s'approchèrent alors de lui ; mais il avait perdu toute connaissance ; et, quoique ses yeux fussent ouverts, il était évident qu'il ne distinguait rien de ce qui se passait autour de lui.

La stupéfaction des seigneurs et chevaliers était grande :

chacun ne savait que dire ni que faire. Le duc de Berry lui serra la main et lui parla avec amitié, mais le roi ne répondit ni par geste ni par parole. Alors le duc de Berry secoua la tête et dit :

— Messeigneurs, il nous faut retourner au Mans, et le voyage est fait pour cette saison.

On lia le roi, de peur que sa fureur ne le reprit ; on le coucha dans une litière, et l'on reprit tristement la route de la ville, où, comme l'avait prédit le duc de Berry, l'on rentra le soir même.

On fit aussitôt venir les médecins ; car les uns prétendaient que le roi avait été empoisonné avant de sortir du Mans, les autres cherchaient une cause surnaturelle à la maladie, et disaient qu'on lui avait jeté un sort. Comme dans l'un ou l'autre cas les soupçons planaient sur les princes, ils exigèrent que les gens de l'art fissent une enquête sévère ; ils s'informèrent de ceux qui l'avaient servi à dîner, et s'il avait beaucoup ou peu mangé : ils répondirent qu'à peine s'il avait touché un ou deux mets ; qu'il ne faisait que penser et soupirer, serrant de temps en temps son front entre ses deux mains, comme si la tête lui faisait mal. On fit venir Robert de Teukes, maître des échansons, et l'on s'informa quel était celui de ses bouteillers qui lui avait servi le dernier à boire ; il répondit que c'était Helion de Lignac ; on l'envoya chercher aussitôt, et on lui demanda où il avait pris le vin que le roi avait bu avant son départ ; il répondit qu'il n'en savait rien, mais qu'il en avait fait l'essai avec Robert de Teukes ; en même temps il alla à une armoire, prit la bouteille à moitié vide, versa de ce même vin dans un verre et le but. En ce moment, un médecin sortit de la chambre du roi, et entendant la discussion, il s'avança vers les princes, et leur dit :

— Messeigneurs, vous travaillez et débattez en vain ; le roi n'est ni empoisonné ni ensorcelé ; le roi est atteint de chaude maladie, le roi est fou !

Les ducs de Bourgogne et de Berry se regardèrent : le roi fou, la régence du royaume appartenait de droit soit au duc d'Orléans, soit à eux. Le duc d'Orléans était bien jeune pour que le conseil le chargeât d'une si grande affaire. Le duc de Bourgogne rompit donc le silence, et s'adressant aux deux autres ducs :

— Beau frère et beau cousin , leur dit-il, je crois qu'il convient que nous retournions en toute hâte à Paris, car le roi y sera mieux traité et soigné que dans la marche lointaine où nous nous trouvons ; puis le conseil décidera en quelles mains tombera la régence.

— Je suis de votre avis, répondit le duc de Berry ; mais où le mènerons-nous ?

— Point à Paris surtout, dit vivement le duc d'Orléans ; la reine est enceinte, et un pareil spectacle pourrait lui faire grand mal.

Les ducs de Bourgogne et de Berry échangèrent un sourire.

— Eh bien ! reprit le dernier, nous n'avons qu'à le faire conduire au château de Creil, l'air en est bon, l'aspect en est beau, et la rivière doit couler à ses pieds. Quant à la reine, ce que dit notre beau cousin d'Orléans est trop juste, et s'il veut partir devant nous pour la préparer à cette nouvelle, nous resterons encore un ou deux jours près du roi pour veiller à ce que rien ne lui manque, puis nous irons le re joindre à Paris.

— Soit fait ainsi que vous dites, répondit le duc d'Orléans, et il sortit pour ordonner ses équipages.

Les ducs de Berry et de Bourgogne restés seuls se retirèrent dans l'embrasure d'une fenêtre pour causer plus tranquillement.

— Eh bien ! beau frère, que pensez-vous de tout cela ? dit le duc de Bourgogne.

— Ce que j'en ai toujours pensé ; que le roi était une tête menée par de trop jeunes conseils, et que cette guerre de Bretagne finirait mal ; mais on n'a pas voulu nous croire : tout va maintenant par entêtement et caprice , rien par raison.

— Il faudra porter remède à tout cela et promptement,

dit le duc de Bourgogne. Il n'y a aucun doute que la régence du royaume ne nous revienne. D'ailleurs, notre beau neveu le duc d'Orléans est trop occupé pour désirer beaucoup ce gouvernement. Ainsi, frère, rappelez-vous ce que je vous ai dit lorsque le roi nous congédia de Montpellier; nous sommes les deux plus puissans seigneurs du royaume, et tant que nous serons réunis, nul ne peut rien contre nous. Eh bien! le moment est venu où nous pouvons tout contre les autres.

— Autant que cela s'accordera avec les intérêts du royaume, mon frère, il est de nos intérêts à nous d'écarter nos ennemis des affaires. D'ailleurs, ils combattraient tous nos projets, entraveraient toutes nos décisions. Le royaume tiraillé d'un côté par eux, et retenu de l'autre par nous, aurait beaucoup à souffrir; il faut, pour que cette besogne marche grandement, union parfaite entre la tête et les bras. Croyez-vous que le connétable obéirait de bon cœur à des ordres qu'il recevrait de nous, voyons? Cette désunion pourrait, en cas de guerre, faire le plus grand tort à la France. L'épée de connétable doit être tenue par la main droite du gouvernement.

— Vous avez bien raison, mon frère; mais il y en a qui en temps de paix sont aussi dangereux que le connétable le serait en temps de guerre; je veux parler de messires de La Rivière, de Montaigu, le Bègue de Villaine et autres.

— Oui, oui, il faudra écarter tous ces hommes qui ont poussé le roi à tant de fautes.

— Mais le duc d'Orléans ne les soutiendra-t-il point?

— Il n'est pas que vous ne vous soyez aperçu, dit le duc de Berry en regardant autour de lui et en baissant la voix, que notre beau neveu d'Orléans a de grandes besognes d'amour à cette heure; laissons-lui sa liberté, croyez-moi, et il nous laissera la nôtre.

— Silence! le voici, dit le duc de Bourgogne.

Effectivement, le duc d'Orléans, pressé de retourner à Paris, comme l'avaient pensé les deux oncles, venait prendre congé d'eux. Il entra dans la chambre du roi avec les ducs de Berry et de Bourgogne, ils demandèrent à ses chambellans s'il avait dormi, mais ils répondirent que non, et qu'il ne pouvait prendre un instant de repos. Le duc de Bourgogne secoua la tête.

— Ce sont de pauvres nouvelles, mon beau cousin, dit-il en se tournant vers le duc d'Orléans.

— Dieu gardera monseigneur, répondit le duc. Il s'approcha du lit du roi et lui demanda comment il se portait. Le malade ne répondit rien; il tremblait de tout son corps; ses cheveux étaient hérissés, ses yeux fixes, et une sueur froide lui coulait du front; de temps en temps il se soulevait sur son lit en criant : — A mort! à mort les traîtres! puis il retombait sans force, jusqu'à ce qu'un nouvel accès de fièvre lui rendît quelque énergie en le brûlant de nouveau.

— Nous n'avons que faire ici, dit le duc de Bourgogne, et nous ne fatiguons plus que nous lui ne sommes en aide. Il a plus en ce moment besoin de ses médecins et docteurs que de ses oncles et frère. Ainsi, croyez-moi, sortons.

Le duc d'Orléans resté seul se baissa vers le lit, prit le roi dans ses bras et le regarda tristement; bientôt des larmes remplirent ses yeux et coulèrent silencieusement sur ses joues; c'était raison, car le pauvre insensé qui était là gisant l'avait grandement aimé, et peut-être qu'en retour de cette amitié sainte il avait à se reprocher, lui et de n'avoir rendu que trahison et ingratitude; sans doute qu'au moment de le quitter ainsi, pour le trahir encore peut-être, il avait scruté son âme, et avait reconnu avec remords, qu'après le premier instant passé, il n'avait point été aussi attristé du malheur de ce frère bien-aimé qu'il aurait dû l'être. C'est que nous tâchons toujours, tant la nature mauvaise l'emporte chez nous sur la bonne, de chercher par quel côté l'infortune des autres se présente avantageuse à nos intérêts, et si des chagrins et des larmes d'autrui ne découle pas pour nous quelque source, inaperçue d'abord, de tranquillité ou de plaisirs; alors, et s'il en est ainsi, la sensibilité s'émousse, le cœur s'engourdit, le crêpe qui s'était étendu sur nos yeux se soulève, l'avenir que l'on croyait à tout jamais attristé resplendit sur quelqu'une de ses mille faces : le bon et le mauvais principe

luttent encore quelque temps ensemble, et le plus souvent, misérables que nous sommes, c'est Arimane qui l'emporte; si bien que parfois, les yeux humides et l'âme joyeuse, nous ne voudrions pas le lendemain que le malheur de la veille ne fût pas arrivé : c'est que l'égoïsme est le médecin du cœur.

Pendant ce temps, les oncles du roi donnaient des ordres à tous les maréchaux afin que les seigneurs et leurs chevaliers reprissent chacun la route de leur province doucement et courtoisement, sans faire de dégâts ni de violence dans le pays, disant que partout où il en serait commis, les seigneurs seraient responsables des délits de leurs hommes d'armes.

Deux jours après le départ du duc d'Orléans, le roi se mit en route, porté dans une litière douce et commode, et marchant à petites journées. Le bruit de son accident s'était répandu avec une merveilleuse rapidité : les mauvaises nouvelles ont des ailes d'aigle. Chacun en parlait fort diversement, et selon son opinion l'attribuait à des causes différentes; les seigneurs y voyaient un maléfice diabolique, les prêtres un châtiment divin, les partisans du pape de Rome disaient que la chose était arrivée en punition de ce que le roi avait reconnu le pape Clément; les sectateurs du pape Clément prétendaient au contraire que Dieu le frappait de cette verge parce qu'il n'avait pas détruit le schisme en portant la guerre en Italie, ainsi qu'il l'avait promis; quant au peuple, il était fort triste de ce malheur : il avait fondé grand espoir sur la bonté et la justice du roi. Aussi encombrait-il les églises, où des prières publiques avaient été ordonnées partout où il y avait quelque saint connu pour guérir la frénésie; on dépêcha diligemment des hommes porteurs de présens, et on envoya à saint Aquaire, le plus renommé de tous dans ce genre de spécialité, une image du roi, de grandeur naturelle, modelée en cire, et un magnifique cierge, afin qu'il suppliât Dieu que la maladie du roi fût allégée; mais tout cela était chose inutile, et le roi arriva au château de Creil sans qu'on s'aperçût d'aucune amélioration sensible dans son état.

Cependant on ne négligeait pas les moyens humains : le sire de Coucy avait parlé d'un très sage et très savant médecin nommé maître Guillaume de Hersilly, et on l'avait fait venir d'un village près Laon où il demeurait; il avait donc pris la souveraine administration de la maladie du roi, qu'il avait déclaré connaître parfaitement.

Quant à la régence du royaume, elle était tombée, ainsi qu'on a pu le prévoir, entre les mains des oncles du roi; le conseil, après quinze jours de délibération, avait déclaré que le duc d'Orléans était trop jeune pour entreprendre une si large besogne, et en avait en conséquence chargé les ducs de Berry et de Bourgogne. Le lendemain du jour où ils avaient été nommés, le sire de Clisson se présenta avec ses gens chez le duc de Bourgogne, pour office de connétablie. Le concierge leur ouvrit la porte comme de coutume. Ils descendirent de leurs chevaux, et Clisson, suivi d'un écuyer seulement, monta les degrés de l'hôtel. Arrivé à la première salle, il trouva deux des chevaliers du duc; il leur demanda où était leur maître et s'il pourrait lui parler; l'un d'eux sortit et alla trouver le duc, qui causait avec un hérault d'une grande fête qui venait de se tenir en Allemagne.

— Monseigneur, dit le chevalier interrompant le duc, voici messire Olivier de Clisson qui vient pour parler à votre seigneurie, s'il est votre plaisir.

— De par dieu! s'écria-t-il, qu'on le fasse venir, et tout de suite, car il arrive fort à propos pour ce que nous en voulons faire.

Le chevalier revint donc vers le connétable, laissant toutes les portes ouvertes, et lui faisant signe qu'il pouvait passer. Le connétable entra. Le duc en l'apercevant changea de couleur; Clisson ne parut point s'en apercevoir, il ôta son chaperon, et s'inclinant :

— Monseigneur, dit-il, je suis venu ici pour prendre vos ordres et m'inquiéter de vous comment ira désormais le royaume.

— Comment ira le royaume, Clisson? répondit le duc d'une voix altérée; c'est chose qui me regarde et non pas un autre. Quant à mes ordres, les voici : c'est que vous sortiez à l'instant même de ma présence, dans cinq minutes de cet hôtel, et dans une heure de Paris.

Alors ce fut Clisson qui pâlit à son tour. Le duc était régent du royaume, et il fallait obéir. Il sortit donc de la chambre, traversa les appartemens tout pensif et baissant la tête, remonta à cheval ; puis, rentrant à son hôtel, il ordonna sur-le-champ les équipages, et le même jour, accompagné de deux hommes seulement, il sortit de Paris, traversa la Seine à Charenton, et ne s'arrêta que le soir au Château de Mont-lhéry, qui lui appartenait.

Le plan que venait de suivre le duc de Bourgogne à l'égard de Clisson s'étendait à tous les favoris du roi ; aussi, lorsque Montaigu apprit ce qui venait d'arriver au connétable, il sortit bien secrètement de Paris par la porte Saint-Antoine, prit le chemin de Troyes en Champagne, et ne s'arrêta qu'à Avignon. Messire Jean Lemercier en voulut faire autant ; mais, moins heureux que lui, il trouva des gardes à sa porte, et fut conduit au château du Louvre, où l'attendait déjà messire le Bègue de Villaine. Quant au sire de La Rivière, quoiqu'il fût prévenu à temps, il ne voulut pas quitter son château, disant qu'il n'avait rien à se reprocher, et qu'il arriverait de lui ce qu'il plairait à Dieu ; aussi, quand on vint lui dire que des hommes à main armée voulaient entrer chez lui, il fit ouvrir toutes les portes et vint courtoisement au devant d'eux.

Alors tous les actes d'une réaction entière s'accomplirent sur eux ; ce qu'on avait fait contre Craon meurtrier, on le fit contre eux innocens. Les biens et héritages que Jean Lemercier possédait à Paris et dans le reste du royaume furent saisis et partagés ; une belle maison qu'il possédait au diocèse de Laon, et qui lui avait bien coûté 100,000 livres par les embellissemens qu'il y avait fait faire, fut donnée au sire de Coucy, ainsi que toutes ses dépendances, rentes, terres et possessions.

Quant à messire de La Rivière, on fut encore plus sévère pour lui ; car on lui enleva tout, comme à messire Jean Lemercier, et on ne laissa à sa femme que les biens qu'elle possédait en propre ; de plus, il avait une fille, jeune et belle, qui avait épousé d'amour le seigneur de Châtillon, dont le père fut depuis le maître des arbalétriers de France. Tout ce qu'il y avait de puissant devant les hommes avait lié ce mariage ; tout ce qu'il y avait de saint devant Dieu l'avait consacré. On brisa cette union sans pitié et sans remords ; on trancha ce que le pape avait seul le droit de délier, et les deux enfans furent remariés ailleurs, malgré eux, et ainsi qu'il plut au duc de Bourgogne.

Et toutes ces persécutions se faisaient sans que le roi pût rien contre elles ; car son état était toujours au pire, et il n'espérait plus qu'en une chose, l'effet que produirait sur lui la présence de la reine. Comme c'était elle qu'il avait le plus aimée, on espérait qu'après avoir oublié tout le monde, il se souviendrait encore d'elle.

VIII.

Ainsi qu'on l'a vu dans le chapitre précédent, l'accident arrivé au roi venait d'entraîner après lui une révolution tout entière dans les affaires du royaume. Les favoris de sa raison étaient les disgraciés de sa démence : le gouvernement de l'État, échappé de ses mains débiles, était entièrement tombé entre celles des ducs de Bourgogne et de Berry, qui, soumettant la politique générale à leurs passions personnelles, avaient frappé avec l'épée de la haine et non avec le glaive de la justice. Le duc d'Orléans seul aurait pu balancer leur influence au conseil ; mais, tout entier à son amour pour la reine, il avait facilement abandonné ses prétentions à la régence, et ne s'était senti le courage de lutter ni pour lui-même, ni pour ses amis. Confiant dans son titre de frère du roi, se reposant sur sa puissance ducale, riche de ses im-

menses revenus, jeune et insouciant, il retenait dans sa poitrine bondissante tout souffle d'ambition, qui eût pu pousser quelque nuage sur son ciel d'azur. Libre désormais de voir sa royale amante à toute heure, en tous lieux, ce bonheur remplissait sa vie ; et si de temps en temps un soupir étouffé trahissait le remords caché au fond de son cœur, si son front se plissait tout-à-coup à quelque triste souvenir, il suffisait d'un mot de sa maîtresse pour dérider son front, d'une caresse pour endormir son cœur. Quant à Isabel, toute jeune qu'elle était, c'était bien déjà l'Italienne que vous savez, avec son amour de louve et sa haine de lionne, ne connaissant de la vie que les sentimens passionnés, n'en cherchant que les émotions extrêmes, mal à l'aise dans les situations ordinaires, parce que quelque chose lui manquait comme le simoun manque au désert, comme la tempête manque à l'Océan.

Et belle avec cela, belle à perdre toutes les âmes ; car n'était ce rayon d'enfer qui par intervalle illuminait ses yeux, c'était toute la forme d'un ange, et qui l'eût vue couchée comme elle l'était à l'heure où nous revenons à elle, ayant un prie-Dieu près de son lit, et sur ce prie-Dieu un livre d'heures ouvert, l'aurait prise pour quelque vierge pure, attendant le baiser que sa mère, tous les matins, vient lui donner au front ; c'était une épouse adultère qui attendait son amant, et cet amant était le frère de son mari, de son seigneur et de son roi, mourant et insensé.

Bientôt, une porte cachée dans la tapisserie, et qui donnait dans les appartemens du roi, s'ouvrit, et le duc d'Orléans parut : il regarda si personne n'était près de la reine ; et reconnaissant qu'elle était seule, il referma la porte et s'avança rapidement vers son lit. Il était pâle et agité.

— Qu'avez-vous, mon beau duc ? lui dit Isabel, étendant vers lui les bras en souriant ; car elle était habituée à ces fréquens nuages du cœur qui passaient au front de son amant. Venez me dire cela.

— Ah ! que vient-on de m'apprendre, madame ? dit le duc en se mettant à genoux devant le lit de la reine, et en passant un bras sous son cou ; que l'on vous mande à Creil, et qu'il est nécessaire que vous soyez près du roi ?

— Oui, c'est Guillaume d'Hersilly qui prétend que ma présence lui ferait grand bien. Qu'en dites-vous, monseigneur ?

— Je dis que la première fois qu'il s'éloignera du château, pour chercher des simples dans la forêt de Beaumont, je le ferai pendre à la branche la plus solide de l'arbre le mieux enraciné. Misérable ignorant ! qui, poussé à bout dans sa science, veut se servir de vous comme d'un remède, sans songer à quel danger il vous expose.

— Vraiment ! Est-ce que je courrais quelques risques ? reprit la reine en regardant tendrement le duc.

— Oh ! madame, risque de la vie ; la folie du roi est furieuse. Et au moment où elle lui prit, n'a-t-il pas été le bâtard de Polignac et blessé trois ou quatre seigneurs ? Croyez-vous qu'il vous reconnaîtra, vous, puisqu'il ne m'a pas reconnu, moi, puisqu'il courait sur moi, son frère, l'épée haute, et que je n'ai échappé à la mort que grâce à la vitesse de mon cheval ? Au reste, mieux aurait valu peut-être qu'il m'eût tué.

— Vous tuer, monseigneur ! oh ! faites plus de cas de la vie ; ne vous la rendons-nous pas belle et heureuse avec notre amour, et n'est-ce pas bien déplaisant de vous la voir mépriser ainsi ?

— C'est que craindre pour vous, mon Isabel, c'est que trembler à chaque bruit qui sortira de cet appartement maudit, c'est que frémir à la vue de chaque serviteur qui ouvrira ma porte, c'est que vous savoir seule à toute heure du jour et de la nuit avec un fou...

— Oh ! il n'y a pas de danger, monseigneur, et je crois que vous vous faites des craintes vaines ; c'est le bruit du fer, c'est la vue des armes qui l'ont rendu furieux. Elle regarda le duc fixement. Au lieu de cela je prendrai ma voix la plus tendre pour lui parler, et il la reconnaîtra ; puis avec de la douceur et des caresses, je ferai du lion un agneau ; vous savez comme il m'aime.

A toutes ces paroles le front du duc s'était rembruni ; enfin il se releva brusquement, se dégageant des bras de la reine.

— Oui, oui, il vous aime, je le sais, répondit le duc d'une voix creuse. Eh ! voilà la véritable cause de ma douleur. Non, il ne vous fera rien, non, sans doute. Au contraire, comme vous l'avez dit, votre voix le calmera, vos caresses l'adouciront. Votre voix, vos caresses, mon Dieu ! Il serra son front entre ses mains ; Isabel le regardait, à moitié soulevée sur son bras. Et moi, plus je le verrai calme, plus je me dirai : Elle était tendre. Et alors vous me ferez maudire le ciel de ce dont je devrais le remercier, de la guérison de mon frère ; et d'ingrat que je suis déjà, vous me ferez... Votre amour, votre amour !.... C'était mon Eden, mon paradis, et je m'étais habitué à le posséder seul ; qu'en ferai-je quand il me faudra le partager ? Oh ! gardez-le tout entier, cet amour fatal, ou pour lui, ou pour moi.

— Que ne disiez-vous cela tout de suite? dit Isabel triomphante.

— Pourquoi ? interrompit le duc.

— Parce que tout de suite je vous eusse répondu que je n'irai pas à ce château de Creil.

— Vous n'irez pas, vous ! s'écria le duc en se précipitant vers la reine. Puis s'arrêtant :

— Et comment ferez-vous pour n'y pas aller? et que diront les ducs de Bourgogne et de Berry?

— Croyez-vous qu'ils désirent bien sincèrement le rétablissement du roi ?

— Non, sur mon âme ! le duc de Bourgogne est insatiable de puissance, et le duc de Berry d'argent ; la démence de mon frère double le pouvoir de l'un, et bat monnaie pour l'autre ; mais ils savent feindre. eux ; et quand ils verront que vous refusez d'y aller... D'ailleurs le pouvez-vous ? oh ! mon frère, mon pauvre frère !...

Des larmes s'échappèrent des yeux du duc. La reine releva la tête de son amant d'une main, et essuyant ses pleurs de l'autre :

— Allons, consolez-vous, lui dit-elle, mon beau duc, je n'irai pas à Creil ; le roi guérira, et votre cœur fraternel, ajouta-t-elle lentement et avec un léger accent d'ironie, n'aura rien à se reprocher : nous avons trouvé un moyen.

Elle sourit avec une expression indéfinissable de malice.

— Eh ! lequel ? dit le duc.

— Nous nous dirons cela plus tard, c'est notre secret ; tranquillisez-vous en attendant, et regardez-nous avec vos yeux les plus tendres.

Le duc la regarda.

— Que vous êtes beau, monseigneur ! continua la reine ; vous avez vraiment un teint dont je suis jalouse. Dieu avait commencé par faire de vous une femme, puis il a pensé qu'il lui manquerait un homme pour me rendre folle un jour.

— Mon Isabel !

— Tenez, monseigneur, dit la reine en prenant sous son chevet un médaillon, que dites-vous de cette image ?

— Votre portrait ! s'écria le duc en le lui arrachant des mains et en le pressant contre ses lèvres, votre portrait chéri, adoré...

— Cachez-le vite, voici quelqu'un.

— Oh ! oui, sur ma poitrine, sur mon cœur, pour toujours.

La porte s'ouvrit en effet, et la dame de Coucy entra.

— La personne qu'a fait demander madame la reine est arrivée, dit-elle.

— Tenez, madame de Coucy, continua Isabel, voici notre beau-frère d'Orléans qui nous a priée à genoux de ne point aller au château de Creil, où il craint que notre personne ne coure quelque danger. C'était, je crois, votre avis aussi, lorsque hier le duc de Bourgogne, notre oncle bien-aimé, vint nous dire que ce médecin donné par votre mari au roi prétendait que ma présence pourrait apporter quelque soulagement au mal de monseigneur ; pensez-vous toujours de même ?

— Toujours, madame, et c'est aussi l'avis de beaucoup de personnes de la cour.

— Eh bien ! cela me détermine tout-à-fait, décidément je n'irai pas. Adieu, monsieur le duc, nous vous remercions de vos bons sentiments pour nous, et nous en sommes tout-à-fait reconnaissante. Le duc s'inclina et sortit.

— C'est bien la supérieure du couvent de la Trinité, n'est-ce pas, madame de Coucy ? continua Isabel se retournant vers sa dame d'honneur.

— Elle-même.

— Faites entrer.

La supérieure entra, madame de Coucy la laissa seule avec la reine.

— Ma mère, dit Isabel, j'ai voulu vous parler sans témoin pour une chose fort importante, et qui regarde tout-à-fait les affaires du royaume.

— A moi, madame la reine ! dit humblement l'abbesse ; et comment, moi, retirée de ce monde et toute à Dieu, puis-je me mêler des choses de la terre ?

— Vous savez, continua la reine sans répondre à sa question, qu'après le beau spectacle qui m'a été donné devant votre couvent lors de mon entrée dans la ville de Paris, je vous ai fait remettre, pour vous remercier et vous indemniser, une châsse d'argent destinée à sainte Marthe, à laquelle je sais que vous avez une dévotion toute particulière.

— Je suis de Tarascon, madame la reine, où sainte Marthe est en grand honneur, et j'ai été bien reconnaissante d'un si riche présent.

— Depuis, j'ai toujours choisi, vous le savez, lors des fêtes de Pâques, votre communauté pour y faire mes dévotions, et chaque fois vous vous êtes aperçue, je l'espère, que la reine de France n'était ni avare ni oublieuse.

— Nous sommes d'autant plus reconnaissante de cette faveur que nous n'avons encore eu le bonheur de rien faire pour la mériter.

— Nous sommes assez puissante auprès de notre saint père d'Avignon pour ajouter les dons spirituels aux dons temporels, et il ne nous refuserait certainement pas les indulgences que nous solliciterions pour votre communauté.

Les yeux de l'abbesse brillèrent d'une sainte ambition.

— Madame, vous êtes une grande et puissante reine, dit-elle, et si notre couvent pouvait faire quelque chose pour reconnaître...

— Non point votre couvent, mais vous peut-être, ma mère.

— Moi, madame ! ordonnez, et s'il est en mon pouvoir...

— Oh ! c'est chose bien facile. Le roi est atteint, comme vous le savez, de chaude maladie. Jusqu'à présent enfermé avec des hommes vêtus de noir et masqués pour lui inspirer de la terreur, ce sont eux qui le forcent à se soumettre aux ordonnances des médecins ; mais l'état d'agitation où le maintient cette violence empêche les remèdes d'avoir sur lui leur plein et entier effet. On voudrait essayer d'obtenir par la persuasion un résultat qui jusqu'à présent n'a été amené que par la force, et l'on a espéré que l'une de vos sœurs, par exemple, bien jeune, bien douce, lui apparaissant comme un ange au milieu des fantômes qui l'environnent, serait pour lui une vision céleste ; que ses esprits en prendraient quelque calme, et c'est ce calme seul qui peut rendre la raison à cette pauvre tête perdue ; alors j'ai pensé à vous, et j'ai désiré que cet honneur de la guérison du roi rejaillît sur votre couvent ; elle sera certes attribuée à vos prières, à l'intercession de sainte Marthe, à la sainteté de la digne abbesse qui dirige le blanc troupeau des sœurs de la Trinité. Voilà pourquoi je vous ai fait appeler, ma mère. Me suis-je trompée en pensant qu'une pareille demande vous serait agréable ?

— Oh ! vous êtes trop bonne, madame la reine, et d'aujourd'hui seulement notre couvent est élu. Vous connaissez plusieurs de mes filles ; indiquez-moi vous-même celle à laquelle vous réservez l'honneur de veiller sur le précieux malade dont la France tout entière implore la guérison.

— Je laisse entièrement ce soin à votre sollicitude, ma mère ; choisissez qui vous voudrez pour cette sainte mission ; les colombes que le Seigneur vous a données en garde sont toutes belles et pures ; prenez au hasard, Dieu conduira votre main, la bénédiction du peuple viendra sur elle, et les faveurs de la reine se-répandront sur sa famille.

Un éclair d'ambition illumina sous sa coiffe le front de la vieille abbesse.

— Je suis prête à obéir à vos ordres, madame la reine, dit-elle, et mon choix est arrêté ; indiquez-moi seulement ce qui me reste à faire.

— Le plus tôt possible, vous conduirez cette jeune fille au château de Creil ; des ordres seront donnés pour que la chambre du roi lui soit ouverte. Le reste est entre les mains de Dieu.

L'abbesse s'inclina, et fit quelques pas pour sortir.

— A propos, dit la reine, j'oubliais de vous prévenir que j'ai donné l'ordre de porter chez vous ce matin un reliquaire d'or pur, dans lequel est renfermé un morceau de la vraie croix, qui m'a été envoyé par le roi de Hongrie, qui le tenait de l'empereur de Constantinople. Il attirera, j'espère, sur votre couvent les grâces du Seigneur, et dans votre trésor les aumônes des fidèles. Vous le trouverez en votre église.

L'abbesse s'inclina de nouveau et sortit. Aussitôt la reine appela ses femmes, se fit habiller, et, demandant sa litière, sortit pour aller visiter, rue Barbette, un petit hôtel qu'elle venait d'acheter, et dont elle comptait faire son petit séjour.

Pendant ce temps, le roi, comme elle-l'avait dit, entouré de douze hommes vêtus de noir et masqués, ne faisait rien que par force · en proie à une mélancolie sombre, ses jours étaient partagés en intervalles de fureur et d'atonie, selon que la fièvre le prenait ou le quittait ; dans le premier cas, il semblait entièrement brûlé de tous les feux de l'enfer ; dans le second, il tremblait comme s'il eût été exposé nu au froid le plus rigoureux ; du reste, aucune mémoire pour se souvenir, aucun discernement pour juger, nul sentiment que celui de sa douleur.

Dès les premiers jours, maître Guillaume avait étudié sa maladie avec le plus grand soin ; il avait remarqué que tout bruit retentissant le faisait tressaillir et l'inquiétait longtemps ; il ordonna en conséquence que les cloches cessassent de tinter ; il s'était aperçu que la vue des fleurs de lis, sans qu'on pût deviner pourquoi, mettait le malade en colère, et l'on avait écarté de ses yeux tous les emblèmes héraldiques de la royauté ; il refusait de boire et de manger ; il ne voulait point se coucher lorsqu'il était levé, ni se lever lorsqu'il était couché ; il imagina de le faire servir par des hommes bizarrement vêtus et barbouillés de noir : ces hommes entraient brusquement, et alors le courage moral disparaissant avec la raison du roi, laissait veiller seul l'instinct animal de la conservation. Charles, si hardi et si brave, tremblait comme un enfant , obéissait comme un automate, respirait à peine, et cessait de parler même pour se plaindre. Mais l'habile docteur n'avait point été sans remarquer que le bien physique qu'auraient pu produire les remèdes qu'il forçait le malade à prendre par ce moyen, était fort diminué, sinon détruit tout-à-fait, par le ravage moral que ce moyen lui-même entraînait après lui ; c'était alors qu'il avait songé à substituer la douceur à la violence. Soit progrès vers la guérison, soit prostration de forces, le roi était sensiblement calmé ; il y avait donc espoir qu'une voix aimée irait chercher au fond de son cœur la mémoire absente de sa tête, et qu'il verrait avec plaisir un visage doux et gracieux succéder aux hideuses figures de ses gardiens ; c'est alors qu'il avait songé à la reine, et avait demandé qu'elle vînt continuer la guérison qu'il avait si heureusement commencée. Nous venons de voir quels motifs avaient empêché madame Isabel de se prêter à ce plan, et par quelle substitution de personne elle espérait cependant le voir s'accomplir.

Maître Guillaume fut donc instruit des modifications qui venaient d'être faites à son projet ; quoique moins certain du succès à cause de ce changement obligé, il ne se décida pas moins à le mettre à exécution, et attendit donc avec quelque espoir la jeune sœur qui devait venir.

Elle arriva à l'heure convenue, accompagnée de la supéri ure ; c'était bien la tête angélique que le docteur avait dû rêver pour cette cure merveilleuse , seulement elle n'était point revêtue du saint costume des filles de la Trinité, et ses cheveux intacts dans toute leur longueur annonçaient qu'elle n'avait point prononcé de vœux.

Maître Guillaume crut devoir rassurer la pauvre enfant, mais il la vit si soumise et si résignée qu'il ne put que la bénir ; il avait préparé-une série de recommandations, pas une seule ne sortit de sa bouche, et il abandonna tout au sentiment et à l'inspiration de cette âme blanche qui se dévouait.

Odette (car c'était elle) avait cédé aux instances de sa tante, dès qu'elle avait entrevu qu'il se cachait un grand dévoûment au fond de ce qu'on sollicitait d'elle : lorsque l'amour est refoulé au fond d'une âme généreuse, il en sort tôt ou tard sous la forme d'été, faisait face à un grand lit encourtiné soulèvent le voile dont elle est couverte qui la reconnaissent pour ce qu'elle est ; mais le vulgaire qui la regarde passer seulement conserve son erreur et l'appelle du nom qu'elle s'est donné.

Charles était sorti avec ses gardiens ; le soleil de midi le faisait souffrir, et le matin et le soir étaient choisis pour ses promenades. Odette se trouva donc seule dans la chambre royale. Alors il se passa quelque chose d'étrange dans l'âme de cette enfant, née si loin du trône, et que son destin y poussait toujours comme une pauvre barque vers un rocher. Tout, dans cette chambre, indiquait la présence de soins mercenaires et l'abandon des personnes chéries ; alors elle se sentit prise d'une grande compassion pour ce grand malheur. La royauté voilée de deuil et découronnée, implorant les soins d'une jeune fille du peuple, lui parut sublime ; c'est que le Christ flagellé et portant sa croix est plus grand que Jésus chassant les vendeurs du temple.

Tout était silencieux et triste dans cette chambre immense, où le jour ne pénétrait que par des vitraux de couleur ; une grande cheminée de pierre sculptée, dans laquelle brûlait un feu ardent, quoique l'on fût à l'époque des plus grandes chaleurs de l'été, faisait face à un grand lit encourtiné de damas vert à fleurs d'or, dont les rideaux déchirés et en lambeaux attestaient les luttes frénétiques que la folie y avait soutenues. Le parquet était jonché de fragmens de meubles et de vases que le roi avait brisés dans ses accès, et dont on avait négligé d'enlever les débris ; tout enfin présentait l'image de la destruction inintelligente : on voyait que la matière seule vivait dans cette chambre, et le désastre dont on reconnaissait les traces semblait bien plutôt produit par la présence de quelque bête féroce que par l'habitation d'un homme.

A cet aspect, cette crainte personnelle qui tient à la faiblesse de la femme, s'empara d'Odette ; elle sentit que, pauvre et timide gazelle, elle était jetée dans l'antre d'un lion ; que l'insensé près duquel on, l'avait conduite n'avait qu'à la toucher elle-même pour la briser, comme un de ces meubles dont elle foulait aux pieds les débris, elle qui n'avait pas la harpe de David pour charmer Saül.

Elle était tout entière à ces pensées, lorsqu'elle entendit un grand bruit, c'étaient des plaintes et des cris comme ceux que pousse un homme qui a peur ; puis à cette rumeur se joignait la voix de plusieurs autres personnes qui semblaient poursuivre quelqu'un ; en effet, le roi s'était échappé des mains de ses gardiens, qui venaient de le rejoindre seulement dans l'appartement contigu, et là une lutte s'était engagée. Au bruit de ces vociférations étranges, Odette se sentit trembler : elle chercha pour fuir la porte perdue dans la tapisserie par laquelle elle était entrée, et ne la trouvant point, elle courut à l'autre porte, mais le bruit s'en était tellement rapproché, qu'il lui sembla que ses panneaux seuls la séparaient de ceux qui le causaient ; alors elle se jeta à l'angle du lit, s'enveloppant dans les rideaux pour se cacher, s'il était possible, aux premiers regards du roi furieux ; à peine y était-elle, que l'on entendit la voix de maître Guillaume qui criait : Laissez faire le roi ! Et la porte s'ouvrit.

Charles entra ; il avait les cheveux hérissés, la figure pâle et couverte de sueur, les habits en lambeaux ; il courut au fond de la chambre cherchant quelque arme pour se défendre, mais n'en trouvant pas, il se retourna avec effroi vers la porte, on l'avait refermée derrière lui ; cela parut le rassurer un peu, il regarda fixement de ce côté pendant quelques secondes, puis, s'avançant sur la pointe du pied pour n'être pas entendu, il tourna vivement la clef dans la serrure, s'enfermant ainsi en dedans. Alors il chercha des yeux quel nouveau moyen de défense il pourrait encore appeler à son aide ; et voyant le lit, il le prit par le côté opposé à celui où était Odette, et le traîna devant la porte qu'il voulait défendre contre ses ennemis ; alors il poussa un de ces éclats de rire insensé qui font frissonner ceux qui les entendent, et laissant tomber ses mains le long de son corps et sa tête sur sa poitrine, il revint lentement s'asseoir devant la cheminée sans voir Odette qui était restée au même endroit, mais découverte maintenant par le changement de place des rideaux.

Alors, soit que l'accès de la fièvre fût passé, soit que la crainte se fût évanouie avec l'éloignement des objets qui l'avaient causée, la faiblesse succéda à la fureur, le roi s'affaissa dans le fauteuil où il s'était assis, se plaignant doucement et tristement ; bientôt il trembla le long de son corps, et ses dents se choquèrent ; on voyait qu'il devait souffrir horriblement.

A cette vue, la frayeur s'éteignit dans l'âme d'Odette, elle était redevenue forte au fur et à mesure que le roi s'affaiblissait, elle étendit les mains vers lui, et sans oser se lever encore, elle lui dit d'une voix timide :

— Monseigneur, que puis je faire pour vous ?

Le roi tourna la tête à cette voix, et il aperçut Odette à l'autre bout de l'appartement ; alors il la regarda un instant avec ce regard triste et doux qui lui était habituel à l'époque de sa santé, puis il dit lentement et d'une voix qui allait toujours en s'affaiblissant :

— Charles a froid... froid... froid...

Odette s'avança vivement et lui prit les mains, elles étaient effectivement glacées ; elle alla au lit, en enleva une couverture, la chauffa au feu et enveloppa le roi dedans ; il en éprouva quelque bien-être, car il se mit à rire comme un enfant ; cela donna du courage à Odette.

— Et pourquoi le roi a-t-il si froid ? dit-elle.

— Quel roi ?

— Le roi Charles.

— Ah ! Charles.

— Oui, pourquoi Charles a-t-il froid ?

— Parce que Charles a eu peur, — et il se remit à trembler.

— Et comment Charles, qui est un roi si grand et si brave, a-t-il peur ? reprit Odette.

— Charles est grand et brave et il n'a pas peur des hommes, — il baissa la voix, — mais il a peur du chien noir.

Le roi avait dit ces mots avec une telle expression de terreur, qu'Odette regarda autour d'elle pour voir si elle n'apercevrait pas l'animal dont il lui parlait.

— Non, non, il n'est pas entré, dit Charles ; il entrera quand je me coucherai ; voilà pourquoi je ne veux pas qu'on me couche... Je ne veux pas... je ne veux pas. Charles veut rester près du feu. D'ailleurs Charles a froid... froid... froid.

Odette réchauffa de nouveau la couverture, en enveloppa une seconde fois le roi, et s'asseyant à ses pieds, elle lui prit les deux mains entre les siennes.

— Il est donc bien méchant le chien noir ? dit-elle.

— Non, mais il sort de la rivière et il est glacé.

— Et il a couru après Charles ce matin ?

— Charles est sorti parce qu'il brûlait et qu'il avait besoin d'air, il est descendu dans un beau jardin où il y avait des fleurs, et Charles était bien content...

Le roi retira ses deux mains de celles d'Odette et se pressa le front comme s'il eût voulu y engourdir une douleur. Puis il continua :

— Charles marchait toujours sur un gazon vert plein des marguerites des prés, il marcha tant, tant, tant, qu'il fut fatigué ; alors il vit un bel arbre qui avait des pommes d'or et des feuilles d'émeraude, et il se coucha dessous en regardant le ciel : il était tout bleu avec des étoiles de diamant. Charles regarda cela longtemps, car c'était un beau spectacle ; tout-

à-coup il entendit hurler le chien, mais encore loin, bien loin. Alors le ciel devint noir et les étoiles rouges, les fruits de l'arbre se balancèrent comme s'il y avait eu grand vent, faisant à chaque fois qu'ils se choquaient le même bruit que fait une lance en tombant sur un casque ; bientôt il leur poussa à chacun de ces beaux fruits d'or deux grandes ailes de chauve-souris qu'ils commencèrent à remuer ; puis il leur vint des yeux, un nez, une bouche comme des têtes de mort. Le chien hurla de nouveau, mais plus près, plus près ; alors l'arbre trembla jusque dans sa racine, les ailes s'agitèrent, les têtes poussèrent des cris, les feuilles se couvrirent de sueur, et chaque goutte tomba froide, froide, froide, sur Charles. Alors Charles voulut se lever et fuir, mais le chien hurla une troisième fois, tout à côté, tout à côté... Et il le sentit qui se couchait sur ses pieds, les engourdissant avec son poids ; et il montait lentement, lentement sur sa poitrine, pesant comme une montagne ; il voulut le repousser avec ses mai s, et il lui lécha ses mains avec sa langue de glace, oh ! oh ! oh !... Charles a froid... froid... froid.

— Mais si Charles se couchait, dit Odette, Charles aurait peut-être plus chaud.

— Non, non, Charles ne veut pas se coucher, il ne veut pas, il ne veut pas... Aussitôt que Charles est couché le chien noir entre, tourne autour de son lit, soulève la couverture et se couche sur ses pieds, et Charles aime mieux mourir.

Le roi fit un mouvement comme pour fuir.

— Eh bien ! non, non, dit Odette en se levant et en prenant le roi entre ses bras, Charles ne se couchera pas.

— Charles voudrait cependant bien dormir, dit le roi.

— Eh bien ! Charles dormira sur ma poitrine ; elle s'assit sur le bras du fauteuil, passa sa main autour du cou du roi, et lui fixa la tête sur son sein.

— Charles est-il bien ainsi ? dit-elle.

Le roi leva les yeux sur elle avec une ineffable expression de reconnaissance.

— Oh ! oui, dit-il, Charles est bien... bien... bien !...

— Alors Charles peut dormir, et Odette veillera près de lui pour que le chien noir n'entre pas.

— Odette ! dit le roi, Odette ! et il se mit à rire avec l'expression inintelligente de l'enfance, Odette ! et il reposa sa tête sur la poitrine de la jeune fille qui resta immobile et retenant son souffle.

Cinq minutes après, la petite porte s'ouvrit et maître Guillaume entra doucement : il s'avança sur la pointe du pied vers le groupe immobile, prit la main que le roi laissait pendre et tâta son pouls, approcha son oreille de sa poitrine et écouta sa respiration.

Puis se relevant la figure joyeuse, il dit tout bas :

— Le roi dort mieux qu'il n'a jamais dormi depuis un mois. Dieu vous bénisse, jeune fille ! car vous avez fait un miracle.

IX.

La nouvelle de la maladie du roi s'était répandue en Angleterre presque aussitôt qu'en France, et, comme en France, y avait produit de grandes divisions. Le roi Richard et le duc de Lancastre, qui aimaient Charles, en avaient été très affligés ; le duc de Lancastre surtout déplorait cet accident, comme fatal non-seulement à la France, mais encore à toute la chrétienté.

— Cette folie est un grand malheur, répétait-il souvent aux chevaliers et écuyers qui l'entouraient ; car le roi Charles était homme de volonté et de puissance, qui ne désirait tant la paix entre les deux royaumes qu'afin de marcher contre les infidèles ; et maintenant la chose est bien retardée, car il avait été l'âme de cette croisade, et Dieu sait si maintenant elle se pourra faire.

En effet, Mourad-Bey, dont en français nous avons traduit le nom par celui d'Amurat, et que Froissard appelle dans son

vieux langage le Morabaquin, venait de s'emparer du royaume d'Arménie, et menaçait de détruire l'empire chrétien d'O-
rient. Le roi Richard et le duc de Lancastre étaient donc
d'avis que les trèves accordées lors de l'entrée de madame
Isabel à Paris devaient être maintenues et même prolongées.

Quant au duc de Glocestre et au comte d'Essex, ils étaient
d'un avis contraire, avaient rallié à leur parti le comte de
Buckingham , connétable d'Angleterre, et étaient secondés
par tous les jeunes chevaliers qui désiraient faire leurs armes ; ils demandaient la guerre, disant que le moment était
propice, et qu'il fallait profiter, à l'expiration des trèves, du
grand trouble qu'amenait en France la maladie du roi pour
réclamer l'exécution du traité de Bretigny. Mais la volonté
de Richard et du duc de Lancastre l'emporta, et les parle-
mens assemblés à Westminster, et composés des prélats,
des nobles et des bourgeois, décidèrent que les trèves par
mer et par terre signées avec la France, et qui devaient expirer le 16 août 1592, seraient prolongées d'un an.

Pendant ce temps, les ducs de Berry et de Bourgogne menaient à leur gré le royaume de France. Ils n'avaient point
oublié leur haine contre Clisson, et son exil de Paris ne leur
parut point une peine suffisante : leur vengeance demanda
davantage et l'obtint. Comme le connétable avait quitté Mont-
lhéry trop près de Paris pour qu'il s'y crût en sûreté, et qu'il
avait gagné un fort qu'il possédait en Bretagne, nommé
Châtel-Gosselin, ils désespérèrent de le prendre. Mais ils
voulurent du moins lui ôter ses dignités et sa charge : en
conséquence, il fut ajourné à comparaître devant le parlement de Paris, pour répondre aux griefs dont on l'accusait,
sous peine de se voir dégrader de ses titres et de perdre son
office de connétable. Le procès fut au reste fait avec ordre :
tous les délais qu'obtiennent les coupables en pareil cas furent accordés ; enfin, quand la dernière quinzaine d'ajourne-
ment fut accomplie, on l'appela trois fois à la chambre du
parlement, trois fois à la porte du palais, et trois fois au bas
des degrés de la cour ; et comme il ne répondit point, ni
personne pour lui, il fut banni du royaume comme faux et
mauvais traître contre la couronne de France, condamné à
100,000 marcs d'argent d'amende, en restitution des extor-
sions qu'on l'accusait d'avoir commises pendant l'exercice
de sa charge, et enfin dépouillé à perpétuité de son office de
la connétablie. Le duc d'Orléans fut invité à assister à cette
sentence ; mais ne pouvant l'empêcher, il ne voulut pas du
moins la sanctionner par sa présence, et refusa de paraître
à la chambre ; mais les ducs de Berry et de Bourgogne ne
manquèrent pas de s'y rendre, et la condamnation fut rendue en leur présence et en celle d'un grand nombre de barons et chevaliers. Ce jugement fit grand bruit par tout le
royaume , et fut fort diversement accueilli ; mais chacun
s'accordait à dire qu'on avait bien fait de profiter de la
maladie du roi pour le faire rendre, vu que pendant sa
bonne santé on n'en eût jamais obtenu de lui la ratification.

Cependant le roi était en voie de guérison. Chaque jour on
apprenait des nouvelles merveilleuses sur l'amélioration de
sa santé. Une des choses qui avaient le plus contribué à le
distraire de sa mélancolie, c'était une invention nouvelle
d'un peintre nommé Jacquemin Gringonneur, et qui demeurait dans la rue de la Verrerie. Odette s'était souvenue de
cet homme qu'elle avait connu chez son père ; elle lui avait
écrit de venir et d'apporter les images bizarrement coloriées
qu'elle lui avait vu exécuter. Jacquemin vint avec un jeu de
cartes.

Le roi prit grand plaisir à ces peintures, qu'il regarda d'a-
bord avec la naïve curiosité d'un enfant ; mais il s'en amusa
bien davantage au fur et à mesure que sa raison lui revint,
lorsqu'il apprit que chacune de ces figures avait une signi-
fication, et pouvait remplir un rôle dans un jeu allégorique,
image de la guerre et du gouvernement. Jacquemin lui apprit
que l'as devait avoir la primauté sur toutes les autres cartes
et même sur les rois, parce que son nom était tiré d'un mot
latin qui signifie argent ; or, chacun sait que l'argent est le
nerf de la guerre. Voilà pourquoi lorsqu'un roi n'a pas d'as
il est si faible qu'il peut être battu par un valet qui en a.
il lui dit que le trèfle, cette herbe de nos prairies, avait pour

but de rappeler à celui qui le coupait, qu'un général ne doit
jamais asseoir son camp dans un lieu où le fourrage peut
manquer à son armée. Quant aux piques, il n'était pas difficile de deviner qu'ils désignaient les hallebardes que portaient à cette époque les fantassins ; et les carreaux, les fers
dont on armait le bout de ces traits qu'on appelait viretons
et qu'on lançait avec une arbalète. De leur côté les cœurs
étaient évidemment l'emblème du courage des capitaines et
des soldats. D'ailleurs les quatre noms donnés aux quatre
rois, David, Alexandre, César et Charlemagne, prouvaient
que, quelque nombreuses et braves que soient des troupes,
il faut encore, si l'on veut être sûr de la victoire, mettre à
leur tête des chefs prudens, courageux et expérimentés.
Mais comme de braves généraux il faut de braves aides-
de-camp , on leur avait choisi pour varlets, parmi les anciens, Lancelot et Ogier, qui étaient des pairs de Charlemagne, et parmi les modernes, Renaud * et Hector **. Comme
ce titre de varlet n'avait rien que d'honorable, et que les
plus grands seigneurs le portaient jusqu'à ce qu'ils eussent
été faits chevaliers, les susdits varlets représentaient les nobles et avaient sous leurs ordres les dix, les neufs, les huit
et les sept, qui n'étaient rien autre chose que les soldats et
les hommes des communes.

Quant aux dames, Jacquemin ne leur avait point encore
donné d'autres noms que ceux des maris, indiquant par
là que la femme n'est rien par elle-même, n'a de force et
de splendeur que celle qu'elle reçoit de son seigneur et maître ***.

Cette distraction amena chez le roi la tranquillité d'esprit,
et la tranquillité d'esprit le retour des forces : bientôt il commença à boire et à manger avec plaisir ; ces cauchemars affreux, enfans de la fièvre, disparurent petit à petit avec lui :
il ne craignit plus de se reposer dans son lit ; et pourvu
qu'Odette veillât près de lui, il dormait assez tranquille.
Un jour maître Guillaume le trouva assez fort pour pouvoir
monter une mule. Le lendemain on lui amena son cheval
favori, lequel il fit une assez longue promenade ; enfin,
on organisa une chasse aux alouettes, et Charles et Odette,
l'épervier au poing, se montrèrent dans les campagnes environnantes où ils furent accueillis, l'un avec des cris de joie,
l'autre avec des cris de reconnaissance.

Il n'était bruit du reste, à la cour de France, que du retour du roi à la santé et de la manière miraculeuse dont cette
cure s'était faite. Beaucoup de dames jalousaient la belle in-
connue, dont la conduite, selon elles, n'était que du calcul :
toutes, à les croire, auraient eu le même dévoûment, et cependant aux jours malheureux nulle ne s'était offerte : on
craignait l'influence que cette jeune fille, pour peu qu'elle fût
ambitieuse, pouvait prendre sur le roi revenu en santé. La
reine même s'inquiéta de son propre ouvrage, fit demander
la supérieure du couvent de la Trinité, envoya de riches cadeaux à sa communauté, et lui enjoignit de reprendre sa
nièce. Odette reçut en conséquence l'ordre de retourner au
couvent.

Au jour fixé pour son départ, Odette s'avança les yeux
pleins de larmes vers le roi et mit un genou à terre : Charles la regarda avec crainte, et croyant qu'on lui avait fait
quelque peine ou quelque inquiétude, il lui tendit la main
en lui demandant pourquoi elle pleurait.

— Cher sire, dit Odette, je pleure parce qu'il me faut vous
quitter.

_____

* Renaud, châtelain de Coucy.

** Hector de Galard.

*** Ce ne fut que sous le règne suivant qu'elles furent bapti-
sées ; Argine, dame de trèfle, dont le nom est l'anagramme de
regina, désigna la reine Marie d'Anjou, femme de Charles VII ; la
belle Rachel, dame de carreau, n'était autre qu'Agnès Sorel ; la
pucelle d'Orléans se fit reconnaître sous le nom de la chaste et
guerrière Pallas ; enfin, Isabel de Bavière, se trahissant par son
titre de dame de cœur, ressuscita sous le nom de l'impératrice
Judith, femme de Louis-le-Débonnaire, qu'il ne faut pas confon-
dre, sous peine de commettre une grave erreur, avec la prude
Juive qui coupa la tête d'Holopherne.

— Me quitter! toi, Odette, dit le roi étonné, et pourquoi cela, mon enfant?

— Parce que vous n'avez plus besoin de moi, sire.

— Et tu crains, dit le roi, de rester un jour de trop près d'un pauvre insensé? Oui, c'est vrai, j'ai déjà pris assez de jours à la belle et joyeuse vie, pour les assombrir avec l'ombre des miens; j'ai dérobé assez de fleurs à ta fraîche couronne, pour les faner avec mes mains brûlantes; tu es lassée de la réclusion où tu vis, et le plaisir t'appelle; va! Et il s'assit en laissant tomber son front dans sa main.

— Sire, c'est la supérieure de la Trinité qui vient me chercher, et c'est le couvent qui me réclame.

— N'est-ce donc pas toi qui veux me quitter, Odette? dit le roi en relevant vivement la tête.

— Ma vie est à vous, sire, et j'eusse été heureuse de vous la consacrer jusqu'à mon dernier jour.

— Eh! qui t'éloigne donc de moi, alors?

— La reine, je crois, d'abord, et puis vos oncles de Bourgogne et de Berry.

— La reine, mes oncles de Bourgogne et de Berry? Eux qui m'ont abandonné aux jours de ma faiblesse, ils vont revenir autour de moi, aux jours de ma force. Odette, Odette, ce n'est pas toi qui veux me quitter, n'est-ce pas?

— Je n'ai d'autre volonté que celle de mon seigneur et maître. Ce qu'il ordonnera, je le ferai.

— Eh bien! j'ordonne que tu restes, dit Charles joyeux. Ce château n'est donc point une prison pour toi, chère enfant; les soins que tu me donnes ne sont donc pas seulement ceux de la pitié. Oh! si cela était, Odette, oh! que je serais heureux! regarde-moi encore, encore. Oh! ne te cache point ainsi.

— Sire, sire, vous me faites mourir de honte.

— Odette, sais-tu, dit le roi lui prenant les deux mains et l'attirant à lui, sais-tu que j'ai pris l'habitude de te voir, le soir quand je m'endors, la nuit quand je rêve, le matin quand j'ouvre les yeux? Sais-tu que tu es l'ange gardien de ma raison; que c'est toi dont la baguette magique a chassé les démons qui hurlaient autour de moi? Mes jours, tu les as faits purs; mes nuits, tu les as faites tranquilles. Odette! Odette! sais-tu que la reconnaissance est un faible sentiment pour de pareils bienfaits? Odette! sais-tu que je t'aime?

Odette jeta un cri, dégagea ses mains de celles du roi, et demeura devant lui toute tremblante.

— Monseigneur! monseigneur! s'écria-t-elle, que me dites-vous là?

— Je te dis, continua Charles, que tu es maintenant nécessaire à ma vie. Ce n'est point moi qui suis allé te chercher, n'est-ce pas?.. J'ignorais que tu existasses; c'est toi, âme d'ange, qui as deviné que l'on souffrait ici et qui es venue. Je te dois tout, puisque je te dois ma raison, et que ma raison c'est mon pouvoir, ma force, ma royauté, mon empire. Eh bien! va-t'en, et tu me laisseras aussi pauvre et aussi nu que tu m'as trouvé, car ma raison s'en ira avec toi. Oh! je le sens, rien qu'à l'idée de te perdre, elle flotte déjà dans un nuage — Il porta ses mains à son front. — O mon Dieu! mon Dieu! continua-t-il avec effroi, vais-je redevenir fou? Mon Dieu, Seigneur, ayez pitié de moi.

Odette jeta un cri et se précipita vers le roi.

— Oh! sire, sire, s'écria-t-elle, ne parlez pas de cette manière.

Charles la regarda avec des yeux égarés.

— Oh! sire, ne me regardez pas ainsi. Mon Dieu, mon Dieu, c'est votre regard insensé qui m'a fait tant de mal.

— J'ai bien froid, dit Charles.

Odette se jeta dans les bras du roi, le pressant contre sa poitrine pour le réchauffer et l'enveloppant de ses bras avec tout l'abandon de l'innocence.

— Eloigne-toi, Odette, éloigne-toi, dit le roi.

— Non, non, reprit Odette sans l'entendre; non, vous ne redeviendrez pas fou; non, Dieu prendra mon sang, Dieu prendra mes jours et vous laissera votre raison; je resterai près de vous, je ne vous quitterai pas une minute, pas une seconde, je serai là toujours, toujours là.

— Dans mes bras ainsi? dit le roi.

— Oui, ainsi.

— Et tu m'aimeras? reprit Charles la forçant de s'asseoir sur ses genoux.

— Moi, moi! dit Odette fermant les yeux et renversant sa tête pâle et échevelée sur l'épaule du roi; oh! je ne le dois pas, je ne le puis pas.

Les lèvres brûlantes de Charles lui fermèrent la bouche!

— Grâce, grâce, sire, je me meurs, murmura Odette, et elle s'évanouit.

Odette resta.

X.

Quelques jours après la scène que nous venons de raconter, et tandis qu'Odette était couchée aux pieds de Charles, le regardant la tête renversée sur ses genoux, maître Guillaume entra vivement annonçant la reine.

— Ah! dit Charles, elle ne craint plus de se trouver avec le pauvre fou : on lui a dit que sa raison était revenue, et alors elle se hasarde à s'approcher de l'antre du lion. Faites entrer madame Isabel dans l'appartement à côté.

Maître Guillaume sortit.

— Qu'as-tu? dit le roi à Odette.

— Rien, répondit l'enfant en essuyant une grosse larme.

— Folle! dit le roi. Et il l'embrassa au front; et lui prenant la tête entre ses deux mains, il se leva, lui reposa la tête sur le fauteuil, l'embrassa encore et sortit. Odette resta dans la position où le roi l'avait mise. Un instant après, il lui sembla voir une ombre se projeter jusqu'à elle : elle se retourna :

— Monseigneur le duc d'Orléans! s'écria-t-elle cachant ses yeux entre ses mains.

— Odette!... dit le duc. Et il la regarda avec l'immobilité de la stupéfaction.

— Ah! dit-il d'une voix amère après un instant de silence, ah! c'est vous, madame, qui faites de tels miracles. Je savais que vous étiez une puissante enchanteresse, je savais que vous pouviez ôter la raison; mais j'ignorais que vous pussiez la rendre.

Odette poussa un soupir.

— Maintenant, continua le duc, je comprends cette vertu sévère et armée : quelque Bohémienne vous avait prédit que vous seriez reine de France, et l'amour du premier prince du sang ne vous suffisait pas.

— Monseigneur, dit Odette en se levant et en montrant au duc son visage calme et digne, lorsque je suis venue près du roi notre sire, j'y suis venue comme une victime qui se dévoue, et non comme une courtisane qui cherche fortune : peut-être que si j'eusse alors trouvé près du roi quelque prince du sang, sa présence m'eût soutenue, mais je ne vis ici qu'un malheureux n'ayant d'autre couronne au front que la couronne d'épines, un être abandonné de Dieu, privé de la raison et de l'instinct, n'ayant plus même ce que la nature a donné au dernier des animaux, le sentiment de sa conservation; eh bien! cet homme, ce malheureux, la veille, c'était un roi jeune, beau, puissant; dans l'espace d'une nuit, il avait vécu trente années; entre deux soleils, son front s'était ridé comme celui d'un vieillard : de toute sa puissance, il ne lui restait plus même la volonté d'être puissant, car son esprit avait laissé échapper sa mémoire et sa raison. Alors, en voyant cette jeunesse vieillie, cette beauté séchée, cette puissance évanouie, je me suis laissé prendre d'une grande compassion pour un si grand malheur. La royauté sans trône, sans sceptre, sans couronne. l'antique, la sainte royauté, se traînant sur ses genoux, criait miséricorde, et nul ne lui répondait; elle tendait les bras, et nul ne lui donnait la main; elle versait des larmes, et nul ne lui essuyait le visage. Oh! j'ai senti alors que j'étais élue, et que Dieu m'avait réservée pour une grande et sublime mission; qu'il y avait des positions si étrangement en dehors des calculs ordinaires de la vie, que les conventions habituelles de la société s'effaçaient devant elles ; que le mot de vertu était dans ce cas un poignard avec lequel on achevait de tuer un moribond, et qu'il valait mieux perdre son âme et sauver une vie, quand cette âme n'est que celle d'une pauvre jeune fille, et que cette vie est celle d'un grand roi.

Le duc d'Orléans la regardait avec étonnement : il écoutait cette éloquence du cœur qui lui était venue tout-à-coup, comme ces fleurs qui s'ouvrent en une nuit.

— Vous êtes une étrange jeune fille, Odette, lui dit le duc, et vous seriez un ange du ciel, si ce que vous me dites là était vrai ; mais je veux le croire : pardon de vous avoir offensée alors, mais c'est que je vous aimais tant !

— Et moi donc, monseigneur ; oh ! si vous aviez été malheureux !...

— Oh ! Charles, Charles ! s'écria le duc d'Orléans en se frappant le front.

En ce moment, le roi rentra. Les deux frères se jetèrent dans les bras l'un de l'autre : maître Guillaume venait derrière le roi.

— Monseigneur le duc d'Orléans, dit-il, Dieu merci, voilà le roi en bon état ; je vous le rends et livre ; mais dorénavant qu'on se garde de le fâcher ou de le surcharger, car il n'est point encore bien ferme dans ses esprits, et surtout, regardant Odette, ne le séparez pas de son bon génie ; tant qu'il l'aura près de lui, je réponds de tout.

— Maître Guillaume, répondit le duc, vous n'estimez point assez votre science, et elle est assez nécessaire au roi pour que vous non plus ne le quittiez pas.

— Oh ! monseigneur, dit maître Guillaume en mouvant la tête, je suis maintenant un pauvre vieillard faible et impotent qui ne peux supporter l'ordonnance de la cour ; laissez-moi m'en retourner dans ma ville de Laon. J'ai accompli ma destinée, et maintenant je puis mourir.

— Maître Guillaume, dit le duc, votre récompense regarde messeigneurs de Berry et de Bourgogne, et j'espère qu'ils vous la feront riche et belle. En tous cas, et si vous n'étiez pas content d'eux, venez trouver Louis d'Orléans, et vous verrez qu'il n'a point usurpé la réputation de magnifique.

— Dieu a déjà fait pour moi plus que les hommes ne pourraient faire, dit maître Guillaume en s'inclinant, et le peu qu'ils feront après lui, sera toujours trop relativement à mes mérites.

Maître Guillaume s'inclina et sortit : le lendemain, quelque instance qu'on pût lui faire, il quitta le château de Creil et s'en retourna dans sa maison, près de la ville de Laon, et jamais plus ne revint à Paris, quoiqu'on lui eût donné mille couronnes d'or, et mis à sa disposition pour le voyage quatre chevaux des équipages de la cour.

Le roi, de son côté, rentra en l'hôtel Saint-Paul, près duquel il donna un petit séjour à Odette, et tout revint à peu près au même état qu'avant la maladie.

Le roi avait surtout hâté son retour aux affaires du gouvernement pour donner son appui à une grande et sainte entreprise qu'il avait toujours rêvée : c'était une croisade contre les Turcs.

Des ambassadeurs de Sigismond étaient arrivés à Paris pendant que le roi était à Creil, et là ils avaient raconté les projets de Bajazet qui venait de succéder à son père, tué dans une grande bataille qu'il avait livrée à Sigismond ; lui-même avait annoncé ses projets, qui n'étaient autres que d'envahir la Hongrie, de traverser les royaumes de la chrétienté en les rangeant sous sa domination, et en laissant ensuite à chacun la liberté de suivre sa loi ; puis d'arriver ainsi à Rome à grande puissance, et de faire manger l'avoine à son cheval de bataille sur le maître-autel de Saint-Pierre. C'étaient là d'abominables blasphèmes qui devaient soulever contre ce mécréant tout ce qui portait un cœur chrétien. Aussi le roi Charles avait-il juré que la France, cette fille aînée du Christ, ne souffrirait pas une pareille profanation, dût-il marcher en personne contre les infidèles, ainsi que l'avaient fait les rois Philippe-Auguste, Louis IX et Louis VII, ses prédécesseurs. Le comte d'Eu, qui avait repris l'épée de connétable des mains de Clisson, et le maréchal Boucicaut, qui avait voyagé dans les pays infidèles, ap-

puyaient fortement la résolution du roi, et disaient qu'il était du devoir de tout chevalier faisant le signe de la croix de se réunir contre l'ennemi commun.

Mais celui qui avait pris le plus à cœur cette grande entreprise était le duc Philippe de Bourgogne ; il y était poussé par son fils, le comte de Nevers, qui espérait être nommé chef de cette armée d'élite et faire avec elle de grandes et belles armes. Le duc de Berry, de son côté, n'y mettait nulle opposition : elle fut donc promptement résolue dans le conseil. Alors on congédia les ambassadeurs avec la parole du roi ; on envoya des messagers à l'empereur d'Allemagne et au duc d'Autriche pour obtenir passage dans leurs Etats, et l'on écrivit au grand-maître de l'ordre teutonique et aux chevaliers de Rhodes, pour leur annoncer que Jean de Bourgogne allait marcher à leur secours, accompagné de mille chevaliers et écuyers choisis parmi les plus vaillans hommes du royaume, afin de résister aux menaces et paroles du roi Bajazet, dit l'Amorath-Baquin.

Le duc de Bourgogne s'occupa donc activement de monter lui-même la maison militaire de son fils aîné, car il voulait qu'elle fût digne d'un prince de la fleur de lis. La première chose à laquelle il songea fut de mettre près de lui un chevalier d'une grande expérience et d'un grand courage. Il écrivit donc au seigneur de Coucy, qui arrivait à point de Milan, afin qu'il vînt lui parler en l'hôtel d'Artois qu'ils habitaient. Sire Enguerrand se rendit en toute hâte à leur invitation, et à peine le duc et la duchesse l'eurent-ils aperçu, qu'ils allèrent au devant de lui en lui disant :

— Sire de Coucy, vous n'êtes pas sans avoir entendu parler de la croisade qui se prépare et dont notre fils doit être le chef ; vous savez que ce fils sera le soleil de la maison de Bourgogne, eh bien ! nous le confions entièrement à vous et à votre grand courage ; car nous savons que de tous les chevaliers de France, vous êtes le plus habile au métier des armes. Nous vous supplions donc d'être son compagnon et son conseiller pendant le rude voyage qu'il va entreprendre, et que nous prions Dieu de faire tourner à notre honneur et à celui de la chrétienté.

— Monseigneur, et vous, madame, répondit le sire de Coucy, une pareille requête est pour moi un ordre, et s'il plaît à Dieu, je ferai ce voyage pour deux raisons, la première par dévotion et pour défendre la foi et Jésus-Christ, la seconde pour tâcher de me rendre digne de l'honneur que vous me faites. Cependant, cher sire et chère dame, vous me devriez dispenser de cette responsabilité et en charger un plus digne, par exemple, messire Philippe d'Artois, comte d'Eu et connétable de France, ou bien encore son cousin, le comte de la Marche ; tous deux doivent être de cette expédition, je crois, et tous deux lui sont plus proches de sang et d'armes.

— Sire de Coucy, interrompit le duc, vous avez plus vu et plus fait que ceux que vous nous citez là. Vous connaissez le pays qu'il vous faut traverser, et eux ne l'ont jamais parcouru ; ils sont de braves et loyaux chevaliers, mais vous êtes maître en loyauté et en chevalerie, et nous vous renouvelons notre prière.

— Monseigneur, répondit le sire de Coucy, j'obéirai à votre commandement, et je m'en tirerai à mon honneur, je l'espère, avec l'aide des messires Guy de la Trémouille, de messire Guillaume son frère, et de l'amiral de France, messire Jean de Vienne.

Cette chose décidée, le duc s'occupa de se procurer de l'argent pour faire à son fils un état digne de lui. Il leva donc une taille, à l'occasion de la chevalerie de son fils, sur tout le plat pays, sur les seigneurs des châteaux et sur les bourgeois des villes fermées, et cette taille monta à 120,000 couronnes d'or ; mais comme elle était encore loin d'être suffisante pour entretenir le train avec lequel on voulait qu'il parût, il fit ordonner à tous les seigneurs et dames qui tenaient des fiefs du roi, d'avoir à se préparer à partir, les ayant désignés comme devant faire partie de la maison de son fils, libres cependant qu'ils étaient de se dispenser de ce voyage en payant une taxe raisonnable, et cette taxe était pour les uns de deux mille, pour les autres de mille, enfin.

pour les autres de cinq cents couronnes, selon le revenu de la terre.

Les vieilles dames et les anciens chevaliers qui, comme le dit Froissard, craignaient le travail de corps, payèrent à la volonté du duc; quant aux jeunes gens, on leur répondait que ce n'était pas de leur argent, mais de leur personne que l'on faisait cas; ainsi qu'ils eussent à s'apprêter à partir à leur frais et à faire compagnie en ce saint voyage à leur seigneur Jean; et de cette seconde taxe le duc trouva encore 60,000 couronnes.

Tout se prépara donc aussi rapidement que possible, si bien que vers le 15 du mois de mai chacun se trouvant en ordonnance de guerre, le comte Jean donna le signal du départ en se mettant lui-même en marche; il était suivi de plus de mille chevaliers et écuyers, tous gens de vaillance et de rang, parmi lesquels on comptait des seigneurs tels que le comte d'Eu, connétable de France; messires Henri et Philippe de Bar, le sire de Coucy, messire Guy de la Trémouille, messire Boucicaut, maréchal de France; messire Regnault de Roye, le seigneur de Saint-Py et messire Jean de Vienne. Le vingtième jour du mois de mai toute cette armée entra en Lorraine, puis traversant le comté de Bar et de Bourgogne, elle passa en Alsace, traversa le pays d'Aunay et le fleuve du Rhin, fit halte un instant en Wurtemberg et atteignit l'Autriche, où ceux qui la composaient furent reçus à grand honneur et à grande chère par son duc qui les attendait; là chacun se sépara, tirant de son côté pour plus de facilité dans la marche, après s'être donné rendez-vous en la ville de Bude, en Hongrie.

Sur ces entrefaites, de grandes et importantes affaires se nouaient à Paris; des ambassadeurs d'Angleterre y étaient arrivés demandant en mariage, pour le roi Richard, madame Isabel de France, qui n'était encore qu'un enfant. Cette union, excepté sous le rapport de l'âge, était convenable en tous points; l'Angleterre étant un royaume, et Richard un roi qui pouvaient s'allier parfaitement avec le royaume et le roi de France. De plus, cette union mettait à tout jamais fin à cette guerre d'extermination qui depuis quatre règnes désolait deux peuples nés sur la même terre, branches d'une même tige qui, faibles par leur isolement, en s'appuyant l'une contre l'autre, résistent à toutes les tempêtes. Le mariage fut donc arrêté sans opposition, et madame Isabel fiancée à Richard d'Angleterre, qui devait l'année suivante la venir recevoir à Calais * des mains de Charles de France.

Cependant les ordonnances que maître Guillaume avait laissées relativement au soin de la santé du roi étaient ponctuellement suivies, surtout en ce qu'il avait recommandé au sujet des distractions qu'il lui fallait prendre. Tous les jours c'étaient des promenades à cheval, des dîners soit au Louvre, soit au palais, et tous les soirs des danses à l'hôtel Saint-Paul; chacun pour faire sa cour au roi et à ses parens, se mettait à la torture pour inventer quelques imaginations nouvelles, et les plus folles étaient toujours les mieux reçues. Quant à Odette, elle se mêlait peu de toutes ces fêtes dont son caractère simple et triste l'eût éloignée; quand même une cause plus sacrée ne les lui eût point interdites. Elle allait devenir mère!

Le roi, de son côté, l'aimait avec cet amour profond et reconnaissant des âmes élevées: pas un jour ne se passait qu'il ne trouvât une heure à donner à sa douce garde-malade, et lorsque le soir il récapitulait les fêtes de la journée, et le matin les plaisirs de la nuit, c'était toujours l'heure passée près d'elle qui lui apparaissait lumineuse entre les heures de sa vie.

Or, il advint que vers l'époque où nous sommes arrivés, un jeune chevalier de Vermandois, qui était de la suite du roi, se maria à une demoiselle allemande qui était de la maison de la reine. Les augustes patrons des jeunes époux décidèrent en conséquence que les noces se feraient en l'hôtel Saint-Paul, et chacun se mit en quête d'inventions nouvelles,

* Le mariage fut effectivement célébré en l'église de Saint-Nicolas de Calais, le 4 novembre 1396.

afin que cette fête fût la plus joyeuse et la plus agréable que l'on eût donnée depuis longtemps. Comme le bal était masqué, le roi tenta de décider Odette à y assister, mais elle refusa constamment, alléguant le danger de sa position et la faiblesse de sa santé.

Le soir des noces arriva: chacun avait fait silencieusement ses préparatifs afin de produire plus d'effet par la surprise qu'il comptait produire. Le bal s'ouvrit par les quadrilles de masques ordinaires; mais sur les onze heures, les cris de: Place! place! se firent entendre, et un valet de pique et un valet de carreau, la hallebarde à la main et vêtus des costumes caractéristiques de leur emploi, se placèrent aux deux côtés de la porte, qui donna presque aussitôt passage à un jeu de piquet complet: les rois arrivèrent par rang d'ancienneté; David marchait le premier, après lui venait Alexandre; après Alexandre, César; puis enfin, après César, Charlemagne. Chacun donnait la main à la dame de sa couleur, dont la queue de la robe était portée par un esclave. Le premier de ces esclaves représentait la paume; le second, le billard; le troisième, les échecs; le quatrième, les dés. A leur suite marchaient, comme faisant partie de leur maison, dix as, costumés en capitaines des gardes, et commandant chacun neuf cartes. Enfin, le cortège se termina par les valets de trèfle et de cœur, qui fermèrent la porte, pour indiquer qu'il n'y avait plus personne à entrer. Alors la musique du bal donna le signal de la danse; aussitôt les rois, les dames et les valets formèrent des tierces et des quatorze, au grand amusement de la société; puis enfin les rouges s'étant rangés d'un côté, et les noirs de l'autre, le ballet fut terminé par une contredanse générale où toutes les couleurs se trouvèrent mêlées sans distinction d'âge, de rang, ni de sexe.

On riait encore de cette imagination, qui avait été trouvée extrêmement plaisante, lorsqu'une voix, partie d'une salle à côté, demanda en français barbare l'ouverture de la porte. Comme on présuma que cette demande était faite pour l'introduction d'une nouvelle mascarade, on s'empressa d'y faire droit. En effet, celui qui réclamait l'entrée du bal était un chef sauvage conduisant avec une corde cinq de ses sujets liés les uns aux autres et cousus dans des cottes de toile, sur laquelle on avait, à l'aide de poix-résine, collé du lin fort délié, auquel on avait donné, par la teinture, la couleur des cheveux: ces six hommes paraissaient donc nus et couverts de poils comme des satyres. Les dames poussèrent de grands cris et se reculèrent en les apercevant, si bien qu'il se forma au milieu de la salle un cercle vide, au milieu duquel les nouveaux venus entrèrent et exécutèrent les danses les plus grotesques. Au bout d'un instant, la frayeur avait disparu, et toutes les dames s'étaient rapprochées, à l'exception de madame la duchesse de Berry, qui persistait à rester dans un coin. Ce que voyant le chef des sauvages, il alla à elle, croyant lui faire peur. Au même instant de grands cris retentirent dans la salle: M. le duc d'Orléans venait imprudemment d'approcher une torche de l'un des masques; au même instant, les cinq sauvages, qui étaient liés l'un à l'autre, se trouvèrent en feu. L'un d'eux s'élança aussitôt hors de l'appartement, tandis qu'un autre, oubliant son propre danger et sa propre douleur, fit entendre ces mots terribles:

— Sauvez le roi! au nom du ciel, sauvez le roi!

Alors madame la duchesse de Berry, se doutant que celui qui venait à elle n'était autre que Charles, lui jeta ses deux bras autour du corps; car il voulait retourner vers ses compagnons, quoiqu'il ne pût leur porter aucun secours, et qu'il courût le danger d'être brûlé avec eux, et se cramponnant à lui, elle le retint en appelant à son aide; et l'on entendait toujours les mêmes cris de douleur et la même voix disant avec angoisse:

— Sauvez le roi! sauvez le roi!

C'était un spectacle horrible que celui de ces quatre hommes tout en feu, et dont personne n'osait approcher; car la poix, comme une sueur ardente, ruisselait de leur corps sur le plancher, et les lambeaux qu'ils arrachaient de ces vêtemens maudits déchiraient avec eux leurs chairs vivantes, comme la tunique de Nessus; si bien qu'en cette salle de Saint-Paul, sur l'heure de minuit, dit Froissard, c'était hideux et pitié que d'ouïr et que de voir ; car des quatre qui brûlaient il y en avait déjà deux de morts et éteints sur la place : l'un était le jeune comte de Joigny, et l'autre le sire Emery de Poitiers : quant aux deux autres, on les emportait à demi-brûlés en leur hôtel ; c'étaient messire Henri de Guisay et le bâtard de Foix, lequel disait encore d'une voix mourante, sans songer à son propre martyre :

— Sauvez le roi ! sauvez le roi !

Le cinquième, qui avait quitté la salle tout enflammé, était le sire de Nantouillet : il s'était rappelé qu'il avait passé en venant près de la bouteillerie, et qu'il y avait vu de grandes cuves pleines d'eau où l'on rinçait les verres et les hanaps : il se dirigea donc de ce côté et se jeta dans l'une d'elles ; cette présence d'esprit le sauva.

Quant au roi, il avait dit qui il était à sa tante de Berry, et celle-ci, lui montrant madame Isabel évanouie aux bras de ses femmes, avait obtenu de lui qu'il courût à ses appartemens pour changer d'habits : la terreur que l'on avait eue relativement à lui fut donc bientôt calmée, car il rentra au bout de quelques minutes dans la salle, démasqué et vêtu de ses habits ordinaires. Madame Isabel ne reprit ses sens qu'à sa voix, encore douta-t-elle longtemps que ce fût bien lui et qu'il ne lui fût rien arrivé.

Quant au duc d'Orléans, il était au désespoir ; mais sa douleur ne remédiait à rien qu'à montrer que cet accident était arrivé par son trop d'imprudence et de jeunesse : il criait à qui voulait l'entendre que tout devait peser sur lui, punition et repentir, et que maintenant qu'il le voyait le malheur qui était advenu par sa folie, il donnerait sa vie pour racheter celle des malheureux qu'il avait tués. Le roi lui pardonna ; car il était évident qu'il n'y avait eu aucune mauvaise intention de sa part.

La nouvelle de cet accident se répandit promptement dans Paris : seulement on ignorait que le roi eût été sauvé, de sorte que le lendemain matin il y avait dans toutes les rues une grande affluence de peuple, murmurant hautement contre ces jeunes insensés qui entretenaient le roi dans de pareilles oisivetés : on parlait de venger sa mort sur ceux qui l'avaient causée ; et déjà de vagues soupçons circulaient sur le duc d'Orléans, auquel, à la mort du roi, devait échoir le royaume de France. Les ducs de Berry et de Bourgogne, qui venaient, le premier de l'hôtel de Nesle, et le second de l'hôtel d'Artois, se rencontrèrent le matin à l'hôtel Saint-Paul. Ils avaient traversé ces flots de peuple ; ils avaient entendu les rugissemens sourds du lion ; ils connaissaient et craignaient sa colère : ils se rendirent donc près du roi, et lui conseillèrent de monter à cheval et de se promener par les rues de Paris ; et lorsque le roi y eut consenti, le duc de Bourgogne fit ouvrir la fenêtre, s'avança sur le balcon et cria à haute voix :

— Le roi n'est pas mort, braves gens, et vous allez le voir.

Un instant après le roi sortit effectivement, accompagné de ses oncles, et après avoir chevauché partout Paris, pour apaiser ce peuple, il revint à la grande église de Notre-Dame, où il entendit la messe et fit ses offrandes. Il retournait vers l'hôtel Saint-Paul, après avoir accompli ce devoir, lorsqu'en passant par la rue des Jardins, il entendit un cri si profondément sorti du cœur, qu'il tressaillit et leva la tête. Celle qui venait de le pousser était une jeune fille à demi renversée sur le bras de sa nourrice. A peine le roi l'eut-il aperçue qu'il sauta à bas de son cheval, fit les cocles de revenir sans lui à son hôtel, courut vers la maison où était cette femme, monta rapidement l'escalier et s'élança dans une chambre, s'écriant tout épouvanté :

— Qu'as-tu donc, chère enfant, pour être ainsi pâle et tremblante ?

— J'ai, répondit Odette, que je vous ai cru mort et que je me meurs.

XI.

Odette avait effectivement cru mourir en prononçant ces mots, car elle était évanouie : Charles la prit dans ses bras et la porta sur le lit qu'elle venait de quitter ; Jehanne lui laissa tomber quelques gouttes d'eau sur le visage, elle rouvrit les yeux :

— Ah ! s'écria-t-elle en jetant ses bras autour du cou de son amant, ah ! mon Charles, mon roi, mon seigneur, vous n'êtes donc pas mort !

Et toute la vie de cet être angélique était concentrée dans ses yeux.

— Mon enfant chérie, dit le roi, je vis encore pour t'aimer.

— Pour m'aimer !

— Oh ! oui.

— C'est bon d'être aimée, cela aide à mourir, dit tristement Odette.

— Mourir ! répéta le roi avec effroi, mourir ! voilà deux fois que tu redis ce mot ; mais tu es donc malade, tu es donc souffrante ? Pourquoi es-tu si pâle ?

— Vous le demandez, monseigneur ! reprit Odette. Ne savez-vous donc pas qu'une funeste nouvelle a couru par toute la ville, qu'elle est entrée ici comme partout, qu'il s'est élevé au milieu de la nuit un grand cri qui a été entendu d'un bout de Paris à l'autre : Le roi est mort ! Vous figurez-vous, monseigneur ! quand j'ai entendu ces paroles, elles m'ont été au cœur comme un poignard ; j'ai senti que quelque chose de nécessaire à la vie se brisait en moi ; alors j'ai été bien contente, car j'ai été sûre de ne pas vous survivre, et j'ai béni Dieu ; maintenant voilà que vous vivez et que c'est moi seule qui meurs ; Dieu soit béni encore, sa bonté est grande, sa miséricorde est infinie.

— Que dis-tu là, Odette ! mais tu es folle : mourir ! toi mourir ! et pourquoi cela ? et comment cela ?

— Pourquoi, je vous l'ai dit ; comment, je l'ignore ; je sais seulement que mon âme a été prête à me quitter ; et que lorsque j'ai appris que vous viviez, je n'ai demandé à Dieu qu'une chose, c'était de vous revoir ; car pour lui demander de vivre aussi, je sentais que c'était inutile ; je vous ai revu, je suis heureuse, je puis mourir ; ô mon Dieu, mon Dieu, pardonnez-moi si toutes mes pensées sont pour lui. Charles, que je souffre ! oh ! serre-moi dans tes bras, que je meure dans tes bras !... Et elle s'évanouit une seconde fois.

Le roi la crut morte ; il la pressait contre son cœur avec des cris et des sanglots ; tout-à-coup il tressaillit, car il avait senti un mouvement étrange, c'était l'enfant qui s'agitait dans le sein de sa mère.

— Oh ! s'écria Charles reprenant toute sa présence d'esprit, oh ! courez, Jehanne, courez chez mon propre médecin, amenez-le ici ; dites-lui, s'il le faut, que c'est moi qui'me meurs ; mais qu'il vienne à l'instant, à la minute, elle n'est pas morte, et l'on pourra peut-être la sauver.

Jehanne s'élança hors de l'appartement et courut aussi vite qu'il le permettait son âge à l'adresse que lui avait donnée le roi. Dix minutes après elle rentra, le médecin la suivait.

Odette était revenue à elle, mais si faible qu'elle ne pouvait parler. Charles, les yeux fixés sur les siens, immobiles, le front couvert de sueur, la regardait avidement : de temps en temps Odette poussait un léger cri.

— Oh ! venez, venez, maître ! s'écria Charles en apercevant le docteur ; venez et sauvez-la-moi : alors vous aurez sauvé plus que ma couronne, plus que mon royaume, plus que ma vie ; vous aurez sauvé celle qui m'a rendu à la raison quand j'étais fou ; celle qui, près de moi dévouée et patiente comme un ange, a veillé pendant de longs jours et d'éternelles nuits ; puis, lorsque vous l'aurez sauvée, demandez-moi ce que vous voudrez et vous l'aurez, pourvu que ce que vous désirez soit au pouvoir du plus puissant roi de la chrétienté.

Odette regarda le roi avec une indicible expression de reconnaissance. Le médecin s'approcha d'elle et lui toucha le pouls.

— Cette jeune femme va entrer dans les douleurs de l'enfantement, dit-il au roi, et cependant son fruit n'est point à terme; elle aura eu quelque frayeur violente, quelque secousse inattendue.

— Oui, c'est cela! dit le roi. Eh bien! maître, puisque vous connaissez si parfaitement la cause de son mal, vous pouvez la sauver, n'est-ce pas?

— Monseigneur, vous devriez rentrer à l'hôtel Saint-Paul, puis l'on vous irait quérir quand tout serait fini.

Odette fit un mouvement pour retenir le roi, puis presque aussitôt ouvrant ses bras et les laissant tomber sur son lit:

— Monseigneur, dit-elle d'une voix faible, le maître a raison: mais vous reviendrez, n'est-ce pas?

Le roi prit le médecin dans un coin, et le regardant fixement:

— Maître, lui dit-il, est-ce pour m'éloigner? est-ce pour que je ne la voie pas mourir? Alors rien ne me fera sortir, voyez-vous; ne me l'ôtez pas une minute, une seconde, si vous ne devez pas me la rendre vivante.

Le médecin alla à Odette, lui prit de nouveau la main, la regarda attentivement, puis retournant au roi:

— Vous pouvez sortir, monseigneur, lui dit-il, cette enfant peut vivre jusqu'à demain.

Le roi serra convulsivement les mains du docteur, et deux larmes coulèrent sur ses joues.

— Mais c'est donc vrai qu'elle est condamnée? murmura-t-il d'une voix creuse, mais elle va donc mourir? je vais donc la perdre? Oh! je ne la quitte pas alors! rien ne me fera sortir d'ici, rien au monde.

— Vous en sortirez cependant, sire, et une seule parole vous déterminera: l'émotion produite par votre présence peut rendre plus douloureuse et plus difficile la crise qui va se passer, et tout dépend de cette crise; s'il y a un espoir, il est là.

— Je pars! je pars alors! je la laisse! dit le roi.

Puis courant à Odette, il la pressait dans ses bras.

— Odette, lui dit-il, sois patiente et courageuse; je voudrais ne pas te quitter, mais on me dit qu'il le faut; garde-toi pour moi; je reviens, je reviens.

— Adieu, monseigneur, dit tristement Odette.

— Non, pas adieu, au revoir.

— Dieu le veuille! murmura l'enfant en fermant les yeux et en laissant retomber sa tête sur son oreiller.

Le roi rentra en l'hôtel Saint-Paul pleurant et désespéré; il se renferma dans son appartement, et passa deux heures qui lui parurent deux siècles, essayant vainement de se distraire, et constamment obsédé par une seule pensée: lui-même sentait des douleurs aiguës traverser sa tête; des flammes passaient devant ses yeux; il pressait son front brûlant entre ses mains comme pour y retenir la raison; car, revenue d'hier à peine, il la voyait s'envoler de nouveau. Enfin, au bout de quelque temps, il sentit qu'il n'y pouvait plus tenir, se précipita hors de son appartement, sortit en courant de l'hôtel Saint-Paul, reprit le chemin de la rue des Jardins, aperçut la maison, puis s'arrêta tout-à-coup; il tremblait de tout son corps. Au bout d'un instant il se remit à marcher, mais aussi lentement que s'il eût déjà suivi le convoi funèbre. Il arriva enfin, hésitant à passer le seuil, tout prêt qu'il était de retourner à l'hôtel Saint-Paul et d'attendre qu'on l'y vînt chercher comme on le lui avait promis. Enfin, il monta machinalement l'escalier, il arriva à la porte, et là, prêtant l'oreille, il entendit des cris.

Au bout de quelques minutes, les cris cessèrent. Jehanne tira rapidement la portière, le roi était agenouillé derrière.

— Eh bien! dit-il avec angoisse, Odette! Odette!

— Elle est délivrée, elle vous attend.

Le roi s'élança dans l'appartement, riant et pleurant à la fois; puis il s'arrêta tout-à-coup devant le lit où Odette était

couchée, ayant sa fille entre ses bras *, car elle était si pâle qu'elle semblait une madone de marbre.

Et cependant, malgré cette pâleur, il y avait sur les lèvres de la jeune mère un sourire doux et plein d'espérance, un sourire ineffable et inconnu, un sourire comme la mère en a pour son enfant, un de ces sourires composés d'amour, de prières et de foi.

Voyant l'hésitation de Charles, elle rassembla toutes ses forces, prit son enfant, et le présentant au roi:

— Monseigneur, voilà ce qui vous restera de moi, lui dit-elle.

— Oh! la mère et l'enfant vivront! dit Charles les rassemblant l'un et l'autre sur sa poitrine. Dieu laissera sur la même tige la rose et le bouton; que lui aurions-nous fait pour qu'il nous séparât?

— Monseigneur, dit le médecin, il serait bon que cette pauvre souffrante prît du repos.

— Oh! laissez-le-moi, dit Charles, mon repos sera plus doux et plus calme quand je le saurai là. N'oubliez pas que s'il me quitte, je puis ne pas le revoir, et que je n'ai vécu si longtemps que parce que la nature a fait un miracle en faveur de l'enfant que j'avais à mettre au jour.

A ces mots elle laissa tomber sa tête sur l'épaule de Charles. Jehanne prit la petite fille, le médecin sortit. Odette et le roi restèrent seuls.

— Maintenant, mon enfant, dit le roi, je vais veiller à mon tour près de ton chevet, comme tu veillas si longtemps près du mien. Dieu a fait un miracle en ta faveur: je suis moins digne que toi de sa bonté, mais j'espère dans son indulgence. Dors, je prierai.

Odette sourit tristement, serra d'une manière presque insensible la main du roi et ferma les yeux. Quelques minutes après, le souffle de sa bouche et le soulèvement de sa poitrine annoncèrent qu'elle dormait.

Charles, retenant son haleine, et sans mouvement, regardait ce visage si pâle, qu'on eût dit qu'il appartenait déjà à la tombe, si ses lèvres colorées d'un rouge vif et le battement précipité de ses artères n'eût indiqué qu'une vie toute fébrile courait encore dans ses veines. De temps en temps des mouvemens nerveux couraient par tout ce faible corps, et immédiatement après eux, des gouttes de sueur froide roulaient sur son front. Enfin, ces mouvemens devinrent plus fréquens, des soupirs étouffés sortirent de sa poitrine, de faibles et légers cris annoncèrent qu'elle se débattait sous le poids d'un rêve. Charles vit que son sommeil était devenu une souffrance, il la réveilla.

Odette ouvrit les yeux; ses regards déjà ternis restèrent un instant vagues et incertains, parcourant tous les objets qui l'entouraient; enfin, ils s'arrêtèrent sur le roi; elle le reconnut et poussa un cri de joie.

— Oh! vous voilà donc, monseigneur! c'était un rêve, et je ne vous ai point quitté encore! Charles la pressa contre son cœur. Imaginez-vous, lui dit-elle, qu'à peine j'étais endormie, qu'un ange est descendu aux pieds de mon lit, là; il avait une auréole d'or au front, des ailes blanches aux épaules, et une palme à la main; il m'a regardée doucement, il m'a dit:

« — Je viens te chercher, Dieu te demande. »

Je lui ai montré que vous me teniez dans vos bras, et je lui ai répondu que je ne pouvais pas vous quitter. Aussitôt il m'a touché de sa palme, et j'ai senti que j'avais des ailes. Puis je ne sais plus comment cela s'est fait: c'était moi qui veillais, et vous qui dormiez. Alors il s'est enlevé, l'ange; je l'ai suivi vous emportant dans mes bras, et nous avons commencé à monter ensemble vers le ciel. D'abord j'étais bien heureuse, je me trouvais forte et légère, et je respirais facilement; mais peu à peu j'ai senti que vous pesiez à mes bras; n'importe, je montais toujours, mais ma respiration devenait pénible, haletante. Je voulus vous réveiller, et je ne

* Cette fille, qui s'appela Marguerite de Valois, fut mariée au sire de Harpedanne, et reçut en dot la terre de Belleville en Poitou.

24

pus, vous dormiez d'un sommeil de plomb; je tentai de crier, espérant que vous entendriez ma voix, mais ma voix s'arrêta dans ma gorge; je tournai ma tête vers l'ange pour lui demander secours, il m'attendait à la porte du ciel et me faisait signe de le rejoindre. Je voulus lui dire que je ne pouvais plus avancer, que j'étouffais, que vous pesiez à mes bras comme un monde; mais pas un son, pas une parole ne sortait de ma bouche; mes bras s'engourdissaient, je vous sentais prêt à m'échapper; je n'avais plus que deux coups d'aile à donner pour rejoindre l'ange; je le touchai presque! J'étendis la main pour saisir les plis de sa robe, c'était mon dernier effort! Je ne trouvai qu'une vapeur sans résistance et sans force; le bras qui vous portait retomba comme s'il était mort, et je vous vis, vous, roulant précipité. Je jetai un cri: c'est alors que vous m'avez réveillée... merci, merci!

Elle colla ses lèvres contre les joues de Charles, et succombant sous les émotions de ce rêve, elle ferma de nouveau les yeux.

Le roi la vit se rendormir; pendant quelques instants encore il veilla sur son sommeil, de peur qu'un autre songe ne revînt la tourmenter. Puis il lui sembla lui-même que des vertiges passaient sur son front, les objets qui l'environnaient semblaient tourner. La chaise sur laquelle il était assis vacillait; il aurait voulu se lever, ouvrir une fenêtre, chasser cette espèce de délire, mais il fallait réveiller Odette, Odette qui dormait si calme dans ses bras, dont les lèvres étaient redevenues plutôt pâles qu'animées, dont le sang s'était calmé; Odette, à qui deux heures de repos pouvaient rendre des forces: il n'en eut pas le courage; pour échapper à ce délire, il posa sa tête près de celle d'Odette, ferma les yeux à son tour, continua de voir quelque temps encore des objets étranges et insaisissables qui flottaient en l'air et passaient sans toucher le sol; une espèce de fumée dans laquelle pétillaient des étincelles vint couvrir tout cela: puis les étincelles s'éteignirent, tout rentra dans l'immobilité, la nuit et le silence: il s'endormit.

Au bout d'une heure une sensation glacée le réveilla, la tête d'Odette était tombée sur sa joue, et c'est là qu'il avait froid; il se sentait tout engourdi par le poids du corps de la jeune fille; il voulut la replacer sur son lit, elle était plus pâle que jamais: toutes couleurs avaient disparu de ses lèvres; il approcha sa bouche de la sienne, et ne sentit plus son souffle; il se précipita sur elle, la couvrant de baisers, puis tout-à-coup il poussa un grand cri.

Jehanne et le docteur entrèrent et coururent au lit: Odette n'y était plus, ils regardèrent autour d'eux et ils aperçurent dans un coin Charles assis, tenant dans ses bras le corps de la jeune fille enveloppé de ses draps; les yeux d'Odette étaient fermés, ceux de Charles étaient fixes et ouverts. Odette était morte, Charles était fou.

On ramena le roi à Saint-Paul; il avait perdu tout sentiment et tout souvenir, se laissant faire et mener comme un enfant; le bruit se répandit aussitôt par tout l'hôtel du malheur qui lui était arrivé, et chacun l'attribua à la terreur de la nuit. La reine apprit cette nouvelle au revenant de la rue Barbette, où elle faisait meubler un petit séjour; elle courut aussitôt à la chambre du roi, il était toujours dans la même immobilité; mais à peine eut-il aperçu les fleurs de lis dont était parsemée la robe de madame Isabel, que son ancienne haine pour cet emblème de la royauté reparut. Jetant alors un cri qui ressemblait au rugissement d'un lion, il saisit une épée qu'on avait imprudemment laissée contre son fauteuil, la tira hors du fourreau et s'avança vers sa femme pour l'en frapper; la reine, menacée, saisit de ses mains nues le fer près de la garde et à l'endroit où il ne coupe pas; mais Charles tirant violemment à lui l'épée qu'il voulait dégager, en fit glisser la lame dans toute sa longueur entre les mains de madame Isabel; le sang jaillit, la reine se précipita vers la porte en poussant de grands cris, et là, rencontrant le duc d'Orléans, elle lui montra ses blessures.

— Qu'y a-t-il donc? s'écria le duc pâlissant, et qui vous a traitée ainsi?

— Il y a, s'écria madame Isabel, que monseigneur est plus insensé et plus féroce que jamais, et qu'il a voulu me tuer cette fois, comme il a voulu vous tuer l'autre. Oh! Charles, Charles! continua-t-elle en se retournant vers le roi et en secouant ses mains toutes ruisselantes, voilà du sang qui retombera sur ta tête: malheur à toi, malheur!

XII.

Pendant ce temps les croisés avaient passé le Danube et étaient entrés en Turquie: ils y avaient fait des armes merveilleuses, avaient pris à merci des villes et des châteaux, et nul n'était venu contre eux qui pût résister à leur puissance; ils étaient arrivés devant Nicopolis, et y ayant mis le siége, ils le pressaient durement, poussant assaut sur assaut; si bien que, comme on n'avait nulle nouvelle de Bajazet, le roi de Hongrie disait déjà aux seigneurs de France, aux comtes de Nevers, d'Eu, de la Marche, de Soissons, aux seigneurs de Coucy et aux barons et chevaliers de Bourgogne:

— Beaux seigneurs, Dieu merci, la saison a été bonne, car nous avons fait de grandes armes, anéanti la puissance de la Turquie, dont cette ville est le dernier rempart; une fois prise, car je ne doute pas que nous la prenions, mon avis est que nous n'allions pas plus avant cette année; nous nous retirerons, si vous le voulez bien, en mon royaume de Hongrie, où j'ai foule de forteresses, de villes et de châteaux prêts à vous recevoir. Cet hiver sera employé à prendre toutes nos mesures pour l'été à venir; nous écrirons au roi de France, nous lui dirons en quel train sont nos besognes, et au printemps prochain il nous enverra des troupes fraîches: peut-être même que, lorsqu'il saura où nous en sommes, il viendra lui-même en personne, car il est jeune, de grande volonté, et aime fort les armes, comme vous le savez: mais qu'il vienne ou non, l'été prochain, s'il plaît à Dieu, nous chasserons les infidèles du royaume d'Arménie, passerons le bras Saint-Georges *, et irons en Syrie délivrer les ports de Jaffa et de Béruth, et conquérir Jérusalem et toute la terre-sainte; si le soudan vient au devant de nous, il ne s'en ira point sans bataille.

De pareils projets plaisaient fort au courage et au caractère des chevaliers français; aussi chacun les accueillait-il avec enthousiasme, et les jours se passaient au milieu de cette brave et insoucieuse gaîté, qui est chez nos soldats moins un effet de leur orgueil personnel, que de la confiance naïve qu'ils prennent si facilement en des chefs de rang et de cœur: les choses cependant devaient se passer bien autrement qu'ils ne l'espéraient.

Bajazet, dont on n'entendait point parler, et dont la prétendue inertie entretenait les chevaliers dans la confiance, avait passé l'été à rassembler son armée: elle se composait de soldats tirés de tous pays, et il leur avait promis de tels avantages qu'il lui en était venu même du fond de la Perse. A peine s'était-il vu en pareille puissance, qu'il s'était mis en marche, avait traversé le détroit des Dardanelles par des chemins inconnus, avait séjourné à Andrinople le temps nécessaire pour refaire son armée, et était parvenu à quelques lieues seulement de la ville que les chrétiens tenaient assiégée: alors il chargea Urnus-Bek, l'un de ses plus braves et de ses plus fidèles, de reconnaître le pays et de prendre langue la chose qu'il était possible avec Dogan-Bek, gouverneur de Nicopolis; mais celui qu'il avait envoyé à la découverte revint, disant qu'une innombrable armée de chrétiens fermait toutes les issues et l'avait empêché d'avoir aucune communication avec les assiégés. Bajazet sourit avec mépris; et lorsque la nuit fut venue, il ordonna qu'on lui amenât son cheval le plus rapide, s'élança sur son dos, et traversant tout le camp chrétien endormi, léger et silencieux comme un esprit de l'air, il parvint au haut d'une colline qui

* Le détroit des Dardanelles.

dominait Nicopolis ; là il s'arrêta , et d'une voix tonnante il cria :

— Dogan-Bek !

Celui-ci, que sa bonne fortune avait conduit sur le rempart, reconnut la voix qui l'appelait et lui répondit : alors le soudan l'interrogea en langue turque sur l'état de la ville, sur ses vivres et ses munitions. Dogan, après avoir souhaité au soudan une longue vie et une grande félicité, lui répondit :

— Par la grâce de Mahomet, les portes et les murailles de la ville sont fortes et bien défendues ; les soldats, comme tu le vois de tes yeux sacrés, veillent le jour, veillent la nuit, et ils ont suffisamment de vivres et de munitions.

Alors Bajazet ayant appris ce qu'il désirait savoir, descendit de la colline, car le sire de Helly qui commandait une patrouille de nuit, ayant entendu la voix qui interrogeait, venait de donner l'alarme et marchait vers la colline : tout-à-coup il vit passer devant lui une espèce de fantôme à cheval, léger comme le vent, et qui comme lui rasait rapidement la terre ; il s'élança à sa poursuite avec sa troupe, mais quoiqu'il fût de son armée les mieux montés de l'armée, il ne put même atteindre la poussière que le destrier royal faisait voler dans sa fuite. Bajazet fit ainsi huit lieues en une heure ; et arrivé au milieu de son armée, il poussa un grand cri qui réveilla les hommes et fit hennir les chevaux ; c'est qu'il voulait profiter de ce qui restait de nuit pour s'approcher le plus qu'il pourrait de l'armée chrétienne ; il se mit donc aussitôt en marche ; et lorsque le jour vint, il ordonna la bataille. En homme de grande expérience et qui connaissait le courage des croisés , il jeta d'abord 8,000 Turcs en avant, et les fit suivre à une lieue à peu près par le reste de son armée, à laquelle il donna la forme d'un V, se plaçant au fond, et ordonnant à ses deux ailes d'envelopper l'armée ennemie, lorsque la fuite simulée de l'avant-garde l'aurait entrainée dans l'espace vide qui se trouvait ménagé par cette ordonnance ; ce corps d'armée et les deux ailes formaient un total de 490,000 hommes à peu près.

Pendant que cette armée s'avançait nombreuse comme les grains de sable, dévorante comme le simoun, les chevaliers chrétiens passaient leur temps en fêtes et en orgies ; le camp était devenu une véritable ville où l'on semblait s'être donné rendez-vous toutes les délices de la vie. Les tentes des simples chevaliers étaient d'étoffes brochées d'or ; on suivait les modes de France, on en inventait de nouvelles, et à défaut d'imagination on chargeait les anciennes. C'est ainsi qu'on avait tellement exagéré le bec des poulaines, que le cercle qu'il formait en se recourbant empêchait le pied de passer dans l'étrier : quelques-uns même avaient eu l'idée d'en rattacher l'extrémité au genou avec une chaine d'or. Cette dissolution et ce luxe étaient un grand sujet d'étonnement pour les peuples étrangers ; ils ne pouvaient comprendre comment des seigneurs, qui s'étaient croisés pour l'honneur de la religion, donnaient aux Infidèles un si grand scandale ; comment des chevaliers, si braves au combat, étaient si futiles une fois désarmés ; et comment les mêmes hommes pouvaient porter à la fois des habits aussi légers et des armures aussi pesantes.

On était arrivé au 28 du mois d'octobre, veille de la fête du saint archange Michel : il était dix heures du matin ; toute la seigneurie française était rassemblée sous la tente du comte de Nevers, qui donnait un grand diner. On venait de boire avec profusion les vins de Hongrie et de l'Archipel, et toute cette jeunesse bavarde et joyeuse escomptait l'avenir qu'elle brodait de projets dorés. Messire Jacques de Helly seul était triste et sombre, et on le raillait de cette taciturnité ; quelque temps il laissa dire toute cette folle jeunesse, puis enfin, levant son front bruni sous le soleil d'Orient :

— Messeigneurs, dit-il, riez et raillez, c'est bien : vous dormiez pendant que je veillais, et vous n'avez rien vu ni entendu de ce que j'ai vu et entendu : cette nuit, pendant que je menais la garde du camp, j'ai vu un prodige céleste, j'ai entendu une voix humaine, et j'ai bien peur que le ciel et la terre ne nous présagent rien de bon.

Les chevaliers se mirent à rire, raillant l'Amorath-Baraquin sur son absence ; quelques-uns dirent même qu'ils étaient certains qu'un chien d'Infidèle comme lui n'oserait s'attaquer à des chevaliers chrétiens.

— Le roi Basaac * est un Infidèle, c'est vrai, répondit le sire de Helly, mais c'est un prince sincère et sérieux dans sa fausse croyance : suivant avec autant de soin les instructions de son faux prophète que nous suivons, nous, avec peu de zèle les commandemens du vrai Dieu. Quant à sa bravoure, celui qui l'a vu comme moi un jour de bataille n'en doutera de sa vie ; vous l'appelez à grands cris ; il viendra, soyez tranquilles, si toutefois il n'est déjà venu.

— Messire Jacques, dit le comte de Nevers en se levant et en s'appuyant sur l'épaule du maréchal de Boucicaut, moitié par amitié, moitié par nécessité de maintenir son équilibre, vous n'êtes plus jeune, c'est un malheur ; vous n'êtes pas gai, c'est un vice ; mais vous voulez nous rendre tristes, c'est un crime ; cependant vous êtes un chevalier de grande expérience et de grand courage : dites-nous ce que vous avez vu et entendu. Je suis le chef de la croisade, faites-moi votre rapport.

Puis, prenant son verre et se retournant vers les bouteillers :

— Versez-nous du vin de Chypre, dit-il ; si c'est le dernier, qu'il soit bon.

Puis, levant son hanap :

— Messeigneurs, dit-il, à la plus grande gloire de Dieu et à la santé du roi Charles !

Chacun se leva, vida son verre et se rassit. Messire Jacques de Helly resta seul debout.

— Nous écoutons, dit le comte de Nevers, posant ses coudes sur la table et appuyant son menton entre ses poings fermés.

— Messeigneurs, je faisais donc, ainsi que je vous ai dit, ma garde de nuit, lorsque j'entendis au ciel, et cela vers l'orient, des cris qui n'avaient rien d'humain ; je me tournai de ce côté, et je vis, et cela fut vu de toute ma troupe, une grosse étoile assaillie par cinq petites ; les cris venaient de ce point du ciel où se passait l'étrange combat, et ils étaient apportés à notre oreille par un vent merveilleux qui semblait mourir aux limites du camp, comme si, messager de funestes présages, Dieu l'avait chargé de les apporter à nous seuls, et qu'après avoir rempli cette tâche, il n'eût point besoin d'aller plus loin. Devant cette grosse étoile passaient et repassaient des ombres ayant forme d'hommes armés, et qui allaient toujours s'épaississant, jusqu'à ce qu'enfin elle disparût, éteignant avec elle deux de ses cinq petites ; alors les trois qui restaient s'assemblèrent en triangle, et on put les voir jusqu'au jour briller dans cette forme symbolique. Nous marchions, encore tout préoccupés d'un semblable prodige, et cherchant vainement à l'expliquer, lorsqu'en passant dans une espèce de ravin creusé entre la montagne et les murailles, nous entendîmes une voix ; mais cette fois c'était bien une voix d'homme qui partait de la colline, passait sur notre tête, et allait mourir sur la ville. Aussitôt une autre voix lui répondit des remparts ; elles causèrent ainsi quelque temps, tandis que, les yeux fixés sur la colline, nous tâchions de distinguer au milieu de l'obscurité quel était l'homme qui, au milieu de notre camp, parlait ainsi une langue étrangère. Enfin, nous aperçûmes une ombre qui semblait glisser comme un nuage le long de la colline ; nous marchâmes vers elle ; et alors, à quelques pas de nous, passa un corps bien réel et bien véritable. Nos soldats, en le voyant vêtu de blanc, le prirent pour un fantôme couvert d'un linceul ; mais moi, je reconnus le cavalier arabe, enveloppé de son bournous, et je me mis à sa poursuite. Vous connaissez tous, messeigneurs, mon cheval nommé Tadmor ; il est de cette race arabe qui ne le cède qu'aux descendans d'Al-Boralk : eh bien ! en quelques élans le cheval de l'inconnu avait laissé Tadmor aussi loin derrière lui que Tadmor laisserait les vôtres. Je dis donc que, comme il n'y a que le roi Basaac qui possède de pareils chevaux, ce cavalier était un

* Nom par lequel Bajazet est désigné dans les Chroniques.

de ses généraux auquel il avait prêté cette précieuse monture, ou plutôt, messeigneurs, c'était l'ange exterminateur, c'était l'Ante-Christ, c'était Basaac lui-même.

Sire Jacques s'assit, et alors il se fit un grand silence, car il avait parlé avec un accent si vrai, que la conviction était descendue dans tous les cœurs. Les plus jeunes des chevaliers avaient bien encore le sourire sur les lèvres ; mais les plus expérimentés d'entre eux, tels que le connétable, le sire de Coucy, le maréchal de Boucicaut et messire Jean de Vienne, indiquaient par la contraction de leurs sourcils qu'ils pensaient, comme messire Jacques de Helly, que quelque grand malheur menaçait l'armée.

Au même instant, les rideaux de la tente s'ouvrirent, et un coureur tout couvert de sueur et de poussière cria du seuil :

— Or, tôt, messeigneurs, apprêtez-vous et armez, afin que vous ne soyez point surpris, car voici huit ou dix mille Turcs qui viennent et chevauchent.

Puis il disparut, allant porter cet avis aux autres chefs de l'armée.

Les chevaliers s'étaient tous levés à cette nouvelle, et se regardaient les uns les autres avec étonnement, lorsque le comte de Nevers, courant à la porte de sa tente, cria d'une si puissante voix, que chacun l'entendit :

— Aux armes, messeigneurs ! aux armes ! voici l'ennemi. Bientôt on entendit ce cri retentir par tout le camp.

Les pages se hâtèrent de seller les chevaux ; les chevaliers appelèrent leurs écuyers, et, tout échauffés encore par l'orgie, coururent à leur armure. Comme les jeunes chevaliers eussent éprouvé de la difficulté à passer leurs pieds aux étriers, à cause de leurs poulaines, le comte de Nevers donna l'exemple, en coupant avec son épée le bec recourbé des siennes. En un instant, ces hommes de velours se trouvèrent couverts de fer. Chacun sauta sur son cheval de bataille, se rangea sous son pennon. On déploya et mit au vent la bannière de Notre-Dame, et messire Jean de Vienne, amiral de France, la reçut des mains du comte de Nevers.

En ce moment, un chevalier portant un pennon à ses armes qui étaient d'argent, à une croix noire ancrée, arriva à toute bride, et s'arrêtant devant la bannière de Notre-Dame, autour de laquelle était déjà rangée la plus grande partie des barons de France, il dit à haute voix :

— Moi, Henry d'Eslen Lemhalle, maréchal du roi de Hongrie, je suis envoyé vers vous par monseigneur, qui vous avertit et mande de ne point livrer la bataille avant d'avoir d'autres nouvelles ; car il craint que nos coureurs n'aient mal vu, et que l'armée ennemie ne soit beaucoup plus considérable qu'ils ne l'ont dit : il a donc envoyé des chevaucheurs qui pénétreront plus avant que ne l'ont fait les autres. Or, messeigneurs, faites ce que je vous dis ; car c'est l'ordonnance du roi et de son conseil, et maintenant je m'en retourne, car je ne puis demeurer plus long-temps.

À ces mots, il repartit aussi rapidement qu'il était venu.

Alors le comte de Nevers demanda au seigneur de Coucy ce qu'il croyait qu'il y eût à faire.

— Il faut suivre les conseils du roi de Hongrie, répondit le sire Enguerrand, car ils me semblent bons.

Mais le comte d'Eu s'avança vers le comte de Nevers, tout irrité qu'on eût demandé l'avis du sire de Coucy avant le sien.

— Oui, c'est cela, monseigneur, dit-il ; le roi de Hongrie veut avoir l'honneur et la fleur de la journée ; nous avions l'avant-garde, il est venu nous la reprendre. Lui obéisse qui voudra, ce ne sera pas moi.

Et tirant de son fourreau fleurdelysé son épée de connétable :

— En avant ma bannière ! cria-t-il au chevalier qui la portait ; au nom de Dieu et de saint Georges, en avant ! c'est le cri de tout bon chevalier.

Quand le sire de Coucy vit comment allait la chose, il se tourna vers messire Jean de Vienne, qui tenait la bannière de Notre-Dame, souvenance de toutes les autres.

— Et maintenant, qu'y a-t-il à faire ? lui dit-il, car vous voyez ce qui se passe.

— Ce qu'il y a à faire, lui dit le sire de La Trémouille en

raillant cette demande, il y a que les vieux chevaliers n'ont qu'à rester derrière, et laisser les jeunes aller devant !...

— Messire de La Trémouille, répondit tranquillement le seigneur de Coucy, nous verrons tout à l'heure, à la besogne, qui ira devant ou qui restera derrière ; tâchez seulement que la tête de votre cheval suive la queue du mien. Mais ce n'est point à vous que je parle, c'est à messire Jean de Vienne, et je lui demande une seconde fois ce qu'il pense qu'il y ait à faire.

— Il y a, mon cher Enguerrand, répondit messire Jean de Vienne, il y a que là où la raison ne peut être entendue, il convient que la témérité règne. Oui, sans doute, nous devrions attendre le roi de Hongrie ou tout au moins trois cents des nôtres que j'ai envoyés ce matin aux fourrages ; mais puisque le comte d'Eu veut marcher aux ennemis, il faut le suivre et combattre du mieux que nous pourrons. D'ailleurs, regardez, regardez, nous voudrions reculer maintenant qu'il serait trop tard.

En effet, à droite et à gauche des chevaliers s'élevait un nuage de poussière au milieu duquel une armure brillait de temps en temps comme un éclair. C'étaient les deux ailes de l'armée de Bajazet, qui, ayant dépassé le point où se tenaient les chrétiens, se repliaient afin de les étouffer entre elles. Alors tous ceux qui avaient quelque expérience des armes, virent bien que la journée était perdue ; mais loin d'essayer de battre en retraite, messire Jean de Vienne cria le premier *En avant !* et mit son cheval au galop. Aussitôt tous les seigneurs répétant ce cri suivirent la bannière de Notre-Dame, et l'on vit cet étrange spectacle de sept cents chevaliers qui attaquaient cent quatre-vingt mille hommes.

Ils arrivèrent ainsi à grande course, et la lance en arrêt, sur l'avant-garde turque, qui recula, démasquant une rangée de pieux aiguisés et plantés en biais, contre laquelle les chevaux des chevaliers vinrent donner du poitrail. Un pareil retranchement aurait dû être emporté par l'infanterie, mais cette arme était tout entière sous les ordres du roi de Hongrie : quelques cavaliers sautèrent donc à bas de leurs chevaux et commencèrent, malgré les traits qu'on faisait pleuvoir sur eux, à abattre à grands coups de pique cette palissade. Bientôt il y eut une brèche où purent passer vingt hommes de front ; c'était plus qu'il n'en fallait, toute l'armée des croisés s'élança par cette ouverture assez large pour l'attaque, assez longtemps peu si elle serait assez large pour la retraite. Ils arrivèrent ainsi sur l'infanterie turque, la traversèrent d'outre en outre, puis faisant volte-face revinrent sur elle et l'écrasèrent aux pieds de leurs chevaux : alors ils s'étendirent à leur droite et à leur gauche un grand bruit de trompettes et de cimbales, c'étaient les deux ailes de l'armée turque qui se rapprochaient, tandis que le corps de cavalerie composé de huit mille hommes, et dont nous avons dit que Bajazet avait fait son avant-garde, s'avançait de face contre eux. Lorsqu'ils virent cette troupe d'élite tout étincelante d'or, les chrétiens pensèrent que l'empereur marchait dans ses rangs ; et se reformant en bataille, ils fondirent sur elle du même élan qu'ils avaient attaqué l'infanterie. Cette troupe ne résista pas plus que la première à l'impétuosité française, et malgré la supériorité du nombre, elle se dispersa, fuyant de tous côtés comme un troupeau de moutons au milieu duquel se serait jetée une bande de loups.

Les Français, en les poursuivant, vinrent se heurter contre le véritable front de bataille de Bajazet, et c'est là que commença la résistance, car c'était là qu'était l'empereur ; cependant nos chevaliers, protégés par leurs excellentes armures, entrèrent dans ces masses épaisses, comme un coin de fer dans un tronc de chêne, mais comme un coin ils se trouvèrent bientôt pris et serrés entre les ailes ; alors chacun vit bien la faute que l'on avait faite en n'attendant pas le roi de Hongrie et ses soixante mille hommes, car à peine si l'armée chrétienne formait un point au milieu de cette multitude d'infidèles qui semblait n'avoir qu'à se presser pour étouffer au milieu d'elle cette poignée d'hommes qui s'y était témérairement engagée.

C'est alors que le connétable, qui avait fait la faute, l'eût réparée si la bravoure avait suffi pour cela ; entouré de tous côtés, il faisait face à tous ; il avait brisé d'abord sa lance, puis son épée de connétable, puis enfin il avait détaché de l'arçon de sa selle un de ces grands glaives à deux mains qui nous semblent aujourd'hui des armes forgées pour une race de géans, et faisant le moulinet avec lui, il abattait tout ce qu'il touchait de sa terrible lame. Le maréchal de Boucicaut s'élançait, de son côté, au plus épais des ennemis, et là se creusait des chemins comme un faucheur dans un champ, s'inquiétant peu s'ils se fermaient derrière lui, marchant toujours, et faisant à droite et à gauche un horrible massacre. Le sire de Coucy s'était élancé au milieu d'un corps de mécréans armés de massues dont les coups tombaient sur lui comme ceux des bûcherons sur un chêne : mais tous s'amortissaient sur son armure, tandis que lui, rendant coup pour coup, taillait d'effroyables blessures en échange des contusions qu'il recevait. Les deux sires de La Trémouille marchaient à côté l'un de l'autre, le fils parant les coups qu'on portait à son père, le père n'ayant d'inquiétude que pour ceux que l'on portait à son fils ; le cheval de ce dernier fut tué, l'autre le couvrit de son bouclier tandis qu'il se dégageait de ses étriers, puis tournant autour de lui comme une lionne autour de son lionceau, il abattait trois bras qui s'avançaient pour le saisir, tandis que celui-ci, qui était remis sur ses pieds, frappant les chevaux de la pointe de son épée, renversait avec eux les chevaliers que son père achevait avant qu'ils eussent eu le temps de se relever. Messire Jacques de Helly traversa toute la bataille par un chemin de sang et se trouva le l'autre côté des ailes. Là il eût pu confier sa vie au léger Tadmor, fuir et mettre le Danube entre lui et ses ennemis ; mais lorsqu'en levant la tête il eut vu au milieu des Infidèles ses rares compagnons, qui, debout sur leurs hautes selles, les dépassaient de la tête, comme font quelques épis de seigle dans un champ de blé, il se rejeta dans la bataille et usa si merveilleusement de son épée qu'il se retrouva bientôt près du comte de Nevers, dont le cheval venait d'être tué, et qui faisait bravement son office de chef d'armée au milieu d'un rempart d'ennemis morts. Il aperçut près de lui le chevalier, et au lieu de penser à lui demander secours :

— Messire de Helly, lui cria-t-il, que devient la bannière de France ? Elle est toujours honorablement debout, j'espère ?

— Oui, debout et au vent, répondit Jacques, et vous allez la voir vous-même, monseigneur.

Alors il sauta en bas de Tadmor, et le présenta au comte. Celui-ci refusait de le prendre, mais le sire de Helly lui dit :

— Monseigneur, vous êtes notre chef ; vous mort, l'armée est perdue ; au nom de l'armée je vous somme donc de monter sur mon cheval.

Le comte de Nevers céda, et en effet, à peine fut-il sur ses arçons, qu'il aperçut messire Jean de Vienne qui faisait en ce jour plus qu'on ne peut attendre d'un homme. Le comte de Nevers et le sire de Helly marchèrent à son aide, et le trouvèrent combattant, lui dixième seulement, avec une armure en pièces, et perdant son sang par d'affreuses blessures. C'était la cinquième fois qu'il changeait de cheval. Cinq fois on l'avait cru tué, en voyant disparaître la bannière ; cinq fois il s'était remonté, avec l'aide des chevaliers qui l'entouraient, et chaque fois de grands cris avaient salué la bannière de ralliement toujours abattue et toujours debout.

— Monseigneur, dit-il en parlant au comte de Nevers, notre dernier jour est arrivé ; il nous faut mourir, mais mieux vaut mourir martyr que vivre mécréant ; que Dieu vous sauve, et en avant Saint-Jean et Notre-Dame !

Et à ces mots il s'élança de nouveau au milieu des Infidèles, où il tomba une sixième fois pour ne plus se relever.

Ce fut ainsi que la bataille se perdit, et que les chevaliers français moururent ; quant aux Hongrois, qui avaient pris la fuite sans combattre, leur lâcheté ne les sauva point ; les Turcs, mieux montés qu'eux, les joignirent en et firent un horrible carnage. De 60,000 hommes qu'il commandait, le roi se sauva lui septième seulement, et eut le bonheur de gagner avec Philibert de Naillac, grand-maître de Rhodes, la flotte vénitienne, commandée par Thomas Mounigo, qui

les reçut à son bord et reconduisit Philibert de Naillac à Rhodes et Sigismond en Dalmatie.

La bataille dura trois heures. Il fallut trois heures à 480,000 hommes pour en réduire 700. Lorsqu'elle fut finie, Bajazet parcourut le camp des chrétiens, et choisissant pour lui la tente du roi de Hongrie, où était encore étalée toute la vaisselle d'or et d'argent qui avait servi au repas que celui-ci venait de prendre, il abandonna les autres à ses chefs et à ses soldats ; puis se faisant désarmer pour se rafraîchir, car il avait combattu comme le dernier de ses soldats, il s'assit devant la porte, les jambes croisées, sur un tapis, et fit venir devant lui ses généraux et ses amis pour causer avec eux de la victoire qu'il venait de remporter. Ils se rendirent aussitôt à cet ordre, et content de la journée, il rit et plaisanta beaucoup avec eux, disant que prochainement ils allaient conquérir la Hongrie, et après elle tous les autres royaumes et pays chrétiens ; car, disait-il, il voulait régner comme son ancêtre Alexandre de Macédoine, qui douze ans tint le monde en sa seigneurie, et chacun s'inclinait devant lui l'approuvant et le félicitant. Alors il fit trois commandemens : le premier était que quiconque avait fait un prisonnier l'amenât devant lui le lendemain ; le second, que tous les morts fussent cherchés et visités, et que l'on mit de côté comme une hécatombe ceux qui paraissaient les plus nobles et les plus puissans, car il comptait à faire souper devant leurs cadavres ; le troisième, que l'on s'informât avec soin si le roi de Hongrie était sauvé, mort, ou prisonnier.

Lorsque Bajazet se fut rafraîchi et eut donné ces ordres, on lui amena un cheval frais ; car on lui avait dit que le combat avait été cruel pour ses gens, et il voulait visiter la bataille : du reste, il ne pouvait croire ce qu'on lui rapportait du massacre qu'avait fait cette poignée d'hommes. Il s'avança donc vers le champ mortuaire ; et là il trouva qu'on lui avait encore caché la vérité, car pour un chrétien qui était gisant, on trouvait trente Infidèles morts. Alors il fut fortement courroucé, et dit tout haut :

— Il y a eu ici une cruelle bataille sur nos gens ; et ces chrétiens se sont défendus comme des lions ; mais soyez tranquilles, je ferai payer les morts aux vivans. Allons plus avant.

Et il alla plus avant ; et plus il alla, plus il s'émerveilla des armes qu'avaient faites ses ennemis. Il vint à l'endroit où messire de La Trémouille et son fils étaient tombés l'un et l'autre, et autour d'eux les morts étaient nombreux. Il suivit la route qu'avait parcourue Jean de Vienne, et il la vit à droite et à gauche jonchée de cadavres. Enfin il arriva à l'endroit où ce brave chevalier était tombé, et le trouva couché sur la bannière de Notre-Dame, qu'il tenait tellement serrée entre ses mains raidies, qu'on fut obligé de les abattre avec une hache pour la lui arracher.

Après que Bajazet eut employé deux heures à cette dernière visite, il se retira dans son logis et passa la nuit à maudire ces infidèles sur lesquels une victoire coûtait plus cher que sur les autres une défaite. Le matin, lorsqu'il ouvrit les rideaux de sa tente, il trouva devant elle les principaux de son armée, qui attendaient pour savoir ce que l'on allait faire des prisonniers ; car le bruit avait couru qu'ils allaient tous avoir la tête tranchée sans qu'un seul fût pris à pitié ni merci. Cependant Bajazet avait réfléchi à la rançon qu'il pourrait tirer d'aussi nobles seigneurs : il fit donc venir ses interprètes et leur demanda quels étaient, parmi ceux qui avaient survécu à la bataille, les plus riches et les plus grands ; ils dirent que six d'entre eux avaient déclaré leurs noms comme étant des plus nobles de la chevalerie ; que c'étaient premièrement messire Jean de Bourgogne, comte de Nevers, chef de tous les autres ; secondement, messire Philippe d'Artois, comte d'Eu ; troisièmement, le sire Enguerrand de Coucy ; quatrièmement, le comte de La Marche ; cinquièmement, messire Henri de Bar, et sixièmement, messire Guy de La Trémouille. Bajazet voulut les voir, et on les lui amena : alors ils furent conjurés sur leur foi et sur leur loi de dire qui ils étaient, et ils firent le serment que les noms qu'ils avaient pris étaient bien les leurs. A cette réponse Bajazet fit signe au comte de Nevers de s'approcher de lui :

— Si tu es bien, lui dit-il par son interprète, celui que tu prétends être, c'est-à-dire Jean de Bourgogne, tu auras la vie sauve, non point à cause de ton nom et de ta rançon, mais parce qu'un nécromancien m'a prédit que tu verserais plus de sang chrétien à toi seul que tous les Turcs ensemble.

— Basaac, lui répondit le comte de Nevers, point de faveur pour moi, je te prie, car il est de mon devoir de partager le sort de tous ceux que j'ai conduits contre toi ; s'ils sont mis à rançon, je rachèterai ma vie ; s'ils sont mis à mort, je mourrai avec eux.

— Il en sera fait à mon plaisir et non au tien, répondit l'empereur; et il le fit reconduire vers ses compagnons, avec lesquels on le ramena à la tente qui leur servait de prison.

Or, il advint que, tandis que l'empereur était fort soucieux de savoir si les seigneurs étaient bien ceux-là dont ils avaient pris les noms, on amena devant lui un chevalier qui avait servi dans l'armée de son frère Amurat, et qui parlait quelque peu la langue turque. C'était le sire de Helly. Bajazet se le rappela pour l'avoir vu autrefois, et lui demanda s'il connaissait bien les chevaliers qui étaient dans la tente des prisonniers. Le sire de Helly répondit que pour peu qu'ils marquassent dans la chevalerie française il pourrait dire au sultan qui ils étaient. Alors Bajazet le fit conduire devant eux, après que défense leur eut été faite d'échanger aucune parole de peur de connivence et de tromperie. Le sire de Helly n'eut besoin que de les voir pour les reconnaître. Il retourna donc aussitôt vers Bajazet, qui lui demanda quels étaient les noms de ceux qu'il avait vus, ce à quoi le chevalier répondit que les captifs étaient monseigneur le comte de Nevers, messire Philippe d'Artois, messire Enguerrand de Coucy, le comte de La Marche, messire Henri de Bar et messire Guy de La Trémouille ; c'est-à-dire ce qu'il y avait de plus noble et de plus riche dans la seigneurie de France, et que quelques-uns même étaient parens du roi.

— C'est bien, répondit l'empereur, ceux-là auront la vie sauve. Qu'on les conduise donc d'un côté de ma tente et le reste des captifs de l'autre.

L'ordre que venait de donner Bajazet fut à l'instant exécuté. Les six chevaliers furent placés à la droite de l'empereur. Au bout d'un instant, ils virent s'avancer, nus jusqu'à la ceinture, trois cents de leurs compagnons, prisonniers comme eux ; mais ceux-là étaient destinés à mourir. On les conduisit les uns après les autres devant Bajazet, qui les regardait avec une insouciante curiosité, puis faisait un signe pour qu'on les emmenât. Celui qu'il renvoyait passait alors entre deux haies de soldats infidèles qui l'attendaient l'épée nue, et en un instant était mis en morceaux, et cela, aux yeux du comte de Nevers et de ses six compagnons.

Or, il arriva que parmi ces hommes jugés, était le maréchal de Boucicaut, qu'on amena comme les autres devant Bajazet, qui allait l'envoyer comme les autres à la mort, lorsque Jean de Bourgogne l'aperçut : alors il quitta ses compagnons et allant à l'empereur, il mit un genou en terre, priant et suppliant qu'on l'épargnât, disant qu'il était allié du roi de France, et indiquant par ses gestes qu'il pourrait payer une rançon de prince. Bajazet s'inclina en signe de condescendance ; Boucicaut et Jean de Bourgogne se jetèrent dans les bras l'un de l'autre, et Bajazet lui signa qu'il était temps que le massacre recommençât ; il dura trois heures.

Lorsque le dernier chrétien fut tombé, lorsqu'ils furent tous morts sans avoir poussé d'autre cri que ces mots : Seigneur Jésus-Christ, ayez pitié de nous ! Bajazet dit qu'il voulait faire savoir la nouvelle de sa victoire au roi de France, et faisant amener devant le comte de Nevers le sire de Helly et deux autres seigneurs, qu'on avait gardés sains et saufs à cet effet, il lui demanda lequel de ces trois chevaliers il choisissait pour aller traiter de sa rançon et de celle de ses compagnons ; le comte de Nevers indiqua le sire de Helly ; à l'instant même les deux autres chevaliers furent mis à mort.

Alors Jean de Bourgogne et les cinq seigneurs donnèrent des lettres à messire Jacques de Helly : le comte de Nevers

pour le duc et la duchesse de Bourgogne ; le sire de Coucy pour sa femme, et les autres pour leurs parens ou trésoriers ; puis quand cela fut fini, Bajazet traça lui-même à son messager la route qu'il devait suivre, lui ordonna de passer par Milan, afin de donner avis de sa victoire au duc de cette ville, et lui fit jurer sur sa foi de chevalier de revenir se remettre en ses mains après avoir fait son message.

Messire Jacques de Helly se mit en route le soir même.

Précédons-le en France, et jetons un coup d'œil sur les positions qu'ont prises les différens partis depuis que nous l'avons quittée.

Personne ne connaissait la véritable cause de la démence du roi. Odette avait constamment évité tout éclat; son influence sur le roi ne s'était manifestée que par le bien qu'elle avait trouvé moyen de faire, et elle avait pris autant de soin à dérober sa vie à tous les yeux, que les autres favorites en mettaient d'ordinaire à réfléchir les rayons du soleil. Elle disparut donc sans bruit ; et nul autre que Charles ne sut qu'une de ses plus pures étoiles était tombée du ciel de la royauté.

Quant au duc d'Orléans, quoique ses amours avec la reine durassent toujours, ils ne tenaient plus assez de place dans son cœur pour y éteindre, comme lors de la première démence du roi, tout désir d'ambition : soit calcul, soit souvenir du cœur, il avait profité de l'intervalle de raison du roi pour obtenir la mise en liberté de messire Jean Lemercier et du seigneur de La Rivière; le sire de Montaigu, de son côté avait été rappelé au gouvernement des finances du roi sur ses instances réitérées : le duc de Bourbon qui l'avait élevé, exaltait sans cesse ses belles qualités et palliait ses défauts ; le duc de Berry, qu'on ramenait toujours à son parti avec de l'argent, avait eu de son neveu des sommes considérables, et lui avait en échange promis son appui si une occasion se présentait pour lui de le réclamer; et le conseil gagné par ses manières affables, séduit par son esprit, entraîné par son éloquence, lui avait laissé dans son sein même former un parti qui commençait à contre-balancer le pouvoir du duc de Bourgogne.

La mésintelligence entre les princes devenait donc de plus en plus forte, et chacun employait tout son crédit à ruiner celui de son adversaire. Charles, faible de corps, faible d'esprit, tiraillé des deux côtés par son manteau royal, n'avait plus même la volonté d'interposer son autorité pour faire cesser les troubles; chacun s'attendait donc à des discordes fatales, lorsqu'une affreuse nouvelle commença de circuler en France et rallia tout le monde à une même douleur.

Les trois cents chevaliers et écuyers qui, comme nous l'avons dit, étaient au fourrage au moment où s'engagea l'affaire, avaient gagné le pays à grande course de chevaux ; se dispersant et prenant chacun le chemin qu'il croyait le plus court, ils arrivèrent enfin en Valachie. Mais là commença pour eux une série de malheurs et de fatigues auxquels plusieurs succombèrent. Les Valaques connaissaient déjà le résultat de la bataille ; de sorte que, pensant qu'ils n'avaient rien à craindre de malheureux fuyards, ils les laissaient entrer dans leurs villes comme pour leur y offrir une bonne et franche hospitalité, et le lendemain ils leur enlevaient leurs armes et leurs chevaux, trop heureux ceux que l'on renvoyait avec du pain et de l'argent pour leur journée ; il fallait encore pour cela qu'on les sût de grands seigneurs; car ceux qu'on reconnaissait pour varlets et écuyers de petite maison, étaient mis complétement nus et battus sans pitié. Ils eurent donc beaucoup de peine à traverser la Valachie et la Hongrie en mendiant leur pain, obtenant à force de prières un gîte dans les écuries et couverts seulement de lambeaux d'habits que les plus pauvres avaient partagés avec eux. C'est ainsi qu'ils arrivèrent à Vienne, où de bonnes gens les recueillirent plus doucement et leur donnèrent des vêtemens et quelque argent pour continuer leur route. Ils entrèrent bientôt en Bohême, et trouvèrent dans ce pays les petits secours dont ils avaient si grand besoin ; car si les Allemands avaient été aussi impitoyables que les Valaques et les Hongrois, tous ces malheureux fussent morts de faim et de misère sur les bords des chemins. Ils cheminaient donc vers la France, racontant partout de tristes nouvelles, tant et si bien qu'ils passèrent la frontière, et que quelques-uns arrivèrent enfin à Paris.

Mais là, personne ne voulut croire à ce qu'ils disaient ; car c'étaient de trop tristes récits que les leurs pour qu'on y ajoutât foi ainsi tout-à-coup ; bien loin de là, il y avait quelques personnes qui pensaient que ces hommes n'étaient autres que de misérables aventuriers qui tentaient d'exploiter la pitié publique, et l'on disait tout haut dans les carrefours qu'il fallait pendre et noyer cette ribaudaille qui allait semant de pareilles tromperies ; mais, nonobstant ces menaces, chaque jour de nouveaux fuyards arrivaient et donnaient plus de consistance aux récits des premiers, si bien que ces nouvelles, à force de s'ébruiter parmi le peuple, finirent par aller retentir chez les grands. Le roi, au milieu de sa maladie, en entendit parler en son hôtel Saint-Paul, et ce furent de nouveaux nuages sur son ciel déjà si sombre. On ordonna donc d'étouffer ces bruits tant que l'on n'aurait pas de nouvelles certaines, et les ordres furent donnés pour que le premier chevalier de quelque renom qui arriverait de la croisade fût conduit près du roi.

Or, pendant la nuit de la Nativité, et tandis que la reine, le duc d'Orléans, les ducs de Bourbon, de Berry et de Bourgogne, le comte de Saint-Pol, et une grande assemblée de seigneurs et dames, entouraient le roi en son hôtel et fêtaient avec lui cette solennité de Noël, on annonça un seigneur venant tout droit de Nicopolis, et apportant des nouvelles certaines du comte de Nevers et de l'armée. Au même instant, le chevalier fut introduit dans cette riche assemblée, tout poudreux et tout botté : c'était messire Jacques de Helly. Il remit au roi et au duc de Bourgogne les lettres dont il était chargé, et raconta les choses que nous avons déjà dites.

XIII.

On peut penser quelle consternation un pareil récit jeta dans la noble assemblée ; il n'y avait pas un seul seigneur qui n'eût quelqu'un qui lui fût cher parmi les morts ou les prisonniers : l'un perdait un frère, l'autre un fils, l'autre un époux ; le roi de France perdait sa belle et riche chevalerie.

Cependant, en même temps qu'on pleurait les morts, on songea à délivrer les captifs ; on voulait envoyer un présent à Bajazet pour le bien disposer aux négociations qu'on allait ouvrir avec lui, et l'on s'informa de tous côtés quelles choses lui seraient les plus agréables. On sut qu'il prenait grand plaisir à la chasse à l'oiseau, et que chaque année, son bon ami, le seigneur Galeas de Milan, lui envoyait des faucons blancs. On se procura à prix d'or, car cette espèce est très rare, douze beaux gerfauts tous dressés ; ensuite le sire de Helly, qui avait remarqué le goût de Bajazet pour les tapis, donna le conseil de joindre à ce premier présent quelques-unes de ces belles tapisseries à personnages que l'on ne savait faire qu'à Arras. Le duc de Bourgogne se rendit donc lui-même en cette ville, et acheta un tapis magnifique qui représentait en entier l'histoire du grand roi Alexandre de Macédoine, dont Bajazet prétendait descendre ; on y ajouta des pièces d'orfévrerie travaillées par les meilleurs ouvriers, de la toile de Reims, de l'écarlate de Bruxelles, douze grands levriers, et dix beaux chevaux tout caparaçonnés de harnais de velours, resplendissans d'or et d'ivoire.

Comme le seigneur de Helly avait fini son message, il vint prendre congé du roi et du duc de Bourgogne, car il retournait acquitter sa parole et se remettre fidèlement aux mains de Bajazet. Le duc Philippe le pria de se charger des présens qu'il envoyait à Bajazet, pensant que l'empereur les recevrait avec plus de plaisir des mains de celui qu'il avait choisi pour son messager ; mais, sur l'observation de ce brave chevalier, qu'il ignorait le sort que lui réservait le vainqueur, et qu'il était possible qu'il ne revint jamais en France, on lui ad-

joignit, pour rapporter des nouvelles de l'ambassade, le sire de Vergy, gouverneur du comté de Bourgogne ; le sire de Château-Morand, qui avait si heureusement autrefois fait signer les trèves avec l'Angleterre, et le sire de Leuringhan, gouverneur du comté de Flandre. La dame de Coucy, de son côté, envoya près de son mari et près de ses deux frères un chevalier du Cambrésis nommé Robert Desne, et lui donna, pour l'accompagner, une suite de cinq varlets et écuyers. Cette double ambassade devait passer par Milan et, recommandée par madame Valentine, prendre des lettres du duc Galéas pour l'empereur Bajazet : ce fut en reconnaissance de ce service que le roi de France promit à ce seigneur de placer des fleurs de lis dans son écusson.

Lorsque ces messagers furent partis, le duc et la duchesse de Bourgogne s'occupèrent de rassembler l'argent nécessaire au rachat des captifs ; en conséquence, ils quittèrent Paris et se retirèrent à Dijon, afin de veiller aux taxes qui allaient être levées sur leurs États. Le duc d'Orléans resta donc seul au pouvoir ; il en profita vitement et habilement pour s'y consolider, et fit si bien, que le roi lui attribua le gouvernement entier et absolu du royaume, avec le droit de le suppléer en tout lorsqu'il ne serait pas en état de gérer lui-même.

Vers cette époque, une révolution qui devait avoir une grande influence sur les destinées de la France éclata en Angleterre.

Le comte de Derby, que nous avons vu au commencement de cette histoire venir faire des armes contre le duc d'Orléans lors des fêtes qui furent données pour l'entrée de madame Isabel, était, comme nous l'avons dit, fils du duc de Lancastre, et avait un parti puissant en Angleterre. Son père venait de mourir, et le roi Richard, craignant que la riche succession qu'il allait recevoir ne lui servît à se faire de nouveaux cliens, avait, nonobstant son droit, refusé de la lui délivrer. Le comte de Derby était à cette époque en France, non plus comme la première fois messager de la couronne, mais exilé d'État. Une querelle particulière qu'il avait eue avec le comte de Nottingham, avait fourni au roi un prétexte pour éloigner d'Angleterre celui qu'il commençait à regarder comme un rival.

Cette injustice du roi envers le comte Derby avait produit un effet contraire à celui qu'en espérait Richard ; toute la noblesse et la prélature s'était rangée au parti de l'exilé. Le peuple abîmé d'impôts, écrasé par les déprédations des gens d'armes que l'on ne payait pas et qui vivaient en pillant les laboureurs et en dévalisant les marchands, murmurait fort de ces vexations auxquelles il n'était pas habitué, et paraissait n'attendre qu'une occasion pour faire contre le roi cause commune avec la noblesse. Le comte de Derby, les yeux fixés sur l'Angleterre, attendait que les choses fussent à point. Elles y arrivèrent promptement, et tandis que Richard était allé faire une expédition en Irlande, il reçut avis que s'il avait le cœur assez fort pour jouer sa tête contre un royaume, il était temps qu'il traversât le détroit. Le comte de Derby n'hésita point un instant, prit congé du duc de Bretagne, son cousin, près duquel il était retiré, partit du Havre, et après deux jours et deux nuits de navigation, débarqua à Ravenspur, dans le Yorkshire, entre Hall et Brintington.

Sa marche vers Londres fut un triomphe continuel, tant l'ancien roi était haï. Les bourgeois des villes ouvraient les portes et lui présentaient les clefs à genoux, les ménestrels le recevaient en chantant ses louanges, et les femmes jetaient des fleurs sur le chemin qu'il allait parcourir. Lorsque Richard apprit ces nouvelles, il revint avec son armée contre la capitale ; mais abandonné de ses soldats, sans avoir pu les déterminer à combattre, il fut obligé de se rendre prisonnier : on le conduisit en la grosse tour de Londres ; son procès s'instruisit, les chambres le déposèrent, et le comte de Derby, proclamé roi sous le nom de Henri IV, reçut le sceptre et la couronne des mains mêmes de celui qu'il avait détrôné.

Cette nouvelle fut apportée en France par la dame de Coucy, qui était près de madame Isabel : cette pauvre enfant, qui n'avait connu de l'amour que les dégoûts, de la royauté que ses malheurs, revenait en France veuve d'un mari vivant, mais déjà condamné. Chacun sentait bien qu'un pareil affront fait à la couronne de France ne pouvait rester impuni, et cependant on comprenait en même temps l'impossibilité de faire la guerre, tant le royaume était ruiné d'hommes et d'argent. Le duc d'Orléans éprouvait un tel courroux de cette insulte, et un tel chagrin de cette impuissance, qu'il envoya défier en son nom le roi d'Angleterre par Orléans, son héraut, et Champagne, son roi d'armes, lui proposant le combat à outrance et sans merci, dans quelque lieu qu'il voulût fixer et à quelque arme qu'il choisît. Henri IV refusa le combat.

Cependant le duc d'Orléans usait de son gouvernement en homme qui, dit Juvénal le sévère historien de cette époque, aurait eu besoin lui-même d'un gouverneur : pour fournir à ses profusions et à celles de la reine, les taxes se succédaient avec une telle rapidité, qu'on en proclamait une nouvelle avant que la dernière ne fût payée ; enfin, lorsque le peuple fut épuisé, le duc décréta une taille sur le clergé ; il est vrai que pour déguiser l'extorsion, elle fut ordonnée sous le titre de prêt. Cela amena de grandes divisions parmi les prélats, car les uns refusèrent la taxe et laissèrent saisir par force le quart de leur récolte dans les granges et les greniers, tandis que les autres, au contraire, pieux flatteurs du duc d'Orléans, excommunièrent tous ceux qui n'obéissaient point à l'édit. Le régent, loin d'être éclairé par un pareil scandale, répondit à ce schisme par la publication d'une taxe générale frappant cette fois la noblesse, le clergé et le peuple : l'acte portait que la chose avait été résolue en présence et du consentement des ducs de Bourgogne, de Bourbon et de Berry, ce qui était faux. Les deux derniers déclarèrent qu'ils n'étaient pour rien dans cet impôt ; quant au duc de Bourgogne, comme il avait réglé le rachat de son fils, et qu'on venait d'apprendre que le comte de Nevers était en route pour revenir, il résolut de se rendre lui-même à Paris pour donner lui-même un démenti à son neveu.

Aussitôt que le duc d'Orléans le sut en marche, il pensa qu'il ne pourrait se maintenir dans la position qu'il avait prise ; il se hâta donc de faire publier que le roi, d'après ses instances et celles de madame Isabel, retirait la dernière taxe, et qu'en conséquence elle ne serait point levée : cela n'arrêta point le duc Philippe, il vit au contraire dans ce pas de retraite un aveu de la faiblesse de son adversaire, et résolut d'en profiter ; aussi, à peine arrivé à Paris, il s'entendit avec les ducs de Berry et de Bourbon, dont les noms avaient été compromis en même temps que le sien, et faisant de respectueuses remontrances au roi, ils obtinrent que le conseil fût assemblé pour délibérer auquel de ces deux princes resterait le pouvoir, proposant, du reste, pour que toute liberté fût laissée à la discussion, de ne point paraître à cette assemblée, si de son côté son neveu consentait à n'y point venir. Le duc d'Orléans accepta, quoiqu'il présumât bien que la décision lui serait défavorable ; on lui accordait généralement toutes les qualités d'un bon et gentil chevalier, mais on niait aussi généralement au moins qu'il eût aucune des vertus d'un homme d'État ; il éprouva donc plus de dépit que d'étonnement lorsqu'on lui annonça que le parti du duc de Bourgogne l'avait emporté sur le sien, et que celui-ci avait le gouvernement des affaires en son lieu et place.

Les deux rivaux se retrouvèrent donc en face l'un de l'autre avec une haine de plus, et cependant ils en avaient déjà tant de vieilles au fond du cœur, qu'ils n'auraient pas cru eux-mêmes qu'une nouvelle y pût tenir. Le duc d'Orléans parut se consoler de cet échec en faisant une cour ostensible et assidue à madame la comtesse de Nevers, belle-fille du duc. C'était sa manière de se venger : nous verrons bientôt quelle fut celle du comte de Nevers.

Tout avait été réglé comme nous l'avons dit avec Bajazet pour la rançon des cinq captifs, car ils n'étaient plus que cinq ; le sire de Coucy était mort en captivité, à la grande douleur de ses compagnons ; l'empereur avait rendu la liberté à messire Jacques de Helly, en lui faisant de grandes louanges sur son courage et sa loyauté ; les chevaliers se rendirent donc à l'audience de congé que leur avait accordée l'empereur. Le comte de Nevers se chargea, au nom de ses amis et au sien, de le remercier de la courtoisie avec laquelle il les avait traités ; alors Bajazet le fit approcher de lui, et comme il voulait mettre un genou en terre, il le prit par la main, et lui dit en langue turque ces paroles que ses interprètes répétèrent en langue latine :

« Jean, je sais que tu es en ton pays un grand seigneur, et fils d'un noble père, qui avait des aïeux royaux ; tu es jeune, et il se peut que de retour en ton pays on te blâme et l'on te raille sur ce qui t'est arrivé en ta première chevalerie, et que toi, dans l'espoir de recouvrer ton honneur, tu assembles une grande puissance d'hommes pour faire, comme vous l'appelez, une nouvelle croisade ; si je te craignais, je te ferais, ainsi qu'à ceux qui sont en ta compagnie, jurer sur ta croyance et ton honneur de ne jamais porter les armes contre moi : mais loin de là, une fois de retour en ton pays d'occident, fais ce que bon te semblera ; rassemble contre moi la plus grosse armée que tu pourras réunir, viens, et tu me trouveras toujours prêt et armé pour la bataille ; et je dis cela, non-seulement pour toi, mais pour tous ceux à qui il te plaira de le répéter ; car je suis né pour les entreprises de guerre et les conquêtes de villes. »

Après ces paroles, dont se souvinrent toute leur vie ceux qui les avaient entendues, les prisonniers furent remis aux mains des seigneurs de Metelin et d'Abydos, qui s'étaient chargés de la négociation et l'avaient menée à bien. Cependant, les gens de l'empereur les conduisirent jusqu'à leurs galères, et ne les quittèrent qu'au moment où ils levèrent l'ancre. La flotte fit voile pour Metelin, où elle arriva sans accident.

Les chevaliers y étaient attendus avec impatience : ils y furent merveilleusement reçus par la femme de ce seigneur, qui avait été dame de l'impératrice de Constantinople, et qui pendant ce temps avait entendu faire de grands récits sur la France. Elle fut donc très honorée de recevoir quelques-uns de ses plus nobles enfans ; elle leur fit préparer les chambres les plus magnifiques de son palais, et dans ces chambres ils trouvèrent, en place de leurs vêtemens usés et flétris, des habits de forme grecque faits des plus riches étoffes de l'Asie. Ils venaient de les revêtir, lorsqu'on leur annonça l'arrivée de messire Jacques de Braquemont, maréchal de Rhodes : il venait chercher les chevaliers pour les conduire dans cette île, où ils étaient attendus par le grand-prieur avec désir et impatience : ils prirent donc congé du seigneur et de la dame de Metelin qui les avaient si courtoisement reçus, et se remirent en mer. Quelques jours de traversée leur suffirent pour atteindre le port, et sur le rivage les attendaient pour leur faire honneur les principaux seigneurs de Rhodes, bons juges en matière de religion et de chevalerie, car ils portaient sur leurs habits la croix blanche, en mémoire de la Passion, et soutenaient chaque jour quelque nouvel assaut contre les Infidèles.

Le grand-maître et après lui les plus nobles chevaliers se partagèrent l'honneur de recevoir le comte de Nevers et ses compagnons ; ils leur offrirent même de l'argent, chose dont ils avaient grand besoin, et Jean de Nevers accepta pour lui et pour ses amis une somme de 30,000 francs, dont il fit personnellement sa dette envers le grand-prieur, quoique le tiers au plus eût été distribué à ses compagnons.

Tandis qu'ils étaient en la ville de Saint-Jean, attendant la galère de Venise qui devait les y venir prendre, messire Guy de La Trémouille, seigneur de Sully, tomba malade et passa de vie à trépas. Il semblait que la mort laissait échapper avec peine ces hommes qui s'étaient vus si près de la tombe, qu'ils n'avaient moins de chemin à faire pour y descendre que pour en sortir : déjà le sire de Coucy avait succombé, et voilà qu'à son tour le sire de La Trémouille fermait les yeux pour ne plus les rouvrir. Les chevaliers crurent que quelque malédiction pesait sur eux, et que pas un n'était destiné à revoir le sol de la patrie ; ils rendirent tristement les devoirs funèbres à cet ami, dont la mort les réduisait au nombre de quatre, et l'ayant déposé en l'église de Saint-Jean de Rhodes, ils montèrent sur les vaisseaux vénitiens, qui étaient entrés dans le port tandis qu'ils s'acquittaient de ce dernier devoir.

En partant, l'ordre fut donné au pilote, pour moins de fatigue et pour que le comte pût visiter les terres qui sont entre Venise et Rhodes, de relâcher d'île en île. C'est ainsi que les voyageurs débarquèrent tour à tour à Modon, à Corfou, à Leucade et à Céphalonie ; là ils séjournèrent quelques jours, car les femmes de cette île leur parurent si belles qu'ils les prirent pour des nymphes et des fées, et que le comte de Nevers et ses compagnons employèrent en présens à ces enchanteresses la meilleure partie de l'or que leur avait prêté, pour un autre usage sans doute, le bon prieur des chevaliers de Rhodes.

Ce ne fut qu'avec peine qu'on les arracha de ce paradis ; mais il fallut enfin qu'ils se décidassent à le quitter, car ils avaient encore bien du pays à voir avant d'arriver à Venise. Ils remontèrent donc sur leurs vaisseaux, puis naviguèrent tant et tant au vent et à la rame, qu'ils s'en vinrent à Raguse, à Zara et à Parenzo ; là ils montèrent sur des nefs plus légères, afin de pouvoir parvenir jusqu'à Venise, la mer qui baigne ses pieds n'étant pas assez profonde pour porter de grosses galères.

Arrivé là, le comte de Nevers trouva une partie de ses gens que le duc et la duchesse avaient envoyés pour l'attendre. Bientôt les sires de Haugier et de Helly arrivèrent, conduisant le reste de sa maison et menant avec eux des fourgons chargés de vaisselle d'or et d'argent, d'habits magnifiques et de linge de toute espèce. Jean de Bourgogne se mit donc en route avec l'état qui convenait à un seigneur de son rang, et arriva en France plus en vainqueur qu'en vaincu.

Quelque temps après son retour, mourut en son château de Halle, dans la soixante-treizième année de son âge, Philippe-le-Hardi, et par cette mort la régence revint au duc d'Orléans.

Mais le comte de Nevers se trouva duc de Bourgogne.

Onze mois après, la duchesse mourut, et le duc Jean de Bourgogne se trouva comte de Flandres et d'Artois, seigneur de Salins, palatin de Malines, d'Alost et de Talmand, c'est-à-dire l'un des plus puissans princes de la chrétienté.

XIV.

Cet événement allait mettre à la grande lumière les discussions qui jusqu'à ce jour avaient divisé les deux familles. Jusque-là le respect que commandait l'âge du duc Philippe, et la prudence que le duc Philippe tenait de cet âge même, avait jeté sur ces discordes princières un vernis politique qui allait s'effacer ; les haines particulières, les haines d'ambition personnelle, les haines d'amour et d'amour-propre blessé, les haines vivaces et sanglantes enfin, allaient lever leurs têtes démasquées et se prendre corps à corps comme deux athlètes acharnés. Chacun sentait que l'avenir était gros de malheur, qu'il y avait dans l'air quelque chose de terrible, et que lorsque l'orage éclaterait il pleuvrait du sang.

Et cependant ni l'un ni l'autre des deux princes n'avaient encore donné des marques publiques de cette haine. Le duc de Bourgogne était retenu dans ses états pour recevoir l'hommage de ses bonnes villes ; et tout occupé par ces soins, ce n'était que de temps en temps qu'il pouvait jeter sur Paris un regard plein de promesses de vengeances.

Quant au duc d'Orléans, naturellement insoucieux comme il l'était, il s'occupait peu de ce que faisait le duc de Bourgogne ; ses amours avec Isabel avaient repris une nouvelle ardeur, et dans les instans de liberté qu'ils lui laissaient, il s'amusait à disputer savamment avec les docteurs et les gens de lois ; puis il rêvait au moyen de lever de nouvelles taxes ;

c'était à peu près sa seule manière de se mêler du gouvernement.

Aussi, tout allait-il au pire dans le royaume. La trêve avec l'Angleterre n'était plus qu'un vain mot, et à défaut d'une déclaration de guerre ouverte et générale, les entreprises particulières, autorisées par les deux gouvernemens, ensanglantaient tantôt un point de l'Angleterre, tantôt une province de la France. De jeunes gentilshommes de Normandie ayant à leur tête les sires de Martel, de La Roche-Guyon et d'Acqueville, sans demander congé ni au roi ni au duc d'Orléans, s'embarquèrent au nombre de deux cent cinquante, abordèrent à l'île de Portland et la pillèrent ; mais les habitans, revenus de leur première terreur, et voyant leur petit nombre, revinrent sur eux, en tuèrent une partie et firent prisonnier le reste.

Les Bretons, de leur côté, mais cette fois avec l'autorisation du conseil du roi, tentèrent une nouvelle attaque qui ne fut pas plus heureuse : elle était conduite par le sire Guillaume Duchâtel et les seigneurs de La Jaille et de Châteaubriant ; Guillaume Duchâtel y fut tué.

Alors Tanneguy, son frère, se mit à la tête de quatre cents gentilshommes, descendit près de Darmouth, y mit tout à feu et à sang. Guillaume vengé eut une hécatombe et un bûcher.

Cependant, la guerre allait éclater bientôt et se faire sur de plus vastes proportions. Un jeune exilé anglais était venu demander asile à la cour de France ; il se nommait Owen Glendor, descendait des anciens princes de Galles, et était fils d'Ivan de Galles, qui, lié de fraternité d'armes avec les chevaliers français, avait péri au service du roi Charles ; il demandait secours contre Henry de Lancastre, et cet appel aux vieilles haines de la France contre l'Angleterre avait trop d'échos dans le royaume pour ne pas être entendu ; on décida donc qu'il serait équipé une puissante flotte dans le port de Brest, et que le commandement d'une expédition composée de huit mille hommes serait donné au comte de La Marche, que nous avons vu combattre à Nicopolis avec Jean de Bourgogne.

Les Anglais, voyant ces préparatifs, résolurent de les détruire avant qu'ils fussent achevés. Ils descendirent donc près de Guerrande, qu'ils espéraient prendre par surprise ; mais Clisson veillait ; son bras n'était point désarmé pour avoir perdu l'épée de connétable : il lui restait la sienne. Au cri d'alarme qu'il jeta, Tanneguy Duchâtel accourut avec cinq cents lances, et abattant d'un coup de hache le comte de Beaumont, capitaine de l'entreprise, il força les Anglais à se rembarquer, après avoir pris ou tué la moitié de leur troupe.

Cependant la flotte était prête à mettre à la voile : les chevaliers étaient rassemblés ; on n'attendait plus que le chef de l'expédition. On l'attendit ainsi vainement pendant cinq mois. Le comte de La Marche avait oublié dans les bals, les jeux de cartes et de dés, qu'il avait à mettre une armure de combat.

Cette expédition avortée coûta fort cher, et ne mena à rien qu'à fournir l'occasion au duc d'Orléans de lever une nouvelle taxe sur tout le royaume.

Cette fois, le duc de Bourgogne, que l'on aurait pu croire endormi, se réveilla pour donner l'ordre à ses sujets de ne point payer.

Le duc d'Orléans, qui n'avait aucun moyen d'exécution dans les états du duc de Bourgogne, se vengea de lui en mariant mademoiselle d'Harcourt, cousine du roi, au duc de Gueldre, ennemi mortel du duc de Bourgogne. Le coup porta vite et en plein ; car le jour même du mariage, un héraut entra dans la salle du festin, et, en face de tous les convives, défia le duc de Gueldre au nom du comte Antoine de Bourgogne, qui devait hériter du duché de Limbourg. Le duc de Gueldre se leva, dévêtit sa robe de noces, la donna au héraut pour lui faire honneur, et accepta le défi.

De ce côté aussi la guerre s'alluma donc.

A tous ces signes de la terre commençaient à se mêler les présages du ciel. Un jour que, dans la forêt de Saint-Germain, la reine se promenait en litière et le duc à cheval, un grand orage éclata tout-à-coup ; la reine ouvrit sa voiture et y donna place à son amant ; à peine l'eut-il prise, que le tonnerre tomba, tuant le cheval dont il venait de descendre. A ce bruit et à cette vue, l'attelage de la litière s'effraya, emporta la voiture vers la Seine, et allait se précipiter avec elle, lorsque les traits se rompirent comme par un miracle de Dieu, et les chevaux s'élancèrent dans la rivière comme si quelque démon les y poussait.

Les gens pieux virent dans cet accident un avertissement de la Providence : excité par eux, le confesseur du duc d'Orléans lui parla avec force et sincérité, blâmant la vie dissolue et anti-religieuse qu'il menait. Le duc convint qu'il était un grand pécheur, promit de s'amender, et, pour preuve de sa conversion, fit publier à son de trompe qu'il allait payer ses dettes ; il fixa en conséquence un jour à ses créanciers pour qu'ils se présentassent à son hôtel.

Selon le religieux de Saint-Denis, huit cents se présentèrent au jour dit, apportant leurs mémoires additionnés et réglés ; mais sept jours s'étaient passés depuis l'accident de Saint-Germain ; le ciel était redevenu d'un bleu d'azur, et son dernier nuage avait emporté le dernier remords du duc ; en conséquence, sa caisse était fermée. Les créanciers poussèrent de grandes clameurs, déclarant qu'ils ne s'en iraient pas sans être payés ; mais on leur répondit que les rassemblemens étaient défendus, et que, s'ils ne se retiraient promptement, on allait faire venir les sergens, qui sauraient bien les disperser.

Cependant, les mêmes personnes qui avaient fait des remontrances au duc d'Orléans profitèrent d'un retour de raison pour en faire au roi. On lui montra l'or des particuliers et l'or de l'État fondant entre les mains du duc et de la reine comme dans un creuset. On lui dit de prêter l'oreille, et il entendit les cris du peuple. On lui dit d'ouvrir les yeux, et il vit que la misère publique était entrée jusque dans son palais. Aussitôt il s'informa, et il apprit des choses inouïes ; il fit venir la gouvernante de ses enfans, et elle lui avoua que souvent les jeunes princes manquaient du nécessaire, et que parfois elle n'avait su comment leur donner de quoi manger et se vêtir. Il appela le duc d'Aquitaine, et l'enfant arriva à moitié nu et disant qu'il avait faim. Alors le roi poussa un profond soupir, chercha de l'argent pour en donner à la gouvernante, et, n'en trouvant point, il lui remit pour l'aller vendre une coupe d'or dans laquelle il venait de boire.

Avec une lueur de raison, un instant d'énergie revint au pauvre insensé. Il ordonna qu'un conseil général fût assemblé, afin d'aviser au plus prompt moyen de porter remède à la maladie de l'État ; puis, sans rien dire à personne, il fit écrire au duc de Bourgogne pour l'inviter d'assister à la délibération. C'était tout ce que celui-ci attendait.

Le lendemain il partit d'Arras avec huit cents hommes, et marcha sur Paris.

En arrivant à Louvres, il reçut des lettres qui lui annonçaient que le duc d'Orléans et la reine, en apprenant sa venue, avaient quitté Paris pour se rendre à Melun, et de là à Chartres, laissant l'ordre au prince Louis de Bavière de leur amener dans cette ville le duc d'Aquitaine, dauphin de Vienne. Malgré l'urgence de ces nouvelles, le duc était si fatigué qu'il s'arrêta pour dormir quelques heures. Le lendemain, au point du jour, il partit pour Paris ; mais il y arriva encore trop tard ; le dauphin venait de partir.

Alors le duc de Bourgogne, sans desseller ni rafraîchir, mit son cheval au galop, et ordonna à ses gens de le suivre. Il traversa ainsi Paris dans toute sa largeur, prit la route de Fontainebleau, et rejoignit le dauphin vers Villejuif et Corbeil. Ce jeune prince était accompagné de son oncle Louis de Bavière, du marquis de Pont, du comte de Dammartin, de Montaigu, grand maître d'hôtel du roi, et de plusieurs autres seigneurs ; dans sa litière, et à ses côtés, étaient assises sa sœur Jeanne et la dame de Préaux, femme de monseigneur de Bourbon. Le duc de Bourgogne s'approcha de la portière, s'inclina devant le dauphin, et le supplia de revenir à Paris, lui disant qu'il avait à lui parler de certaines choses qui le touchaient de près ; alors le prince Louis voyant que le désir du duc d'Aquitaine était effectivement de revenir avec Jean de Bourgogne, comme celui-ci l'en priait, s'avança et dit :

— Sire duc, laissez aller monseigneur d'Aquitaine, mon neveu, près de la reine sa mère et de monseigneur d'Orléans son oncle, car il y va du consentement du roi son père.

A ces mots, le duc Louis défendit à qui que ce soit de tourner bride, et ordonna au cocher de continuer sa route. Il allait donc reprendre son chemin, lorsque le duc de Bourgogne lui-même prit les chevaux au mors, leur fit retourner la tête du côté de Paris, et tirant son épée :

— Sur ta vie, dit-il au conducteur, marche, et vitement.

Le cocher, tremblant, mit ses chevaux au galop ; la troupe du duc entoura la litière, et tandis que le duc d'Aquitaine retournait vers la capitale, accompagné de son oncle Louis de Bavière qui n'avait pas voulu le quitter, le duc de Bar, le comte de Dammartin et le marquis de Pont gagnaient Corbeil, et racontaient au duc d'Orléans et à la reine ce qui venait de se passer.

Cette action donnait la mesure de ce que pouvait oser le duc de Bourgogne. Aussi le duc et la reine, qui venaient de se mettre à table, interrompirent-ils leur dîner, et, montant en voiture, partirent-ils en grande hâte pour Melun. Quant au duc de Bourgogne, il trouva aux portes de Paris le roi de Navarre, le duc de Berry, le duc de Bourbon, le comte de La Marche, plusieurs autres seigneurs encore, et une foule de bourgeois qui venaient au devant de lui, louant beaucoup cette entreprise, et tout joyeux de revoir le jeune duc leur dauphin. Alors le duc de Bourgogne, qui était à la portière avec ses deux frères, ordonna de marcher au pas, tant la multitude était grande, et vint en cette ordonnance jusqu'au château du Louvre, où le dauphin fut logé. Le duc de Bourgogne y demeura près de lui afin de faire autour du jeune prince sûre et bonne garde.

La surveillance était d'autant plus facile au duc de Bourgogne, qu'à son ordre et à celui de ses frères, des hommes d'armes arrivaient de tous côtés venant de leurs États ; au bout de quelques jours, il se trouva donc à la tête de six mille combattans à peu près, tous à lui, et commandés par le comte de Clèves et par l'évêque de Liége, que l'on appelait Jean-sans-Pitié.

Le duc d'Orléans, de son côté, n'avait point perdu de temps ; il avait envoyé des messagers dans tous ses duchés et comtés, avec ordre à ses capitaines de lever autant d'hommes qu'il serait possible, et de faire la plus grande diligence pour les lui amener. Aussi vit-il promptement venir le sire de Harpedanne avec les gens du Boulonnais ; le duc de Lorraine avec ceux de Chartres et de Dreux, et enfin le comte d'Alençon avec les chevaliers et les communes d'Orléans.

Tous ces mouvemens de troupes étaient fort onéreux au pauvre peuple des environs de Paris. Les gens d'armes des deux partis parcouraient la Brie et l'Ile-de-France, pillant et ravageant tout. Ceux du duc d'Orléans avaient pris pour bannière le bâton noueux dont le prince avait fait sa devise au tournoi avec ces mêmes mots : « Je porte le défi ! » et les Bourguignons, de leur côté, s'étaient ralliés au rabot du duc Jean, et avaient pris pour mot d'ordre : « Je le tiens. »

Les deux troupes se trouvaient donc en présence ; et, quoiqu'il n'y eût entre les princes aucune déclaration de guerre patente, tout homme sage sentait bien qu'il suffisait d'une querelle particulière entre deux soldats pour amener un choc entre les deux armées et une guerre civile dans toute la France.

Cet état durait depuis quelque temps lorsque le duc d'Orléans résolut de le faire cesser par une démarche décisive. En conséquence, il donna l'ordre à son armée de marcher sur Paris. Le duc de Bourgogne était en son hôtel d'Artois, lorsque l'on vint lui dire que son ennemi s'avançait avec toute sa puissance. Il se fit armer promptement, sauta sur son cheval de bataille, courut à l'hôtel d'Anjou, où il trouva le roi de Sicile, les ducs de Berry, de Bourbon, et plusieurs autres princes et seigneurs du conseil du roi, prit acte devant eux que ce n'était point lui qui commençait les hostilités, et menant à la tête de ses troupes, il les vint mettre en bataille devant Montfaucon.

En voyant le duc et les soldats traverser ainsi au grand galop les rues de Paris, les bourgeois s'émurent vivement. Le duc d'Orléans avait imprimé par ses exactions un tel cachet d'avarice sur son gouvernement, que le bruit courut qu'il revenait sur Paris pour le piller. Au même instant, toute la communauté de la ville se leva en masse et marcha aux portes ; les écoliers descendirent en armes de l'université ; on abattit plusieurs maisons des faubourgs, et l'on en porta les pierres au milieu de la route pour en faire des barricades ; enfin toutes les mesures furent prises pour seconder le duc de Bourgogne et combattre le duc d'Orléans.

En ce moment passèrent devant les travailleurs le roi de Sicile, les ducs de Berry et de Bourbon ; ils se rendaient près du duc d'Orléans pour l'informer des dispositions de Paris à son égard et le supplier d'éviter toute effusion de sang. Le duc répondit que ce n'était pas lui, mais son cousin Jean qui avait commencé les hostilités, en enlevant à sa mère le jeune duc d'Aquitaine ; que du reste il était prêt à entendre toute proposition raisonnable, et la preuve, c'est qu'il interrompait sa marche. En effet, il cantonna ses hommes à Corbeil et autour du pont de Charenton, conduisit la reine à Vincennes, et se retira lui-même en son château de Beauté.

Les pourparlers se nouèrent aussitôt et durèrent huit jours, au bout desquels on commença à s'entendre : les deux ducs convinrent de renvoyer chacun leurs troupes, et de s'en rapporter sur leurs prétentions au jugement du conseil du roi. Serment de part et d'autre fut échangé sur l'Evangile, et le renvoi des troupes signala son commencement d'exécution.

Dès que Paris fut délivré des gens d'armes des deux partis, la reine se décida à y faire son entrée : ce fut une grande fête pour la capitale que cette preuve de confiance que madame Isabel donnait à ses sujets, en revenant se placer au milieu d'eux ; toute la population se porta joyeusement au-devant d'elle. La reine était dans le premier chariot suspendu qui ait été construit, et dont lui avait fait cadeau le duc d'Orléans ; les dames suivaient dans des litières, les deux ducs réconciliés venaient à cheval, se tenant par la main, et portant chacun la devise de son adversaire. Après avoir conduit madame Isabel à l'hôtel du roi, tous deux se rendirent à Notre-Dame, communièrent avec la même hostie rompue en deux, s'embrassèrent au pied de l'autel, et pour plus grande preuve de réconciliation et de confiance, le duc de Bourgogne demanda l'hospitalité pour cette nuit au duc d'Orléans. Le duc d'Orléans lui offrit alors la moitié de son propre lit : Jean de Bourgogne accepta. Le peuple, toujours dupe des apparences, les reconduisit en criant : « Noël ! » jusqu'au nouvel hôtel du duc d'Orléans, qui était derrière Saint-Paul.

Ces deux hommes, qui huit jours auparavant marchaient l'un contre l'autre sous des bannières opposées, et vêtus de leurs armures de guerre, rentrèrent à l'hôtel appuyés aux bras l'un de l'autre, comme deux amis qui se revoient après une longue absence.

Ils y trouvèrent les ducs de Berry et de Bourbon, leurs oncles, qui ne pouvaient en croire leurs yeux ni leurs oreilles. Le duc de Bourgogne leur confirma de nouveau la sincérité de sa réconciliation, et le duc d'Orléans leur dit que jamais jour ne lui avait paru aussi beau que celui qui allait finir.

Les deux princes restés seuls continuèrent de se promener en causant. On leur apporta du vin épicé qu'ils burent en échangeant leurs coupes. Le duc de Bourgogne surtout était d'un abandon extrême. Il loua beaucoup l'ordonnance de la chambre à coucher, en examina avec une attention minutieuse les tapisseries et les portières, et indiquant du doigt une petite clef qui ouvrait une porte secrète, il demanda en riant si ce n'était point l'entrée des appartemens de madame Valentine.

Le duc d'Orléans passa vivement entre Jean de Bourgogne et la tapisserie, et mettant la main sur la clef :

— Point tout-à-fait, mon beau cousin, lui dit-il ; il lui est au contraire expressément défendu d'y entrer : cette porte est celle d'un oratoire où je fais mes dévotions secrètes.

Puis, en riant, et comme par inadvertance, il tira la clef de la serrure, joua quelque temps avec, sans paraître même savoir quel objet il tenait à la main ; enfin, la mettant dans une des poches de son pourpoint, avec un air de distraction parfaitement naturel :

— Si nous nous couchions, mon cousin ? dit-il.

Jean de Bourgogne ne répondit qu'en détachant la cordelière d'or qui soutenait son poignard et son escarcelle, et qu'en posant ces objets sur un fauteuil. Le duc d'Orléans, de son côté, commença de se dévêtir, et comme il se trouva plus tôt prêt que son cousin, il se mit au lit le premier, laissant le bord, c'est-à-dire la place d'honneur, au duc de Bourgogne, qui ne tarda point à la prendre.

Les deux princes causèrent encore quelque temps de guerre et d'amour, puis enfin le duc Jean parut éprouver le besoin de céder au sommeil : le duc d'Orléans cessa donc de parler, regarda encore quelque temps, d'un air bienveillant, son cousin qui s'était promptement endormi, puis faisant un signe de croix, il murmura quelques prières et ferma les yeux à son tour.

Au bout d'une heure d'immobilité, ceux du duc Jean se rouvrirent ; il tourna doucement la tête du côté de son cousin : il dormait comme si tous les anges du ciel veillaient sur lui.

Lorsqu'il se fut bien assuré que son sommeil était véritable, il se souleva lentement sur le coude, sortit une jambe, ensuite l'autre, chercha le plancher sur la pointe du pied, puis l'ayant rencontré, glissa doucement le reste de son corps hors du lit, alla vers le fauteuil où le duc d'Orléans avait déposé ses habits, fouilla dans le pourpoint, en tira la petite clef que son cousin y avait cachée, prit la lampe sur la table où le valet l'avait posée, marcha sans bruit et en retenant son haleine vers la porte secrète, glissa avec précaution la clef dans la serrure : la porte s'ouvrit, et le duc entra dans le cabinet mystérieux.

Un instant après il en ressortit pâle et les sourcils contractés, s'arrêta quelque temps comme pour réfléchir à ce qu'il allait faire, étendit la main pour prendre le poignard qu'il avait déposé sur le fauteuil ; mais, changeant de résolution, il posa la lampe sur la table. Au bruit qu'il fit dans ce dernier mouvement, le duc d'Orléans s'éveilla.

— Auriez-vous besoin de quelque chose, mon beau cousin ? dit-il à Jean de Bourgogne.

— Nullement, monseigneur, répondit celui-ci ; mais cette lampe m'empêchait de dormir, et je me suis levé pour la souffler.

A ces mots il l'éteignit, et, marchant vers le lit, il se recoucha.

XV.

Quelques mois s'étaient écoulés depuis cette nuit de réconciliation, lorsque, dans la soirée du 23 novembre 1407, deux hommes à cheval s'arrêtèrent, rue Barbette, en face de la maison de l'Image Notre-Dame ; ils regardèrent autour d'eux, afin de bien reconnaître où ils étaient, et l'un des deux dit à l'autre :

— C'est ici.

Alors ils descendirent de cheval, conduisirent leurs montures sous l'ombre que formait un appentis, en attachèrent les brides aux poteaux qui le soutenaient et se promenèrent silencieusement sous la voûte. Un instant après deux autres hommes arrivèrent, parurent se livrer à la même investigation, descendirent de cheval comme les premiers, et voyant reluire des armures d'acier dans l'ombre, allèrent rejoindre ceux qui les portaient ; dix minutes ne s'étaient pas écoulées qu'on entendit le bruit de nouveaux arrivans ; enfin, au bout d'une demi-heure, la petite troupe, qui s'était successivement augmentée, comptait dix-huit personnes.

Elle était au complet depuis environ un quart d'heure, lorsqu'on entendit au haut de la rue le galop d'un seul cheval. Au moment où son cavalier passait emporté par lui, devant la maison de l'Image, une voix partit du hangar et dit :

— Est-ce vous, de Courteheuse ?

— C'est moi, répondit le cavalier, arrêtant court sa monture. Qui m'appelle, ami ou ennemi ?

— Ami, dit celui qui paraissait le chef de la troupe, sortant à pied de l'ombre où il était caché et s'approchant de sire Thomas de Courteheuse; — eh bien ! sommes-nous prêts ? et il appuya sa main sur le cou du cheval.

— Ah ! c'est toi, Raoullet d'Octouville ! répondit le chevalier ; bien ! es-tu là avec tous tes hommes ?

— Oui, et nous vous attendons depuis une bonne demi-heure.

— Il y a eu retard dans l'ordre ; je crois qu'au moment d'agir le courage lui a failli.

— Comment cela ? renoncerait-il à son dessein ?

— Non point.

— Et il fait bien ; car je le prendrais pour mon compte. Je n'ai point oublié que ce duc, que Dieu damne, m'a ôté pendant son gouvernement l'office des généraux, dont le roi m'avait pourvu à la requête du défunt duc Philippe de Bourgogne. Je suis Normand, sire Thomas, et j'ai de la rancune ; il peut donc compter sur deux bons coups de dague, je vous en réponds : le premier, pour la promesse que j'ai faite au duc, et le second pour le serment que je me suis fait à moi-même.

— Maintiens-toi dans ces bonnes dispositions, mon brave chasseur ; car le gibier est détourné, et d'ici à un quart d'heure je te l'amène.

— Allez donc !... dit Raoullet en frappant du plat de sa main la croupe du cheval qui repartit au galop, et il rentra sous le hangar.

Laissons le cavalier continuer sa route, et entrons au petit séjour de la reine.

C'était un joli hôtel qu'elle avait acheté du sire de Montaigu, et où elle s'était retirée lorsque le roi, dans un accès de folie, lui avait coupé les mains avec son épée ; depuis ce moment elle n'était rentrée à l'hôtel Saint-Paul que dans les occasions solennelles, et pour n'y rester que le temps strictement nécessaire aux convenances ; cela d'ailleurs donnait plus de liberté à ses amours avec le duc.

Le soir de ce même jour, la reine était donc à cet hôtel comme d'habitude, mais gardant le lit à la suite d'une fausse couche qu'elle venait de faire et dont l'enfant n'avait pas vécu. Le duc d'Orléans était assis à son chevet, et l'on venait de leur servir un souper, que la convalescence de la malade avait rendu très gai, lorsque Isabel regardant son amant avec les yeux où le retour de la santé commençait à faire briller l'amour :

— Mon beau duc, lui dit-elle, il faudra, lorsque je serai tout-à-fait remise, que vous me donniez un soir à souper en votre hôtel, comme je viens de vous donner à souper au mien, puis après je requerrai de vous une grâce.

— Dites que vous me donnerez un ordre, ma noble Isabel, répondit le duc ; et ajoutez que je l'exécuterai à genoux.

— Cela n'est pas certain, Orléans, continua la reine en le regardant cette fois d'un air de doute ; et j'ai bien peur que lorsque vous connaîtrez l'objet de ma demande, vous ne me la refusiez bien net.

— Vous ne pouvez rien me demander qui me soit plus cher que la vie, et vous le savez bien, ma vie est à vous.

— A moi !... et à la France : chacun a le droit d'en réclamer sa part ; c'est ce que ne manquent pas de faire les dames de ma cour.

Le duc d'Orléans sourit.

— De la jalousie ! dit-il.

— Oh ! non, de la curiosité et pas autre chose ; or, comme je suis fort curieuse, je désirerais entrer dans un certain cabinet attenant à la chambre à coucher de monseigneur le duc d'Orléans, et où l'on dit qu'il a fait faire le portrait de toutes ses maîtresses.

— Et vous voudriez savoir ?...

— Si je suis en bonne compagnie, voilà tout.

— La chose advenant, mon Isabel, vous vous y verriez seule, comme vous êtes dans mon cœur et sur mon cœur.

A ces mots il tira de sa poitrine le portrait que la reine lui avait donné.

— Oh ! mais voilà une preuve à laquelle je ne m'attendais pas. Comment ! vous avez encore cette image ?

— Et elle ne me quittera qu'à la mort.

— Ne parlez pas de mourir, monseigneur, il vient de me passer à ce mot un frisson étrange dans les veines, un éblouissement bizarre devant les yeux. Oh ! qui entre ? qui vient ? que veut-on ?

— C'est sire Thomas de Courteheuse, valet de chambre du roi, qui demande monseigneur le duc, répondit le page qui venait d'ouvrir la porte.

— Permettez-vous qu'il entre, ma belle reine ? dit le duc d'Orléans.

— Oui, certes ; mais que veut-il ? je suis toute tremblante. Messire Thomas entra.

— Monseigneur, dit-il en s'inclinant, le roi vous mande que sans délai vous veniez devers lui, car il veut vous parler hâtivement et pour choses qui touchent grandement à lui et à vous.

— Dites au roi que je vous suis, messire, répondit le duc. Thomas remonta à cheval, repartit au galop, et jeta ces mots en repassant devant la maison de Notre-Dame :

— A l'affût, Raoullet ! voilà le gibier ! puis il disparut.

Au même instant, un mouvement confus se fit sous le hangar ; on entendit le froissement du fer contre le fer, car chacun remontait sur son cheval ; puis le bruit cessa bientôt, et tout rentra dans le silence.

Au bout de quelques minutes, il fut interrompu par les sons d'une voix douce qui venait du côté de la rue du Temple, et qui chantait un petit poème de Froissart ; un instant après on put apercevoir le chanteur, car il était précédé de deux valets portant des torches ; devant eux marchaient deux écuyers montés sur le même cheval, et derrière lui venaient deux pages et quatre hommes armés ; il était vêtu d'une grande robe de damas noir, montait une mule qui marchait le pas et jouait en jetant son gant en l'air et en le retenant avec la main.

Arrivé à quelque distance de l'appentis, le cheval des deux écuyers hennit ; un autre hennissement partit du hangar et répondit comme un écho.

— Y a-t-il quelqu'un là ? dirent les écuyers. Personne ne répondit.

Alors ils pressèrent leur cheval avec les genoux et il se cabra ; ils le piquèrent de l'éperon et il bondit au galop comme s'il courait à travers les flammes.

— Tiens-toi bien, Simon, cria le chanteur riant de l'aventure, et annonce-moi au roi, car si tu vas toujours ainsi, tu arriveras bien un quart d'heure avant moi.

— C'est lui ! dit une voix qui partit du hangar, et une vingtaine d'hommes à cheval s'élancèrent dans la rue ; l'un d'eux marcha droit au duc, et criant : A mort ! à mort ! il le frappa d'un coup de hache qui lui abattit le poignet.

Le duc jeta une grande plainte, s'écriant :

— Qu'est ceci ? et que veut dire ceci ? Je suis le duc d'Orléans.

— C'est ce que nous demandons, répondit le même homme qui l'avait déjà frappé : et lui assénant un second coup de hache, il lui fendit tout le côté droit de la tête, depuis le front jusqu'au bas de la joue. Le duc d'Orléans poussa un soupir et tomba.

Cependant il se releva encore sur ses genoux ; mais alors tous l'assaillirent, chacun frappant avec une arme différente, les uns de leurs épées, les autres de leurs masses, ceux-ci de leurs poignards ; un page allemand, qui voulut défendre le duc, tomba sur lui mortellement blessé, et les coups se partagèrent entre l'enfant et le maître ; l'autre page, légèrement atteint d'un coup d'épée, se réfugia en appelant du secours dans une boutique de la rue des Rosiers. La femme d'un cordonnier ouvrit sa fenêtre, et voyant vingt hommes qui en frappaient deux, cria au meurtre.

— Taisez-vous !... lui répondit un des assassins.

Et comme elle continuait, il prit une flèche dans sa trousse et l'ajusta ; le trait partit et alla s'enfoncer dans le contrevent qu'elle tenait entr'ouvert.

Il y avait parmi les meurtriers un homme dont la tête était couverte d'un chaperon rouge qui lui cachait le visage ; celui-ci ne frappait point, mais regardait frapper. Lorsqu'il vit le duc sans mouvement, il ramassa une torche, et l'approchant de son visage :

— C'est bien, dit-il, il est mort.

En même temps il jeta la torche sur un tas de paille qui se trouva contre la maison de l'Image Notre-Dame ; la flamme s'y communiqua rapidement ; alors il sauta sur son cheval, criant : Au feu ! et partit au galop, prenant la rue qui conduisait aux jardins de l'hôtel d'Artois ; ses compagnons le suivirent, criant comme lui : Au feu ! au feu ! et jetant derrière eux des chausses-trappes afin de ne point être poursuivis.

Cependant le cheval des deux écuyers s'était calmé, et les cavaliers étaient parvenus à le faire retourner vers l'endroit où il avait pris une si grande peur, lorsqu'en revenant ils aperçurent la mule du duc d'Orléans, qui courait sans maître ; ils crurent qu'elle l'avait jeté bas, et la prenant par la bride, ils la ramenèrent en face du hangar. Là, ils virent à la lueur du feu le duc étendu ; près de lui était sa main coupée, et dans le ruisseau une partie de sa cervelle.

Alors ils coururent en toute hâte au petit séjour de la reine, et poussant de grands cris, ils entrèrent à l'hôtel, pâles, s'arrachant les cheveux. On conduisit aussitôt l'un d'eux à la chambre de madame Isabel, qui lui demanda ce qu'il y avait.

— Un malheur épouvantable, dit-il, le duc d'Orléans vient d'être assassiné rue Barbette, en face de l'hôtel du maréchal de Rieux.

Isabel pâlit affreusement, puis prenant d'une main une bourse pleine d'or qui était sous son chevet, et de l'autre le bras de cet homme :

— Tu vois cette bourse, lui dit-elle, eh bien elle est à toi si tu le veux.

— Que faut-il faire ? dit l'écuyer.

— Il faut courir auprès de ton maître avant que personne n'enlève le corps, tu entends bien ?

— Oui, et alors ?

— Et alors tu lui arracheras un portrait de moi qu'il porte sur la poitrine.

XVI.

Il faut maintenant que le lecteur, s'il veut nous suivre, franchisse ces quatre-vingts dix ans qui vient de s'écouler entre l'assassinat du duc d'Orléans et l'époque à laquelle nous reprenons cette chronique. Dix ans, qui tiennent tant de place dans la vie de l'homme, ne sont qu'un pas dans la marche du temps. Nous espérons donc qu'en réfléchissant à la difficulté de tout dire dans l'espace où nous sommes renfermés, on nous pardonnera cette lacune, que du reste nous remplirons un jour dans le grand travail que nous nous proposons de faire sur notre histoire, en supposant toutefois que le public nous encourage à l'entreprendre.

On était donc arrivé à la fin du mois de mai 1417, lorsque, vers sept heures du matin, la herse de la porte Saint-Antoine se leva et laissa sortir de la bonne ville de Paris une petite troupe de gens à cheval qui prit incontinent la route de Vincennes. Deux hommes marchaient en tête de cette cavalcade, et les autres, qui paraissaient de leur suite plutôt que de leur compagnie, se tenaient derrière eux, à quelques pas de distance, réglant, avec des marques de respect non équivoques, leur marche sur celle de ces deux personnages, dont nous allons essayer de donner une idée au lecteur.

Celui qui tenait la droite de la route montait une mule espagnole dressée à marcher l'amble, et qui semblait deviner la faiblesse de son maître, tant son pas était doux et régulier. En effet, le cavalier, quoiqu'il n'eût effectivement que quarante-neuf ans, paraissait vieux et surtout souffrant; du reste, sa confiance en sa monture était telle, que de temps en temps il abandonnait tout-à-fait la bride, pour serrer, comme par un mouvement convulsif, sa tête entre ses deux mains.

Quoique l'air du matin fût encore froid, et qu'un léger brouillard descendît sur la plaine, son chaperon était pendu à l'arçon droit de sa selle, et rien ne protégeait son front contre la rosée qu'on voyait trembler aux boucles rares de cheveux blancs qui descendaient de ses tempes le long de son visage maigre, pâle et mélancolique. Loin de paraître incommodé de la fraîcheur de cette rosée, on voyait au contraire que c'était avec plaisir qu'il la recevait sur sa tête chauve, et l'on devinait facilement que ces perles glacées procuraient quelque soulagement aux douleurs qui de momens en momens le forçaient à renouveler le mouvement que nous avons indiqué comme lui étant habituel. Quant à son costume, rien ne le distinguait de celui des seigneurs âgés de cette époque. C'était une espèce de robe de velours noir, ouverte devant et garnie de fourrures blanches mouchetées de noir, dont les manches larges, fendues et tombantes, laissaient sortir par leurs ouvertures les manches collantes d'un pourpoint de brocart d'or, dont la richesse et l'élégance étaient considérablement diminuées par les longs services qu'il paraissait avoir rendus à son propriétaire. Au bas de cette robe, et dégagés de la gêne des étriers, pendaient dans des espèces de bottes fourrées et pointues les pieds du cavalier, qui par leur ballottement continuel auraient bien pu faire perdre patience au paisible animal auquel il se fiait si complétement, si l'on n'avait eu la précaution d'en ôter les éperons dorés et aigus, qui à cette époque étaient encore la marque distinctive des seigneurs et des chevaliers. Nos lecteurs auraient donc quelque peine à reconnaître, à cette description si différente de celle que nous avons donnée du même personnage au commencement de notre premier volume, le roi Charles VI se rendant à Vincennes pour visiter la reine Isabel, si, comme nous l'avons dit, dix ans ne tenaient tant de place dans la vie d'un homme, et si, pendant ces dix ans, toute chose n'avait marché au pire dans le royaume de France.

A sa gauche et sur la même ligne à peu près, s'avançait, en contenant avec peine son bon cheval de bataille, un chevalier à stature colossale, couvert de fer, comme s'il marchait au combat; son armure plus forte qu'élégante attestait cependant, par la flexibilité avec laquelle elle se prêtait aux mouvemens de ses bras, l'adresse et l'habileté de l'ouvrier milanais qui l'avait faite. Aux arçons de sa selle de guerre pendait du côté droit une masse d'armes pesante et dentelée, qui paraissait avoir été richement damasquinée en or, mais qui, dans les contacts fréquens que le bras de son maître l'avait forcé d'avoir avec les casques ennemis, avait perdu cette parure sans que cette perte lui ôtât rien de sa solidité. Du côté opposé, et comme pour faire son pendant, était accrochée une arme non moins respectable sous tous les rapports : c'était une épée à lame large du haut, allant en s'amincissant comme un poignard, et que les fleurs de lis semées sur son fourreau faisaient reconnaître pour celle du connétable. Si son maître l'eût tirée de la riche gaîne où elle dormait à cette heure, sans doute l'acier de sa large lame eût aussi, par ses dentelures, donné la preuve des coups qu'elle avait portés; mais, pour le moment, ces deux armes semblaient être plutôt une précaution qu'une nécessité. Seulement elles étaient là comme ces serviteurs fidèles auxquels on ne permet de s'éloigner ni le jour ni la nuit, afin de n'avoir qu'à étendre la main pour les retrouver à l'instant du danger.

Mais, comme nous l'avons dit, aucun péril ne paraissait instant, et si la figure du cavalier que nous décrivons paraissait sombre, on reconnaissait que c'était plutôt la fixité d'une idée qui lui avait donné cette expression habituelle, qu'une inquiétude momentanée. D'ailleurs, l'ombre de sa visière, qui s'étendait sur ses yeux noirs, contribuait peut-être à augmenter leur dureté. Cependant, comme avec un nez aquilin fortement prononcé, un teint bruni par les guerres de Milan, une cicatrice qui lui fendait la joue, et des deux extrémités se perdaient, l'une dans l'arc d'un large sourcil noir, l'autre dans la naissance d'une barbe épaisse et grisonnante, c'était tout ce qu'on voyait de sa figure, on pouvait penser au premier abord que l'âme qui habitait cette enveloppe de fer était éprouvée et inflexible comme elle.

Si le portrait que nous venons de tracer ne suffisait pas à

nos lecteurs pour reconnaître Bernard VII, comte d'Armagnac, de Rouergue et de Fezenzac, connétable du royaume de France, gouverneur général de la ville de Paris, capitaine de toutes les places fortes du royaume, ils n'auraient qu'à reporter les yeux sur la petite troupe qui le suivait ; ils pourraient distinguer au milieu d'elle un écuyer, à la jaquette verte et à la croix blanche, portant l'écu de son maître, et sur le milieu de cet écu les quatre lions d'Armagnac * surmontés d'une couronne de comte, fixeraient leurs doutes, pour peu qu'ils possédassent leur part de la science héraldique, assez généralement répandue à cette époque et assez généralement oubliée dans la nôtre.

Les deux cavaliers avaient marché en silence, depuis la porte de la Bastille jusqu'à l'embranchement des deux chemins dont l'un allait au couvent Saint-Antoine et l'autre à la Croix-Faubin, lorsque la mule du roi, abandonnée, comme nous l'avons dit, à sa propre sagacité, s'arrêta au milieu de la route. Elle était habituée à aller, tantôt à Vincennes, où ce jour se rendait le roi, tantôt au couvent de Saint-Antoine, où souvent il faisait ses dévotions, et elle attendait qu'une indication de son cavalier lui fit connaître celle des deux routes qu'il lui fallait prendre ; mais le roi était dans un de ces momens d'atonie qui ne lui permettaient pas de deviner ce que demandait sa monture ; il resta donc immobile sur sa mule à l'endroit où elle s'était arrêtée, sans qu'aucun changement en lui indiquât qu'il se fût même aperçu qu'il avait passé tout-à-coup du mouvement à l'immobilité. Le comte Bernard essaya de rappeler le roi à lui-même en lui adressant la parole, mais cette tentative fut inutile. Il poussa alors son cheval devant la mule, espérant que la bête entêtée allait le suivre ; mais elle releva la tête, le regarda s'éloigner, secoua les grelots qui tremblaient à son cou, et rentra dans son immobilité première. Le comte Bernard, impatienté de ces délais, sauta à bas de son cheval, en jeta la bride sur le bras d'un écuyer, et s'avança vers le roi ; tant était grand encore le respect de la royauté, que ce n'était qu'à pied qu'il osait, quelque puissant qu'il fût, toucher, pour la diriger, le frein de la mule du pauvre Charles l'Insensé. Mais ce respect et cette bonne intention furent loin d'être couronnés de succès, car à peine le roi eut-il vu un homme saisir la bride sa monture, qu'il jeta un cri perçant, chercha une arme à l'endroit où auraient dû pendre son épée et son poignard, et, n'en trouvant pas, se mit à crier d'une voix rauque et entrecoupée par la terreur :

— A moi !... à moi, mon frère d'Orléans !... à moi ! c'est le fantôme !...

— Monseigneur le roi, dit Bernard d'Armagnac en adoucissant autant qu'il put sa voix rude, plût à Dieu et à monsieur Saint-Jacques que votre frère d'Orléans vécût encore, non pas pour venir à votre secours, car je ne suis pas un fantôme, et vous ne courez aucun danger, mais pour nous aider de sa bonne épée et de ses bons conseils contre les Anglais et les Bourguignons.

— Mon frère, mon frère ! disait le roi, dont la crainte semblait diminuer, mais dont les yeux hagards et les cheveux dressés estaient que l'irritation de ses nerfs était loin d'être calmée ; mon frère Louis !

— Ne vous rappelez-vous donc plus, monseigneur, que voilà dix ans bientôt que votre frère bien-aimé a été traîtreusement assassiné rue Barbette par le duc Jean de Bourgogne, qui, à cette heure, s'avance en sujet déloyal contre son roi ; et que moi je suis votre défenseur dévoué, comme je le prouverai en temps et lieu, avec l'aide de saint Bernard et de mon épée.

Le regard vague du roi se fixa lentement sur Bernard ; et comme si de tout ce que lui avait dit celui-ci il n'avait entendu qu'une chose, il reprit avec un reste d'altération dans la voix :

— Vous disiez donc, mon cousin, que les Anglais étaient

débarqués sur nos côtes de France? Et il mit sa mule au pas, en lui faisant prendre le chemin de Vincennes.

— Oui, sire, reprit Bernard en sautant à son tour sur son cheval et en reprenant près du roi sa première place.

— Où?

— A Touques, en Normandie. Et j'ajoutais que le duc de Bourgogne s'était emparé d'Abbeville, d'Amiens, de Montdidier et de Beauvais.

Le roi poussa un soupir.

— Je suis bien malheureux, mon cousin, dit-il en pressant sa tête entre ses deux mains.

Bernard lui laissa un moment de réflexion, espérant que ses facultés reviendraient et lui permettraient de continuer avec quelque suite une conversation aussi importante au salut de la monarchie.

— Oui, bien malheureux, reprit une seconde fois le roi en laissant tomber et pendre avec découragement ses mains à ses côtés, tandis que sa tête s'inclinait sur sa poitrine. — Et que comptez-vous faire, mon cousin, pour repousser à la fois ces deux ennemis ? Je dis vous... car moi... je suis trop faible pour vous aider.

— Sire, j'ai déjà pris mes mesures, et vous les avez approuvées. Le dauphin Charles a été nommé par vous lieutenant-général du royaume.

— C'est vrai... mais je vous ai déjà fait observer, mon cousin, qu'il était bien jeune : à peine s'il a quinze ans... Pourquoi ne m'avoir pas plutôt présenté pour cette charge son frère aîné Jean.

Le connétable regarda le roi avec étonnement ; un soupir sortit de sa large poitrine, il secoua la tête tristement. Le roi répéta la question.

— Sire, dit-il enfin, est-il possible qu'il y ait des souffrances humaines portées à ce point que le père oublie la mort de son fils ?

Le roi tressaillit, pressa de nouveau sa tête entre ses mains, et quand il les écarta de son visage, le connétable put voir deux larmes qui roulaient sur ses joues flétries.

— Oui, oui... je me rappelle, dit-il ! il est mort dans notre ville de Compiègne.

Puis il ajouta plus bas :

— Et Isabeau m'a dit qu'il était mort empoisonné... Mais, chut !... il ne faut point le répéter... Mon cousin, croyez-vous que cela soit vrai ?

— Les ennemis du duc d'Anjou en ont accusé le prince, sire, et ils ont fondé cette accusation sur ce que cette mort rapprochait du trône le dauphin Charles, son gendre. Mais le roi de Sicile était incapable de commettre ce crime, et s'il l'a commis, Dieu n'a pas permis qu'il en recueillît les fruits, puisque lui-même est mort à Angers, six mois après celui dont on l'accuse d'être le meurtrier.

— Oui, — mort ! — mort ! — c'est ce que me répond l'écho, quand j'appelle autour de moi mes fils et mes parens ; le vent qui souffle autour des trônes est mortel, mon cousin, et de toute cette riche famille de princes, il ne reste plus que le jeune arbre et le vieux tronc. — Ainsi donc, mon Charles bien-aimé......

— Partage avec moi le commandement des troupes ; et si nous avions de l'argent pour en lever de nouvelles...

— De l'argent ! mon cousin : n'avons-nous pas les fonds réservés aux besoins de l'Etat ?...

— Ils ont été soustraits, sire.

— Et par qui ?

— Le respect arrête l'accusation sur mes lèvres...

— Mon cousin, personne autre que moi n'avait le droit de disposer de ces fonds, et nul ne pouvait se les approprier qu'avec un bon signé de notre main royale et revêtu de notre sceau.

— Sire, la personne qui les a enlevés s'est en effet servie du sceau royal, quoiqu'elle ait jugé votre signature inutile.

— Oui, oui, l'on me regarde déjà comme mort. L'Anglais et le Bourguignon se partagent mon royaume, et ma femme et mon fils, mes biens. C'est l'un ou l'autre, n'est-ce pas, mon cousin, qui a commis ce vol ? car c'est un vol envers l'Etat, puisque l'Etat avait besoin de cet argent.

* Écartelé au premier et au quatrième d'argent, au lion de gueule au deuxième de gueule, et au troisième de gueule au lion léopardé d'or.

— Sire, le dauphin Charles est trop respectueux pour ne pas attendre, en quelque chose que ce soit, les ordres de son seigneur et père.

— Ainsi, comte, c'est la reine?... Il soupira profondément.

— La reine ! eh bien , nous allons la voir, et je lui redemanderai cet argent; elle comprendra qu'il faut qu'elle me le rende.

— Sire, il a été employé à acheter des meubles et des bijoux.

— Que faire alors, mon pauvre Bernard? Nous mettrons une nouvelle taxe sur le peuple !

— Il est déjà écrasé.

— Ne nous reste-t-il donc pas quelques diamans ?

— Ceux de votre couronne, et voilà tout. Sire, vous êtes bien faible avec la reine ; elle perd le royaume, et devant Dieu, sire, c'est vous qui en répondez. Voyez si la misère publique a diminué son luxe; au contraire, il semble qu'il s'accroît de la pauvreté générale; les dames et les demoiselles de son hôtel mènent leur train accoutumé, faisant grande dépense, et portant des accoutremens si riches qu'ils étonnent tout le monde. Ces jeunes seigneurs qui l'entourent étalent en broderies sur leurs pourpoints un an de la solde des troupes. Sous prétexte de dangers que lui font courir les troubles de la guerre, elle a demandé une garde inutile à l'État et que l'État paie. Les sires de Graville et de Giac, qui commandent cette troupe, en obtiennent sans cesse de l'argent et des joyaux. C'est une profusion qui fait murmurer les gens de bien, sire.

— Connétable, dit le roi du ton d'un homme qui sent le moment mal choisi pour annoncer une nouvelle, mais qui cependant ne peut tarder plus longtemps à la faire, connétable, j'ai promis hier de nommer capitaine du château de Vincennes le chevalier de Bourdon ; vous présenterez sa nomination à ma signature.

— Vous avez fait cela, sire ! et les yeux du connétable étincelèrent.

Le roi murmura un oui presque inintelligible, comme un enfant qui sait avoir mal fait, et qui tremble d'être grondé. Ils étaient arrivés en ce moment à la hauteur de la Croix-Faubin, et le chemin, qui cessait d'être circulaire, permettait d'apercevoir à quelque distance encore, venant à la rencontre de la petite troupe avec laquelle nous avons voyagé, un jeune cavalier, mis pour la recherche du jour. Son chaperon bleu (c'était la couleur de la reine) flottait élégamment sur son épaule gauche, et formant écharpe, venait retomber dans sa main droite, à laquelle il servait de jouet. A son côté pendait pour toute arme une épée d'acier bruni, si légère qu'elle paraissait plutôt un ornement qu'une défense ; il portait une veste courte et flottante de velours rouge, tandis que dessous cette veste dessinant une taille élégante, étincelait de broderies un justaucorps de velours bleu, serré au bas de la taille avec une corde en or ; un pantalon collant d'étoffe couleur sang de bœuf, des souliers de velours noir si pointus et si recourbés, qu'ils avaient quelque difficulté à passer dans l'étrier, complétaient le costume, que le plus riche et le plus élégant des seigneurs de la cour aurait pu prendre pour modèle. Joignez à cela des cheveux blonds et bouclés, une figure insouciante et joyeuse, des mains de femme, et vous aurez un portrait exact du chevalier de Bourdon, le favori, et quelques-uns disaient l'amant de la reine.

Du plus loin qu'il le vit, le connétable le reconnut : il haïssait Isabel, qui combattait son influence dans l'esprit du roi ; il savait Charles jaloux, il résolut de profiter de l'occasion qui se présentait pour arriver à l'exécution d'un grand projet politique, l'exil de la reine. Mais aucun changement sur son visage n'annonça qu'il eût reconnu le cavalier qui s'approchait.

— Je désire que vous fassiez savoir à ce jeune homme que je ratifie sa nomination, ajouta le roi ; n'est-ce pas, mon cousin ?

— Il est probable qu'il la connaît déjà, sire.

— Qui la lui aurait apprise?

— Celle qui vous l'a demandée avec tant d'instance.

— La reine?

— Elle a tant de confiance dans la bravoure de ce chevalier, que, pour lui confier la garde du château, elle n'a pas eu la patience d'attendre qu'il ait reçu sa commission de capitaine.

— Comment cela?

— Regardez devant vous, sire.

— Le chevalier de Bourdon !...

Le roi pâlit ; un soupçon le mordait au cœur.

— Il aura passé la nuit au château ; il est impossible que si matin il soit parti de Paris et revenue déjà de Vincennes.

— Vous avez raison, comte ; que dit-on à ma cour de ce jeune homme ?

— Qu'il est très avantageux près des dames, et que cela lui réussit. On prétend que pas une ne lui a résisté.

— On n'en excepte aucune, comte ?

— Aucune, sire.

Le roi devint si pâle, que le comte étendit la main, croyant qu'il allait tomber. Le roi le repoussa doucement :

— Serait-ce pour cela, dit-il d'une voix creuse, qu'elle voulait que la garde du château lui fût confiée ? — Insolent jeune homme ! — Bernard, Bernard, ne porte-t-il pas un chaperon bleu ?

— C'est la couleur de la reine.

En ce moment, le chevalier de Bourdon se trouvait si près d'eux, que l'on pouvait entendre les paroles de la chanson qu'il chantait ; c'était un virelay d'Alain Chartier à la reine. La vue du roi et du comte ne lui parut pas un motif suffisant pour interrompre cette mélodieuse occupation, car il se contenta d'écarter gracieusement son cheval, et lorsqu'il fut près du roi, il le salua légèrement et d'une inclinaison de tête.

La colère rendit un instant au vieillard toute son énergie de jeune homme ; il arrêta court sa monture, et s'écria d'une voix forte :

— Pied à terre, enfant ! ce n'est point ainsi qu'on salue quand la royauté passe ! — Pied à terre, et saluez !

Le chevalier de Bourdon, au lieu d'obéir à cet ordre, piqua son cheval des deux, et en quelques élans se trouva à vingt pas du roi. Puis il le remit à la même allure qu'il lui avait fait quitter, et reprit sa chanson à l'endroit où la brusque allocution de Charles VI l'avait interrompue.

Le roi dit quelques mots au comte Bernard ; celui-ci se retourna vers la petite troupe :

— Tanneguy, dit-il en s'adressant au prévôt de Paris, qui avait auprès de lui deux de ses gardes armés de toutes pièces, faites arrêter ce jeune homme ; le roi le veut.

Tanneguy fit un signe, et les deux gardes s'élancèrent à la poursuite du chevalier de Bourdon.

Ces préparatifs hostiles n'avaient point échappé à celui-ci, quoiqu'il ne parût pas autrement s'en inquiéter qu'en retournant de temps en temps la tête. Cependant, lorsqu'il vit les deux gardes de la prévôté s'avancer vers lui, et qu'il ne put conserver aucun doute sur le motif qui les amenait, il arrêta son cheval et leur fit face : ils n'étaient plus qu'à dix pas de lui.

— Holà ! mes maîtres, leur cria-t-il, pas un pas de plus, si c'est à moi que vous en voulez, à moins que vous n'ayez ce matin recommandé votre âme à Dieu.

Les deux gardes, sans répondre, continuèrent à s'avancer.

— Ah ! ah ! messieurs de la prévôté, continua Bourdon, il paraît que notre sire le roi aime les tournois de grand chemin.

Les deux gardes étaient si près du chevalier, qu'ils étendaient déjà la main pour le saisir.

— Tout beau ! messieurs, dit-il en faisant faire un bond en arrière à son fidèle compagnon ; tout beau !... laissez-moi prendre du champ, et je suis à vous.

A ces mots, il mit son cheval à un galop si rapide, qu'un instant on put croire qu'il lui confiait le salut de sa vie ; les deux gardes avaient si bien compris que toute poursuite serait inutile, qu'ils restèrent stupéfaits à la même place, le suivant des yeux, et ne pensant pas même à lui crier d'arrêter. Leur étonnement redoubla lorsqu'au bout de quelques secondes ils lui virent faire volte-face et revenir à eux.

Un moment avait suffi au chevalier de Bourdon pour faire ses préparatifs de combat; ils étaient aussi simples qu'ils étaient courts, et lorsqu'il se retourna, l'écharpe flottante, que nous avons désignée comme tombant de son chaperon, était roulée autour de son bras gauche, comme une espèce de bouclier. Il tenait de la droite sa courte épée, sur laquelle on apercevait ces cannelures dorées destinées à laisser égoutter le sang; et son cheval enrêné au pommeau de sa selle, et obéissant comme un être doué d'intelligence à la pression de ses jambes, laissait aux deux bras de son cavalier une liberté dont il était évident qu'ils ne tarderaient pas à avoir besoin.

Les gardes hésitèrent un instant à accepter le combat: on leur avait ordonné d'arrêter le chevalier de Bourdon, et non de le tuer, et les préparatifs de défense de celui-ci leur paraissaient assez décisifs pour leur indiquer clairement qu'il était disposé à ne pas tomber vivant entre leurs mains. Il vit leur indécision, et sa témérité s'en augmenta.

— Allons, mes maîtres, leur cria-t-il, sus, sus! la dague au poing, et avec l'aide de Dieu et de monseigneur saint Michel nous allons avoir tout à l'heure du sang rouge et chaud sur les pavés.

Les deux gardes tirèrent leurs épées et s'élancèrent à leur tour sur le chevalier, laissant entre eux deux un léger espace, afin de l'attaquer chacun d'un côté. D'un coup d'œil rapide celui-ci vit qu'il pouvait passer entre ses deux ennemis; il enfonça ses éperons dans le ventre de son cheval, qui l'emporta avec la rapidité du vent; puis, lorsqu'il vit, à quelques pieds de lui seulement, la pointe des deux épées, il se laissa rapidement glisser le long du cou de sa monture, comme s'il voulait ramasser quelque chose sans quitter les étriers, de manière à ce que son corps décrivit une ligne presque horizontale, se retenant de la main droite à la crinière, tandis que de la gauche, saisissant la jambe de l'un de ses ennemis, il le souleva violemment et le jeta de l'autre côté de son cheval: les épées des deux gardes frappèrent que l'air.

Lorsque celui qui venait de donner cette preuve d'habileté se retourna, il s'aperçut que le garde qu'il avait renversé n'avait pu dégager son pied de l'étrier, où il était retenu par son éperon, et que son cheval, qui le traînait après lui, effrayé du bruit que faisait son armure bondissante sur le pavé, l'emportait avec une vitesse toujours croissante, les cris de ce malheureux ne contribuant pas peu à l'épouvanter encore davantage. Tous les spectateurs de ce combat le suivaient des yeux, le cœur serré, respirant à peine, tressaillant à chaque choc nouveau qui renvoyait jusqu'à eux le bruit du fer, étendant les bras, comme s'ils pouvaient l'arrêter. Le cheval allait toujours, toujours plus vite, soulevant des flots de poussière, tandis qu'à chaque caillou l'armure faisait feu. Là où il passait, et de place en place sur la route, on distinguait des morceaux de cuirasse qui se détachaient et luisaient au soleil. Bientôt ce cliquetis effrayant devint moins distinct, soit à cause de la distance, soit parce que ce n'était plus que de la chair et des os qui traînaient sur le pavé; puis, au détour du chemin dont nous avons déjà parlé, cheval et cavalier disparurent tout-à-coup comme une vision. Les poitrines respirèrent, et la voix de Bernard d'Armagnac fit entendre pour la seconde fois ces mots:

— Tanneguy Duchâtel, arrêtez cet homme, le roi le veut.

Le second garde à la vue de la prévôté, en entendant ce nouvel ordre, revint sur le chevalier avec une rage que la mort affreuse de son compagnon ne faisait qu'augmenter. Quant à celui-ci, il paraissait absorbé dans la vue du spectacle que nous avons essayé de décrire; ses yeux étaient fixés vers l'endroit où le cheval et le cavalier avaient disparu, et il est évident qu'il n'avait pas cru d'abord à la gravité du combat où il se trouvait engagé. Il ne revint à lui qu'en voyant flamboyer au-dessus de sa tête une espèce d'éclair: c'était l'épée que son second ennemi tenait à deux mains et qui tournoyait avant de s'abattre. Entre cette épée et le front il n'y avait que deux pieds, et la peine s'il y avait une seconde entre l'coup et la mort, un bond en avant jeta le chevalier côte à côté du soldat, qui, droit sur ses étriers, les mains derrière la tête, s'apprêtait à frapper. De

son bras gauche il le saisit, enveloppant à la fois ses bras et sa tête sous son épaule; avec une vigueur dont on l'aurait cru incapable il le renversa de la première secousse ployé sur la croupe de son cheval, et d'un coup d'œil rapide il chercha sur cet homme bardé de fer un passage pour la mort. La position cambrée dans laquelle il l'avait mis soulevait le gorgerain du casque, et dans l'étroit intervalle qui se trouvait entre les deux lames d'acier, une épée aussi fine que celle du chevalier pouvait seule passer. Elle y passa deux fois, ressortit deux fois sanglante, et lorsque de sa main gauche il lâcha la tête et les bras de son adversaire, que de la droite il secoua son épée, un soupir étouffé dans le casque du soldat annonça qu'il avait cessé d'exister.

Bourdon était resté au milieu de la route; il avait tourné la tête de son cheval vers la troupe du roi, et là, exalté par son double triomphe, il raillait et défiait. Duchâtel hésitait à renouveler aux hommes qui l'accompagnaient l'ordre de l'arrêter, et délibérait s'il ne valait pas mieux qu'il remplît lui-même cette mission, lorsque le comte d'Armagnac, lassé de ces retardemens, fit un signe. La petite troupe s'écarta pour le laisser passer; le géant s'avança lentement vers le chevalier, s'arrêta à dix pas de lui:

— Chevalier de Bourdon, lui dit-il d'une voix dans laquelle il était impossible de distinguer la moindre trace d'émotion, chevalier de Bourdon, au nom du roi, votre épée. Si vous avez refusé de la remettre à deux soldats obscurs, peut-être vous paraîtra-t-il moins humiliant de la rendre à un connétable de France.

— Je ne la rendrai, répondit Bourdon avec hauteur, qu'à celui qui osera me la venir prendre.

— Insensé! murmura Bernard.

Au même instant, et par un mouvement rapide comme la pensée, il détacha de l'arçon de sa selle la lourde masse dont nous avons parlé: l'arme pesante tournoya comme une fronde au-dessus de sa tête, et, s'échappant de sa main avec le sifflement et la rapidité d'une pierre lancée par une machine de guerre, alla se plier comme un jonc sur la tête du cheval. L'animal, frappé à mort, se leva sanglant sur ses pieds de derrière, demeura un instant debout et oscillant, puis cheval et cavalier tombèrent à la renverse, et restèrent étendus sur le pavé.

— Allez ramasser cet enfant, dit Bernard.

Et il revint prendre tranquillement sa place près du roi.

— Est-il tué? demanda celui-ci.

— Non, sire, je ne le crois qu'évanoui.

Tanneguy confirma ce que venait de dire le connétable. Il lui apportait les papiers trouvés sur le chevalier de Bourdon. Parmi eux il y avait une lettre dont l'adresse était écrite de la main d'Isabel de Bavière: le roi s'en empara convulsivement. Aussitôt les deux seigneurs s'éloignèrent par discrétion, suivant des yeux l'altération croissante du visage de Charles VI. Plusieurs fois, pendant la lecture, il essuya la sueur qui coulait de son front; puis, quand il eut fini, qu'il eut broyé la lettre entre ses mains, qu'il en eut jeté les mille morceaux au vent, il dit d'une voix si sourde qu'elle semblait sortir d'un cadavre:

— Le chevalier à la prison du grand Châtelet, la reine à Tours! et moi... moi, à l'abbaye de Saint-Antoine. Je ne me sens pas la force de retourner à Paris.

En effet, il était si pâle et si tremblant, qu'on eût cru qu'il allait mourir.

Un instant après, suivant les ordres donnés, la suite du roi se sépara en trois troupes, formant un triangle: Dupuy, l'âme damnée de Bernard, et deux capitaines se rendant à Vincennes, pour signifier à la reine son ordre d'exil; Tanneguy Duchâtel retournant vers Paris avec son prisonnier toujours évanoui, et le roi, resté seul avec le connétable d'Armagnac, et soutenu par lui, allant à travers la plaine demander aux moines de l'abbaye de Saint-Antoine un asile, du repos et des prières.

XVII.

Tandis que la porte de l'abbaye de Saint-Antoine s'ouvre pour le roi, et celle de la prison du Châtelet pour le chevalier de Bourdon ; que Dupuy fait halte à un quart de lieue de Vincennes, pour attendre un renfort de trois compagnies des gardes que lui envoie de la prévôté Tanneguy Duchâtel, nous transporterons le lecteur au château qu'habite Isabel de Bavière.

Vincennes était tout à la fois, à cette époque de troubles, où les épées se tiraient dans un bal, où le sang coulait au milieu d'une fête, un château fort et une résidence d'été. Si nous faisons le tour des murailles extérieures, ses larges fossés, ses bastions à chaque coin de mur, ses ponts-levis qui se dressent chaque soir en grinçant sur leurs lourdes chaines, ses sentinelles jalonnées sur les remparts, nous présenteront l'aspect sévère d'une forteresse pour la défense et la sûreté de laquelle rien n'a été épargné. Si nous entrons à l'intérieur, le spectacle changera : nous apercevrons encore, il est vrai, les sentinelles sur les hautes murailles ; mais l'insouciance avec laquelle nous les verrons s'acquitter de leur faction, leur assiduité à regarder, dans l'intérieur de la première cour remplie de soldats, les jeux divers de leurs camarades, au lieu d'examiner si au loin dans la plaine aucun parti ennemi ne s'avance, attestera leur impatience d'échanger leur arc et leurs flèches contre un cornet et des dés, et ne laissera aucun doute que le devoir qui leur est imposé est plutôt une affaire de discipline générale que d'urgence momentanée. Si nous passons de cette première cour dans la seconde, cet appareil militaire disparaîtra tout-à-fait. Ce ne sont que fauconniers sifflant leurs faucons, pages dressant des chiens, écuyers menant des chevaux ; puis au milieu de cris, de rires, de sifflets, des jeunes filles passant, légères et bruyantes, une raillerie aux fauconniers, un sourire aux pages, une promesse aux écuyers, pour disparaître comme des apparitions sous une porte basse et cintrée faisant face à celle de la première cour, et formant l'entrée des appartemens. Si elles s'inclinent en passant sous cette porte avec une coquetterie plus respectueuse, ce n'est point à cause des deux images de saints qui en ornent l'entrée, c'est que de chaque côté, auprès de ces images adossées au mur, une jambe croisée sur l'autre, enveloppés d'élégantes robes de velours et de damas, deux jeunes et beaux seigneurs, les sires de Graville et de Giac, parlent de chasse et d'amour. Certes, qui les aurait vus ainsi aurait eu peine à reconnaître sur leurs visages insoucieux cette marque fatale que le doigt du destin imprime, dit-on, au front de ceux qui doivent mourir jeunes. Un astrologue, en étudiant les lignes de leurs mains blanches potelées, leur eût annoncé de longues et joyeuses années ; et cependant, cinq ans après, la lance d'un Anglais devait percer de part en part la poitrine du premier, il ne fut an ne s'écouleront pas sans que les eaux de la Loire se referment sur le cadavre du second.

Si nous pénétrons au-delà de cette entrée, que nous montions, à notre gauche, cet escalier à rampe de dentelle ; que nous entr'ouvrions la porte ogive du premier étage pour traverser, sans nous y arrêter, cette première pièce que dans la distribution moderne de nos appartemens nous appellerions une antichambre, et que nous, marchant sur la pointe du pied et retenant notre haleine, nous soulevions la tapisserie à fleurs d'or qui sépare cette pièce de la seconde, nous verrons un spectacle qui, au milieu de la longue description que nous venons de faire, mérite une mention particulière.

Dans une chambre carrée comme la tour dont elle forme le premier étage, éclairée par un jour qui perce avec peine les rideaux d'étoffe à fleurs d'or, qui tombent devant d'étroites fenêtres à vitraux coloriés, sur un de ces lits gothiques et larges, à colonnes ciselées, une femme, encore belle, quoiqu'elle ait passé le premier âge de la jeunesse, est couchée et endormie. Du reste, le crépuscule qui règne dans la chambre sem-

ble bien plutôt un calcul de la coquetterie qu'un accident du hasard. Certes, ces demi-teintes, qui n'ôtent rien à la rondeur des formes qu'elles adoucissent, prêtent un merveilleux secours au poli de ce bras qui pend hors du lit, à la fraîcheur de cette tête posée sur une épaule nue, et à la finesse de ces cheveux dénoués dont une partie s'éparpille sur le traversin, tandis que l'autre accompagne le bras pendant, dépasse l'extrémité des doigts, et tombe jusqu'à terre.

Avons-nous besoin de mettre le nom au bas de ce portrait, et nos lecteurs n'ont-ils pas reconnu à notre description la reine Isabel, sur le visage de laquelle les années de plaisir ont imprimé plus légèrement leur passage, que les années de douleur ne l'ont fait sur le front de son mari.

Au bout d'un instant, les lèvres de la belle dormeuse se séparèrent avec un clappement pareil au bruit d'un baiser ; ses grands yeux noirs s'ouvrirent avec une langueur qui l'emporta quelque temps sur leur expression de dureté habituelle, et qu'elle devait peut-être en ce moment à un songe, ou, mieux dirai-je, à un souvenir de volupté. Le jour, tout faible qu'il était, parut encore trop éclatant à ses yeux fatigués ; elle les referma un instant, se releva en s'appuyant sur son coude, chercha de l'autre main, sous les coussins du lit, un petit miroir d'acier poli, s'y regarda avec un sourire complaisant ; puis, le posant sur une table à la portée de sa main, elle y prit un sifflet d'argent, en fit entendre le son deux fois répété, et, comme épuisée de cet effort, elle retomba sur son lit en poussant un soupir dans lequel on retrouvait plutôt l'expression de la fatigue que celle de la tristesse.

A peine le bruit du sifflet avait-il cessé de retentir, que la portière de tapisserie qui tombait devant la porte d'entrée se souleva et donna passage à la tête d'une jeune fille de dix-neuf à vingt ans.

—Madame la reine me demande ? dit-elle d'une voix douce et craintive.

—Oui, Charlotte, venez.

Elle s'avança alors en posant si légèrement le pied sur les nattes épaisses et finement tressées qui servaient de tapis, qu'il était évident qu'elle en avait fait une étude, lorsque, pendant le sommeil de sa belle et impérieuse maîtresse, les soins qu'elle remplissait près d'elle l'appelaient dans son appartement.

—Vous êtes exacte, Charlotte, dit la reine en souriant.

—C'est mon devoir, madame.

—Approchez-vous, plus près.

—Madame veut-elle se lever ?

—Non, causer un instant.

Charlotte rougit de plaisir, car elle avait une grâce à demander à la reine, et elle vit bien que sa noble maîtresse était dans un de ces momens de bonheur où les puissans d'ici-bas accordent tout ce qu'ils peuvent accorder

—Quel est donc tout ce bruit qu'on entend dans la cour ? continua la reine.

—Les pages et les écuyers qui rient.

—Mais j'entends d'autres voix.

—Celles des sires de Giac et de Graville.

—Le chevalier de Bourdon n'est point avec eux ?

—Non, madame, il n'a point paru encore.

—Et rien de nouveau cette nuit n'a troublé la tranquillité du château ?

—Rien : seulement, quelques instans avant que le jour parût, la sentinelle a vu une ombre se glisser sur les murailles ; elle a crié : Qui vive ? L'homme, car c'était un homme, a sauté de l'autre côté du fossé, malgré la distance et la hauteur : alors la sentinelle a tiré dessus avec son arbalète.

—Eh bien ? dit la reine.

Et la rougeur de ses joues disparut complétement.

—Oh ! Raymond est un maladroit ! Il a manqué son coup, et ce matin la a vu sa flèche fichée dans un des arbres qui poussent dans le fossé.

—Ah ! dit Isabel.

Et sa poitrine respira plus librement.

—Le fou ! continua-t-elle en se parlant à elle-même.

—Certes, il faut que ce soit un fou ou un espion ; car, sur

dix, neuf se seraient tués. Ce qu'il y a d'étonnant, c'est que voilà la troisième fois que cela arrive. C'est inquiétant, n'est-ce pas, madame, pour ceux qui habitent ce château ?

— Oui, mon enfant ; mais quand le chevalier de Bourdon en sera gouverneur cela ne se renouvellera plus.

Et un sourire imperceptible glissa sur les lèvres de la reine, tandis que les couleurs de ses joues, un instant absentes, reparurent avec une lenteur qui prouvait que, quel que fût le sentiment qui les en avait éloignées, il était pénible et profond.

— Oh ! continua Charlotte, c'est un si brave chevalier que le sire de Bourdon !

La reine sourit.

— Ah ! tu l'aimes ?

— De tout mon cœur, dit naïvement la jeune fille.

— Je lui dirai, Charlotte, et il en sera fier.

— Oh ! madame, ne lui dites pas cela : j'ai quelque chose à lui demander, et je n'oserais jamais...

— Toi ?

— Oui.

— Qu'est-ce donc ?

— Oh ! madame...

— Voyons, dis-moi cela.

— Je veux... Oh ! je n'ose pas.

— Parle donc.

— Je veux lui demander une place d'écuyer.

— Pour toi ? dit en riant la reine.

— Oh !... dit Charlotte.

Et elle devint rouge et baissa les yeux.

— Mais ton enthousiasme pour lui pourrait me le faire croire. Pour qui donc alors ?

— Pour un jeune homme...

Charlotte murmura ces mots si bas, qu'à peine si on les put entendre.

— Ah ! Et quel est-il ?

— Mon Dieu, madame... mais jamais vous n'avez daigné...

— Enfin, quel est-il ? répéta Isabel avec une espèce d'impatience.

— Mon fiancé, se hâta de répondre Charlotte.

Et deux larmes tremblèrent aux cils noirs de ses longues paupières.

— Tu aimes donc, mon enfant ? dit la reine avec un ton de voix si doux, qu'on eût dit une mère qui interrogeait sa fille.

— Oh ! oui, pour la vie...

— Pour la vie ! Eh bien ! Charlotte, je me charge de ta commission : je demanderai à Bourdon cette place pour ton fiancé ; de cette manière, il restera constamment près de toi. Oui, je comprends : il est doux de ne pas se séparer un instant de la personne qu'on aime.

Charlotte se jeta à genoux, baisant les mains de la reine, dont la figure, habituellement si hautaine, était en ce moment d'une douceur angélique.

— Oh ! que vous êtes bonne ! dit-elle. Oh ! que je vous remercie ! Que Dieu et monseigneur saint Charles étendent leurs mains sur votre tête !... Merci, merci... Qu'il sera heureux !... Permettez que je lui donne cette bonne nouvelle.

— Il est donc là ?

— Oui, dit-elle avec un petit mouvement de tête ; oui, je lui avais dit hier que le chevalier serait probablement nommé gouverneur de Vincennes, et cette nuit il a pensé à ce que je viens de vous dire, de sorte que ce matin il est accouru pour me parler de ce projet.

— Et où est-il ?

— A la porte, dans l'antichambre.

— Et vous avez osé... ?

Les yeux noirs d'Isabel étincelèrent ; la pauvre Charlotte, à genoux, les mains croisées, se renversa en arrière.

— Oh ! pardon ! pardon ! murmura-t-elle.

Isabel réfléchit.

— Cet homme serait-il attaché sincèrement à nos intérêts ?

— Après ce que vous m'avez promis, madame, il passerait pour vous sur des charbons ardens.

La reine sourit.

— Fais-le entrer, Charlotte, je veux le voir.

— Ici ? dit la pauvre fille, passant de la terreur à l'étonnement.

— Ici, je veux lui parler.

Charlotte pressa sa tête entre ses deux mains, comme pour s'assurer qu'elle ne rêvait pas ; puis elle se releva lentement, regarda la reine d'un air étonné, et, à un dernier signe que fit celle-ci, elle sortit de l'appartement.

La reine rapprocha les rideaux de son lit, passa sa tête dans leur ouverture, serra l'étoffe au-dessous de son menton avec ses deux mains, sachant bien que sa beauté ne perdrait rien à la teinte ardente que leur couleur rouge jetait sur ses joues.

A peine avait-elle pris cette précaution, que Charlotte entra suivie de son amant.

C'était un beau jeune homme de vingt à vingt-deux ans, au front large et découvert, aux yeux bleus et vifs, aux cheveux châtains d'un teint pâle : il était vêtu d'un justaucorps de drap vert, ouvert à la saignée des bras, de manière à laisser passer la chemise ; un pantalon de même couleur dessinait les muscles fortement prononcés de ses jambes ; un ceinturon de cuir jaune soutenait une dague d'acier à large lame, qui devait le poli de sa poignée au mouvement habituel qu'avait contracté son maître d'y porter la main, tandis que de l'autre il tenait un petit chapeau de feutre dans le genre de nos casquettes de chasse.

Il s'arrêta à deux pas de la porte. La reine jeta sur lui un coup-d'œil rapide : sans doute elle eût prolongé l'examen qu'elle fit de sa personne, si elle eût pu prévoir qu'elle avait devant elle un de ces hommes auxquels le destin a donné, dans leur vie, une heure pendant laquelle ils doivent changer la face des nations. Mais, nous l'avons dit, rien en lui n'annonçait cette étrange destinée, et ce n'était pour le moment qu'un beau jeune homme, pâle, timide et amoureux.

— Votre nom ? dit la reine.

— Perrinet Leclerc.

— De qui êtes-vous fils ?

— De l'échevin Leclerc, gardien des clefs de la porte Saint-Germain.

— Et que faites-vous ?

— Je suis vendeur de fer au Petit-Pont.

— Vous quitteriez votre état pour entrer au service du chevalier de Bourdon ?

— Je quitterais tout pour voir Charlotte.

— Et vous ne seriez pas embarrassé dans votre service ?

— De toutes les armes que j'ai chez moi comme vendeur de fer, depuis la masse jusqu'à la dague, depuis l'arbalète jusqu'à la lance, il y en a peu que je ne manie aussi bien que le meilleur chevalier.

— Et si j'obtiens pour vous cette place, vous me serez dévoué, Leclerc ?

Le jeune homme releva les yeux, les fixa sur ceux de la reine, et dit avec assurance :

— Oui, madame, en tout ce qui s'accordera avec ce que je dois à Dieu et à monseigneur le roi Charles.

La reine fronça légèrement le sourcil.

— C'est bien, dit-elle, vous pouvez regarder la chose comme faite.

Les deux amans échangèrent entre eux un coup d'œil d'indicible bonheur.

En ce moment, un violent tumulte se fit entendre.

— Qu'est cela ? dit la reine.

Charlotte et Leclerc se précipitèrent à la même fenêtre, et regardèrent dans la cour :

— O mon Dieu ! s'écria la jeune fille avec l'étonnement de la terreur.

— Qu'y a-t-il ? reprit une seconde fois la reine.

— Oh ! madame, la cour est pleine de gens d'armes qui ont désarmé la garnison ; les sires de Giac et de Graville sont prisonniers.

— Serait-ce une surprise des Bourguignons ? dit la reine.

— Non, reprit Leclerc, ce sont des Armagnacs, ils portent la croix blanche.

— Oh ! dit Charlotte, voilà leur chef ; c'est M. Dupuy. Il a avec lui deux capitaines ; ils demandent l'appartement de la reine, car on le leur indique du doigt. Les voilà qui viennent ; ils entrent, ils montent.

— Faut-il les arrêter? dit Leclerc en tirant à demi son poignard du fourreau.

— Non, non, reprit vivement la reine. Jeune homme, cachez-vous dans ce cabinet, peut-être pourrez-vous m'être utile si l'on ignore que vous êtes ici, tandis que, dans le cas contraire, vous ne pouvez que vous perdre.

Charlotte poussa Leclerc dans une espèce de petite chambre noire, qui était auprès du chevet d'Isabel. La reine sauta au bas de son lit, passa une grande robe de brocart, garnie de fourrure, et s'enveloppa dedans sans avoir le temps de serrer autrement la taille qu'en la croisant avec ses mains ; ses cheveux, comme nous l'avons dit, tombaient sur ses épaules et descendaient jusqu'au-dessous de sa ceinture. Au même instant, Dupuy, suivi des deux capitaines, souleva la portière, et, sans ôter son chapeau, dit en se tournant vers Isabel :

— Madame la reine, vous êtes ma prisonnière.

Isabel jeta un cri dans lequel il y avait autant de rage que d'étonnement ; puis sentant ses jambes faiblir, elle retomba assise sur son lit, regarda celui qui venait de lui adresser la parole en termes si peu respectueux, et elle lui dit avec un rire âpre :

— Vous êtes fou, maître Dupuy.

— C'est le roi notre sire, qui malheureusement est insensé, répondit celui-ci ; car sans cela, madame, il y a longtemps que je vous aurais dit pour la première fois ce que je viens de vous dire à cette heure seulement.

— Je puis être prisonnière, mais je suis encore reine, et ne fussé-je plus reine, je serais toujours femme ; parlez donc chapeau bas, messire, comme vous parleriez à votre maître le connétable, car je le présume que c'est lui qui vous envoie.

— Vous ne vous trompez pas ; je viens par son ordre, répondit Dupuy en détachant lentement son chaperon, comme un homme qui obéit bien plus à sa propre volonté qu'à l'ordre qu'on lui donne.

— C'est bien, reprit la reine ; mais comme j'attends le roi, nous verrons qui, du connétable ou de lui, est le maître céans.

— Le roi ne viendra pas.

— Je vous dis qu'il doit venir.

— Il a rencontré à moitié route le chevalier de Bourdon. La reine tressaillit ; Dupuy le remarqua et sourit.

— Eh bien ! dit la reine.

— Eh bien ! cette rencontre a changé ses projets, et sans doute aussi ceux du chevalier, car il s'attendait à revenir à Paris seul, et, à l'heure qu'il est, il y rentre sous bonne escorte ; il croyait retrouver son appartement à l'hôtel Saint-Paul, tandis que nous lui en gardions un au Châtelet.

— Le chevalier en prison ! et pourquoi?

Dupuy sourit.

— Vous devez mieux le savoir que nous, madame.

— Sa vie ne court aucun danger, j'espère?

— Le Châtelet est bien près de la Grève, dit en riant Dupuy.

— On n'oserait l'assassiner.

— Madame la reine, dit Dupuy en la regardant d'un œil fier et dur, rappelez-vous monseigneur le duc d'Orléans : c'était le premier du royaume après notre sire le roi ; il avait quatre valets de pieds portant flambeaux, deux écuyers portant lance, et deux pages portant épée à l'entour de lui le dernier soir où il passa par la rue Barbette, en revenant de souper avec vous... Il y a loin d'un si noble seigneur à un si petit chevalier... Et quand tous deux ont commis même crime, pourquoi tous deux ne subiraient-ils pas le même châtiment?

La reine se releva avec l'expression de la plus violente colère ; le sang lui monta si rapidement au visage, qu'on eût cru qu'il allait jaillir de toutes les veines ; elle étendit la main vers la porte, fit un pas, et d'une voix rauque, prononça ce seul mot :

— Sortez !

Dupuy, intimidé, recula d'un pas.

— C'est bien, madame, répondit-il ; mais avant de sortir, je dois ajouter une chose : c'est que la volonté expresse du roi et de monseigneur le connétable est que vous partiez sans délai pour la ville de Tours.

— Sans doute en votre compagnie?

— Oui, madame.

— Ainsi c'est vous qu'on a choisi pour mon geôlier. L'emploi est honorable, et vous va merveilleusement.

— C'est quelque chose dans l'État, madame, que l'homme qui est chargé de tirer les verroux sur une reine de France.

— Croyez-vous, reprit Isabel, qu'on anoblirait le bourreau, s'il me coupait la tête?

Elle se retourna comme ayant assez parlé et ne voulant plus répondre.

Dupuy grinça des dents.

— Quand serez-vous prête, madame?

— Je vous le ferai savoir.

— Songez, madame, que je vous ai dit que le temps pressait.

— Songez, messire, que je suis la reine, et que je vous ai dit de sortir.

Dupuy murmura quelques mots ; mais, comme chacun connaissait la grande puissance que la reine Isabel conservait sur le vieux monarque, il trembla qu'elle ne vînt à reprendre, tant qu'elle serait si près de lui, ce pouvoir qui ne lui était échappé que depuis un instant. Il s'inclina donc avec plus de respect qu'il n'en avait montré jusqu'alors, et sortit, comme la reine le lui avait ordonné.

A peine la portière fut-elle abaissée derrière lui et les deux hommes qui l'accompagnaient, que la reine tomba plutôt qu'elle ne s'assit dans un fauteuil, que les sanglots de Charlotte éclatèrent, et que Perrinet Leclerc s'élança de son cabinet.

Il était plus pâle encore que de coutume, mais on voyait que c'était de colère bien plus que de crainte.

— Faut-il que je tue cet homme? dit-il à la reine, les dents serrées et la main sur sa dague. La reine sourit amèrement. Charlotte se jeta pleurante à ses pieds.

Le coup qui avait frappé la reine avait atteint les deux jeunes gens.

— Le tuer ! dit la reine. Crois-tu, jeune homme, que j'aurais pour cela besoin de ton bras et de ton poignard?... Le tuer !... et à quoi bon?... Regarde la cour pleine de soldats... Le tuer !... et cela sauvera-t-il Bourdon ?

Charlotte pleura plus fort : il se mêlait à sa douleur pour les peines de sa maîtresse une douleur personnelle non moins vive : la reine perdait le bonheur de l'amour, Charlotte en perdait l'espérance : Charlotte était la plus à plaindre.

La reine reprit :

— Tu pleures, Charlotte... tu pleures !... et celui que tu aimes te reste !... car vous ne serez séparés, vous autres, que par une absence momentanée !... Tu pleures ! et cependant j'échangerais mon sort de reine contre le tien... Tu pleures ! mais tu ne sais donc pas, moi qui ne peux pas pleurer, que je l'aimais, Bourdon, comme tu aimes ce jeune homme ! Eh bien ! ils le tueront, vois-tu, car ils ne pardonnent pas... Celui que j'aime autant que tu aimes celui-ci, ils le tueront, et je ne pourrai rien pour empêcher cet assassinat, et je ne saurai pas à quel moment ils lui enfonceront le fer dans la poitrine, et toutes les minutes de ma vie seront pour moi celle de sa mort, et je me dirai à chaque instant : à cette heure peut-être il m'appelle, il me nomme, il se débat dans son sang et se tord dans l'agonie, et moi, moi, je suis là, je ne peux rien, et cependant je suis reine, reine de France !... Malédiction ! et je ne pleure pas, et je ne puis pas pleurer...

La reine se tordait les bras et se meurtrissait la figure ; les deux enfants pleuraient, non plus de leur malheur, mais de celui de la reine.

— Oh ! que pourrons-nous faire? disait Charlotte.

— Ordonnez, disait Leclerc.

— Rien, rien... Oh ! tout l'enfer est dans ce mot. Être prête à donner son sang, sa vie, pour celui qu'on aime, et ne pouvoir rien !... Oh ! si je les tenais, ces hommes qui se sont fait deux fois un jeu de me torturer le cœur !... Mais rien contre eux, rien pour lui ; j'ai été puissante cependant : dans un moment de folie du roi, j'aurais pu lui faire signer la mort du connétable, et je ne l'ai pas fait. Oh ! insensée ! j'aurais dû le faire... C'est d'Armagnac maintenant qui serait dans un cachot, en face de la mort, comme il l'est, lui !... lui, si beau, si jeune ! lui, qui ne leur a jamais rien fait !... Ah ! ils le tueront comme ils ont tué Louis d'Orléans, qui ne leur avait jamais rien fait non plus... Et le roi... le roi qui voit tous ces meurtres, qui marche dans le sang, et qui, lorsqu'il glisse, se retient à des meurtriers !... le roi insensé ! le roi stupide !... Oh ! mon Dieu, mon Dieu, prenez pitié de moi !... Sauvez-moi ! vengez-moi !...

— Miséricorde ! disait Charlotte.

— Damnation ! disait Leclerc.

— Moi, partir !... Ils veulent que je parte ! ils croient que je partirai !... Non, non... Partir avant de savoir ce qu'il est devenu !.. Ils m'arracheront d'ici par morceaux ! Nous verrons s'ils osent porter la main sur leur reine. Je me cramponnerai à ces meubles avec les mains, avec les dents... Oh ! il faudra qu'ils me disent ce qu'il est devenu, ou plutôt j'irai, quand la nuit sera sombre, j'irai moi-même à la prison (elle prit un coffre et l'ouvrit) ; j'ai de l'or, voyez !... de l'or pour la rançon d'un homme, sang et âme ; et si je n'en ai pas assez, voilà des bijoux, des perles à acheter tout un royaume ; eh bien ! je donnerai tout, tout au geôlier, et je lui dirai : Rendez-le-moi vivant !... rendez-le-moi sans qu'on ait touché un seul de ses cheveux ; et tout cela, voyez, or, perles, diamans, tout cela, eh bien ! c'est pour vous ! pour vous qui m'avez rendu plus que tout cela, pour vous à qui j'en dois encore, à qui j'en donnerai d'autres.

— Madame la reine , dit Leclerc, voulez-vous que j'aille jusqu'à Paris ?... J'ai des amis, je les rassemblerai : nous marcherons sur le Châtelet.

— Oui, oui, dit amèrement la reine, et tu hâteras sa mort, n'est-ce pas ?... Et si vous réussissez à enfoncer la prison, vous trouverez, en entrant dans le cachot, un cadavre encore chaud et saignant ; car il faut moins de temps à un seul poignard pour aller jusqu'au cœur, qu'il n'en faut à tous vos amis pour briser dix portes, dix portes de fer !... Non , rien par la force : nous le tuerions... Va, pars, passe la nuit devant le Châtelet : s'ils le conduisent vivant à une autre prison, suis-le jusqu'à la porte ; s'ils l'assassinent, accompagne son corps jusqu'au tombeau, et dans l'un ou dans l'autre cas, reviens me le dire, afin que, vivant ou mort, je sache où il est.

Leclerc fit un mouvement pour sortir : la reine l'arrêta.

— Par ici, dit-elle en mettant le doigt sur sa bouche.

Elle rouvrit la porte du cabinet, poussa un ressort ; la boiserie glissa, et présenta les marches d'un escalier pratiqué dans le mur.

—Suivez-moi, Leclerc, dit la reine.

Et l'impérieuse Isabel, redevenue femme et tremblante, prit la main de l'humble vendeur de fer, qui à cette heure était son espérance ; elle le conduisit, marchant la première, le garantissant des angles de murailles, sondant le terrain du pied dans le corridor étroit et sombre où ils étaient engagés. Après quelques détours, Leclerc aperçut le jour à travers les fentes d'une porte ; la reine l'ouvrit : elle donnait sur un jardin isolé, au bout duquel se trouvait le rempart. Elle suivit des yeux le jeune homme, qui monta sur la muraille, lui fit de la main un dernier signe d'espérance et de respect, et disparut en sautant par-dessus la muraille.

La confusion était telle que personne ne le vit.

Pendant que la reine retourne dans son appartement, suivons Leclerc, qui gagne, à travers plaine , la Bastille , descend sans s'arrêter la rue Saint-Antoine, passe sur la Grève, jette un coup d'œil inquiet sur le gibet qui étend son bras décharné du côté de l'eau, s'arrête un instant pour respirer sur le pont Notre-Dame, atteint l'angle du bâtiment de la Grande-Boucherie, et s'apercevant que de là rien ne peut entrer au grand Châtelet ni en sortir sans qu'il le voie, se mêle à un groupe de bourgeois qui parlaient de l'arrestation du chevalier.

— Je vous assure , maître Bourdichon , disait une vieille femme à un bourgeois qu'elle arrêtait par le bouton de son pourpoint, afin de le forcer à lui prêter une attention plus soutenue, je vous assure qu'il est revenu à lui : je le tiens de la Cochette, la fille du geôlier du Châtelet ; elle dit qu'il n'a qu'une meurtrissure derrière la tête, et pas autre chose.

— Je ne vous dis pas non, mère Jehanne, répondit le bourgeois, mais tout cela ne m'apprend pas pourquoi il est arrêté.

— Oh ! ça, c'est bien facile à deviner : il s'entendait avec les Anglais et les Bourguignons pour livrer Paris, mettre tout à feu et à sang, faire battre monnaie avec les vases des églises... Il y a bien plus, c'est qu'on dit qu'il était poussé à cela par la reine Isabel, qui en veut aux Parisiens depuis l'assassinat du duc d'Orléans, si bien qu'elle dit qu'elle ne sera contente que quand elle aura fait raser la rue Barbette et brûler la maison de l'Image Notre-Dame.

— Place ! place ! dit un boucher, voilà le tortureur.

Un homme vêtu de rouge passa au milieu de la foule qui s'écarta... A son approche, la porte du Châtelet s'ouvrit toute seule, comme si elle le reconnaissait, et se referma sur lui.

Tous les yeux le suivirent ; il y eut un instant de silence , après lequel la conversation interrompue se renoua.

— Oh ! c'est bon, dit la femme en lâchant le pourpoint de Bourdichon, je connais la fille du geôlier, je pourrai peut-être lui voir donner la question.

Et elle se mit à courir vers le Châtelet aussi vite que le permettaient son âge et ses jambes qui n'étaient pas exactement de la même longueur.

Elle frappa à la porte ; un petit guichet s'ouvrit ; une jeune fille blonde passa sa tête ronde et gaie. Un petit colloque s'engagea , mais il n'eut point, à ce qu'il paraît, le résultat qu'en espérait la mère Jehanne, car la porte resta fermée : seulement la jeune fille, passant son bras par l'ouverture grillée, indiqua de la main le soupirail du cachot, et disparut. La vieille fit signe au groupe de spectateurs : quelques personnes s'en détachèrent ; elle se mit à genoux devant le soupirail, et dit à ceux qui l'entouraient :—Venez par ici, mes enfans, c'est la lucarne de la prison ; nous ne le verrons pas, mais nous l'entendrons crier : ça vaut toujours mieux que rien.

Tout le monde se pressa donc avidement contre cette ouverture, qu'on aurait pu prendre pour une issue de l'enfer, car dix minutes ne s'étaient pas écoulées qu'il en sortait des bruits de chaînes, des cris de rage et des lueurs de feu.

— Oh ! je vois le réchaud, disait la femme. Tiens, le tortureur y met une tenaille de fer... Le voilà qui souffle.

A chaque aspiration du soufflet, le réchaud jetait une flamme si vive qu'on eût dit un éclair souterrain.

— Le voilà qui prend la pince ; elle est si rouge que le bout lui brûle les doigts... Il va au fond du cachot : je ne vois plus que ses jambes... Chut ! taisez-vous : nous allons entendre...

Un cri aigu retentit... Toutes les têtes se rapprochèrent du soupirail.

— Ah ! voilà le juge qui l'interroge, reprit le *cicerone* femelle, qui, en sa qualité de première venue, avait la tête entièrement fourrée entre les deux barreaux de fer du soupirail ; — il ne répond pas :—Réponds donc, brigand ; réponds donc, assassin : avoue tes crimes !

— Silence ! dirent plusieurs voix.

La femme retira sa tête du trou, mais elle prit un barreau de chaque main pour être sûre de retrouver sa place quand elle aurait parlé, puis elle dit avec la conviction d'une habituée :

— Vous voyez bien que s'il n'avoue rien, on ne pourra pas le pendre.

Un second cri rappela sa tête à l'ouverture.

— Ah ! c'est changé, dit-elle, car voilà la pince par terre à côté du réchaud... — eh bien ! il est déjà las, le tortureur !

On entendit des coups de maillet.

— Non, non, reprit la femme avec joie, c'est qu'on lui met les clavettes.

Les clavettes étaient des planches qu'on liait avec des cordes à l'entour des jambes du patient, puis entre lesquelles on passait un large coin de fer sur lequel on frappait jusqu'à ce qu'en se rapprochant, elles aplatissaient la chair et brisassent les os.

Il paraît que le chevalier n'avouait rien, car les coups de maillet se succédaient avec une force et une rapidité croissantes. Le tortureur y mettait de la colère.

Il y avait déjà quelque temps qu'on n'entendait plus de cris, quelques sourds gémissemens y avaient succédé, puis ils s'étaient éteints à leur tour. Le bruit du maillet cessa tout-à-coup.

La mère Jehanne se releva aussitôt :

— C'est fini pour aujourd'hui, dit-elle en secouant la poussière attachée à ses genoux et en rajustant son bonnet, il s'est évanoui sans rien dire ; et elle s'en alla, convaincue qu'une plus longue attente serait inutile.

La connaissance approfondie qu'elle paraissait avoir de la manière dont les choses se passaient habituellement, entraîna sur ses pas tous les témoins de cette scène, à l'exception d'un jeune homme qui resta debout contre le mur ; c'était Perrinet Leclerc.

Un instant après, comme l'avait prévu la mère Jehanne, le tortureur sortit.

Vers le soir, un prêtre entra dans la prison.

Quand la nuit fut tout-à-fait venue, on plaça des sentinelles dehors, et l'une d'elles força Leclerc de s'éloigner ; il alla s'asseoir sur une borne, au coin du Pont-aux-Meuniers.

Deux heures se passèrent : quoique la nuit fût sombre, ses yeux s'y étaient tellement habitués, qu'il distinguait sur les murailles grisâtres la place noire qui se trouvait la porte du Châtelet. Il n'avait pas prononcé une parole, n'avait pas ôté la main de dessus sa dague, et n'avait pensé ni à boire ni à manger.

Onze heures sonnèrent.

Le dernier coup vibrait encore lorsque la porte du Châtelet s'ouvrit : deux soldats, tenant leur épée d'une main et une torche de l'autre, parurent sur le seuil ; puis vinrent quatre hommes portant un fardeau, et suivis d'un individu dont la figure était cachée sous un chaperon rouge : ils s'approchèrent en silence du Pont-aux-Meuniers.

Lorsqu'ils furent en face de Perrinet, celui-ci vit que l'objet que portaient ces hommes était un large sac de cuir ; il écouta : un gémissement parvint jusqu'à lui : il n'y avait plus de doute.

En une seconde sa dague était hors du fourreau, deux des porteurs à terre, et le sac fendu dans toute sa longueur. Un homme en sortit.

— Sauvez-vous, chevalier ! dit Leclerc.

Et profitant de la stupéfaction que son attaque avait causée à la petite troupe, pour se mettre rapidement à l'abri de sa poursuite, il se laissa glisser le long du talus de la rivière, où il disparut à tous les yeux.

Celui auquel il venait de tenter avec un courage si inouï de rendre la liberté, essaya de fuir ; il se dressa sur ses pieds, mais ses jambes que ses brisés ne pouvaient soutenir, plièrent, et il retomba évanoui en jetant un cri de douleur et de désespoir.

L'homme au chaperon rouge fit un signe, les deux porteurs qui n'étaient pas blessés le reprirent sur leurs épaules. Arrivé au milieu du pont, il s'arrêta et dit :

— C'est bien, jetez-le ici.

L'ordre fut exécuté aussitôt que donné, un objet sans forme tourbillonna un instant entre l'espace vide du pont et de la rivière, et le bruit d'un corps pesant retentit dans l'eau.

Au même instant, une barque montée par deux hommes s'avança vers l'endroit où le corps avait disparu, et suivit un instant le fil de la rivière. Quelques secondes après, tandis que l'un d'eux ramait, l'autre accrocha avec un harpon un objet qui revint à la surface de l'eau, et allait le déposer dans sa barque, lorsque l'homme au chaperon rouge monta sur

les bords du pont, et de là jeta au vent d'une voix forte ces paroles sacramentelles :

— *Laissez passer la justice du roi !*

Le marinier tressaillit, et malgré les prières de son camarade, il rejeta dans la rivière le corps du chevalier de Bourdon.

Six mois environ s'étaient passés depuis la scène que nous avons essayé de décrire dans le chapitre précédent ; la nuit s'abaissait sur la grande cité, et du haut de la porte Saint-Germain, on voyait lentement et tour à tour, selon qu'ils étaient plus ou moins éloignés, s'effacer dans la brume les clochers et les tours dont se hérissait le Paris de 1417. Ce furent d'abord les clochetons aigus du Temple et de Saint-Martin, qui, vers le nord, se confondirent avec l'ombre accourant rapide et épaisse comme une marée ; bientôt elle atteignit et enveloppa les aiguilles aiguës et dentelées de Saint-Gilles et Saint-Luc, qui de loin semblaient au milieu du crépuscule deux géans prêts à lutter, gagna Saint-Jacques-la-Boucherie, qui n'apparut plus dans la brume que parce qu'il y traçait une ligne verticale plus foncée, puis se joignit au brouillard qui se levait de la Seine, et qu'un vent bas et pluvieux enlevait par immenses flocons ; l'œil put distinguer encore un instant, à travers un voile de vapeur, le vieux Louvre et sa colonnade de tours, Notre-Dame la métropolitaine et le clocher élancé de la Sainte-Chapelle ; puis, comme un cheval de course, l'ombre s'élança sur l'Université, enveloppa Sainte-Geneviève, gagna la Sorbonne, tourbillonna sur les toits des maisons, s'abaissa dans les rues, dépassa le rempart, se promena dans la plaine, alla s'effacer à l'horizon la ligne rougeâtre que le soleil avait laissée, comme un dernier adieu à la terre, et sur laquelle quelques minutes auparavant se détachait encore la silhouette noire des trois clochers de l'abbaye Saint-Germain-des-Prés.

Cependant, sur la ligne de remparts qui étreint comme une ceinture le colosse endormi, on distingue de cent en cent pas des gardes chargés de veiller à sa sûreté : le bruit mesuré et monotone de leur marche ressemble, si nous poursuivons la comparaison, à la pulsation du pouls qui annonce que la vie est là, quoiqu'elle revête un instant l'apparence de la mort ; de temps en temps le cri de *Sentinelles, veillez !* part d'un point, et comme un écho parcourt de jalons en jalons toute cette ligne circulaire, pour revenir s'éteindre à l'endroit d'où il est parti.

Sous l'ombre projetée par la porte Saint-Germain, dont la masse carrée s'élève au-dessus des remparts, une de ces sentinelles se promène plus triste et plus silencieuse que les autres. A son accoutrement demi-militaire, demi-bourgeois, il est facile de deviner que, quoique momentanément celui qui le porte remplisse des fonctions d'un soldat, il appartient à cette corporation d'ouvriers, qui, par l'ordre du connétable d'Armagnac, a fourni cinq cents hommes pour la garde de la ville ; de temps en temps il s'arrête, s'appuie sur la pertuisane dont il est armé, fixe un regard vague sur un point de l'espace, puis avec un soupir reprend la marche circonscrite d'un factionnaire nocturne.

Tout-à-coup son attention fut attirée par la voix d'un homme qui, du chemin qui bordait les fossés extérieurs, demandait l'ouverture de la porte Saint-Germain ; l'individu attardé paraissait compter sur la complaisance du gardien, qui seul pouvait, passé neuf heures du soir, en permettre l'entrée, et sous sa responsabilité personnelle. Il faut croire qu'il ne s'était pas trompé sur l'influence qu'il se flattait d'exercer, car le jeune factionnaire eut à peine entendu sa voix, qu'il descendit le talus que le rempart formait intérieurement, et alla frapper à une petite fenêtre que dénonçait la clarté d'une lampe, en criant assez haut pour être entendu de l'intérieur :

— Mon père, levez-vous vite, et allez ouvrir la porte à messire Juvénal des Ursins.

La lampe annonça par ses mouvemens que ces paroles avaient été entendues ; un vieillard sortit de la maison, une lanterne d'une main et un trousseau de clefs de l'autre, et s'avança, accompagné du jeune homme qui l'avait appelé, sous la voûte formée par la porte massive.

Cependant, avant de mettre la clef dans la serrure, et comme si l'assurance donnée par son fils n'était pas suffisante, il s'adressa à l'individu qu'on entendait marcher en frappant du pied de l'autre côté de la herse.

— Qui êtes-vous ? demanda-t-il.

— Ouvrez, maître Leclerc ; je suis Jean Juvénal des Ursins, conseiller au parlement de notre sire le roi. Je me suis attardé chez le prieur de l'abbaye Saint Germain-des-Prés, et comme nous sommes de vieilles connaissances, j'ai compté sur vous.

— Oui, oui, murmura Leclerc, aussi vieilles connaissances que peuvent l'être un vieillard et un enfant. C'était votre père, jeune homme, qui pouvait parler ainsi, car nous sommes nés tous deux dans la ville de Troyes en 1340, et une connaissance de soixante-huit ans méritait mieux que le titre que vous lui donnez.

En disant ces paroles, le gardien faisait tourner deux fois la clef dans la serrure, fixait dans une position perpendiculaire la barre de fer horizontale qui fermait la porte, et de ses deux mains poussant l'un, tirant l'autre, entrebâillait les battans massifs, qui donnèrent à l'instant passage à un jeune homme de vingt-six à vingt-huit ans.

— Merci, maître Leclerc, dit-il en frappant sur l'épaule du vieillard avec un geste mêlé d'affection et de respect ; merci , et comptez sur moi dans l'occasion , comme j'ai compté sur vous.

— Messire Juvénal, dit le jeune factionnaire, puis-je réclamer ma part dans cette promesse, comme j'ai eu ma part dans le service que mon père vient de vous rendre ? car, sans moi, qui l'ai prévenu, vous eussiez couru grand risque de passer la nuit de l'autre côté des murailles.

— Ah ! c'est toi, Perrinet ! et que fais-tu dans cet accoutrement, à cette heure de la nuit ?

— Je monte la garde par l'ordre de monsieur le connétable, et comme j'étais libre de choisir l'endroit de ma faction, je suis venu demander à dîner à mon vieux père...

— Et il a été le bienvenu, ajouta le vieillard ; car c'est un digne garçon qui craint Dieu, respecte le roi, et aime ses parens.

Le vieux Leclerc tendit à son fils une main ridée et tremblante. Celui-ci la serra dans les siennes ; Juvénal prit l'autre.

— Je vous remercie une seconde fois, mon vieil ami ; ne restez pas plus longtemps dehors ; j'espère qu'un second importun ne viendra pas mettre votre complaisance à l'épreuve.

— Et il aura raison, messire des Ursins ; car, fût-ce notre seigneur le dauphin Charles, que Dieu conserve, je crois que je ne ferais pas pour lui ce que j'ai fait pour vous. C'est une grande responsabilité, dans ces temps de troubles, que la garde des clefs d'une ville. Aussi, quand je veille, elles ne quittent pas ma ceinture, et, quand je dors, mon chevet.

Après avoir donné à sa louange cette preuve de vigilance, le vieillard secoua une dernière fois les deux mains qu'il tenait, ramassa la lanterne qu'il avait posée à terre, et reprit le chemin de sa maison, laissant les jeunes gens seuls.

— Que voulais-tu me demander, Perrinet ? reprit Juvénal en s'appuyant sur le bras du jeune vendeur et fer que nous avons introduit en scène dans le chapitre précédent, et que nous retrouvons ici.

— Des nouvelles, messire ; vous qui êtes maître des requêtes et conseiller, vous devez savoir tout ce qui se passe, et je suis bien inquiet, car on dit que de grandes choses sont arrivées du côté de Tours, où est la reine.

— Vraiment, dit Juvénal, tu ne pouvais mieux t'adresser, et je vais t'en raconter de toutes fraîches.

— Remontons, si vous voulez bien, sur le rempart; le connétable fera probablement sa ronde de nuit, et s'il ne me trouvait pas à mon poste, mon vieux père pourrait perdre sa place, et moi gagner quelques coups de ceinturon sur les reins.

Juvénal s'appuya familièrement sur le bras de Perrinet, et tous deux reparurent sur la plate-forme déserte un instant.

— Voici comme les choses se sont passées, reprit Juvénal. (Son auditeur paraissait lui prêter la plus vive attention.) Tu sais que la reine était prisonnière à Tours, sous la garde de Dupuy, le plus soupçonneux et le moins aimable des geôliers. Cependant, malgré sa vigilance, la reine avait trouvé moyen d'écrire au duc de Bourgogne et de réclamer son secours. Celui-ci comprit bien vite quelle puissante alliée lui serait Isabel de Bavière, puisque, aux yeux de beaucoup, sa rébellion contre le roi devenait dès lors une protection chevaleresque accordée à une femme.

Comme on n'observait pas aussi soigneusement Madame et la duchesse de Bavière que la reine, cette dernière avait, par leur moyen, des nouvelles du duc, et lorsqu'elle apprit qu'il avait mis le siège devant Corbeil et que ses gens avaient pénétré jusqu'à Chartres, elle ne désespéra pas de se sauver.

En conséquence, elle feignit une dévotion profonde et abbaye de Marmoutiers, et elle engagea Madame à prier Dupuy de permettre que les princesses et leurs femmes y allassent à la messe. Dupuy, tout brutal qu'il était, n'osa refuser à la fille de son roi une grâce qui ne lui parut d'aucune conséquence. La reine accoutuma insensiblement son geôlier à la voir aller faire ses dévotions à Marmoutiers. Elle parut ne plus remarquer l'insolence de cet homme : elle lui parla doucement. Dupuy, satisfait de voir plier devant sa volonté l'orgueil d'une reine, commença à s'humaniser. Il souffrit qu'elle allât à l'abbaye toutes les fois qu'elle le voulait, en prenant la précaution d'être toujours avec elle et de mettre sur la route des corps-de-garde de distance en distance, bien qu'il lui parût inutile de s'astreindre à tant d'exactitude, à cinquante lieues qu'il était de l'ennemi.

Mais la reine remarqua que ses gardes, convaincus de l'inutilité de leurs soins, faisaient leur service avec une extrême négligence, et que, si on les attaquait à l'improviste, on en aurait bon marché. Elle forma dès-lors le projet de se faire enlever à Marmoutiers par le duc de Bourgogne; elle lui manda, par un de ses serviteurs, toutes ces particularités. Il les goûta, et la reine , par un nouveau message, lui désigna le jour où elle devait se rendre à cette abbaye.

L'entreprise était hasardeuse; il fallait traverser cinquante lieues de pays sans être découvert. Si le duc de Bourgogne tentait ce coup de main avec peu de monde, Dupuy avait assez de gardes pour résister; s'il y allait à grande assemblée, il paraissait impossible qu'il ne fût pas averti, et alors il pouvait enlever la reine et la faire passer dans le Maine, le Berry ou l'Anjou. Le duc de Bourgogne ne se rebuta pas. Il comprenait trop que le seul moyen de soutenir son parti était de s'autoriser du nom d'Isabel, et il prit des mesures si justes, qu'il arriva à son but sans être découvert, et voici comment.

L'attention de Perrinet Leclerc parut redoubler.

— Il choisit dans son armée dix mille hommes de cheval, parmi les hommes les plus vaillans et les chevaux les plus robustes; il fit repaître abondamment les uns et les autres , et la nuit du huitième jour du siège de Corbeil, il se mit à leur tête et prit le chemin de Tours. On marcha toute la nuit dans un profond silence, et l'on ne s'arrêta qu'une heure avant le jour pour faire manger les chevaux, puis on recommença à marcher quinze heures de suite, mais avec beaucoup plus de diligence que pendant la nuit. A la fin du jour on s'arrêta encore : on n'était qu'à six lieues de Tours. Cette armée avait jeté l'étonnement dans tous les lieux où elle avait passé; on était surpris de son silence et de sa vitesse; mais le matin du second jour , comme le duc de Bourgogne craignait, malgré les précautions qu'il avait prises, que les gardiens de la reine fussent prévenus, il arriva sur les huit heures du matin à Marmoutiers, entoura l'église, et ordonna au sire Hector de Saveuse d'y pénétrer avec soixante hommes. Lorsque Dupuy aperçut cette troupe qu'il reconnut pour bourguignonne, à la croix rouge qu'elle portait, il ordonna à la reine de le suivre, voulant la faire sortir par une petite porte latérale où son carrosse l'attendait, mais elle s'y refusa formellement. Il fit alors un signe aux deux autres gardiens, qui essayèrent de l'enlever de force; mais elle se cramponna à la grille du chœur près duquel elle était agenouillée, passant son bras à travers les barreaux, et jurant sur le Christ qu'on la tuerait plutôt que de l'arracher de là. Les dames et princesses qui l'accompagnaient couraient çà et là, implorant du secours et criant à l'aide, si bien que le sire de Saveuse, voyant qu'il n'y avait pas à balancer, fit un signe de croix pour que Dieu, dans la maison duquel il se trouvait, lui pardonnât cette action, puis il tira son épée, et ses gardes en firent autant.

A cette vue, Laurent Dupuy comprit bien que tout était perdu pour lui ; il se sauva par la petite porte, s'élança sur un cheval, et rentra bride abattue dans la ville de Tours, à laquelle il donna l'alarme, et qui se mit incontinent en défense.

Aussitôt qu'il fut disparu, le sire de Saveuse s'avança vers la reine, et la salua respectueusement au nom du duc de Bourgogne.

— Où est-il ? demanda-t-elle.

— Devant le portail de l'église, où il vous attend.

La reine et les princesses s'avancèrent alors vers la porte d'entrée, au milieu d'une haie d'hommes qui criaient : « Vivent la reine et monseigneur le dauphin ! » Le duc de Bourgogne, en l'apercevant, descendit de son cheval et mit un genou en terre.

— Mon très cher cousin, lui dit-elle en s'approchant gracieusement de lui et en le relevant, je dois vous aimer plus qu'aucun homme dans le royaume. Vous avez tout laissé pour vous rendre à mon mandement, et vous m'avez délivrée de ma prison. Soyez assuré que jamais je n'oublierai ces choses. Je vois bien que vous avez toujours aimé monseigneur le roi, sa famille, le royaume et la chose publique.

Et ce disant, elle lui donna sa main à baiser.

Le duc lui répondit quelques mots de respect, de dévouement, laissa près d'elle le sire de Saveuse et mille chevaux, et, avec le reste de son armée, s'avança rapidement vers Tours, avant que cette ville fût revenue de son étonnement. On ne lui fit aucune résistance, et pendant que la plupart de ses gens se glissaient par les endroits les plus bas, le duc fit son entrée par les portes, que les soldats de Dupuy avaient abandonnées. Ce malheureux fut lui-même au nombre des prisonniers, et servit d'exemple à la postérité, qu'on ne doit jamais manquer de respect aux têtes couronnées, en quelque extrémité qu'elles soient réduites.

— Que lui est-il arrivé? demanda Perrinet.

— Il fut pendu sur le midi, répondit Juvénal.

— Et la reine?

— Elle revint à Chartres, puis repartit pour Troyes en Champagne, où elle tient sa cour. Les états-généraux de Chartres, qui sont composés de ses créatures, l'ont déclarée régente, de sorte qu'elle a fait faire un sceau, où sont, d'un côté, les armes écartelées de France et de Bavière, et de l'autre, son portrait avec ces mots : *Isabel, par la grâce de Dieu, reine régente de France.*

Ces détails politiques paraissaient intéresser fort peu Perrinet Leclerc, tandis qu'au contraire il semblait désirer en connaître d'autres, qu'il hésitait à demander; enfin, après un instant de silence, et comme il vit que messire Juvénal s'apprêtait à prendre congé de lui, il lui demanda d'un ton qu'il essaya de rendre aussi indifférent que possible :

— Et dit-on qu'il soit arrivé quelque accident aux dames qui accompagnaient la reine?

— Aucun, répondit Juvénal.

Perrinet respira.

— En quel endroit de la ville la reine tient-elle sa cour?

— Au château.

— Une dernière question, messire. Vous qui êtes un sa-

vant, qui connaissez le latin, le grec et la géographie, dites-moi, je vous prie, vers quel côté de l'horizon il faut que je me tourne pour regarder la ville de Troyes?

Juvénal s'orienta un moment, puis prenant de la main gauche la tête de Perrinet, il la tourna vers un point de l'espace qu'il indiquait en même temps de sa main droite.

— Tiens, lui dit-il, regarde entre les deux clochers de Saint-Yves et de la Sorbonne, un peu à gauche de la lune qui se lève derrière ce clocher; vois-tu une étoile plus brillante que les autres?

Perrinet fit signe qu'il la voyait.

— On la nomme Mercure. Eh bien ! en traçant une ligne verticale de l'endroit où elle te paraît suspendue jusqu'à la terre, cette ligne, vue d'ici, partagerait en deux la ville dont tu me demandes la position.

Perrinet laissa passer sans observation ce qui lui paraissait peu clair dans la démonstration astronomico-géométrique du jeune maître des requêtes, et ne s'attacha qu'à ce point, qu'en regardant un peu à gauche du clocher de la Sorbonne ses yeux seraient fixés vers l'endroit du monde où respirait Charlotte. Peu lui importait le reste : cet endroit n'était-il pas pour lui le monde tout entier?

Il remercia d'un geste Juvénal, qui s'éloigna gravement, enchanté d'avoir donné à son jeune compatriote cette preuve d'une science dont l'affectation était, avec la manie de vouloir persuader qu'il descendait de la famille Orsini*, le seul défaut que l'on pût reprocher à cet impartial et sévère historien.

Perrinet était resté seul adossé contre un arbre, et quoique la partie de Paris qu'on nommait alors l'Université fût devant ses yeux, comme son esprit l'emportait au-delà, elle disparut complètement de sa pensée. Bientôt, comme si son regard eût percé réellement l'espace, il ne vit plus à l'horizon que la ville de Troyes, dans la ville que le vieux château, et dans le château qu'une chambre, celle qu'habitait Charlotte... encore s'ouvrait-elle pour lui comme ces décorations de théâtre, fermées de tous côtés, excepté de celui qui se trouve en face du spectateur, et la, dans cette chambre, dont il se figurait la couleur de la tenture, la forme des meubles, libre des soins que lui imposait sa place près la reine, une jeune fille blonde et gracieuse, éclairant de ses vêtemens blancs l'appartement sombre qu'elle habite, comme ces anges de Martin et de Danby, qui, portant leur lumière en eux, illuminent de leurs rayons le chaos qu'ils traversent et sur lequel n'a pas encore lui le premier soleil.

A force de rassembler toutes les puissances de son esprit sur une seule pensée, cette apparition était devenue pour lui une réalité; et si son imagination lui eût présenté, au lieu de sa Charlotte calme et rêveuse, Charlotte courant quelque danger, certes il eût étendu les bras et se fût précipité en avant, croyant qu'il n'aurait eu qu'un pas à faire pour la protéger.

Perrinet était tellement absorbé dans cette contemplation, qui pourrait faire croire à ceux qui l'ont éprouvée qu'il existe dans certains momens et dans certaines organisations un don réel de la double vue, qu'il n'entendit point le bruit que fit en montant la rue du Paon une troupe d'hommes à cheval, qui un instant après déboucha de là, et qui lui sur le rempart à la sûreté duquel il était chargé de veiller.

Celui qui commandait cette ronde nocturne fit signe à sa troupe de s'arrêter, et s'avança seul sur la muraille. Là sa vue chercha de tous côtés la sentinelle qui devait y être, et ses yeux s'arrêtèrent sur Perrinet, qui, dans la même position, continuant le même rêve, n'avait rien distingué de ce qui se passait autour de lui.

Le commandant de la petite troupe marcha alors vers cette ombre immobile, et enleva du bout de son épée le bonnet de feutre qui couvrait la tête de Leclerc.

La vision s'évanouit avec la rapidité d'un palais doré qui s'écroule et disparaît sous la secousse d'un tremblement de terre; une espèce de commotion électrique courut par tout

* Le père de Juvénal tirait son nom de l'hôtel des Ursins, que lui avait donné la ville de Paris, et sur le portique duquel étaient sculptés deux jeunes ours.

son corps, et, par un mouvement instinctif, il écarta de sa pertuisane l'épée qui le menaçait, en criant :

— A moi, les écoliers !

— Tu n'es pas encore bien éveillé, jeune homme, ou tu rêves tout haut, dit le connétable d'Armagnac, tandis que la lame de son épée coupait comme un jonc la lance garnie de fer que Leclerc avait présentée à la visière de son casque, et dont le bout se ficha en terre en tombant.

Leclerc reconnut la voix du gouverneur de Paris, jeta le tronçon qui restait entre ses mains , croisa les bras sur sa poitrine, et attendit avec calme que le connétable fixât la punition qu'il savait avoir méritée.

— Ah ! messieurs les bourgeois , continua le comte d'Armagnac, on vous confie la garde de votre ville, et c'est ainsi que vous vous acquittez de votre devoir ! Holà ! mes maîtres, ajouta-t-il en se tournant vers sa troupe, qui fit un mouvement pour s'approcher de lui, trois hommes de bonne volonté !

Trois hommes sortirent des rangs.

— Que l'un de vous achève la faction de ce drôle, dit-il.

Un soldat descendit silencieusement de son cheval, en jeta la bride au bras de l'un de ses camarades , et alla prendre , sous l'ombre de la porte Saint-Germain, la place qu'y occupait Leclerc.

— Quant à vous, continua le connétable, en s'adressant aux deux autres soldats qui attendaient ses ordres, pied à terre, enfans, et comptez sur les épaules de ce truand vingt-cinq coups du fourreau de vos épées.

— Monseigneur, dit froidement Leclerc, c'est une punition de soldat, et je ne suis point un soldat.

— Faites ce que j'ai dit, ajouta le connétable en mettant le pied à l'étrier.

Leclerc marcha à lui et l'arrêta par le bras.

— Réfléchissez, monseigneur.

— J'ai dit vingt-cinq : pas un de plus, pas un de moins, reprit le connétable, et il se mit en selle.

— Monseigneur, dit Leclerc en se jetant à la bride du cheval, monseigneur, c'est une punition de serf et de vassal, et je ne suis ni l'un ni l'autre : je suis homme libre et bourgeois de la ville de Paris, ordonnez-moi quinze jours, un mois de prison, et je m'y rendrai.

— Vous verrez, dit le connétable, qu'il faudra choisir à ces misérables une punition selon leur goût ! Arrière !

A ce mot, il piqua son cheval, qui fit un bond en avant, et asséna sur la tête nue de Leclerc un coup de poing avec son gantelet de fer, il l'étendit aux pieds des deux soldats qui devaient être les exécuteurs de l'ordre qu'il venait de donner.

C'était toujours avec plaisir que de pareils commandemens étaient reçus par les gens de guerre, lorsque le patient était un bourgeois. Il y avait entre les soldats et les corporations une haine réelle que les rapprochemens politiques, qui de temps en temps s'opéraient entre eux, ne pouvaient parvenir à éteindre ; aussi était-il bien rare que le soir un écolier et un soldat se rencontrassent dans une rue écartée sans que l'un jouât du bâton et l'autre de l'épée. Nous sommes forcés d'avouer que Perrinet Leclerc n'était point un de ceux qui, dans l'occasion, cédaient le haut du pavé pour éviter ces sortes de rencontres.

Ce fut donc une véritable bonne fortune pour les gens d'armes du connétable, que l'exécution dont les avait chargés leur maître, de sorte que, lorsque Perrinet roula à leurs pieds, tels se jetèrent tous deux sur lui, si bien qu'en revenant de son étourdissement, il se trouva nu jusqu'à la ceinture, les poings liés en croix au-dessus de sa tête, et attachés à une branche d'arbre, de manière à ce que la pointe de ses pieds seulement touchât la terre ; puis les soldats détachèrent leurs épées du ceinturon, posèrent les lames sur le gazon, et avec le fourreau élastique et pliant, ils commencèrent à frapper, en alternant avec autant de flegme et de régularité que les bergers de Virgile.

Le troisième soldat s'était approché et comptait les coups.

Les premiers résonnèrent sur ce corps ferme et blanc sans qu'ils parussent produire aucune impression sur celui qui

les recevait, quoiqu'à la lueur de la lune on pût distinguer les sillons bleuâtres qu'ils y traçaient ; bientôt chaque fourreau, en se pliant comme un cerceau sur le dos meurtri, enleva avec lui une lanière de chair. Insensiblement le bruit des coups changea de nature : d'aigu et sifflant qu'il était d'abord, il devint sourd et mat, comme s'ils tombaient sur de la boue ; puis, vers la fin de l'exécution, les soldats furent obligés de ne plus frapper que d'une main, l'autre étant occupée à garantir leur visage de la rosée de sang et des parcelles de chair qui jaillissaient sous chaque volée.

Au vingt-cinquième coup, ils s'arrêtèrent, religieux observateurs de leur consigne. Le condamné n'avait pas jeté un cri, pas proféré une plainte.

Alors, comme c'était fini, un des hommes d'armes reprit son épée et la remit tranquillement dans le fourreau, tandis que l'autre, à l'aide de la sienne, coupait la corde entre la branche et les mains du patient.

Aussitôt que la corde fut coupée, Perrinet Leclerc, qui ne restait debout que soutenu par elle, tomba, mordit la terre et s'évanouit.

XVII.

Un mois après que ces choses s'étaient passées à Paris, de grands événemens politiques s'accomplissaient à l'entour de cette ville.

Jamais la monarchie française n'avait été menacée d'une ruine plus prochaine qu'en ce moment : trois partis déchiraient le royaume à belles dents, et c'était à qui en tirerait à lui les plus riches lambeaux

Henri V, roi d'Angleterre, accompagné des ducs de Clarence et de Glocester ses frères, était, comme nous l'avons dit, débarqué à Touques, en Normandie ; il avait aussitôt attaqué le château de ce nom, qui, après quatre jours de combats, avait capitulé ; de là il était allé mettre un siége régulier devant Caen, que défendaient deux seigneurs de mérite et de nom, Lafayette et Montenais. Leur résistance opiniâtre ne servit qu'à faire prendre la ville d'assaut. Le souvenir récent des victoires d'Honfleur et d'Azincourt, se mêlant au bruit de ces nouveaux triomphes, la consternation se répandit dans la Normandie ; plus de cent mille personnes émigrèrent et se sauvèrent en Bretagne, si bien que le roi d'Angleterre n'eut besoin, pour conquérir Harcourt, Beaumont-le-Roger, Evreux, Falaise, Bayeux, Lisieux, Coutances, Saint-Lô, Avranches, Argentan et Alençon, que de se montrer devant ces villes, ou d'y envoyer des détachemens. Cherbourg seul, défendu par Jean d'Angennes, l'arrêta plus de temps devant ses murs que ne l'avaient fait ensemble toutes les villes que nous avons nommées ; mais cette place se rendit enfin à son tour, et avec elle toute la Normandie, dont elle est la porte, tomba sous la domination de Henri V d'Angleterre.

De son côté, la reine et le duc occupaient la Champagne, la Bourgogne, la Picardie et une partie de l'Ile-de-France : Senlis tenait pour les Bourguignons ; et Jean de Villiers, seigneur de l'Ile-Adam, qui commandait pour le roi à Pontoise, ayant eu à se plaindre du connétable qui le traitait avec hauteur, avait livré cette ville, située à quelques lieues de Paris seulement, au duc de Bourgogne, qui y avait envoyé un renfort et avait maintenu l'Ile-Adam gouverneur.

Le reste de la France, où commandait le connétable sous le nom du roi et du dauphin, était d'autant moins capable de résister longtemps à tous ses ennemis, que le comte d'Armagnac, obligé de concentrer toutes ses troupes sur la capitale du royaume, n'avait pu exécuter ce mouvement sans que les bourgeois de la ville et les paysans des environs n'eussent beaucoup souffert du passage et du séjour des soldats, qui, manquant de solde et de vivres, existaient à leurs dépens. Le mécontentement était donc général, et le connétable avait presque autant à craindre de la part de ses alliés que de celle de ses ennemis.

Le duc de Bourgogne, désespérant de s'emparer de Paris par la force, essaya de tirer parti du mécontentement général que le connétable avait soulevé contre le gouvernement du roi, et de lier des intelligences dans la place. Des agens qui lui étaient dévoués pénétrèrent déguisés dans la ville, et une conspiration se forma pour lui livrer la porte Saint-Marceau. Un homme d'église et quelques bourgeois qui demeuraient près de là, en avaient fait faire de fausses clefs, et avaient envoyé un message au duc pour convenir du jour et de l'heure de l'entreprise. Il en chargea le sire Hector de Saveuse, qui lui avait déjà donné, en enlevant la reine à Tours, une preuve de son habileté et de son courage, et lui-même, avec six mille hommes, se mit en marche pour le soutenir.

Tandis que cette armée s'avance silencieusement pour tenter ce coup hasardeux, nous introduirons le lecteur dans la grande salle du château de Troyes en Champagne, où la reine Isabel tient sa cour, entourée de la noblesse bourguignonne et française.

Certes, qui la verrait ainsi sur un fauteuil doré, dans cette chambre gothique, où tout le luxe de la maison de Bourgogne est déployé; qui la verrait, dis-je, sourire à l'un, tendre gracieusement sa belle main à l'autre, jeter quelques douces paroles à un troisième, et qui, descendant au fond du cœur de cette orgueilleuse princesse, y pourrait lire les sentimens de haine et de vengeance qui la bouleversent, serait effrayé du combat qu'elle doit soutenir pour enfermer tant de passions dans son sein, et pour que son front calme présente avec elles un si étonnant contraste.

Ce jeune seigneur, debout à sa droite, auquel elle adresse la parole le plus souvent parce qu'il est le dernier arrivé à sa cour, est le sire Villiers de l'Ile-Adam. Lui aussi, sous un sourire gracieux et de douces paroles, cache des projets de vengeance et de haine dont il a déjà mis une partie à exécution, en livrant au duc de Bourgogne la ville confiée à sa garde. Seulement, comme le duc a pensé que, traître une fois, il pourrait l'être deux, il n'a point voulu qu'il l'accompagnât dans le coup de main qu'il tente sur Paris, et, comme à un poste d'honneur, il l'a laissé près de la reine.

De chaque côté d'elle et un peu en arrière, s'appuyant, dans une pose demi respectueuse, demi familière, sur le dossier de son fauteuil, causent à demi voix, suivant une conversation particulière, nos anciennes connaissances, les sires de Giac et de Graville, qui, ayant payé rançon, se sont trouvés libres de revenir offrir à leur belle souveraine leur amour et leurs épées. Chaque fois qu'elle se retourne de leur côté, son front se rembrunit, car ils sont les frères d'armes du chevalier de Bourdon, et souvent le nom de ce malheureux jeune homme, prononcé tout-à-coup par eux, lui semble un écho douloureux et inattendu de la voix qui crie vengeance au fond de son cœur.

A sa gauche et aux pieds des marches qui élèvent le fauteuil royal comme un trône, le baron Jean de Vaux raconte aux seigneurs de Chatelux, de l'An et de Bar, comment, avec son parent Hector de Saveuse, ils ont, quelques jours auparavant, surpris dans l'église de Notre-Dame de Chartres le sire Hélyon de Jacqueville, dont ils avaient juré la mort; comment, pour ne pas tacher de son sang le marbre de l'autel, ils l'ont traîné hors de l'église, et là, malgré ses prières, malgré l'offre d'une rançon de 50,000 écus d'or, ils lui ont fait de si profondes blessures, que dans les trois jours il en est mort.

Derrière chacun de ces seigneurs, et sur une ligne circulaire, se tient une foule de pages richement vêtus aux couleurs de leurs maîtres ou à celles de leurs dames, parlant aussi, mais plus bas qu'eux, de chasse et d'amour.

Au milieu du bourdonnement général que faisaient tous ces chuchotemens, parmi lesquels chacun suivait une conversation particulière, de temps en temps la voix de la reine s'élevait; tout rentrait dans le silence, et chacun entendait distinctement la question qu'elle adressait à l'un des seigneurs qui se trouvaient là, et la réponse que faisait celui-

ci. Puis la conversation générale reprenait aussitôt son cours.

— Vous prétendez donc, sire de Graville, dit la reine en se retournant à demi pour adresser la parole au jeune seigneur de ce nom, que nous avons indiqué comme étant placé derrière elle, et en occasionnant par le seul son de sa voix une de ces interruptions dont nous avons parlé; vous prétendez donc que notre cousin d'Armagnac a juré par la Vierge et le Christ de ne point porter vivant la croix rouge de Bourgogne, que nous, sa souveraine, avons adoptée pour le signe de ralliement de nos braves et loyaux défenseurs.

— Ce sont ses propres paroles, madame la reine.

— Et vous ne les lui avez pas renfoncées dans la bouche avec le pommeau de votre épée ou la coquille de votre poignard, sire de Graville! dit d'un ton où perçait un peu de jalousie Villiers de l'Ile-Adam.

— D'abord, je n'avais ni poignard ni épée, vu que j'étais son prisonnier, seigneur de Villiers; puis un si grand homme de guerre ne laisse pas, tel brave que l'on soit, d'imposer un certain respect à qui se trouve face à face avec lui. D'ailleurs je sais quelqu'un à qui il a dit une fois de plus dures paroles encore que celles que je viens de rapporter : celui-là était libre; il portait à son côté une dague et une épée, et cependant il n'a point osé, ce me semble, mettre à exécution le coup qu'il lui donne aujourd'hui avec une audace à laquelle l'absence du connétable doit ôter quelque peu de son prix aux yeux de notre royale souveraine.

Le sire de Graville se remit à causer tranquillement avec Giac.

L'Ile-Adam fit un mouvement; la reine l'arrêta.

— Est-ce que nous ne ferons pas manquer le connétable à son serment, sire de Villiers? dit-elle.

— Écoutez, madame, répondit l'Ile-Adam; je fais vœu comme lui, par la Vierge et le Christ, de ne pas manger à une table, de ne pas coucher dans un lit, que je n'aie vu de mes yeux le connétable d'Armagnac porter la croix rouge de Bourgogne, et si je manque à ce vœu, que Dieu n'ait miséricorde de mon âme ni dans ce monde ni dans l'autre.

— Le sire de Villiers, dit le baron Jean de Vaux en tournant la tête et en le regardant ironiquement par-dessus son épaule, fait un vœu qui n'aura pas grand'peine à s'accomplir, car il est probable qu'avant que le sommeil et l'appétit ne lui viennent, nous apprendrons ce soir que monseigneur le duc de Bourgogne est entré dans la capitale, et cela étant, le connétable sera trop heureux de présenter à deux genoux les clefs de ses portes à la reine.

— Dieu vous entende, baron, dit Isabel de Bavière. Il est temps enfin que ce beau royaume de France retrouve un peu de paix et de tranquillité, et je suis bien aise que l'occasion se soit présentée de reprendre Paris sans courir les chances d'un combat, où votre courage nous assurait certainement la victoire, mais dans lequel chaque goutte de sang versé fût sortie des veines de l'un de mes sujets.

— Messeigneurs, dit Giac, à quand notre entrée dans la capitale?

Au même instant on entendit un grand bruit au dehors, comme serait celui d'une troupe considérable d'hommes à cheval qui reviendraient au galop. Des pas précipités résonnèrent sous le péristyle; les deux portes de la chambre s'ouvrirent; un chevalier armé de toutes pièces, couvert de poussière, la cuirasse hachée et bosselée de coups, s'avança jusqu'au milieu de la salle, et jeta avec un blasphème son casque ensanglanté sur une table.

C'était le duc de Bourgogne lui-même.

Tous ceux qui se trouvaient là poussèrent un cri de surprise et restèrent effrayés de sa pâleur.

— Trahis! dit-il en frappant son front de ses deux poings armés de gantelets de fer, trahis par un misérable marchand pelletier! Voir Paris, le toucher! Paris, ma ville, en être à une demi-lieue, n'avoir qu'à étendre la main pour la prendre et échouer! échouer par la trahison d'un malheureux bourgeois qui n'a pas eu un cœur assez large pour enfermer un secret! Eh! oui, oui, messieurs! Vous me regardez d'un air étonné! Vous me croyiez à cette heure, n'est-ce pas,

27

frappant à la porte du palais du Louvre ou de l'hôtel Saint-Paul ! Eh bien, non ! moi ! Jean de Bourgogne, qu'on a surnommé Sans-Peur, j'ai fui ! Oui, messeigneurs, j'ai fui ! et j'ai laissé sur la place Hector de Saveuse, qui ne pouvait fuir, lui ! et j'ai laissé dans la ville des hommes dont les têtes tombent en ce moment en criant : *Vive Bourgogne !* et je ne puis les secourir ! Comprenez-vous, messieurs ? C'est une horrible revanche à prendre, et nous la prendrons, n'est-ce pas ? et à notre tour, eh bien ! à notre tour, nous donnerons besogne au bourreau, et nous verrons tomber les têtes qui crieront : *Vive Armagnac !* Et à notre tour, enfer et démons ! à notre tour !... Oh ! malédiction sur ce connétable ! Cet homme me rendra fou, si je ne le suis déjà !

Le duc Jean poussa un éclat de rire horrible à entendre, puis il fit un tour sur lui-même, frappant du pied, tirant ses cheveux à pleines mains, et alla rouler, plutôt que s'asseoir, sur les marches du fauteuil de la reine.

Isabel, effrayée, se jeta en arrière.

Le duc de Bourgogne la regarda , appuyé sur ses deux poings et secouant sa tête, sur laquelle son épaisse chevelure se dressait comme la crinière d'un lion.

— Reine, lui dit-il, c'est cependant pour vous que se font toutes ces choses. Je ne parle pas de mon sang (et il passa sa main sur son front ouvert par une blessure), il m'en reste encore assez, comme vous le voyez, pour n'avoir pas à regretter celui que j'ai perdu ; mais pour celui le tant d'autres, avec lequel nous engraissons les plaines des environs de Paris à y faire pousser des moissons doubles ; et tout cela, Bourgogne contre France, sœur contre sœur ! Tandis que l'Anglais arrive, l'Anglais, que rien n'arrête, que personne ne combat ! Oh ! savez-vous, messieurs, que nous sommes insensés !

Chacun comprenait que le duc était dans un de ces momens de violence qui ne permettent ni interruption ni conseils ; aussi chacun le laissait-il parler, sachant qu'il en viendrait bientôt à sa haine contre le roi et le connétable, et à son projet favori, la prise de Paris.

— Quand j'y pense qu'à l'heure qu'il est, continua-t-il, je pourrais être à l'hôtel Saint-Paul, où est le dauphin, entendre cette brave population de Paris, dont, après tout, plus des trois quarts est à moi, crier : *Vive Bourgogne !* que vous, ma reine, vous pourriez donner par toute la France de véritables ordres, signer de vrais édits ; que je verrais ce damné connétable demandant grâce et miséricorde ! Oh ! cela sera, continua-t-il en se dressant de toute sa hauteur ; cela sera, n'est-ce pas, messeigneurs ? cela sera, car je le veux ; et si un seul de vous me dit non, celui-là en aura menti par la gorge.

— Monsieur le duc, dit la reine, calmez-vous. Je vais faire appeler un médecin pour panser votre blessure, à moins que vous n'aimiez mieux que moi-même...

— Merci, madame, merci, répondit le duc ; c'est une égratignure, et plût au ciel que mon brave Hector de Saveuse n'en eût pas davantage.

— Et quel coup a-t-il donc reçu ?

— Le sais-je ? ai-je eu seulement le temps de descendre de cheval pour aller lui demander s'il était mort ou vivant ? Non ; je l'ai vu tomber avec un trait d'arbalète planté au milieu du corps comme un échalas dans une vigne. Pauvre Hector ! c'est le sang d'Hélyon de Jacqueville qui retombe sur lui ! Messire Jean de Vaux, prenez garde à vous ! vous étiez de moitié dans le meurtre ; vienne un combat, et peut-être serez-vous de moitié aussi dans la punition.

— Grand merci ! monseigneur, dit Jean de Vaux ; mais cela arrivant, mon dernier soupir pour mon noble maître le duc Jean de Bourgogne, ma dernière pensée pour ma noble maîtresse la reine Isabel de Bavière.

— Oui, oui, mon vieux baron, dit en souriant Jean-sans-Peur, qui peu à peu oubliait sa colère, je sais que tu es brave, et qu'à ton dernier moment, si Dieu ne veut pas de ton âme, tu es homme à la disputer au diable lui-même, et en rester propriétaire, malgré les petites peccadilles qui donnent bien à Satan quelques droits sur elle.

— Je ferai de mon mieux, monseigneur.

— Bien ; mais si la reine n'a rien à nous ordonner, mon avis, messieurs, est que nous prenions un repos qui ne nous sera pas inutile demain. C'est toute une guerre à recommencer, et Dieu sait quand elle finira.

La reine Isabel de Bavière se leva, indiquant d'un geste qu'elle approuvait la proposition du duc de Bourgogne, et elle sortit de la salle, appuyée sur le bras que lui avait offert le sire de Graville.

Le duc de Bourgogne, aussi oublieux déjà de ce qui venait de se passer que si c'était un rêve, les suivit, riant avec Jean de Vaux, et paraissant totalement insensible à la douleur de la blessure qui ouvrait sur son front ses lèvres rouges et saignantes. Chatelux, de l'An et de Bar venaient ensuite, puis enfin de Giac et l'Ile-Adam. Ils se rencontrèrent à la porte.

— Et votre vœu ? dit en riant Giac.

— Je l'accomplirai, répondit l'Ile-Adam, et ce à compter de ce soir.

Ils sortirent.

Quelques minutes après, cette salle, pleine un instant auparavant de bruits confus et de clartés étincellantes, était redevenue le domaine du silence et de l'obscurité.

Si nous avons réussi à donner à nos lecteurs une connaissance exacte du caractère d'Isabel de Bavière, ils se représenteront facilement que la nouvelle que venait de lui annoncer Jean de Bourgogne, en qui lui enlevait toutes ses espérances, avait fait sur elle un effet tout contraire à celui que nous l'avons vu produire sur celui du duc ; du sang-froid du combat, le dernier était passé à la colère de la réflexion, qui s'était évanouie à son tour dès qu'elle avait pu s'évaporer en paroles. Isabel, au contraire, avait écouté le récit avec le calme calculé d'une âme haineuse, mais politique ; c'était du fiel encore sur son cœur déjà plein de fiel, où tant de passions s'amassaient en silence, cachées à tous les yeux, pour en sortir enfin toutes à la fois, comme du cratère d'un volcan sortent au jour de l'éruption, avec ses propres entrailles, tous les corps étrangers que, dans ses intervalles de repos, y a jetés la main des hommes.

Seulement, en rentrant chez elle, son visage était pâle, ses bras raidis, ses dents serrées. Trop agitée pour s'asseoir, trop tremblante pour se tenir debout, elle saisit avec une convulsion nerveuse une des colonnes de son lit, laissa aller sa tête sur le bras qui la soutenait, et à demi penchée, la poitrine oppressée et ardente, elle appela Charlotte.

Quelques secondes se passèrent sans qu'elle obtint de réponse, ni qu'aucun bruit dans la chambre voisine annonçât qu'elle eût été entendue.

— Charlotte ! répéta-t-elle en frappant du pied et en donnant à sa voix une expression sourde et inarticulée qui faisait ressembler ce mot au cri d'amour ou de rage d'une bête fauve , plutôt qu'à un nom prononcé par une bouche humaine.

Presque aussitôt la jeune fille qu'elle appelait parut, craintive et tremblante, sur la porte ; elle avait distingué, dans cet accent bien connu de sa maîtresse, tout ce qu'il y avait de colère et de menace.

— N'entendez-vous pas que je vous appelle, dit la reine, et faut-il toujours vous appeler deux fois ?

— Mille pardons, ma noble maîtresse, mais j'étais là..... avec.....

— Avec qui ?

— Avec un jeune homme que vous connaissez, que vous avez déjà vu..... auquel vous aviez la bonté de vous intéresser.

— Qui ? qui donc ?

— Perrinet Leclerc.

— Leclerc, dit la reine ; d'où arrive-t-il ?

— De Paris.

— Je veux le voir.

— Lui aussi, madame, voulait vous voir et demandait à vous parler, mais je n'osais.....

— Fais-le entrer, te dis-je. Tout de suite ! à l'instant ! où est-il ?

— Là, dit la jeune fille, et, soulevant la tapisserie, elle

appela : Perrinet Leclerc ! Celui-ci s'élança plutôt qu'il n'entra dans l'appartement ; la reine et lui se trouvèrent face à face.

C'était la deuxième fois que le pauvre vendeur de fer allait traiter d'égal à égal avec l'orgueilleuse reine de France ; deux fois, malgré la différence de leurs conditions, les mêmes sentiments les amenaient des deux extrémités de l'échelle sociale vis-à-vis l'un de l'autre. Seulement, la première fois c'était l'amour, et la seconde, la vengeance.

— Perrinet ! dit la reine.

— Madame ! répondit celui-ci en la regardant fixement, et sans que le regard de sa souveraine fît baisser le sien.

— Je ne t'ai pas revu, ajouta Isabel.

— A quoi bon ? Vous m'avez dit, si on le transportait vivant dans une autre prison, de le suivre jusqu'à la porte ; si l'on déposait son corps dans un tombeau, de l'accompagner jusqu'à la tombe, et mort ou vivant, de revenir vous dire : *Il est là !* Reine, ils ont prévu que vous pouviez sauver le prisonnier ou déterrer le cadavre, et ils l'ont jeté vivant et mutilé dans la Seine.

— Pourquoi ne l'as-tu ni sauvé ni vengé, malheureux ?

— J'étais seul, ils étaient six ; deux sont morts. J'ai fait ce que j'ai pu. Aujourd'hui, je viens faire davantage.

— Voyons, dit la reine.

— Ah ! le connétable, vous l'exécrez, n'est-ce pas, madame ? Paris, vous voudriez le reprendre ; et à un homme qui vous offrirait à la fois de vous livrer Paris, et de vous venger du connétable, vous accorderiez bien une grâce, hein !...

La reine sourit avec une expression qui n'appartenait qu'à elle.

— Oh ! dit-elle, tout ce que cet homme me demanderait !... tout ! la moitié de mes jours, la moitié de mon sang. Où est-il seulement ?

— Qui ?

— Cet homme !...

— C'est moi, reine.

— Vous ! toi ! dit Isabel étonnée.

— Oui, moi.

— Et comment ?

— Je suis fils de l'échevin Leclerc ; mon père garde la nuit, sous son chevet, les clefs de la ville ; je puis aller un soir chez lui, l'embrasser, me mettre à sa table, me cacher dans la maison au lieu d'en sortir, et la nuit, la nuit, m'introduire dans sa chambre, voler les clefs, ouvrir les portes...

Charlotte poussa un léger cri, Perrinet ne parut pas l'entendre, la reine n'y fit point attention.

— Oui, cela est vrai, dit Isabel réfléchissant.

— Et cela sera comme j'ai dit, reprit Leclerc.

— Mais, dit timidement Charlotte, si au moment où vous prendrez les clefs votre père se réveille ?

Les cheveux de Leclerc se dressèrent sur sa tête, la sueur coula de son front à cette idée ; puis, après un instant, il porta la main à son poignard, le tira à demi, et prononça ces seuls mots :

— Je le rendormirai.

Charlotte poussa un second cri et tomba sur un fauteuil.

— Oui, dit Leclerc sans faire attention à sa maîtresse presque évanouie ; oui, je puis être traître et parricide, mais je me vengerai !

— Que t'ont-ils donc fait ? dit Isabel en se rapprochant de lui, en lui prenant le bras et en le regardant avec le sourire d'une femme qui comprend la vengeance, quelque atroce qu'elle soit, quelque chose qu'elle coûte.

— Que vous importe, reine ? C'est mon secret à moi. Tout ce que vous avez besoin de savoir, c'est que je tiendrai ma promesse, si vous tenez la vôtre.

— Eh bien donc, que veux-tu ? Est-ce Charlotte que tu aimes ?

Perrinet secoua la tête avec un rire amer.

— Est-ce de l'or ? je t'en donnerai.

— Non, dit Perrinet.

— Est-ce la noblesse, des honneurs ? Si nous prenons Paris, je t'en donne le commandement et te fais comte.

— Ce n'est point cela, murmura Leclerc.

— Qu'est-ce donc ? dit la reine.

— Vous êtes régente de France ?

— Oui.

— Vous avez droit de vie et de mort ?

— Oui.

— Vous avez fait faire un sceau royal qui peut conférer votre pouvoir à celui qui est porteur d'un parchemin scellé par lui ?

— Eh bien ?

— Eh bien ! il me faut ce sceau au bas d'un parchemin, et que ce parchemin me donne une vie, une vie dont je pourrai faire ce que je voudrai, dont je ne devrai compte à personne, que j'aurai le droit de disputer même au bourreau.

La reine pâlit.

— Ce n'est ni celle du dauphin Charles, ni celle du roi ?

— Non.

— Un parchemin et mon sceau royal ! dit vivement la reine.

Leclerc prit sur une table l'un et l'autre, et les lui présenta. Elle écrivit :

« Nous, Isabel de Bavière, par la grâce de Dieu régente de France, ayant, à cause de l'occupation de monseigneur le roi, le gouvernement et l'administration du royaume, cédons à Perrinet Leclerc, vendeur de fer au Petit-Pont, notre droit de vie et de mort sur.... »

— Le nom ? dit Isabel.

— Sur le comte d'Armagnac, connétable du royaume de France, gouverneur de la ville de Paris, répondit Leclerc.

— Ah ! dit Isabel en laissant tomber sa plume ; c'est pour le tuer au moins, que tu me demandes sa vie, n'est-ce pas ?

— Oui.

— Et tu lui diras, à l'heure de sa mort, que je lui prends son Paris, sa capitale, en échange de l'existence de mon amant, qu'il m'a prise : troc pour troc ; tu le lui diras, j'espère.

— Pas de condition, dit Leclerc.

— Pas de sceau, alors, dit la reine en repoussant le parchemin.

— Je le lui dirai ; faites vite.

— Sur ton âme ?

— Sur mon âme !

La reine reprit la plume, et écrivit en continuant :

« Cédons à Perrinet Leclerc, vendeur de fer au Petit-Pont, notre droit de vie et de mort sur le comte d'Armagnac, connétable du royaume de France, gouverneur de la ville de Paris ; renonçant à tout jamais à réclamer aucun droit sur la personne et la vie dudit connétable. »

Elle signa et appliqua le sceau à côté de la signature.

— Tiens, dit-elle en présentant le parchemin.

— Merci, répondit Leclerc en le prenant.

— C'est infernal ! s'écria Charlotte.

La jeune fille, blanche et pure, semblait un ange forcé d'assister au pacte que font entre eux deux démons.

— Maintenant, ajouta Leclerc, un homme d'exécution avec lequel je puisse me concerter et m'entendre ; noble ou vilain, peu m'importe, pourvu qu'il ait pouvoir et volonté.

— Appelle un valet, Charlotte.

Charlotte appela ; un valet parut.

— Dites au seigneur Villiers de l'Ile-Adam que je l'attends à l'instant même, et ramenez-le ici.

Le valet s'inclina et sortit.

L'Ile-Adam, fidèle à son vœu, s'était jeté sur le parquet, tout habillé dans son manteau de guerre ; il n'eut donc qu'à se lever pour être en état de paraître devant la reine.

Cinq minutes après, il se trouvait en sa présence.

Isabel s'avança vers lui, et sans faire attention à son salut respectueux :

— Sire de Villiers, dit-elle, voici un jeune homme qui me livre les clefs de Paris ; j'ai besoin d'un seigneur de courage et d'exécution à qui je les remette : j'ai songé à vous.

L'Ile-Adam tressaillit ; ses yeux s'enflammèrent ; il se retourna vers Leclerc, étendant la main pour presser la sienne, lorsqu'il s'aperçut, à la mise du vendeur de fer, quelle était la basse extraction de celui à qui il allait donner cette marque d'égalité. Sa main retomba le long de sa cuisse, et sa figure reprit l'expression de hauteur habituelle qui un instant l'avait abandonnée.

Aucun de ces mouvemens n'échappa à Leclerc, qui resta immobile, les bras croisés sur sa poitrine, lorsque l'Ile-Adam lui tendit la main, comme lorsqu'il la retira.

— Gardez votre main pour frapper l'ennemi, sire de l'Ile-Adam, dit en riant Leclerc, quoique j'aie quelque droit à la toucher; car, ainsi que vous, je vends mon roi et ma patrie. Gardez votre main, seigneur de Villiers, quoique nous soyons frères en trahison.

— Jeune homme!... s'écria l'Ile-Adam.

— C'est bien, parlons d'autre chose. Me répondez-vous de cinq cents lances?

— J'ai mille hommes d'armes dans la ville de Pontoise, que je commande.

— La moitié de cette troupe suffira, si elle est brave. Je l'introduirai avec vous dans la ville. Là cesse ma mission. Ne me demandez rien de plus.

— Je me charge du reste.

— Eh bien! partons sans perdre un instant, et le long de la route je vous instruirai de mes projets.

— Bon courage! seigneur de l'Ile-Adam, dit Isabel.

L'Ile-Adam mit un genou en terre, baisa la main que lui tendait sa noble maîtresse, et sortit.

— Rappelez-vous votre promesse, Perrinet, dit la reine. Qu'il sache, avant de mourir, que c'est moi, son ennemie mortelle, qui lui prends Paris, en échange de la vie de mon amant.

— Il le saura, répondit Leclerc en enfonçant dans sa poitrine le parchemin et en boutonnant son pourpoint par-dessus.

— Adieu, Leclerc, dit à demi-voix Charlotte.

Mais le jeune homme ne l'entendit pas, et s'élança hors de l'appartement sans lui répondre.

— Que l'enfer les conduise et qu'ils arrivent au but, dit la reine.

— Que Dieu veille sur eux, murmura Charlotte.

Les deux jeunes gens descendirent aux écuries; l'Ile-Adam choisit ses deux meilleurs chevaux, chacun sella, brida le sien et sauta dessus.

— Où en trouverons-nous d'autres quand ceux-ci seront morts? dit Leclerc; car au train dont nous allons les mener, ils ne nous conduiront guère qu'au tiers de la route.

— Je me ferai reconnaître aux postes bourguignons qui se trouveront sur notre passage, et l'on m'en donnera.

— Bien!

Ils enfoncèrent leurs éperons dans le ventre de leurs montures, leur jetèrent la bride sur le cou et partirent comme le vent.

Certes, celui qui, à la lueur des étincelles qu'ils faisaient jaillir dans leur course, les eût vus dans l'ombre de cette nuit grisâtre, glisser ainsi côte à côte, chevaux et cavaliers dévorant l'espace, crinières et cheveux au vent, aurait raconté, pendant longues années, qu'il avait assisté au passage d'un nouveau Faust et d'un autre Méphistophélès se rendant sur des coursiers fantastiques à quelque réunion infernale.

XVIII.

Le moment était on ne peut mieux choisi par Perrinet Leclerc pour mettre à exécution le projet qu'il avait conçu de livrer Paris; l'exaspération des bourgeois était à son comble, et tout le monde accusait le connétable, qui chaque jour redoublait de rigueur et de cruauté envers les Parisiens, de malheurs qui étaient ceux des temps. Ses gens d'armes mal-

traitaient les citoyens, sans qu'ils pussent avoir justice de leurs mauvais traitemens. Depuis que leur général avait été forcé de lever le siège de Senlis, ils étaient plus furieux encore à cause de leur défaite. Personne ne pouvait sortir de la ville, et si quelqu'un, par hasard, voulait le faire malgré les ordres donnés, s'il était surpris par les soldats, il était dévalisé ou frappé; puis, s'il allait se plaindre au connétable ou au prévôt, ils répondaient : « C'est bon; qu'alliez vous faire là? » Ou bien : « Vous ne vous plaindriez pas ainsi, si c'étaient vos amis les Bourguignons, » et autres choses pareilles.

Le *Journal de Paris* raconte que les vexations s'étendaient jusqu'aux serviteurs de l'hôtel du roi. Quelques-uns d'entre eux étant allés au bois de Boulogne chercher des arbres pour fêter le 1er mai, les gens d'armes qui gardaient Ville-l'Evêque, et qui appartenaient au connétable, les poursuivirent, en tuèrent un et en blessèrent plusieurs. Ce n'était pas tout : comme on manquait d'argent, le connétable résolut d'en faire par tous les moyens possibles. Il fit prendre les ornemens des églises et jusqu'aux vases de Saint-Denis. Les campagnes ravagées ne fournissaient plus de vivres. On faisait travailler aux remparts et aux machines de guerre de pauvres ouvriers qu'on ne payait pas, et qu'on battait et appelait canaille, s'ils avaient l'imprudence de réclamer leur salaire. Ces vexations, qui toutes venaient originairement du comte d'Armagnac, occasionnaient le soir des rassemblemens dans les rues de la capitale. Les bruits les plus ridicules y circulaient et y étaient accueillis avec des cris de haine et de vengeance; mais bientôt une troupe d'hommes d'armes paraissait à l'extrémité de la rue, dont elle tenait toute la largeur, mettait l'épée à la main, les chevaux au galop, et, frappant et écrasant tout ce qui se trouvait devant elle, dissipait ces attroupemens, qui allaient se reformer autre part.

Dans la soirée du 28 mai 1418, un de ces rassemblemens encombrait la place de la Sorbonne. Des écoliers, armés de bâtons; des bouchers, leur couteau au côté; des ouvriers, tenant à la main les instrumens qui leur servaient dans leurs travaux, et qu'à la rigueur et entre les mains d'hommes aussi exaspérés on pouvait regarder comme des armes, en formaient la majeure partie. Les femmes aussi y jouaient un rôle actif et qui n'était pas toujours sans danger pour elles; car les gens d'armes frappaient indistinctement hommes, femmes, enfans, vieillards, qu'ils se défendissent ou non, qu'ils vinssent en ennemis ou en curieux, et posaient dès cette époque les principes d'un art dont les gouvernemens modernes paraissent avoir retrouvé toutes les traditions.

— Savez-vous, maître Lambert, disait une vieille femme en se tenant sur celle de ses deux jambes qui était la plus longue, afin d'arriver au coude de celui auquel elle s'adressait; savez-vous pourquoi on a pris de force la toile chez les marchands? Dites : le savez-vous?

— Je présume, mère Jehanne, répondit celui auquel elle s'adressait, et qui était un potier d'étain bien connu pour ne pas laisser passer un de ces attroupemens sans s'y mêler; je présume, dis-je, que c'est pour faire, comme le dit ce damné connétable, des tentes et des pavillons pour l'armée.

— Eh bien! vous vous trompez : c'est pour coudre toutes les femmes dans des sacs et les jeter à la rivière.

— Ah! dit maître Lambert, qui paraissait beaucoup moins indigné que son interlocutrice de cette mesure arbitraire; ah! vous croyez?

— J'en suis sûre.

— Bah! si ce n'était que cela! dit un bourgeois.

— Eh bien! qu'est-ce qu'il vous faut donc de plus, maître Bourdichon? reprit notre ancienne connaissance, la mère Jehanne.

— Ce ne sont pas les femmes que les Armagnacs craignent, ce sont les corporations d'hommes; aussi tous ceux qui font partie de pareilles associations doivent-ils être égorgés. Ceux d'entre eux qui d'avance ont prêté serment de vendre plutôt Paris aux Anglais que de le rendre aux Bourguignons seront épargnés.

— Et à quoi les reconnaîtra-t-on? interrompit le potier

d'étain avec une précipitation qui annonçait l'importance qu'il attachait à cette nouvelle.

— A un écu de plomb portant d'un côté une croix rouge, et de l'autre le léopard d'Angleterre.

— Moi, dit un écolier en montant sur une borne, j'ai vu un étendard aux armes du roi Henri V d'Angleterre; il avait été brodé au collége de Navarre, qui n'est composé en entier que d'Armagnacs, et les maîtres devaient le planter sur les portes de la ville.

— A sac! à sac, le collége! dirent plusieurs voix qui heureusement s'éteignirent l'une après l'autre.

— Moi, dit un ouvrier, ils m'ont fait travailler vingt-cinq jours à leur grande machine de guerre qu'ils appellent la griète, et quand j'ai été demander mon argent au prévôt, il m'a dit: « Canaille, n'as-tu donc pas un sou pour acheter une ficelle et t'aller pendre?»

— A mort! à mort, le prévôt et le connétable! vivent les Bourguignons!

Ces cris eurent plus d'écho que ceux qui les avaient précédés, et furent bientôt répétés par toutes les bouches.

Au même instant, on vit briller à l'extrémité de la rue les lances d'une compagnie franche, composée de Génois au service particulier du connétable.

Alors commença l'une de ces scènes dont nous avons parlé, et que nous n'avons pas besoin de peindre, certains que nous sommes que chacun de nous peut s'en faire une idée. Hommes, femmes et enfans se mirent à fuir en jetant des cris affreux. La troupe se déploya dans toute la largeur de la rue, et, comme un ouragan chasse les feuilles d'automne, balaya devant elle ce tourbillon de créatures humaines, frappant les unes de la pointe de leur lance, écrasant les autres sous les pieds de leurs chevaux, fouillant chaque recoin de maison, chaque enfoncement de porte, avec un acharnement et une inhumanité que déploient presque toujours les gens de guerre quand ils ont affaire aux bourgeois.

Au moment où les gardes avaient paru, tout le monde, comme nous avons dit, avait cherché à fuir, à l'exception d'un jeune homme couvert de poussière, qui, depuis quelques minutes seulement, s'était mêlé à l'attroupement: il s'était contenté de se retourner du côté de la porte contre laquelle il s'était appuyé, et introduisant la lame d'un son poignard entre le pêne de la serrure et le mur, il avait, en l'employant comme un levier, fait céder la porte, était entré dans l'allée, et l'avait refermée sur lui. Puis, dès que le bruit des chevaux, qui allait s'affaiblissant, lui eut appris que le danger était passé, il avait rouvert cette porte, avancé la tête sur la place, et voyant qu'à l'exception de quelques mourans qui râlaient, elle était libre, il avait pris tranquillement la rue des Cordeliers, qu'il descendit jusqu'au rempart Saint-Germain, et, s'arrêtant devant une petite maison qui y attenait, il pressa un ressort caché dont le jeu la fit ouvrir.

— Ah! c'est toi, Perrinet, dit un vieillard.

— Oui, mon père, je viens vous demander à souper.

— Sois-le bien venu, mon fils.

— Ce n'est pas tout, mon père: il y a une grande émeute parmi la populace de Paris, et les rues sont mauvaises de nuit. Je voudrais coucher ici.

— Eh bien! répondit le vieillard, n'y as-tu pas toujours ta chambre et ton lit, ta place au foyer et à la table, et m'as-tu jamais entendu me plaindre que tu les vinsses prendre trop souvent?

— Non, mon père, dit le jeune homme en se jetant sur une chaise, et en appuyant sa tête dans ses mains; non, vous êtes bon et vous m'aimez.

— Je n'ai que toi, mon enfant, et tu ne m'as jamais fait aucun chagrin.

— Mon père, dit Perrinet en se levant, je me sens souffrant, permettez que je me retire dans ma chambre: je ne pourrais pas souper avec vous.

— Va, mon fils, tu es libre, tu es chez toi.

Perrinet ouvrit une petite porte qui amenait avec elle les trois premières marches d'un escalier dont la continuation était pratiquée dans l'intérieur du mur, et se mit à monter lentement cette espèce d'échelle sans détourner la tête, sans regarder son père.

— Cet enfant est triste depuis quelques jours, dit en soupirant le vieux Leclerc, et il se mit seul à la table, où l'arrivée du jeune homme lui avait fait placer un second couvert.

Pendant quelque temps, il écouta au-dessus de sa tête le pas de son fils, puis, n'entendant plus rien, il pensa qu'il dormait, murmura quelques prières pour lui, et, rentrant dans sa chambre, se mit au lit, après avoir pris la précaution de glisser, selon son habitude, les clefs dont il avait la garde, sous le traversin où reposait sa tête.

Une heure à peu près s'écoula sans que le silence qui régnait dans la maison du vieil échevin fût troublé. Tout à coup un léger grincement se fit entendre dans la première pièce; la porte dont nous avons déjà parlé s'ouvrit, et les trois degrés de bois craquèrent successivement sous les pas de Perrinet, pâle et retenant son haleine. Lorsqu'il sentit le plancher sous ses pieds, il s'arrêta un instant pour écouter. Aucun bruit n'annonçait qu'il eût été entendu. Alors il s'avança sur la pointe des pieds, en s'essuyant le front avec la main, vers la chambre de son père: la porte n'en était point fermée, il la poussa.

La lanterne qui servait au vieillard, lorsque par hasard il était forcé de se lever pour aller reconnaître à la porte quelque bourgeois attardé, brûlait sur la cheminée, et sa pâle lueur jetait assez de clarté pour que l'échevin, s'il s'éveillait, pût reconnaître qu'il n'était pas seul dans sa chambre; mais Leclerc craignit, s'il soufflait cette lumière, de heurter dans l'obscurité quelque meuble dont le bruit pourrait tirer son père du sommeil où il était plongé; il préféra donc le laisser brûler.

C'était une chose effrayante à voir que ce jeune homme, les cheveux hérissés, le front ruisselant de sueur, la main gauche posée sur son poignard, s'appuyant de la droite à la muraille, s'arrêtant à chaque pas pour donner au parquet le temps de s'assurer sous ses pieds, avançant lentement, mais avançant enfin vers ce lit, que ne quittait pas une seconde son regard étincelant, suivant pour y arriver une ligne circulaire comme celle du tigre, et tressaillant au bruit des battemens précipités de son cœur, qui contrastait avec le souffle calme du vieillard; enfin le rideau à demi tiré lui cacha la tête de son père; il fit quelques pas encore, étendit la main, la posa sur la colonne du lit, s'arrêta un instant pour respirer, puis, ramassant son corps plié sur ses jarrets, il glissa sa main humide et tremblante sous le chevet, gagnant une ligne par minute, retenant son haleine, insensible aux douleurs que cette position forcée faisait courir par tous ses membres, car il comprenait que de la part du père un mouvement, un soupir, faisait du fils un parricide.

Enfin il sentit le froid du fer, ses doigts crispés touchaient les clefs; il les passa dans l'anneau qui les rassemblait, les attira lentement à lui, les reçut dans sa seconde main, les serra de manière à ce que leur cliquetis ne pût être entendu; puis, avec les mêmes précautions qu'il avait prises en entrant, il se dirigea vers la sortie, possesseur du trésor qui devait assurer sa vengeance.

A la porte de la rue, les jambes lui manquèrent, et il tomba sur les marches de l'escalier qui conduisait au rempart; il y était à peine depuis quelques minutes, que la cloche du couvent des cordeliers sonna onze heures.

Perrinet se releva au onzième coup. Le seigneur de l'Ile-Adam et ses cinq cents hommes devaient être à quelques pas du rempart.

Leclerc monta rapidement l'escalier. Lorsqu'il fut au haut, il entendit le bruit d'une cavalcade qui se dirigeait de son côté.

— Qui vive! cria la sentinelle.

— Ronde de nuit, répondit la voix rude du connétable.

Perrinet se jeta ventre à terre, le détachement passa à deux toises de lui; la sentinelle fut relevée et une autre laissée à sa place: le détachement s'éloigna.

Perrinet rampa comme un serpent vers le milieu de la ligne que le soldat parcourait dans sa faction, puis, quand celui-ci passa devant lui, il se leva tout-à-coup, et avant qu'il eût eu le temps de se mettre en défense, de pousser un seul cri, il lui enfonça jusqu'à la coquille son poignard dans la gorge.

Le soldat ne poussa qu'un soupir et tomba.

Perrinet traîna le cadavre à un endroit où la saillie de la porte rendait l'ombre plus épaisse, et son casque sur la tête, sa pertuisane à la main afin d'être pris pour lui, il s'approcha du bord de la muraille, fixa long-temps ses regards sur la plaine, et quand ils se furent habitués à l'obscurité, il crut apercevoir une ligne noire et épaisse qui s'avançait silencieusement.

Perrinet approcha ses deux mains de sa bouche et imita le cri du hibou.

Un cri pareil lui répondit de la plaine : c'était le signal convenu.

Il descendit et ouvrit la porte. Un homme était déjà adossé au dehors contre le battant : c'était le sire de l'Ile-Adam que son impatience y avait poussé en avant des autres.

— C'est bien, tu es fidèle, dit-il à demi-voix.

— Et vos hommes?

— Les voici.

En effet, la colonne, commandée par le seigneur de Chevreuse, le sire de Ferry de Mailly et le comte Lyonnet de Bournonville, apparut au coin de la dernière maison du faubourg Saint-Germain, introduisit sa tête sous la herse levée, et, comme un long serpent, se glissa par cette ouverture dans l'intérieur de la ville. Perrinet referma la porte derrière elle, remonta sur le rempart, et jeta les clefs dans les fossés pleins d'eau.

— Que viens-tu de faire? lui dit l'Ile-Adam.

— Je viens de vous ôter la possibilité de regarder en arrière, répondit-il.

— Allons donc en avant, reprit celui-ci.

— Voici votre chemin, dit Leclerc en lui indiquant la rue du Paon.

— Et toi?...

— Moi !... j'en prends un autre.

Et il s'élança dans la rue des Cordeliers, gagna le pont Notre-Dame, traversa la rivière, redescendit la rue Saint-Honoré jusqu'à l'hôtel d'Armagnac, et s'effaça derrière l'angle d'un mur, où il demeura aussi immobile qu'une statue de pierre.

Pendant ce temps, l'Ile-Adam avait joint la rivière, l'avait remontée jusqu'au Châtelet, et, arrivé là, avait partagé sa petite troupe en quatre bandes : l'une, commandée par le seigneur de Chevreuse, se dirigea vers l'hôtel du dauphin, qui logeait rue de la Verrerie; la seconde, conduite par Ferry de Mailly, descendit la rue Saint-Honoré pour investir l'hôtel d'Armagnac et surprendre le connétable, que l'Ile-Adam avait ordonné, sous peine de mort, qu'on ne lui amenât que vivant; la troisième, sous les ordres de l'Ile-Adam lui-même, s'avança vers l'hôtel Saint-Paul où était le roi; la quatrième, qui obéissait à Lyonnet de Bournonville, demeura sur la place du Châtelet, afin de porter secours à celle des trois autres qui en aurait besoin. Tous criaient : « Notre-Dame de la paix! vive le roi! vive Bourgogne! que ceux qui veulent la paix s'arment et nous suivent ! »

A ces cris, et tout le long de la route, des fenêtres s'ouvraient, des têtes effrayées se dessinaient pâles dans l'ombre, écoutaient ces vociférations, reconnaissant les couleurs et la croix de Bourgogne, répondaient par les cris de : Mort aux Armagnacs! vivent les Bourguignons! et peuple, bourgeois, écoliers, suivaient en armes et en tumulte chacune de ces bandes.

Ce fut certes une grande imprudence aux chefs qui les commandaient d'avoir ainsi donné l'éveil, car la plus précieux des prisonniers qu'ils comptaient faire leur échappa. Tanneguy Duchâtel, au premier bruit, courut chez le dauphin, renversa tout ce qui s'opposait à son passage, pénétra jusqu'à la chambre où il était couché, et le trouvant accoudé sur son lit et écoutant la rumeur qui arrivait déjà jusqu'à lui, sans perdre une minute, sans répondre à ses questions, l'enveloppa dans les couvertures de son lit, le jeta sur ses épaules robustes comme une nourrice son enfant, et l'emporta. Robert Le Masson, son chancelier, lui tenait un che-

val prêt; il y monta avec son précieux fardeau, et dix minutes après, la Bastille imprenable se referma sur eux, mettant à l'abri sous ses épaisses murailles le seul héritier de la vieille monarchie française.

Ferry de Mailly, qui s'avançait vers l'hôtel d'Armagnac, ne fut pas plus heureux que le seigneur de Chevreuse; le connétable, que nous avons vu commander quelques hommes de ronde, entendit les cris des Bourguignons, et, au lieu de rentrer à son hôtel, après avoir reconnu que toute défense était inutile, il songea à sa vie. Il se réfugia dans la maison d'un pauvre maçon, lui avoua qui il était, et lui promit une récompense proportionnée au service qu'il réclamait de lui : celui-ci le cacha et promit de lui garder le secret.

La troupe qui croyait le surprendre s'approcha donc de l'hôtel d'Armagnac, en garda toutes les issues, et se mit à enfoncer la porte principale. Au moment où elle céda, un homme se détacha de la muraille en face, écarta tout le monde et s'élança le premier dans l'hôtel ; Ferry de Mailly n'y entra que le second.

Pendant ce temps, le seigneur de l'Ile-Adam, plus heureux, investissait l'hôtel Saint-Paul, et, après un faible combat avec les gardes, pénétrait dans l'intérieur des appartemens et parvenait jusqu'à celui du roi. Ce pauvre et vieux monarque, dont se raillaient les serviteurs qui depuis longtemps n'obéissaient plus à ses ordres, paraissait avoir été ce soir complétement oublié par eux ; une lampe mourante éclairait à peine son appartement ; quelques restes d'un feu qui ne pouvait suffire à chasser le froid et l'humidité de cette vaste chambre, tremblaient sur l'âtre et dans un coin de la large cheminée gothique ; sur un escabeau de bois grelottait un vieillard à demi nu :

C'était le roi de France.

L'Ile-Adam se précipita dans la chambre, alla droit au lit qu'il trouva vide, et, en se retournant, aperçut le vieux monarque qui, de ses mains ridées et tremblantes, assemblait quelques restes de tisons.

Il s'avança respectueusement vers lui, et le salua au nom du duc de Bourgogne.

Le roi se tourna, laissant ses mains étendues vers le feu, regarda vaguement celui qui lui parlait, et dit :

— Comment se porte mon cousin de Bourgogne? il y a longtemps que je ne l'ai vu.

— Sire, il m'envoie vers vous pour que toutes les calamités qui désolent votre royaume prennent une fin.

Le roi se retourna vers le feu sans répondre.

— Sire, ajouta l'Ile-Adam, qui vit que dans ce moment de démence le roi ne pouvait ni comprendre ni suivre les raisons politiques qu'il allait développer ; sire, le duc de Bourgogne vous prie de monter à cheval et de paraître à mes côtés dans les rues de la capitale.

Charles VI se leva machinalement, s'appuya sur le bras de l'Ile-Adam, et le suivit sans résistance, car il ne restait plus à ce pauvre prince ni mémoire ni raison. Peu lui importait donc ce qu'on ordonnait en son nom, et entre les mains de qui il tombait. Il ne savait plus même ce que c'était qu'Armagnac ou Bourguignon.

L'Ile-Adam, avec sa royale capture, se dirigea vers le Châtelet. Le capitaine avait compris que la présence du monarque au milieu des Bourguignons serait un signe d'approbation royale pour tout ce qui allait se passer; il remit donc son prisonnier entre les mains de Lyonnet de Bournonville, en lui recommandant une surveillance active, mais pleine d'égards.

Cette mesure politique accomplie, il prit au galop la rue Saint-Honoré, descendit à la porte de l'hôtel d'Armagnac, dans l'intérieur duquel on n'entendait que cris et blasphèmes ; et, s'élançant sur l'escalier, heurta avec tant de violence un homme qui le descendait, que tous deux se retinrent l'un à l'autre pour ne pas tomber. Ils se reconnurent.

— Où est le connétable? dit l'Ile-Adam.

— Je le cherche, dit Perrinet Leclerc.

— Malédiction sur Ferry de Mailly, qui l'a laissé échapper !

— Il n'est pas rentré dans son hôtel.

Et tous deux s'élancèrent dehors comme deux insensés, prenant chacun de leur côté la première rue qu'ils trouvèrent devant eux.

Pendant ce temps, un carnage affreux s'exécutait On n'entendait que ces cris : *A mort! à mort les Armagnacs! tuez! tuez tout!* Des corporations d'écolier, de bourgeois et de bouchers, parcouraient les rues, enfonçant les maisons qu'on savait appartenir aux partisans du connétable, et découpaient ces malheureux à coups de hache et d'épée. Des troupes de femmes et d'enfans achevaient avec leurs couteaux ceux qui respiraient encore.

Le peuple avait nommé, aussitôt qu'il s'était vu délivré du joug du connétable, Vaux de Bar, prévôt de Paris, en remplacement de Duchâtel. Le nouveau magistrat, trouvant les Parisiens agités d'une telle rage, n'osait pas leur résister, et disait à l'aspect de ces massacres :

— Mes amis, faites ce qui vous plaira.

Aussi, ce ne fut bientôt qu'une horrible boucherie. Des Armagnacs s'étaient réfugiés dans l'église du prieuré de Saint-Eloy, quelques Bourguignons découvrirent leur retraite et la signalèrent à leurs camarades. Vainement, pour les protéger, le sire de Villette, abbé de Saint-Denis, s'avança sur la porte, revêtu de ses habits sacerdotaux et tenant la sainte hostie en main. Déjà les haches teintes de sang dégouttaient sur sa chasuble et tournoyaient sur sa tête, lorsque le seigneur de Chevreuse le prit sous sa protection et l'emmena. Son départ fut le signal d'une tuerie générale dans l'intérieur de l'église ; on n'entendait que des cris, on ne voyait flamboyer que haches et épées, les morts s'entassaient dans la nef, et de ce monceau de corps humains, coulait, comme une source au bas d'une montagne, un ruisseau de sang. L'Ile-Adam qui passait entendit ces vociférations, s'élança à cheval sous le portail :

— C'est bon, dit-il en les voyant à l'œuvre ; voilà qui va bien, et j'ai là de bons bouchers!... Enfans, n'avez-vous pas vu le connétable?

— Non! non! dirent vingt voix à la fois. — Non! Mort au connétable! mort aux Armagnacs!

Et la destruction continua.

L'Ile-Adam tourna bride, et alla chercher son ennemi ailleurs.

Une scène du même genre se passait à la tour du palais. Quelques centaines d'hommes s'y étaient réfugiés, et tentaient de s'y défendre. Au milieu d'eux, le crucifix à la main, étaient les évêques de Coutances, de Bayeux, de Senlis et de Xaintes ; l'assaut ne dura qu'un instant ; les Bourguignons escaladèrent la tour malgré une pluie de pierres ; puis une fois maîtres du palais, ils égorgèrent tous ceux qui y étaient renfermés.

Au milieu de ce carnage, un homme plus pâle, plus haletant, plus couvert de sueur que les autres, se précipita tout-à-coup :

— Le connétable, dit-il, le connétable est-il ici?

— Non, répondirent en foule les Bourguignons.

— Où est-il?

— On ne sait pas, maître Leclerc : le capitaine l'Ile-Adam a fait proclamer qu'il donnerait mille écus d'or à celui qui lui apprendrait où il était caché.

Perrinet n'en écouta pas davantage, s'élança vers l'une des échelles dressées contre la tour, et s'y laissant glisser, se trouva dans la rue.

Une troupe d'arbalétriers génois avait été surprise, près du cloître Saint-Honoré, et quoiqu'ils se fussent rendus, et qu'on leur eût promis la vie, on les égorgeait après les avoir désarmés ; ces malheureux recevaient la mort à genoux en criant miséricorde : c'était à qui les frapperait. Deux hommes cependant, une torche à la main, se contentaient de leur arracher leurs casques, et les examiner les uns après les autres, puis ils laissaient à ceux qui les suivaient le soin de les tuer, se livrant à cette recherche avec la minutie de la vengeance. Ils se rencontrèrent au milieu de la foule et se reconnurent.

— Le connétable? dit l'Ile-Adam.

— Je le cherche, répondit Perrinet.

— Monsieur Leclerc! dit en ce moment une voix.

Perrinet tourna la tête et reconnut celui qui lui adressait la parole.

— Et bien, Thiébert, dit-il, que me veux-tu?

— Pouvez-vous me dire où je trouverai le seigneur de l'Ile-Adam?

— C'est moi, dit le capitaine.

Un homme vêtu d'un pourpoint taché de plâtre et de chaux s'avança.

— Est-il vrai, dit-il, que vous ayez promis mille écus d'or à celui qui vous livrerait le connétable?

— Oui, dit l'Ile-Adam.

— Venez me les compter, continua le maçon, et je vous indiquerai le lieu où il est caché.

— Tends ton tablier, dit l'Ile-Adam, et il y jeta des poignées d'or ; maintenant où est-il ?

— Chez moi, je vais vous y conduire.

Un éclat de rire retentit derrière eux ; l'Ile-Adam se retourna pour chercher Perrinet Leclerc ; celui-ci avait disparu.

— Allons vite, dit le capitaine, guide-moi.

— Un instant, reprit Thiébert, tenez-moi cette torche que je compte.

L'Ile-Adam, tremblant d'impatience, éclaira le maçon qui compta les écus les uns après les autres, et jusqu'au dernier ; il en manquait une cinquantaine.

— Je n'ai pas mon compte, dit-il.

L'Ile-Adam jeta dans son tablier une chaîne d'or qui valait six cents écus. Thiébert marcha devant lui.

Un homme les avait précédés : c'était Perrinet Leclerc.

A peine avait-il entendu le marché de sang que faisaient Thiébert et le capitaine, qu'il s'était élancé à perdre haleine dans la direction de la retraite du connétable ; il s'arrêta devant la porte de la maison de Thiébert ; elle était fermée en dedans, son poignard lui rendit le même service que sur la place de la Sorbonne, et la porte s'ouvrit.

Il entendit quelque bruit dans la seconde chambre.

— Il est là !... dit-il.

— Est-ce vous, mon hôte? murmura à demi-voix le connétable.

— Oui, répondit Leclerc ; mais éteignez votre lumière, elle pourrait vous trahir.

Et il vit, à travers les fentes de la cloison, que le connétable venait de suivre ce conseil.

— Maintenant, ouvrez-moi.

La porte s'entrebâilla, Perrinet s'élança sur le connétable qui jeta un cri ; le poignard de Leclerc venait de lui traverser l'épaule droite.

Une lutte de mort s'engagea entre ces deux hommes.

Le connétable, qui se croyait en sûreté sur la foi de Thiébert, était sans armes et à demi nu. Malgré ce désavantage, il eût facilement étouffé Leclerc dans ses bras robustes, sans sa blessure, qui paralysait le mouvement de l'un d'eux ; néanmoins, de celui qui lui restait, il enveloppa le jeune homme, l'étreignit sur la poitrine, et pesant sur son adversaire de tout son poids et de toute sa force, il se laissa tomber avec lui, espérant lui briser le crâne sur le pavé

Effectivement il y eût réussi, si la tête de Perrinet n'eût porté sur le matelas qu'on avait jeté par terre pour servir de lit.

Le connétable jeta un second cri.

Perrinet, qui n'avait pas lâché son poignard, venait de le lui enfoncer dans le bras gauche.

Il lâcha le jeune homme, se releva en chancelant, et alla tomber à reculons sur une table où se trouvait au milieu de l'appartement, perdant par ces deux blessures son sang et ses forces.

Perrinet se releva, le cherchant et l'appelant, lorsque tout-à-coup une troisième personne, une torche à la main, parut à la porte de la chambre, et éclaira cette scène.

C'était l'Ile-Adam.

Perrinet se jeta de nouveau sur le connétable.

— Arrête !... dit l'Ile-Adam, sur ta vie, arrête !

Et il lui saisit le bras.

— Seigneur de l'Ile-Adam, l'existence de cet homme m'appartient, lui dit Leclerc ; la reine me l'a donnée, voilà son sceau, laissez-moi donc.

Il tira le parchemin de sa poitrine et le montra au capitaine.

Le comte d'Armagnac, renversé sur la table, rendu incapable par ses deux blessures de faire aucune résistance, regardait ces deux hommes : ses deux bras blessés pendaient et saignaient.

— C'est bien, dit l'Ile-Adam, je ne veux pas sa vie ; ainsi tout est pour le mieux.

— Sur votre âme ! dit Leclerc en l'arrêtant encore.

— Sur mon âme ! mais j'ai un vœu à accomplir ; laissez-moi faire.

Leclerc croisa les bras et regarda ce qui allait se passer ; l'Ile-Adam tira son épée, prit l'extrémité de la lame à pleine main, de manière à ce que la pointe dépassât d'un pouce seulement le petit doigt, et s'approcha du connétable.

Celui-ci, voyant que tout était fini pour lui dans ce monde, ferma les yeux, renversa la tête en arrière, et se mit à prier.

— Connétable, dit l'Ile-Adam en lui arrachant la chemise qui couvrait sa poitrine, connétable, te souviens-tu d'avoir juré un jour par la Vierge et le Christ de ne point porter vivant la croix rouge de Bourgogne ?

— Oui, répondit le connétable, et j'ai tenu mon serment, car je vais mourir.

— Comte d'Armagnac, reprit l'Ile-Adam en se baissant vers lui et en lui labourant la poitrine de la pointe de son épée, de manière à y tracer une croix sanglante, tu en as menti par la gorge : car tu portes vivant la croix rouge de Bourgogne. Tu as faussé à ton serment, et moi j'ai tenu le mien.

Le connétable ne répondit que par un soupir. L'Ile-Adam remit son épée dans le fourreau.

— Voilà tout ce que je voulais de toi, dit-il ; maintenant, meurs comme un parjure et comme un chien. A ton tour, Perrinet Leclerc.

Le connétable rouvrit les yeux et répéta d'une voix mourante :

— Perrinet Leclerc !

— Oui, dit celui-ci en se jetant de nouveau sur le malheureux comte d'Armagnac près d'expirer, oui, Perrinet Leclerc, celui que tu as fait déchirer de coups par tes soldats. Il paraît que vous avez fait chacun un serment, ici ? Eh bien ! moi, j'en ai fait deux : le premier, connétable, c'est que tu apprendrais à ton lit de mort que c'était la reine Isabel de Bavière qui te prenait Paris en échange de la vie du chevalier de Bourdon : le voilà accompli, car tu le sais. Le second, comte d'Armagnac, c'est que tu mourrais en l'apprenant ; et celui-là, ajouta-t-il en lui enfonçant sa dague dans le cœur, celui-là je l'ai rempli aussi religieusement que le premier. Dieu soit en aide, dans ce monde et dans l'autre, à qui tient honnêtement sa parole !

                                   XIX

Ainsi, Paris imprenable pour le puissant duc de Bourgogne et sa nombreuse armée, avait, comme une courtisane capricieuse, nuitamment ouvert ses portes à un simple capitaine commandant sept cents lances. Les Bourguignons, la flamme d'une main, le fer de l'autre, s'étaient épandus dans les vieilles rues de la cité royale, éteignant le feu avec du sang, séchant le sang avec du feu. Perrinet Leclerc, cause obscure de ce grand événement, après y avoir pris ce qu'il en désirait avoir, la vie du connétable, était rentré dans les rangs du peuple, où l'histoire désormais le cherchera vainement, où il mourra obscur comme il était né inconnu, et d'où il était sorti une heure pour attacher à l'une des plus grandes catastrophes de la monarchie son nom populaire, tout ébloui de l'immortalité d'une grande trahison.

Cependant par toutes ses portes fondaient sur Paris, comme des vautours sur un champ de bataille, les seigneurs et les hommes d'armes qui voulaient emporter leur part de cette grande proie, que jusqu'à cette heure la royauté avait eu le privilége de dévorer. C'était d'abord l'Ile-Adam, qui, arrivé le premier, avait pris la part du lion ; c'étaient le sire de Luxembourg, les frères Fosseuse, Crèvecœur et Jean de Poix ; c'étaient, derrière les seigneurs, les capitaines des garnisons de Picardie et de l'Ile-de-France ; enfin, c'étaient, à la suite des capitaines, les paysans des environs, qui, pour ne rien laisser après eux, pillaient le cuivre, tandis que leurs maîtres pillaient l'or.

Puis, quand les vases des églises furent fondus, quand les coffres de l'Etat furent vides, quand il ne resta plus une frange ni une fleur de lis d'or au manteau royal, on en jeta le velours nu aux épaules du vieux Charles ; on le fit asseoir sur son trône à demi brisé, on lui mit plume à la main, quatre lettres patentes sur la table. L'Ile-Adam et Chatelux furent maréchaux ; Charles de Lens amiral, Robert de Maillé grand-pannetier ; et quand il eut signé, le roi crut avoir régné.

Le peuple regardait tout cela par les fenêtres du Louvre.

— Bon, disait-il, après qu'ils ont pillé l'or, les voilà qui pillent les places : heureusement qu'il y a plus de signatures au bout de la main du roi qu'il n'y avait d'écus dans ses coffres. Prenez, prenez, messeigneurs ; mais Hannotin de Flandre va venir, et, s'il n'est pas content de ce que vous lui aurez laissé, il pourra bien se faire une seule part avec toutes les vôtres.

Cependant Hannotin de Flandre (c'était le nom qu'en riant le duc de Bourgogne se donnait quelquefois lui-même) ne se pressait pas de venir, il n'avait pas vu sans jalousie un de ses capitaines entrer dans une ville aux portes de laquelle il avait deux fois frappé avec son épée sans qu'elles lui ouvrît. Il reçut à Montbéliard le message qui lui annonça cette nouvelle inattendue, et aussitôt, au lieu de continuer sa route, il se retira à Dijon, l'une de ses capitales. La reine Isabel était, de son côté, demeurée à Troyes, toute tremblante encore du succès de son entreprise ; le duc et elle ne se voyaient pas, ne s'écrivaient pas : on eût dit deux complices d'un meurtre nocturne qui hésitaient à se retrouver face à face à la lumière du soleil.

Pendant ce temps, Paris vivait d'une vie fiévreuse et convulsive. Comme on disait que la reine et le duc ne rentreraient point dans la ville tant qu'il y resterait un Armagnac, et qu'on désirait revoir le duc et la reine, chaque jour ce bruit, auquel leur double absence paraissait donner quelque fondement, était le prétexte d'un nouveau massacre. Chaque nuit on criait : « Alarme ! » Le peuple parcourait la ville avec ses torches. Tantôt les Armagnacs, disait-on, rentraient par la porte Saint-Germain, tantôt par la porte du Temple. Des groupes d'hommes, à la tête desquels on distinguait les bouchers à leurs larges couteaux luisans au bout de leurs bras nus, parcouraient Paris dans toutes les directions ; puis, quel qu'un disait-il : « Holà ! les autres ! voici la maison d'un Armagnac ! » les couteaux faisaient justice du maître, et le feu de la maison. Il fallait, pour sortir sans crainte, porter le chaperon bleu et la croix rouge. Des adeptes, renchérissant sur le tout, formèrent une compagnie bourguignonne qu'on nomma de Saint-André ; chacun de ses membres portait une couronne de roses rouges ; et comme beaucoup de prêtres y étaient entrés, soit par prudence, soit par sentiment, ils disaient la messe avec cet ornement sur la tête. Bref, en voyant de telles choses, on aurait pu croire Paris dans l'ivresse des fêtes du carnaval, si l'on n'avait pas rencontré dans chaque rue tant de places noires là où des maisons avaient été brûlées, tant de places rouges là où des hommes étaient morts.

Parmi les plus acharnés coureurs de nuit et de jour, il y en avait un qui se faisait remarquer par son impassibilité dans le massacre et son habileté dans l'exécution. Il n'y avait pas un incendie où il ne portât sa torche, pas un meurtre où il n'ensanglantât sa main. Quand on l'apercevait avec son chaperon rouge, sa buque sang de bœuf, son ceinturon de buffle serrant contre sa poitrine une large épée à deux mains, dont la poignée touchait son menton, et la pointe ses pieds, ceux qui voulaient voir décoller proprement un Armagnac n'avaient qu'à le suivre, car il y avait un proverbe populaire qui disait que maître Cappeluche faisait sauter la tête sans que le bonnet eût le temps de s'en apercevoir.

Aussi Cappeluche était-il le héros de ces fêtes; les bouchers mêmes le reconnaissaient pour maître et lui cédaient le pas. C'était lui qui était la tête de tous les rassemblemens, l'âme de toutes les émeutes. D'un mot il arrêtait la foule qui le suivait, d'un geste il la jetait en avant : c'était une magie de voir comme tous ces hommes obéissaient à un homme.

Tandis que Paris retentissait de tous ces cris, s'éclairait de toutes ces lueurs, et chaque nuit se réveillait en sursaut, la vieille Bastille s'élevait à son extrémité orientale, noire et silencieuse. Les cris du dehors n'y avaient point d'écho, la clarté des torches point de reflets; son pont était haut, sa herse était basse. Le jour, nul être vivant ne se montrait sur ses murailles; la citadelle semblait se garder elle-même; seulement, lorsqu'un rassemblement s'approchait d'elle plus que cela ne lui paraissait convenable, on voyait sortir de chaque étage et s'abaisser vers cette foule autant de flèches qu'il y avait de meurtrières, sans qu'on pût distinguer si c'étaient des hommes ou une machine qui les faisaient mouvoir. A cette vue, la foule, fût-elle conduite par Cappeluche lui-même, tournait le dos en secouant la tête; les flèches rentraient au fur et à mesure que le rassemblement s'éloignait, et la vieille forteresse avait repris au bout d'un instant un air d'insouciance et de bonhomie pareil à celui du porc-épic, qui, lorsque le danger s'éloigne, couche sur son dos, comme les poils d'une fourrure, les mille lances auxquelles il doit le respect que lui portent les autres animaux.

La nuit, même silence et même obscurité; vainement Paris éclairait ou ses murs ou ses croisées, nulle lumière ne passait derrière les fenêtres grillées de la Bastille, nulle parole humaine ne se faisait entendre à l'intérieur de ses murs; seulement de temps en temps, aux fenêtres des tours qui s'élevaient aux quatre angles, passait la tête vigilante d'une sentinelle, qui ne pouvait que dans cette posture veiller à ce qu'on ne préparât point quelque surprise au pied des remparts; encore cette tête une fois passée restait-elle tellement immobile, qu'on aurait pu, lorsqu'un rayon de lune l'éclairait, la prendre pour un de ces masques gothiques que la fantaisie des architectes clouait comme un ornement fantastique aux arches des ponts ou à l'entablement des cathédrales.

Cependant, par une nuit sombre, vers la fin du mois de juin, tandis que les sentinelles veillaient aux quatre coins de la Bastille, deux hommes montaient l'escalier étroit et tournant qui conduisait à sa plate-forme. Le premier qui parut sur la terrasse était un homme de quarante-deux à quarante-cinq ans; sa taille était colossale, et sa force tenait tout ce que promettait sa taille. Il était couvert d'une armure complète, quoique pour arme offensive, à côté de la place où manquait l'épée, son ceinturon ne supportât qu'un de ces poignards longs et aigus qu'on appelait poignards de merci; sa main gauche s'y appuyait par habitude, tandis que de la droite il tenait respectueusement un de ces bonnets de velours garnis de poil, que les chevaliers échangeaient dans leurs momens de repos contre leurs casques de bataille, qui quelquefois pesaient de quarante à quarante-cinq livres. Sa tête nue laissait donc voir sous d'épais sourcils des yeux bleu foncé; un nez aquilin, un teint bruni par le soleil, donnaient à l'ensemble de cette physionomie un caractère d'austérité qu'une barbe longue d'un pouce, taillée en rond, et de longs cheveux noirs qui descendaient de chaque côté des joues, ne contribuaient nullement à adoucir.

A peine l'homme que nous venons d'esquisser fut-il arrivé sur la plate-forme, que, se retournant, il étendit le bras vers l'ouverture à fleur de terre qui venait de lui livrer passage; une main fine et potelée en sortit pour s'attacher à cette main forte et puissante, et aussitôt, à l'aide de ce point d'appui, un jeune homme de seize à dix-sept ans, tout de velours et de soie, à la tête blonde, au corps aminci, aux membres délicats, s'élança sur la terrasse, et, s'appuyant sur le bras de son compagnon, comme si cette légère montée eût été une longue fatigue, parut chercher par habitude un siège sur lequel il pût se reposer. Mais voyant qu'on avait jugé cet ornement inutile sur la plate-forme de la citadelle, il prit son parti, forma avec sa seconde main, qu'il attacha à la première, une espèce d'anneau au moyen duquel il fit supporter au bras athlétique auquel il se suspendit plutôt qu'il ne s'appuya, la moitié au moins du poids que la nature avait destiné ses jambes à soutenir, et commença ainsi une promenade qu'il paraissait faire plutôt par condescendance pour celui qu'il accompagnait, que par une décision de sa propre volonté.

Quelques minutes se passèrent sans que l'un ni l'autre troublât le silence de la nuit par une simple parole, ou interrompît cette promenade que l'exiguïté de la plate-forme rendait assez rétrécie. Le bruit des pas de ces deux hommes ne formait qu'un seul bruit, tant la marche légère de l'enfant se confondait avec la marche alourdie du soldat : on eût dit un corps et son ombre, on eût cru qu'un seul vivait pour les deux. Tout-à-coup l'homme d'armes s'arrêta, le visage tourné vers Paris, et força son jeune compagnon d'en faire autant : ils dominaient toute la ville.

C'était précisément une de ces nuits de tumulte que nous avons essayé de peindre. D'abord on ne distinguait de la plate-forme qu'un amas confus de maisons, s'étendant de l'orient à l'occident, et dont les toits, dans l'obscurité, semblaient tenir les uns aux autres, comme les boucliers d'une troupe de soldats marchant à un assaut. Mais tout-à-coup, et quand un rassemblement prenait un chemin parallèle au cercle que pouvaient embrasser les regards, la lumière des torches, en éclairant une rue dans toute sa longueur, semblait fendre un quartier de la cité; des ombres rougeâtres s'y pressaient confusément avec des cris et des rires; puis, au premier carrefour qui changeait sa direction, cette foule disparaissait avec ses lumières, mais non pas avec son bruit. Tout redevenait sombre, et la rumeur qu'on entendait semblait les plaintes étouffées de la cité, dont la guerre civile déchirait les entrailles avec le fer et le feu.

A ce spectacle et à ce bruit, la figure du soldat devint plus sombre encore que de coutume; ses sourcils se touchèrent, en se fronçant, son bras gauche s'étendit vers le palais du Louvre, et c'est à peine si ces paroles, adressées à son jeune compagnon, purent passer entre ses lèvres, tant ses dents étaient serrées :

— Monseigneur, voilà votre ville, la reconnaissez-vous?

La figure du jeune homme prit une expression de mélancolie dont un instant auparavant on l'aurait cru incapable. Il fixa ses yeux sur ceux de l'homme d'armes, et, après l'avoir regardé un instant en silence :

— Mon brave Tanneguy, dit-il, je l'ai souvent regardée à pareille heure des fenêtres de l'hôtel Saint-Paul, comme je la regarde en ce moment de la terrasse de la Bastille. Quelquefois je l'ai vue tranquille, mais je ne crois pas l'avoir jamais vue heureuse.

Tanneguy tressaillit : il ne s'attendait pas à une pareille réponse de la part du jeune dauphin. Il l'avait interrogé, croyant parler à un enfant, et celui-ci avait répondu comme l'aurait fait un homme.

— Que votre altesse me pardonne, dit Duchâtel; mais je croyais que jusqu'à ce jour elle s'était plus occupée de ses plaisirs que des affaires de la France.

— Mon père (depuis que Duchâtel avait sauvé le jeune dauphin des mains des Bourguignons, celui-ci lui donnait ce nom), ce reproche n'est qu'à moitié juste. Tant que j'ai vu près du trône de France mes deux frères, qui maintenant sont près du trône de Dieu, oui, c'est vrai, il n'y a eu place en mon âme que pour les joyeusetés et des folies; mais depuis que le Seigneur les a rappelés à lui d'une manière aussi inattendue que terrible, j'ai oublié toute frivolité pour ne me souvenir que d'une chose, c'est qu'à la mort de mon père bien-aimé (que Dieu conserve !), ce beau royaume de France n'avait pas d'autre maître que moi.

— Ainsi, mon jeune lion, reprit Tanneguy avec une expression visible de joie, vous êtes disposé à défendre des griffes et des dents contre Henri d'Angleterre et contre Jean de Bourgogne?

— Contre chacun d'eux séparément, Tanneguy, ou contre tous deux ensemble, comme ils l'aimeront mieux.

— Ah! monseigneur, Dieu vous inspire ces paroles pour soulager le cœur de votre vieil ami. Depuis trois ans, voilà la première fois que je respire à pleine poitrine. Si vous saviez quels doutes passent dans le cœur d'un homme comme moi, lorsque la monarchie à laquelle il a dévoué son bras, sa vie, et jusqu'à son honneur peut-être, est frappée de coups aussi rudes que l'a été celle dont vous êtes aujourd'hui l'unique espoir; si vous saviez combien de fois je me suis demandé si les temps n'étaient pas venus où cette monarchie devait faire place à une autre, et si ce n'était pas une révolte envers Dieu que d'essayer de la soutenir, quand lui paraissait l'abandonner; car... que le Seigneur me pardonne si je blasphème, car, depuis trente ans, chaque fois qu'il a jeté les yeux sur votre noble race, ce fut pour la frapper, et non pour la prendre en miséricorde. Oui, continua-t-il, on peut penser que c'est un signe fatal pour une dynastie quand son chef est malade de corps et d'esprit, comme l'est notre sire le roi; on peut croire que toutes choses sont bouleversées, quand on voit le premier vassal d'une couronne frapper de la hache et de l'épée les branches de la tige royale, comme l'a fait le traître Jean à l'égard du noble duc d'Orléans, votre oncle; on peut croire enfin que l'État est en perdition, quand on voit deux nobles jeunes gens, comme les deux frères aînés de votre altesse, tomber, l'un après l'autre, de mort si subite et si singulière, que si l'on ne craignait d'offenser Dieu et les hommes, on dirait que l'un n'est pour rien dans cet événement, et que les autres y sont pour beaucoup; — et quand, pour résister à la guerre étrangère, à la guerre civile, aux émeutes populaires, il ne reste qu'un faible jeune homme comme vous, — oh! monseigneur, monseigneur, le doute qui tant de fois a manqué me faire faillir le cœur est bien naturel, et vous me le pardonnerez!

Le dauphin se jeta à son cou.

— Tanneguy, tous les doutes sont permis à celui qui comme toi doute après avoir agi, à celui qui comme toi pense que Dieu, dans sa colère, frappe une dynastie jusqu'en son dernier héritier, et enlève le dernier héritier de cette dynastie à la colère de Dieu.

— Et je n'ai pas hésité, mon jeune maître; quand j'ai vu entrer les Bourguignons dans la ville, j'ai couru à vous comme une mère à son enfant; car, qui pouvait vous sauver, si ce n'était moi, pauvre jeune homme? Ce n'était point le roi votre père; la reine, de loin, n'en aurait pas eu le pouvoir, et de près (Dieu lui pardonne!) n'en aurait peut-être pas eu le désir. — Vous, monseigneur, eussiez-vous été libre de fuir, eussiez-vous trouvé les corridors de l'hôtel Saint-Paul déserts, et sa porte ouverte, qu'une fois dans la rue, vous auriez été plus embarrassé dans cette ville aux mille carrefours, que le dernier de vos sujets. Vous n'aviez donc que moi; en ce moment, monseigneur, il m'a bien semblé aussi que Dieu n'abandonnait pas votre noble famille, tant j'ai senti ma force doublée. Je vous ai enlevé, monseigneur, et vous ne pesiez pas plus à mes mains qu'un oiseau aux serres d'un aigle. — Oui, aussi-je rencontré toute l'armée du duc de Bourgogne, et le duc à sa tête, il me semblait que j'eusse renversé le duc et traversé l'armée sans qu'il nous arrivât malheur ni à l'un ni à l'autre, et à cette heure, certes, Dieu était avec moi. — Mais depuis, monseigneur, — depuis que vous êtes en sûreté derrière les remparts imprenables de la Bastille; quand, chaque nuit, après avoir été couché seul, du haut de cette terrasse, le spectacle que ce soir nous regardons à deux; — quand, après avoir vu Paris, la ville royale, en proie à de telles révolutions, que c'est le peuple qui règne et la royauté qui obéit; — quand, les oreilles pleines de tumulte, les yeux fatigués de lueurs, je redescendais dans votre chambre, et que, silencieux et appuyé sur votre chevet, je voyais de quel sommeil calme vous dormiez, tandis que la guerre civile courait par votre État et l'incendie par votre capitale, je me demandais s'il était bien digne du royaume, celui qui dormait d'un sommeil si tranquille et si insouciant, tandis que son royaume avait une veille si agitée et si sanglante.

Une expression de mécontentement passa comme un nuage sur la figure du dauphin.

— Ainsi, tu épiais mon sommeil, Tanneguy?

— Monseigneur, je priais près de votre lit pour la France et pour votre altesse.

— Et si ce soir tu ne m'avais pas trouvé tel que tu le désirais, quelle était ton intention?

— J'aurais conduit votre altesse en lieu de sûreté, et je me serais jeté, seul et sans armure, au milieu de l'ennemi à la première rencontre, car je n'aurais plus eu qu'à mourir : le plus tôt aurait été le mieux.

— Eh bien! Tanneguy, au lieu d'aller seul et sans armure au-devant de l'ennemi, nous irons tous deux et bien armés : qu'en dis-tu?

— Que le Seigneur vous a donné la volonté, qu'il faut maintenant qu'il vous accorde la force.

— Tu seras là pour me soutenir.

— C'est une guerre longue que celle que nous allons faire, monseigneur, — longue et fatigante. non pas pour moi, qui depuis trente ans vis dans ma cuirasse, comme vous depuis quinze dans votre velours. —Vous avez deux ennemis à combattre, dont un seul ferait trembler un grand roi. Une fois l'épée hors de la gaine et l'oriflamme hors de Saint-Denis, il faudra que ni l'une ni l'autre ne rentrent dans leurs fourreaux, que de vos deux ennemis, Jean de Bourgogne et Henri d'Angleterre, le premier ne soit sous la terre de France, et l'autre hors de la terre de France. — Pour en venir là, il y aura de rudes mêlées. — Les nuits de guet sont froides, les journées des camps sont meurtrières; — c'est une vie de soldat à prendre, au lieu d'une existence de prince à continuer; ce n'est point une heure de tournois, ce sont des jours de combat; ce ne sont pas quelques mois d'escarmouches et de rencontres, ce sont des années entières de luttes et de batailles. — Monseigneur, songez-y bien.

Le jeune dauphin, sans répondre à Tanneguy, quitta son bras, et marcha droit à l'homme d'armes qui veillait dans l'une des tourelles de la Bastille; en un instant le ceinturon qui soutenait la trousse de l'archer fut serré autour de la taille du dauphin, l'arc de frêne du soldat passa entre les mains du prince, et la voix du jeune homme avait pris un accent de fermeté que personne ne lui connaissait, lorsque, se tournant vers Duchâtel étonné, il lui dit :

— Mon père, tu dormiras tranquille, je pense, quoique ce soit la première veille d'armes de ton fils.

Duchâtel allait lui répondre, lorsqu'un développement de la scène qui se passait au pied de la Bastille vint changer la direction de ses idées.

Depuis quelques instants le bruit s'était rapproché, et une grande lueur montait de la rue de la Cerisée; cependant il était impossible de découvrir ceux qui causaient ce bruit, ni de deviner la véritable cause de cette lueur, la position transversale de la rue et la hauteur des maisons empêchaient les regards de pénétrer jusqu'au rassemblement qui les occasionnait. Tout-à-coup des cris plus distincts se firent entendre, et un homme à moitié nu s'élança de la rue de la Cerisée dans la rue Saint-Antoine, fuyant et appelant du secours. Il était poursuivi à une faible distance par quelques hommes, qui de leur côté criaient : « A mort! à mort l'Armagnac! tue l'Armagnac! » A la tête de ceux qui poursuivaient ce malheureux, on reconnaissait maître Cappeluche à son grand sabre à deux mains qu'il portait nu et sanglant sur son épaule, à sa huque sang-de-bœuf et à ses jambes nues. Le fugitif, à la course duquel la peur donnait une rapidité surhumaine, allait échapper à ses assassins en gagnant l'angle de la rue Saint-Antoine, et en se jetant derrière le mur des Tournelles, lorsque ses jambes s'embarrassèrent dans la chaîne que l'on tendait chaque soir à l'extrémité de la rue. Il fit quelques pas en trébuchant, et vint tomber à une portée de trait des murs de la Bastille. Ceux qui le poursuivaient, prévenus par sa chute même, sautèrent par-dessus la chaîne, ou passèrent par-dessous, de sorte que, lorsque ce malheureux voulut se relever, il vit briller au-dessus de sa tête l'épée de Cappeluche. Il comprit alors que tout était fini pour lui, et retomba sur ses deux genoux en criant : *Merci!* non pas aux hommes, mais à Dieu.

Dès le premier moment où la scène que nous venons de raconter avait eu pour théâtre la grande rue Saint-Antoine, aucun de ces détails n'avait pu échapper ni à Tanneguy ni au dauphin. Celui-ci surtout, moins habitué à de semblables spectacles, y prenait un intérêt que trahissaient ses mouvemens convulsifs et les sons inarticulés de sa voix, de sorte que, lorsque l'Armagnac tomba, Cappeluche n'avait pas été plus prompt à se précipiter sur sa victime, que le jeune homme à tirer une flèche de sa trousse et à l'assujettir sur la corde de l'arc avec les deux doigts de la main droite. L'arc plia comme un roseau fragile, s'abaissant dans la main gauche, tandis que la droite ramenait la corde jusqu'à l'épaule du jeune homme, et il eût été bien difficile de juger, quelle que fût la différence de la distance, laquelle arriverait le plus vite à son but, de la flèche du dauphin ou de l'épée de Cappeluche, lorsque Tanneguy, étendant vivement son bras, saisit la flèche par le milieu, et la brisa entre les deux mains de l'archer royal.

— Que fais-tu, Tanneguy? que fais-tu? lui dit le dauphin en frappant du pied; ne vois-tu pas que cet homme va tuer un des nôtres, qu'un Bourguignon va assassiner un Armagnac?

— Meurent tous les Armagnacs, monseigneur, avant que votre altesse souille le fer d'une de ses flèches dans le sang d'un pareil homme!

— Mais, Tanneguy! Tanneguy! ah! regarde!...

Au cri du dauphin, Tanneguy jeta de nouveau les yeux sur la rue Saint-Antoine; la tête de l'Armagnac était à dix pas de son corps, et maître Cappeluche faisait tranquillement égoutter sa longue épée, en sifflant l'air de la chanson si connue :

« Duc de Bourgogne,
» Dieu te tienne en joie. »

— Regarde, Tanneguy, regarde, disait le dauphin en pleurant de rage; sans toi, sans toi!... mais regarde donc...

— Oui, oui, je vois bien, dit Tanneguy.... mais, je vous le répète, cet homme ne pouvait pas mourir de votre main.

— Mais, sang-Dieu! quel est donc cet homme?

— Cet homme, monseigneur, c'est maître Cappeluche, le bourreau de la ville de Paris.

Le dauphin laissa tomber ses deux bras, et pencha sa tête sur sa poitrine.

— O mon cousin de Bourgogne, dit-il d'une voix sourde, je ne voudrais pas, pour conserver les quatre plus beaux royaumes de la chrétienté, employer les hommes et les moyens dont vous vous servez pour m'enlever ce qui me reste du mien.

Pendant ce temps, un des hommes de la suite de Cappeluche ramassait d'une main par les cheveux la tête du mort, et l'approchait de la torche qu'il tenait de l'autre. La lumière porta sur le visage de cette tête, et les traits n'en étaient pas tellement défigurés par l'agonie, que Tanneguy, du haut de la Bastille, ne pût reconnaître ceux de Henri de Marle, son ami d'enfance, et l'un des plus chauds et des plus dévoués Armagnacs; un profond soupir sortit de sa large poitrine.

— Pardieu! maître Cappeluche, dit l'homme du peuple en portant cette tête au bourreau, vous êtes un rude compère de décoller la tête du premier chancelier de France aussi proprement et sans plus d'hésitation que si c'était celle du dernier truand!

Le bourreau sourit avec complaisance; il avait aussi ses flatteurs *.

* Si l'on nous accusait de nous complaire à de pareils détails, nous répondrions que ce n'est ni notre goût ni notre faute, mais seulement la faute de l'histoire. Une citation prise dans les *Ducs de Bourgogne* de M. de Barante prouvera peut-être que nous n'avons choisi ni les teintes les plus lugubres, ni les tableaux les plus hideux de cette malheureuse époque. Quand les rois et les

La même nuit, deux heures avant que le jour ne parût, une troupe peu nombreuse, mais bien montée et bien armée, sortit avec précaution par la porte extérieure de la Bastille, prit en silence le chemin du pont de Charenton, et après l'avoir traversé, suivit pendant huit heures à peu près la rive droite de la Seine, sans qu'aucune parole fût échangée, sans qu'aucune visière se levât. Enfin, vers les onze heures du matin, elle vint en vue d'une ville de guerre.

— Maintenant, monseigneur, dit Tanneguy au cavalier qui se trouvait le plus près de lui, vous pouvez lever votre visière, et crier *saint Charles et France!* car voici l'écharpe blanche des Armagnacs, et vous allez entrer dans votre fidèle ville de Melun.

C'est ainsi que le dauphin Charles, que l'histoire surnomma depuis *le Victorieux*, passa sa première veille de nuit, et fit sa première marche de guerre.

XX.

Les motifs politiques qui retenaient le duc de Bourgogne loin de la capitale sont faciles à expliquer.

Du moment où un autre plus heureux que lui s'était emparé de Paris, il avait pensé à lui en laisser l'honneur qu'il ne pouvait lui enlever, mais à en tirer pour lui-même le bénéfice qui pouvait lui en revenir. Il ne lui avait pas été difficile de prévoir que les réactions naturelles qui suivent de semblables changemens politiques entraîneraient après elles des meurtres et des vengeances sans nombre, que sa présence à Paris ne lui pourrait empêcher qu'en le dépeuplant aux yeux de ses partisans eux-mêmes, tandis que son absence lui épargnait la responsabilité du sang répandu. — D'ailleurs ce sang coulait des veines des Armagnacs, c'était une large saignée qui affaiblissait pour longtemps le parti qui lui était opposé : ses ennemis tombaient les uns après les autres, sans qu'il prît même la peine de les frapper. Puis, lorsqu'il jugerait que le peuple serait fatigué de massacre; quand il verrait la ville arrivée à ce point de lassitude où le besoin du repos remplace celui de la vengeance; quand on pourrait épargner sans peine et sans danger les restes mutilés d'un parti frappé dans ses chefs, alors il rentrerait dans la ville, comme l'ange gardien de ses murs, éteignant le feu, étanchant le sang, et proclamant paix et amnistie pour tout le monde.

Le prétexte sur lequel il motivait son absence se trouve avoir avec la suite de notre histoire une connexité trop grande pour que nous ne la fassions pas connaître à nos lecteurs.

Le jeune sire de Giac, que nous avons vu au château de Vincennes, disputant aux sires de Graville et de l'Île-Adam le

princes arment les peuples pour des guerres civiles, quand ils prennent des instrumens humains pour trancher leurs différends et démêler leurs intérêts, ce n'est plus la faute de l'instrument qui frappe, et le sang versé retombe sur la tête qui commande et sur le bras qui conduit.

Revenons à notre citation; la voici :

« On avait du sang jusqu'à la cheville dans la cour des prisons; on tua aussi dans la ville et dans les rues. Les malheureux arbalétriers génois étaient chassés des maisons où ils étaient logés, et livrés à la populace furieuse. Des femmes et des enfans furent mis en pièces; une malheureuse femme grosse fut jetée morte sur le pavé, et comme on voyait son enfant palpiter dans ses flancs : Tiens, disait-on, le petit chien remue encore. Mille horreurs se commettaient sur les cadavres : on leur faisait une écharpe sanglante, comme un connétable; on les traînait dans les rues; les corps du comte d'Armagnac, du chancelier Robert-le-Masson, de Raimond de la Guerre, furent ainsi promenés sur une claie dans toute la ville, puis laissés durant trois jours sur les degrés du palais. »

M. de Barante avait dû puiser lui-même ces détails dans Juvénal des Ursins, auteur contemporain avec lequel nos lecteurs ont fait connaissance.

cœur d'Isabel de Bavière, avait, comme nous l'avons dit, accompagné la reine à Troyes. Chargé par sa royale souveraine de plusieurs messages importans auprès du duc de Bourgogne, il avait remarqué à la cour du prince mademoiselle Catherine de Thian, l'une des femmes de la duchesse de Charolais *. Jeune, brave et beau, il avait cru que ces trois qualités, jointes à la confiance que lui donnait la conviction de les posséder, étaient des titres suffisans près de cette belle et noble jeune fille : ce fut donc avec un étonnement toujours croissant qu'il s'aperçut que ses hommages étaient reçus sans qu'ils parussent être distingués de ceux des autres seigneurs.

L'idée qu'il avait un rival fut la première qui vint au sire de Giac; il suivit mademoiselle de Thian comme son ombre, il épia tous ses gestes, surprit tous ses regards, et finit, malgré la persévérance de la jalousie, par demeurer convaincu qu'aucun des jeunes gens qui l'entouraient n'était plus heureux ni plus favorisé que lui. Il était riche, portait un noble nom ; il pensa que l'offre de sa main séduirait peut-être la vanité au défaut de l'amour. La réponse de mademoiselle de Thian fut à la fois si précise et si polie, que le sire de Gyac perdit le reste de son espoir et conserva tout son amour. C'était à en devenir fou, à force d'y penser et de n'y rien comprendre ; sa seule ressource était l'absence : il eut la force de l'appeler à son secours. Il prit en conséquence les ordres du duc et retourna près de la reine.

Six semaines s'étaient à peine passées, lorsqu'un nouveau message le ramena à Dijon. L'absence lui avait été plus favorable que la présence. Le duc le reçut avec plus d'amitié, et mademoiselle de Thian avec plus d'abandon : il fut quelque temps à douter de son bonheur ; mais enfin un jour le duc Jean lui offrit de se charger de faire une nouvelle démarche auprès de celle qu'il aimait. Une si puissante protection devait aplanir bien des difficultés ; le sire de Gyac accepta l'offre avec joie, et deux heures après une seconde réponse, aussi favorable que la première avait été désespérante, prouva que, soit que mademoiselle de Thian eût réfléchi au mérite du chevalier, soit que l'influence du duc fût toute-puissante, il ne fallait jamais en pareille circonstance accorder une croyance trop prompte au premier refus d'une femme.

Le duc déclara donc qu'il ne rentrerait pas à Paris avant que les noces des deux jeunes époux ne fussent célébrées. Elles furent splendides. Le duc voulut en faire les frais. Le matin il y eut des tournois et des joutes où de belles armes furent faites ; le diner fut suspendu par des entremets magnifiques et tout-à-fait ingénieux, et le soir un mystère, dont le sujet était Adam recevant Ève des mains de Dieu, fut joué avec grande acclamation. On avait fait venir, à cet effet, de Paris un poète en renom : il fut défrayé de son voyage et reçut vingt-cinq écus d'or. Ces choses se passaient du 15 au 20 juin 1418.

Enfin le duc Jean pensa que le moment était venu de rentrer dans la capitale. Il chargea le sire de Gyac de l'y précéder et d'annoncer son arrivée. Celui-ci ne consentit à se séparer de sa jeune épousée que lorsque le duc lui eut promis de la faire entrer au nombre des femmes de la reine et de la lui ramener à Paris. De Gyac devait sur sa route prévenir Isabel de Bavière que le duc serait le 2 juillet à Troyes, et l'y prendrait en passant.

Le 14 juillet, Paris s'éveilla au son joyeux des cloches. Le duc de Bourgogne et la reine étaient arrivés à la porte Saint-Antoine ; toute la population était dans les rues ; toutes les maisons devant lesquelles ils devaient passer pour se rendre à l'hôtel Saint-Paul étaient tendues de tapisseries comme lorsque Dieu surt ; tous les perrons étaient chargés de fleurs, toutes les fenêtres de femmes. Six cents bourgeois, vêtus de hoques bleues, et conduits par le seigneur de l'Ile-Adam et le sire de Gyac, allaient au-devant d'eux, leur portant les clefs de la ville comme à des vainqueurs. Le peuple suivait à flots, divisé par corporation, rangé sous ses étendards respectifs,

criant joyeusement : *Noël!* oubliant qu'il avait eu faim la veille, et qu'il aurait faim le lendemain.

Le cortège trouva la reine, le duc, et leur suite qui attendaient à cheval. Arrivé en face du duc, le bourgeois qui portait les clefs d'or dans un plat d'argent mit un genou en terre :

— Monseigneur, dit l'Ile-Adam, les touchant de la pointe de son épée nue, voici les clefs de votre ville. En votre absence, nul ne les a reçues, et l'on vous attendait pour vous les remettre.

— Donnez-les-moi, sire de l'Ile-Adam, dit le duc, car en bonne justice vous avez le droit de les toucher avant moi.

L'Ile-Adam sauta à bas de cheval, et les présenta respectueusement au duc; celui-ci les accrocha à l'arçon de sa selle, en face de sa hache d'armes. Bien des gens trouvèrent cette action trop hardie de la part d'un homme qui entrait en pacificateur, et non en ennemi ; mais telle était la joie qu'on avait de revoir la reine et le duc, que l'enthousiasme ne fut aucunement refroidi par cet incident.

Alors un autre bourgeois s'avança, et présenta au duc deux cottes de velours bleu, l'une pour lui, l'autre pour le comte Philippe de Saint-Pol, son neveu *.

— Merci, messieurs, dit-il ; c'est une bonne pensée à vous d'avoir prévu que j'aimerais à rentrer dans votre ville, vêtu des couleurs de la reine. Quittant alors sa robe de velours, il revêtit la cotte qui venait de lui être offerte, et ordonna à son neveu d'en faire autant. A cette vue, tout le peuple cria : Vive Bourgogne ! vive la reine !

Les trompettes sonnèrent ; les bourgeois se divisèrent en deux lignes et se placèrent en haie de chaque côté du duc et de la reine ; le peuple se mit à leur suite. Quant au sire de Gyac, il avait reconnu sa femme au milieu de la maison de madame Isabel ; il quitta la place que l'étiquette lui avait réservée pour prendre près d'elle celle que lui indiquait son impatience. Le cortège se mit en marche.

Partout sur son passage des cris d'espérance et de joie l'accueillaient ; les fleurs pleuvaient de toutes les fenêtres, comme une neige embaumée, et couvraient le pavé sous les pieds du cheval de la reine ; c'était un délire à rendre, et l'on eût cru insensé celui qui serait venu dire au milieu de cette fête, que, dans ces mêmes rues où s'effeuillaient tant de fleurs fraîches, où s'épandaient tant de clameurs joyeuses, le meurtre, la veille encore, avait répandu tant de sang, et l'agonie jeté tant de cris.

Le cortège arriva en face de l'hôtel Saint-Paul. Le roi l'attendait sur la dernière marche du perron. La reine et le duc mirent pied à terre et montèrent les degrés ; le roi et la reine s'embrassèrent ; le peuple jeta de grandes acclamations : il croyait toutes les discordes éteintes dans le baiser royal, car il oubliait que, depuis Judas et le Christ, les mots trahison et baiser s'écrivent avec les mêmes lettres.

Le duc avait mis un genou en terre, le roi le releva.

— Mon cousin de Bourgogne, dit-il, oublions tout ce qui s'est passé, car de grands malheurs sont advenus de tous nos débats ; mais, Dieu merci ! nous espérons, si vous nous y aidez, y porter un bon et sûr remède.

— Sire, répondit le duc, ce que j'ai fait a toujours été pour le plus grand bien de la France et le plus grand honneur de votre altesse ; ceux qui vous ont dit le contraire étaient encore plus vos ennemis que les miens.

En achevant ces mots, le duc baisa la main du roi, qui rentra à l'hôtel Saint-Paul : la reine, le duc et leur maison l'y suivirent. Tout ce qui était doré rentra dans le palais ; le peuple seul resta dans la rue, et deux gardes placés à la porte de l'hôtel rétablirent bientôt la barrière d'acier qui sépare prince et sujet, royauté et peuple. N'importe, le peuple était trop ébloui pour s'apercevoir qu'il était le seul à qui aucune parole n'avait été adressée, à qui aucune promesse n'avait été faite. Il se dispersa en criant : Vive le roi ! vive Bourgogne !

---

* Le comte de Charolais, fils du duc Jean, avait épousé la princesse Michelle, fille du roi Charles VI.

* Le comte de Saint-Pol était le fils du duc de Brabant, mort à la bataille d'Azincourt.

et ce ne fut que le soir qu'il s'aperçut qu'il avait plus faim encore que la veille.

Le lendemain, de grands rassemblemens se formèrent ainsi que de coutume. Comme il n'y avait pas de fête ce jour-là, pas de cortège à voir passer, le peuple alla vers l'hôtel Saint-Paul, non plus pour crier : Vive le roi ! vive Bourgogne ! mais pour demander du pain.

Le duc Jean parut au balcon ; il dit qu'il s'occupait de faire cesser la famine et la misère qui désolaient Paris ; mais il ajouta que cela était difficile, à cause des déprédations et des ravages qu'avaient faits les Armagnacs dans les environs de la capitale.

Le peuple reconnut la justesse de cette raison, et demanda que les prisonniers qui étaient à la Bastille lui fussent livrés ; car, disait il, ceux qu'on garde dans ces prisons se rachètent toujours à force d'or, et c'est nous qui payons la rançon.

Le duc répondit à ces affamés qu'il serait fait selon leur désir. En conséquence, à défaut de pain, une ration de sept prisonniers leur fut délivrée. Ce furent messire Enguerrand de Marigny, martyr descendant d'un martyr ; messire Hector de Charires, père de l'archevêque de Reims, et Jean Taranne, riche bourgeois : l'histoire a oublié le nom des quatre autres *. La populace les égorgea ; cela lui fit prendre patience. Le duc, de son côté, perdait à ce massacre sept ennemis, et gagnait un jour de repos : c'était tout bénéfice.

Le lendemain, nouveau rassemblement, nouveaux cris, nouvelle ration de prisonniers ; mais cette fois la multitude avait plus faim de pain que soif de sang ; elle conduisit, à leur grand étonnement, les quatre malheureux à la prison du Châtelet, et les remit au prévôt ; puis elle s'en alla piller l'hôtel Bourbon, et comme il s'y trouvait un étendard sur lequel était brodé un dragon, quelques centaines d'hommes allèrent le montrer au duc de Bourgogne comme une nouvelle preuve de l'alliance des Armagnacs et de l'Angleterre, et l'ayant mis en morceaux, ils en traînèrent les lambeaux dans la boue, en criant : Mort aux Armagnacs ! mort aux Anglais ! mais sans tuer personne.

Cependant le duc voyait bien que peu à peu la sédition s'approchait de lui, comme une marée du rivage ; il craignit qu'après s'en être pris si long-temps aux causes apparentes, le peuple ne s'en prît enfin aux causes réelles ; il fit donc, pendant la nuit, venir à l'hôtel Saint-Paul quelques notables bourgeois de la ville de Paris, qui lui promirent que s'il voulait rétablir la paix et remettre chaque chose à sa place, ils seraient à son aide. Certain de leur appui, le duc attendit plus tranquillement la journée du lendemain.

Le lendemain il n'y avait plus qu'un seul cri, car il n'y avait plus qu'un seul besoin : Du pain ! du pain !

Le duc parut au balcon et voulut parler : les vociférations couvrirent sa voix ; il descendit, se jeta sans armes et la tête nue au milieu de ce peuple hâve et affamé, donnant la main à tout le monde, jetant l'or à pleines volées. Le peuple se referma sur lui, l'étouffant de ses replis, le pressant de ses ondes, effrayant dans son amour de lion comme dans sa colère de tigre. Le duc sentit qu'il était perdu, s'il n'opposait la puissance morale de la parole à cette effrayante puissance physique ; il demanda de nouveau à parler, et sa voix se perdit sans être entendue ; enfin il s'adressa à un homme du peuple qui paraissait exercer quelque influence sur cette masse. Celui-ci monta sur un banc et dit : « Silence ! le duc veut parler, écoutons-le. » La foule obéissante se tut. Le duc avait un pourpoint de velours brodé d'or, une chaine précieuse au cou ; cet homme n'avait qu'un vieux chaperon rouge, une cotte sang-de-bœuf et les jambes nues. Cependant il avait obtenu ce qu'avait vainement demandé le puissant duc Jean de Bourgogne.

Il fut aussi heureux dans ses autres commandemens que dans le premier. Quand il vit que le silence était rétabli : « Faites cercle, » dit-il.

La foule s'écarta ; le duc mordant ses lèvres jusqu'au sang,

honteux d'être obligé de recourir à de telles manœuvres et de se servir de tels hommes, remonta sur le perron au bas duquel il se repentait déjà d'être descendu. L'homme du peuple l'y suivit, promena ses yeux sur cette multitude pour savoir si elle était prête à entendre ce qu'on avait à lui dire ; puis se tournant vers le prince :

— Parlez maintenant, mon duc, dit-il, on vous écoute.

Et il se coucha à ses pieds, comme un chien à ceux de son maître.

En même temps quelques seigneurs, qui étaient au duc de Bourgogne, étant arrivés de l'intérieur de l'hôtel Saint-Paul, se rangèrent derrière lui, prêts à lui prêter assistance, si la chose devenait nécessaire. Le duc fit un signe de la main ; un chut impérieux et prolongé sortit comme un grognement de la bouche de l'homme à la cotte rouge, et le duc prit la parole :

« — Mes amis, dit-il, vous me demandez du pain. Il m'est impossible de vous en donner ; c'est à peine si le roi et la reine en ont pour leur table royale : vous feriez bien mieux, au lieu de courir sans fruit à travers les rues de Paris, d'aller mettre le siège devant Marcoussis et Montlhéry, où sont les dauphinois * ; vous trouveriez des vivres dans ces villes, et vous en chasseriez les ennemis du roi, qui viennent tout ravager jusqu'à la porte Saint-Jacques, et qui empêchent de faire la moisson. »

— Nous ne demandons pas mieux, dit la foule tout d'une voix, mais que l'on nous donne des chefs.

— Sires de Cohen et de Rupes, dit le duc en tournant la tête à demi par-dessus son épaule, et en s'adressant aux seigneurs qui étaient derrière lui, voulez-vous une armée ? je vous la donne.

— Oui, monseigneur, répondirent-ils en s'avançant.

— Mes amis, continua le duc en s'adressant au peuple et en lui présentant ceux que nous venons de nommer, voulez-vous ces nobles chevaliers pour chefs ? je vous les offre.

— Eux ou tous autres, pourvu qu'ils marchent devant.

— Alors, messeigneurs, à cheval, dit le duc, et vivement, ajouta-t-il à demi-voix.

Le duc allait rentrer : l'homme qui était à ses pieds se leva et lui tendit la main ; le duc la lui serra comme il avait fait aux autres : il avait quelque obligations à cet homme.

— Ton nom ? lui dit-il.

— Cappeluche, répondit celui-ci en ôtant respectueusement son chaperon de la main que le duc lui laissait libre.

— Ton état ? continua le duc.

— Maître bourreau de la ville de Paris.

Le duc lâcha la main comme si c'eût été un fer rouge, recula deux pas et devint pâle. Le plus puissant prince de la chrétienté avait, à la face de Paris tout entier, choisi ce perron comme un piédestal pour pactiser avec l'exécuteur des hautes œuvres.

— Bourreau, dit le duc d'une voix creuse et tremblante, va au grand Châtelet, tu y trouveras de la besogne.

Maître Cappeluche obéit à cet ordre comme à une injonction à laquelle il était accoutumé.

— Merci, monseigneur, dit-il ; puis, en descendant le perron, il ajouta tout haut : Le duc est un noble prince, pas du tout fier, et aimant le pauvre peuple.

— L'Ile-Adam, dit le duc en étendant le bras vers Cappeluche qui s'éloignait, faites suivre cet homme, car il faut que ma main ou sa tête tombe.

Le même jour, les seigneurs de Cohen, de Rupes et messire Gaultier Raillard sortirent de Paris avec une multitude de canons et machines compétentes à mettre un siège. Plus de 10,000 hommes des plus hardis émouveurs de populace les suivirent volontairement ; derrière eux les portes de Paris furent fermées, et le soir les chaines tendues à toutes les rues, ainsi qu'au haut et au bas de la rivière. Les corporations de bourgeois partagèrent avec les archers le service du guet, et ce fut la première fois peut-être, depuis deux mois ;

---

* Juvénal, Enguerrand de Monstrelet.

* C'est ainsi que, depuis la mort du comte d'Armagnac, on nommait les partisans du dauphin.

qu'une nuit s'écoula tout entière sans qu'elle fût une seule fois troublée par les cris au meurtre! ou au feu!

Cependant Cappeluche, tout fier de la poignée de main qu'il avait reçue et du message dont il était chargé, s'acheminait vers le grand Châtelet, rêvant à l'exécution qui devait sans doute avoir lieu le lendemain, et à la part d'honneur qui ne manquerait pas de lui en revenir, si, comme cela arrivait quelquefois, la cour y assistait. Quelqu'un qui l'aurait rencontré aurait reconnu dans son allure l'aplomb d'un homme parfaitement content de lui, et aurait deviné que les gestes qu'il faisait en fendant l'air de sa main droite en différentes lignes, étaient une répétition mentale de la scène dans laquelle il croyait avoir, le lendemain, à jouer un rôle si important.

Il arriva ainsi à la porte du grand Châtelet, y frappa un seul coup; mais la promptitude avec laquelle la porte s'ouvrit prouva que le concierge avait reconnu que celui qui frappait ainsi devait avoir le privilége de ne pas attendre.

Le geôlier soupait en famille; il offrit à Cappeluche de prendre sa part du repas : celui-ci accepta avec un air de bienveillante protection, fort naturel dans un homme qui venait de donner une poignée de main au plus grand vassal de la couronne de France. En conséquence, il déposa sa grande épée près de la porte, et s'assit à la place d'honneur.

— Maître Richard, dit Cappeluche au bout d'un instant, quels sont les principaux seigneurs que vous logez dans votre hôtellerie?

— Ma foi, messire, répondit Richard, je ne suis ici que depuis peu de temps, mon prédécesseur et sa femme ayant été tués lorsque les Bourguignons ont pris le Châtelet. Je sais bien la quantité de gamelles que je fais descendre aux prisonniers, mais j'ignore le nom de ceux qui mangent ma soupe.

— Et ce nombre est-il considérable?

— Ils sont cent vingt.

— Eh bien! maître Richard, demain ils ne seront plus que cent dix-neuf.

— Comment cela? est-ce qu'il y a une nouvelle émeute parmi le populaire? dit vivement le geôlier, qui craignait le renouvellement des scènes dont son prédécesseur avait été victime. Si je savais lequel on me demandera, je le préparerais pour ne pas faire attendre la cour.

— Non, non, dit Cappeluche, vous ne m'avez pas compris; le populaire marche en ce moment vers Marcoussis et Montlhéry; ainsi vous voyez qu'il tourne le dos au grand Châtelet. Ce n'est pas d'une émeute qu'il s'agit, c'est d'une exécution.

— Êtes-vous certain de ce que vous dites?

— Vous me demandez cela, à moi! reprit en riant Cappeluche.

— Ah! c'est vrai, vous aurez reçu les ordres du prévôt.

— Non, je sais la nouvelle de plus haut; je la tiens du duc de Bourgogne.

— Du duc de Bourgogne!

— Oui, continua Cappeluche en renversant sa chaise sur les pieds de derrière et en se dandinant avec nonchalance, oui, du duc de Bourgogne; il m'a pris la main il n'y a pas plus d'une heure, et m'a dit : « Cappeluche, mon ami, fais-moi le plaisir d'aller au plus vite à la prison du Châtelet et d'y attendre mes ordres. » Je lui ai dit : « Monseigneur, vous pouvez compter sur moi; c'est à la vie et à la mort. » Ainsi, il est évident que l'on conduit demain quelque noble Armagnac en Grève, et que le duc, devant y assister, a voulu voir de la besogne bien faite, et par conséquent m'en a chargé. S'il en eût été autrement, l'ordre serait venu du prévôt, et c'est Gorju, mon valet, qui l'aurait reçu.

Comme il achevait ces mots, deux coups de marteau retentirent, frappés sur la porte extérieure; le geôlier demanda à Cappeluche la permission de prendre la lampe; Cappeluche y consentit d'un signe de tête : le geôlier sortit, laissant les convives dans l'obscurité.

Au bout de dix minutes, il rentra, s'arrêta à la porte de la chambre, qu'il ferma avec soin, fixa avec une expression singulière d'étonnement les yeux sur son hôte, et lui dit, sans aller se rasseoir :

— Maître Cappeluche, il faut me suivre.

— C'est bon, répondit celui-ci en vidant ce qui restait de vin dans son verre, et en faisant claquer sa langue comme un homme qui apprécie mieux un ami au moment de s'en séparer; c'est bon, je sais ce que c'est.

Et maître Cappeluche se leva et suivit le geôlier, après avoir pris l'épée qu'il avait déposée en entrant contre la porte.

Quelques pas dans un corridor humide les conduisirent à l'entrée d'un escalier si étroit, que l'on était forcé de convenir que l'architecte avait merveilleusement compris que les escaliers ne sont que des accessoires dans une prison d'État. Cappeluche descendait avec la facilité d'un homme à qui le chemin est familier, sifflant l'air de sa chanson favorite, s'arrêtant à chaque étage, et disant, lorsque le concierge continuait sa route :

— Diable! diable! c'est un grand seigneur.

Ils descendirent ainsi soixante marches à peu près.

Arrivés là, le concierge ouvrit une porte si basse, que maître Cappeluche, qui était d'une taille fort ordinaire, fut obligé de se baisser pour pénétrer dans le cachot auquel elle communiquait. Il remarqua en passant sa solidité : elle était en chêne, avait quatre pouces d'épaisseur, et était recouverte d'une lame de fer. Il fit un mouvement de tête comme un connaisseur qui approuve. Le cachot était vide.

Cappeluche fit cette remarque du premier coup d'œil, mais il pensa que celui près duquel il croyait être envoyé était ou à l'interrogatoire ou à la torture; il posa son épée dans un coin, et se disposa à attendre le prisonnier.

— C'est ici, dit le geôlier.

— Bien, répondit laconiquement maître Cappeluche.

Richard allait sortir emportant la lampe; maître Cappeluche le pria de la lui donner. Comme on n'avait pas ordonné au geôlier de le laisser sans lumière, il lui accorda cette demande. A peine Cappeluche l'eut-il entre les mains, qu'il se mit en quête, tellement préoccupé par la recherche qu'il faisait, qu'il n'entendit pas la clef tourner deux fois dans la serrure et les verrous se fermer sur lui.

Il avait trouvé dans la paille du lit ce qu'il cherchait avec tant d'attention : c'était un pavé dont quelque prisonnier s'était fait un chevet.

Maître Cappeluche porta le pavé au milieu du cachot, en approcha un vieil escabeau de bois, posa sa lampe dessus, alla prendre son épée où il l'avait déposée, mouilla le pavé avec un reste d'eau qui croupissait dans un tronçon de cruche, et, s'asseyant par terre, le pavé entre ses jambes, se mit gravement à repasser son épée, qui avait un peu souffert des services réitérés qu'elle lui avait rendus depuis quelques jours, n'interrompant cette occupation que pour en tâter le fil, en passant le pouce sur le tranchant, puis se remettant chaque fois au travail avec une nouvelle ardeur.

Il était tellement absorbé dans cette intéressante occupation, qu'il ne s'était pas aperçu que la porte s'était ouverte et refermée, et qu'un homme s'était approché lentement de lui, le regardant avec un étonnement tout naïf. Enfin, le nouveau-venu rompit le silence.

— Pardieu! dit-il, maître Cappeluche, vous faites là une drôle de besogne!

— Ah! c'est toi, Gorju, dit Cappeluche en levant les yeux, qu'il reporta aussitôt sur le pavé qui absorbait toute son attention; qu'est-ce que tu dis?

— Je dis que vous êtes fameusement bon de vous occuper de pareils détails.

— Que veux-tu, mon enfant, dit Cappeluche, on ne fait rien sans amour-propre, et il en faut dans notre état aussi bien que dans un autre. Cette épée, tout ébréchée qu'elle était, pouvait encore aller dans une émeute, parce que là, pourvu qu'on tue, peu importe qu'on soit obligé de s'y prendre à deux fois; mais le service qu'elle doit faire demain n'est pas comparable à celui qu'elle fait depuis un mois, et je ne peux prendre trop de précautions pour que tout se passe à mon honneur.

Gorju était passé de l'air étonné à l'air stupide ; il regardait, sans lui répondre, son maître, qui semblait mettre à son ouvrage, d'autant plus d'attention, qu'il approchait de sa fin.

Enfin, maître Cappeluche leva de nouveau les yeux vers Gorju.

— Tu ne sais donc pas, lui dit-il, qu'il y a demain une exécution ?

— Si fait, si fait, répondit celui-ci, je le sais.

— Eh bien !... qu'est-ce qui t'étonne alors ?...

Cappeluche se remit à la besogne.

— Vous ne savez donc pas, dit à son tour Gorju, le nom de celui qu'on exécute ?

— Non, répondit Cappeluche sans s'interrompre, cela ne me regarde pas, à moins que ce ne soit un nom de bossu ; alors il faudrait me le dire, parce que je prendrais mes précautions d'avance, vu la difficulté.

— Non, maître, répondit Gorju, le condamné a le cou comme vous et moi, et j'en suis bien aise parce que, comme je n'ai pas encore la main aussi habile que la vôtre...

— Qu'est-ce que tu dis ?

— Je dis qu'étant nommé bourreau de ce soir seulement, ce serait bien malheureux si pour la première fois j'étais tombé sur...

— Toi, bourreau ! dit Cappeluche l'interrompant, et laissant tomber son épée.

— Oh ! mon Dieu, oui, il y a une demi-heure que le prévôt m'a fait venir et m'a remis cette patente.

En disant ces mots, Gorju tira de son pourpoint un parchemin, et le présenta à Cappeluche ; celui-ci ne savait pas lire, mais il reconnut les armes de France et le sceau de la prévôté, et le comparant de souvenir avec le sien, il vit qu'il était exactement pareil.

— Oh ! dit-il comme un homme abattu, la veille d'une exécution publique me faire cet affront !

— Mais il était impossible que ce fût vous, maître Cappeluche.

— Et pourquoi cela ?

— Parce que vous ne pouviez pas vous exécuter vous-même : c'est la première fois que ça se serait vu.

Maître Cappeluche commençait à comprendre ; il leva des yeux étonnés sur son valet, ses cheveux se dressèrent sur son front, et de leur racine tombèrent à l'instant même des gouttes de sueur qui descendirent le long de ses joues creuses.

— Ainsi donc, c'est moi ! dit-il.

— Oui, maître, répondit Gorju.

— Et c'est toi !...

— Oui, maître.

— Qui donc a donné cet ordre ?

— Le duc de Bourgogne.

— Impossible ! il n'y a qu'une heure qu'il me prenait la main.

— Eh bien ! c'est cela, dit Gorju, maintenant il vous prend la tête.

Cappeluche se leva lentement, oscillant sur ses jambes comme un homme ivre, et alla droit à la porte : il en prit la serrure entre ses larges mains, et à deux reprises la secoua à faire sauter les gonds, s'ils eussent été moins solides.

Gorju le suivait des yeux avec toute l'expression d'intérêt qu'était susceptible de prendre sa figure dure et basanée.

Lorsque Cappeluche se fut aperçu de l'inutilité de ses efforts, il revint s'asseoir à la place où Gorju l'avait trouvé, ramassa son épée, et la remettant sur le pavé, il lui donna le dernier coup qui lui manquait.

— Encore ? dit Gorju.

— Si c'est à moi qu'elle doit servir, répondit Cappeluche d'une voix sourde, raison de plus pour qu'elle coupe bien.

En ce moment, Vaux de Bar, le prévôt de Paris, entra suivi d'un prêtre, et procéda pour la forme à l'interrogatoire.

Maître Cappeluche avoua quatre-vingt-six meurtres en dehors de ses fonctions légales : un tiers à peu près avait été commis sur des femmes et des enfans.

Une heure après, le prévôt sortit, laissant avec Cappeluche le prêtre et le valet devenu bourreau.

Le lendemain, dès quatre heures du matin, la grande rue Saint-Denis, la rue aux Fèves, et la place du Pilori étaient encombrées de peuple, les fenêtres de toutes les maisons étaient garnies de têtes ; la grande boucherie près le Châtelet, le mur du cimetière des Saints-Innocens près des halles, semblaient prêts à crouler sous le poids qui les surchargeait. L'exécution devait avoir lieu à sept heures.

A six heures et demie, un mouvement d'ondulation, un frémissement électrique, une grande clameur poussée par ceux qui étaient près du Châtelet, annoncèrent à ceux de la place du Pilori que le condamné se mettait en marche. Il avait obtenu de Gorju, de qui dépendait cette dernière faveur, de n'être ni conduit sur un âne, ni traîné sur une charrette : il marchait d'un pas ferme entre le prêtre et le nouvel exécuteur, saluant de la main et de la voix ceux qu'il reconnaissait dans la foule. Enfin, il arriva sur la place du Pilori, entra dans un cercle d'une vingtaine de pieds de diamètre, formé par une compagnie d'archers, et au milieu duquel était un billot debout près d'un tas de sable. Le cercle qui s'était ouvert pour le laisser passer, se ferma derrière lui. Des chaises et des bancs avaient été disposés pour ceux qui, trop éloignés, ne pourraient voir par-dessus la tête des plus voisins, chacun prit sa place comme dans un vaste amphithéâtre circulaire, dont les toits des maisons formaient le dernier gradin, et simulant un immense entonnoir de têtes humaines superposées les unes aux autres.

Cappeluche marcha droit au billot, s'assura s'il était posé d'aplomb, le rapprocha du tas de sable dont il était trop éloigné, et examina de nouveau le tranchant de l'épée ; puis ces dispositions faites, il se mit à genoux et pria à voix basse : le prêtre lui faisait baiser un crucifix. Gorju était debout près de lui, appuyé sur sa longue épée ; sept heures commencèrent à sonner ; maître Cappeluche cria tout haut merci à Dieu et posa la tête sur le billot.

Pas un souffle ne semblait sortir de toutes ces bouches, pas un mouvement ne remuait cette foule ; chacun semblait cloué à sa place, les yeux seuls vivaient.

Tout à-coup l'épée de Gorju flamboya comme un éclair ; le dernier coup frappa sur l'horloge, l'épée s'abaissa, et la tête alla rouler sur le tas de sable qu'elle mordit et teignit de sang.

Le tronc recula par un mouvement contraire, se traînant hideusement sur ses mains et ses genoux ; le sang jaillissait par les artères du cou, comme l'eau à travers le crible d'un arrosoir.

La foule poussa un grand cri, c'était la respiration qui revenait à cent mille personnes.

XXI.

Les prévisions politiques du duc de Bourgogne s'étaient réalisées ; la ville de Paris était lasse de la vie tourmentée qui l'agitait depuis si longtemps ; elle attribua la cessation de ses maux, qui arrivaient naturellement à leur terme, à la présence du duc, à la sévérité qu'il avait déployée, et surtout à l'exécution de Cappeluche, cet ardent émouveur de populace. Aussitôt après sa mort, l'ordre était rétabli, et toutes les voix chantaient les louanges du duc de Bourgogne, lorsqu'un nouveau fléau vint se ruer sur la cité toute saignante encore : c'était la peste, cette sœur hâve et décharnée de la guerre civile.

Une épidémie affreuse se déclara. La famine, la misère, les morts oubliés dans les rues, les passions politiques qui font bouillir le sang aux veines, étaient les voix infernales qui l'avaient appelée. Le peuple, qui commençait à se refroidir, et qui était épouvanté de ses propres excès, crut voir la main de Dieu dans ce nouveau fléau : une fièvre singulière s'empara de lui. Au lieu d'attendre la maladie dans ses maisons et d'essayer de la prévenir, la population tout entière se répandit dans les rues; des hommes couraient comme des insensés, criant que des flammes de l'enfer les brûlaient; et sillonnant cette foule qui s'ouvrait tremblante devant eux, quelques-uns se jetèrent dans les puits, d'autres dans la rivière. Une seconde fois les tombeaux manquèrent aux morts et les prêtres aux mourans. Des hommes atteints des premiers symptômes du mal arrêtaient les vieillards dans les rues, et les forçaient d'entendre leurs confessions. Les seigneurs n'étaient pas plus à l'abri de l'épidémie que le pauvre peuple; le prince d'Orange et le seigneur de Poix y succombèrent; l'un des frères Fosseuse, allant faire sa cour au duc, sentit les premières atteintes du mal au bas du perron de l'hôtel Saint-Paul; il essaya de continuer son chemin; mais à peine avait-il monté six marches, qu'il s'arrêta pâle, les cheveux hérissés et les genoux tremblans. Il n'eut que le temps de croiser les bras sur sa poitrine, en disant : « Seigneur, ayez pitié de moi ! » et il tomba mort. ' e duc de Bretagne, les ducs d'Anjou et d'Alençon se retirèrent à Corbeil, et le sire de Gyac et sa femme au château de Creil, que leur avait donné le duc de Bourgogne.

De temps en temps, derrière les vitraux de l'hôtel Saint-Paul, apparaissaient, comme des ombres, ou le duc, ou la reine; ils jetaient les yeux sur ces scènes de désolation, mais ils n'y pouvaient rien et se tenaient renfermés dans le palais. Quant au roi, on disait qu'il était retombé dans un de ses accès de folie. Pendant ce temps, Henri d'Angleterre, accompagné d'une puissante armée, avait mis le siège devant Rouen. Toute la ville avait jeté un cri de détresse qui s'était perdu dans les clameurs de Paris, avant d'arriver au duc de Bourgogne : c'était cependant le cri d'une ville tout entière. Les Rouennais abandonnés n'en avaient pas moins fermé leurs portes et juré de se défendre jusqu'à la dernière extrémité.

De leur côté, les Dauphinois, conduits par l'infatigable Tanneguy, par le maréchal de Rieux, et par Barbazan, qu'on appelait *le chevalier sans reproches*, après s'être emparés de la ville de Tours, que défendaient, pour le duc, Guillaume de Rommenel et Charles Labbe, poussaient des reconnaissances armées jusqu'aux portes de Paris.

Le duc Jean avait donc à sa gauche les Dauphinois, ennemis de la Bourgogne; à sa droite les Anglais, ennemis de la France; en face et derrière lui la peste, ennemie de tous.

Dans cette extrémité, il songea à traiter avec le dauphin, à laisser au roi, à la reine et à lui la responsabilité de la garde de Paris, et à aller devers Rouen pour lui porter secours.

En conséquence, les articles de paix arrêtés quelque temps auparavant à Bray et à Montereau furent de nouveau signés par la reine et le duc de Bourgogne. Le 17 septembre, ils furent publiés à son de t ompe dans les rues de Paris, et le duc de Bretagne, porteur du traité, fut chargé de le soumettre à l'approbation du dauphin; et en même temps, pour le disposer à une réconciliation, il lui conduisit sa jeune femme *, qui était restée à Paris, et pour laquelle la reine et le duc avaient eu les plus grands égards.

Le duc de Bretagne trouva le dauphin à Tours : il obtint une audience de lui. Lorsqu'il fut introduit en sa présence, le dauphin avait à sa droite le jeune duc d'Armagnac, arrivé la veille de la Guyenne pour réclamer justice de la mort de son père, et à qui justice avait été hautement promise; à sa gau he Tanneguy Duchâtel, ennemi déclaré du duc de Bourgogne; derrière lui le président Louvet, Barbazan, et Charles Labbe, qui venait de passer du parti de Bourgogne au sien, tous gens désirant la guerre, car ils avaient une haute fortune à espérer avec le dauphin, et tout à craindre avec le duc Jean.

Quoiqu'au premier aspect le duc de Bretagne jugeât bien quelle serait l'issue de la négociation, il mit un genou à terre,

et présenta le traité au duc de Touraine. Celui-ci le prit, et, sans le décacheter, il dit au duc en le relevant :

— Mon cousin, je sais ce que c'est... On me rappelle à Paris, n'est-ce pas? on m'offre la paix si je veux revenir. Mon cousin, je ne ferai point la paix avec des assassins, je ne rentrerai pas dans une ville encore tout éplorée et sanglante. Monsieur le duc a fait le mal, qu'il le guérisse; quant à moi, je n'ai point commis le crime, et ne veux point m'offrir en expiation.

Le duc de Bretagne voulut insister, mais toute instance fut inutile. Il retourna vers Paris, portant le refus du dauphin au duc de Bourgogne; il trouva celui-ci près d'entrer au conseil où devait être entendu un envoyé de la ville de Rouen. Le duc écouta avec attention ce que son ambassadeur lui rapportait; puis, lorsqu'il eut cessé de parler, il laissa tomber sa tête sur sa poitrine, réfléchit profondément quelques minutes : — C'est lui qui m'y aura forcé, dit-il tout-à-coup. Et il entra dans la salle du conseil du roi.

L'explication de la pensée du duc de Bourgogne est facile à donner.

Le duc était le plus grand vassal de la couronne de France et le plus puissant prince de la chrétienté. Il était adoré des Parisiens; depuis trois mois, il gouvernait sous le nom du roi, et l'état continuel de maladie de ce malheureux prince ne permettait pas à ceux qui le désiraient le plus d'espérer qu'il pût vivre longtemps; en cas de mort, de l'espèce de régence que tenait le duc, à la royauté, il n'y avait qu'un pas. Les dauphinois ne possédaient que le Maine et l'Anjou; la cession de la Guyenne et de la Normandie au roi d'Angleterre lui faisait de celui-ci un allié et un appui. Les deux Bourgognes, la Flandre et l'Artois, qu'il tenait de son chef et qu'il réunissait à la couronne de France, étaient pour elle un dédommagement de cette perte; enfin, l'exemple de Hugues Capet n'était pas si loin, qu'il ne pût être renouvelé; et puisque le dauphin refusait toute alliance et voulait la guerre, il n'aurait à se plaindre à personne lorsque les conséquences de son refus retomberaient sur lui-même.

Dans ces conséquences, la politique du duc de Bourgogne était aussi simple que facile : laisser traîner le siège de Rouen en longueur, ouvrir les négociations avec Henri d'Angleterre, et tout préparer de concert avec lui pour que, la mort de Charles VI arrivant, toute puissance étant d'avance concentrée entre ses mains, il n'eût à ajouter au pouvoir, royal dont il était déjà investi, que le titre de roi qui lui manquait encore.

Le moment était on ne peut plus favorable pour commencer à mettre à exécution ce grand dessein : le roi, malade d'esprit comme il l'était, ne pouvait assister au conseil, et n'avait pas même été prévenu de sa convocation; le duc était donc libre de faire à l'envoyé de la ville de Rouen la réponse qui lui semblerait la plus avantageuse, non pas aux intérêts de la France, mais à ses intérêts particuliers.

C'est dans ces dispositions, venait de confirmer le refus du dauphin, qu'il entra dans la salle du conseil, et alla s'asseoir, comme pour s'essayer au rôle qu'il espérait jouer un jour, sur le trône du roi Charles.

On n'attendait que lui pour ordonner que le messager fût introduit.

C'était un vieux prêtre à cheveux blancs; il était venu de Rouen pieds nus et un bâton à la main, comme il convient à un homme qui requiert secours. Il s'avança jusqu'au milieu de la salle, et, après avoir salué le duc de Bourgogne, il allait commencer à lui exposer l'objet de sa mission, lorsqu'un grand bruit se fit entendre vers une petite porte, couverte d'une tapisserie qui donnait dans les appartemens du roi. Chacun se retourna, et l'on vit avec surprise la tapisserie se soulever, et, se débarrassant des mains de ses gardiens qui voulaient le retenir, le roi Charles VI s'avancer à son tour dans cette salle où personne ne l'attendait, et, les yeux étincelans de colère, les habits en désordre, marcher d'un pas ferme droit au trône sur lequel s'était prématurément assis le duc Jean de Bourgogne.

Cette apparition inattendue frappa tout le monde d'un vague sentiment de crainte et de respect. Le duc de Bourgo-

* Marie d'Anjou, fille de Louis, roi de Sicile. Le dauphin l'avait épousée en 1413; mais, comme il n'avait que onze ans, ce fut en 1416 seulement que le mariage fut consommé.

gne surtout le regardait s'avancer, se soulevait du trône au fur et à mesure qu'il approchait, comme si une force surnaturelle le contraignait de se tenir debout ; et quand le roi mit le pied sur la première marche du trône pour y monter, le duc, du côté opposé, mit machinalement le pied sur la dernière marche pour en descendre.

Chacun regardait silencieux ce singulier jeu de bascule.

— Oui, je comprends, messeigneurs, dit le roi, on vous avait dit que j'étais fou, peut-être même vous avait-on dit que j'étais mort — Il se mit à rire d'une manière étrange. — Non, non, messeigneurs, je n'étais que prisonnier. Mais j'ai su qu'on tenait le grand conseil en mon absence, et j'ai voulu y venir, mon cousin de Bourgogne ; j'espère que vous voyez avec plaisir que mon état, dont sans doute on vous avait exagéré le péril, me permet encore de présider les affaires du royaume. Puis se retournant vers le prêtre : — Parlez, mon père, lui dit-il, le roi de France vous écoute, et il s'assit sur le trône.

Le prêtre fléchit le genou devant le roi, ce qu'il n'avait pas fait devant le duc de Bourgogne, et commença à parler dans cette posture.

— Notre sire, dit-il, les Anglais, vos ennemis et les nôtres, ont mis le siége devant la ville de Rouen.

Le roi tressaillit.

— Les Anglais au cœur du royaume, et le roi n'en sait rien ! dit-il. Les Anglais devant Rouen !... Rouen, qui était ville française sous Clovis, l'aïeul de tous les rois de France ; qui n'a été perdue que pour être reprise par Philippe-Auguste !... Rouen, ma ville !... un des six fleurons de ma couronne !... Oh ! trahison, trahison ! murmura-t-il à voix basse.

Le prêtre, voyant que le roi avait cessé de parler, continua :

— Très excellent prince et seigneur, il m'est enjoint, de par les habitans de la ville de Rouen, de crier à vous, sire, et contre vous, duc de Bourgogne, qui avez le gouvernement du roi et de son royaume, le grand haro, lequel signifie l'oppression qu'ils ont des Anglais, et vous mandent et font savoir par moi que si, par faute de votre secours, il convient qu'ils soient sujets au roi d'Angleterre, vous n'aurez en tout le monde pires ennemis qu'eux, et que, s'ils peuvent, ils détruiront vous et votre génération.

— Mon père, dit le roi en se levant, vous avez accompli votre mission et m'avez rappelé la mienne. Retournez vers les braves habitans de la ville de Rouen, dites-leur de tenir, et que je les sauverai par négociation ou par secours, dussé-je, pour obtenir la paix, donner ma fille Catherine au roi d'Angleterre ; dussé-je, pour faire la guerre, marcher de ma personne à l'encontre de nos ennemis, en appelant à moi toute la noblesse du royaume.

— Sire, répondit le prêtre en s'inclinant, je vous remercie de votre bon vouloir, et prie Dieu qu'aucune volonté étrangère à la vôtre ne le change. Mais, soit pour la paix, soit pour la guerre, il faut vous hâter, sire ; car plusieurs milliers de nos habitans sont déjà morts de faim dans ladite ville, et nous pour deux mois nous ne vivons que de chair que Dieu n'a pas faite pour la nourriture humaine. Douze mille pauvres gens, hommes, femmes et enfans, ont été mis hors des murs, et se nourrissent dans les fossés de racines et eau croupie, si bien que lorsqu'une malheureuse mère accouche, il faut que les gens pitoyables tirent les petits nouveau-nés avec des cordes dans les corbeilles, les fassent baptiser et les rendent aux mères, afin que du moins ils meurent en chrétiens.

Le roi poussa un soupir et se tourna vers le duc de Bourgogne :

— Vous entendez, lui dit-il en lui jetant un regard d'indicible reproche ; il n'est pas étonnant que moi, le roi, je sois dans un si triste état de corps et d'esprit, quand tant de malheureux, qui croient que leur malheur vient de moi, élèvent vers le trône de Dieu un concert de malédictions à faire reculer l'ange de la miséricorde. Allez, mon père, dit-il en se retournant vers le prêtre, retournez vers la pauvre ville, à laquelle je voudrais pouvoir envoyer mon propre pain ; dites-

lui que non pas dans un mois, non pas dans huit jours, non pas demain,' mais aujourd'hui, tout à l'heure, des ambassadeurs partiront pour le Pont-de-l'Arche, afin de traiter de la paix, et que moi, le roi, j'irai à Saint-Denis prendre de ma main l'oriflamme pour me préparer à la guerre.

Monsieur le premier président, ajouta-t-il en se tournant vers Philippe de Morvilliers, et successivement vers ceux auxquels il adressait la parole, messire Regnault de Folville, messire Guillaume de Champ-Divers, messire Tierry-le-Roi, vous partirez ce soir chargés de mes pleins pouvoirs pour traiter de la paix avec Henri de Lancastre, roi d'Angleterre ; et vous, mon cousin, vous allez donner des ordres pour que nous nous rendions à Saint-Denis ; nous partons à l'instant même.

A ces mots, le roi se leva et chacun en fit autant. Le vieux prêtre vint à lui et lui baisa la main.

— Sire, dit-il, Dieu vous rende le bien que vous allez faire : demain quatre-vingt mille personnes béniront votre nom.

— Qu'elles prient pour moi et la France, mon père, car nous en avons tous deux besoin. Le conseil se sépara sur ces paroles. Deux heures après, le roi détachait de ses propres mains l'oriflamme des vieilles murailles de Saint-Denis. Le roi demanda au duc un chevalier de nom et de bravoure pour le lui confier ; le duc lui en désigna un.

— Votre nom ! dit le roi en lui présentant la sainte bannière.

— Le sire de Montmort, répondit le chevalier.

Le roi chercha dans sa mémoire à quel grand souvenir et à quelle noble tige se rattachait ce nom.

Après un instant il lui remit l'oriflamme avec un soupir ; c'était la première fois que la bannière royale était confiée à un seigneur de si petite maison.

Le roi, sans revenir à Paris, envoya ses instructions à ses ambassadeurs. L'un d'eux, le cardinal des Ursins, reçut un portrait de la princesse Catherine : il devait le faire voir au roi d'Angleterre.

Le soir, 29 octobre 1418, toute la cour alla coucher à Pontoise, où elle devait attendre le résultat des négociations du Pont-de-l'Arche ; et mandement fut fait à tous les chevaliers de s'y rendre, avec leurs équipages de guerre, écuyers et hommes d'armes.

Le sire de Gyac fut un des premiers qui se rendit à cet appel ; il adorait toujours sa femme, mais cependant au cri de détresse, qu'au nom de la France avait jeté son roi, il avait tout quitté, sa belle Catherine aux caresses d'enfant, son château de Creil, où chaque chambre gardait un souvenir de volupté, ses allées si délicieuses à fouler, quand on pousse devant ses pieds les feuilles jaunâtres que les premiers vents de l'automne détachent de leur tige, et dont le bruissement mélancolique est si bien en harmonie avec les vagues rêveries d'un amour jeune et heureux.

Le duc le reçut comme un ami ; il invita le même jour à dîner plusieurs jeunes et nobles seigneurs, pour faire fête à l'arrivant : le soir il y eut réception et jeu chez le duc. Le sire de Gyac était le héros de la soirée, comme il l'avait été du voyage ; chacun lui demandait des nouvelles de la belle Catherine, qui avait laissé plus d'un souvenir dans le cœur des jeunes seigneurs.

Le duc paraissait préoccupé, mais son front riant annonçait que c'était d'une pensée joyeuse.

De Gyac, pour échapper aux complimens des uns, fuir les plaisanteries des autres, et plus encore pour se soustraire à la chaleur de la salle de jeu, se promenait avec son ami le sire de Graville, dans la première des chambres dont la suite formait l'appartement du duc. Comme il n'y était installé que de la veille, le service des valets, pages et écuyers, était encore si mal organisé, qu'un paysan pénétra dans cette première pièce sans y être conduit par personne, et s'adressa au sire de Gyac pour savoir comment il pourrait remettre une lettre au duc de Bourgogne lui-même.

— De quelle part ? lui dit Gyac.

Le paysan parut embarrassé, et renouvela sa question.

— Ecoute, lui dit Gyac, il n'y a que deux moyens : le premier, c'est de traverser avec moi ces salons remplis de riches seigneurs ou de nobles dames, parmi lesquels un manant comme toi ferait une singulière tache ; le second, c'est d'amener ici le duc, ce qu'il ne me pardonnerait pas, si la lettre que tu lui apportes ne méritait pas la peine qu'il aurait prise, ce dont j'ai peur.

— Comment faire alors, monseigneur? dit le manant.

— Me donner cette lettre et attendre ici la réponse ; — et avant que le paysan eût eu le temps de la retenir, il avait pris la lettre entre ses deux doigts, l'avait lestement tirée des mains du messager, et s'acheminait, donnant toujours le bras à Graville, vers la chambre du fond.

— Pardieu ! dit celui-ci, à la manière dont la missive est pliée, et à la finesse et au parfum du vélin sur lequel elle est écrite, cela m'a bien l'air d'un billet amoureux.

— De Gyac sourit, jeta machinalement les yeux sur la lettre, et s'arrêta comme frappé de la foudre. Il avait reconnu, dans le sceau qui la fermait, l'empreinte d'une bague que sa femme portait avant son mariage, et dont souvent il lui avait demandé l'explication sans qu'elle la lui donnât : c'était une seule étoile dans un ciel nuageux, avec cette devise : *la même.*

— Qu'as-tu? lui dit Graville en le voyant pâlir.

— Rien, rien, répondit Gyac en se remettant aussitôt, et en essuyant son front duquel coulait une sueur froide, rien qu'un éblouissement ; allons porter cette lettre au duc, et il entraîna Graville si rapidement, que celui-ci crut qu'il était subitement devenu insensé.

Le duc était au fond de l'appartement, le dos tourné vers une cheminée dans laquelle brûlait un feu ardent ; de Gyac lui présenta la lettre en disant qu'un homme en attendait la réponse.

Le duc la décacheta. Un léger mouvement de surprise passa sur sa figure aux premiers mots qu'il lut ; mais grâce à l'empire qu'il avait sur lui, il disparut aussitôt. De Gyac était debout devant lui, fixant ses yeux perçans sur le visage impassible du duc. Lorsque celui-ci eut fini, il roula machinalement la lettre entre ses doigts et la jeta derrière lui dans le foyer.

De Gyac aurait volontiers plongé la main dans ce brasier ardent pour y poursuivre cette lettre ; il se contint cependant.

— Et la réponse? dit-il d'une voix dont il ne put cacher toute l'altération.

Un regard rapide et scrutateur jaillit des yeux bleus du duc Jean, et sembla se réfléchir sur la figure de Gyac, comme la réverbération d'un miroir.

— La réponse? dit-il froidement ; Graville, allez dire à cet homme que je la porterai moi-même.

En achevant ces mots, il prit le bras de Gyac, comme pour s'appuyer dessus, mais en effet pour l'empêcher de suivre son ami.

Tout le sang de Gyac reflua vers son cœur et bourdonna à ses oreilles, lorsqu'il sentit le bras du duc s'appuyer sur le sien. Il ne voyait plus, n'entendait plus ; il lui prenait envie de frapper le duc au milieu de cette assemblée, de ces lumières, de cette fête, mais il lui semblait que son poignard tenait au fourreau ; tout tournait autour de lui, il ne sentait plus la terre sous ses pieds, il était dans un cercle de feu, et quand le duc, au retour de Graville, quitta tout-à-coup son bras, il tomba sur un fauteuil qui se trouvait là par hasard, comme s'il eût été foudroyé.

Quand il revint à lui, il jeta les yeux sur toute cette assemblée, réunion insouciante et dorée, qui continuait sa nuit joyeuse sans se douter qu'au milieu d'elle il y avait un homme qui enfermait tout l'enfer dans son sein. Le duc n'y était plus.

De Gyac se leva d'un seul bond, comme si un ressort de fer l'eût remis sur ses pieds ; il alla de chambre en chambre comme un insensé, les yeux hagards, la sueur au front, et demandant le duc.

Tout le monde venait de le voir passer.

Il descendit jusqu'à la porte extérieure : un homme enveloppé d'un manteau venait d'en sortir et de monter à cheval. Gyac entendit au bout de la rue le galop du cheval ; il vit les étincelles jaillir sous ses pieds. — C'est le duc, dit-il, et il se précipita vers les écuries.

— Ralff ! s'écria-t-il en entrant, à moi, mon Ralff !

Et au milieu des chevaux qui étaient là, un seul hennit, leva la tête, et essaya de briser le lien qui le retenait au râtelier.

C'était un beau cheval espagnol de couleur isabelle, au pur sang, à la crinière et à la queue flottantes, aux veines croisées sur ses cuisses, comme un réseau de cordes.

— Viens, Ralff, dit Gyac en coupant avec son poignard le lien qui le retenait. Et le cheval, joyeux et libre, bondit comme un faon de biche.

Gyac frappa du pied avec un blasphème : le cheval, épouvanté à la voix de son maître, s'arrêta pliant sur ses quatre jambes.

Gyac lui jeta la selle, lui mit la bride, et s'élança sur son dos à l'aide de la crinière.

— Allons, Ralff, allons ; il lui enfonça ses éperons dans le ventre, le cheval partit comme la foudre.

— Allons, allons, Ralff, il faut le rejoindre, disait Gyac parlant à son cheval, comme si celui-ci eût pu l'entendre. — Plus vite ! plus vite ! mon Ralff, — et Ralff dévorait le chemin, ne touchant la terre que par bonds, jetant l'écume par les naseaux et le feu par les yeux.

— Oh ! Catherine, Catherine, avec une bouche si pure, des yeux si doux, une voix si candide, tant de trahison au fond du cœur, enveloppe d'ange, âme de démon ! Ce matin encore, elle accompagnait mon départ de caresses et de baisers ; elle passait sa blanche main dans ta crinière, flattant ton cou, et te disant : — Ralff, mon Ralff, ramène-moi bientôt mon bien-aimé. Dérision !... Plus vite, Ralff, plus vite !

Il frappait le cheval de son poing fermé à la place où l'avait caressé la main de Catherine. Ralff ruisselait.

— Catherine, ton bien-aimé revient, et c'est Ralff qui te le ramène !... Oh ! si c'est vrai, s'il est vrai que tu me trompes ; oh ! la vengeance, oh ! il faudra bien du temps pour la trouver digne de vous deux. Allons, allons ! il faut que nous arrivions avant lui ; Ralff, plus vite ! plus vite ! et il lui déchirait le ventre avec ses éperons, et le cheval hennissait de douleur.

Le hennissement d'un autre cheval lui répondit ; bientôt de Gyac aperçut un cavalier qui allait lui-même au galop. Ralff dépassa cheval et cavalier d'un élan, comme l'aigle, d'un coup d'aile, dépasse le vautour. De Gyac reconnut le duc ; le duc crut avoir vu passer une apparition fantastique.

Ainsi le duc Jean allait bien au château de Creil.

Le duc continua son chemin ; en quelques secondes, cheval et cavalier avaient disparu ; d'ailleurs cette vision ne pouvait prendre place dans son esprit, tout plein de pensées d'amour. Il allait donc se reposer un instant de ses combats politiques et de ses combats armés. Adieu à toutes les fatigues du corps, à tous les tourmens de l'esprit ! il allait s'endormir aux bras de sa belle maîtresse, l'amour allait lui souffler au front : ce sont les cœurs de lion, les hommes de fer, qui seuls savent aimer.

Il arriva à la porte du château. Toutes les lumières étaient éteintes : une seule fenêtre brillait lumineuse, et derrière le rideau de cette fenêtre on voyait se dessiner une ombre. Le duc attacha son cheval à un anneau et tira quelques sons d'un petit cor d'ivoire qu'il portait à sa ceinture.

La lumière s'agita, laissa bientôt la chambre où elle brillait d'abord dans la plus complète obscurité, et passa successivement derrière la longue suite de fenêtres qu'elle illumina chacune à son tour. Au bout d'un instant, le duc entendit de l'autre côté du mur un pas léger courir sur l'herbe et les feuilles sèches, et une douce et fraîche voix dit à travers la porte :

— Est-ce vous, mon duc ?

— Oui, oui, ne crains rien, ma belle Catherine ; oui, c'est moi.

La porte s'ouvrit, la jeune femme était toute tremblante, moitié de frayeur, moitié de froid.

Le duc lui jeta une partie de son manteau sur les épaules, et la rapprocha de lui en s'enveloppant avec elle : ils traversèrent ainsi la cour au milieu de l'obscurité. Au bas de l'escalier, une petite lampe d'argent brûlait une huile parfumée. Catherine la prit ; elle n'avait pas osé sortir avec cette lampe, craignant d'être aperçue, ou que le vent ne la soufflât : ils montèrent l'escalier, toujours dans les bras l'un de l'autre.

Pour arriver à la chambre à coucher, il fallait traverser une grande galerie sombre ; Catherine se rapprocha davantage encore de son amant.

— Croiriez-vous, mon duc, lui dit Catherine, que je suis passée seule ici ?

— Oh ! vous êtes une belle guerrière, ma Catherine !

— C'était pour aller vous ouvrir, monseigneur !

Catherine posa sa tête sur l'épaule du duc, et le duc ses lèvres sur le front de Catherine ; ils traversèrent ainsi la longue galerie, la lampe formant autour d'eux un cercle de lumière tremblante, qui éclairait la tête brune et sévère du duc, la tête blonde et fraîche de sa maîtresse : on eût cru voir marcher un tableau du Titien. Ils arrivèrent à la porte de la chambre, d'où sortait une atmosphère tiède et parfumée : la porte se ferma sur eux ; tout rentra dans l'obscurité.

Ils n'avaient passé à deux pas de Gyac, et ils n'avaient pas vu sa tête livide sous les plis du rideau rouge qui tombait devant la dernière croisée.

Oh ! qui dira ce qui s'était passé dans son cœur, quand il les avait vus s'approcher dans les bras l'un de l'autre ! Quelle vengeance ne devait rêver, cet homme, puisqu'il ne s'était pas jeté au-devant d'eux et ne les avait pas poignardés !.....

Il traversa la galerie, descendit lentement l'escalier, marchant comme un vieillard, les jambes cassées et la tête sur la poitrine.

Quand il fut arrivé au bout du parc, il ouvrit une petite porte qui donnait sur la campagne, et dont lui seul avait la clef. Personne ne l'avait vu entrer, personne ne le voyait sortir ; il appela Ralff d'une voix sourde et tremblante ; le brave cheval bondit et vint à lui hennissant.

— Silence, Ralff, silence ! dit-il en se mettant lourdement en selle ; et il laissa tomber la bride sur le cou du fidèle animal, s'abandonnant à lui, incapable de le diriger, insoucieux d'ailleurs où il le conduirait.

Une tempête se préparait au ciel, une pluie fine et glaciale tombait, des nuages lourds et bas roulaient comme des vagues. Ralff marchait au pas.

De Gyac ne voyait rien, ne sentait rien ; il était absorbé dans une seule idée. Cette femme venait de corrompre tout son avenir avec un adultère.

De Gyac avait rêvé la vie d'un vrai chevalier : la gloire des combats, le repos de l'amour. Cette femme, qui avait encore vingt ans à être belle, avait reçu comme un dépôt le bonheur de toutes ses années de jeune homme. — Eh bien ! tout était flétri ; plus de guerre, plus d'amour : une seule pensée devait désormais remplir sa tête, rongeant toutes les autres ; une pensée de double vengeance, pensée à le rendre fou. — La pluie tombait plus épaisse, de larges coups de vent courbaient les arbres de la route comme des roseaux, leur arrachant violemment les dernières feuilles que l'automne leur laissait encore ; l'eau ruisselait sur le front nu de Gyac, et il ne s'en apercevait pas : le sang, un instant arrêté au cœur, s'élançait maintenant à sa tête, ses artères battaient avec bruit ; il voyait passer devant ses yeux des choses étranges comme on doit en voir un homme qui devient insensé ; une seule pensée, pensée éternelle et dévorante, bouillonnait dans son cerveau, confuse, brisée, n'amenant rien que le délire.

— Oh ! s'écria-t-il tout-à-coup, ma main droite à Satan, et que je me venge.

Au même instant, Ralff fit un bond de côté, et à la lueur d'un éclair bleuâtre, de Gyac s'aperçut qu'il marchait côte à côte avec un autre cavalier.

Il n'avait pas remarqué ce compagnon de voyage ; il ne comprenait pas comment il se trouvait tout-à-coup si près de lui. Ralff paraissait aussi étonné que son maître, il hennis-

sait avec terreur, et toute la peau de son corps frissonnait comme s'il sortait d'une rivière glacée. De Gyac jeta un regard rapide sur le nouveau venu, et s'étonna, quoique la nuit fût sombre, de le voir aussi distinctement. Une opale que l'étranger portait sur sa toque, à la naissance de la plume qui l'ornait, jetait cette lueur étrange, qui permettait de le distinguer au milieu de l'obscurité. De Gyac jeta les yeux sur sa propre main, il y portait une bague où était enchâssée la même pierre ; mais soit qu'elle fût moins fine, soit qu'elle fût montée d'une autre manière, elle ne possédait pas la même qualité lumineuse ; il reporta ses regards sur l'inconnu.

C'était un jeune homme à la figure pâle et mélancolique, tout vêtu de noir, monté sur un cheval de même couleur ; de Gyac remarqua avec étonnement qu'il n'avait ni selle, ni bride, ni étriers ; le cheval obéissait à la seule pression des genoux.

De Gyac n'était point d'humeur à entamer la conversation. Ses pensées étaient un trésor douloureux dont il ne voulait donner sa part à personne ; un coup d'éperon indiqua à Ralff ce qu'il avait à faire : il partit au galop.

Le cavalier et le cheval noir en firent autant d'un mouvement spontané. De Gyac se retourna après un quart d'heure, croyant avoir laissé bien loin derrière lui son importun compagnon ; et ce fut avec un profond étonnement qu'il aperçut à la même distance le voyageur nocturne. Ses mouvements et ceux de son cheval s'étaient réglés sur ceux de Gyac et de Ralff, seulement le cavalier semblait se laisser emporter plutôt qu'il ne paraissait conduire ; on eût dit que son cheval galopait sans toucher la terre, aucun bruit ne retentissait sous ses pieds, aucune étincelle ne jaillissait sur son chemin.

De Gyac sentit courir un frisson dans ses veines, tant ce qui se passait sous ses yeux lui paraissait étrange. Il arrêta son cheval, l'ombre qui le suivait en fit autant ; ils étaient à l'embranchement de deux routes, l'une d'elles conduisait à travers plaines jusqu'à Pontoise, l'autre s'enfonçait dans l'épaisse et sombre forêt de Beaumont. De Gyac ferma quelques instans les yeux, croyant être en proie à un vertige ; lorsqu'il les rouvrit, il vit à la même place le même cavalier noir : la patience lui échappa.

— Messire, lui dit-il en lui indiquant du bras l'endroit où les deux routes se séparaient devant eux, nous n'avons probablement pas mêmes affaires, et n'allons certes pas au même but ; prenez celui de ces deux chemins qui est le vôtre ; celui qui vous ne prendrez pas sera le mien.

— Tu te trompes, Gyac, répondit l'inconnu d'une voix douce, nous avons mêmes affaires et nous marchons au but. Je ne te cherchais pas, tu m'as appelé, je suis venu.

De Gyac se rappela tout-à-coup l'exclamation de vengeance qui lui avait échappé, et la manière dont le cavalier s'était au même instant trouvé près de lui comme s'il fût sorti de terre. Il regarda de nouveau l'homme extraordinaire qui était devant lui. La lumière que l'opale jetait semblait une de ces flammes qui brûlent au front des esprits infernaux. De Gyac était crédule comme un chevalier du moyen âge, mais il était aussi intrépide que crédule Il ne recula point d'un pas, seulement il sentit ses cheveux se dresser sur son front ; Ralff, de son côté, se cabrait, piétinant sous lui, mordait son frein.

— Si tu es celui que tu dis être, reprit alors de Gyac d'une voix ferme, si tu es venu parce que je t'appelais, tu sais pourquoi je t'ai appelé.

— Tu veux te venger de ta femme, tu veux te venger du duc ; mais tu veux leur survivre et retrouver joie et bonheur entre deux tombes.

— Cela se peut-il ?

— Cela se peut :

De Gyac sourit convulsivement.

— Et que te faut-il pour cela ? dit-il.

— Ce que tu m'as offert, répondit l'inconnu.

De Giac sentit les nerfs de sa main droite se crisper ; il hésita.

— Tu hésites, reprit le cavalier noir, tu appelles la vengeance et trembles devant elle ! cœur de femme, qui as su envisager ta honte et qui n'oses pas envisager leur châtiment !

— Les verrai-je mourir tous deux ? reprit de Gyac.

— Tous deux.

— Sous mes yeux ?

— Sous tes yeux.

— Et j'aurai, après leur mort, des années d'amour, de puissance, de gloire? continua de Giac.

— Tu deviendras le mari de la plus belle femme de la cour, tu seras le favori le plus cher du roi, tu es déjà un des chevaliers les plus braves de l'armée.

— C'est bien, maintenant que faut-il faire? dit Gyac avec l'accent de la résolution.

— Venir avec moi, répondit l'inconnu.

— Homme ou démon, va devant, je te suivrai...

Le cavalier noir s'élança, comme si son cheval avait des ailes, vers le chemin qui conduisait à la forêt. Ralff, l'agile Ralff le suivait avec peine et tout haletant; puis bientôt chevaux et cavaliers disparurent, s'enfonçant comme des ombres sous les arcades séculaires de la forêt de Beaumont.

L'orage dura toute la nuit.

XXII.

Cependant les ambassadeurs français étaient arrivés au Pont-de-l'Arche; de son côté, le roi d'Angleterre avait choisi, pour le représenter, le comte de Warwich, l'archevêque de Cantorbéry, et autres notables personnes de son conseil. Mais, dès les premières entrevues, il demeura bien prouvé aux envoyés français que le roi Henri, à qui des intelligences avec Guy-le-Boutillier, commandant de la place de Rouen, donnaient la certitude de réduire cette ville, ne voulait que gagner du temps. D'abord, de longues discussions s'établirent pour décider si les actes seraient rédigés en français ou en anglais. C'était une question de mots qui cachait une question de choses: les ambassadeurs français le virent et cédèrent. Mais à la place de cette difficulté résolue, on en vit surgir une autre: le roi d'Angleterre écrivit qu'il venait d'apprendre que son frère Charles VI était de nouveau retombé dans un accès de folie; qu'il ne pouvait, en conséquence, signer en ce moment aucun traité avec lui; que le dauphin son fils n'était pas encore roi, et ne pouvait pas le remplacer; que, quant au duc de Bourgogne, il ne lui appartenait pas de décider des affaires de la France, et de porter la main sur l'héritage du dauphin. Il était clair que le roi d'Angleterre, dans son espérance ambitieuse, regardait comme désavantageux à ses intérêts de traiter d'une partie de la France quand il pouvait conquérir le tout, grâce aux grands désordres qui, pour le moment, séparaient le dauphin et le duc de Bourgogne.

Lorsque le cardinal des Ursins, que le pape Martin V avait envoyé pour essayer de rétablir la paix dans la chrétienté, et qui, chargé de sa mission pontificale et conciliatrice, avait suivi les ambassadeurs au Pont-de-l'Arche, vit tous les retardemens apportés, il se rendit devers Rouen pour conférer de vive voix avec le roi d'Angleterre lui-même. Celui-ci reçut l'envoyé du Saint-Père avec tous les égards dus à sa mission; mais, d'abord, il ne voulait rien entendre:

— C'est la bénédiction de Dieu, dit-il au cardinal, qui m'a inspiré de venir en ce royaume pour en châtier les sujets et régner sur eux comme un roi véritable: toutes les causes pour lesquelles un royaume doit être transféré d'une personne à une autre et changer de main s'y rencontrent à la fois. C'est la volonté de Dieu qui ordonne que cette translation ait lieu, que je prenne possession de la France; il m'en a donné le droit.

Le cardinal alors lui parla d'une alliance avec la maison royale de France; il lui présenta le portrait de madame Catherine, fille du roi, qui n'avait encore que seize ans et passait pour une des plus belles personnes de l'époque. Le roi d'Angleterre prit le portrait, le regarda longtemps avec admiration, et promit de donner le lendemain une réponse au cardinal: il tint parole.

Henri acceptait l'alliance proposée; mais il exigeait qu'on donnât pour dot à madame Catherine cent mille écus d'or, le duché de Normandie, dont il avait déjà conquesté une partie, le duché d'Aquitaine, le comté de Ponthieu et plusieurs autres seigneuries; le tout sans serment de vassalité et sans ressort du roi de France.

Le cardinal et les ambassadeurs, voyant qu'il n'y avait aucun espoir d'obtenir mieux, portèrent ces propositions au roi, à la reine et au duc de Bourgogne: elles étaient inacceptables; elles furent refusées, et le duc et son armée s'avancèrent jusqu'à Beauvais.

Lorsque ceux de Rouen, auxquels un peu d'espoir était revenu au cœur en voyant s'ouvrir ces négociations, l'eurent perdu en les voyant se rompre, ils résolurent, privés qu'ils étaient de secours de paix, d'aller jusqu'à Beauvais chercher un secours de guerre.

A cet effet, dix mille hommes bien armés se rassemblèrent; ils prirent pour chef Alain Blanchard. C'était un brave homme, tenant plus au peuple qu'à la bourgeoisie, et qui, depuis le commencement du siège, avait été choisi par les communes gens pour capitaine. Chaque homme fit provision de vivres pour deux jours, et, à la tombée de la nuit, ils se préparèrent à mettre à exécution leur entreprise.

Il avait été convenu que tous sortiraient par la porte du château. Cependant Alain Blanchard jugea à propos de changer cette disposition, pensant qu'il valait mieux attaquer des deux côtés à la fois; en conséquence, il sortit par une porte voisine de celle du château, afin de commencer l'attaque avec deux mille hommes. Il devait être soutenu par les huit mille autres, qui, à la même heure, sortaient de leur côté, combinant leur mouvement avec le sien.

A l'heure convenue, Alain Blanchard et les deux mille braves sortirent sans bruit, s'avancèrent dans l'ombre, puis, au premier cri de la sentinelle ennemie, se jetèrent en désespérés à travers les logis du roi d'Angleterre. Ils firent d'abord un grand carnage parmi ses troupes, car elles étaient désarmées et pour la plupart endormies; mais bientôt l'alarme parcourut tout le camp; les trompettes sonnèrent, les chevaliers et les hommes d'armes coururent à la tente du roi. Ils le trouvèrent à moitié armé, il ne prit pas même le temps de mettre son casque, et, afin d'être bien reconnu par ses gens, qui pouvaient le croire mort et prendre l'alarme, il fit porter de chaque côté de son cheval deux torches allumées, afin qu'amis et ennemis pussent reconnaître son visage. Ceux qui s'étaient ralliés autour du roi, et leur nombre allait toujours croissant, virent bientôt à quel petit nombre d'ennemis ils avaient à faire; ils se ruèrent donc sur eux, d'assaillis qu'ils avaient été, devenus assaillans, et s'allongeant en demi-cercle, ils se mirent à battre les flancs de cette petite troupe avec leurs puissantes ailes. Alain Blanchard et ses hommes se défendaient comme des lions, ne comprenant rien à l'abandon dans lequel les laissaient leurs amis. Enfin, de grands cris se firent entendre du côté de la porte du château; les Français crurent que c'étaient des cris de secours, et reprirent courage: c'étaient des cris de détresse.

Guy, le traître, ne pouvant prévenir le roi d'Angleterre de la résolution qui avait été prise spontanément, avait voulu du moins y porter obstacle; il avait fait scier aux trois quarts les pièces sur lesquelles reposait le pont, à les chaînes qui le soutenaient. Deux cents hommes à peu près passèrent; mais, derrière eux, sous le poids du canon et de la cavalerie, le pont se rompit, et chevaux, hommes, artillerie roulèrent pêle-mêle dans les fossés; ceux qui tombèrent, ceux qui les virent tomber, poussèrent ensemble un grand cri, les uns de désespoir, les autres de terreur, et c'est ce cri qu'avaient entendu Alain Blanchard et sa troupe.

Les deux cents hommes qui étaient déjà de l'autre côté du fossé, ne pouvant entrer dans la ville, s'élancèrent au secours de leurs camarades. Les Anglais crurent que c'était la garnison tout entière qui sortait, et s'ouvrirent devant eux. C'est alors qu'Alain Blanchard apprit quelle trahison le livrait; mais, en même temps, d'un coup d'œil rapide, il vit le chemin que l'erreur des Anglais lui avait rouvert. Il ordonna la retraite; elle se fit en bon ordre, soutenue par les deux cents hommes qui venaient de lui arriver. Ils reculèrent, combattant toujours, jusqu'à la porte par laquelle ils étaient sortis. Leurs amis, que la chute du pont avait retenus dans la ville, étaient accourus sur le rempart, protégeant leur retraite par une pluie de pierres et de flèches. Enfin, le pont-levis se baissa, la porte s'ouvrit et la petite armée rentra, ayant perdu cinq cents hommes. Alain Blanchard était suivi de si près par les Anglais, que craignant qu'ils n'entrassent en même temps que lui dans la ville, il criait de lever le pont, quoiqu'il fût encore de l'autre côté des fossés

Cette tentative manquée empira la situation des assiégés. Quoique le duc de Bourgogne fût venu à grande puissance jusqu'à Beauvais, ils n'en recevaient aucun secours, ils lui envoyèrent quatre nouveaux députés ; ils étaient porteurs d'une lettre conçue en ces termes :

« Vous, notre père le roi, et vous, noble duc de Bourgogne, les bonnes gens de Rouen vous ont déjà plusieurs fois signifié et fait à savoir la grande nécessité et détresse qu'ils souffrent pour vous : à quoi vous n'avez encore pourvu comme promis aviez. Et pourtant, cette dernière fois encore, nous sommes envoyés devers vous pour vous annoncer, de par lesdits assiégés, que si dedans bref jour ils ne sont secourus, ils se rendront au roi anglais, et dès maintenant, si ce ne faites, ils vous renvoient la foi, serment, loyauté, service et obéissance qu'ils ont à vous. »

Le duc de Bourgogne leur répondit que le roi n'avait point encore autour de lui une assez grande puissance de gens armés pour forcer les Anglais de lever leur siège, mais qu'au plaisir de Dieu ils seraient bientôt secourus. Les envoyés demandèrent qu'on leur fixât un terme, et le duc engagea sa parole que ce serait avant le quatrième jour après Noël ; puis les députés retournèrent, à travers mille dangers, porter ces paroles à la pauvre ville pressée par les Anglais, abandonnée par le duc, oubliée par le roi, qui, cette fois, était réellement retombé dans un de ses accès de folie.

Le quatrième jour après Noël arriva, et nul secours ne parut devant Rouen. Deux simples gentilshommes résolurent alors de faire ce que n'osait pas ou ne voulait pas essayer Jean-sans-Peur : c'étaient messire Jacques de Harcourt et le seigneur de Moreuil. Ils assemblèrent deux mille combattans, et tentèrent de surprendre le camp des Anglais ; mais, s'ils avaient assez grand courage, ils avaient trop faible troupe : le seigneur de Cornouailles les mit en déroute, et dans cette déroute furent pris le seigneur de Moreuil et le bâtard de Croy. Jacques de Harcourt ne dut lui même son salut qu'à la vitesse de son cheval, auquel il fit sauter un fossé de dix pieds de largeur.

Les assiégés virent bien alors qu'on les regardait comme perdus : ils étaient en si misérable état, que leur ennemi même en eut pitié. En l'honneur de la nativité du Christ, le roi d'Angleterre fit porter quelques vivres aux malheureux qui mouraient de faim dans les fossés de la ville. Les assiégés se voyant donc délaissés du roi qui était insensé, et du duc de Bourgogne qui était parjure, résolurent de traiter. Ils avaient bien aussi pensé au dauphin, mais il avait, pour son compte, une assez rude guerre à soutenir dans le Maine, forcé comme il l'était de frapper de la main gauche les Anglais, et de la droite les Bourguignons.

Un héraut vint donc, de la part des assiégés, demander un sauf-conduit au roi d'Angleterre, qui l'accorda. Deux heures après, six ambassadeurs, nu-tête et vêtus de noir, comme il convient à des supplians, traversaient le camp et marchaient lentement vers la tente de Henri : c'étaient deux hommes d'église, deux chevaliers et deux bourgeois. Le roi les reçut sur son trône, entouré de toute la noblesse armée ; puis, après les avoir laissés un instant devant lui, pour qu'ils se pénétrassent bien de l'idée qu'ils étaient à sa merci, il leur fit signe de parler.

— Sire, dit l'un d'eux d'une voix ferme, c'est bien peu de gloire à vous, et ce n'est pas montrer un grand courage que d'affamer un pauvre peuple simple et innocent. Ne serait-ce pas plus digne de vous de laisser passer ces misérables qui périssent entre nos murailles et vos fossés, pour qu'ils aillent chercher leur vie ailleurs ; puis de nous livrer

un vigoureux assaut, et de nous soumettre par la vaillance et par la force ? Ce serait plus de gloire devant les hommes, et vous mériteriez la grâce de Dieu par votre miséricorde envers ces malheureuses gens.

Le roi avait commencé d'écouter ce discours en caressant la tête de son favori couché à ses pieds ; mais bientôt sa main était restée immobile de surprise, car il s'attendait à des prières, et il entendait des reproches. Son sourcil se fronça, un sourire amer rida sa bouche, et, après les avoir regardés un instant, comme pour leur donner le loisir de rétracter leurs paroles, voyant qu'ils demeuraient muets, il leur répondit avec l'accent de la hauteur et de la raillerie :

— La déesse de la guerre, dit il, tient à ses ordres trois servantes : l'épée, la flamme et la famine. Il était à mon choix de les employer toutes les trois, ou seulement une d'entre elles ; j'ai appelé à mon aide la plus douce de ces trois filles pour punir votre ville et la mettre à la raison. Au reste, quelle que soit celle dont use un capitaine, pourvu qu'il réussisse, le succès n'en est pas moins honorable, et c'est à lui de se déterminer pour celle qui lui paraît la plus avantageuse.

Quant aux malheureux qui meurent dans les fossés, la faute en est à vous, qui avez eu la cruauté de les chasser, au risque que je les fisse tuer. S'ils ont reçu quelques secours, c'est de ma charité et non de la vôtre ; et puisque votre requête est si audacieuse, je vois bien que votre besoin n'est pas grand : je les laisserai donc à votre charge pour vous aider à manger vos provisions. Quant à l'assaut, je le donnerai quand et comme je le voudrai, et c'est à moi et non à vous d'y aviser.

— Mais, sire, reprirent les députés, au cas où nous serions chargés par nos concitoyens de vous rendre la ville, quelles conditions nous seraient accordées ?

Un souri e de triomphe passa sur la figure du roi.

— Mes conditions, répondit-il, seraient celles qu'on accorde à des hommes pris les armes à la main et à une ville gagnée : hommes et ville à ma discrétion.

— Alors, sire, dirent-ils d'un air résigné, qu'à votre défaut le ciel nous prenne en sa miséricorde, car, hommes et femmes, vieillards et enfans, nous périrons tous jusqu'au dernier plutôt que de nous rendre à pareille condition.

Alors ils s'inclinèrent respectueusement et, prenant congé du roi, ils reportèrent ses paroles aux habitans de la ville, qui les attendaient avec l'impatience de l'agonie.

Il n'y eut qu'un cri parmi cette noble population, vivre ou mourir en combattant, plutôt que se mettre en la sujétion et volonté de l'Anglais. En conséquence, il fut convenu que, dans la nuit du lendemain, ils abattraient un pan de mur, mettraient le feu à la ville, placeraient au milieu d'eux leurs femmes et leurs enfans, et, le fer à la main, traverseraient toute l'armée anglaise, allant où Dieu voudrait les conduire.

Henri d'Angleterre apprit le soir même cette héroïque résolution, Guy-le-Boutillier la lui fit connaître. Il voulait la ville, et non les cendres ; il envoya donc aux assiégés un héraut portant les conditions suivantes, qui furent lues sur la place publique :

Par la première, les bourgeois et habitans de la ville de Rouen devaient payer la somme de trois cent cinquante-cinq mille écus d'or au coin de France.

Elle fut acceptée.

Par la deuxième, le roi exigeait que trois hommes fussent remis à sa discrétion. C'était, à savoir, messire Robert de Linet, vicaire-général de l'archevêque de Rouen ;

Jean Jourdain, commandant des canonniers ;

Alain Blanchard, capitaine du menu commun.

Un cri d'indignation et de refus sortit de toutes les bouches ; Alain Blanchard, Jean Jourdain et Robert de Linet sortirent des rangs.

— Ceci est notre affaire, dirent-ils, et non la vôtre. Il nous plaît, à nous, nous rendre au roi d'Angleterre ; cela ne regarde personne : laissez-nous passer.

Le peuple s'écarta devant eux, et les trois martyrs prirent le chemin du camp anglais.

Par la troisième, le roi Henri réclamait de tous les citoyens indistinctement, foi, loyauté, obéissance et serment, pour lui et ses successeurs, promettant, de son côté, de les défendre contre toute force et toute violence, et de leur conserver les privilèges, franchises et libertés qu'ils possédaient du temps du roi Louis. Quant à ceux dont le bon plaisir serait de quitter la ville pour échapper à cette condition, ils n'en pourraient sortir qu'avec l'habit qu'ils portaient, le reste de leurs biens étant confisqué au profit du roi ; les gens d'armes devaient se rendre où il plairait au vainqueur de les envoyer, et faire la route imposée à pied, le bâton au poing, comme des pèlerins ou des mendiants. Cette condition était cruelle ; cependant il fallut l'accepter.

Aussitôt que l'observance de ce traité fut jurée, le roi autorisa les assiégés, mourans de faim, à venir chercher des vivres dans son camp : tout y était en si grande abondance, que la chair d'un mouton entier ne s'y vendait que six sous *parisis*.

Les choses que nous venons de raconter se passaient dans la journée du 16 janvier 1419 *.

Le 18 au soir, veille du jour fixé par le roi d'Angleterre pour son entrée dans la ville soumise, le duc de Bretagne qui ignorait la reddition de Rouen, arriva au camp de Henri pour lui proposer, avec le duc de Bourgogne, une entrevue dans laquelle il serait traité de la levée du siége.

Le roi Henri le laissa dans son ignorance, lui répondit qu'il lui rendrait réponse le lendemain, et lui tint toute la soirée bonne et fidèle compagnie.

Le lendemain, 19 janvier, à huit heures du matin, le roi entra dans la tente du duc, et lui proposa une promenade sur la montagne Sainte-Catherine, d'où l'on découvre toute la ville de Rouen. Un page tenait à la porte deux beaux chevaux par la bride, l'un pour le roi, l'autre pour le duc. Celui-ci accepta la promenade, espérant, dans ce tête-à-tête, saisir un moment favorable pour faire consentir le roi à l'entrevue qu'il venait solliciter.

Le roi conduisit son hôte sur le versant occidental de la montagne Sainte-Catherine ; un brouillard épais, qui s'élevait à la Seine, couvrait la ville tout entière ; mais, aux premiers rayons du soleil, un vent du nord, qui arrivait par bouffées, déchira la nuée en gros flocons, qui s'éloignèrent rapidement comme les vagues d'une marée qui se retire, et laissèrent embrasser à la vue le magnifique panorama que l'on découvre de l'endroit où l'on retrouve encore aujourd'hui les traces d'un camp romain, que l'on appelle le *Camp de César*.

Les yeux du duc de Bretagne embrassèrent avec admiration ce vaste tableau : à droite, une chaine de collines couvertes de vignes, tachetées de villages, borne la vue ; en face, le cours de la Seine rampe et tournoie dans la vallée, semblable à une immense pièce d'étoffe de soie déroulée et ondoyante ; puis, s'élargissant toujours, va se perdre dans un si vaste horizon, que derrière lui l'on devine l'océan ; à gauche s'étendent, comme un tapis, les riches et vastes plaines de la Normandie, s'enfonçant dans la mer comme une presqu'île, où, les yeux fixés sur l'Angleterre, veille constamment Cherbourg, la sentinelle de la France.

Mais ce fut lorsqu'il ramena les yeux au centre du tableau, que sa vue s'arrêta véritablement sur un spectacle aussi étrange qu'inattendu.

La ville, triste et soumise, était couchée à ses pieds : aucun étendard ne flottait sur ses murs ; toutes les portes étaient ouvertes ; la garnison désarmée attendait dans les rues ce qu'il plairait d'ordonner d'elle : toute l'armée anglaise, au contraire, était sous les armes, penonceaux déployés, chevaux piaffans, trompettes sonnantes ; ceinture de fer qui étreignait la ville à travers sa ceinture de muraille.

Le duc de Bretagne devina la vérité. Il baissa sa tête humiliée sur sa poitrine ; une part de la honte qui accablait la France rejaillissait sur lui, deuxième vassal de la royauté, deuxième fleuron de la couronne.

Le roi Henri ne parut pas s'apercevoir de ce qui se passait

*Nouveau style. — 1418, vieux style. L'année ne commençait que le 20 avril.

dans le cœur du duc ; il appela un écuyer, lui donna à voix basse quelques ordres ; l'écuyer partit au galop.

Un quart d'heure après, le duc de Bretagne vit la garnison se mettre en marche. Selon les conventions arrêtées, elle était pieds et tête nus, et portait un bâton à la main. Elle partit par la porte du Pont, et fut conduite, côtoyant la Seine, jusqu'au pont Saint-Georges, où des commis avaient été placés par ordre du roi d'Angleterre ; ils visitaient les chevaliers et les hommes d'armes, leur enlevant or, argent et joyaux, et leur donnant en échange deux sous *parisis*. Il y en eut même à qui l'on arracha leurs robes fourrées de martre ou chargées d'orfévreries, et qu'on força de revêtir en leur place des robes de gros drap et de mauvais velours. Alors ceux qui venaient derrière, voyant comment on traitait les premiers, jetaient leurs bijoux, leurs bourses et leurs trousselets dans la Seine, plutôt que de voir passer leur fortune aux mains de leurs ennemis.

Lorsque toute la garnison fut de l'autre côté du pont de Saint-Georges, le roi se tourna vers le duc de Bretagne :

— Seigneur duc, lui dit il en souriant, voulez vous entrer avec moi dans ma ville de Rouen ? vous y serez le bienvenu.

— Sire, je vous rends grâce, répondit le duc de Bretagne ; je ne ferai point partie de votre suite. Vous êtes un triomphateur, il est vrai ; mais je ne suis pas encore un vaincu.

En disant ces mots, il descendit du cheval que lui avait prêté le roi Henri, malgré les instances que celui-ci fit pour qu'il le gardât à titre de don, déclarant qu'il attendrait là sa suite, et que nulle considération humaine ne le forcerait à mettre le pied dans une ville qui n'appartenait plus au roi de France.

— C'est fâcheux, dit Henri piqué de cette ténacité, car demain vous auriez assisté à un beau spectacle ; les têtes des trois manans qui ont tenu le siége tomberont sur la grande place de la ville.

Alors il piqua des deux, sans prendre congé du duc, qui resta seul, attendant ses hommes et ses chevaux. Il vit le roi se diriger vers la ville, suivi d'un page qui, au lieu d'un étendard, portait au bout d'une lance une queue de renard. Au-devant de lui était venu le clergé, revêtu de ses habits sacrés, et portant plusieurs reliques. Ils le conduisirent en chantant à la grande église cathédrale de Notre-Dame, où il fit, à genoux, son oraison de grâce devant le grand autel, reprenant ainsi possession de la ville de Rouen, que le roi Philippe-Auguste, aïeul de saint Louis, avait, deux cent quinze ans auparavant, enlevée à Jean-sans-Terre, lorsqu'à l'occasion de la mort de son neveu Arthur, ses biens furent mis en séquestre.

Pendant ce temps, la suite du duc de Bretagne le rejoignit.

Aussitôt il monta à cheval, jeta un dernier regard sur la ville, poussa un profond soupir en pensant à l'avenir de la France, et partit au galop, sans se retourner davantage.

Le lendemain, ainsi que l'avait dit le roi d'Angleterre, la tête d'Alain Blanchard tomba sur la place publique de Rouen. Robert Linet et Jean Jourdain se rachetèrent à force d'argent.

Guy, le traître, fut nommé lieutenant du duc de Glocester, qui prit le gouvernement de la ville gagnée. Il prêta serment de fidélité au roi Henri, qui, deux mois plus tard, lui fit cadeau, en pur don et pour le récompenser, du château et des terres de la veuve de messire de la Roche-Guyon, tué à la bataille d'Azincourt.

Et, au compte de l'Angleterre, ce fut justice, car cette noble et belle jeune femme avait refusé de prêter serment au roi Henri. Elle avait deux jeunes enfans, dont le plus âgé ne comptait pas sept ans ; elle avait un château royal, une fortune à rendre jalouse une duchesse : elle vivait au milieu de ses terres et de ses vassaux avec un luxe de souveraine : elle quitta tout, château, terres et vassaux ; elle prit un de ses beaux enfans de chaque main, revêtit une robe de toile, et s'en alla par les chemins, demandant du pain pour elle et pour eux, et cela plutôt que de devenir la femme de Guy-le-Boutillier, et de se mettre aux mains des anciens et immortels ennemis du royaume.

Si nous nous sommes autant appesantis sur les détails du siége de Rouen, c'est que la prise de cette ville était un événement fatal qui eut un prompt et terrible retentissement dans tout le royaume. A compter de ce jour, les Anglais posèrent réellement les deux pieds sur la terre de France, dont ils possédaient les deux extrémités, la Guyenne sous la foi et hommage, la Normandie par droit de conquête. Les deux troupes ennemies n'avaient plus qu'à marcher l'une au-devant de l'autre pour se joindre et traverser la France, comme l'épée traverse le cœur. Toute la honte de la prise de Rouen revint au duc de Bourgogne, qui vit tomber cette capitale, qui n'avait qu'à tendre la main pour la sauver, et qui ne le fit pas. Ses amis ne savaient quel nom donner à cette inaction étrange, ses ennemis l'appelèrent trahison. Ceux qui entouraient le dauphin y puisèrent de nouvelles armes contre le duc ; car, s'il ne les avait pas livrées, il avait au moins laissé prendre les clefs de la poterne par laquelle les Anglais pouvaient entrer dans Paris ; et la terreur fut si grande, que vingt-sept villes de Normandie ouvrirent leurs portes lorsqu'elles apprirent la prise de leur capitale *.

Lorsque les Parisiens virent ces choses, et que l'ennemi n'était plus qu'à trente lieues de leur ville, le parlement, l'Université et les bourgeois envoyèrent une ambassade au duc Jean ; ils le supplièrent de revenir avec le roi, la reine et toute sa puissance, pour défendre la capitale du royaume. La seule réponse du duc fut de leur envoyer son neveu, Philippe, comte de Saint-Pol, âgé de quinze ans, avec le titre de lieutenant du roi et la charge de conduire toutes les affaires de la guerre dans la Normandie, l'Ile-de-France, la Picardie, les bailliages de Senlis, Meaux, Melun et Chartres. Lorsqu'ils virent entrer dans leur ville cet enfant, qu'on leur envoyait pour les défendre, ils pensèrent bien qu'ils étaient abandonnés comme leurs frères de Rouen ; et là aussi, de grands murmures éclatèrent contre l'honneur du duc de Bourgogne.

XXIII.

Par une belle matinée du commencement de mai de l'année suivante, une barque élégante, à la proue façonnée en col de cygne, à la poupe abritée d'une tente fleurdelisée, et surmontée d'un pavillon aux armes de France, à l'aide de dix rameurs et d'une petite voile, glissait comme un oiseau aquatique sur la surface de la rivière de l'Oise. Les rideaux de cette tente étaient ouverts au midi pour laisser arriver, jusqu'aux personnes qu'elle abritait de tous les autres côtés, le rayon matinal d'un jeune soleil de mai, et le premier souffle si embaumé de l'air tiède et vivace du printemps. Sous cette tente, deux femmes étaient assises ou plutôt couchées sur un riche tapis de velours bleu brodé d'or, s'adossant à des coussins de même étoffe, et derrière elles une troisième se tenait respectueusement debout.

Certes, il eût été difficile de trouver dans le reste du

* Ce fut, du côté droit de la Seine :

Gaudebec, Montivilliers, Dieppe, Fécamp, Arques, Neufchâtel, Denicourt, Eu, Monchaux.

Et du côté gauche :

Vernon, Mantes, Gournay, Honfleur, Pont-Audemer, Château-Mollinaux, le Trait, Tancarville, Abrechier, Maulévrier, Vallemont, Bellencombre, Neuville-Fontaine, le Bourg-Préaux, Nougon-Dourville, Longentpré, Saint-Germain-sur-Cailly, Beausemont, Bray, Villetère, Châtel-Chenil, les Boules, Galincourt, Ferry, Fontaine-le-Bec, Crepin et Facqueville.

royaume trois femmes qui pussent disputer à celles-ci le prix de la beauté, dont il semblait qu'il eût plu au hasard de rassembler dans cet étroit espace les trois types les plus accentués et les plus différens. La plus âgée est déjà connue de nos lecteurs par la description que nous en avons faite ; mais en ce moment son visage pâle et hautain était couvert d'un coloris factice, qu'elle devait au reflet ardent de l'étoffe rouge de la tente, derrière laquelle frappaient les rayons du soleil, et qui ajoutait à sa physionomie une expression étrange. Celle-ci était Isabel de Bavière.

L'enfant qui était couchée à ses pieds, dont la tête reposait sur ses genoux, dont elle tenait les deux petites mains enfermées dans une des siennes, dont les cheveux noirs s'échappaient d'un hennin doré en grosses boucles garnies de perles, dont les yeux, veloutés comme ceux des Italiennes, jetaient, en souriant à demi, des rayons si doux, qu'ils paraissaient incompatibles avec leur couleur foncée, c'était la jeune Catherine, douce et blanche colombe, qui devait sortir de l'arche pour rapporter à deux nations le rameau d'olivier.

Celle qui se tenait debout derrière les deux autres, c'était mademoiselle de Thian, dame de Gyac ; tête blonde et rosée, à demi penchée sur une épaule nue ; taille fragile qui semblait prête à se briser au moindre souffle ; bouche et pieds d'enfant, corps aérien, aspect d'ange.

En face d'elle, appuyé contre le mât, une main à la garde de son épée, l'autre tenant un bonnet de velours fourré de martre, un homme contemplait ce tableau de l'Albane : c'était le duc Jean de Bourgogne.

Le sire de Gyac avait voulu rester à Pontoise : il s'était chargé de la garde du roi, qui, quoique convalescent, n'était point encore en état d'assister aux conférences qui allaient avoir lieu. Rien, au reste, dans les relations du duc, du sire de Gyac et de sa femme, n'était changé, malgré la scène que nous avons essayé de peindre dans l'un de nos précédens chapitres ; et les deux amans, les yeux fixés l'un sur l'autre, silencieux et absorbés dans une seule pensée, celle de leur amour, ignoraient qu'ils eussent été épiés et découverts dans cette nuit où nous avons vu le sire de Gyac disparaître dans la forêt de Beaumont, emporté par Raiff sur les traces de son compagnon inconnu.

Au moment où nous avons attiré l'attention de nos lecteurs sur la barque qui descendait le fleuve, elle était bien près du lieu où elle devait déposer ses passagers, et déjà de l'endroit où ils étaient, ils pouvaient apercevoir, dans la petite plaine située entre la ville de Meulan et la rivière de l'Oise, plusieurs tentes surmontées, les unes d'un pennoncel aux armes de France, les autres d'un étendard aux armes d'Angleterre. Ces tentes avaient été construites à cent pas de distance en face les unes des autres, de manière à simuler deux camps. Au milieu de l'espace qui les séparait, on avait bâti un pavillon ouvert, dont les deux portes opposées se trouvaient dans la direction des deux entrées d'un parc clos de portes solides et environné de pieux et de larges fossés. Ce parc enfermait de tous côtés le camp que nous venons de décrire, et chacune de ses barrières était gardée par mille hommes, les uns de l'armée de France et Bourgogne, les autres de l'armée d'Angleterre.

A dix heures du matin, les portes du parc s'ouvrirent simultanément aux deux extrémités opposées. Les clairons sonnèrent, et du côté des Français s'avancèrent les personnages que nous avons déjà vus dans la barque, tandis que du côté opposé venait à leur rencontre le roi Henri V d'Angleterre, accompagné de ses frères, les ducs de Glocester et de Clarence.

Ces deux petites troupes royales marchèrent au-devant l'une de l'autre, afin de se joindre sous le pavillon. Le duc de Bourgogne avait à sa droite la reine, à sa gauche madame Catherine ; le roi Henri était au milieu de ses deux frères, et derrière eux, à quelques pas, marchait le comte de Warwick.

Arrivés sous le pavillon où devait avoir lieu l'entrevue, le roi salua respectueusement madame Isabel, et l'embrassa sur les deux joues ainsi que la princesse Catherine. Quant au duc de Bourgogne, il fléchit un peu le genou ; le roi le prit par la main, le releva, et ces deux puissans princes, ces deux vaillans chevaliers, se trouvant enfin face à face, se gardèrent quelques instans en silence avec la curiosité de deux hommes qui avaient souvent désiré se rencontrer sur le champ de bataille. Chacun connaissait la force et la puissance de la main qu'il serrait : l'un avait mérité le nom de Sans-Peur, et l'autre obtenu celui de Conquérant.

Cependant le roi revint bientôt à la princesse Catherine, dont la gracieuse figure l'avait déjà vivement touché, lors que, devant Rouen, le cardinal des Ursins lui avait présenté son portrait. Il la conduisit, ainsi que la reine et le duc, aux siéges qui avaient été préparés pour les recevoir, s'assit en face d'eux, et fit avancer le comte de Warwick, afin qu'il lui servît d'interprète. Celui-ci mit alors un genou en terre.

— Madame la reine, dit-il en français, vous avez désiré une entrevue avec notre gracieux souverain le roi Henri, afin d'aviser aux moyens de conclure la paix entre les deux royaumes. Monseigneur le roi, aussi désireux que vous de cette paix, s'est empressé d'accepter cette entrevue. Vous voici en face l'un de l'autre, tenant, comme Dieu, le sort des peuples dans votre droite. Parlez, madame la reine; parlez, monsieur le duc, et puisse Dieu mettre dans vos bouches royales et souveraines des paroles de conciliation !

Le duc de Bourgogne se leva sur un signe de la reine, et prit à son tour la parole :

— Nous avons reçu, dit-il, les demandes du roi; elles consistent en trois réclamations : l'exécution du traité de Bretigny *, l'abandon de la Normandie, et la souveraineté absolue de ce qui lui serait cédé par le traité. Voici quelles sont les répliques présentées par le conseil de France.

Le comte de Warwick prit le parchemin que lui présentait le duc.

Le roi Henri demanda un jour pour l'examiner et y ajouter ses remarques; puis il se leva, offrant la main à la reine et à la princesse Catherine, et les reconduisit jusqu'à leur tente avec des marques de respect et de tendre courtoisie, qui prouvaient assez quelle impression avait produite sur lui la fille des rois de France.

Le lendemain, une nouvelle conférence eut lieu; mais madame Catherine n'y assista point. Le roi d'Angleterre parut mécontent. Il remit au duc de Bourgogne le parchemin qu'il en avait reçu la veille. L'entrevue fut froide et courte.

Le roi d'Angleterre avait ajouté, de sa main, au-dessous de chaque réplique du conseil, des conditions si exorbitantes, que la reine ni le duc n'osèrent prendre sur eux de les accepter **. Ils les envoyèrent à Pontoise, afin qu'elles fussent mises sous les yeux du roi, le pressant toutefois de les accepter, la paix, à quelque prix que ce fût, étant, disaient-ils, le seul moyen de sauver la monarchie.

Le roi de France était dans un de ces momens de retour à la raison, qu'on peut comparer à cette heure du crépuscule matinal où le jour, luttant encore avec la nuit qu'il n'a pas vaincue, ne laisse entrevoir de chaque objet qu'une forme confuse et flottante. Le sommet des plus hautes montagnes

seulement commence à s'éclairer des rayons du soleil ; mais la plaine est encore dans l'ombre. Ainsi, dans la tête bourdonnante du roi, les pensées primitives, pensées d'instinct général et de conservation personnelle, attiraient à elles les premiers rayons de lumière que faisait luire la raison, laissant dans la nuit ce qui n'était qu'intérêt vague et abstraction politique. Ces momens de transition, qui arrivaient à la suite des grandes crises physiques, étaient toujours accompagnés d'une faiblesse d'esprit et d'un abandon de volonté qui faisait que le vieux monarque cédait à toutes les demandes, dussent-elles avoir un résultat tout-à-fait contraire à son intérêt personnel ou à celui du royaume : dans ces heures de convalescence, il éprouvait donc, avant tout, un besoin de repos et de sentimens doux, dont la continuation seule pouvait rendre à cette machine usée par les querelles intestines, la guerre étrangère, les émeutes civiles, ces jours de calme dont avait si grand besoin sa vieillesse prématurée. Certes, s'il eût simplement été un brave bourgeois de sa bonne ville, si d'autres circonstances l'eussent conduit à l'état où il était, une famille aimante et aimée, la tranquillité de l'âme, les soins du corps, eussent pu, pendant longues années encore, prolonger cette existence débile ; mais il était roi ! Les partis rugissaient au pied de son trône comme les lions autour de Daniel ; de ses trois fils aînés, triple espoir du royaume, il en avait vu mourir deux avant l'âge, et il n'avait point osé rechercher les causes de leur mort ; un seul restait près de lui, à la tête jeune et blonde ; celui-là passait souvent dans ses accès de délire, au milieu des démons de ses rêves, comme un ange d'amour et de consolation. Eh bien ! celui-là, le dernier enfant de son cœur, le dernier rejeton de la vieille tige, celui-là qui, lorsque son père était abandonné de ses valets, oublié de la reine, méprisé de ses grands vassaux, se glissait quelquefois la nuit dans sa chambre sombre et solitaire, consolant le vieillard avec ses paroles, réchauffant ses mains avec son souffle, rasserénant son front avec ses baisers ; celui-là aussi, la guerre civile l'avait pris à bras le corps et l'avait jeté loin de lui ; et depuis ce départ, chaque fois que dans la lutte de l'âme et de la matière, de la raison et de la folie, la raison était parvenue à l'emporter, tout tendait à abréger ces momens lucides, pendant lesquels le roi ressaisissait le pouvoir aux mains fatales qui en abusaient, tandis qu'au contraire, dès que la folie avait, comme une ennemie mal vaincue, repris le dessus sur la raison, elle avait pour auxiliaires fidèles la reine et le duc, seigneurs et valets, tout ce qui régnait enfin à la place du roi, quand le roi ne pouvait plus régner.

Charles VI sentait à la fois le mal et l'impuissance d'y remédier ; il voyait le royaume déchiré par trois partis qu'une main forte aurait pu soumettre ; il sentait qu'il fallait la volonté d'un roi, et lui, pauvre vieillard, pauvre insensé, en était à peine le fantôme : enfin, comme un homme surpris par un tremblement de terre, il entendait craquer tout à l'entour de lui le grand édifice de la monarchie féodale ; et comprenant qu'il n'avait ni la force de soutenir la voûte ni la

---

* Le traité de Bretigny était celui par lequel le roi Jean fut remis en liberté.

** Voici les répliques du conseil de France et les émargemens conditionnels qu'y avait ajoutés le roi d'Angleterre :

1. Le roi d'Angleterre renoncera à la couronne de France.

Le roi consent, pourvu qu'on ajoute : hormis pour ce qui sera cédé par le traité.

2. Il renoncera à la Touraine, à l'Anjou, au Maine et à la souveraineté sur la Bretagne.

Cet article ne plaît pas au roi.

3. Il jurera que ni lui ni aucun de ses successeurs ne recevront, en aucun temps ni pour quelque cause que ce soit, le transport de la couronne de France d'aucune personne qui y ait ou prétende y avoir droit.

Le roi en est content, à la condition que son adversaire jurera la même chose quant aux domaines et possessions d'Angleterre.

4. Il fera enregistrer ses renonciations, promesses et engagemens, de la meilleure manière que le roi de France et son conseil pourront aviser.

Cet article ne plaît pas au roi.

5. Au lieu de Ponthieu et de Montreuil, il sera permis au roi de France de donner un équivalent quelconque en tel endroit de son royaume qu'il le jugera convenable.

Cet article ne plaît pas au roi.

6. Comme il y a encore en Normandie diverses forteresses que le roi d'Angleterre n'a point encore conquises, et qui cependant doivent lui être cédées, il se désistera en cette considération de toutes les autres conquêtes qu'il a faites ailleurs ; chacun rentrera dans la jouissance de ses biens, en quelques lieux qu'ils soient situés ; de plus, il se fera une alliance entre les deux rois.

Le roi approuve, à la condition que les Écossais et les rebelles ne seront pas compris dans cette alliance.

7. Le roi d'Angleterre rendra les 600,000 écus donnés au roi Richard pour la dot de madame Isabelle, et 400,000 écus pour les joyaux de cette princesse, retenus en Angleterre.

Le roi compensera cet article avec ce qui reste dû de la rançon du roi Jean, et il fait remarquer cependant que les joyaux de madame Isabelle ne valent pas le quart de ce qu'on demande.

puissance de fuir, il baissait sa tête blanche et résignée, et attendait le coup.

On lui avait remis le message du duc et les conditions du roi d'Angleterre ; ses valets l'avaient laissé seul dans sa chambre ; quant à ses courtisans, depuis longtemps il n'en avait plus.

Il avait lu le parchemin fatal qui forçait la légitimité de traiter avec la conquête ; il avait pris la plume pour signer ; puis au moment d'écrire les sept lettres qui composaient son nom, il avait songé que chacune de ces lettres lui coûterait une province, et jetant avec un cri d'angoisse sa plume loin de lui, il avait laissé tomber sa tête entre ses mains, en disant :

— Mon Dieu ! Seigneur, ayez pitié de moi !

Il était depuis une heure absorbé dans des pensées incohérentes qui ressemblaient au délire, essayant de saisir, au milieu d'elles, cette volonté d'homme que son cerveau irrité n'avait la force ni de poursuivre ni de fixer, et qui, en lui échappant toujours, réveillait en son front mille nouvelles pensées qui n'avaient avec elle aucune relation. Il pressentait que dans ce chaos le reste de sa raison allait lui échapper ; il pressait sa tête entre ses deux mains comme pour l'y retenir : la terre tournait sous lui ; il avait des bruissemens dans les oreilles ; il passait des lueurs devant ses yeux fermés ; il sentait enfin la folie infernale s'abattre sur sa tête chauve, lui rongeant le crâne avec ses dents de feu.

Dans ce moment suprême, la porte, dont la garde était confiée au sire de Gyac, s'ouvrit doucement ; un jeune homme s'y glissa léger comme une ombre, vint s'appuyer sur le dos du fauteuil du vieillard, et après l'avoir contemplé un instant avec compassion et respect, il se pencha à son oreille et ne dit que ces deux mots :

— Mon père !

Ces paroles produisirent un effet magique sur celui auquel elles étaient adressées : aux accens de cette voix, ses mains s'écartèrent, sa tête se releva, il demeura le corps plié, la bouche haletante, les yeux fixes, n'osant se retourner encore, tant il craignait d'avoir cru entendre, et de n'avoir pas entendu.

— C'est moi, mon père, dit une seconde fois la voix douce ; et le jeune homme, tournant autour du fauteuil, vint doucement se mettre à genoux sur le coussin où reposaient les deux pieds du vieillard.

Celui-ci le regarda un instant d'un œil hagard ; puis, tout-à-coup poussant un cri, il lui jeta les bras autour du cou, serra cette tête blonde sur sa poitrine, appuyant ses lèvres sur ses cheveux avec un amour qui ressemblait à la fureur.

— Oh ! oh ! dit-il d'une voix sanglotante, oh ! mon fils, mon enfant, mon Charles ! et les larmes jaillissaient de ses yeux. — Oh ! mon enfant bien-aimé, c'est toi, toi ! dans les bras de ton vieux père ! est-ce vrai, est-ce vrai ? parle-moi donc encore... toujours.

Puis il éloignait de ses deux mains la tête de l'enfant, fixait ses yeux hagards sur les yeux de son fils ; et celui-ci, qui ne pouvait parler non plus, tant sa voix était noyée dans les larmes, lui faisait, souriant et pleurant à la fois, signe de la tête qu'il ne se trompait pas.

— Comment es-tu venu ? disait le vieillard ; quels chemins as-tu pris ? quels dangers as-tu courus pour moi, pour me revoir ? Oh ! sois béni, enfant, pour ton cœur filial ; sois béni du Seigneur comme tu es béni par ton père !

Et le pauvre roi couvrit de nouveau son fils de baisers.

— Mon père, dit le dauphin, nous étions à Meaux lorsque nous avons appris les conférences qui allaient s'ouvrir pour traiter de la paix entre la France et l'Angleterre, et nous avons eu en même temps que, souffrant et malade, vous ne pouviez assister à l'entrevue.

— Et comment as-tu appris cela ?

— Par un de nos amis dévoué à vous et à moi, mon père, par celui à qui est confiée la garde de nuit de cette porte ; et il indiqua celle par laquelle il était entré.

— Par le sire de Gyac ! dit le roi effrayé.

Le dauphin fit de la tête un signe affirmatif.

— Mais cet homme est au duc, continua le roi avec un effroi croissant ; cet homme, il t'a fait venir pour te livrer peut-être !

— Ne craignez rien, mon père, reprit le dauphin, le sire de Gyac est à nous.

Ce ton de conviction avec lequel parlait le dauphin rassura le roi.

— Et alors, quand tu as su que j'étais seul ?... reprit le vieillard.

— J'ai voulu vous revoir, mon père ; et Tanneguy, qui avait lui-même à s'entretenir d'affaires importantes avec le sire de Gyac, a consenti à m'accompagner ; d'ailleurs, pour plus grande sûreté encore, deux autres braves chevaliers se sont joints à nous.

— Dis-moi leurs noms, que je les garde dans mon cœur.

— Le sire de Vignolles, dit la Hire, et Pothon de Xaintrailles. Aujourd'hui, à dix heures du matin, nous sommes partis de Meaux ; nous avons tourné Paris par Louvres, où nous avons pris d'autres chevaux, et à la tombée de la nui nous sommes arrivés aux portes de la ville, où Pothon et la Hire nous attendent. La lettre du sire de Gyac nous a servi de sauf-conduit, et sans qu'on se doutât qui nous sommes, je suis parvenu jusqu'à cette porte, que le sire de Gyac m'a ouverte ; et me voilà, mon père, me voilà à vos pieds, dans vos bras !

— Oui, oui, dit le roi, laissant tomber sa main à plat sur le parchemin qu'il allait signer lorsqu'il avait été interrompu par le dauphin, et qui contenait les conditions de paix onéreuses que nous avons rapportées ; oui, te voilà, mon enfant, venant, comme l'ange gardien du royaume, me dire : — Roi, ne livre pas la France ; venant, comme mon fils, me dire : — Père, garde-moi mon héritage ! Oh ! les rois !... les rois !... ils sont moins libres que le dernier de leurs sujets ; ils doivent compte à leurs successeurs, et puis encore à la France, du patrimoine légué par leurs ancêtres. Ah ! quand bientôt je me trouverai face à face de mon royal père, Charles-le-Sage, quel compte fatal aurai-je à lui rendre du royaume qu'il m'a laissé riche, calme et puissant, et que je te laisserai, à toi, pauvre, plein de troubles et morcelé en lambeaux ! Ah ! tu viens me dire : Ne signe pas cette paix, n'est-ce pas ? tu viens me le dire.

— Il est vrai que cette paix est onéreuse et fatale, dit le dauphin, qui venait de parcourir le parchemin sur lequel en étaient écrites les conditions, que moi et mes amis, continua-t-il, nous briserons nos épées jusqu'à la poignée sur le casque de ces Anglais, plutôt que de signer avec eux un pareil traité, nous tomberons tous jusqu'au dernier sur cette terre de France, plutôt que de la céder de notre plein gré à ce vieil ennemi... Oui, cela est vrai, mon père.

Charles VI prit d'une main tremblante le parchemin, le regarda quelque temps ; puis, par un mouvement spontané, il le déchira en deux parties.

Le dauphin se jeta à son cou.

— Soit, dit le roi. Eh bien ! soit, la guerre ; mieux vaut une bataille perdue qu'une paix honteuse.

— Le Dieu des armées sera pour nous, mon père.

— Mais si le duc nous abandonne, et passe aux Anglais !

— Je traiterai avec lui, répondit le dauphin.

— Tu as refusé jusqu'à présent toute entrevue.

— J'en solliciterai une.

— Et Tanneguy ?

— Y consentira, mon père ; bien plus, il sera porteur de ma demande et l'appuiera, et alors le duc et moi, nous nous retournerons vers ces Anglais damnés, nous les pousserons devant nous jusqu'à leurs vaisseaux. Ah ! nous avons de nobles hommes d'armes, de loyaux soldats, une bonne cause, c'est plus qu'il n'en faut, monseigneur et père ; un seul regard de Dieu, et nous sommes sauvés.

— Le Seigneur t'entende ! — Il prit le parchemin déchiré.

— En tous cas, dit-il, voici ma réponse au roi d'Angleterre.

— Sire de Gyac ! appela aussitôt le dauphin à haute voix.

Le sire de Gyac entra soulevant la tapisserie qui pendait devant la porte.

— Voici, dit le dauphin, la réponse aux propositions du

roi Henri. Vous la porterez demain au duc de Bourgogne ; vous y joindrez cette lettre, c'est une entrevue que je lui demande pour régler en bons et loyaux amis les affaires de ce pauvre royaume.

De Gyac s'inclina, prit les deux lettres, et sortit sans répondre.

— Maintenant, mon père, continua le dauphin en se rapprochant du vieillard, maintenant qui vous empêche de vous soustraire à la reine et au duc ? qui vous empêche de nous suivre ? Partout où vous serez sera la France. Venez, vous trouverez près de nous, de la part de mes amis, respect et dévoûment ; de ma part, à moi, amour et soins pieux. Venez, mon père, nous avons de bonnes villes bien gardées, Meaux, Poitiers, Tours, Orléans ; leurs remparts crouleront, leurs garnisons se feront tuer, nos amis et moi tomberons jusqu'au dernier sur le seuil de votre porte avant qu'il vous arrive malheur.

Le roi regarda le dauphin avec tendresse.

— Oui, oui, lui dit-il, tu ferais tout cela comme tu le promets... Mais il est impossible que j'accepte ; va, mon aiglon, tu as l'aile jeune, forte et rapide ; va, et laisse en son nid le vieil aigle dont l'âge a brisé les ailes et engourdi les serres ; va, mon enfant, et qu'il te suffise de m'avoir donné une nuit heureuse avec ta présence, d'avoir écarté la folie de mon front avec tes caresses ; va, mon fils, et que ce bien que tu m'as fait, Dieu te le rende !

Alors le roi se leva, la crainte d'une surprise le forçant d'abréger ces instants de bonheur si rares que la présence du seul être dont il fût aimé faisait descendre sur sa vie. Il conduisit le dauphin jusqu'à la porte, le serra une fois encore contre son cœur ; et le père et le fils, qui ne devaient plus se revoir, échangèrent leur dernier baiser. Le jeune Charles sortit.

— Soyez tranquille, disait au même moment de Gyac à Tanneguy, je le conduirai sous votre hache comme le taureau sous la masse du boucher.

— Qui ? dit le dauphin paraissant tout-à-coup à côté d'eux.

— Personne, monseigneur, répondit froidement Tanneguy ; le sire de Gyac me raconte une aventure passée depuis longues années.

Tanneguy et de Gyac échangèrent un regard d'intelligence.

De Gyac les conduisit hors des portes de la ville ; au bout de dix minutes, ils retrouvèrent Pothon et la Hire, qui les attendaient.

— Eh bien ! dit la Hire, le traité ?

— Déchiré, répondit Tanneguy.

— Et l'entrevue ? continua Pothon.

— Aura lieu d'ici à peu de temps, si Dieu le permet ; mais quant à présent, messeigneurs, je crois que le plus pressé est de gagner du chemin. Il faut que demain, au point du jour, nous soyons à Meaux, si nous voulons éviter quelque escarmouche avec ces damnés Bourguignons.

La petite troupe parut convaincue de la justesse de cette observation, et les quatre cavaliers partirent aussi rapidement que pouvait les emporter le galop de leurs lourds chevaux de guerre.

Le lendemain, le sire de Gyac se rendit à Meulan, chargé de son double message pour le duc de Bourgogne. Il entra dans le pavillon où ce prince conférait avec Henri d'Angleterre et le comte de Warwick.

Le duc Jean rompit avec empressement le fil de soie rouge qui fermait la lettre que lui présenta son favori, et auquel pendait le sceau royal. Il trouva sous l'enveloppe le traité déchiré : c'était la seule réponse du roi, ainsi qu'il l'avait promis au dauphin.

— Notre sire est dans un de ses momens de délire, dit le duc en rougissant de colère ; car, Dieu lui pardonne, il a déchiré ce qu'il devait signer.

Henri regardait fixement le duc, qui s'était formellement engagé au nom du roi.

— Notre sire, répondit tranquillement de Gyac, n'a jamais été plus sain d'esprit et de corps qu'il ne l'est en ce moment.

— Alors c'est moi qui suis fou, dit Henri en se levant, d'a-

voir cru à des promesses que l'on n'avait ni la puissance, ni peut-être la volonté de tenir.

A ces mots, le duc Jean se leva d'un bond ; tous les muscles de son visage tremblaient, ses narines étaient gonflées de colère, son souffle était bruyant comme la respiration d'un lion ; cependant il n'avait rien à dire, et peut-être rien à répondre.

— C'est bon, mon cousin, continua Henri, donnant avec intention à Jean de Bourgogne le titre que lui donnait le roi de France ; c'est bon, maintenant je suis aise de vous dire que nous prendrons de force votre roi ce que nous demandions qu'il nous cédât de bonne volonté, notre part de cette terre de France, notre place dans sa famille royale ; nous aurons ses villes et sa fille, et tout ce que nous avons demandé avec elles, et nous le débouterons de son royaume, et vous de votre duché.

— Sire, répondit le duc de Bourgogne sur le même ton, vous en parlez à votre aise et selon votre désir ; mais auparavant d'avoir débouté monseigneur le roi hors de son royaume, et moi hors de mon duché, vous aurez de quoi vous lasser, nous n'en faisons nul doute, et peut-être bien qu'au lieu de ce que vous croyez, vous aurez assez à faire de vous garder dans votre île.

Ce disant, il tourna le dos au roi d'Angleterre sans attendre sa réponse ni le saluer, et sortit par la porte qui donnait du côté de ses tentes.

De Gyac le suivit.

— Monseigneur, lui dit-il après avoir fait quelques pas, j'ai encore un autre message.

— Porte-le au diable s'il ressemble au premier ! dit le duc ; quant à moi, j'en ai assez d'un pour un jour.

— Monseigneur, continua de Gyac sur le même ton, c'est une lettre de monseigneur le dauphin : il vous demande une entrevue.

— Ah ! voilà qui raccommode tout, dit le duc en se retournant vivement ; et où est cette lettre ?

— La voilà, monseigneur.

Le duc la lui arracha des mains, et la lut avidement.

— Qu'on lève les tentes et qu'on renverse les enceintes, dit le duc aux serviteurs et aux pages, et que ce soir il ne reste pas trace de cette entrevue maudite ! Et vous, messieurs, continua-t-il en s'adressant aux seigneurs, que ces paroles avaient fait sortir de leurs pavillons, à cheval, l'épée au vent, et guerre d'extermination, guerre à mort à tous ces loups affamés qui nous arrivent d'outre-mer, et à ce fils d'assassin qu'ils appellent leur roi !

X.

Le 11 juillet suivant, sur les sept heures du matin, deux troupes assez considérables, l'une de Bourguignons, sortant de Corbeil, l'autre de Français, venant de Melun, marchèrent l'une vers l'autre comme pour se livrer une bataille. Ce qui aurait pu donner plus de poids encore à cette supposition, c'est que toutes les précautions usitées en pareille occasion avaient été strictement observées de chaque côté : les hommes et les chevaux étaient couverts de leurs armures de guerre ; les écuyers et les pages portaient les lances ; et chaque cavalier avait à la portée de sa main, pendue à l'arçon de sa selle, soit une masse, soit une hache d'armes. Arrivés près du château de Pouilly, sur la chaussée des étangs du Vert, les deux troupes ennemies se trouvèrent en vue ; aussitôt de part et d'autre une halte fut faite ; les visières s'abaissèrent, les écuyers présentèrent leurs lances, et d'un mouvement unanime les deux troupes se mirent en marche avec la lenteur de la défiance et de la précaution. Arrivées à deux traits d'arc à peu près l'une de l'autre, elles s'arrêtèrent de nouveau : de chaque côté, onze chevaliers sortirent des rangs, visière baissée, et s'avancèrent, laissant la troupe à laquelle ils appartenaient immobile derrière eux comme une muraille d'airain ; à vingt pas seulement les uns des autres, ils firent une nouvelle halte ; de chaque côté encore un homme descendit de son cheval, en jeta la bride au bras de son voisin, et s'avança à pied dans cet espace libre, de manière à avoir fait, en même temps que celui qui venait à sa rencontre, la moitié du chemin qui les séparait. A quatre pas l'un de l'autre, ils levèrent la visière de leurs casques, et chacun reconnut dans l'un de ces deux hommes le dauphin Charles, duc de Touraine, et dans l'autre, Jean-sans-Peur, duc de Bourgogne.

Dès que le duc Jean vit que celui qui s'avançait à sa rencontre était bien le fils de son souverain et seigneur, il s'inclina plusieurs fois et mit un genou en terre. Le jeune Charles le prit aussitôt par la main, l'embrassa sur les deux joues, et voulut le faire relever ; mais le duc s'y refusa :

— Monseigneur, lui dit-il, je sais bien comment je dois vous parler.

Enfin, le dauphin le força de se lever :

— Beau cousin, lui dit-il en lui présentant un parchemin revêtu de sa signature et scellé de son sceau, si au traité que voici, fait entre nous et vous, il est quelque chose qui ne soit pas à votre plaisir, nous voulons que vous le corrigiez, et dorénavant voulons et voudrons ce que vous voulez et voudrez.

— C'est moi qui me conformerai à vos ordres, monseigneur, répondit le duc, car il est dans mon devoir et dans ma volonté de vous obéir désormais en tout ce que vous désirerez.

Après ces paroles, chacun d'eux étendit la main sur la croix de son épée, à défaut d'Évangile ou de saintes reliques, jurant de maintenir la paix d'une manière durable. Aussitôt tous ceux qui les avaient accompagnés les rejoignirent joyeux, criant Noël ! et maudissant d'avance celui qui désormais reprendrait les armes pour une aussi fatale querelle.

Alors le dauphin et le duc échangèrent leurs épées et leurs chevaux en signe de fraternité ; et, lorsque le dauphin se mit en selle, le duc lui tint l'étrier, quoique celui-ci le suppliât de n'en rien faire ; ensuite ils chevauchèrent quelque temps à côté l'un de l'autre, devisant amicalement, Français et Bourguignons mêlés à leur suite. Puis, après s'être embrassés une seconde fois, ils se séparèrent, le dauphin pour retourner à Melun, et le duc de Bourgogne à Corbeil. Dauphinois et Bourguignons suivirent chacun leur maître.

Deux hommes restèrent les derniers.

— Tanneguy, dit l'un d'eux une voix sourde, j'ai tenu ma promesse ; as-tu tenu la tienne ?

— Était-ce possible, messire de Gyac, répondit Tanneguy, couvert de fer et accompagné comme il était ? Mais, soyez tranquille, avant la fin de l'année, nous trouverons plus beau jeu et meilleure occasion.

— Satan le veuille ! dit Gyac.

— Dieu me le pardonne ! dit Tanneguy.

Et tous deux piquèrent leurs chevaux, se tournant le dos, l'un pour rejoindre le duc, et l'autre le dauphin.

Le soir de ce jour, un grand orage éclata à l'endroit même où avait eu lieu la conférence, et le tonnerre brisa l'arbre de la chaussée, sous lequel la paix avait été jurée. Beaucoup regardèrent cela comme un mauvais présage, et quelques-uns dirent tout haut que cette paix ne serait pas plus durable qu'elle n'était sincère.

Cependant, quelques jours après, le dauphin et le duc publièrent leurs lettres de ratification du traité.

Les Parisiens en avaient reçu la nouvelle avec une grande joie : ils avaient pensé que le duc ou le dauphin allait revenir à Paris pour les défendre ; leur attente fut trompée. La reine et le roi avaient quitté Pontoise, laissant dans cette ville, trop voisine des Anglais pour qu'ils y demeurassent avec sécurité, le sire de l'Ile-Adam à la tête d'une nombreuse garnison. Le duc les rejoignit à Saint-Denis où ils s'étaient retirés, et les Parisiens, ne voyant faire aucune assemblée

pour marcher contre les Anglais, retombèrent dans le découragement.

Quant au duc, il s'était de nouveau abandonné à cette apathie inconcevable dont quelques exemples se retrouvent dans la vie des hommes les plus braves et les plus actifs, et qui, pour presque tous, a été un signe augural que leur heure suprême allait bientôt sonner.

Le dauphin lui écrivait lettre sur lettre pour l'engager à bien défendre Paris, tandis que lui ferait une diversion sur les frontières du Maine : le duc, en les recevant, donnait quelques ordres ; puis, comme s'il eût été incapable de continuer la lutte que depuis douze ans il soutenait, il allait, ainsi qu'un enfant lassé, se coucher aux pieds de sa belle maîtresse, perdant le souvenir du monde entier dans un des regards de ses yeux. C'est le propre d'un amour violent de faire prendre en dédain toutes les choses de la vie qui n'ont pas rapport à cet amour même : c'est que toutes les autres passions viennent de la tête, et celle-là seule du cœur. Cependant les murmures, que la paix avait calmés, reprirent bientôt naissance ; des bruits vagues de trahison recommencèrent à circuler, et un événement qui se passa sur ces entrefaites vint y donner une nouvelle créance.

Henri de Lancastre avait bien jugé de quel désavantage devait être pour lui l'alliance du dauphin et du duc ; en conséquence, il résolut de s'emparer de Pontoise avant que ses deux ennemis n'eussent le temps de combiner leurs mouvemens. A cet effet, trois mille hommes, conduits par Gaston, second fils d'Archambault, comte de Foix, qui s'était rendu Anglais, partirent de Meulan dans la soirée du 51 juillet, et arrivèrent à la nuit noire au pied des murailles de la ville de Pontoise. Ils posèrent en silence des échelles contre le rempart, à quelque distance de l'une des portes, et, sans être aperçu du guet, ils montèrent un à un sur la muraille au nombre de trois cents : alors ceux qui étaient montés mirent l'épée à la main, se dirigèrent vers la porte, égorgèrent le poste qui la gardait, et ouvrirent à leurs camarades, qui se ruèrent dans les rues en criant : Saint-Georges et ville gagnée !...

L'Ile-Adam entendit ces cris ; il les reconnut pour les avoir proférés lui-même : il se jeta aussitôt en bas de son lit, s'habilla à la hâte, et n'était encore qu'à moitié vêtu, lorsque les Anglais vinrent frapper à coups redoublés à la porte de la maison qu'il habitait. Il n'eut que le temps de saisir une pesante hache d'armes, d'éteindre la lampe qui pouvait le trahir, et de s'élancer par une fenêtre qui donnait dans une cour. Au même instant les Anglais enfoncèrent la porte de la rue.

L'Ile-Adam courut à ses écuries, sauta sur le premier cheval venu, et sans selle, sans bride, s'élança sous le porche encombré d'Anglais qui montaient dans les chambres, passa au milieu d'eux, au moment où ils s'y attendaient le moins, tenant d'une main la crinière du cheval, et de l'autre faisant tournoyer sa hache.

Un Anglais avait voulu se jeter au-devant de lui, et il était tombé la tête fendue ; sans cet homme sanglant et étendu à leurs pieds, les autres auraient cru voir passer une apparition.

L'Ile-Adam s'élança vers la porte de Paris, elle était fermée ; la confusion était telle que le concierge n'en put retrouver les clefs : il fallait la rompre à coups de hache ; l'Ile-Adam se mit à l'œuvre. Derrière lui les bourgeois fuyans s'amassaient dans la rue étroite, augmentant à chaque instant de nombre n'ayant d'espoir que dans la promptitude avec laquelle la hache de l'Ile-Adam, qui se levait et retombait sans relâche, leur ouvrirait une issue.

Bientôt des cris de désespoir partirent de l'autre extrémité de cette rue : les fuyards avaient eux-mêmes indiqué le chemin à leurs ennemis. Les Anglais entendirent les coups qui retentissaient sur la porte ; et, pour arriver à l'Ile-Adam, ils chargeaient cette foule désarmée qui n'opposait qu'une masse inerte, mais épaisse, mais profonde ; rempart vivant et serré que sa terreur même rendait plus difficile encore à entamer. Cependant les hommes d'armes fouillaient cette foule à coups de lance, les arbalétriers en abattaient des rangs entiers ; les flèches venaient, autour de l'Ile-Adam, s'enfoncer en tremblant dans la porte ébranlée, gémissante, mais résistant toujours. Les cris se rapprochaient de lui; un instant il crut que le rempart de bois serait plus long à enfoncer que le rempart de chair : les Anglais n'étaient plus qu'à trois longueurs de lance de lui; enfin la porte se brisa, vomissant au dehors un flot d'hommes, à la tête duquel le cheval épouvanté emporta l'Ile-Adam comme l'éclair.

Lorsque le duc de Bourgogne apprit cette nouvelle, au lieu d'assembler une armée et de marcher aux Anglais, il fit monter le roi, la reine et madame Catherine dans un carrosse, monta lui-même à cheval, et avec les seigneurs de sa maison il se retira, par Provins, à Troyes en Champagne, laissant en la ville de Paris le comte de Saint-Pol comme lieutenant, l'Ile-Adam comme gouverneur, et maitre Eustache Delaistre comme chancelier.

Deux heures après le départ du duc de Bourgogne, les fugitifs commencèrent à arriver à Saint-Denis. C'était pitié de voir ces pauvres gens blessés, sanglans, à demi nus, mourant de faim, et exténués d'une marche de sept lieues pendant laquelle ils n'avaient pas osé se reposer un instant. Le récit des atrocités commises par les Anglais était écouté partout avec autant d'avidité que de terreur; des groupes se formaient dans les rues tout autour de ces malheureux; puis tout-à-coup le cri : Les Anglais ! les Anglais ! retentissait, et chacun fuyait, rentrant dans sa maison, fermant ses fenêtres, barricadant ses portes et criant merci !

Cependant les Anglais pensaient plus à profiter de leur victoire qu'à la poursuivre. Le séjour de la cour à Pontoise en avait fait une ville de luxe : l'Ile-Adam et une partie des seigneurs qui s'étaient enrichis à la prise de Paris y avaient entassé leurs trésors; les Anglais y firent un pillage de plus de deux millions.

En même temps on apprit la prise de Château Gaillard, l'une des citadelles les plus fortes de la Normandie. Olivier de Mauny en était le capitaine; et, quoiqu'il n'eût pour toute garnison que cent vingt gentilshommes, il tint seize mois, et ne fut forcé que par une circonstance que l'on n'avait pu prévoir : les cordes pour tirer l'eau des puits s'usèrent et se rompirent; ils supportèrent sept jours la soif, puis enfin ils se rendirent aux comtes de Huntington et de Kyme, qui tenaient le siége.

Le dauphin apprit en même temps à Bourges, où il rassemblait son armée, la reddition honorable de Château-Gaillard et la surprise inattendue de Pontoise. On ne manqua pas de lui représenter cette dernière ville comme ayant été vendue aux Anglais. Ce qui donnait quelque apparence de fondement à ce bruit, c'est que le duc de Bourgogne en avait confié la garde à l'un des seigneurs qui lui étaient le plus dévoués, et que ce seigneur, quoique d'une bravoure reconnue, l'avait laissé prendre sans rien faire ostensiblement pour sa défense. Les ennemis du duc qui entouraient le dauphin saisirent cette occasion de faire rentrer dans l'esprit du prince des soupçons qu'ils y avaient déjà nourris si longtemps. Tous demandaient la rupture du traité et une guerre franche et loyale, en place de cette alliance fausse et traitresse; Tanneguy seul, malgré sa haine bien connue contre le duc, suppliait le dauphin de réclamer une seconde entrevue avant d'avoir recours à aucune démonstration hostile.

Le dauphin prit une résolution qui conciliait à la fois les deux avis : il vint avec une puissance de vingt mille combattans à Montereau, afin d'être prêt à la fois à traiter, si le duc acceptait la nouvelle entrevue, ou à recommencer les hostilités s'il la refusait. Tanneguy, qui, au grand étonnement de tous ceux qui connaissaient son caractère décidé, avait constamment été pour les moyens conciliateurs, fut envoyé à Troyes, où nous avons dit qu'était le duc : il portait à celui-ci des lettres signées du dauphin, qui fixaient Montereau pour le lieu de la nouvelle entrevue; et, comme il n'y avait pas de place au château pour Duchâtel et sa suite, le sire de Gyac lui donna l'hospitalité.

Le duc accepta l'entrevue, mais il y mit pour condition que le dauphin viendrait à Troyes, où étaient le roi et la reine. Tanneguy revint à Montereau.

Le dauphin et ceux qui l'entouraient étaient d'avis de prendre la réponse du duc pour une déclaration de guerre et de recourir aux armes. Tanneguy seul, infatigable, impassible, offrait au dauphin de faire de nouvelles démarches, et s'opposait avec entêtement à toute mesure hostile. Ceux qui savaient quelle haine il y avait au fond du cœur de cet homme contre le duc Jean n'y comprenaient plus rien : ils le croyaient gagné comme tant d'autres l'avaient été, et faisaient part de leurs soupçons au dauphin; mais celui-ci les rapportait aussitôt à Tanneguy, en lui disant :

—N'est-ce pas, mon père, que tu ne me trahiras pas ?

Enfin arriva une lettre du sire de Gyac; grâce à ses instances, le duc était chaque jour moins éloigné de venir traiter avec le dauphin; cette lettre étonna tout le monde, excepté Tanneguy, qui paraissait s'y attendre.

En conséquence, Duchâtel retourna à Troyes au nom du dauphin; il proposa au duc le pont de Montereau comme le lieu le plus favorable à l'entrevue. Il était autorisé à s'engager, au nom du dauphin, à livrer au duc le château et la rive droite de la Seine, avec liberté de celui-ci de loger, dans cette forteresse et dans les maisons bâties sur cette rive, tout autant de gens d'armes qu'il le croirait nécessaire. Le dauphin se réservait la ville et la rive gauche : quant à la langue de terre qui se trouvait entre l'Yonne et la Seine, c'était un terrain neutre qui ne devait appartenir à personne; et comme à cette époque, à l'exception d'un moulin isolé qui s'élevait aux bords de l'Yonne, il était complétement inhabité, il était facile de s'assurer qu'aucune surprise n'y serait préparée.

Le duc accepta ces conditions; il promit de partir pour Bray-sur-Seine le 9 septembre. Le 10 devait avoir lieu l'entrevue, et le sire de Gyac, qui possédait toujours la confiance du duc, fut choisi par lui pour accompagner Tanneguy et veiller à ce que toutes sûretés fussent prises aussi bien d'une part que de l'autre.

Maintenant il faut que nos lecteurs jettent un coup-d'œil avec nous sur la position topographique de la ville de Montereau, afin que nous le fassions assister, autant qu'il est en notre pouvoir, à la scène qui va se passer sur ce pont, auquel Napoléon, en 1814, a rattaché un second souvenir historique.

La ville de Montereau est située à vingt lieues à peu près de Paris, au confluent de l'Yonne et de la Seine, la première de ces deux rivières perd son nom en se jetant dans l'autre. Si l'on remonte, en partant de Paris, les cours du fleuve qui le traverse, on aura, en arrivant en vue de Montereau, à gauche, la montagne élevée de Surville, sur laquelle était bâti le château, et au pied de cette montagne, une espèce de faubourg séparé de la ville par le fleuve : c'est ce côté qu'on avait offert au duc de Bourgogne.

En face de soi, on découvrira, simulant l'angle le plus aigu d'un V, et à peu près dans la position où se trouve à Paris la pointe du Pont-Neuf où furent brûlés les Templiers, la langue de terre par laquelle le duc devait arriver, venant de Bray-sur-Seine, langue de terre qui va toujours s'élargissant entre le fleuve et la rivière qui la bordent, jusqu'à ce que la Seine jaillisse de terre à Baigneux-les-Juifs, et que l'Yonne prenne sa source non loin de l'endroit où était située l'ancienne Bibracte, et où de nos jours s'élève la ville d'Autun.

A droite, la cité tout entière se déploiera gracieusement couchée au milieu de ses moissons et de ses vignes, dont le tapis bariolé s'étend à perte de vue sur les riches plaines du Gâtinais.

Le pont sur lequel devait avoir lieu l'entrevue joint encore aujourd'hui, en partant de gauche à droite, le faubourg à la ville, et traverse d'abord le fleuve, ensuite la rivière, posant, à l'endroit de leur jonction, un de ses pieds massifs sur la pointe de terre dont nous avons parlé.

Ce fut sur la partie droite du pont, au-dessus de la rivière d'Yonne, qu'on éleva pour l'entrevue une espèce de loge en charpente, avec deux portes opposées, qui, de chaque côté, se fermaient au moyen d'une barrière à trois traverses; deux autres barrières avaient encore été placées, 'une à l'extrémité du pont, du côté de la ville, l'autre un peu en-deçà du chemin par lequel devait arriver le duc. Tous ces préparatifs furent hâtivement faits dans la journée du 9.

Notre espèce humaine est à la fois si faible et si orgueilleuse, que chaque fois que s'accomplit ici-bas un de ces événemens qui secouent un empire, renversent une dynastie, bouleversent un royaume, elle croit que le ciel, intéressé à nos pauvres passions et à nos misérables cataclysmes, change pour nous le cours des astres, l'ordre des saisons *, et nous envoie certains signes à l'aide desquels l'homme pourrait, s'il n'était si aveugle, se soustraire à sa destinée : peut-être aussi les grands événemens une fois révolus, ceux qui y survivent, ceux qui les ont vus s'accomplir sous leurs yeux, se rappelant les moindres circonstances qui les ont précédés, y trouvent-ils avec la catastrophe une coïncidence que le fait de l'événement seul a pu leur donner, tandis que sans cet événement, les circonstances qui le précédaient eussent été perdues dans la foule de ces infiniment petits incidens, qui, réunis, forment la chaîne de ce tissu mystérieux qu'on appelle la vie humaine.

En tous cas, voici ce que les hommes qui ont vu ces choses singulières ont raconté; voici ce que d'après eux d'autres ont écrit :

Le 10 septembre, à une heure après midi, le duc monta à cheval dans la cour de la maison où il s'était logé, à Bray-sur-Seine. Il avait à sa droite le sire de Gyac, et à sa gauche le seigneur de Noailles. Son chien favori avait hurlé lamentablement toute la nuit; et, voyant son maître prêt à partir, il s'élançait hors de la niche où il était attaché, les yeux ardens et le poil hérissé; enfin, lorsque le duc, après avoir salué une dernière fois la dame de Gyac, assistait au départ du cortége, se mit en marche, le chien fit un tel effort qu'il rompit sa double chaîne de fer; et, au moment où le cheval allait franchir le seuil de la porte, il se jeta à son poitrail et le mordit si cruellement que le cheval se cabra et faillit faire perdre les arçons à son cavalier. De Gyac, impatient, voulut l'écarter avec un fouet qu'il portait, mais le chien ne tint aucun compte des coups qu'il recevait, et se jeta de nouveau à la gorge du cheval du duc; celui-ci, le croyant enragé, prit une petite hache d'armes qu'il portait à l'arçon de sa selle et lui fendit la tête. Le chien jeta un cri et alla en roulant expirer sur le seuil de la porte, comme pour en défendre encore le passage : le duc, avec un soupir de regret, fit sauter son cheval par-dessus le corps du fidèle animal.

Vingt pas plus loin, un vieux juif, qui était de sa maison et qui se mêlait de l'œuvre de magie, sortit tout-à-coup de derrière un mur, arrêta le cheval du duc par la bride et lui dit :

— Monseigneur, au nom de Dieu, n'allez pas plus loin.

— Que me veux-tu, juif? dit le duc en s'arrêtant.

— Monseigneur, reprit le juif, j'ai passé la nuit à consulter les astres, et la science dit si vous allez à Montereau, vous n'en reviendrez pas.

Et il tenait le cheval au mors pour l'empêcher d'avancer.

— Qu'en dis-tu, de Gyac? dit le duc en se retournant vers son jeune favori.

— Je dis, répondit celui-ci, la rougeur de l'impatience au front, je dis que ce juif est un fou qu'il faut traiter comme votre chien, si vous ne voulez pas que son contact immonde vous force à quelque pénitence de huit jours.

— Laisse-moi, juif! dit le duc pensif en lui faisant doucement signe de le laisser passer.

— Arrière, juif! s'écria de Gyac en heurtant le vieillard du poitrail de son cheval, et en l'envoyant rouler à dix pas;

arrière! N'entends-tu pas monseigneur qui t'ordonne de lâcher la bride de son cheval?

Le duc passa la main sur son front comme pour en écarter un nuage; et, jetant un dernier regard sur le juif étendu sans connaissance sur le revers de la route, il continua son chemin.

Trois quarts d'heure après, le duc arriva au château de Montereau. Avant de descendre de cheval, il donna l'ordre à deux cents hommes d'armes et à cent archers de se loger dans le faubourg, et de s'emparer de la tête du pont; Jacques de La Lime, grand-maître des arbalétriers, reçut le commandement de cette petite troupe.

En ce moment, Tanneguy vint vers le duc, et lui dit que le dauphin l'attendait sur le pont depuis près d'une heure. Le duc répondit qu'il y allait; au même instant, un de ses serviteurs tout effaré accourut et lui parla tout bas. Le duc se tourna vers Duchâtel.

— Par le saint jour de Dieu ! dit-il, chacun s'est donné le mot aujourd'hui pour nous entretenir de trahison; Duchâtel, êtes-vous bien sûr que notre personne ne court aucun risque, car vous feriez bien mal de nous tromper?

— Mon très redouté seigneur, répondit Tanneguy, j'aimerais mieux être mort et damné que de faire trahison à vous ou à nul autre; n'ayez donc aucune crainte, car monseigneur le dauphin ne vous veut aucun mal.

—.Eh bien ! nous irons donc, dit le duc, nous fiant à Dieu, — il leva les yeux au ciel, — et à vous, continua-t-il en fixant sur Tanneguy un de ces regards perçans qui n'appartenaient qu'à lui. Tanneguy le soutint sans baisser la vue.

Alors celui-ci présenta au duc le parchemin sur lequel étaient inscrits les noms des dix hommes d'armes qui devaient accompagner le dauphin : ils étaient inscrits dans l'ordre suivant :

Le vicomte de Narbonne, Pierre de Beauveau, Robert de Loire, Tanneguy Duchâtel, Barbazan, Guillaume Le Bouteiller, Guy d'Avaugour, Olivier Layet, Varennes et Frottier.

Tanneguy reçut en échange la liste de ceux qu'il avait appelés à l'honneur de le suivre étaient :

Monseigneur Charles de Bourbon, le seigneur de Noailles, Jean de Fribourg, le seigneur de Saint-Georges, le seigneur de Montagu, messire Antoine du Vergy, le seigneur d'Ancre, messire Guy de Pontarlier, messire Charles de Lens et messire Pierre de Gyac. De plus, chacun devait amener avec lui son secrétaire. Tanneguy emporta cette liste. Derrière lui le duc se mit en route ; pour descendre du château au pont; il était à pied, avait la tête couverte d'un chaperon de velours noir, portait pour arme défensive un simple haubergeon de mailles, et pour arme défensive, une faible épée à riche ciselure et à poignée dorée *.

En arrivant à la tête du pont, Jacques de La Lime lui dit qu'il avait vu beaucoup de gens armés entrer dans une maison de la ville qui touchait à l'autre extrémité du pont, et qu'en l'apercevant, lorsqu'il avait pris poste avec sa troupe, ces gens s'étaient hâtés de fermer les fenêtres de cette maison.

— Allez voir si cela est vrai, de Gyac, dit le duc; je vous attendrai ici.

De Gyac prit le chemin du pont, traversa les barrières, passa au milieu de la loge en charpente, arriva à la maison désignée et en ouvrit la porte. Tanneguy y donnait des instructions à une vingtaine de soldats armés de toutes pièces.

— Eh bien? dit Tanneguy en l'apercevant.

— Étes-vous prêts ? répondit de Gyac.

— Oui, maintenant il peut venir.

De Gyac retourna vers le duc.

— Le grand-maître a mal vu, monseigneur, dit-il; il n'y a personne dans cette maison.

Le duc se mit en marche. Il dépassa la première barrière, qui se referma aussitôt derrière lui. Cela lui donna quel-

---

* Le 11 septembre, il tomba assez de neige pour couvrir les champs à la hauteur de deux ou trois pouces. Toute la vendange, qui n'était point encore faite, fut perdue.

* On montre encore aujourd'hui à Montereau cette épée suspendue dans l'église.

ques soupçons ; mais comme il vit devant lui Tanneguy et le sire de Beauveau, qui étaient venus à sa rencontre, il ne voulut pas reculer. Il prêta son serment d'une voix ferme ; et montrant au sire de Beauveau sa légère cotte de mailles et sa faible épée :

— Vous voyez, monsieur, comme je viens ; — d'ailleurs, continua-t-il en se tournant vers Duchâtel en lui frappant sur l'épaule : *Voici en qui je me fie.*

Le jeune dauphin était déjà dans la loge en charpente au milieu du pont : il portait une robe longue de velours bleu clair garnie de martre, un bonnet de la forme à peu près de nos casquettes de chasse modernes, dont le fond était entouré d'une petite couronne de fleurs de lis d'or ; la visière et les rebords étaient de fourrure pareille à celle de la robe.

En apercevant le prince, les doutes du duc de Bourgogne s'évanouirent ; il marcha droit à lui, entra sous la tente, remarqua que, contre les usages, il n'y avait point de barrière au milieu pour séparer les deux partis : mais, sans doute, il crut que c'était un oubli, car il n'en fit pas même l'observation. Quand les dix seigneurs qui l'accompagnaient furent entrés à sa suite, on ferma les deux barrières.

A peine s il y avait dans cette étroite tente un espace suffisant pour que les vingt-quatre personnes qui y étaient enfermées pussent y tenir, même debout ; Bourguignons et Français étaient mêlés au point de se toucher. Le duc ôta son chaperon, et mit le genou gauche en terre devant le dauphin.

— Je suis venu à vos ordres, monseigneur, dit-il, quoique quelques-uns m'aient assuré que cette entrevue n'avait été demandée par vous qu'à l'effet de me faire des reproches ; j'espère que cela n'est pas, monseigneur, ne les ayant pas mérités.

Le dauphin croisa ses deux bras, sans l'embrasser ni le relever, comme il avait fait à la première entrevue.

— Vous vous êtes trompé, monsieur le duc, dit-il d'une voix sévère ; oui, nous avons de graves reproches à vous faire, car vous avez mal tenu la promesse que vous nous aviez engagée. Vous m'avez laissé prendre ma ville de Pontoise, qui est la clef de Paris ; et, au lieu de vous jeter dans la capitale pour la défendre ou y mourir, comme vous le deviez en sujet loyal, vous avez fui à Troyes.

— Fui, monseigneur ! dit le duc en tressaillant de tout son corps à cette expression outrageante.

— Oui, fui, répéta le dauphin appuyant sur le mot. — Vous avez...

Le duc se releva, ne croyant pas sans doute devoir en entendre davantage ; et, comme dans l'humble posture qu'il avait prise, une des ciselures de la poignée de son épée s'était accrochée à une maille de son haubergeon, il voulut faire reprendre à cette arme sa position verticale : le dauphin recula d'un pas, ne sachant pas quelle était l'intention du duc en touchant son épée.

— Ah ! vous portez la main à votre épée en présence de votre maître ! s'écria Robert de Loire en se jetant entre le duc et le dauphin.

Le duc voulut parler. Tanneguy se baissa, ramassa une courte hache cachée derrière la tapisserie ; puis se redressant de toute sa hauteur : *Il est temps !* dit-il en levant sa hache sur la tête du duc.

Le duc vit le coup qui le menaçait ; il voulut le parer de la main gauche, tandis qu'il portait la droite à la garde de son épée, mais il n'eut pas même le temps de la tirer : la hache de Ta nneguy tomba, abattant la main gauche du duc, et du même coup lui feudant la tête depuis la pommette de la joue jusqu'au bas du menton.

Le duc resta encore un instant debout, comme un chêne qui ne peut tomber ; alors Robert de Loire lui plongea son poignard dans la gorge et l'y laissa.

Le duc jeta un cri, étendit les bras et alla tomber aux pieds de Gyac.

Il y eut alors une grande clameur et une affreuse mêlée, car dans cette tente où deux hommes auraient eu à peine de la place pour se battre, vingt hommes se ruèrent les uns sur les autres. Un moment, on ne put distinguer au-dessus de

toutes ces têtes que des mains, des haches et des épées. Le Français criaient : Tue ! tue ! à mort ! Les Bourguignons criaient : Trahison ! trahison ! alarme ! Les étincelles jaillissaient des armes qui se rencontraient, le sang s'élançait des blessures. Le dauphin, épouvanté, s'était jeté le haut du corps en dehors de la barrière. A ses cris, le président Louvet arriva, le prit par-dessous les épaules, le tira dehors, et l'entraîna presque évanoui vers la ville ; sa robe de velours bleu était toute ruisselante du sang du duc de Bourgogne, qui avait rejailli jusque sur lui.

Cependant, le sire de Montagu, qui était au duc, était parvenu à escalader la barrière, et criait : Alarme ! De Noailles allait la franchir aussi, lorsque Narbonne lui fendit le derrière de la tête, il tomba hors de la tente et expira presque aussitôt. Le seigneur de Saint-Georges était profondément blessé au côté droit d'un coup de pointe de hache ; le seigneur d'Ancre avait la main fendue.

Cependant le combat et les cris continuaient dans la tente ; on marchait sur le duc mourant, que nul ne songeait à secourir. Jusqu'alors, les Dauphinois, mieux armés, avaient le dessus ; mais aux cris du seigneur de Montaigu, Antoine de Thoulongeon, Simon Othelimer, Sambutier et Jean d'Ermay accoururent, s'approchèrent de la loge, et tandis que trois d'entre eux dardaient leurs épées à ceux du dedans, le quatrième rompait la barrière. De leur côté, les hommes cachés dans la maison sortirent et arrivèrent en aide aux Dauphinois. Les Bourguignons, voyant que toute résistance était inutile, prirent la fuite par la barrière brisée. Les Dauphinois les poursuivirent, et trois personnes seulement restèrent sous la tente vide et ensanglantée.

C'était le duc de Bourgogne, étendu et mourant ; c'était Pierre de Gyac, debout, les bras croisés et le regardant mourir ; c'était enfin Olivier Layet, qui, touché des souffrances de ce malheureux prince, soulevait son haubergeon pour l'achever par-dessous avec son épée. Mais de Gyac ne voulait pas voir abréger cette agonie, dont chaque convulsion lui appartenait ; et, lorsqu'il reconnut l'intention d'Olivier, d'un violent coup de pied il lui fit voler son épée des mains. Olivier étonné leva la tête.

— Eh ! sangdieu ! lui dit-il en riant de Gyac, laissez donc ce pauvre prince mourir tranquille.

Puis, lorsque le duc eut rendu le dernier soupir, il lui mit la main sur le cœur pour s'assurer qu'il était bien mort ; et, comme le reste l'inquiétait peu, il disparut sans que personne fit attention à lui.

Cependant les Dauphinois, après avoir poursuivi les Bourguignons jusqu'au pied du château, revinrent sur leurs pas. Ils trouvèrent le corps du duc étendu à la place où ils l'avaient laissé, et près de lui le curé de Montereau, qui, les genoux dans le sang, lui disait les prières des morts. Les gens du dauphin voulurent lui arracher ce cadavre et le jeter à la rivière ; mais le prêtre leva son crucifix sur le duc, et menaça de la colère du ciel quiconque oserait toucher ce pauvre corps, dont l'âme était si violemment sortie. Alors Cœsmerel, bâtard de Tanneguy, lui détacha du pied un de ses éperons d'or, jurant de le porter désormais comme un ordre de chevalerie ; et les valets du dauphin, suivant cet exemple, arrachèrent les bagues dont ses mains étaient couvertes, ainsi que la magnifique chaîne d'or qui pendait à son cou.

Le prêtre resta là jusqu'à minuit ; puis à cette heure seulement, avec l'aide de deux hommes, il porta le corps dans un moulin, près du pont, le déposa sur une table et continua de prier près de lui jusqu'au lendemain matin. A huit heures, le duc fut mis en terre, en l'église Notre-Dame, devant l'autel Saint-Louis ; il était revêtu de son pourpoint et de ses housseaux, sa barrette était tirée sur son visage ; aucune cérémonie religieuse n'accompagna l'inhumation : cependant, pour le repos de son âme, il fut dit douze messes pendant les trois jours qui suivirent son assassinat.

Ainsi tomba par trahison le puissant duc de Bourgogne, surnommé Jean-sans-Peur. Douze ans auparavant, il avait aussi par trahison frappé le duc d'Orléans des mêmes coups dont il venait d'être atteint à son tour ; il avait commandé de lui abattre la main gauche, et sa main gauche, à lui, était tombée; il lui avait fait fendre la tête d'un coup de hache, et sa tête venait d'être ouverte par la même blessure, faite par la même arme. Les gens religieux et croyans virent dans cette coïncidence singulière une application de ces paroles du Christ : « Celui qui frappe de l'épée périra par l'épée. » Depuis que le duc d'Orléans était tombé par ses ordres, la guerre civile avait, comme un vautour affamé, rongé sans relâche le cœur du royaume. Le duc Jean lui-même, comme s'il traînait avec lui la punition de son homicide, n'avait pas eu, depuis qu'il l'avait commis, un seul instant de repos : sa renommée avait subi mille affronts, son bonheur avait souffert mille atteintes; il était devenu défiant, irrésolu, timide même.

La hache de Tanneguy Duchâtel porta le premier coup à l'édifice féodal de la monarchie capétienne; elle abattit avec fracas la plus forte colonne de cette grande vassalité qui en soutenait la voûte : un instant le temple craqua, et l'on put croire qu'il allait s'écrouler; mais pour le soutenir restaient encore debout les ducs de Bretagne, les comtes d'Armagnac, les ducs de Lorraine et les rois d'Anjou. Le dauphin, au lieu d'un allié incertain qu'il avait dans le père, gagna dans le fils un ennemi déclaré : la réunion du comte de Charolais aux Anglais poussa la France jusqu'au bord de l'abîme; mais l'usurpation du duc Jean, qui ne pouvait se faire que par la cession perpétuelle aux Anglais de la Normandie et de la Guyenne, l'y eût sans aucun doute précipitée.

Quant à Tanneguy Duchâtel, c'est un de ces hommes de tête et de cœur, de courage et d'exécution, dont l'histoire coule en bronze les rares statues; son dévoûment à la dynastie le conduisit à l'assassinat : ce fut sa vertu qui fit son crime. Il commit le meurtre au profit d'un autre, et en garda pour lui la responsabilité; son action est de celles que les hommes ne jugent pas, que Dieu pèse, que le résultat absout. Simple chevalier, il lui fut donné de toucher deux fois aux destinées presque accomplies de l'État et de les changer entièrement : la nuit où il enleva le dauphin de l'hôtel Saint-Paul, il sauva la monarchie; le jour où il frappa le duc de Bourgogne à Montereau, il fit plus encore, il sauva la France *.

XXIV.

Nous avons dit qu'aussitôt que le sire de Gyac avait vu le duc mort, il avait quitté le pont.

Il était sept heures du soir, le temps devenait sombre, la nuit s'avançait; il détacha son cheval, qu'il avait laissé au moulin dont nous avons parlé, et reprit seul le chemin de Bray-sur-Seine.

Malgré le froid très vif qui se faisait sentir, malgré l'ombre qui, d'instant en instant, devenait plus épaisse, cheval et cavalier ne marchaient qu'au pas. De Gyac était absorbé dans de sombres pensées; la rosée de sang n'avait pas rafraîchi son front; la mort du duc n'avait accompli que la moitié de ses désirs de vengeance, et le drame politique dans lequel il venait de jouer un rôle si actif, achevé pour tout le monde, avait, pour lui seul, un double dénoûment.

Il était huit heures et demie quand le sire de Gyac arriva à Bray-sur-Seine. Au lieu de rentrer par les rues du village, il en fit le tour, attacha son cheval au mur extérieur d'un jardin, en ouvrit la porte, pénétra dans la maison et monta à tâtons un escalier étroit et tournant qui conduisait au pre-

* Nous rappellerons, une fois pour toutes, que nous exposons dans nos résumés de règnes, d'époques ou d'événemens, une opinion purement personnelle, sans aucun désir de prosélytisme, sans aucun espoir qu'elle devienne générale.

mier étage. Arrivé à la dernière marche, la lumière qui glissait à travers une porte entr'ouverte, lui indiqua la chambre de sa femme. Il s'avança sur le seuil ; la belle Catherine était seule et assise, le coude appuyé sur une petite table sculptée, couverte de fruits ; son verre à moitié vide annonçait qu'elle avait interrompu une légère collation pour se laisser entraîner par son cœur à l'une de ces rêveries de jeune femme, si douce à contempler pour celui qui en est l'objet, si infernale lorsque l'évidence crie à la jalousie : Ce n'est pas toi qui les causes; ce n'est point à toi que l'on pense.

De Gyac ne put supporter plus longtemps cette vue : il était entré sans qu'on l'entendît, tant la préoccupation de Catherine était grande ! Il repoussa tout-à-coup la porte avec violence; Catherine jeta un cri, se levant tout debout, comme si une main invisible l'eût soulevée par les cheveux. Elle reconnut son mari :

— Ah ! c'est vous ? dit-elle ; et, passant tout-à-coup de l'expression de la frayeur à celle de la joie, elle força en même temps ses traits à sourire.

De Gyac regarda avec amertume cette délicieuse figure qui obéissait avec tant d'abandon tout à l'heure aux impressions du cœur, avec tant d'intelligence maintenant aux volontés de l'esprit. Il secoua la tête et alla s'asseoir près d'elle sans répondre : jamais cependant il ne l'avait vue aussi belle.

Elle lui tendit une main effilée et blanche, toute couverte de bagues, et dont le bras nu se perdait, à compter du coude, dans de larges manches tombantes et garnies de fourrures. De Gyac prit cette main, la regarda avec attention, retourna le chaton de l'un des anneaux qui se trouvait en dedans : c'était celui dont il avait vu l'empreinte sur le cachet de la lettre écrite au duc. Il y retrouva l'étoile perdue dans un ciel orageux; il lut les mots qui étaient gravés au-dessous d'elle.

— La même, murmura-t-il ; la devise ne mentira pas.

Cependant Catherine, que cet examen inquiétait, essaya d'y faire diversion. Elle passa son autre main sur le front de Gyac : quoique pâle, il était brûlant.

— Vous êtes fatigué, monseigneur, dit Catherine; vous devez avoir besoin de prendre quelque chose, voulez-vous que j'appelle quelqu'un ?... Ce repas de femme, continua-t-elle en souriant, est un peu trop frugal pour un chevalier affamé.

Elle se leva, prit un petit sifflet d'argent pour appeler une de ses femmes. Elle allait le porter à sa bouche, lorsque son mari lui arrêta la main.

— Merci, madame, merci, dit de Gyac, il est inutile d'appeler ; ce qu'il y a là suffira : donnez-moi seulement un verre.

Catherine alla chercher elle-même l'objet que lui demandait son mari. Pendant qu'elle s'éloignait, de Gyac tira vivement un petit flacon de sa poitrine, et vida la liqueur qu'il contenait dans le verre à moitié plein resté sur la table. Catherine revint sans s'être aperçue de ce qui venait de se passer.

— Voici, monseigneur, dit-elle en versant du vin dans le verre et en le présentant à son mari ; voici, buvez à moi.

De Gyac trempa le bout de ses lèvres dans le verre, comme pour lui obéir.

— Est-ce que vous ne continuez pas votre repas? dit-il.

— Non, j'avais fini lorsque vous êtes arrivé.

De Gyac fronça le sourcil et jeta les yeux sur le verre de Catherine.

— Vous ne refuserez pas, du moins je l'espère, continua-t-il, de faire raison à mon toast, comme j'ai fait raison au vôtre ; — et il présenta à sa femme le verre empoisonné.

— Et quel est ce toast, monseigneur ? dit Catherine en le prenant.

— Au duc de Bourgogne ! répondit de Gyac.

Catherine, sans défiance aucune, inclina la tête en souriant, porta le verre à sa bouche et le vida presque entièrement. De Gyac la suivit des yeux avec une expression infernale. Quand elle eut fini, il se prit à rire. Ce rire étrange fit tressaillir Catherine; elle le regarda étonné.

— Oui, oui, dit de Gyac, comme répondant à cette interrogation muette; oui, vous vous êtes tellement pressée de m'obéir, que je n'ai pas eu le temps d'achever de prononcer mon toast.

— Que vous restait-il à dire? reprit Catherine avec un vague sentiment de crainte : ce toast n'était-il pas complet, ou n'ai-je pas bien entendu? — Au duc de Bourgogne!...

— Si fait, madame ; mais j'allais ajouter : Et que Dieu ait plus de miséricorde pour son âme, que les hommes n'ont eu de pitié pour son corps.

— Que dites-vous? s'écria Catherine en restant la bouche entr'ouverte, les yeux fixes, et pâlissant tout-à-coup ; que dites-vous? reprit-elle une seconde fois avec plus de force.

Et le verre qu'elle tenait s'échappa de ses doigts raidis, et se brisa en morceaux.

— Je dis, répondit de Gyac, que le duc Jean de Bourgogne a été assassiné, il y a deux heures, sur le pont de Montereau.

Catherine jeta un grand cri, et, s'affaissant sur elle-même, tomba sur un fauteuil qui était derrière elle.

— Oh ! cela n'est pas, dit-elle avec l'accent du désespoir, cela n'est pas.

— Cela est, reprit froidement de Gyac.

— Qui vous l'a dit?

— Je l'ai vu.

— Vous?

— J'ai vu à mes pieds, entendez-vous, madame? j'ai vu le duc se tordre dans l'agonie, perdant son sang par cinq blessures, mourant sans prêtre et sans espoir. J'ai vu que sa bouche allait exhaler son dernier soupir, et je me suis penché sur lui pour le sentir passer.

— Oh ! vous ne l'avez pas défendu ! vous ne vous êtes pas jeté au devant du coup ! vous n'avez pas sauvé !...

— Votre amant ! n'est-ce pas, madame? interrompit de Gyac d'une voix terrible, et regardant Catherine en face.

Elle jeta un cri ; et, ne pouvant supporter le regard dévorant que son mari fixait sur elle, elle cacha sa tête entre ses deux mains.

— Mais vous ne deviniez donc rien? continua de Gyac en se levant à son tour. Est-ce stupidité ou effronterie, madame?... Vous ne deviniez donc pas que cette lettre que vous lui avez écrite, que vous avez cachetée de ce cachet que vous portez au doigt, là (il lui arracha la main de devant les yeux), cette lettre dans laquelle vous lui donniez un rendez-vous adultère, c'est moi qui l'ai reçue ; que je l'ai suivi ; que cette nuit (il jeta les yeux sur sa main droite), nuit de délices pour vous, nuit d'enfer pour moi, me coûte mon âme? Vous ne deviniez pas que, lorsqu'il entra au château de Creil, j'y entrai avant lui ; que lorsque vous passâtes enlacés aux bras l'un de l'autre dans cette sombre galerie, je vous voyais, j'étais là, je vous touchais presque? Oh ! oh ! vous ne devinez donc rien? il faut donc tout vous dire?...

Catherine épouvantée tomba sur ses mains et ses genoux, en criant : Grâce ! grâce !...

— Et dites maintenant, continua de Gyac en croisant ses bras sur sa poitrine et en secouant la tête, vous dissimuliez votre honte et moi ma vengeance ; mais quel est de nous deux le maître en dissimulation?... Ah ! ce duc, ce grand vassal orgueilleux, ce prince souverain que les serfs de ses vastes domaines appelaient en trois langues due de Bourgogne, comte de Flandre et d'Artois, palatin de Malines et de Salins, dont un mot mettait cinquante mille hommes d'armes sur pied dans ses six provinces, il a cru, ce prince, ce due, ce palatin, qu'il était assez fort et assez puissant pour me faire affront, à moi, Pierre de Gyac, simple chevalier ! et il l'a fait, l'insensé!... Eh bien ! je n'ai rien dit, moi ; je n'ai point écrit de lettres souveraines ; je n'ai point convoqué mes hommes d'armes, mes vassaux, mes écuyers et mes pages ; non, j'ai enfermé ma vengeance dans mon sein et je lui ai donné mon cœur à ronger... puis, quand le jour est venu, j'ai pris mon ennemi par la main comme un faible enfant, je l'ai conduit à Tanneguy Duchâtel, et j'ai dit : Frappe, Tanneguy !... et maintenant, — il se mit à rire convulsivement, — maintenant cet homme qui tenait sous sa domination des provinces à couvrir la moitié du royaume de France, cet homme, il est couché dans la boue et dans le sang,

et ne trouvera peut-être pas six pieds de terre pour reposer tranquille pendant l'éternité.

Catherine était à ses pieds, criant merci et se roulant sur le verre brisé, qui lui coupait les mains et les genoux.

— Eh bien ! madame, vous entendez, continua de Gyac, malgré son nom, malgré sa puissance, malgré ses hommes d'armes, je me suis vengé de lui ; jugez si je me vengerai de sa complice, qui n'est qu'une femme, qui est seule, que je puis briser d'un souffle, que je puis étouffer entre mes deux mains.

— Oh ! qu'allez-vous faire? s'écria Catherine.

De Gyac la prit par le bras. — Debout, madame, dit-il, et il la dressa devant lui, — debout !...

Catherine jeta les yeux sur elle, sa robe blanche était toute tachée de sang ; à cette vue un éblouissement passa sur ses yeux, sa voix s'éteignit dans sa gorge, elle étendit les bras et s'évanouit.

De Gyac l'enleva pliée sur son épaule, descendit l'escalier, traversa le jardin, posa son fardeau sur la croupe de Ralff, l'y assujettit à l'aide de son écharpe, et se mit en selle, liant Catherine autour de son corps avec le ceinturon de son épée. Malgré son double poids, Ralff partit au galop, dès qu'il sentit l'éperon de son maître.

De Gyac dirigea sa course à travers terres : devant lui s'étendait à l'horizon les vastes plaines de la Champagne, et la neige, qui commençait à tomber à gros flocons, couvrait les champs d'un vaste linceul et leur donnait l'aspect âpre et sauvage des steppes sibériennes ; nulle montagne ne se découpait dans le lointain, des plaines, toujours des plaines ; seulement, d'espace en espace, quelques peupliers blanchis se balançaient au vent, pareils à des fantômes dans leurs suaires ; nul bruit humain ne troublait ces solitudes désolées ; le cheval, dont les pieds retombaient sur un tapis de neige, redoublait ses élans silencieux, son cavalier lui-même retenait sa respiration, tant il semblait qu'au milieu de cette nature glacée, tout dût prendre l'aspect et imiter le silence de la mort !

Après quelques minutes, les flocons de neige qui tombaient sur sa figure, le mouvement du cheval qui brisait son corps faible et diaphane, le froid saisissant de la nuit, rappelèrent Catherine à la vie. En reprenant ses esprits, elle crut être en proie à l'un de ces songes douloureux où nous pensons que quelque dragon ailé nous emporte à travers les airs. Bientôt une vive douleur à la poitrine, une douleur comme serait celle produite par un charbon ardent, lui rappela que tout était réel ; la vérité terrible, sanglante, inexorable, se dressa devant elle ; tout ce qui venait de se passer se représenta à sa mémoire, les menaces de son mari revinrent à son esprit, et la situation dans laquelle elle se retrouvait la fit trembler qu'il ne commençât à les mettre à exécution.

Tout-à-coup une nouvelle douleur plus ardente, plus aiguë, plus incisive, lui fit jeter un cri : il se perdit sans écho, glissant sur cette vaste nappe de neige ; seulement le cheval effrayé tressaillit et redoubla de vitesse.

— Oh ! monseigneur, je souffre bien, dit Catherine.

De Gyac ne répondit pas.

— Laissez-moi descendre, continua-t-elle, laissez-moi prendre un peu de neige, ma bouche brûle, ma poitrine est en feu.

De Gyac se taisait toujours.

— Oh ! je vous en supplie, au nom du ciel, par grâce, par pitié ! ce sont des lames de fer rouge ! de l'eau ! oh ! de l'eau !

Catherine se tordait dans le lien de cuir qui l'attachait au cavalier. Elle essayait de se glisser à terre, et l'écharpe la retenait ; elle semblait Lénore liée au fantôme, le cavalier était silencieux comme Wilhelm, et Ralff allait comme le cheval fantastique de Buërger.

Alors Catherine, sans espoir sur la terre, s'adressa au Seigneur.

— Miséricorde ! mon Dieu, miséricorde ! dit-elle, car c'est ainsi qu'on doit souffrir lorsque l'on est empoisonné.

A ces mots de Gyac éclata de rire. Ce rire étrange, infernal, eut un écho ; un autre rire lui répondit, éclatant, fuyant sur cette plaine funèbre. Ralff hennit, sa crinière se dressait de terreur.

Alors la jeune femme vit bien qu'elle était perdue, et que c'était son heure suprême. Elle comprit que rien ne pouvait la retarder, et elle se mit à prier Dieu tout haut, interrompant à chaque instant sa prière par les cris que la douleur ui arrachait.

De Gyac resta muet.

Bientôt il entendit faiblir la voix de Catherine, il sentit son corps, qu'il avait mille fois couvert de baisers, se tordre dans les convulsions de l'agonie ; il put compter les frissons mortels qui couraient dans ses membres liés aux siens ; puis, peu à peu la voix s'éteignit dans un râle rauque et continu ; les convulsions cessèrent et ne furent plus que des frémissemens presque insensibles ; enfin le corps se raidit, la bouche jeta un soupir : c'était le dernier effort de la vie, c'était le dernier adieu de l'âme ; de Gyac était attaché à un cadavre.

Trois quarts d'heure encore il continua sa route sans prononcer une parole, sans se retourner, sans regarder derrière lui.

Enfin il se trouva sur les bords de la Seine, un peu au-dessous de l'endroit où l'Aube, en s'y jetant, rend son cours plus profond et plus rapide : il arrêta Ralff, détacha la boucle du ceinturon qui enchaînait Catherine autour de lui, et le corps, que rien ne soutenait plus que l'écharpe qui le liait à la selle, tomba cambré et en travers sur la croupe du cheval.

Alors de Gyac descendit. Ralff, écumant, ruisselant de sueur, voulait entrer dans le fleuve ; son maître l'arrêta de la main gauche par le mors.

Puis de la droite il prit son poignard, chercha sur le cou de Ralff, avec sa pointe affilée et tranchante, l'endroit où battait l'artère : le sang jaillit.

Aussitôt l'animal blessé se cabra, jetant un hennissement plaintif, et, s'arrachant des mains de son maître, s'élança dans le fleuve, emportant avec lui le cadavre de Catherine

De Gyac, debout sur la grève, le regarda lutter contre le courant, qu'il eût facilement traversé sans la blessure qui l'affaiblissait. Arrivé au tiers du fleuve, il commença à dériver, sa respiration devint bruyante ; il essaya de revenir au bord d'où il était parti, sa croupe était déjà disparue, et à peine si l'on apercevait encore à la surface du fleuve la robe blanche de Catherine ; bientôt il tourna sur lui-même comme entraîné par un tourbillon, ses jambes de devant battaient l'eau et la faisaient jaillir : enfin le cou s'enfonça lentement, la tête à son tour disparut peu à peu, une vague la recouvrit ; la tête reparut un instant encore, s'enfonça une seconde fois, puis quelques bulles d'air vinrent crever à la surface de l'eau. Ce fut tout, et le fleuve, un instant troublé, reprit, au bout de quelques secondes, son cours silencieux et tranquille.

— Pauvre Ralff !... dit le sire de Gyac avec un soupir.

XXV.

Le lendemain de la mort du duc de Bourgogne, les gens d'armes qu'il avait placés la veille au château de Montereau rendirent cette forteresse au dauphin sous la condition de vie et biens saufs ; leurs capitaines étaient les chevaliers de Jouvelle et de Montagu.

Le même jour, le dauphin tint un grand conseil dans lequel il fut écrit plusieurs lettres aux villes de Paris, Châlons, Reims et autres ; il y rendait compte de sa conduite afin qu'on ne l'accusât pas d'avoir rompu la paix jurée et d'avoir manqué à sa parole royale. Puis, ces choses faites, il se retira à Bourges avec ses prisonniers, laissant pour capitaine de la ville de Montereau messire Pierre de Guitry.

Lorsque l'événement que nous avons raconté fut connu à Paris, il y produisit une triste et profonde sensation. Le jeune comte de Saint-Pol, lieutenant du roi en cette ville, convoqua aussitôt le chancelier de France, le prévôt de Paris, le prévôt des marchands, tous les conseillers et officiers du roi, et avec eux une foule de nobles et de bourgeois. Alors il leur annonça la mort sanglante du duc Jean de Bourgogne, leur fit jurer sur les Évangiles et les reliques de ne faire aucun traité avec les séditieux et meurtriers, et de dénoncer et accuser devant la justice tous ceux qui porteraient faveur aux partisans du dauphin.

Ce fut à Gand que Philippe de Charolais, seul héritier mâle du duc de Bourgogne, apprit l'assassinat de Montereau. Il alla se jeter tout en pleurant dans les bras de sa femme.

— Michelle, Michelle, lui dit-il, votre frère le dauphin a fait assassiner mon père.

La pauvre princesse fut bien triste et bien troublée à cette nouvelle, car elle craignait que cet événement n'influât sur l'amour que lui portait son mari.

Lorsque le désespoir du comte de Charolais fut un peu calmé, il revêtit solennellement le titre de duc de Bourgogne, tint conseil sur ce qu'il y avait à faire avec les bonnes gens de Gand, de Bruges et d'Ypres, prit possession du comté de Flandre ; puis incontinent se rendit à Malines, où il eut une conférence avec le duc de Brabant, son cousin, Jean de Bavière, son oncle, et la comtesse de Hainault, sa .ante ; tous trois furent d'avis qu'il fallait à l'instant même contracter alliance avec le roi Henri d'Angleterre. En conséquence l'évêque d'Arras, messire Athis de Brimeux, et messire Roland de Heclekerk, furent envoyés à Rouen, où ils reçurent un bel accueil du roi anglais, qui vit dans l'alliance proposée au nouveau duc un moyen de renouer avec madame Catherine de France, dont il avait gardé un vif souvenir, un mariage auquel, d'un autre côté, se rattachaient pour lui des calculs de la plus haute politique.

Le roi d'Angleterre répondit donc que dans le plus bref délai il enverrait au duc Philippe des ambassadeurs chargés de lui présenter un traité. Il s'empressa de rédiger les conditions ; et vers l'époque de la Saint-André, l'évêque de Rochester et les comtes de Warwick et de Kent se rendirent, au nom du roi Henri, dans la ville d'Arras, où le duc leur fit la plus magnifique réception.

Voici ce que proposait le roi d'Angleterre, et les articles pour la ratification desquels le duc de Bourgogne devait employer son influence près du roi Charles et de ses conseillers ; on verra combien ses prétentions avaient augmenté depuis que l'apathie incroyable du duc Jean avait laissé tomber entre ses mains les villes de Rouen et de Pontoise, ces deux portes de Paris, par la possession desquelles le roi ennemi portait d'avance à sa ceinture les clefs de la capitale.

1° *Le roi d'Angleterre offre d'épouser madame Catherine sans imposer aucune charge au royaume ;*

2° *De laisser au roi Charles la jouissance de la couronne et les revenus du royaume pendant sa vie ;*

3° *Après la mort du roi Charles, la couronne de France sera dévolue à jamais au roi Henri et à ses héritiers ;*

4° *A cause de la maladie du roi, qui l'empêche de vaquer au gouvernement, le roi d'Angleterre prendra le titre et l'autorité de régent ;*

5° *Les princes, les grands, les communes, les bourgeois prêteront serment au roi d'Angleterre comme régent, et s'engageront à le reconnaître pour souverain à la mort du roi Charles.*

Le duc Philippe s'engagea à faire souscrire le roi de France à ce traité, à la condition qu'à son tour le roi d'Angleterre s'engagerait à reconnaître et à observer les articles suivans :

1° *Un des frères du roi Henri épousera une des sœurs du duc ;*

2° *Le roi et le duc s'aimeront et s'assisteront comme frères ;*

3° *Ils poursuivront ensemble la punition du dauphin et des autres meurtriers du duc Jean ;*

4° *Si le dauphin ou quelqu'autre desdits meurtriers était fait prisonnier, il ne pourra être racheté sans le consentement du duc ;*

5° Le roi d'Angleterre assignera au duc et à madame Michelle sa femme des terres pour 20,000 livres de rente, dont
hommage lui sera fait.

On voit que dans ce double traité qui disposait de la
France et qui dépouillait le roi, on n'avait oublié que deux
choses que probablement on regarda comme inutiles : c'é-
tait le consentement du roi et la ratification de la France.

N'importe, voici à quelles conditions, sous prétexte de
venger la mort du duc Jean, la France fut vendue le 21 dé-
cembre 1419 par le duc Philippe de Bourgogne au roi Henri
d'Angleterre ; le père l'avait trahie, le fils la livra.

Cependant, et tandis qu'on lui accordait la royauté comme
une pension viagère, le vieux roi était à Troyes avec madame Isabel, qu'il reprenait en amour chaque fois que lui revenait la raison, et en haine chaque fois que lui reprenait la
folie. La nouvelle de l'assassinat du duc Jean, la part que les
ennemis du dauphin accusèrent d'abord ce jeune prince d'y
avoir prise, produisirent sur le faible vieillard une impression telle qu'il retomba dans la démence la plus complète.
Quoique, depuis ce moment jusqu'à celui de sa mort, beaucoup de mandemens importans soient signés de lui, et entre
autres, le traité connu sous le nom de traité de Troyes, il est
évident qu'il ne reprit jamais sa raison, et que la responsabilité de ces actes, de plus en plus préjudiciables aux intérêts de la France, doit peser sur la mémoire du duc Philippe et de la reine Isabel ; car, à compter de ce jour, la vie
du roi Charles VI fut une agonie et non pas un règne.

Le 21 mars 1420, le duc de Bourgogne entra dans la ville
de Troyes, aux grandes acclamations des bourgeois et du
peuple, et prêta foi et hommage au roi comme succédant au
duc son père, dans la propriété du duché de Bourgogne, du
comté de Flandre, du comté d'Artois et autres seigneuries ;
mais le duc, avant que la France fût cédée à l'Angleterre,
voulut pour sa part, sans doute en qualité de prince de la
fleur-de-lis, en enlever quelques splendides lambeaux. Lille,
Douai et Orchies avaient été engagées à la maison de Bourgogne ; on fit renoncer le roi Charles à son droit de rachat ;
la dot de madame Michelle n'était point encore payée, le duc
consentit à recevoir en échange les villes de Roye, de Montdidier et de Péronne, de Péronne l'imprenable, qui, au milieu de tous les assauts de guerre étrangère et de guerre civile, conserva son nom de Pucelle, comme certaines montagnes des Alpes qu'on ne peut gravir prennent le nom de
Vierges.

Ainsi l'Anglais et le Bourguignon, pour mieux violer la
France, commençaient par lui arracher sa ceinture de places
fortes. Le dauphin seul défendait sa mère.

Quand le duc Philippe eut bien choisi parmi nos villes celles qui étaient le mieux à sa convenance ; quand il les eut
échelonnées sur une ligne si droite, que Montdidier, située
à vingt-cinq lieues seulement de Paris, semblait pénétrer au
cœur de la France comme la pointe d'une épée dont la poignée était à Gand, alors, fidèle comme un complice, il s'occupa des promesses faites au roi Henri, et, il faut l'avouer,
il les remplit exactement. Le roi consentit au mariage de sa
fille Catherine avec Henri de Lancastre ; le roi ratifia l'ex-
clusion du dauphin son fils et héritier, le roi annula la sage
constitution jadis faite par ses prédécesseurs, qui défendait
la succession aux femmes, si bien que le 13 avril 1420 le
duc Philippe écrivit au roi d'Angleterre que tout était fini, et
qu'il pouvait venir.

En effet, le roi anglais arriva le 20 mai suivant, accompagné de ses deux frères, les ducs de Glocester et de Clarence,
escorté des comtes de Huntington, de Warwick et de Kent,
et suivi de seize cents hommes d'armes. Le duc de Bourgogne alla au devant de lui et le ramena jusqu'au logis qui lui
avait été préparé dans la ville, comme le devait le futur vassal à l'égard de son souverain à venir. Aussitôt après son
arrivée, le roi alla voir la reine et madame Catherine ; il retrouva celle-ci plus gracieuse et plus belle que jamais, et
peut-être ne savait-il pas lui-même laquelle il était le plus
pressé de posséder, de la fiancée ou de la France.

Le lendemain les deux rois signèrent le fameux traité de
Troyes ; c'était la honte et la perte du royaume, et de ce

moment chacun put croire que l'ange de la patrie était remonté au ciel. Le dauphin seul ne désespéra jamais ; la main
sur le cœur de la France, il en comptait les battemens, et
devinait qu'elle pouvait encore vivre.

Le 2 juin, on célébra le mariage de Henri d'Angleterre et
de Catherine de France ; c'était la seconde fleur qu'on détachait de la tige royale des lis pour orner la couronne de la
Grande-Bretagne. Deux fois le présent fut fatal à ceux qui
le reçurent ; deux fois la mort entra dans le lit des rois
d'Angleterre à la suite des embrassemens des filles de France ; Richard ne survécut que trois ans à son mariage ; Henri
devait mourir au bout de dix-huit mois.

De ce jour, il y eut deux régens de France, deux héritiers
de la couronne ; le dauphin était maître du midi, le roi
d'Angleterre possédait le nord : alors commença ce grand
duel dont le prix était un royaume

L'avantage des premiers coups fut au roi d'Angleterre ;
après un siége de quelques jours, Sens se rendit, Villeneuve-
le-Roi fut emporté d'assaut, et Montereau pris à l'échelade.

Là le duc de Bourgogne devait une expiation au meurtre
de son père ; et ce fut son premier soin en entrant dans la
ville. Des femmes lui indiquèrent la tombe du duc Jean ; un
drap d'église fut étendu sur la pierre sépulcrale, un cierge
fut allumé à chaque bout, tout une nuit les prêtres chantè-
rent l'office des morts, et le lendemain au matin la pierre
fut levée, et l'on creusa la tombe. On y retrouva le corps du
duc couvert encore de son pourpoint et de son heaume ;
seulement la main gauche s'était tout-à-fait détachée, et sa
tête, fendue par Tanneguy Duchâtel, montrait béante la blessure par laquelle les Anglais entraient dans le royaume de
France.

Le cadavre fut mis en un cercueil de plomb, plein de sel,
et depuis exposé en Bourgogne dans un couvent de Char-
treux, situé hors de la ville de Dijon ; le corps du bâtard de
Croy, qui avait été tué à l'attaque de la ville, fut descendu et
enterré dans la fosse même d'où l'on venait de tirer celui du
duc.

Ces soins remplis, les Bourguignons et les Anglais allèrent assiéger Melun ; mais cette ville commença à leur opposer une rude résistance. Elle était pleine de brave sang
français. Le sire de Barbasan en était le principal capitaine ;
il y avait sous ses ordres le seigneur de Préaux, messire
Pierre de Bourbon, et un nommé Bourgeois, qui fit merveille pendant tout le siége. Le roi d'Angleterre et le duc,
voyant ces préparatifs de défense, cernèrent la ville : le premier alla avec ses deux frères et le duc de Bavière, établir
ses logis du côté du Gâtinais ; le second, accompagné du
comte de Huntington et de plusieurs autres capitaines anglais, dressa ses tentes du côté de la Brie ; on jeta sur la
Seine un pont de bateaux, pour établir les communications
d'une armée à l'autre ; et le duc de Bourgogne et le roi, afin
de n'être point surpris par les assiégeans, firent clore chacun leurs enceintes de bons fossés et de pieux, ménageant
seulement des entrées et des sorties qui étaient fermées
par de fortes barrières. Pendant ce temps le roi de France et les deux reines quittèrent Troyes et vinrent tenir
leur état en la ville de Corbeil. Ce siége dura ainsi quatre mois et demi sans grands avantages de la part des assiégeans.

Cependant le duc de Bourgogne s'était emparé d'un très
fort boulevart que les assiégés avaient élevé en avant de
leurs fossés, et du haut duquel leurs canons et leurs bombar-
des faisaient beaucoup de mal aux assiégeans ; alors le roi
d'Angleterre fit de son côté percer une mine. Elle s'approchait déjà du mur, lorsque Juvénal des Ursins, fils de l'avocat au parlement, crut entendre quelque bruit souterrain : il
appela des ouvriers, et leur ordonna de faire une contre-
mine. Lui-même, ayant derrière lui des hommes d'armes,
présidait à l'ouvrage avec une longue hache à la main, lorsque par hasard passa le sire de Barbasan : Juvénal lui raconta la chose, et lui dit qu'il restait là pour combattre dans
le souterrain ; alors Barbasan, qui l'aimait comme son fils,
examina sa longue hache, secoua la tête en disant :

— Ah ! frère, tu ne sais pas encore ce que c'est que de

combattre dans une mine ! il faut des bâtons plus courts que celui-là pour en venir main à main.

Alors il tira son épée et coupa le manche de la hache à une longueur convenable ; puis, lorsqu'il eut fini, comme il tenait son épée nue :

— Mets-toi à genoux, dit-il à Juvénal. Celui-ci obéit ; alors il lui donna l'accolade. Et maintenant, dit-il en le relevant, fais en bon et loyal chevalier.

Après deux heures de travail, les ouvriers anglais et français n'étaient plus éloignés l'un de l'autre que de l'épaisseur d'un mur ordinaire : en un instant cet intervalle fut effondré ; de chaque côté les ouvriers se retirèrent ; et les hommes d'armes commencèrent à se charger rudement dans cet étroit et sombre passage où l'on pouvait à peine marcher quatre de front ; c'est alors que Juvénal reconnut la vérité de ce que lui avait dit Barbasan : sa hache à manche raccourci faisait merveille ; les Anglais prirent la fuite, le nouveau chevalier gagna ses éperons.

Une heure après, les Anglais revinrent en force, poussant devant eux une barrière qu'ils établirent au milieu de la mine pour en interdire le passage aux Dauphinois ; au milieu de ce travail il arriva un renfort à ceux de la ville, et de grands *poussis* de lances se firent toute la nuit. Cette nouvelle manière de combattre offrait cette singularité que l'on pouvait se blesser, se tuer même, mais non pas se prendre, chaque assaillant combattant d'un côté de la barrière.

Le lendemain, un héraut d'armes anglais, précédé d'un clairon, se présenta devant les murs de la ville. Il apportait un défi de la part d'un chevalier anglais qui voulait rester inconnu : il offrait à tout Dauphinois, chevalier et noble de maison, une passe à cheval, dans laquelle chaque adversaire briserait deux lances ; puis, si ni l'un ni l'autre n'était blessé, un combat à pied, à la hache ou à l'épée, le chevalier anglais choisissant pour lieu du combat le passage souterrain, et laissant au chevalier dauphinois qui l'accepterait, le choix du jour et du lieu.

Lorsque le héraut eut fait ce défi, il alla clouer à la porte de la ville qui se trouvait la plus proche de lui le gant de son maître, comme gage de combat et signe de défi.

Le seigneur de Barbasan, qui était accouru sur la muraille avec une grande multitude de peuple, jeta alors son gant du haut du rempart en preuve qu'il prenait pour son compte le défi du chevalier inconnu ; puis il ordonna à un écuyer d'aller détacher celui que le héraut avait cloué à la porte. L'écuyer lui obéit.

Beaucoup de gens trouvèrent que ce n'était pas le fait d'un capitaine de place de s'exposer ainsi dans un combat singulier, mais Barbasan les laissa dire, et se prépara au combat pour le lendemain.

Pendant la nuit on aplanit le passage pour que rien ne fît obstacle aux chevaux ; des espèces de niches furent creusées des deux côtés de la barrière pour y placer les trompettes ; des torches furent clouées aux parois pour éclairer le combat.

Le lendemain, à huit heures du matin, les adversaires se présentèrent à chaque extrémité, ayant chacun un clairon à leur suite. Le clairon anglais sonna le premier, l'autre lui répondit ; puis, lorsqu'il eut fini, les quatre trompettes qui étaient près de la barrière sonnèrent à leur tour.

A peine le dernier son eut-il expiré sous la voûte, que les deux chevaliers s'y enfoncèrent, la lance en arrêt.

Ils se virent venir de loin comme deux ombres marchant l'une contre l'autre dans un passage de l'enfer ; seulement le lourd galop de leurs coursiers armés comme eux prouvait, en faisant trembler tout le passage qu'ils emplissaient de bruit, qu'hommes et chevaux n'avaient rien de fantastique.

Comme les deux combattans n'avaient pas pu calculer la distance, en prenant le champ qui leur était nécessaire, le sire de Barbasan, soit qu'il eût un cheval plus vite, soit que la distance fût moins grande, arriva à la barrière le premier. Il comprit aussitôt le désavantage de sa position, car il allait recevoir immobile le coup de son adversaire augmenté de toute la force de l'élan de son cheval ; le chevalier inconnu arrivant comme la foudre, Barbasan n'eut que le temps de décrocher sa lance de l'arrêt où il l'avait mise, de l'appuyer contre sa targe, ainsi que contre une muraille de fer, et de s'affermir sur sa selle et ses étriers : cette manœuvre faisait passer l'avantage de son côté ; son adversaire, à son tour, recevait le choc au lieu de le donner. En effet, il se jeta à pleine poitrine contre la lance de Barbasan, qui se brisa comme du verre ; la lance du chevalier inconnu appuyée sur l'arrêt se trouva dès lors trop courte, et ne toucha pas même son but, tandis que le chevalier anglais, presque renversé du choc, alla toucher de sa tête la croupe de son cheval, qui recula de trois pas, pliant sur les jarrets de derrière ; lorsque l'inconnu se releva, il trouva planté dans sa poitrine le fer de la lance de son ennemi, qui avait traversé sa cuirasse et ne s'était arrêté qu'en rencontrant une cotte de maille qu'il portait heureusement par dessous. Quant à Barbasan il n'avait pas plus bougé qu'une statue d'airain sur un piédestal de marbre.

Les deux chevaliers tournèrent bride et regagnèrent l'entrée du souterrain : Barbasan prit une nouvelle lance ; la trompette sonna une seconde fois.

Celles des barrières lui répondirent, et les deux chevaliers s'enfoncèrent de nouveau sous la voûte, suivis cette fois de nombre de Français et d'Anglais ; car cette passe étant la dernière, et le combat devant être, comme nous l'avons dit, continué à pied et à la hache, permettait aux spectateurs de pénétrer dans le passage souterrain.

Les distances avaient été si bien calculées à cette nouvelle passe, que les deux combattans se rencontrèrent justement à moitié chemin. Cette fois la lance du chevalier inconnu avait frappé le côté gauche de la cuirasse de Barbasan, et, glissant sur sa surface polie, elle avait été lever comme une écaille l'articulation de fer de l'épaulière et avait pénétré dans l'épaule de la longueur d'un pouce ; quant à celle de Barbasan, elle avait si rudement atteint l'écu de son adversaire, que la violence du choc brisa la sangle de son cheval, et que le chevalier, trop solide pour vider les arçons, alla rouler à dix pas, emporté avec la haute selle dans laquelle il était emboîté : le cheval resta debout débarrassé de son cavalier.

Barbasan avait mis pied à terre ; le chevalier inconnu s'était relevé aussitôt : tous deux arrachèrent une hache d'armes des mains d'un écuyer, et le combat recommença avec plus d'acharnement qu'auparavant ; cependant chacun d'eux mettait dans l'attaque et la défense une prudence qui annonçait l'opinion qu'il avait conçue de son adversaire. Leurs haches pesantes tournoyant dans leurs mains avec la rapidité de l'éclair, retombaient sur l'écu faisant jaillir des milliers d'étincelles. Ces hommes, se penchant tour à tour en arrière pour prendre plus de volée, semblaient des bûcherons à l'œuvre : chaque coup aurait abattu un chêne, et cependant ils en avaient vingt vingt chacun et restaient toujours debout.

Enfin Barbasan, fatigué de cette lutte de géant, et voulant la finir d'un coup, jeta son écu qui l'empêchait de se servir de son bras gauche, et appuya son pied sur une traverse de la barrière ; la hache tourna dans ses deux mains en sifflant comme une fronde, et, passant à côté de l'écu de son adversaire, vint s'abattre avec un bruit épouvantable sur le casque du chevalier inconnu.

Heureusement, un mouvement machinal et instinctif de celui-ci lui fit incliner la tête à gauche ; ce mouvement dérangea l'aplomb du coup, le tranchant de la hache glissa sur l'orbe arrondi du casque, mais rencontrant l'attache droite de la visière, il la brisa comme du verre : maintenue alors d'un seul côté, la visière s'ouvrit, et Barbasan, stupéfait, reconnut dans le chevalier inconnu qu'il venait de combattre Henri de Lancastre, roi d'Angleterre.

Alors Barbasan fit respectueusement deux pas en arrière, laissa tomber sa hache d'argent, détacha son casque et s'avoua vaincu.

Le roi Henri comprit toute la courtoisie de cet aveu. Il ôta son gantelet, tendit la main au vieux chevalier.

— Dès ce moment, lui dit-il, nous sommes frères d'armes ; souvenez-vous-en dans l'occasion, sire de Barbasan, car pour moi je ne l'oublierai pas.

Barbasan accepta cette honorable fraternité, qui, trois mois plus tard, lui sauva la vie.

Les deux adversaires avaient besoin de repos ; ils revinrent l'un au camp et l'autre à la ville. Plusieurs chevaliers et écuyers continuèrent cette singulière joûte, qui dura près de huit jours.

Quelques jours après, comme les assiégeans tenaient toujours, le roi d'Angleterre fit venir à son camp le roi de France et les deux reines ; il logea ces dernières dans une maison qu'il avait fait bâtir hors de la portée du canon, et devant laquelle, soir et matin, il faisait assembler les clairons et autres instrumens : jamais le roi d'Angleterre n'avait mené si grand état que devant ce siége.

Mais la présence du roi Charles ne décida pas les assiégés à se rendre : ils répondirent que si le roi voulait entrer dans sa bonne ville, il fallait qu'il y entrât seul, et qu'alors il y serait le bien reçu, mais qu'ils ne consentiraient jamais à ouvrir leurs portes aux ennemis du royaume. Du reste, chacun dans l'armée du duc de Bourgogne murmurait de l'abandon où le roi Henri laissait son beau-père, et de l'exiguité à laquelle était réduite sa maison. La prise d'autres forteresses et châteaux, tels que la Bastille, le Louvre, la maison de Nesle et le bois de Vincennes, qui furent livrés aux Anglais, vint consoler le roi Henri de la longueur de ce siége. Il envoya à la Bastille son frère le duc de Clarence avec le titre de gouverneur de Paris.

Cependant les assiégés manquaient de vivres depuis longtemps ; ils n'avaient plus de pain et avaient mangé les chevaux, les chats et les chiens ; ils écrivirent au dauphin pour lui exposer leur détresse et lui demander secours. Ils étaient dans l'attente de sa réponse, lorsqu'ils virent un matin paraître à l'horizon une troupe considérable qui marchait vers la ville : ils crurent que c'était un renfort qui leur arrivait ; ils montèrent sur les remparts ; et, tandis que les cloches de la ville s'ébranlaient en signe d'allégresse, ils se mirent à crier aux assiégeans de seller leurs chevaux au plus vite parce qu'ils ne tarderaient pas à être délogés. Mais ils s'aperçurent bientôt de leur erreur : c'était une troupe de Bourguignons que le seigneur de Luxembourg, capitaine de la Picardie, amenait de Péronne en aide aux assiégeans. Les assiégés descendirent alors des remparts la tête basse, firent taire leurs cloches insensées ; et, comme le lendemain, ils reçurent une lettre du dauphin qui leur annonçait qu'il était trop faible pour les secourir, et les autorisait à traiter aux meilleures conditions possibles à la première sommation que leur ferait le roi d'Angleterre, ils entamèrent des négociations, et la garnison épuisée se rendit prisonnière à la simple condition de vie sauve. Étaient exceptés de ce bénéfice les meurtriers du duc de Bourgogne, ou ceux qui, étant présens à l'assassinat, ne l'avaient pas empêché, et tous les chevaliers anglais et écossais qui se trouvèrent dans la ville : en conséquence, messire Pierre de Beauvau, Arnault de Guilhem sire de Barbasan, et six ou sept cents nobles hommes d'armes furent conduits à Paris et emprisonnés au Louvre, au Châtelet et à la Bastille.

Le lendemain, deux moines de Joy en Brie et un chevalier nommé Bertrand de Chaumont, qui, à la bataille d'Azincourt, s'était rendu Anglais, de Français qu'il était, et depuis lors était passé des Anglais aux Français, furent décapités sur la place publique de Melun ; puis, laissant garnison anglaise dans la ville, le roi Henri, le roi Charles et le duc de Bourgogne partirent pour Paris, où ils devaient faire leur entrée.

Les bourgeois les attendaient avec impatience ; une réception magnifique leur avait été préparée ; toutes les maisons étaient pavoisées sur leur passage. Les deux rois, à cheval, marchaient les premiers, le roi de France tenant la droite ; après eux venaient les ducs de Clarence et de Bedford, frères du roi d'Angleterre, et de l'autre côté de la rue, à gauche, chevauchait le duc de Bourgogne tout vêtu de noir, et avec lui tous les chevaliers et écuyers de son hôtel.

Arrivés à la moitié de la grande rue Saint-Antoine, ils rencontrèrent tout le clergé de Paris qui venait à pied au devant d'eux, leur apportant de saintes reliques à baiser. Le roi de France les embrassa le premier, puis le roi d'Angle-

terre. Le clergé les conduisit ensuite en chantant à Notre Dame, où ils firent leur prière devant le maître-autel, après quoi ils remontèrent à cheval, se rendant chacun à l eur lo gis, le roi de France à l'hôtel Saint-Paul, le duc de Bourgogne en son hôtel d'Artois, et le roi d'Angleterre au château du Louvre. Le lendemain les deux reines firent leur entrée à leur tour.

A peine cette nouvelle cour fut-elle installée, que le duc de Bourgogne s'occupa d'obtenir vengeance de la mort de -on père. A cet effet, le roi tint un lit de justice en la salle basse de l'hôtel Saint-Paul. Sur le même banc que le roi de France était assis le roi d'Angleterre, et près des deux rois, maître Jean Leclerc, chancelier de France, Philippe de Morvilliers, premier président du parlement, et plusieurs autres nobles hommes du conseil du roi Charles. De l'autre côté et vers le milieu de la salle, étaient sur un autre banc le duc de Bourgogne, et avec lui, pour l'accompagner, les ducs de Clarence et de Bedford, les évêques de Therouanne, de Tournay, de Beauvais et d'Amiens, messire Jean de Luxembourg, et plusieurs autres écuyers et chevaliers de son conseil.

Alors messire Nicolas Rolin, avocat pour le duc de Bourgogne et pour la duchesse sa mère, se leva et demanda aux deux rois la permission de parler. Lorsqu'il l'eut obtenue, il raconta l'homicide commis sur le duc Jean : il accusa de ce meurtre le dauphin Charles, le vicomte de Narbonne, le sire de Barbasan, Tanneguy Duchâtel, Guillaume Bouteillier, Jean Louvet, président de Provence, messire Robert de Loiré et Olivier Layet ; ses conclusions furent pour réclamer la punition des coupables. Il demandait qu'ils fussent mis en des tombereaux et menés par tous les carrefours de Paris, pendant trois jours, tête nue, tenant en main un cierge ardent, et confessant à haute voix qu'ils avaient mauvaisement, faussement, damnablement et par envie, assassiné le duc de Bourgogne ; qu'ensuite ils fussent menés au lieu où l'homicide avait été commis, c'est-à-dire à Montereau, et que là ils dissent et répétassent les mêmes paroles d'expiation ; qu'en outre, sur le pont et à l'endroit même où le duc avait rendu e dernier soupir, il fût édifié une église et ordonné douze chanoines, six chapelains et six clercs, dont le seul soin serait de prier pour l'âme du trépassé. Cette église devait encore être pourvue, aux frais des coupables, d'ornemens sacrés, de tables, de calices, de livres, de nappes, et enfin de toutes choses nécessaires ; de plus, sur les biens des condamnés, il réclamait pour les chanoines une fondation de rente de 200 livres parisis, de 100 livres pour les chapelains et de cinquante pour les clercs ; que la cause pour laquelle cette église serait bâtie fût inscrite au-dessus du portail, en lettres creuses, afin de perpétuer la mémoire de cette expiation, et que pareilles églises seraient élevées, à la même intention, à Paris, à Rome, à Gand, à Dijon, à Saint-Jacques de Compostelle et à Jérusalem, à l'endroit même où notre Seigneur subit la mort.

Cette proposition fut appuyée par Pierre de Marigny, avocat du roi en parlement, et approuvée par maître Jean l'Archer, docteur en théologie, nommé par le recteur de l'Université de Paris.

Après ces propositions, le chancelier de France répondit pour le roi, qui avait écouté avec indifférence toute cette plaidoirie, que, par la grâce de Dieu et avec l'aide et avis de son frère et fils Henri, roi d'Angleterre, régent de France et héritier de la couronne, l'accomplissement par justice des choses dites et proposées aurait lieu, ainsi que le réclamait le duc Philippe de Bourgogne.

Après ces mots le lit de justice fut levé, et les deux rois et le duc retournèrent chacun en leur hôtel.

Treize ans auparavant, la même salle retentissait des mêmes paroles d'accusation ; seulement cette fois, c'était le duc de Bourgogne qui était l'assassin, et Valentine de Milan l'accusatrice. Elle demandait justice, et justice lui fut promise alors comme elle venait de l'être au duc ; et le vent aussi, à cette première fois, emporta la promesse royale comme il devait le faire à la seconde.

Cependant, en vertu des lettres rendues par le roi, le parlement commença le 5 janvier 1421 la procédure contre Charles de Valois duc de Touraine, dauphin de France. Il fut ajourné à trois jours sous peine de bannissement à son de trompe et sur la Table de Marbre ; et, comme il ne se rendit pas à cet appel, il fut banni du royaume et déclaré indigne de succéder à toutes seigneuries venues et à venir.

Le dauphin apprit cette nouvelle à Bourges en Berry ; il en appela à la pointe de son épée, et jura qu'il porterait son appel et son défi à Paris, en Angleterre et en Bourgogne.

Il est vrai que, malgré ce jugement, il existait pour lui une grande sympathie dans le cœur des vrais Français ; elle était encore augmentée par l'état de démence de son père : on savait que ce n'était pas le cœur du vieux roi qui bannissait son bien-aimé ; tous ces faits au nom d'un insensé ne paraissaient pas valables à beaucoup de gens. Le luxe que déployait le roi d'Angleterre au Louvre, opposé à la misère qui entourait le roi de France à l'hôtel Saint Paul, faisait murmurer tout ce qu'il y avait de gens de bien dans la capitale : cet abandon était poussé au point que, le jour de Noël 1420, tandis que les deux reines, et le duc Philippe, les chevaliers de France et de Bourgogne faisaient, dans les salons splendidement éclairés du Louvre, leur cour au roi d'Angleterre, le roi de France n'avait autour de lui, dans les salles obscures et humides de l'hôtel Saint-Paul, que quelques anciens serviteurs et quelques bons bourgeois qui lui gardaient vieille et fidèle affection.

Une circonstance imprévue vint, vers ce temps, jeter quelque froideur dans les relations du roi Henri et du duc Philippe. Parmi les prisonniers faits à Melun se trouvait, comme nous l'avons dit, le sire de Barbasan : ce chevalier était accusé d'avoir pris part à l'assassinat de Montereau, et, d'après le traité fait entre le duc Philippe et le roi Henri, tout fauteur ou complice de cet assassinat devait être remis à la volonté du duc de Bourgogne ; déjà les articles sur lesquels ce chevalier devait être interrogé étaient dressés par le conseil du duc à Dijon, lorsque le prisonnier invoqua la fraternité d'armes offerte par le roi d'Angleterre après le combat des mines de Melun. Le roi Henri fit honneur à son serment : il déclara que celui qui avait touché sa main royale ne subirait pas un jugement infâme ; notre saint père le pape lui-même vint-il demander justice contre lui ! Le duc de Bourgogne garda de ce refus un ressentiment que ne put calmer le supplice du sire de Coësmerel, bâtard de Tanneguy, et de Jean Gault, qui furent écartelés pour arrêt du parlement. Le premier tirait un tel honneur de l'assassinat commis par son père, qu'il avait fait faire un fourreau brodé à la hache à bec de faucon avec laquelle le duc Jean avait été frappé, et qu'il portait suspendu à une riche chaîne l'éperon d'or qu'il avait lui-même arraché de la botte du duc.

Vers la fin du mois, le roi d'Angleterre et le duc de Bourgogne se séparèrent : le roi Henri, pour conduire à Londres madame Catherine et l'y faire sacrer ; le duc Philippe, pour faire un voyage dans ses bonnes villes, dans plusieurs desquelles il n'avait point encore été reconnu.

Cette double absence fut nuisible aux affaires du duc et du roi Henri. Les Dauphinois, découragés par la prise de Melun et de Villeneuve-le-Roi, reprirent cœur en voyant les deux chefs ennemis, l'un à Londres, l'autre à Bruxelles. Ils rentrèrent dans la ville, surprirent le château de la Ferté, escaladèrent Saint-Riquier, et enfin battirent, près de Beaugy, les Anglais d'une si rude manière, que le duc de Clarence, frère du roi, le seigneur de Ros, maréchal d'Angleterre, le comte de Kynie, et la fleur de la chevalerie et de l'écuyerie anglaise, tombèrent autour de lui sur le champ de bataille et y restèrent morts : les comtes de Sommerset, de Huntington et du Perche se rendirent prisonniers, secourus ou non secourus. Cependant le corps du duc de Clarence ne resta point aux mains de ses ennemis ; un chevalier anglais le mit en travers sur son cheval, et le défendit avec tant de courage et de bonheur, qu'il put rendre ce dépôt royal au comte de Salisbury, qui le renvoya en Angleterre, où il fut enterré.

D'un autre côté, le duc d'Exeter, capitaine de Paris depuis la mort du duc de Clarence, avait promptement refroidi l'enthousiasme des habitans : son gouvernement était dur et hautain. Sur un prétexte frivole, il fit arrêter le maréchal Villiers de l'Ile-Adam, et le peuple ayant voulu tirer le prisonnier des mains des archers qui le conduisaient à la Bastille, il fit tirer sur le peuple : un Anglais, un étranger, un ennemi, osait ce que n'avait jamais osé le duc de Bourgogne !

Le roi Henri apprit à Londres, et le duc Philippe à Gand, les choses que nous venons de dire. Tous deux pensèrent que leur présence était indispensable à Paris : ils partirent en conséquence pour s'y rendre, le roi d'Angleterre, quoiqu'il fût souffrant, le duc de Bourgogne, quoiqu'il eût à régler les démêlés du duc Jean de Brabant, son cousin, et de Jacqueline de Hénault, sa femme.

Les deux alliés avaient bien jugé leurs positions ; il était temps qu'ils arrivassent. Le dauphin assiégeait Chartres. Les armées réunies du duc Philippe et du roi Henri marchèrent au secours de cette ville : les Dauphinois étaient en trop petit nombre pour hasarder une bataille ; ils levèrent le siége, et le dauphin se retira à Tours. Le duc de Bourgogne, au lieu de le poursuivre, alla prendre le pont de Saint-Remi-sur-Somme, et mettre le siége devant Saint-Riquier ; mais, à son tour, son armée était trop faible ; il perdit inutilement un mois devant la place.

Pendant qu'il faisait ce siége, il apprit en son camp devant la ville que le sire de Harcourt, qui s'était rendu dauphinois, accompagné de Pothon de Xaintrailles, marchait contre lui, espérant le surprendre, avec les garnisons de Compiègne, de Crespy en Valois, et autres villes qui étaient rentrées en l'obéissance du dauphin. Alors le duc partit secrètement et de nuit, passa la Somme et marcha à l'encontre des Dauphinois, dans l'intention d'accepter le combat. Le 31 août, à onze heures du matin, les deux armées se trouvèrent en présence, et, s'arrêtant à trois traits d'arc à peu près l'une de l'autre, formèrent leurs batailles. Dans cette guerre des trois beaux-frères, c'était le premier combat important où le jeune duc, qui n'avait alors que vingt-quatre ans, faisait ses armes. Avant de l'engager, il voulut être fait chevalier : ce fut le seigneur de Luxembourg qui lui donna l'accolade ; et aussitôt lui-même arma à son tour le sire Collard de Commines, Jean de Rouhex, André de Villain, Jean de Villain et autres. Du côté des Dauphinois, les principaux chevaliers faits à cette occasion furent les seigneurs de Gamache, Regnaut de Fontaine, Collinet de Villequier, le marquis de Serre et Jean Royau.

Aussitôt les premières dispositions arrêtées, le duc de Bourgogne ordonna à Philippe de Saveuse de prendre un étendard et cent vingt combattans sous les ordres de messire de Saint-Léger et du bâtard de Roussy, et de faire un grand détour à travers champs afin de tomber sur les flancs des Dauphinois au moment où l'action serait engagée. Le duc avait donné à ses capitaines l'ordre de rester immobiles pour masquer ce mouvement ; et ce ne fut que lorsqu'il vit fondre sur lui toute la ligne des Dauphinois, qui se précipitait à grande course de chevaux, qu'il cria lui-même : En avant ! et donna aussitôt l'exemple en chargeant à la tête de l'armée. Le terrain vide qui séparait les combattans disparut à l'instant sous les pieds des chevaux, et les deux premières lignes se rencontrèrent avec un grand bruit, heurtant coursier contre coursier, homme contre homme, fer contre fer ; beaucoup furent renversés à ce premier choc, tués ou cruellement blessés ; beaucoup brisèrent leurs lances et mirent aussitôt l'épée ou la hache à la main, et le combat homme à homme, corps à corps, commença avec ses ruses d'adresse, ses traits de valeur, ses luttes de géant.

Une singulière circonstance sembla d'abord faire pencher la victoire en faveur des Dauphinois : l'étendard de Bourgogne avait été, par oubli, laissé entre les mains du valet qui le portait ; celui-ci, qui n'était pas habitué à pareille mêlée, prit la fuite au premier choc, et en fuyant le laissa tomber. Beaucoup de seigneurs, ne voyant plus flotter son enseigne, crurent que le duc était pris ; le héraut d'armes de Flandre cria même qu'il était mort, si bien que tous ceux qui virent tomber l'étendard, et qui entendirent les paroles du héraut, se débandèrent à l'instant, et que cinq cents hommes à peu près, saisis d'une terreur panique, abandonnèrent le champ de bataille où le duc, avec le reste de son armée, faisant des prodiges, voulait, à la face des hommes qui l'accompagnaient, gagner ses éperons et se montrer digne de son père.

De leur côté, les Dauphinois, voyant cette fuite, détachèrent deux cents hommes à peu près, sous les ordres de Jean Rollet et de Pierron de Luppel, afin de donner la chasse à leurs ennemis, qui, faisant six lieues sans s'arrêter, sans tourner front, sans se défendre, s'en allèrent passer la Somme à Pecquigny.

Pendant ce temps, les deux corps les plus considérables des deux armées étaient restés fermes à leur place, terriblement mêlés et faisant de merveilleuses armes. Le duc, qui avait attaqué l'un des premiers, fut enferré de deux lances : l'une perça de part en part sa selle de guerre garnie d'acier; l'autre, traversant son écu, s'y trouva tellement engagée, que le duc abandonna l'écu, ne pouvant pas se débarrasser de la lance. En même temps, un puissant homme d'armes dauphinois le prit à bras le corps pour l'enlever de ses arçons. Le duc avait un vigoureux cheval de guerre; il laissa pendre son épée à son poignet, jeta à son tour les bras autour du cou de son adversaire, et piquant son cheval des deux, il arracha son ennemi à ses étriers, comme l'ouragan arrache un arbre à la terre, et revint le jeter au milieu de ses gens qui le firent prisonnier.

Deux autres hommes faisaient encore merveille : c'était, du côté des Dauphinois, Pothon de Xaintrailles, qui préludait à la grande épopée du siége d'Orléans; c'était, du côté des Bourguignons, le nouveau chevalier, Jean de Villain, dont l'histoire nous garde à peine trace après cette bataille. Celui-ci était un homme colossal, couvert d'une épaisse armure flamande, monté sur un cheval puissant; il lui avait laissé tomber la bride sur le cou, aussitôt sa lance brisée, et, prenant à deux mains une lourde hache d'armes, il était entré dans les rangs dauphinois comme un batteur dans une grange, renversant devant lui hommes et chevaux, et assommant ceux dont il ne pouvait pas fendre l'armure : on eût dit un héros homérique.

De son côté, Xaintrailles avait ouvert devant lui la muraille de fer qui s'était refermée derrière lui, mais s'en était peu inquiété; sa longue et large épée sifflait et flamboyait entre ses mains comme celle de l'ange exterminateur. Jean de Luxembourg, le voyant entrer ainsi dans les rangs bourguignons, avait poussé son cheval au devant de lui, espérant l'arrêter; mais d'un revers de sa terrible épée, il avait ouvert la visière de son casque et lui avait fendu au-dessous des yeux le visage en travers. Le capitaine bourguignon était tombé comme une statue précipitée de son piédestal; un homme d'armes nommé Le More, qui suivait Xaintrailles, l'avait fait prisonnier, lorsque le seigneur Viefville vint à son secours et essaya de l'arracher à celui qui l'avait en garde. Xaintrailles se retourna contre cet insensé qui voulait lui prendre son captif, et, du premier coup de son épée, il lui brisa le bras droit dans sa cuirasse; le sire de la Viefville tomba près de celui qu'il espérait sauver, et Le More, que deux prisonniers eussent trop embarrassé, acheva le dernier en lui enfonçant une dague sous la gorgerain.

Cependant le chevalier Jean de Villain, voyant le désordre que Xaintrailles avait mis dans les premiers rangs bourguignons, essaya de marcher à lui; mais cette foule dans laquelle il s'était jeté, s'était refermée sur lui, effaçant sa trace, comme la vague efface le sillage d'un vaisseau. Cependant comme en frappant de sa terrible hache, il se dressait sur ses étriers et dépassait alors de la tête tous ceux qui l'entouraient, Xaintrailles l'aperçut de son côté.

—À moi, Dauphinois! à moi! lui cria le chevalier de Villain, frappant devant lui à coups redoublés et abattant de chaque coup un homme; car lorsque son arme ne fendait pas comme une hache, elle assommait encore comme une massue.

Xaintrailles poussa son cheval vers celui qui le défiait; mais lorsqu'il vit les rangs tomber devant lui, lorsqu'il vit les armures broyées, les casques fendus sous ce bras gigan-

tesque, alors il avoua, avec la bonne foi du vrai brave, qu'il avait un instant senti le cœur lui faillir. Il ne voulut pas affronter une mort certaine, et comme en ce moment Philippe de Saveuse, opérant son mouvement, accourait pour prendre les Dauphinois en flanc, il s'élança au devant de lui. Philippe le vit venir; il mit sa lance en arrêt, et comme Xaintrailles n'avait pas la sienne, Philippe dirigea le fer de sa lance contre le poitrail du cheval de son ennemi; le fer s'y enfonça de toute sa longueur, et le cheval, blessé à mort, se renversa sur Xaintrailles, qui, la cuisse prise sous lui, se rendit prisonnier en disant son nom.

Cette attaque des Bourguignons fut décisive. Les Dauphinois, croyant voir tomber Xaintrailles pour ne plus se relever, tournèrent bride et prirent la fuite; le duc de Bourgogne les poursuivit près de deux lieues mêlé à eux, si bien qu'on l'aurait pris pour un fuyard aussi, s'il n'avait si rudement frappé sur ceux qui fuyaient.

Les seigneurs de Longueval et Guy d'Erly le suivaient à la longueur d'une lance.

L'honneur de la journée resta aux Bourguignons. Ils perdirent trente hommes seulement et en tuèrent et blessèrent quatre ou cinq cents aux Dauphinois; beaucoup d'autres nobles hommes furent pris avec Xaintrailles. Ce combat fut nommé la rencontre de Mons en Vimeu; car, malgré son importance et son résultat, il ne prit point le nom de bataille, attendu qu'il n'y eut point de bannières royales déployées.

Pendant ce temps, le roi d'Angleterre entrait par composition dans la ville de Dreux, et après avoir fait faire à Lagny-sur-Marne tous les instrumens de guerre nécessaires à un siége, il vint avec vingt-quatre mille hommes investir la ville de Meaux. Le bâtard de Vaurus en était le capitaine, et comptait à peu près mille hommes d'armes sous ses ordres.

Ce fut pendant ce siége, qui dura sept mois, que Henri V apprit que la reine sa femme était accouchée d'un fils; l'enfant qu'elle venait de mettre au jour devait, dix-huit mois après, alors proclamé roi de France sous le nom de Henri VI.

Meaux faisait la plus belle résistance. Le bâtard de Vaurus, qui s'y était renfermé, était un homme cruel, mais d'une bravoure à toute épreuve. Cependant un secours que devait lui amener le seigneur d'Offemont lui ayant manqué, la garnison ne put résister plus longtemps; la ville fut emportée d'assaut; on se battit de rue en rue et de maison en maison. Les assiégés, chassés d'une partie de la ville, traversèrent la Marne et s'établirent sur l'autre rive; le roi d'Angleterre les y poursuivit âprement, ne leur laissant aucune trève, ne leur accordant aucun repos, que tous ne fussent tués ou pris; les rues étaient jonchées de tronçons de lances et de débris d'armes.

Parmi les prisonniers se trouva le bâtard de Vaurus, qui avait si vaillamment défendu la ville. Le roi d'Angleterre le fit conduire au pied d'un orme où lui-même avait ordonné nombre d'exécutions, et que les paysans appelaient l'orme de Vaurus. Là, sans procès, par son seul droit du plus fort, par son privilège de vainqueur, il ordonna qu'on lui tranchât la tête. On on pendit le corps par dessous les bras, et lui faisant enfoncer son étendard dans le cou, il planta sa tête sur la pique de l'étendard. Beaucoup de gens de son armée même murmurèrent d'une si grande sévérité, et trouvèrent que c'était un châtiment bien indigne pour un aussi brave chevalier.

Vers le même temps, le seigneur de Luxembourg, qui avait été repris par les Bourguignons dans la déroute de Mons en Vimeu, s'emparait des forteresses du Quesnoy et de Héricourt : à la nouvelle de ces succès, la ville de Crespy en Valois, et les châteaux de Pierrefond et d'Offemont se rendirent à leur tour.

Ainsi la victoire se déclarait de tout côté pour le roi Henri, lorsqu'il tomba malade au château de Vincennes.

La maladie fit de rapides progrès, et le roi d'Angleterre fut le premier à la juger mortelle. Il fit appeler près de son lit le duc de Bedfort, son oncle, le comte de Warwick et messire Louis de Robertsaert. Alors il leur dit qu'il voyait bien que c'était le plaisir de Dieu qu'il quittât la vie et qu'il laissât ce monde, puis il ajouta :

— Beau frère Jean, je vous prie, sur toute la loyauté et amour qu'avez pour moi, que soyez toujours loyal à mon fils Henri votre neveu, et vous supplie de ne le souffrir, tant que vous vivrez, aucun traité avec notre adversaire Charles de Valois, que le duché de Normandie ne nous demeure franchement. Si mon beau-frère de Bourgogne veut entreprendre la régence du royaume, je vous conseille de la lui rendre, sinon gardez-la; et à vous, bel oncle, ajouta-t-il en se tournant vers le duc d'Exeter, qui venait d'entrer, je vous laisse seul pour le gouvernement du royaume d'Angleterre, car je sais que vous savez bien gouverner. Quelque chose qu'il advienne, ne revenez plus en France, soyez le gouverneur de mon fils, et à cause de l'amour que vous aviez pour moi, visitez-le souvent. Quant à vous, mon beau cousin de Warwick, je veux que vous soyez son maître, demeurant toujours avec lui pour le conduire et lui apprendre l'état des armes; car, en vous choisissant, je ne saurais mieux pourvoir : et après, je vous prie autant que je le puis, de n'avoir aucune discussion avec mon beau-frère de Bourgogne; défendez-le aussi de ma part à mon beau-frère Humphrey; car s'il advenait qu'il y eût entre vous et lui aucune malveillance, les besognes de ce royaume, qui sont bien avancées en notre faveur, pourraient en être empirées; enfin, dans aucun cas, ne délivrez de prison notre beau cousin d'Orléans, le comte d'Eu, le seigneur de Gaucourt, non plus que Guichard, de Chisay, jusqu'à ce que mon fils soit en âge; quant aux autres, faites-en ce que vous voudrez.

Alors chacun lui ayant promis d'accomplir ce qu'il avait demandé, le roi ordonna qu'on le laissât seul. A peine lui eut-on obéi qu'il fit venir les médecins et leur ordonna de lui dire quel espace de temps à peu près il avait encore à vivre. Ils voulurent d'abord lui donner quelque espérance en lui disant que Dieu était le maître de lui rendre la santé : mais le roi sourit tristement, puis il les requit de lui dire toute la vérité, promettant, quelle qu'elle fût, de la supporter comme devait le faire un roi et un guerrier. Ils se retirèrent en conséquence dans un coin, et, après s'être consultés, l'un d'eux se mettant à genoux près du lit du roi, lui dit :

— Sire, pensez à votre âme; car il nous semble, si ce n'est la grâce de Dieu, qu'il est impossible que vous viviez plus de deux heures.

Alors il fit venir son confesseur et les gens d'église, leur ordonnant de lui réciter les sept psaumes. Quand ils en vinrent à ces mots du 20e verset. Ut ædificentur muri Hierusalem, il les arrêta, disant tout haut que sous la mort qu'il attendait, il avait l'intention, après avoir mis le royaume de France en paix, d'aller conquérir le Saint-Sépulcre, et qu'il eût fait ainsi si c'eût été le plaisir de Dieu de lui laisser vivre son âge; puis il leur ordonna de continuer : mais vers la fin du verset suivant il jeta un cri. Les chants sacrés furent interrompus, le roi fit encore entendre un faible soupir : c'était le dernier.

Cette mort arriva le 31 août 1422.

Le lendemain les entrailles du roi furent enterrées dans l'église du monastère de Saint-Maur, et son corps embaumé fut mis dans un cercueil de plomb.

Le 3 septembre, le convoi funéraire se mit en route pour Calais. Le cercueil était posé sur un char traîné par quatre chevaux superbes, et sur lui était couchée une image du roi grande comme nature et faite en cuir bouilli : elle avait le visage tourné vers le ciel, tenait le sceptre de sa main droite et une pomme d'or de sa main gauche; la couverture de ce lit mortuaire était de drap vermeil brodé d'or. A son passage dans chaque ville, quatre hommes portaient au-dessus de lui, aux quatre coins du chariot, un riche dais de soie, comme au jour du Saint-Sacrement on a coutume d'en porter un au-dessus du corps de Jésus-Christ. Le convoi était suivi des princes de la famille du roi, de la chevalerie et écuyerie de son hôtel; et de chaque côté du chariot marchaient à droite et à gauche une grande quantité de gens d'église, qui, soit que l'on chevauchât, cheminât ou s'arrêtât, chantaient sans cesse l'office des morts et célébraient des messes dans les églises de toutes les villes où le cortège passait; puis, outre tous ces

gens-là, et comme une ceinture autour du chariot, dix hommes vêtus de blanc portaient constamment allumées des torches de cire odoriférante.

A Rouen, le cortège rencontra madame Catherine, qui revenait en France auprès de son mari; elle ignorait sa mort et son désespoir fut grand; elle ne voulut plus quitter le corps et se mit à la suite du convoi, qui, en arrivant à Calais, prit la mer jusqu'à Douvres, et se remettant aussitôt en marche, atteignit Londres la nuit de la Saint-Martin d'hiver.

Quinze évêques, vêtus de chasubles pontificales, beaucoup d'abbés mitrés, un grand nombre d'hommes d'église, une multitude de bourgeois attendaient le corps du roi hors des portes de la ville. Ils l'entourèrent aussitôt chantant l'office des morts, et par le pont de Londres et la rue des Lombards, ils menèrent le deuil jusqu'à l'église cathédrale de Saint-Paul. Le char qui le conduisait était attelé de quatre magnifiques chevaux noirs; le premier portait un collier où étaient suspendues les armes d'Angleterre; au collier du second étaient peintes les armes de France et d'Angleterre écartelées, ainsi que de son vivant le roi les portait sur sa poitrine; au collier du troisième pendaient les armes de France seules, et celui du quatrième celles du roi Arthus l'invincible : ces dernières armes étaient trois couronnes d'or sur champ d'azur. Puis, après un service funéraire, le corps fut déposé en l'église de Westminster, auprès de ses prédécesseurs les rois d'Angleterre.

Ainsi disparut de la surface du monde, où il avait fait si grand bruit, Henri V d'Angleterre, surnommé le Conquérant. Il était entré plus avant en France qu'aucun des rois ses prédécesseurs. Il avait pris Paris, que nul n'avait pris encore; il laissait à ses héritiers le titre de roi de France, qu'ils gardèrent jusqu'à ce que, quatre siècles plus tard, Napoléon, avec la pointe de son épée, grattât sur le blason insulaire les trois fleurs-de-lis de France. Il mourut à la moitié de l'âge que Dieu accorde communément aux hommes. C'était un des plus vaillans et habiles chevaliers de son temps; mais trop inflexible de résolution et trop hautain de vouloir.

Le duc de Bedfort venait à peine de lui rendre les honneurs funèbres, lorsqu'un message de Paris lui annonça qu'on l'y attendait pour un second convoi : le roi Charles VI de France était mort.

Ce fut le 22e jour d'octobre 1422 que le pauvre insensé rendit l'âme. Sa dernière heure fut triste et abandonnée comme l'avait été sa vie : il n'avait auprès de lui ni madame Isabel, ni le dauphin Charles, ni aucun des cinq enfans qui lui restaient encore; point de prince de sa famille : le duc de Berry était mort, les ducs d'Orléans, de Bourbon et de Bretagne prisonniers; le duc de Bourgogne n'osait recevoir le dernier soupir de celui dont il avait vendu le royaume. Point d'amis!... La guerre civile les avait décimés, ou les retenait autour du dauphin. Lorsqu'à cette heure suprême de la mort, où l'esprit reprend toute sa force pour nous échapper, comme une lampe toute sa lumière pour mourir, le vieux roi retrouva un instant la raison, la vue et la parole; il se souleva, s'accoudant pâle et mourant sur son lit, chercha à l'entour de lui, dans la vieille et sombre salle, à qui jeter son dernier regard, à qui laisser son dernier adieu : il ne rencontra que les figures froides de son chancelier et de son chambellan, que leur charge près du roi forçait d'être les courtisans de sa mort : alors il retomba avec un profond soupir, renfermant en lui ces dernières paroles qui font la consolation de l'agonie : il ferma les yeux, car les yeux fermés seulement, il revoyait la figure rosée de son jeune Charles, qu'il savait bien ne pas l'avoir abandonné de cœur, et le visage de cette Odette, la jeune fille dévouée dont les caresses, sinon l'amour, avaient semé un peu de bonheur sur sa vie. Ainsi Dieu, à défaut des hommes, envoya deux anges à son chevet pour aider le pauvre vieillard à mourir sans blasphème et sans désespoir.

Quant à ceux qui l'entouraient, leur indifférence était telle, qu'ils s'aperçurent qu'il était mort, mais qu'ils ne purent dire à quelle heure précise l'âme s'était séparée de ce corps qui, depuis trente ans, avait tant souffert.

Le règne de Charles VI, règne unique et bizarre dans nos annales, règne de folie qui passa entre deux apparitions surnaturelles, celle du vieillard de la forêt du Mans, celle de la jeune bergère de Domremy, fut l'un des plus malheureux pour la France, et cependant ce prince fut l'un des plus regrettés de la monarchie : le nom de *Bien-Aimé*, que lui donna le peuple, prévalut sur le surnom d'*Insensé* que lui donnèrent les grands : autant sa famille lui avait été ingrate, autant le peuple lui avait été fidèle : dans sa jeunesse il avait su plaire à tous par son courage et son affabilité ; dans sa vieillesse, il avait éveillé toutes les sympathies par sa misère et son infortune. Chaque fois que la folie lui avait laissé un instant de repos, il avait repris en ses mains les affaires de l'État, et chaque fois, le peuple, par une amélioration à son sort, y avait ressenti sa présence : c'était un soleil qui, de temps en temps, brillait à travers des nuages sombres, et dont les rayons, si faibles qu'ils fussent, réjouissaient l'âme de la France.

Le lendemain de la mort, les pompes de la royauté qui avaient abandonné le vivant, vinrent réclamer le trépassé. Le corps fut mis en un cercueil de plomb et porté par des chevaliers et écuyers dans l'église de l'hôtel Saint-Paul, où il resta exposé en chapelle ardente jusqu'au retour du duc de Bedfort.

Pendant les vingt jours que dura l'exposition, les messes furent chantées et célébrées dans la chapelle, comme on avait coutume de le faire du vivant du roi. Les quatre ordres mendians de Paris vinrent chaque jour en faire le service, et chacun pouvait librement entrer et prier autour du corps.

Enfin, le 8 novembre, le duc de Bedfort arriva. Déjà le parlement, voyant combien il tardait, avait pris des mesures relatives aux obsèques du roi ; ces mesures étaient la vente des meubles de l'hôtel Saint-Paul, tant était grande la détresse royale. Le 10, le corps fut enlevé et porté à l'église Notre-Dame : les processions de toutes les églises et des députés de l'université allèrent au devant de lui ; les prélats prirent la droite, couverts de leurs habits pontificaux, les docteurs et rhéteurs passèrent à gauche, revêtus de leurs robes. Le cercueil était soutenu, du côté droit, par les écuyers et les maîtres d'hôtel de la maison du roi, et du côté gauche, par les prévôts de Paris et des marchands et les sergens d'armes. Il était posé sur une riche litière couverte d'un pavillon de drap d'or à champ d'azur semé de fleurs-de-lis ; et sur le cercueil était couchée une image du roi parfaitement ressemblante, couronne d'or sur la tête et portant en ses mains couvertes de gants blancs et chargées d'anneaux garnis de pierres précieuses, deux écus, l'un d'or et l'autre d'argent. Cette figure était vêtue d'une robe de drap d'or à champ vermeil, et portait un manteau pareil, richement fourré d'hermine, ses bas étaient noirs, et ses souliers, de velours couleur d'azur, étaient semés de fleurs-de-lis d'or. Le drap qui couvrait les restes mortels du roi était porté par ceux de la cour du parlement, ensuite venaient les pages, puis après un petit intervalle chevauchait seul et vêtu de noir le duc de Bedfort, régent du royaume. C'était pitié de voir ce pauvre roi ainsi mort pendant sa vie, ainsi abandonné après sa mort, que nul prince de la fleur-de-lis n'assistât à ses funérailles, et que le deuil en fût mené par un Anglais : c'est que la guerre civile et la guerre étrangère avaient, depuis douze ans, si violemment soufflé sur le royaume, qu'elle avait enlevé et dispersé au loin toutes les feuilles de la tige royale.

Après le duc de Bedfort marchaient à pied le chancelier de France, les maîtres des requêtes, les seigneurs des comptes, les notaires, les bourgeois, puis enfin les communes gens de Paris en plus grande multitude qu'on ne les avait jamais vues à la suite d'un convoi royal.

C'est dans cet ordre que le corps fut porté à l'église Notre-Dame ; la tête seule du cortége y put entrer, tant était grande la foule : la messe y fut dite par le patriarche de Constantinople ; puis, l'office achevé, le convoi se remit en marche pour Saint-Denis, en repassant par le pont au Change, tant le pont Notre-Dame était encombré de populaire.

A mi-chemin de Saint-Denis, les mesureurs de sel de Paris, portant chacun une fleur-de-lis d'or sur la poitrine, en vertu d'un ancien privilége de leur corporation, prirent le corps des mains des écuyers et des sergens d'armes, et le portèrent jusqu'à une croix qui était aux trois quarts du chemin ; en cet endroit l'abbé de Saint-Denis les attendait. Il était accompagné des religieux, du clergé, des bourgeois et du peuple, portant une multitude de torches, car pendant le trajet la nuit était venue. On se rendit ainsi à l'église, où une nouvelle messe fut chantée, et comme le corps ne devait être déposé au tombeau que le lendemain, il fut placé, en attendant, au milieu du chœur ; puis on fit l'offrande, et le duc de Bedfort y alla seul.

Le lendemain, un nouveau service fut fait pour le repos de l'âme du roi. Toute la nuit l'église avait été illuminée en si grand appareil qu'il y fut brûlé vingt mille livres de cire, et l'aumône y fut faite avec tant de largesse, que seize mille personnes eurent chacune trois blancs, monnaie royale.

Le service fini, les huissiers ouvrirent la grille du caveau ; le cercueil, précédé de torches, y fut descendu et placé près des tombeaux du roi Charles V et du bon connétable. Le patriarche de Constantinople prit un rameau de buis, le trempa dans l'eau bénite et prononça les prières des morts ; alors les huissiers d'armes du roi rompirent leurs verges blanches, les jetèrent dans la tombe, renversèrent leurs masses de haut en bas, et la première pelletée de terre retentit sur le cercueil, séparant deux dynasties et deux règnes.

Lorsque la fosse fut comblée, le roi d'armes du Berry monta dessus et dit à haute voix :

— *Dieu veuille avoir pitié et merci de l'âme de très haut et très excellent prince Charles, roi de France, sixième de ce nom, notre naturel et souverain seigneur.*

Les sanglots éclatèrent de toutes parts, alors il cria de nouveau, après une légère pause :

— *Dieu donne bonne vie à Henri, par la grâce de Dieu, roi de France et d'Angleterre, notre souverain seigneur.*

Aussitôt ces paroles proférées, les sergens d'armes relevèrent leurs masses, les fleurs-de-lis en haut, et crièrent à deux reprises : *Vive le roi ! vive le roi !*

La foule resta muette, et nul parmi elle ne répéta ce cri sacrilége ; il alla se perdre sans écho sous les voûtes sombres et sépulcrales des caveaux des rois de France, et fit tressaillir d'effroi au fond de leurs tombeaux trois monarchies couchées à la suite les unes des autres.

Le lendemain, Henri VI d'Angleterre, âgé de dix-huit mois, fut proclamé roi de France, sous la régence du duc de Bedfort.

PUBLICATIONS DE LA SOCIÉTÉ DU JOURNAL LE SIÈCLE.

PARIS, 16, RUE DU CROISSANT.

MUSÉE LITTÉRAIRE

FORMAT IN-4° A DEUX COLONNES.

Première série. — Broché complet, 4 fr. (1).

Séparément :

Histoire de la Grandeur et de la Décadence de César Birotteau, par DE BALZAC.	1 fr. »»
Un Acte de Vertu et la Peine du Talion, par CH. DE BERNARD.	» 50
Néva, par M. MÉRY.	» 50
Le Lion amoureux, par F. SOULIÉ.	» 30
Une Maîtresse anonyme, par M. E. SCRIBE.	» 30
Geneviève, par M. A. KARR.	» 80
Riche et Pauvre, par M. E. SOUVESTRE. . .	» 70
Matilda, par LORD NORMANDY.	» 60
Le Médecin du Pecq, par M. LÉON GOZLAN.	1 60

Deuxième série. — Broché complet, 4 fr.

La Femme de Quarante ans, par CH. DU BERNARD.	» fr. 40
Le Vicomte de Béziers, par F. SOULIÉ. . .	1 30
Aventures du jeune comte Polowski, roman du cœur par le conventionnel MARAT. .	» 70
Les Parens pauvres, par DE BALZAC.	
1er épisode, la Cousine Bette.	\
2e — le Cousin Pons.	/ 2 50

Troisième série. — Broché complet, 4 fr.

Le Comte de Toulouse, par F. SOULIÉ. . .	1 fr. 20
Le Roi de Carreau, par M. E. SCRIBE. . . .	» 10
Une Heure trop Tard, par M. A. KARR. . .	1 »»
La Croix d'or, par M. MAURICE ST-AGUET. . •»	10

Hamlet, de SHAKESPEARE , traduction de M. ALEXANDRE DUMAS.	1	10
Annonciade, par M. EM. GONZALÈS.	»	30
Une Maîtresse de Louis XIII, par M. SAINTINE	1	30
Dernier Jour d'un Condamné, par V. HUGO.	»	»»

Quatrième série. — Broché complet, 4 fr.

Sous les Tilleuls, par M. A. KARR.	1 fr.	20
Le Bandit de Londres, par AINSWORTH. . .	1.	20
Pignerol, par le bibliophile JACOB.	1	20
La Caserne du quai d'Orsay, par M. EMILE MARCO DE SAINT-HILAIRE.	»	10
Fierval ou le Fanfaron démasqué , par ROUGET DE L'ISLE.	»	20
Rosa Mourante, par le même.	\	
Robert-Robert, par M. L. DESNOYERS. . . .	1	80

Cinquième série. — Broché complet, 4 fr.

Bug-Jargal, par M. VICTOR HUGO.	» fr.	»»
Les Nuits du Père-Lachaise, par M. GOZLAN.	1 fr.	30
Histoire des Treize : — Ferragus, — Duchesse de Langeais, par DE BALZAC.	1	»»
Les Deux Cadavres, par F. SOULIÉ.	1	50
La Veuve de la Grande Armée, par M. E. MARCO DE SAINT-HILAIRE.	1	»»

Sixième série. — Broché complet, 4 fr.

Les Mystères de Londres, par M. P. FÉVAL.	4 fr.	20
Han d'Islande, par M. VICTOR HUGO. . . .	»	»»

Septième série.

Les Amours de Paris, par M. PAUL FÉVAL.	2 fr.	50
Faust en Thème, par M. ALPHONSE KARR.	»	»»
Étude de femmes,—'la Maison Nucingen, — 'le Contrat de mariage, — 'le Cabinet des antiques, par DE BALZAC.		

Huitième série. — Broché, 4 fr.

Les Mystères de Rome, par M. F. DERIÈGE.	2	20
Antonia, par M. ÉLIE BERTHET.	1	»»
La Floride, par M. MÉRY.	»	90
La Guerre du Nizam, par le même.	1	20

Neuvième série.

Les Sept Péchés capitaux, par M. EUG. SUE.		
L'Orgueil.	2 fr.	»»

Dixième série.

'Ursule Mirouet, par DE BALZAC.	» fr.	»»
'Curé de Tours, par le même.	»	»
'Jonathan le visionnaire, par M. SAINTINE.	»	»»
'Carlo Broschi, par M. SCRIBE.	»	»»
'Le Nœud gordien, par CH. DE BERNARD. .	»	»»
'Gabrielle, par M. ANCELOT.	»	»»
'Le Notaire de Chantilly, par M. L. GOZLAN.	»	»»

Onzième série.

'Notre-Dame de Paris, par M. VICTOR HUGO.	»
'Mode-te Mignon,—'le Message,—'Gobseck, — 'une double Famille, par DE BALZAC.	

(1) Le prix de chaque série, broché complet, est de 6 fr. pour les personnes qui ne sont pas abonnées au Siècle. — Les nouveaux abonnés qui v¹ se procurer les six premières séries du Siècle pourront les faire prendre dans nos bureaux, moyennant 24 fr., reliées en 2 forts volumes, ou se pédier, moyennant 26 fr., par les messageries, sur le continent français.

ŒUVRES COMPLÈTES D'ALEXANDRE DUMAS

FORMAT DU MUSÉE LITTÉRAIRE.

Tome Ier. — Broché complet, 5 fr.

Le Comte de Monte-Christo.	5 fr.

Collection séparée de GRAVURES pour cet ouvrage, 30 magnifiques dessins. Prix 3 fr.
Le même, texte et gravures reliés, 12 fr. et franco 13 fr.

Tome II. — Broché complet, 5 fr.

Séparément :

La Reine Margot.	2 fr. 10 c.
La Dame de Monsoreau.	2 90

Tome III . — Broché complet, 5 fr.

Séparément :

Le Chevalier de Maison-Rouge.	1 fr. 40 c.
Le Maître d'Armes.	1 10
La Guerre des Femmes.	1 90
Nouvelles diverses.	» 70

Tome IV. — Broché complet, 5 fr.

Séparément :

Georges.	1 fr. 20 c.
Fernande.	1 »»
Amaury.	» 90
Pauline. — Murat. — Pascal Bruno. . .	1 20
Les Frères Corses.	» 50
Othon l'archer. •	». 40

Tome V. — Broché complet, 5 fr.

Séparément :

Une Fille du Régent.	1 fr. 30 c.
Souvenirs d'Antony.	» 60
Isabel de Bavière.	1 30
Praxède.	1 30
Cécile.	» 70
Sylvandire.	1 10

Tome

Séparément

Les Quarante-Cinq. . . .	
'Le Bâtard de Mauléon. .	
'John Davis.	

Tome VII. — Bro

Joseph Balsamo. . . . .

Tome VIII,

Impressions de Voyage. . . .
'Le Corricolo. . . . .
'La Villa Palmieri. . . . .
'Le Speronare. . . . . .
'Le capitaine Arena. . . . .
Etc., etc.

LES MOUSQUETAIRES.

1re partie: LES TROIS MOUSQUETAIRES, 2 fr.; — 2e partie : VINGT ANS APRÈS, 2 fr. 50 c.; — 3e partie : LE VICOMTE DE BRAGELONNE, 6 fr. 20.
Le même ouvrage broché en deux tomes in-4° à deux colonnes, 10 fr. — Relié en un seul tome in-4°, 12 fr.

Dans ce Catalogue, les ouvrages, séries ou tomes, marqués d'une astérisque, sont sous presse. Tous se vendent brochés, par tome, série, ou même rément par ouvrage, au gré de l'acheteur, excepté ceux d'un prix moindre de 1 fr. Les œuvres de M. VICTOR HUGO ne peuvent être livrées que dai séries auxquelles elles appartiennent. Les feuilles détachées, pour rassortiment, seront vendues dans les bureaux du Siècle, moyennant 10 centimes la fe de huit pages, ou expédiées franco par la poste, moyennant 15 centimes.
Les demandes des départemens devront être affranchies et soldées en un mandat sur la poste ou à vue sur Paris, à l'ordre du directeur-gérant du jou le Siècle. Ce mandat comprendra, outre le prix des ouvrages demandés, le coût de leur port au destinataire. (1 fr. par volume broché par les messageries.)

On trouve également dans nos bureaux : **MAURICE,** par M. SCRIBE, de l'Académie française. — Un volume in-8°; prix 3 fr.

PROCÈS DES MINES DE GOUHENANS. — Cour des pairs, 1847, 1 volume de 100 pages in-4°, à 2 colonnes. Prix : 1 fr. 50. Franco 2 fr. 15.

Paris. — Imprimerie LANGE LEVY et Cⁱᵉ, rue du Croissant, 16, près celle Coquillière.